U0924966

所有的河流都在流淌

All the Rivers Run

[澳大利亚] 南茜·加图 著　　赵金基 译

河南文艺出版社
·郑州·

图书在版编目(CIP)数据

所有的河流都在流淌/(澳)南茜·加图(Nancy Cato)著;赵金基译. —郑州:河南文艺出版社,2017.1

ISBN 978-7-5559-0437-3

Ⅰ.①所… Ⅱ.①南…②赵… Ⅲ.①长篇小说-澳大利亚-现代 Ⅳ.①I611.45

中国版本图书馆 CIP 数据核字(2016)第 212443 号

出版发行 河南文艺出版社
本社地址 郑州市鑫苑路 18 号 11 栋
邮政编码 450011
售书热线 0371-65379196
承印单位 河南省瑞光印务股份有限公司
经销单位 新华书店
纸张规格 700 毫米×1000 毫米 1/16
印 张 38
字 数 576 000
版 次 2017 年 1 月第 1 版
印 次 2017 年 1 月第 1 次印刷
定 价 68.00 元

一个人的史诗

刘景荣(河南大学文学院教授)

赵金基的译作《所有的河流都在流淌》终于杀青,作为第一个读者,能够先睹为快,我是幸运的。这是一部不朽的作品,是一部精致的作品,是一部史诗性的作品。与别的史诗不同,它不是一个民族的史诗,不是一支军队的史诗,不是一个家族的史诗,它是一个人的史诗。

它是黛丽——一个女人的史诗。作为书中的主人公,她在第一节出场的时候,是一个刚刚经历了海难,父母与兄弟姐妹都不幸葬身海底,只有她侥幸逃生、孤苦无依的十几岁的小姑娘。到了故事的末尾,她在最后一章出现的时候,已是一位子孙满堂、事业有成但是疾病缠身的七十九岁的耄耋老人,一位头发花白、皮肤松弛、行动不便、风烛残年的老妇人。全书写了这样一位女性的一生,从十二岁到七十九岁,六十七年的人生经历,那是多么漫长,要经历人生多少坎坷与风雨啊!黛丽走过来了,像所有活过这么大年龄的人一样!

是的,《所有的河流都在流淌》写了黛丽的一生。这是一个凡人的一生,一个普通人的一生,一个普通女人的一生。她像所有女人,经历了恋爱、结婚、生子……一个普通人不可或缺的、上帝已经安排好的、一个生命的全过程。如果黛丽仅仅是经历了这些,那也没有什么特别,特别的是这部小说极其精彩地描写了黛丽的抗争,与命运的抗争,为了生存而与命运的抗争。

从海难中逃生、惊魂甫定的黛丽,被早一些移民来到澳大利亚的姨父一家收留,从此,开始了她在第二故乡——澳洲的生命之旅。黛丽美丽、聪慧,热爱生活,热爱艺术,但是,上帝不是特别眷顾她,她生活得十分不容易。她的初恋给她带来多少童话般的幸福憧憬啊，可是，随着她爱恋的表兄亚当溺水而亡，她的幸福憧憬像肥皂泡一般破灭了。她受到遭受丧子之痛的姨妈的嫌弃，不得已离开姨父的庇护，独自走向社会，探索属于自己的人生。人生之路充满凶险，充满偶然的不确定因素，黛丽从容淡定地迎接了这一切，她勇敢地走了进去。

一边不断地变换工作挣钱养活自己，一边从事她喜欢的绘画，她的绘画才能很快就被社会承认。后来，她遇到了一个强悍的男人布兰顿船长，这是一个从事航运谋生的男人。他有着顽强的意志，掌控着一艘明轮船就像掌控自己的命运，在一条大河中漂流，就像在命运之河中。这个男人征服了黛丽，成了她的丈夫。从此，黛丽与这艘船、这条河结下了不解之缘。在船上，她陪伴着丈夫，为他生育子女，照顾他的生活。随着四个子女的诞生，生活的负担累得她喘不过气来，让她忘我的绘画艺术也不得不违心地放弃了。这还不算，更大的打击跟着就来了。

正年富力强的丈夫不幸中风偏瘫，他倒下了。这对黛丽来说，就好像支撑着她那片天的支柱坍塌了，丈夫的运输船，一家人的生计，都让她别无选择地知难而上，去承担！小说这一部分写得荡气回肠，描述了一个柔弱的女子是怎样在命运的颠簸中傲然挺立！

黛丽知道，她谁也靠不上，孩子还小，丈夫倒下，她必须让这艘船开动。不然的话，丈夫的事业会夭折，一家人的生活就会断了经济来源，他们一家就会陷入极其悲惨的境地。黛丽决定自己当船长，来接替丈夫，支撑起家庭，继续着丈夫的希望。她以惊人的毅力考取了船长资格，拿着委任状她就当起了墨累河上的第一个女船长。在充满暗礁、旋流、浅滩的墨累河上，一个娇小的身影掌控着一条大船，开始了黛丽的创业之路。

她的美丽，她的意志，她的智慧，她的诚信，征服了所有人，她成为墨累河上下闻名遐迩的受人尊敬的女船长。以她的名字命名的“费拉黛菲娅”号明轮船，一年四季在墨累河上往返，为政府的工程运输建筑材料，为沿河而居的居民运来生活物资，为商人交换着货物，为邮局传递着信息……一切能够赚钱的航运她都不会放过，她像一个男人，不知疲累地在这条河上奔忙。渐渐地，黛丽聚集起财富，她买了房屋，供养了孩子，治愈了丈夫的疾病，使久病不起的布兰顿终于又回到驾驶舱，使这个不屈的男人在找回自尊的快乐里辞别人世。

生活的重担、外界的压力是黛丽的敌人，同样，她内心的欲望、情色的引诱也是她的敌人。黛丽以一个坚强女性的钢铁意志在抗拒着这一切。生存的重担没有压垮这个小女人，内心的煎熬也没有让这个女人屈服，虽然有时候自己实在抗拒不了肉体的焦渴也会放任一回，但是，强大的理性，对丈夫的忠诚，对家庭的责任，对孩子们的言传身教，这一切的一切都被黛丽敬畏着。她的成功背后，有着她巨大的献身与牺牲，有着她近乎残酷的自我克制。正是在这些矛盾的胶着中，黛丽抗争着，挣扎着，成长着。六十七年，弹指一挥间，她送走了丈夫，一个儿子在战场上英勇献身，一个儿子接替她成了轮船的主人，女儿是一名优秀的护士，还有一个儿子成为著名的外科大夫。真正到了晚年，她才成了自己的主人，她才可以有心情画画，就在创造艺术的陶醉中和疾病的折磨中消磨着自己的晚年时光。

这就是黛丽的故事，一个人的一生，一个人的史诗。小说将一个人漫长的生命之流与一条大河永不止息的流淌、四季轮回的荣枯交织在一起，奏响了一曲生命之歌。是的，这是一个普通女人的生命之流。小说的惊人之处就在于不断地将一个人的生命放在天地间，放在历史中，与一条河互为隐喻，引导读者来思考生命是什么，生命的责任是什么，生命的实质是什么，将一个人的生命经历与对于生命本质的探讨结合在一起，显得无比深刻。再加上作者（译者）那如诗如画的语言，读起来真像一首很长很长的优美史诗。

序

在高高的澳洲阿尔卑斯山上，一股细流，如新生的婴儿，在白雪的襁褓里不易察觉地蠕动着。偶尔，从正在融化的雪桥间，透过蓝色阴影的孔隙，它可能会调皮地露一下脸。它伸一伸腰肢，绕过巨大的砾石，呼啸着穿过激流；它跃下瀑布，汹涌向前，直到出现在一望无际的大平原上，成为一条宽阔而壮丽的大河。

此时，它的生命里已经汇入了来自南方、东方以及北方大片流域的许多支流。据说，世界上每一种矿物质、有机质都可以在墨累河中找到。金子和黏土，煤块和石灰石，死人和死鱼，落叶和腐船……一切的一切都在平静的河水中漂浮，溶解。

就像生命在时光中溶解：总在流逝，却又不断新生；永远在变，而又归于永恒。大河流得越远，就变得越深沉；当它靠近大海时，已是苍老而迟钝。它几乎不是在流，而是悠闲地踱步于湖泊、沙渠之间，踱向古瓦海滩的波涛，踱向南大洋连绵的巨浪。

因为大河变得迟缓而疲倦，古瓦小镇就在它最后一个弯道上建立起来。那些古老的建筑，都是用当地的石灰石建成的，被风雨侵蚀，如今变得如身后低矮的丘陵一般黑黢黢的。在小镇前方，大河穿过破败孤寂的码头流向远处。几只明轮船停泊在码头边，有的住了人，有的干脆胡乱地停在淤泥里。

你可能十多次来过这个小镇，却不知道大海就在附近，并且墨累河就消失在这片沙丘的迷宫里。不觉有一天，刮起南风，或者，那是一个安静的仲夏之夜，你会感觉有一阵微弱的轰鸣，微弱到你的耳鼓刚刚能捕捉到隆隆的声响。

这就是大海的声音。

墨累河本身是平静的,明镜似的水面映照出南十字星座清晰的轮廓;而海浪的轰鸣更突出了它的静,那不息的喧嚣弥漫了这静谧的世界。

在这里,一切都汇合了。白雪下面的涓涓细流,飞溅的瀑布,山涧的激流,平缓的溪流,汇成一条大河,汇成它最后的声音:"没有死亡,我的终点又是我的新生之处!"

江河都往海里流，海却不满；
江河从何处流，仍归还何处。

——《传道书》1:7

目 录

“你喜欢毛茛吗?”亚当用那束花蹭着她洁白的脖颈问道,“你当然喜欢!”这时太阳把一块黄色的光晕投射在她的颏下,他低头吻了那个地方;转眼之间,两个人久久地拥抱在一起,花落到地上,被遗忘了。她的头枕在他的肩上,她好像要睡着了。一切都是那么奇异而和谐:年轻的心跳,涌动的热血,青春的体温,流泻的阳光,花的海洋……

望着眼前的河水不停地流淌,直到隐没于下一个河曲,黛丽不由得想到了遥远的南大洋——这条河最终流入大海,又从海面升起,形成云朵,然后化作雨雪降落到陆地……她忽然感觉自己仿佛处于一个自然之谜的中心。时光,流淌不息,可能从这里把她带到遥远的地方;但这一刻将永远存在。她脚下的土地将依然存在,即使她不站在这里,即使她站在最后的海岸,身处巨浪的轰鸣中。

第三部

静水流深

375

“冲啊！宁可炸掉也不落后!”从下面传来查理的嚷嚷。她一下子变得十分冷静。她想到“天意”号……但那艘船并不是在比拼中失事,它的爆炸原因不明。黛丽不再顾虑,只感觉到一种接受宿命的镇定与从容。

最后一个拐弯,她成功地占据了“里道”,并在接下来的九英里河段一直保持几码的领先位置。两艘轮船呼啸着划破黑暗的夜晚,一丝气力也不松懈,一寸距离也不相让。曼纳姆的灯火越来越亮了,轮机手和司炉工发出一声欢呼,“费拉黛菲娅”号轻快地滑到石料传输槽下面。此时天光正好破晓。

第四部

此岸彼岸

540

“这是一只神虫。”她解释说。黛丽笑了起来,她也笑了,并高兴得直在地板上打滚、踢腾——更多是因为她觉得找到了一个好玩的伴儿,而并非她悟出自己的话中有什么好笑之处。她喜欢和外婆在一起。外婆总是满面笑容,她的笑声在嘴唇上、眼睛里和眉毛之间荡漾,她的牙齿洁白而美观。在维基所认识的人当中,唯有外婆满头银发却仍然拥有一张漂亮的脸庞。

第一部 自由的河

漫天的星辰下面，道不尽生死悲欢；

因因果果，生生不息，恰似一条河……

——艾华德·阿诺德《亚洲之光》

1

纤细的白烟袅袅升起，消失在苍白与纯蓝的一片浩瀚里。是香火，她想道。这里一定是天堂，这无限的蓝色空间。

但是她的肉体似乎仍然存在。她感觉到——鼻子根、嗓子眼——的疼痛。然后她的记忆中出现了一个人——这个正在咳嗽、干呕的人——是她自己吗？她的胸口一阵疼痛。

她扭过头，视野里走来一个男人，像巨人似的高耸入云。他蓄着胡子，但是看上去不大像是上帝。棕黑的络腮胡子间杂着几丝灰白，半遮了他红彤彤、和善的圆脸。他的胸部也长满了毛。下身褪了颜色的蓝底粗布工装裤，两条裤腿挽到膝盖。

“感觉好些了吗，孩子？”红色的脸膛凑近她，笑了，露出一口污迹斑斑的破碎牙齿。

她竭力想笑着回应他。“是的，谢谢您。”当她听到自己的声音，记忆中发生的一切就像一股冷冰冰的海浪席卷了她，把她重新卷入大海。

她很早就起床了,天还没亮,因为那是他们在船上的最后一夜。明天他们就要到达墨尔本,第一次踏上澳大利亚的土地。她渴望看到父亲经常谈起的这个国家——她的姨妈多年前就已经来到这里生活了。

前一天,她已经望到了朝西北方向延伸的海岸线:低低的,蓝蓝的,神神秘秘的。傍晚时候,她闻到了陆地上吹来的微弱、温和、馨香的气息。父亲说,那是树——桉树——把风也熏香了。

这一天,她醒得很早,悄悄地穿好衣服,一个人来到甲板上,最后一次感受脚下的船在绵延的南海巨浪上面起伏,像一匹雄骏的马在大海的平原上慢跑着。

天色仍然很暗,她只能看到白色的水花沿着船舷嘶嘶而过,几颗星星被无声飘过天空的一层云迅速而无情地吞没。整个船帆在她头上拱起,风在帆缆上发出刺耳的尖叫。

借着罗经柜灯幽暗的光亮,她能看得见舵手和他身后的值班船长。甲板上,除了远在船头的瞭望哨之外,再没有其他人。

随着鼓涨的浪峰升起,漆黑的海面闪出一道道白线。突然,瞭望台处传来慌乱的呼喊:“碎浪! 前方有碎浪!”

尽管值班船长大声发出了命令,舵手也使尽全力扭动舵轮,船体还是触上了礁石! 伴着“轰——”的碎裂声,桅杆像飓风过后的树,折了下来;支索也“砰——”地断开。泛着青烟的巨大浪头从船尾跃起,扑向这艘触礁的船。

黛丽·高顿——甲板上唯一的乘客——被抛到船外,深深地埋入冰冷的水中。

2

一阵剧烈的颠簸,伴着蒸汽排出的嘶嘶声,小火车在漆黑的车站停了下来。这是一列很慢的火车;它磕磕碰碰、晃晃悠悠地跑了大半天,直到后半夜才到达了它的目的地。此刻,它停在那儿,呼哧呼哧喘着气,带着一种满足的成就感;这条铁路线不再向前延伸了。

乘警拧开门,面对着仍在车厢里的这个小乘客,好像面对着满满一车厢的人似的，大声喊道："库玛！库玛！换乘山地马车到库玛！"

她开始收拾起零散的物件：一副手套，一个毛毡旅行包——备用长筒袜，手绢，衬裙，几双替换的鞋，水果盒，一本《妇女家庭杂志》——塞得鼓鼓囊囊的。她戴上那顶系着黑丝带的新草帽。这顶草帽是在墨尔本的时候那位完全陌生但很友好的律师坚持为她买的。"不用谢我，孩子，如果你想还我钱，可以等你的事安排好了，再从你父亲的遗产中付给我。"他又给她添了一副手套和几双鞋。

每个人都那么友好，实在是太好了。她身边这一包东西是布朗罗太太硬塞给她的，她也是在这位太太的照顾下一路步行到了孤儿堡，并从那儿搭上了火车。甚至她身上的一条裙子（太大了些）和旅行披风也是布朗罗太太的。布朗罗太太的同情心是实心实意的，但太让人受不了。她一度高兴地发觉终于可以一个人待一会儿；而此时她却感到紧张。一切都是漆黑而陌生的。她希望姨父会来车站接她。

那个乘警——看着最后这位乘客白皙的小脸——放下了职务架子，变得慈祥了。"把票给我吧，小姑娘。"他说，"把那边的包递过来。东西都装好了吗？看看座位下面？好喽——"

她跟着他走出车厢，走进冷飕飕的风中。小小的火车站里微弱地亮着两盏矩形灯。一个满脸胡子的高个子男人向她走过来。他穿了一件几乎抵到脚后跟的大衣，戴了一顶宽边毡帽。

"这位是费拉黛菲娅·高顿小姐吗？"他问道。

"您是她姨父？"乘警说，"她告诉我她要投奔康德拉的一位查尔士·杰米逊先生。"

"对，我就是。多谢您了，给——"乘警不露声色地把什么东西握到手掌中。

"还好吗，孩子？"高个子男人弯下身，亲吻了她的脸颊，络腮胡子扎得她痒痒的。她腼腆地抬起头对他笑了笑。他只是她的姨父，但他是她见到的第一个亲人，几乎是在这块新土地上唯一的亲人。

他有些惊奇地低头看着她。"你就是费拉黛菲娅！我本来想象你是一个——一个小女孩。"他打了个手势，表示不到他膝盖那么高。

"噢，姨父，我快到十三了！在这个年龄我是长得太高了。母亲总说——"

她哽咽了，由于兴奋而抑制住的泪水开始在眼眶里刺痛她。“——母亲总说我拔高太快。”

他放下包，拉过她的手放到他胳膊上，另一只手拍着它说：“孩子，我希望希斯特姨妈会像你的亲妈妈一样。我——我们都非常盼望你来。无论如何，我们要让你长胖一些，你姨妈可是一位大厨啊！”

令她感到欣慰的是，他没有对那条船的失事说一个字，因为每一次说起这件事都令她心力交瘁。当他们一起走向旅馆的时候，她对他讲了如何从南部海岸随运货车队来到墨尔本，她的朋友——那位船员如何从水中把她救起，使她成了船上唯一幸存的乘客。但是她没有提到他们在海滩上度过的那些可怕的日子，那些在海浪中无力地挣扎着的黑黢黢的幽灵还时不时地出现在她的梦中。

当他们步出火车站的候车室时，一阵风迎面扑来，空气寒冷、干燥、稀薄，一下子就穿透了那件借来的披风。她注意到旅馆的名字叫“澳大利亚怀抱”，她的身子却莫名其妙地微微打了个激灵。

“我们最好睡会儿觉，因为到阿达米纳比去的马车明早六点出发。”姨父说。

天色仍然漆黑一片，她就被叫了起来。借着烛光，她迷迷糊糊地穿好衣服。早餐的茶太热，一口也喝不下；面包片也烤焦了，上面蘸了没溶化的大块的咸奶油。当他们走向亮着灯的马车时，她仍然处于半睡半醒状态。

乌沉沉的天幕上还可以看见大片的星星。地平线周围似乎耸立着巨大的幽灵。空气中有一种登上绝顶的感觉，没有风，却冷得刺骨。

马车突然向前一蹿就出发了。寒冷、清新的空气一下子让她完全醒了，她突然感觉到一阵兴奋如气泡一般涌上她的喉咙。她多么愿意在这奇妙的晨曦中，向某个地方，向任何地方——出发！

“查尔士姨父，跟我讲讲您的金矿吧。”她说。她感觉有必要和姨父拉近关系。

“唔……”他怀疑地看了看另外三位乘客——面容粗野，胡子拉碴，邋遢地裹在皱巴巴的衣服里——然后大声说道，“那里根本不能称之为矿区，我只是在废弃的康德拉矿脉上随便淘淘，好东西早在多年前就被人淘走了；偶尔得到点货色，还不值我搭进去的时间呢。”他转头递给她一个长长的眼色。

她搞不太懂如何应对姨父的暗示，所以她说：“谈谈这儿的山好吗？是不是像瑞士的山一样到处都有大雪峰？”

“哎呀！你去过瑞士？”

“没，但是父亲登上圣母峰顶之后曾寄给我一张它的照片。有 13677 英尺那么高！父亲总是带我们到英格兰北部登山，他答应要带我们——”她噎住了，泪水一下子迸出双眼。再也没有了“我们”，只剩下了她自己。

他拍拍她的手。“等哪一天我带你登山，只是离康德拉挺远的——不是什么大山，但是也有五千英尺高。不过今天早上你会看到科修斯科山。”

她捏了捏他的手，心里暗暗感激他没有试图说一些对她失去亲人而深表同情的话。他低下头仔细地看着她。“昨天晚上我没有机会好好端量你。蓝眼睛，呃，黑头发，这种类型的小女孩一直是我所喜欢的。”

“不是真正的黑色，只是暗褐色。您自己有女孩子吗？”

“没有，我们只有一个男孩，他快十五了。我——我们一直想要个女孩，但到底没要来。你母亲可能告诉你了，你姨妈身体不好。听说你要来我们家，我非常高兴，费拉黛菲娅。”

“我——你知道，人家通常都叫我黛丽，我的全名太长了。”（只是在她淘气的时候，母亲才叫她费拉黛菲娅。）

“那么，我就叫你黛丽。你的名字是取自于美国那个城市吗？当然了，我的儿子亚当就是取的《圣经》中的名字。”

“是啊，我父亲一直在计划去美国，后来他才想到澳大利亚。亚当在他这个年龄是不是块头挺大？他很聪明吗？我算术很差。”

“对，他是个大块头男孩。他的成绩相当不错，但是别人都说，如果下点功夫的话，他能做得更好。他总是埋头于书中，经常神情恍惚、心不在焉。”

“人家正是那样说我的。”明晰的睫毛下，一双蓝眼睛会心地向他使着眼色。她的眼睛蓝蓝的，大大的，与她瘦小而苍白的脸庞、精致而端正的五官相比，这双眼睛真够大的。她转身望向马车窗外，车窗模糊，她用戴手套的手掌轻轻擦着。他们身后，明晃晃的金黄色太阳刚从靛青色的云层下面升起，照亮了天空。阳光明亮而冷峻，投射到如海的群山中，使其呈现出深沉的蓝色，如汹涌的海浪向北、向东滚滚退去。路边，群山倾斜而上；远处赫然出现了一座山，白雪覆盖的山。

"那就是科修斯科山，就是它！"查尔士喊道，像是在欢迎一位老朋友。

她坐在那儿，静静地，痴痴地，直到这座山再次消失在并肩的群山后面。地平线上明亮的金黄色，远处群山的暗蓝色，那些均匀起伏的线条，一切都让她心里感到一阵甜蜜的躁动，一丝朦胧的创作欲望——创作什么，她却并不清楚；只是突然感受到一股发自内心的喜悦的湍流。

傍晚，他们到达了阿达米纳比。在旅馆里，她一股脑儿地收拾了面前的晚餐——黏稠的土豆汤，炖牛排加圆葱，烤牛肉，雪利酒蛋糕——才坐正身子，对姨父露出微笑，而他正故作惊奇地盯着她呢。

"哎！"他说，"哎，我从来没有——如果有人曾告诉我——如果有人曾告诉我，我也不会相信的。如果他们说：'查尔士，那个苗条的漂亮女孩吃起东西来像一匹马。'我可能会说：'瞎说！——她是以蜜汁和橡子为生的。'但眼见为实啊。你觉得好些了吗？"

"好极了，姨父。希望你不要以为我贪吃。这是我第一次感到好像饿了多少年似的。"

他笑了。"孩子，我喜欢看你吃东西。我们去那边坐在炉火旁，来一口烈酒结束我们的晚餐怎么样？"

"呃——好吧，我来一口。"她说，却并不知道是什么样的烈酒。

"这就对了，只是别告诉你姨妈。"说着，他眨了眨眼，把一个盛着艳绿色液体的小杯递到她的手上。

"噢，谢谢您。"她在心里却立即默默地开始了另一番解说词：

噢，谢谢你，她说，一边从莫德雷德爵士的手上接过水晶酒杯。为黛丽女士干杯，那位骑士一边说一边深情地注视着她的眼睛，然后一饮而尽，把杯子摔向地上，碎片四散……

炉火暖烘烘的，暖烘烘，红彤彤；烈酒暖烘烘的，绿莹莹，像绿莹莹的火焰。由里到外，她感觉温暖而舒适。在她的内心……她温暖的内心深处……

"噢！"空酒杯从她指间滑落，滚到地毯上，她的脖颈痛楚地一扭，说："我困了。”

查尔士爱怜地看着她。他弱视得厉害，眼帘低垂，快要碰到自己宽大的鼻翼了。

“好的，现在上床睡觉。吃，喝，睡，为了明天——我们回家！到那时，我们的早餐、晚餐和茶点，都会吃上口条派！”

因为朗姆酒的刺激，邮差丹尼从酒吧里出来的时候兴致很高。“看起来这是今年最后一趟差了。”他说，“雪越积越多了。”

通向康德拉的这趟唯一的四轮马车停靠在阿达米纳比邮局的台阶前，车上装载了维持矿区小镇整个冬天的生活给养。因为一旦道路被积雪封堵，康德拉就与外界隔断了。

丹尼把邮包扔到车上，自己也爬上来抓起缰绳。“邮车马上出发！”他大喊道。“全体上车！”他在马背上甩动鞭子，马车就向山上奔去。

清晨的阳光从晴朗的蓝天上面照耀着阿达米纳比。当他们到达山顶，黛丽从座位上蹦起来大呼小叫，甚至把那些在朗姆酒中浸泡得不省人事的乘客也惊醒了。路边，深深的峡谷向远方蜿蜒，在远端升起，形成低丘矮岭，没入因夏季的干热而呈现出黑褐色的草丛之中。更远的地方，耸起连绵的蓝色山脉，一层一层，线条分明，脉络清晰；白雪覆盖的山顶，在明澈的空气中，好像很近，但又纯洁得遥不可及。

“那是大雪山。”姨父说。

黛丽不言不语，眼睛一眨不眨，直到他们进入一片高山桉树林，山脉从视野中消失。

稍事停顿，随便吃点午餐，休息一下马匹之后，马车又在越来越厚的积雪中迤逦前行。终于在傍晚，他们到达了康德拉。这里只剩下过去那个矿业小镇的外壳；没有屋顶的房舍，不冒烟的烟囱，都增添了凄凉忧郁的气氛。

姨父从丹尼手中接过邮包，帮着冻得手脚不灵便的黛丽下了车走到雪中。他领着她向栅栏后面一幢小木房子走去——几乎就是一间小窝棚，她想。他推开前门，把邮包和她的毡布包扔进门里，大声喊道：“希斯特，我们回来了！”

不一会儿，过道上轻飘飘地疾步走来一位中等身材穿着深色厚裙子的中年妇女。

“你没听到马车声吗?”查尔士很生气地问道。

“哼,听到了又怎么样?我不能把饭烧焦,对吧?我猜孩子已经饿得半死了吧?”

他冷冷地、轻描淡写地吻了她的脸颊。“这是你的外甥女。”他文绉绉地说,“费拉黛菲娅·高顿小姐。”

“费拉黛菲娅!夏洛特怎么能给孩子起这么一个古怪的名字,我真不明白——”

“是父亲给我起的!”

“——但不管怎么说,孩子,欢迎来到康德拉——这个冷冰冰、惨兮兮、醉醺醺的地方!”

她靠过来吻了黛丽的脸颊,她的鼻头又凉又尖。

我不喜欢她,黛丽立时想道。她笑的时候,满口牙齿都露了出来;她的鼻子真可怕,鼻尖冷森森、湿漉漉的。

姨妈那双细小、锐利的黑眼睛正在看她。这位真的可能就是自己那美丽、可爱的母亲的亲姐姐吗?黛丽徒然地寻找着一家人的相似点。沉默中,她忽然意识到自己必须说点什么。

“谢谢您,姨妈,谢谢您收留我,我会——会——尽力——”说着说着,令她自己也感到吃惊的是,眼泪竟然一下子夺眶而出。

“哎,哎,孩子,你是累坏了,快到炉火这边来!”

晚饭过后,黛丽来到厨房隔壁的房间,把她的几件衣物放进一个小箱子里。屋里已经搭好一张窄窄的行军床,床上铺了干净的亚麻布床单和白色的蜂窝被。五屉柜立在墙角,羞答答地擎着一面湿迹斑斑的小镜子。

盯着镜子里的人,她瞪大眼睛,无法移开目光。在这么短的时间里发生了太多的变化。镜子里的女孩,浓眉大眼,真的是她——费拉黛菲娅·高顿——在这异国他乡、高山环抱的地方?

姨妈的说话声——清新而欢快,不再是先前令人烦躁的语调——打断了她的思绪。

“毫无疑问，你习惯于比这更聪明的办法，”随着话音，希斯特奔进来，拿着一块法兰绒布裹着的热砖，放到黛丽的被窝里。“你就不必跟我讲洛蒂的婚姻比我的婚姻更成功之类的话了。幸好我在邮电所上班才维持孩子上学；要是一切交给他父亲——总是四处瞎逛寻找那根本不存在的金子——我们都要饿死了。”

她使劲地抽动了一下鼻子，抖掉挺拔、红润的鼻子尖上渗出的水珠——结束了这番谈话。她的脸也是红润的，红色毛细血管的纹路历历可见。直到姨妈铿锵的说话声停了下来，黛丽才觉得身体放松了。

姨妈用更为柔和的语调接着说：“可怜的夏洛蒂！还有你，可怜的孩子——一个孤儿，才仅仅十二岁啊！唉，孩子，他们正在耶稣的怀里长眠，我们必须记住这一点，不要悲伤。”

黛丽从搂住她肩膀的那只皮包骨头的胳膊里向后缩了一下身子。她的母亲长眠于冰冷的绿色海洋，她的父亲、兄弟、姐妹被葬在悬崖之巅，永远接受着涛声的催眠，她怎么可能不悲伤？而船上的所有乘客，可爱的约翰森船长，还有她的朋友，那位水手长，统统都被淹死了——像跌入水桶中的老鼠！

她没有应声，慢慢挣脱姨妈的怀抱，从床上拿起系着黑丝带的草帽，放到梳妆台上。

“孩子，很遗憾你的裙子是褐色的——当然，你不知道你还需要一件黑色的。哦，你现在仍然需要在胳膊上戴绉绸箍，因为你还没有结束服丧期。”

“我想您说过我们不应该悲伤的，姨妈。”

希斯特姨妈严厉地看着她。“孩子，你心情很好吗？服丧对亲属来说总是感觉疲惫不堪的，这你当然知道。现在有点事情我想让你告诉我。”

她停顿了一下，用锐利的目光盯着黛丽。“呃——只有两个人，你和这个——这个水手在沉船事故中活下来，我是从你父亲的代理人的来信中知道这一切的。你们俩孤立无援地在一个海滩上待了两天，呃，你们在哪里睡觉？”

“在一个山洞里，你知道，崖壁中间常有这种洞。”

“在同一个山洞里？”

“当然了，只有一个山洞啊。”黛丽显得不自在，她希望姨妈不要再问下去了。

"哦。"希斯特拂去衣柜上一点想象中的灰尘。她看着黛丽,一边仔细检查衣柜顶部,一边说:"这个人有没有——你不要怕告诉我,孩子——他有没有——以哪一种方式骚扰过你?"

"骚扰?"她不理解地重复道。但她马上从姨妈尴尬的表情里找到了线索。她父亲是个医生,在女孩教育方面思想很开明的,所以她对生理知识有些了解。"姨妈,汤姆是顶好的人——他对我非常好,再好不过了,他是一位真正的绅士。样子挺凶的,留着满脸浓黑的大胡子,豁牙露齿的,满身刺纹,一切都不善;但他像小羊一样温柔。要不是他,我也活不了。"

她的嘴唇又开始颤抖,但她狠狠地咬住了。

希斯特轻快地说:"啊,这就没什么了,但我要说,你很幸运,碰到像他这样的男人。有些男人啊——"她阴沉地补充道。"现在你可以一个人睡觉了,如果你需要,便盆在床下,如果你想到后面方便,你得穿上后门边的胶鞋。"

"谢谢您,姨妈,晚安。"

姨妈出去了,黛丽一个人坐在床上,陷入了孤独寂寞之中。要是她表哥亚当在家多好!要是她的一个兄弟或姐妹,即使有一个,有幸生还来与她分享这陌生的新生活,那有多好!她要尽力好好表现,让姨妈喜欢她。至于查尔士姨父,她知道,他已经是她的同盟了。

3

哗啦!

"费拉黛菲娅,你把什么打碎了?"

"是——就是那个黄色的破混砂碗,姨妈。"

希斯特从邮电所那间屋子急火火地赶过来,黑眼珠气得鼓鼓的。"这是一周来你打碎的第三样东西了,小姐,那么好的白茶杯和托盘,今天又把我喜爱的碗打碎了,你可真是的!"

"姨妈,这只是第二件,哪来的第三件啊?"

"茶杯和托盘和混砂碗,茶杯和托盘已经是两件了。"她的眼神使她的外甥女不敢不同意她的说法。"自打我结婚起那只碗就一直陪伴着我。"

“非常对不起，我的手湿乎乎的，那只碗刚好就滑了下去。”

“每样东西都是刚好从你手中滑下去，我从未见过这么滑腻的手指，以后最好你什么也别洗了，做饭的时候多帮帮我好啦。”

黛丽很高兴，她不喜欢洗碗碟，做饭更有意思。姨妈真是个大厨，总能用家里的冻肉和蔬菜做出可口的美餐，偶尔还有炖兔肉呢。当黛丽天真地说起他们还没有吃到口条派时，她弄不明白为什么姨父一边向她摇头，一边使劲地递眼色，而姨妈则严厉地问她：你认为从哪里能搞到牛舌头？

一天晚上，姨父带回来一些漂亮的石头，黄色的，红色的，还有橙色的，是他在搅炼金屑的时候从黏土中挑出来的。这些石头软得可以用来画画，黛丽就叫它们“画石”。厨房桌子收拾利索之后，黛丽就向姨妈要了一张褐色的纸，开始画辉煌的日落美景。她简直被迷住了。房间里很静，其他人坐在炉火边，但在这儿也能感受到炉火的温暖。那张纸不够大，容不下她所有的想法，她就把纸翻过来，开始在另一面画；偶尔手中的石头越过纸的边沿，在松木桌上划了一道道印迹。那段时间，她真是快活极了。

她对早上爆发的风暴毫无思想准备。希斯特一看到那张桌子的“惨状”就大发雷霆，那雪白的桌子是她厨房的骄傲啊！黛丽低着头，用力擦拭着那些彩色污迹，她一点也不明白，这一切有什么可大惊小怪的，但还是心里不好受。她不愿意人家为她发火，但她似乎总在出一些事惹姨妈生气。

山地马车已经从阿达米纳比停发了，取而代之的是丹尼每周踏着滑雪板过来一次。他戴着羊毛棉帽，只露出一张兴奋的圆脸。他把红蜡漆封的邮袋搬进屋里，在炉火边烤化，直到能解下捆绳，打开硬邦邦的帆布。

学期中间的一天，冰封的邮袋里夹了一封亚当的来信。

邮袋在炉火边融化，坚硬的棱角摊开，耷拉下来；读到信的时候，希斯特的心也仿佛融化了。

亲爱的母亲：

我身体很好，功课还像往常一样。我这儿下了冰雹，早上一直很冷，但没下雪，真不幸！您那儿下了很多雪吗？我仿佛看到房前屋后的山坡一片洁白平滑，父亲拿出滑雪板，给它们上蜡……还得提一下，不要让新来的表妹用我最好的滑雪板,她肯定会弄坏的……

“他这封信写得多好!”他的母亲爱怜地说,却没注意她读到信中那么瞧不起地提到“新来的表妹”时黛丽紧皱的眉头。

黛丽决定再去上学。一旦接受了遗产,她就可以自立了。尽管还不到自立的年龄,她已经在构筑空中楼阁了:她看到自己已经被送到大都市墨尔本,在那儿她将取得令人炫目的成就。到底是做个舞蹈家还是悲剧演员,她还没有决定下来,但她花了很长时间在斑驳的镜子前转来转去,搔首弄姿。

即使当她费劲地踏着雪去倒马桶的时候,她的脑海中也会清晰地浮现那些辉煌的幻景。至少,要是她能到山上去滑雪有多好!她去恳求姨父。

查尔士捋着颌下的长须。“告诉你吧,我要为你做一副属于你自己的滑雪板,我已经搞好了一些木料,下周就干。”

“哦,谢谢您,亲爱的姨父!”她在颌下一抱拳,戏剧性地做着感谢的姿势,然后做了一个脚尖点地的旋转,却不小心屁股撞到了桌角上。

但是,当下一周来临的时候,查尔士把做滑雪板这件事又推迟到再下一周。他总想推迟做任何事情,希斯特不得不经常唠唠叨叨让他把柴火箱子填满。

当她提出让他进山多弄些柴火的时候,他温和地说:“下一周吧。”

“下周不行。”他的妻子正在把漆黑的大水壶挂到壁炉上面,这时猛地向他转过身,厉声说道。他赶紧把《世界报》上的一页翻过去,他正在研究上面的一些身上只穿草裙的波利尼西亚美女的木刻。

“那好,我今天下午就去,黛丽可以跟我来。”

“我想要黛丽帮我做饭。”希斯特马上说道。她已经注意到查尔士看着这个孩子时欣赏的目光——当然她还只是个孩子,但是她会成长为一个美人的。那时,她全身的线条都会凸现出来,白皙、娇嫩的皮肤,深邃的蓝眼睛,浓黑的头发,都会让人着迷;她丰满的嘴唇洋溢着激情,笔直的浓眉暗示了她坚强的意志。这一切都使希斯特不安。或许,亚当即将回家度春假并不是一件幸事。

冬天过后开通的第一趟四轮马车将会运来镇上所缺的一切东西:新鲜蔬菜,蜡烛,煤油,红头安全火柴,针织毛线,针,法兰绒和棉绒布匹,新的铁锹和镐头——每年这时候都像刚解除围困一样。亚当也将随这趟车一起回来。

黛丽帮助希斯特腾出她儿子的房间。它在客厅对面,门对着走廊中间。前面两个房间是主卧室和邮电所;后面是厨房,黛丽的小房间,浴室——可以把热水提到这里,每周洗一次坐浴。

在她对表哥的凭空想象里,她的聪明和美丽总会使他神魂颠倒,而她要么躲开他要么戏弄他。因为她把他定格为姨妈的男性翻版——生来相貌一般,头发粗黑,脸色血红,脸形平平,嗓音难听。

亚当到家之前,希斯特给黛丽上了一课,要她认清她"正在变成一个大姑娘"这个事实。

"记住——亚当回家之后,你洗澡的时候不要再在炉边脱衣服。"

"好的,姨妈。"

"你很快就要成为一位淑女,我们得把你的裙子放长一些,把你的头发梳理起来。记住,淑女必须品行端正,举止文雅,但我看到有一天你在爬那棵松树,简直就像顽皮的男孩子。"

"但父亲总带我到山里攀岩——"

"请不要再说但是,那根本不是一回事。另外,你快要经历一个成长中的变化,某种变化——呃——生理上的。"

最后这个词,她费了很大的劲儿才吐出来,紧跟着猛吸了一下鼻子。黛丽不安地看着姨妈尴尬的样子,全身也觉得热起来。

"这种变化——没什么值得大惊小怪的,所有和你年龄差不多的女孩子都会经历——"

"姨妈,你是在跟我讲月经吗?"为了让姨妈放松下来,她的声音又大又清楚。

希斯特显然吓了一跳。"真是的,费拉黛菲娅,这可不是一件——"

"噢,但是我都知道啊。"她轻松地继续说下去,"父亲总把他的医学书借给我看,我和他一起研究生理学,女性生理构造——什么子宫、骨盆、卵巢的,我都了解。还有,他给我们家一条总下崽的狗做了卵巢切除术,还让我看,而且——"

"费拉黛菲娅·高顿,不要再让我听到你提起这些东西!"

"但是,姨妈,为什么不可以呢? 父亲说——一个女孩子越早认识到身体必将经历的变化就越是一件好事。他还说,要是神灵真有感知,他就会让妇女像鸟儿一样下蛋,那——”

“够了,小姐！我不想听你父亲这些亵渎神明的说法。我真是奇怪夏洛特竟允许你探讨这样一些东西。一个十二岁的女孩子！我一生中还从未——”她止住了,好像激动得说不出话来,脸颊升起两片鲜亮的红润。

黛丽不服气地闭上嘴。她一直认为父亲是世上最聪明的人;她的母亲,尽管假装着对他的直言不讳感到厌恶,也是这样认为的。

第二天,希斯特靠着炉火躺在卧室里,她的“老毛病”——一种说不清楚的妇科病又犯了,整个早上她一直为她的后背唉声叹气。查尔士给她点着炉子,在炉火旁边放好一堆木柴,然后对她说他要赶到矿上去,让她“安静地待一会儿”。

“安静地待一会儿！好像这个鬼地方还不够安静似的。”她刺耳的声音上升了一个音调。“不要管我,你很快就会把我送进坟墓,遂了你的愿。”

“振作些,希斯特,冬天即将过去,亚当很快就要回来——”

“这种讨厌的连续的冷天气——要是我们能住在暖和一些的地方就好了!”

“再坚持一段时间,亲爱的。现在我正在淘一块很好的淤积地,哪一天我都有可能走运。这片地从很早时候起就一直没有被好好淘过。要是我偶然淘到一些好东西,卖它一大笔钱,就再不用去那儿了。”

希斯特的反应只是吸了一下鼻子。在黛丽听来,似乎同样的话他已经说了很多次,现在连他自己也不相信了。

真是个非常冷的地方,温度计——每天查看上面的温度已经成了希斯特在邮电所里的职责——有时早上显示在零下十八摄氏度。有一家旅馆经营朗姆酒,生意火爆,因为人们需要喝酒抵御寒气。

晚上,黛丽在厨房温暖的火炉边脱下外衣,装满一大石瓶热水,拿到她自己的房间去焐热冰凉的被窝;第二天她还得用这水洗脸,因为她卧室水罐里的水经常冻成冰。

滑雪板终于做好了。黛丽又清扫了一遍已经干净的厨房地面,切好圆葱,刮完土豆和萝卜皮,擦净桌面,然后就和姨父一起向牛春山出发了。

她戴了一顶猩红色的羊毛棉帽，上面缀着一个绒球；帽子是姨妈织的，但她老大不情愿。因为本来是要给黛丽织一顶黑色的帽子，可惜她只有这一种颜色的毛线。她身上蓝色的厚毛衣是姨父穿小了的，她的开衩裙是从希斯特蓝色的旧海军服上剪裁下来的，贴身的帆布斜纹衬裤是姨妈执意要她穿上的，不仅为保暖而且很体面。

衬着白雪，她看上去如山上的雪莲一样光彩照人；一身蓝红的妆饰使她的头发更加黑亮亮，眼睛也更加蓝莹莹。查尔士笑着对她说："哎，当我在库玛车站见到那个没精打采的小东西——身着褐色裙子，两个大黑眼圈——绝想不到她会出落得像公主一样漂亮。"

黛丽满脸兴奋。**像公主一样漂亮，像公主一样漂亮**。黛丽一边在心里哼唱着，一边跟着姨父深一脚浅一脚地在高原似的、缓缓起伏的雪地上向远处走去。大地的整个轮廓被雪勾勒得圆润而平滑；连绵的群山形成人体似的轮廓，一道道雪岗及边缘的风雪吹积物恰似它的黑发。天空湛蓝，阳光泼洒下来，空气中光芒四射，雪地上更是耀眼夺目。

因为正午融化晚上又冻了，所以雪地表面几乎一直有一层冰。查尔士肩膀上扛着他们两个人的滑雪板。到达山顶的时候，他弯下腰把黛丽的滑雪板绑到她的脚上，告诉她四下走走，感觉一下，而他则忽地几个转身向山下滑去了。

两小时以后，黛丽——满身是伤，上气不接下气，眼圈含着眼泪——跟在姨父身后回到镇上。

"噢，我永远学不会了！"她凄凄地说，"看上去那么容易。"

"你当然能学会的。你有很好的平衡感，但是现在雪很滑，在软雪上面学比在这种冰晶上面容易多了。"

接下来的一周，又新下了一场雪。柔软的大雪片像羽毛一样飘落下来，在清理出的道路上又形成了一层厚厚的积雪。

第二课中，她就掌握了如何滑到坡底，停下的时候不会摔个屁股蹲儿，而且懂得通过转移身体重心控制方向。在一次成功的滑行之后，她强烈地感受到有一股催人振奋的力量正在激励她走向辉煌！

这一次，他们一路欢歌跳跃，一直滑行到了家门口。木制的小邮电所升起了欢迎的炊烟，昏黄的灯光也透过窗户眨眼相迎，她第一次真正地把这里看作了自己的家。

4

一家人围着饭桌坐在客厅里，煤油吊灯柔和的白光洒泻在闪亮的银器、玻璃杯及雪白的亚麻桌布上——希斯特力图“在这蛮荒的地方保持一点点生活的雅致”。

桌子上已经有了烤牛肉和约克夏布丁，又端来了蜜汁糖丸子，松松软软的，一入口就化了。

因为兴奋，黛丽几乎吃不下什么东西。亚当就坐在桌子对面，头发在灯光下油亮亮地闪耀，黛丽简直无法从他身上移开眼睛。怎么——她不断地问自己——这两人怎么会有这样的儿子？她父亲教给她的遗传学是怎么说的呢？可是亚当既不像他父亲也不像他母亲呀！他长得又高又壮，两个面颊净褐色的皮肤下透出鲜红的血液，棕黄色的眼睛，淡褐色的头发，又密又直，低低地覆在他宽阔的额头上。他的眼白清澈，透着健康，孩子气的嘴巴看上去既容易发点脾气又容易笑出声来。

现在他就笑出了声，看上去迷人极了。

“来吧，黛儿——”他大声地说，“你不要再吃一个丸子吗？她需要长胖一些，是不是，妈妈？”

黛丽如同在梦中似的递过盘子，亚当实在让她感到敬畏：他的目光漫不经心，但是得体；他的神态告诉她，他知道这一家人的生活是围着自己转的——接下来的整个晚上，事实也的确如此。

深夜，他和她一起来到山坡草棚，要拿些木柴来填满火炉旁的箱子。他们每人抱了一大抱。黛丽站了一会儿，抬头望向天空冷冰冰地闪烁着的繁星。奇异的星座群悬挂在群山之上，其中就有南十字星座，低低地绵延至地平线，但不知为什么看上去比在海上的时候更大，也更亮。顺着她的目光，亚当问道：“你在英国看不到南十字星座，是吧？”

“对啊。第一次看到它的时候，我有点失望，但是今晚它看上去真是壮观。”

他们进了厨房，跺掉鞋子上的雪；亚当弯下身，点着炉火。时间已经到了第二天的凌晨。

“你们坐的船出事了，母亲告诉过我。”他使了一股不必要的劲，把一块木柴投进炉子。黛丽注意到他的耳朵红了，她意识到他想说几句话来安慰她失去亲人的不幸。她心跳加快了。一旦她觉得有人要闯入她的痛苦的隐秘处，继之而来她总会有一种不愉快的恐慌感。

“呃，我是——唯一的幸存者，除了一个水手。”她使出很大的力气说道，“我不想讲这件事——你明白吗？”

“我明白，孩子。”他的声音那么温柔，黛丽简直无法相信，这就是她先前在饭桌对面一直观察的那个娇惯成性、趾高气扬的男孩子。当他拾掇起余下的木柴拿进客厅的时候，她的心暖暖地向他靠近了。

在早春和煦的南风的吹拂和明朗的阳光的照耀下，雪开始慢慢融化。同时希斯特的脾气也变得柔和，不再那么敏感，也不再那么严格。她允许黛丽和查尔士、亚当一起出去滑雪。亚当总帮她把滑雪板扛上山顶。

十天后，他返回悉尼，这时好像整幢房子也暗了下来，安静多了。黛丽和姨妈坐在灯影里，两人都觉得孤单，也少了一些敌对情绪。

雪开始失去它的洁白和透明，变得厚重、死气，在阴凉的角落和墙的南面正是这样一些黏糊糊的雪块。苍蝇不知从哪里冒了出来，晚上在棚顶恼人地嗡嗡乱叫，到了白天又没头没脑地向窗上乱撞。

查尔士整天都在外边，寻觅着那些总藏在下一块淤积地却总迟迟不肯现身的矿金。他工作裤的下角沾着黄斑点点的泥土，靴子也沾了厚厚的一层。他在走廊就把靴子脱下来，穿着袜子走到厨房打些热水擦洗一番，然后解开法兰绒衬衫的脖领，在炉火边坐下来，伸开两腿，身体后靠，胡子拉碴的嘴叼起烟斗。水蒸气从他的袜子里慢慢地缭绕升起。

有时他让黛丽瞻仰一下那一小罐他花了数年时间淘洗出来的金屑，或者掂量掂量他那一小块矿金——其实只是一块粗糙的细小金条，但它那暗黄色的微光如同女人的微笑一样诱惑着他。他坚信，巨大的财富就隐藏在那片连绵的群山中间。

积雪化净之前，查尔士带着黛丽来到山坡上，指给她看凹陷的雪桥下开始流淌的一条条小溪。他说：“整个山区有上百条这样的小溪，它们从山上流下来，汇入像文思河和图玛河这样较大的河流中，我们踏在脚下的雪也将流走，经莫拉姆流向墨累河。”

“墨累河？”她依稀想起在英帝国地理的课堂上接触过它。“它是澳大利亚最大的河流，对吧？”

“说对了。相当之大，甚至上面可以跑明轮船，从河口一直上到新南威尔士。我曾坐过一次明轮船，从天鹅山到莫干，真是一次不凡的体验……阳光灿烂，温暖怡人，正适合你姨妈。”

他们互相扫了一眼，都叹了一口气，向山坡上望去；那里，午后的阳光穿过云层，柔和地洒在雪地上，变成黄灿灿的金子。在均匀的阳光下，每一株庄稼的秧苗都投下一道短小的蓝色阴影。

天色还早，但希斯特那讨厌的旧病又复发了，所以他们不敢再待在外面，默默地回转身，向家里走去。

5

在黛丽被宣布为她父亲数量不多的遗产的合法继承人之后，希斯特对她外甥女的态度变得友善多了，因为她想，为什么黛丽就不会帮助他们脱离这个鬼地方，而在更文明的地方买一处房产呢？

当初在英格兰认识查尔士的时候，他们住在一个农区——希斯特一直为离开那里耿耿于怀。永不满足——这个信念把年轻的查尔士带到英格兰，又把他送回澳大利亚，但他从未停止过追求他的好运。最终，岁月的海浪把他们冲到了这个几乎一无是处的矿区。

她和夏洛特都是富家农民的女儿，所受的教养既实用又有装饰性。夏洛特长得漂亮，总是更喜欢莳弄花草——且做得具有某种艺术效果——却不喜欢奶牛棚和厨房里的更实用的艺术。

四下里迁移，再加上查尔士的几次盲目动工挖矿，希斯特的陪嫁金早就花完了。她对他——那年轻，高大，留着迷人的小胡子，追求她并赢得了她的芳心的男人——也不抱希望看到他的功成名就了。现在，她所有的希望和志向都集中在儿子身上。

或许他们终于要迎来好运了。查尔士在一个泉眼旁边的泥土里淘出了两小块矿金,因此他们打算去墨尔本度几天假,为黛丽买些衣服,顺便看一下高顿医生转入资金的那家银行。

希斯特非常迷信运气的好坏。她的抽屉里放有幸运兔的一只爪子,她不穿绿色衣服,不在梯子下面经过,也不在室内打开伞。她总是一把抓起不小心掉在地毯上的针,口中念念有词:

眼前针,快拾起,伴你一天好运气;

眼前针,视无物,害你到死不瞑目。

她总瞅着茶杯搜索漂在表面的"生人",用两只拳头挤压"他们",看看是软还是硬,预示来人是男还是女——尽管在康德拉,任何来人都是稀客。十三号星期五这天,她什么也不愿意做(包括蜜饯)。

这一天恰恰是星期五,查尔士没戴帽子急匆匆地回来了,比平日早很多。他穿着沾满泥浆的靴子走上过道,进了客厅;希斯特顺着泥脚印追过来,扯着嗓子提出抗议。她在门口站住了,嘴巴张着,看到他正在她最得意的绿色长毛绒桌布上抖着——好像是——一只沾满泥尘的口袋。

猛听得咚的一声,一大块精美的石头掉了出来,几乎把桌子砸破。

"查尔士,你到底怎么了?整个过道都是泥巴,还有我得意的——"

"希斯特!希斯特!希斯特!"他一扫过去稳重、忧郁的神情,龇牙咧嘴地叫道。黛丽跑进来,看到姨父正搂着姨妈绕着桌子转圈儿哩,边转边喊:"泥巴?——看这儿!这是金子,纯金呀!实实在在的!"

他冲向桌子,抓起一把削笔刀,在那块石头上刮了几下,上面立时出现了一道黄色的光芒。

"现在谁还敢说我在泥巴里挖来挖去是浪费时间?你还有什么可说的,杰太太?"

这一回,希斯特真是无话可说了,尽管她一下子跌坐在椅子上的时候嘴巴还是大张着。

"是金子!金子!金子!"黛丽一边叨念着,一边绕着桌子蹦蹦跳跳。

"解冻之后,有一个美国人曾来过,带了不少钱;我相信这下子他会出个好价钱的。那时我们就搬到下游的大平原上去。"

希斯特激动得开始抽泣了。“噢,查尔士——噢,查尔士! 看来一切好事马上都要降临了。费拉黛菲娅给我们带来了好运,我是这么认为的!”她跳起来,第一次由衷地吻了黛丽。那天晚上,他们打开一瓶酒——希斯特藏的,供“应急之用”——以示庆祝,并且计划好去墨尔本度假旅游。

将近十一月末,墨尔本阳光灿烂,温暖怡人。他们住宿在一家大旅馆里,靠近一处满眼绿色的公园。学期一结束,亚当就将从悉尼来这里与他们会合。他们都觉得相当无聊,昏昏欲睡——甚至希斯特,尽管她坚决否认自己怀念大山里的生活,也感觉他们来到的地方空气既不流通也不干净。

兴奋抵消了黛丽的不适,她——脚上穿了一双锃亮的新皮鞋,手上戴的是毛皮松紧手套,一顶系着黑丝带的蘑菇草帽戴在头上——已经懂得在出入银行与商店中找寻乐趣了。

法庭已经宣布由姨父做她的监护人,管理她父亲留给她的遗产,直到她年满二十一周岁。那笔钱,大约有八千英镑,暂时存在银行里,利息足够她眼下的花费了。在法律程序上那笔钱还不能动用,但银行非常愿意以它做抵押预付出一部分。

帽子上的丝带和脑后别住长发的蝴蝶结是她全身唯有的黑色。希斯特含含糊糊地没表示反对,只是说,服丧六个月对一般的孩子来说是足够了,但黛丽失去了那么多……

“为什么总提醒她那些事?”查尔士反问道,“这是一个我们应该庆贺的时刻,何况她现在已经是我们的孩子了。”他高兴的大部分原因是:他真的找到了金子,证明自己是对的,妻子错了。

当黛丽和姨妈在商店里花钱的时候,查尔士也在考虑如何把钱投资到他们的新住所和新生活上面。他想试着养羊,因为在他四处漂泊的生活中曾经有过做牧羊人的经验。但是一位明轮船船长让他最后下定决心在墨累河沿岸买一块土地。约翰斯顿船长恰好住在墨尔本的同一家旅馆,和他们同桌进餐。他高大魁梧,胡须灰白,眼睛里透露出海员或者来自于广阔的内陆平原的丛林人那种悠远的神情。事实上,他是在埃库卡和达灵河的农场之间运营的一艘羊毛货船的船长。他说,尽管大多数河船都是由当地红胶木制造的,他还是想来这里挑一艘墨尔本造的新汽船,开回埃库卡。

"但是我想墨累河口已经被证实是不安全的。"查尔士说。

"不安全是真的,但要说不能行船那就不对了。你得等待时机,时机一到,风平浪静,伙计,那可是壮观的景象:九十英里的浅滩,低矮的白色沙丘毫不间断,隐没在白色泡沫的雾霭之中。河口其实只是一个小通道,早期的探险家却没有发现——毕竟它从发源地流到这里已经差不多有两千英里。我对这条河的各个岔口都了如指掌!"

查尔士很快搞清楚了乘船到埃库卡得花上那位船长几周的时间,而乘火车他明天就能亲自到那儿。那位船长的一番话——每年成交两百万英镑的羊毛生意已经使埃库卡成为一个繁华的小镇——使查尔士确信埃库卡正是他要找的地方。在那儿,沿河两岸有可供购置的大片土地;生产出的东西,不管是羊毛还是小麦在埃库卡和墨尔本都能找到市场。

这就够了。查尔士动身了。他没有和妻子商量购置地产的事。过了一周,来了一封信,信上简单地宣布他已买好了一块地。

一块非常好的耕作地,位于埃库卡以北大约十五英里的一个河曲处——远离莫玛锯木场的噪音,也闻不到熬糖厂的气味,这里到处生长着澳大利亚最优良的红桉树。

这里也不是一个孤立的地方,很多明轮船,特别是开往阿尔白利做生意的小船只,从房前穿梭而过。当然,夏天河水下落,行船就很难了,有时根本无法行船。考伯公司的马车也从附近经过。

这里降雨量不多,但有成排的风车从河里抽水,所以我们不会过多依赖下雨;另外这里阳光灿烂,热量充足,亲爱的,对你的身体恰到好处。你会很愉快地发现我们并没有离开新南威尔士的故土,因为这块地就在墨累河的北岸;当然,与我们相邻的最近的较大的中心城市是埃库卡。莫玛也在河的北岸,是一个很小的村镇,但这里有一座不错的横跨桥,除了关口处无关紧要的盘查,大部分时间畅通无阻。

这叫什么信!希斯特懊丧地想道,感觉头开始疼了。男人这是怎么了!这不是要把大的困难都留在最后,到时候就敷衍了事吗?他们在小城里买的一切东西,他们买进来又要卖掉的一切东西,都得用点心思好好审查审查。

对房子只字未提！厨房是否美观，烟囱是否冒烟，墙壁是否潮湿，都只字未提！

她吸了吸鼻子，把信放回信封里。亚当一到，他们就得乘火车北行一百五十英里赶往墨累河畔。埃库卡位于河口以上一千英里的地方，但它是整个河上距离墨尔本港最近的城镇。

6

希斯特躺在埃库卡镇上的"皇宫旅馆"，慢慢地从一路的炎热和疲倦中恢复过来；那一对表兄妹早去镇上闲逛了。他们惊奇地发现这是一个繁忙、喧闹的地方；几乎在每条街道都可以看到成排的桉树和林立的教堂塔尖，几乎每个角落都有一家旅馆。

从河的上游传来麦肯托磨坊里圆锯吃进红桉木时的刺耳的尖叫和肉麻的哀鸣。隔着一排货栈和海关大楼，他们也能听到码头上的喧嚣——火车调轨的轧轧声，绞车起运货物的嘎嘎声，汽笛鸣响的呜呜声，蒸气排出的嘶嘶声。

码头位于河面以上二十英尺，因为当前正是枯水期。他们一边跑一边念着停泊在那里的轮船的名字："罗丝伯利"号，"亚伯特"号，"尼罗河"号，"成功"号，"爱德莱"号，"兰开夏少女"号，"奇迹"号，"创业者"号——有大船，也有小船，有侧明轮船，也有尾明轮船，有的样子新潮，也有的样子过时了。连绵的水域清澈碧绿，平静的水面映出一轮炫目的太阳。他们沿着河岸追逐着，跑向通往新南威尔士的大铁桥。黛丽蹦蹦跳跳地穿过低矮的树丛，又在高大的树下闪出她娇小的白色身影，阳光和树影在她的白裙子和黑发上面洒下星星斑纹。她的海员帽耷拉到肩上，任由帽子上的丝带轻轻地勒在颌下。

看着缓缓流淌的河水，她想起了在她来的地方，在遥远的大山之间，那些雪下的细流。这河水在夏天的酷热里还是冰冷的吗？她本想脱下袜子在河边的浅水里玩一玩，可是亚当没停步大步向前去了。

黛丽闭上眼睛，深深地呼吸着桉树的馨香——树影婆娑，传来阵阵新鲜刺激的气息。从河对岸，一群华贵的鸟儿呼朋引伴地游过来——黑色的羽毛，长长的脖子，鲜红的嘴。

“它们真的是天鹅吗?”黛丽一边叫嚷着,一边心想,这是多么奇怪的国家呀,六月下雪,冬天树木从不光秃,夏天树叶也不绿,总是蓝灰色或橄榄色,有时几乎就是紫红色的;树干比树叶颜色更暗。

回来的时候,他们发现希斯特心情很糟。

“我还以为你们俩掉到河里淹死了呢! 你们怎么能想到在这样炎热的天气里待在外面,我真不明白,简直把我担心死了。现在的孩子真不体谅人,我做姑娘的时候——”诸如此类的话讲了大约五分钟。黛丽和亚当在她的头上对望着——在大人的训斥下,他们俩自然地互相支持起对方了。

查尔士回来得太晚,没有在车站接到他们;等他匆匆忙忙赶到旅馆,却发现他的太太已经被炎热折腾得疲惫不堪,但还不至于连抱怨的力气也没有。他忍住了没提在康德拉时她一直挑剔那里寒冷的天气,而是坐在她旁边,为她扇着扇子,直到她感觉恢复了一些元气。

第二天早上,他们一起动身去看新家。这笔交易是建立在“搬进来搬出去”的基础上的,所以每样东西——小到刀叉、炉具等物件,都只是转手而已。甚至仆人也留了下来——一个杂务总管,既能杀猪煺羊,又能照看菜园家禽;一个半土著的牧场工人;还有两个厨房女佣以及她们的家人。

因为正是河流枯水期,他们走在高大挺拔的树木中间一片灰秃秃的沙洲之上,一群白鹦鹉如失魂一般地尖叫着从干枯的河道忽地飞起。马的铁掌无声地踏在干黄的树叶上,袋鼠在马车前面一蹦一跳地跑远。

他们终于走出茫茫的桉树林,走进一块沙地中;一道道低矮的沙岗后面,倔强地矗立着一株株当地松树。在前方河曲洪水警戒线以上的地方,豁然出现了居家的住宅:硬木结构的楼群,木瓦封顶;主屋朝向河水。

阴凉的阳台栽满白色的茶花,花蕾点缀,香气阵阵;从后面一间外屋的烟囱里升起袅袅炊烟。希斯特挺直了腰,呆呆地望着,所有的疼痛都忘了。她的脸上又浮现了欢迎亚当回家时的温柔表情。

当他们走近后门的时候,忽然储水池后花裙一闪,传来一阵咯咯的笑声,但无人现身。希斯特要求先看厨房。厨房还在后面,是独立的一幢房子,既大又通风,石铺的地面撒着来自河里的干净细沙。一束香草和另一束永不褪色的雏菊从屋顶垂下,一张全家人围着维多利亚女王的照片——颜色灰暗,蝇屎点点——跨了整个一面墙。

黛丽选了西边的一间屋子作为自己的房间。透过窗格框,她能斜着看到外面的河岸和一株开花的高大桉树。她发现希斯特正在前面的卧室,面色疑惑。

“我不知道离那个这么近我会不会睡得安稳。”她指的是花园外、沙丘边的一小块墓地。三块小木碑插在由坚实的木桩栅栏隔开的三座小沙包上。

黛丽的兴致被打断了。

“我们可以在这之间栽上一棵树。”查尔士安慰希斯特说,“我猜这位母亲喜欢和自己的孩子亲密无间的那种感觉,但是当那个小女孩在河里被人发现之后,他们就想到要离开这个地方。前两个孩子刚生下不久就死了。”

黛丽瞪大眼睛,一眨不眨。死……睡在这间屋子里的小女孩……她自己的姐妹们,也都淹死了。

她感觉一只温暖、坚定的手抓住了自己的胳膊。“来,黛儿,我们到花园转转。”亚当说。

他的眼睛里包含着无声的理解。

希斯特返回厨房,从储水池后把那几个咯咯笑的人召集起来,开始指导她们如何收拾厨房:每周地面都要换清洁的沙子,刷洗松木桌子要冲三遍水,炉子上要放足够的石墨。但她标准的英语,陌生的语调,只是惹来更多不知所措的咯咯笑声,尽管她弄清楚了那两个女孩——一个叫露茜,一个叫米娜——是那个半土著的厨子贝拉的两个女儿。

查尔士过来说了几句杂乱的英语才算解了围。

“你们——贝拉,露茜,米娜,你们都归属这位新来的太太;她很有知识的。现在你们领她到处看看;快点把饭做好,不然别怪我发脾气!”

尽管有着温柔的黑眼睛和完美的白牙齿,希斯特还是觉得这两个穿棉裙子的女佣真是难看,也不庄重;她们光光的脚趾在铺着沙子的地面上局促地来回摩擦着,大半个腿都露了出来。

年龄小一点的米娜,尽管不比黛丽大多少,但是已经到了必须穿长裙子的年龄;另两位当然也得让她们穿上合适的裙子,得体地遮住胳膊和腿。

外面,两个孩子已经看完了所有的外屋,转头向前面花园跑去,那里有一株高大的松树,一架葡萄藤挂满了青涩的葡萄,还有一些杏树、酸橙树和杨柳。陡峭的岸上生长着高大的红桉树，为岸边一块不毛的沙土地撒下一层树皮、嫩枝和枯叶。

黛丽和亚当站在那儿，看着脚下的河从各个高度在岸边划下连续的条纹。它从左边绕个弯流过来，又悠然地向右绕个弯从眼前消失了。它平静地流着，无一丝波澜；河水清澈，他们能看到很深的河底。

河的对岸，树林茂密，树影婆娑，衬得云更淡，天愈蓝。对岸看起来并不远，他们不约而同地渴望能看到一条船。似乎感应到了他们的这种想法，两只当地的独木舟从河的上游拐弯处悄没声息地划过来，每只船上直立着一个黑色的身影，以一种原始而古老的姿势——恰似这条河的流势——撑着桉木长篙。他们是这块最后被发现的大陆上的原始居民。

在他们观望的这当儿，从河岸远处的一间草棚里钻出一个矮胖的身影，他向这边走过来——颌下一簇历经风雨的灰白胡须，上身法兰绒衬衫，下身厚布裤——他看着他们，暗淡的蓝眼睛里依然跳跃着富有生气的好奇。

"你好，"亚当说，"那是你住的地方吗？你不怕大河发洪水把它冲走吗？"因为那草棚是紧贴着松塌的堤岸而搭建起来的。

"不是我的地方，年轻人，它属于那间大房子里的人，但它不会持久的——它只是一个'空中楼阁'。但是他妈的你们俩是从哪里冒出来的？不要告诉我那新来的一家人已经到了，我可没听说过！"

"你说对了，我们的确已经到了。"亚当不自觉地顺着这位老人的语气说。"刚到，今天早上。"

"哎呀，他妈的——请原谅我的口头禅——老板和太太会怎么看我，竟然没有去欢迎他们？我耳朵真是不好使了，什么事也听不到了。'谁耳朵好使谁听吧'——"他引用了一句《圣经》中的话。"我叫艾力佳，杂务总管，你们叫我力杰好了。"

"你好，力杰。"亚当与他握了手。这个小个子男人结着硬茧的手紧紧地握住了亚当的手，眼睛眯成一条缝，里面闪烁着机敏的光芒。

"那边的黑人不是野蛮人吧？"亚当神情紧张地问道。

力杰大笑一声。"不是。只是没有面包吃的时候他们才会变得野蛮。这一带不存在野蛮的黑人。感谢上帝——好像世上光有狡猾的蛇还嫌不够！"

力杰带领他们绕着农场看各种牲畜。在马厩里,他们发现了杰基——露茜的丈夫,他把那匹名叫巴奈的马从车上卸下,梳得光光的,喂得饱饱的。

力杰手提一根长棍子;当他们走在被夏季的阳光晒得发白的草地上时,他似乎神经紧张起来,总想落在别人的后面。在牧马场的一角,有一个破旧的方形大铁罐,锈迹斑斑,千疮百孔。有一个饮用水槽,风车从河里向上面提水,通过一个管道注满水槽。

黛丽拍了一下腿,然后摩挲着脚踝。“蚊子在白天竟然也会叮人!”她说,“这里蚊子多吗？昨天晚上在埃库卡,蚊子可真是厉害!”

“埃库卡的蚊子厉害?”力杰嘀咕道,“等一会儿你会看到这里蚊子的个头。看到那边的铁罐子了吗？是蚊子把它搬到那儿的。本来是在河岸边的。”

黛丽有些不解,亚当也满脸疑惑。“蚊子怎么能搬动它?”

“它们还连我一起搬了呢！那天我正在修理管道,突然这些大怪物就一窝蜂地向我扑来,我就钻进罐子里——幸好是空的——赶紧盖上盖子。嘿——它们真是疯狂地想喝血,竟把毒针往铁罐上刺;我心中咚咚乱敲,很快一根针就刺了进来,我索性就把那根针掰弯。它们真是疯狂！嗡嗡地把铁罐子也搬动了,但太重搬不远;它们就往牧马场这边过来了。我从罐子里爬出来,任由它们饿死在那边!”

故事讲完了,茫茫然的,谁也没出声;终于还是亚当大声地笑着说:“真是不可思议!”

力杰的脸上仍是一本正经。“哦,请原谅,我要回去把自己收拾得利利索索,然后到你府上去。”他说。

希斯特没有料到他们会搬进一处布置完好的家,所以从遥远的大山里随身带来了她的许多宝贝——黛丽的外婆传下来的纯银汤匙,已经磨得成了薄片,不小心还会划破嘴;玛丽·格利高利时代的红色水壶;彩绘灯罩……还有一大批毫无价值的东西,比如旧相片,明信片,信件,亚当的第一颗牙齿,等等,不一而足。

黛丽在第一个晚上就闯了祸,她在帮着解行李的时候把那个彩绘玻璃灯罩打碎了。希斯特要她上床睡觉去,并且说,她不想让一个生来笨手笨脚、长着两只左手的人乱动自己的宝贝瓷器。

黛丽躲在自己的房间里抽泣了一会儿;脱衣服之前,她举着蜡烛想到外屋看看。外面,厨房的门缝透出一道光,可以听到里面急促的谈话和阵阵笑声,锅盆的碰撞声,光脚在地板上的拖沓声。黛丽走到垂着藤蔓的小屋前,轻轻地推开木门。烛光照亮了屋角一面厚厚的蜘蛛网,无声无息中,她忽然感觉到有成百上千只蚊子在网上不怀好意地颤动。

退出来的时候,她吹灭了蜡烛,等了一会儿才习惯了四周的黑暗。

夜晚安静,柔和,天空有温柔的星星在眨眼,所以实际上周围并不暗。长长的银河洒下一道朦胧的光芒。

她脱下鞋袜,放在后门台阶上的烛台旁边,转身向那条河走去。当她经过客厅一侧的窗(另一侧是开向前阳台的几扇落地窗),她听到里面有说话声。她向屋里窥视着。从无边又无声的夜晚看这个盒子似的房间,有些不真实,灯光也仿佛成了舞台照明的一部分,同时她在头脑中开始让这一切戏剧化:

她无所谓地看着窗户里面,透过窗外寒冷的夜晚看着屋里那些温暖而舒适的人。我才不在乎他们呢,她说,尽管他们把我赶到外面的寒冷和黑暗中。我不会祈求仁慈,她说,决不会,我将沿着这条孤独的路走向未来……

她把头低到窗台以下,沿着脚下孤独的路一直走到河岸。大地仍在释放着白日里积攒的热量,脚掌下的泥土像是拥有生命的东西。白色的茶花,如星星般闪烁,在空气中挥洒着浓重的香气。

当沙质河岸在她面前展开的时候,水面上反射的光芒使她眼前一亮。她小心地爬下堤岸,脚踝一下子感觉到滑滑的,凉凉的;沙底很实,杂草不生。水波荡漾开去,星星的投影也随之颤动,裂成钻石般的碎片。

对岸的桉树形成一面漆黑的墙,分不清哪是树哪是堤岸;在她的双脚和那一片漆黑之间,河水缓缓流淌,星星缀在上面,像贵妇人光滑的胸脯上装饰的珍珠。坚定不移,毫不停歇,这条河从它遥远的源头流向未知的大海!她第一次感受到了这永恒的流淌中蕴含的无限的魔力。

四周非常安静。忽然传来一阵声音,不像是尘世的声音;它划破空气,从茫茫夜空中传来,像夜的精灵的声音。

她瞪大眼睛向头上望去,与其说看到,听到,不如说感觉到了周围的一片模糊、巨大的翅膀的阵阵拍打……黑天鹅!黑天鹅!正在向某个隐蔽的河道,向某个神秘的水塘飞去。

星光下,那阵奇异的叫声去远了,她仍然站在原地,像扎根河岸上的一棵树。

只要我活着,我就会记住这个夜晚,她想。一直到老,我都会记住这个夜晚!

7

在炎热中时间到了年底。屋子里太热,希斯特把一张桌子搬到外面的葡萄架下,午饭就在那儿吃。希斯特这下子看到了厨房和火炉安排在一间独立的屋子里的好处。

因为不再管厨房的事,黛丽和姨妈相处得融洽了一些。但是每当从黛丽的房间传出什么东西掉落的声音,希斯特总会说:“瞧,这个孩子总拿不稳东西;她的手那么大。”

“要我说,她是身上不舒服。”查尔士说,“她最近腿脚有些不灵便,两个眼窝好像毯子上烧出的两个洞。”

“在她这个阶段是难免的。”希斯特意味深长地说。

黛丽来到澳大利亚之后的第一个夏天,炎热的天气加上姨妈暗示过的身体变化,似乎耗尽了她的精力。他们都强烈感受到了山区和这里的高度差。

圣诞节到了,但她觉得这夏季的颜色似乎哪里不对,唯有天空飘过的几片洁白的云朵让她产生些许雪的幻景。希斯特坚持要搞个烧烤晚宴。厨房里的三位女士也因为圣诞节的来临得到了她们的新裙子——贝拉的是深蓝色,米娜的是黄色,露茜的是深红色。但一周的时间,她们就把那长而紧的袖子穿破了;黛丽亲眼看到米娜从河里上来,衣袖上爬了一只蝲蛄。米娜总到河里潜水,她发亮的身体,映衬得天空深蓝高远。脱掉了那些不成样子的衣服,露出她光亮、柔滑的深褐色皮肤,整个人看起来既苗条又漂亮。

希斯特很不理解这几个黑皮肤的帮手,一看到她们随意地披散着衣服的样子,她就觉得丢人。

一天,天气晴好,热气烤人,吃完了热腾腾的午饭,亚当和黛丽就一路溜达到河边。风车水管的连接处不断有水渗出,竟然长出了一片绿意融融的野薄荷,他们就在那儿躺下来。河水缓缓流过,催眠着人的感官。

咯咯的笑声,急促的流水似的谈话,扰乱了他们的平静。原来是露茜和米娜,洗刷完餐具之后来到河里"放松"一下。米娜蹲在独木舟里,露茜撑篙划向河中央;突然水花飞溅,两只棕色手臂在阳光下一闪一闪——米娜游向对岸,赤裸裸地向岸上走去,黄色的裙子留在船上。黛丽站起来,注视着这一切,感觉手指颤动着想拿起铅笔或蜡笔,要把这完美的形象绘到纸上:优雅、从容的姿势,挺直的后背,坚实的胸脯,细长的侧影,都闪耀着生命的光彩。她忽然意识到亚当在她身边也是一动不动。

她知道,亚当时常去河的下游游泳,也是一丝不挂。黛丽渴望学会游泳,但觉得去问姨妈是没有用的。做个女孩多么无聊——不该游泳,不该爬树,不该跨着骑马,不该做任何有趣的事情!亚当现在十五岁了,高大,健壮,几乎像他母亲所期待的一样英俊潇洒。她和亚当赛跑、跳高,亚当总赢;有时玩打弹子的游戏,也是亚当赢。近来,他开始一个人在傍晚的河边散步,看夕阳把平静的水面染成杏黄或淡绿;当他站在那儿,沉迷于河水的色彩变幻中时,她从来搞不懂他在想什么。如果她追随着他,她立即感到有一种隔膜好像一堵墙竖起在他们之间。她慢慢懂得了尊重他沉默独处的心绪。

而他的母亲却不懂。当站在阳台上飘香的茶花树下的他,凝视着夜空,聆听着枭鸟时断时续的叫声,体悟林中树木低沉的叹息时,她总会走过来,把一只胳膊伸进他的臂弯。"孩子,你在这儿想什么?""一个人在这儿?""为什么不过来和我打打纸牌?"他会生气地一甩胳膊。"妈妈,你能不能不管别人?"这时她会用一句严厉的话为自己搭个台阶,掩盖住内心的伤感;而当他再一次陷入某种思绪中的时候,她还会来同样的一套。

亚当从来不用话语批评他的母亲,而是通过他的眼色,胳膊肘的一耸,或者桌子下面猛地一跺脚来表态。当他不同意母亲狭隘的看法时,他就告诉黛丽。可怜的希斯特,尖刻而又自怜,已经成了习惯;尽管农庄和花园为她带来的快乐使她的脾气多少有些缓和,她还是没有一个真正的伙伴。

甚至脾气随和的力杰,她也把他惹恼了。把一桶桶的热水从厨房提到浴室是他分内的活儿。一天,她抱怨说:"艾力佳,昨晚我的浴盆里漂有谷壳。"

“哦，太太……呃，您知道，我是用那水桶喂牛的。”

“门外整整一条河的水，足够你把桶冲刷干净了。”

“是的。但您知道，谷壳是很黏的东西，即使您自己去冲刷那倒霉的桶——”

“会刷干净的。不要再发生这样的事了！”

气候干燥，河水一天天落了下去。树干上几英尺高的地方，一条白线显示出了去年的洪水线。在孤儿堡汇流处以下，一些暗礁、浅滩裸出水面，船运交通已经停顿。

草场上的牧草已经稀落，不得不添加燕麦和干草。先前的主人留下了质量相当一般的几匹马。查尔士——天生是一个骑手，就像他天生是一个滑雪手一样——选了那匹精干的栗色母马“火蝴蝶”，而亚当只能选那匹跛腿的挽马巴奈，或者那匹肥墩墩、圆滚滚的矮马“雷欧”。杰基，是一位优秀的饲养员，他骑着自己驯服的那匹难以驾驭的花白小雄马。黛丽请求让她也骑一骑，但被告知她必须等到他们装好女鞍之后才能骑。

牧马场旁边是猪圈——因为它们常常散发出难闻的气味，所以距离人的住家很远——和屠宰场，力杰每周一次在那里杀猪宰羊。

有两只牧羊犬，但它们既冷淡又乖僻：一只黄眼睛的凯尔皮狗，另一只是老迈的波尔多大牧羊犬，它们似乎只承认力杰这个主人，而且它们——如果力杰的话是可信的——不需任何帮助就能把一只绿头苍蝇赶进一只瓶子里。那只大牧羊犬的名字叫羊倌，样子实在让人厌恶，后背中间光秃秃的一块地方所有的毛都褪净了。

“这条狗的皮毛是怎么回事？”亚当抚摩着它的耳朵问道，而它则对他怀疑地翻着眼睛。

“那条狗嘛，”力杰挠挠脖子说，“那条狗过去长了一身好看的厚毛，但天气太热，它在夏天又四处乱跑；一个大热天里，它出去赶羊，我看到腾腾的热气从它身上升起。我们来到一个水库，我还没有来得及拦住它，它就跳了下去，哎，你相信吗——”力杰说着，暗淡的蓝眼睛天真无邪地盯着亚当，似乎要加深亚当对这件事的印象。“但那条狗太热了，周围的水都沸腾了，把它的毛也煺掉了。

除了后背中间的那块地方，其他的毛又长了出来，不过还是损坏了一点它的形象。”

吃晚饭的时候，亚当讲起这个故事；他的妈妈哼了一声，说力杰真是个“无耻的老骗子”。

“但是妈妈，他不是真的想骗人，因为他不想得到什么好处；那是一种艺术的夸张，他真是一位艺术家。”

力杰的茅屋后面是一块菜园，通过一系列复杂的管道从河里抽水灌溉。他在这里花了大部分时间锄掉杂草，然后栽上一垄垄优美而匀称的西红柿，或者在灌溉好的苜蓿地里挥舞着镰刀。他一生有两怕：蛇和女人。“不要相信女人！”他喜欢引用《圣经》中的话。

在他的小屋里有一张五英尺高的木床，一架梯子通向上面；门的两侧各有一根“为蛇准备的”大棒。一次洪水过后，漫山遍野到处有蛇在爬；他醒来时发现有一条蛇盘在他胸脯上正睡得香呢。从那时起他就一直未在低矮的行军床上睡过觉。

查尔士刮掉了长胡须，看起来年轻了好几岁；他说要进城挑一只价格低廉、品质优良的公羊。黛丽问他能否同时为她登一则广告，她想请人帮助自己补习荒废已久的学业，她和亚当或许可以共请一位家庭教师，由她从父亲的遗产中支出。

“家庭教师！又多一张吃饭的嘴。”虽然希斯特嘴上这么说，但是在这个男人与孩子的家庭里住进一个白人妇女和她说说话的想法还是使她产生了兴趣。她继续抱怨着，只是出于习惯而并非要说服谁。“所有额外的活儿都将落到我身上；尽管我的后背近来舒服多了，但随着冬天的到来，我的老毛病可能又要犯了。当然，我并不期待任何人体谅，没有人知道我要忍受多大的……”

查尔士温和地插话说：“既然黛丽愿意从她个人的收入中负担这笔费用，我们就不要有异议了。我也很高兴亚当能有机会完善所学的知识；从他在农活上表现出的兴趣来看，他最好是待在学校。他总是把鼻子埋到书里。”

亚当的嘴巴耷拉下来。他受到脾气随和的父亲的公开批评绝非常事；对他母亲来说，他更是完美无瑕。

“谢谢您，父亲。但生活远远不止猪食和洗羊药水。如果我不能上大学，或者旅游，或者做任何我想做的事，为什么我不应该读点书呢？您戴着花哨的宽边礼帽，骑着马四处溜达，看起来像个农民，但您和我一样清楚，真正的活儿都是力杰干的。如果这个家庭教师还不错，我不介意上课，但是我在学校里学不到的东西她也不大可能教给我！”

“这样傲慢的谈话通常是堕落的开始。”他父亲突然抬高嗓门说，“让我告诉你吧，年轻人，实际上你对生活，对其他的一切都懂得很少。你打算如何养活自己，我问你？我可不想让你游手好闲。”

“我想成为一个作家。”亚当低声说。

“作家！是什么使你想到，过那种生活你能获得一切？”

“当然他能，如果他下定决心。”希斯特尖刻地说，“查尔士，我们必须留意请一个人，但决不要那种过分讲究、一点忙也帮不上、凡事都等着别人服侍的才女。”

8

他们又购进了一只新的无篷小艇，补充了力杰那只漏水的鸭形小破船的不足；黛丽也被允许和亚当一起出门划船。他们第一次穿过河去；那是一个阳光灿烂的下午，水面平滑如镜，映照出黄润润的云朵和淡绿的树影。她的一只手拖在水中，心中觉得——和亚当一起在这波光粼粼的河面上泛舟——达到了幸福的最巅峰。

他们把小艇停靠在河对岸的一片灰暗、干燥的沼泽地里。沼泽地的边缘，冷杉巨大的树影下面，是一处露营地，那里有一条名叫“迈阿密”号的空船，还有一些燃尽的火堆。

“和你比赛跑到那棵大桉树那儿！”亚当大喊着，没有等她就先跑了。

“先别！等等我！等——等！”她呼哧呼哧地在他身后赶上来，因为她不想一个人被丢在河的这一边，但亚当还是很快地消失在密林之中。当她终于赶上他的时候，他正坐在一棵大树的突出的树根上，专注地盯着河对岸——那棵树恰好长在河堤之上。

“为什么不等我？”她嗔怪道，“你知道我跑不过你。”

“我知道。”亚当说。他看着她，毫无笑意，眼神悠远。她立即明白他是想独自待着，所以故意想办法要甩掉她，这样他全身的每一根骨头都可以自由地触摸在维多利亚的这个孤独的角落里无人陪伴的一切感受。

他们继续向前来到另一块营地。老莎拉正坐在一堆篝火旁边，吸着一个土制烟管；抹在头上的树油一滴滴落到她裸露的大腿上。她是一位老女佣，有时过河来向这里的人家讨些浆果。

黛丽带了一些画画的东西，但是放在小艇上；黛丽答应如果老莎拉能在哪一天早晨过来到小艇上“坐坐”，就送她一大枝浆果。他们回到船上，向上游划了一会儿，然后顺着水流漂下来。沿岸数英里苍茫丛林中的农庄及周围的建筑看起来那么小，那么不起眼。黛丽把这一切勾勒下来，得到了亚当的称赞，但是她对自己的作品并不满意。她渴望有一张大帆布和各种纯色，要么，新来的家庭教师能给她上点水彩课也好。

登在《大河先驱报》上的广告从墨尔本来了回音。一位巴瑞特小姐从雷瑞那的朋友那里得到剪报，因为她正要去拜访他们，所以顺路来埃库卡约谈一下。

巴瑞特小姐立即成为大家关注的话题。查尔士大胆地希望她既年轻又漂亮；黛丽——根据这名字给她的心理印象——肯定地认为她高大、瘦削，而且自己不会喜欢她。

河水下降，他们可以抄近路进城，全家人都去了，只留力杰看家。马车已经载着他们的农产品进过好几次城了；因为大河水位降低，没有过往船只，也就没有过往旅客购买他们的禽蛋和火腿。邮件也不得不通过陆路送来，由力杰划着小艇到河对岸很远的地方去取。

文学硕士朵罗丝·巴瑞特小姐已经安排好午前十一点钟在她下榻的皇宫旅馆的会客厅和杰米逊太太见面。还差五分钟的时候，希斯特就坐在那里等她，心里充满了对她的偏见。

她把亚当、黛丽和她丈夫都打发出去“逛商店”了，她想——如果这位家庭教师既年轻又漂亮——还是自己一个人应付她吧。

门外响起男人似的脚步声，接着一个低沉的嗓音说：“对不起让您久等了。”随即一个高个子年轻妇女大步进了屋，伸出她指甲修剪完好、粉红色的一只大手。

希斯特惊愕地眨了眨眼,赶紧握住那只手。

“巴——呃——巴瑞特小姐?”

“对。”这位年轻的妇女——哦,并不怎么年轻,肯定有三十岁了,希斯特推断着——手腕一扭就拖过来一把椅子,坐下了,平跟鞋稳稳地踏在地板上。白色衬衫,高领紧袖,和她的蓝哔叽长裙一样纤尘不染。一顶硬草帽戴在她淡褐色的鬈发上。但握起手来可不像个女人!

“您是杰米逊太太?从收到的回复我申请的那封信中,我了解到您有一个十三岁的女孩和一个十五岁的男孩,男孩的年龄有些偏大,似乎不必请家庭教师,哦——我带来了一些我的证明,我一直在墨尔本的一所私立女校任教,那上面有记录的,但是和那么多女孩子在一起真够无聊的。”

她优雅地一笑,清澈的灰眼睛周围出现了一道道皱纹;希斯特不自觉地也回之一笑,但她仍生硬地说:

“我对女孩子没有很多经验,我外甥女和我生活在一起还不到一年,我只有一个男孩,亚当——”她的声音变得温柔了一些,“——是个聪明的男孩,一直在悉尼上学,直到最近才回家。我不知道他是否需要进一步学习,但我希望你教他成为一位绅士,培养一下他的写作才能,因为他希望在那方面做点事情;他还想上大学,但他父亲反对。”

“如果他想写作,他当然应该继续学习拉丁文。”巴瑞特小姐以她低沉的声音说,“在对用词的感觉方面没有比这更好的训练了。还得学习法语,这样他可以阅读那些伟大的法国小说家的原文——”

“法国小说家!”希斯特抽了一下鼻子。“我所看到的他们的作品,统统应该被烧掉!”

“——当然还有英国文学;数学,有助于清晰的思维;地理学和地质学,使人在时间和空间上有敏锐的观察力。如果他不是特别爱好希腊文,我想就放掉它吧;它不是我的强项。现在我们谈谈这个女孩,我想我们可以让她根据自己的喜好选择科目;当然,要是他们俩学习同样的课程,教起来就会简单得多。她是渴望学画吧,我想,那她就不会喜欢数学了。”

巴瑞特小姐低沉、平静的话语在继续,而希斯特只是无所适从地坐在那里;

她感觉自己好像陷入了激流中，只能身不由己地顺流而动。毫无疑问，巴瑞特小姐是有才华的——无论从她的大手、坚定的大嘴，还是从她鲜明、张大的鼻孔来看，她都是希斯特迄今为止发现的唯一有才华的人，有了她，一切都可放心了。

“——那么这事就定了，是吧？我相信，我的表现会让您满意，我有能力管好这两个孩子。您想要我什么时候开始？”

“哦——呃，马上，尽快吧。”

“我得从墨尔本取回我的东西和我的书。我想下一周就可以开始了。”

希斯特站起身来，陪巴瑞特小姐走向门口，这时亚当和黛丽从街上回来，走进这间阴暗、空旷的大厅，——查尔士仍在街上“看一个男人遛狗”。

“巴瑞特小姐，这是费拉黛菲娅·高顿，我的外甥女；孩子，这就是新来的你的家庭教师。”

“哦！”黛丽脸红了。“哦，您——您好！”

她伸出瘦削的小手，不自然地和巴瑞特小姐握了握，而对方紧紧的一握使她不自觉地缩了缩身子。巴瑞特小姐温和的灰眼睛里满含笑意，简直令她倾倒。她有一头鬈发！个头很高，但一点不像灯杆，她真可爱！

“亚当，过来！这是我的儿子，巴瑞特小姐。巴瑞特小姐从墨尔本来，有很多资格证明——”

亚当潇洒地向前跨了一步，带着一丝自信而冷淡的神情和巴瑞特小姐握了握手；然后退后一步，却出其不意地撞上大厅里的一张小桌子——放在上面的灰暗的盆栽，不知长了多久，也看不出长势如何。

巴瑞特小姐开怀大笑，亚当涨红了脸。

“噢，当心那株蜘蛛抱蛋。”她叫道，“看起来那么古老，可能是谁的传家之宝。”她一边继续大笑着一边走出来，走到灿烂的阳光下。

9

三月下旬，查尔士驾着轻快的小马车去接巴瑞特小姐；杰基跟着一起去，帮着把放在座位下面煺了毛的火鸡和其他农产品卸下来。回家的路上，杰基不甚理解地听着另两个人关于采金的地质学方面的讨论；巴瑞特小姐有满腹的理论，查尔士有丰富的实践经验，他们饶有兴致地讨论起“断面”“冲积矿床”“主矿脉”，等等。

“不知他们俩一路唠些什么！”杰基对贝拉说。

巴瑞特小姐长得当然标致，查尔士想，——但他对她一点没有兴趣。她是一位非常有成就的年轻女人，也非常自信。

“哦，我一下子就找到了她，这就接回来了，平平安安的。”查尔士说着，把她领进客厅。

“为什么她不应该平平安安的？”希斯特尖刻地反问，因为她总是从字面上理解查尔士的话。

“巴瑞特小姐，坐下吧，你肯定饿了。来点茶？刚泡的。吃块蛋糕？”

“谢谢，我不饿，既然茶泡好了，我就喝杯茶吧，其实我更喜欢喝白开水。”

“真怪！”希斯特说。因为她已经花了很长时间烤好了松软的蛋糕，也拿出了她最好的茶壶。

“给，亲爱的，我想你可能会喜欢这个——”说着，查尔士递给妻子一个纸包。

“礼物？给我的？”希斯特看起来有些茫然。

“对，你不想把它打开吗？”

希斯特小心地拆下花结，打开了纸包；又小心地把那张纸摊平，然后才看她的礼物。

“哦。”希斯特说。

“多漂亮！”巴瑞特小姐说。

那是一件黑色的丝绸衬衫，上面精致地点缀着彩色饰珠——大多是明亮的海绿色。

“噢，查尔士。”希斯特叫了起来，“你知道，我不能穿绿色；绿色非常非常不吉利！”

那天晚上，她熬到很晚，仔细地从那件衬衫的图案上拆掉每一个绿色的小珠，直到它看起来像虫子咬过似的；但它毕竟不再那么直截了当地蔑视命运了。

黛丽坐在教室里——吃饭时间它就成了餐厅——入迷地听着巴瑞特小姐低沉、平和的话语。她情不自禁地爱上了巴瑞特小姐，从此她的世界里有了一个新的中心。

黛丽学得劲头十足，不仅领会了自己的功课，而且也领会了给亚当安排的更难一些的功课。还未等正确地掌握拉丁文动词的变位，她的精神就被贺拉斯那雄伟的乐章所吸引了；“Odi profanum vulgus et orceo！（拉丁文，意为：我憎恨那邪恶的乌合之众而远离他们！）”那庄严的音乐激荡着她的耳鼓，尽管她对歌词的意思只有模糊的认识。

早饭后，黛丽赶紧帮着露茜和米娜收拾桌子，把墨盒和地球仪摆放在绿色的长毛绒布上，这块布料是希斯特从康德拉一路带过来的（绿色，只要不是穿在人的身上，她不认为有什么危险；这块长毛绒布是她认为安全的带点黄色的橄榄绿。在她不合逻辑的思维里，颜色越鲜绿，厄运的形式就越致命）。

有时候，起得早了，在开始练钢琴之前，黛丽总要走向屋外沙丘上那几个小坟墓，在围栏边站一会儿。

她感觉自己几乎爱上了曾经睡在她房间里的那三个死去的孩子，好像他们也是她失去的家人中的成员。他们是：克利，仅仅活了八天；玛利，六个月大；伊利，五岁。

淡黄色的阳光从最远处的河曲令人炫目地照过来，为木制的小十字架投下长长的、冷冷的蓝色阴影。她半闭起眼睛，一边感受着黄、蓝颜色的对比，一边想着那三个死去的孩子和自己的兄弟姐妹。他们在天堂里见面了吗？她望望晴朗的蓝天，柔和而深不可测；她的眼睛望向那柔和的深处，却发现无从驻目。

晚上，星斗漫天，眼前是可怕的黑黢黢的空间，眼睛望不到边，思维也遥无极限。不可能，她想象不出天空中会有天堂！

带着困惑，她不情愿地回了屋，穿过阳台那长长的落地窗，进了客厅。她坐到钢琴凳上，把它转到最高点，又转下来，手指拨弄着一条熔化的蜡油——刚从一支蜡烛里滴出来，正流过铜制的烛台；每个烛台都有黄色的编织丝罩。她不喜欢练琴，所以不急着开始。终于她开始练指法；而河边传来的拖长的高音又使她停了下来，侧耳听着。那是米娜，唱着一些奇怪的半音，令黛丽感觉后背一阵阵发酥。

Kutchinurringa nurringa na

Kutchinurringa na

她关好钢琴盖。她感觉今天早上的指法练习比往常更没意思。她更喜欢上游泳课。

巴瑞特小姐特别擅长游泳,不久,希斯特也不再反对;她自己随身带来一件套头至膝的泳衣,也为黛丽临时改做了一件,黛丽就在沙堤上面的浅水里开始学着游。沙堤下面是深深的主河道;很快,她就大着胆子像狗爬似的游向深水,终于有一天,她——巴瑞特小姐游在她旁边——向着河对岸游去!

接下来,河水开始暴涨,早晨变得冷多了。黛丽和亚当每天都用木棍标明上涨的水位。巴瑞特小姐热衷于划船就像她热衷于其他一切事情一样劲头十足——这下子就带着她的两个学生由游泳转向了划船。

一天早上,他们正在教室里上课,忽然听到一阵有规律的敲打声——好像心脏的搏动——慢慢地离得近了,接着,一个白色的木房子似的东西从树后面钻出来映入眼帘。

"轮船! 是明轮船!"亚当大声地嚷嚷着,冲出门去;巴瑞特小姐和黛丽也跟了出去。这是他们看到的从这里经过的第一艘船。

它顺流而下,烟囱里冒出滔滔的烟,轮机突突突突地响个不停,两只侧轮噗哒、噗哒地在船边搅起一团团水雾;船尾,一道道闪光的曲线滚滚向后退去,互相交叠,连绵不绝。两只装货的驳船通过一条长长的缆绳歪歪扭扭地拖在轮船的后面。

轮船经过的时候,船长——身着白色衬衫和马甲——站在舵舱里向他们挥手致意。它转眼就拐过了下游的弯处;第一只驳船跟过去了,第二只驳船因摇摆的斜度过大,搁浅在一块沙洲上。缆绳断开了,那只驳船被卡在沙中,危险地向一侧倾着。

很快轮船就掉转头向上游开过来,后面拖着另一只驳船;它绕了个很大的弯靠在那只搁浅的驳船旁边。两个孩子欢呼雀跃,沿河岸跑着,直到他们就站在轮船的对面!

船长和驳船舵手互相喊叫着,河面上飘荡着他们的咒骂声;巴瑞特小姐似乎并不在意,她说:"上小艇,看看我们能否帮上忙!"

小艇在轮船掀起的浪纹中剧烈地摇晃着，他们还是把它推离了岸边，巴瑞特小姐亲自划桨。那位红脸膛大个子船长把身子探出舵舱。

“来得正好，小姐，您能帮我们把这根缆绳套在岸边的一棵树上吗？”

一根带滑轮的粗重绳子递出来，亚当接过去，他们就划向岸边，绕着一棵树转了一圈，又掉头划向那只驳船。驳船舵手系紧绳子，向轮船打个手势，——轮船先是小心地一点点前移，直到绳子拉紧，然后猛烈地原地转动它的两只桨轮。

小艇上的三个人焦急地观望着，但是那只驳船的船头正向那棵树的方向摆动，继而向深水中漂去！

黛丽最先看到其中的危险。“绳子！”她尖叫道，“小心那根绳子！”

“趴下！”巴瑞特小姐大喊道。

她们俩趴下身子，而亚当背对着绳子，趴下得不够快，那根绷紧的绳子贴着小艇扫过，碰到了亚当的肩膀，把他从船上扫到了水中！

其他人都不知所措地等待着亚当从水里冒出来，而他探了一下头，却正好在船底，第二次还是一样。终于，他浮现在船边，巴瑞特小姐赶紧侧着身子把他拉到船上，他已经头昏眼花，被呛得半死了。

驳船舵手一看到亚当平安无事，就收起了缆绳，他们把那只驳船拴在后面，轮船又向下游开走了。巴瑞特小姐也掉转船头向家中划去。

黛丽看着亚当靠在她肩上的湿漉漉的头，看着他抽紧的鼻孔，紧闭的双眼，湿透的衣服，感到一阵阵后怕。他又咳嗽又呕吐，就和她从沉没的大帆船上被救到岸上时的情形一样；他也险些被淹死！

“我怎么向他妈妈交代？”巴瑞特小姐绷紧嘴唇喃喃道，“我本应看到危险的。”

但是当他们上岸的时候，亚当已经完全恢复，自己走回家了；尽管希斯特像只受惊的母鸡一样咯咯咯咯地唠叨不停，但她根本意识不到悲剧只差一步之遥！

10

由于烈日的烘烤，青草已经发白，在月光下像雪地一样闪闪发光；逐渐由白变灰,像铺在大地上的一件起毛的旧外套。接下来下了几场秋雨,柔软的小草就在那片灰色下面开始发芽了。

正是母羊生产期,查尔士大半夜都待在产棚里,因为附近有狐狸,还有乌鸦。早晨的露水很重,一旦生产的母羊躺下来,全身被露水浸透的羊毛压得它很难重新站起来;乌鸦就会趁机狠狠地啄它的眼窝,然后攻击虚弱的小羊。

尽管小心翼翼,还是死了一些母羊,所以很多白色的小包裹就出现在厨房温暖的火炉边——烤面包的面团也是每天晚上和好放在这里发酵。黛丽先是帮着用奶瓶嘴儿喂小羊,后来教它们从奶桶里吃奶。每天她都要从力杰那里取回温乎乎的一桶牛奶——他直接从母牛身上挤下来的。

冬天来了,冷得刺骨,所以每天早上,宽敞、温暖、活跃的厨房就成了一个快乐的地方:红红的火苗在炉子里舞蹈,水壶盖子也在欢快地弹跳。“水也在狂欢哩!”米娜对贝拉唱了一句。贝拉正在雪白的松木桌上切面包。笑话在厨房里飞来飞去,比如,工作是那些“杞人忧天”的白人发明的一种莫名其妙的游戏……

露茜光着脚走了进来,抱着一抱劈好的木柴。黛丽喜欢所有留在这幢房子里的人,但她最喜欢的还是米娜——一双害羞的褐色眼睛,总是笑盈盈的。但希斯特觉得她们的随便令人讨厌。要是布丁煮不好、午餐没法做怎么办?晚饭也是一样!

查尔士总爱在经过厨房或者和米娜在一起的时候对她们说些笑话——米娜每天早上为查尔士端来洗漱水。“老爷真是有意思的人!他太有意思了!”她们一边气喘吁吁地说,一边快活地跺脚、挤眼。

有时老莎拉从河对岸很远的营地过来;还有查理王,高大,健壮,很体面地披着一件从肩膀一直垂到脚踝的负鼠皮斗篷。他们是几乎要消失了的旧部落的遗民。他们经常给查尔士带来鳕鱼或者美味的岩鲈,查尔士也把烟草送给他们。当查理王静静地坐在地上,吸着烟管,黛丽就一边用木炭为他画素描,一边听他讲“梦想”时代的故事:那时的河,那时的一切……

很久很久以前,在人类四处迁徙之前,那位无上的神灵拜亚米就生活在大堡礁里。那是他的领地。有一天,他对自己的老用人说:“……现在你从我这里走出去吧,一直走下去,你会来到一望无际的大平原;继续向前直到面对一片茫茫水域，你就坐下来……”老用人带上她的拐杖和一条狗走出大堡礁的出口，走进一望无际的大沙漠中。

一出大堡礁，沙地上就有一条巨蛇跟过来，观望着她；她一路向前，用她的拐杖左一道右一道在沙地上划着，后面跟着那条蛇。

好几个月过去了，老妇人走得累了。忽然她听到身边有个声音说：“老妇人，看看大堡礁周围的乌云，听听那里巨大的轰鸣，那是老拜亚米的说话声呀！”

接着，一场雨来了，水开始沿着那条蛇爬过的印迹流过来。

此时她已十分疲倦，想要休息了。身边又有一个声音说：“坚持，直到面对那片无边的水域，然后安歇吧。”

终于她发现了岩石丛中的一个洞口；起初她听到风的嘶叫，接着就听到了水的咆哮。她看见了那片茫茫的水域！那就是她的归宿！

今天，那位老妇人仍睡在她的洞里，因为是拜亚米派她到那里的。大海的轰鸣是她在睡眠中的呼吸声；风高时节，海浪的嘶鸣是她在睡梦中高歌狂欢啊！

黛丽被这个故事迷住了，但是她不明白那些生活在这条河上的人，离大海有一千英里，怎么会知道遥远的海岸的情况。查尔士告诉她说，他们有“大使”——那些旅人，不远千里，长途跋涉，穿过那些设有特殊关卡、含有敌意的领地，带来交易的物品和那里的信息。

黛丽已经告诉过亚当，她决不想再一次靠近大海，但她不止一次地梦到那位老妇人，在漫长而疲倦的旅途中向海岸跋涉。她想起了那位大河船长对辉煌的南部海岸的描述——绵延九十英里，碎浪激起的泡沫白茫茫一片，天地间回荡着沙哑、空洞的嘶鸣！

黛丽在她的画像集里加进了一张米娜的素描——黛丽还希望她能赤身裸体再摆个姿势——和一张老莎拉的素描，但大多数还是巴瑞特小姐的画像。她已经偷偷地为巴瑞特小姐画过很多次——坚实的鼻子，张大的鼻孔，宽阔的眉毛，卷曲的头发；从侧面看，脸形饱满；从身后望去，有几绺迷人的碎发从绾起的发髻中溜了出来。

巴瑞特小姐注意到黛丽的功课在退步；当她跟黛丽说起的时候，黛丽先是惊讶，然后就羞红了脸。黛丽现在生活在一个幻想的世界里——努力使自己的偶像不要过早地夭折；她正变得像亚当一样神情恍惚，难以集中精力。

黛丽的全部注意力都只放在素描和水彩课上，但这些功课也令巴瑞特小姐失望：要她用黑白色或墨汁练习画静物、透视图、比例协调图、混合构图等，而她的脑子里却只有绘画箱子中那些漂亮的颜料管和调色盘。

这年冬天，天气持续晴好。这一天，全家人都来到埃库卡，观看一艘新造的明轮船——由本地船厂制造的“威廉姆·戴维斯”号的下水仪式，他们惊奇地发现所有的商店都关了门，全城的人都集合到岸边观看这个仪式。那艘轮船正光荣地等候在船台上，船身装饰着花环和彩旗。市长发表了一番演说，冲着它打开一瓶香槟酒，它就缓缓地入水了；此时，停泊在港口的每一艘轮船都大声地鸣响汽笛。

那天傍晚，他们驾车回家的时候，都沉默不语，都有点累了。亚当目视前方，轻轻抿着嘴唇；黛丽坐在车上，努力要在记忆里留下那些树影的色彩。她突然发现它们不是黑色也不是灰色。远处的树影是靛蓝色的，近一些的是深钴色的；而一棵棵孤立的树投射到白色的沙土路上的影子，恰似一条条深蓝的布带。

当他们来到房前的沙质牧马场的时候，明朗的天空几乎褪尽了蓝色，代之以一片珍珠灰色；日落的地方呈现出明亮的金黄色。当马车停在院子里的时候，天空的色彩又加深了，变成了纯粹的茶红色。黛丽一声不响地冲进屋里，拿出一张装帧好的大纸、一只玻璃缸和她的水彩盒——她必须把这一切画下来！

眼前的河水蜿蜒流向西北，色彩也逐渐加深；滑腻的、如丝般的河水以准确而纯粹的色调呈现出了天空的每一种色彩。树也真实地倒映在水中。

直到天色暗了下来，她才一下子感觉到全身有上百处蚊子叮咬的刺痛，也听到了姨妈生气地喊她吃茶点的声音。短暂的日落时刻过去了，短暂的创作激情也过去了。她挑剔地、几乎是冷冷地盯着自己的画看了好一会儿。后来，当她在灯光下看的时候，她意识到自己的画距离那令人心动的水与天的纯粹境界有多么远！巴瑞特小姐对她说了一些称赞的话，但补充说，她认为黛丽已经为水彩画做好了准备，明天就可以开始练习涂彩。

外面，天空被涂上了一层光的色彩：耀眼的蓝绿色从天顶泼洒下来，一层一层，不知不觉地变成了地平线上的淡绿色，掺有一点残红，好像清澈的水中溶进的一丝血迹。

11

亚当吃完早饭,站起身来,拨开绿色的长毛绒窗帘,望向窗外,一根金穗在不安的手指间缠绕着。灰色的云块由南向北匆匆飘过,花园里的灌木丛、胡椒树、酸橙树,都呈现出浓浓的绿意,预示着一场雨要来了。巴瑞特小姐走到他身后,轻轻地从他手指间抽出那根金穗。碰到她的手,他一下子脸红了;他突然缩回手,对黛丽说:“上课之前我们去一下河边好吗,黛儿?”他捏着黛丽别在长发上的黑色蝴蝶结。“我在河里下了一排钓鳕鱼的链钩。”

黛丽看看姨妈是否允许,希斯特点头同意了。巴瑞特小姐也回房拿书去了。当只有两个人的时候,希斯特意味深长地看着查尔士。

“你觉得亚当是正经的吗?”希斯特温柔地问道。

“正经?”查尔士看起来有些茫然。“什么意思,亲爱的?我希望他正儿八经地把心思放在农场,这样也好有人继承我的财产。他不愿帮着垛干草,因为麦草使他过敏;如今我们需要他了,他又不帮着护理小羊,理由是洗羊药水的气味让他恶心!”

“他有作业要做——”

“对,总替他找借口!你是在毁这个孩子呀!有一天你会后悔的!他知道你站在他一边,所以他到处反对我;当他二十岁的时候,他会成为一个一事无成的无赖!”

“你让我头疼得更厉害了!(这是她第一次提到头疼,也是她刚发现的防御武器。)要是你愿意听听我要说的……你不觉得要是他和费拉黛菲娅成为一对——是多么自然的事?他们俩一块儿长大;靠她的钱,他可以安顿下来成为一位绅士农场主;要是他愿意,他们可以在墨尔本生活,而在这里安排一个总管。——我的意思,当然是在我们过世之后。她会有一万二千英镑的——会涨到那个数字的——到她二十一岁的时候。”

查尔士怔怔地看着她,这样的想法从未进入他的头脑中。“但——但是他们还是孩子呀。我不知道——表兄妹结婚,这种事!我是把她看作他妹妹的。”

但希斯特笑了一笑,流露出一种智慧高人一筹的傲慢表情,令查尔士大为恼火。

春天来了，沙岸上浓密的矮树丛一片金黄，空气中飘荡着金合欢树淡淡的、温和的香味。河水一天天涨了上来，开始漫过肆意流淌的小溪；青蛙欢快的合唱彻夜不停。寒冷的早晨并没有吓倒巴瑞特小姐，她一如既往地每天都走进刺骨的雪水中，憋住一口气，拨开水边的一层薄冰——黛丽担心她会冻得痉挛，但巴瑞特小姐坚持每日的游泳。

她说，从水里出来的时候，感觉真是妙极了：全身轻飘飘的，头脑格外清醒；身体发热，好像已经不属于自己。

河水一直涨到岸边，整条大河看起来更宽阔了；几乎每日都有轮船带来兴奋，但它们的魅力丝毫未减。一听到轮船开过来时的微弱的噗哒声，黛丽和亚当就赶紧冲到河边，等待着先睹那条船的大名。如果随船有埃库卡上来的邮件，它通常会停泊下来，装上一些新鲜的蛋和奶。大多数轮船都直接逆流而上，后面拖着两三只穿成一列的驳船。这些驳船将被甩在莫拉湖上的伐木营地，然后装上红桉木顺流而下；而那些轮船返回下游后，又拖上去一列驳船。

一个星期六的早上，一艘小艉轮船停泊在房前；亚当和黛丽飞跑着回家叫希斯特，因为这艘船是一个流动商店，船上的物品——从织补针到兔夹子——应有尽有。

希斯特非常高兴，船上的小商贩也乐颠颠的。需要那么多东西真让人吃惊：银星牌淀粉，护士牌玉米粉，桂皮，一种新式的打蛋器——“保您的蛋糕更松软，尽管您的蛋糕总是像羽毛一样轻，我保证——”还有一匹用作窗帘的印花装饰布料。

“和这些流动商贩打交道，你肯定被敲了竹杠！”船开走之后，查尔士说。

“根本没有，我知道怎么砍价；你当然不会妒忌我花几个卖鸡蛋的钱吧？”

“噢，不会，不会，管你用什么方法把那几个钱扔出去！如果经济衰退持续下去的话，你会看到我们可能很快就一个钱也没有了。货船正在失去市场，很快就不值得往埃库卡运送农产品了。如果你坚持这样大手大脚，结果我就不得不回山里挖挖淘淘了，你可要记住了！”

希斯特收拾起一抱印花棉布，猝然进了屋。她一点也不相信查尔士的话，他只是想方设法羞辱她而已。吃晚饭的时候，她就对他横眉怒目的；那天晚上，黛丽躺着睡不着觉，听到前面卧室里传出没完没了的争吵声，不时地因愤怒而提高了音量。

因为那位小商贩的到来而引起的争吵，本身没什么大不了的，但是家里的每个人都清楚，这两个人之间的不和有着更深层的原因。现在这种分歧公开了。一张单人床安进了储藏室，其他的生活用品也搬进来一些，这里就成了查尔士的卧室，而希斯特一个人占着前屋的大房间。

随着邮件的到来，查尔士也日渐忧郁，他总是长时间地坐着一动不动，面前摊放着当周的埃库卡报纸《大河先驱报》。每当黛丽从查尔士肩膀上望过去（为数不多的男人能够容忍别人读自己正在读的报纸，查尔士就是其中一位），他总是在研究大标题“金融危机”下面的文章。

一天，她读到下面的文字：

在不到一个月的时间里，已经有六家大银行宣布暂停营业。——它们先前曾被认为经营完好，能够抵抗一般的金融恐慌引起的挤兑，但这次绝不是一般的金融恐慌！政府意识到必须采取孤注一掷的措施，所以在五天前已经把所有的银行全部关闭，以给经营者喘息的时间。

“姨父，这是不是意味着即使你需要钱也不能从银行提取？”

“是的，孩子。如果他们不这样做，银行里很快就会空空如洗。”

12

由于吸纳了融化的雪水，大河流得明显急了。水面不时地泛起漩涡，冒出一串串气泡。驳船在舷外搭起框架，满载很重的红桉木——交叉捆绑着，以免落水，无声无息地顺流漂过；当同伴睡着时，船上就只剩下一个水手孤独地守望着。一根长长的铁链拖在船尾，在河床里拉着，使驳船船头始终保持朝向下游的方向。

看到从埃库卡骑马而来的两个警官，亚当和黛丽觉得是挺有趣的一件事。他们留下来吃了晚饭，说，是来寻找一具尸体的。一条驳船在夜间经过，船上的一个人却失踪了。另一个人在睡觉，迷迷糊糊地感觉到驳船撞上了浅滩，停了下来。当他从艏尖舱里出来想看看发生了什么事时,他的同伴已经不见了。

深夜,天色很暗,但驳船舵手闻到了花香,知道附近有个花园。沿着长满鲜花的两岸,绵延数英里的就只有农田。警察希望在下游的河曲能找到尸体。

两天的时间他们一无所获。他们在河曲搭起营地,晚上过来吃饭;这一家人也欢迎来个伴儿。年龄较小的那位,面色红润,满脸胡须,似乎对朵罗丝·巴瑞特的印象非常好;在她弹奏的时候,他直挺挺地站在钢琴旁,为她翻着乐谱。

"看上去他的腰一弯就会断了似的。"亚当说。

黛丽有些嫉妒地观望着;她看到当那位警官入迷地盯着散落在巴瑞特小姐光滑的脖颈上的一小绺鬈发时,她对他报以温和、亲昵的一笑。

第三天,从下游的河曲突然传来一阵兴奋。查尔士匆匆地跑过去;当他在花园边儿看到亚当和黛丽时,严厉地告诉他们"离远点儿"。他们退回到灌木丛里;但亚当抓住黛丽的手,领她跑向一棵空心的大桉树,藏在里面,偷偷地透过缝隙向外看去:一具湿漉漉、长脱脱的尸体被抬放到木板上;那位驳船水手的脸——或者说蝲蛄和龙虾吃剩的那部分——毫无表情地望向笑盈盈的蓝天……

希斯特不相信有人会挑食,所以当她做的饭菜没人吃的时候,她总会大发脾气。因为巴瑞特小姐的口味总是和她的两个学生相一致,所以在这一点上几乎没遇到什么麻烦。家里的几个黑仆打猎之后不久的一天晚上,希斯特决定摆个特别的宴席,第一道菜是龙虾色拉。

"我不要吃龙虾,谢谢。"亚当说。

"你呢,黛丽?"

"我也不要,谢谢,我早就不吃这东西了。"

查尔士严厉地看了看他们俩,紧接着说道:"我相信龙虾能使人晚上做梦,我也不动那玩意儿,还有什么?"

希斯特开始有些恼火,但是当她吆喝把下一道菜端上来的时候,她得意地笑了。"今晚我们还有一道特殊的美味。"她说。

"是什么?"

"等着瞧吧。"

贝拉端进来一只大鸟，黄灿灿的，很气派地占满一大盘。查尔士开始切肉。黛丽看着那只大鸟胸脯上优美的曲线——显然是善于翱翔的，忽然意识到他们要吃的是什么东西，赶紧掩住口。“我一点儿不要，谢谢，只来点蔬菜吧。”

“一点不吃？”姨妈的声音硬得刺耳。“一点不吃这美味的烤肉？查尔士，给她点胸脯和翅膀上的肉。”

“不要！”她的脸涨得通红，气汹汹地说道。“我不要吃黑天鹅！”

亚当一直在吃惊地看着她，然后，他也扭头盯着那只烤熟的大鸟。

“味道很好的。”他的母亲说。“人人都这么说。那几个黑仆拿过来几只，挂在储肉房里，我自己动手烤了一只，烤得恰到好处。”

亚当猛地向后靠在椅子上。“我也不想吃了。”

希斯特啪的一声撂下盛菜的勺子。“今晚你们两个孩子是怎么了？查尔士，你希望看到他们俩如此挑三拣四吗？”

“哦——不想，当然不想。如果你们俩不喜欢它的口味，那是另外一回事；但是都得尝一小块，别说废话。好，一条腿，还是一只翅膀？”

“什么也不要。”

“我也不要。”

“那你们俩都从饭桌滚开！”希斯特大发雷霆。“晚饭什么也别吃了，马上上床睡觉！”

走到门外，他们听到巴瑞特小姐正在火上浇油：“别介意，杰米逊太太，看起来味道不错，我要尽量多吃一点，真是可口的野味。”他们一句话没说就进了各自的房间。黛丽在床上翻阅一大本《闲话》年刊，里面有小版画和木刻，这时有人轻轻地敲门，巴瑞特小姐悄悄地进来了。转身关门的时候，她的羊驼毛长裙扫过光亮的亚麻油地毡。她坐在床边，从宽大的口袋里拿出一个面包奶油三明治和一块蛋糕。

“吃吧，孩子，胃里有点东西你会睡得好一些。现在告诉我——”黛丽羞答答地吃着东西，因为心中的偶像正坐在自己的床上而得意。“你为什么不愿意吃烤肉呢？”

黛丽垂下头，红了脸，但没有吱声。

“我想我明白，因为天鹅是美丽的，因为它们是飞翔的鸟儿，吃掉它们似乎是对神灵的亵渎,是这样吧?"

黛丽倔强地盯着被子,用力地嚼着口中毫无味道的蛋糕。不,决不对任何人坦白自己对天鹅怀有的那份情感!

"是了,我明白了。但是当你长到我这个年龄,你就不会这么理想化了,我们都会化作一堆毫无感觉的肉。"她站起身来。"嘿,我也得给亚当送点吃的垫垫肚子。我不知道他是声援你还是出于他个人的意愿行事?"

"两者都有吧。"黛丽咕哝道。

"好了,孩子,晚安。最好快点吹灭蜡烛。"她长长的、凉凉的手指轻轻地拂过黛丽的脸。黛丽舒适地蜷伏在尽是面包渣的床上。她开始觉得困了,这时门又开了,一个声音悄悄地说:"睡着了吗,孩子?"

"还没有,姨妈。"她坐了起来。

姨妈轻轻地进了屋,手里端着一只杯子和一个碟子。"来,我给你带来了热乎乎的可可奶,还有奶油饼干。我想正长身体的男孩子不应该不吃晚饭就上床睡觉,女孩子也是一样。"

黛丽啜饮着甜丝丝、热乎乎的可可奶——味道真是好极了,是她品尝过的味道最好的。"姨妈,你真好。"说着,她的心里第一次感到有些对不起姨妈。"我害得亚当没有胃口吃饭,这是我的错,您本不该给我送吃的来。"

"我喜欢凡事公平。"希斯特收起杯子、碟子,黛丽感觉到额头上被轻轻地吻了一下。真奇怪,当再次躺下的时候,她的心中升起阵阵暖意——不全是因为那杯热奶,还有别的什么。

初春,河水猛涨。原木和蟒蛇顺流而下,令力杰心惊肉跳、烦躁不安。甚至巴瑞特小姐也不再到冰冷的水流中游泳了。曾经干涸的水塘和河床开始涨满水,成百上千的黑天鹅聚集在那里——一群毛茸茸的小天鹅游在它们的父母身后。

向上游开去的轮船在急流中显得很吃力。华贵的"英雄"号和玲珑的"朱丽娅"号载着旅游者开往莫拉湖;白天,"爱德华"号、"加图"号和"兰开夏少女"号的明轮搅起片片水花,夜里,它们又像壮美的彗星一闪而过。

黛丽和亚当总爱站在屋外的阳台上观望:先是下游河曲的树被照亮了;明

晃晃的乙炔灯摇摆着照射了很大的一个扇面,直到那些树看起来闪闪发光。接着,船舱闪耀,火花从烟囱里飞出,转眼之间,轮船就向上游驶去了——它拉上了身后漆黑的帷幕,也在两颗年轻的心中种下了兴奋和躁动!

暮春的夜晚更暖和了,黛丽的心也更加骚动不宁。蟋蟀在沙中唧唧叫着;空气中弥漫着浓重的橘香。不眠的山雀有节奏地叫着;一只精力旺盛的鹡鸰在月光下的花园里一遍一遍地重复它的五个音符——它的歌声好像一泻而下的碎玻璃,尖厉,清脆。这一切都使黛丽难以入眠。

月圆的夜晚,她躺在床上,听着蟋蟀平稳、单调甚至有些恼人的合唱,这时她的幻想也失去了魅力。它们好像在说着什么……什么,永恒,终极意义——她总是似懂非懂。

终于,她掀开被子,来到窗前:窗外是月光和树影的一片神秘的风景。她能够看到那棵开花的桉树锦缎似的枝干和金属般闪闪发光的叶片。她一条腿攀上窗台,爬了出去。

光着脚,踏在沙地上的感觉软软的,凉凉的。她穿着长袖睡衣,身上很暖和。感觉到自己的大胆,她一阵兴奋;她走向那边的树影,穿过点缀着白色茶花的前阳台,走进清澈、明亮的月光的池中。时间接近午夜,月亮几乎就悬在头上,天空没有一丝云。透过树枝的空隙,她能够看到大河正洋溢着一股神秘的生命力。蟋蟀唧唧的叫声缓慢而无休止。她感觉到身体中也有一股生命的流在涌动,要寻找出口!

不经意的一瞥,她看到米娜向河岸走来,赤裸的身体闪耀着光芒。深夜的空气会在皮肤上留下什么感觉?——姨妈说,这时的空气有毒,应该被关在屋外。——好像在沐浴,在月光下沐浴。

她脱掉睡衣,试着跳了几跳,就在自己的影子前开始舞蹈。她变成了夜的一部分;她感觉自己比薄雾、清风还要不稳定、不真实。淡蓝的天空中,几只小星星,遥遥地,也在凑趣似的旋转着。

不知道自己在那儿跳了多久,因为她已经被这夜晚的美丽深深地陶醉了。她忽然想到姨妈:要是她正从窗子里望出来可怎么办!她赶紧捡起扔在一边的睡衣。

就在这时,花园围栏外传来哞——的一声。她等了一会儿,又传来哞——

的一声。黑暗中,猫头鹰在一棵树上鸣叫,为这夜晚又增加了一丝魔幻色彩。她穿过花园,在第一簇墨累松那儿停了下来,静静地听。她光着脚悄无声息地向前挪动,忽然,树丛后面传来一阵咯咯的浅笑和一个男人的低语。

她愣住了。漆黑的树下有一个更黑的身影,一道月光照在米娜笑盈盈的白牙和亮闪闪的眼睛上面。黛丽屏住呼吸。月光移向米娜黄色的旧裙子——一直脱到腰部——和她漆黑、圆润的乳房,令人震惊的是,查尔士白白的长手指正在那黑黑的皮肤上摩挲着!

黛丽脚步僵硬地往回走,全身的血液好像打鼓似的在耳畔震响。她想,他们一定听到了。来到门前,她飞快地跑进屋,把滚烫的脸埋进枕头里。那个黑白的场景已经印在她的头脑里,——她有这种准确视觉记忆的能力。很长时间,她都不能入睡。第二天,吃早饭的时候,她躲避着姨父的眼睛,吃得很少,以至于希斯特再次向她发了脾气。

13

黛丽夜入花园之后大约又过了一个月。一天早上,当她走进凉爽的奶牛场时,她发现一直快活的米娜两眼红肿,嘴噘得老高。在帮着撇出一夜之间浮起在宽大的牛奶盆上面的奶油时,她得知米娜就要被永久性辞退,再不准踏进这里一步;厨房里的其他女佣也得离开她们的小棚屋,住到河对岸,只是在白天过来帮着干活。

黛丽心里很不好受。她一直喜欢米娜。她本想在米娜离开之前要她一丝不挂地摆个姿势,以便于能把那轻巧、苗条的身体绘到纸上。但那身体近来好像正在放粗。米娜怀上小孩了吗?黛丽赶紧避开这种可能性,但她已经感觉到辞退的命令的确是姨妈在幕后发出的。

希斯特最近总是四下里走动——带着一副殉道者的神气:嘴巴紧闭,绷成一条直线;纹理清晰的两侧面颊,各插有一面暗红的危险旗帜。她从未屈尊和女孩们开开玩笑,——像查尔士那样,——而现在她更是几乎不愿意和她们说话了。甚至有着一半白人血统的贝拉也必须离开厨房后面的小房间,回到营地上去。

报纸来了之后，黛丽被叫进客厅。姨父的面前摊放着那些报纸，他捋着胡须，一副焦虑的样子，但在话语中却没表现出来。……地价暴跌……市场不景气……恐慌……

各家银行都发生了挤兑。在墨尔本，银行已经全部关门。他指给她看一行黑色的标题：**埃库卡分行暂停兑付。**

“但我总觉得银行是存钱的安全地方！”黛丽失声叫道。

“唉，每个人都这么觉得。我们必须去一趟埃库卡，看看事情最糟能到什么程度。”

反正他们也得去埃库卡另找一位女佣来代替米娜。查尔士驾着马车，载着一家人驶上长长的马路，沿途穿过一道道沙丘，上面开满洁白和金黄的野花。查尔士和希斯特一路上互相没有说过一句话。

黛丽还没有意识到她的财产所遭受的灭顶之灾。她和亚当坐在车上，希斯特去找用工代理，查尔士从一个侧门进了银行去见经理。出来的时候，他的脸色阴沉沉的。他拍拍黛丽的手。

“孩子，最糟的事情发生了。你的钱全没了——或者说几乎没有什么意义了。”

她坐在那里，注视着阳光照在那匹褐色阉马光滑的屁股上，注视着马路上正绕着一块黄屎嗡嗡盘旋的一团黑色的小苍蝇。多年之后，她还能回忆起那堆黄屎，蓝色的天，海尔大街狭长的街景，成排的店铺，和姨父的话：“你的钱全没了。”一切都好像不是真的。她曾被告知银行里有钱，现在又被告知全没了——或者说，不知什么原因，只剩下五十英镑了。直到他们把一切告诉姨妈时，她才开始意识到这件事非同小可，尽管姨妈嘴上说：“没什么大不了的，孩子。”

黛丽惊讶得说不出话来。

“你是我亲妹妹的孩子，我们想要帮你，但我对继续请家庭教师这件事无能为力。”

“其实，希斯特，我们还可以等等看的。”

“查尔士，我们最好马上就谈开一些事情；我不知道我们如何能供得起巴瑞特小姐。你肯定也损失了一些钱，还要支付安妮的工资和食宿——我已经看好了一个非常合适的女孩，口碑不错。今天下午她就得准备和我们一起回去。”

“事实上，我很侥幸：我把所有的资金都押在那块地产和那只良种公羊上；剪下的羊毛我也没卖。对不起，黛丽，本来我不愿意要求你把钱投到农场上，但现在看来那么做结果会好多了；这可是固定资产……”

什么都没有了，这个念头萦绕着她。希斯特会不停地唠叨，直到巴瑞特小姐离开，随其离开的还有她的绘画课，她将不可能去埃库卡的美术学校学习了，也不可能像她梦想的那样去墨尔本了。

从埃库卡回家的路上，她分出心神来研究这位新来的女佣。她就坐在对面，靠着自己的圆形黄色行李箱；一双暗淡的山羊似的眼睛垂视着自己的长鼻子。头发黑而直，一缕一缕从她帽子下面溜出来，帽子里的发髻高耸可见。她瘦骨嶙峋，却有一对大脚；直到她在这个家里住了一段时间之后，大家才认识到她的这对大脚走起路来是多么悄无声息。亚当和黛丽叫她“蹑手蹑脚的”安妮。

早饭前，黛丽在客厅练习指法，或者只是坐在钢琴前，眼睛望着落地窗外，陷入冥思之中，这时，她感觉身后有人。一转身，令她吃惊的是，原来是安妮无声无息地溜进来，拿着扫帚扫来扫去；说不清她是不是在看人，她的目光总是那么漠然。

不久，她就惹恼了力杰。黛丽看到他从小茅屋里跳出来，挥舞着一支打蛇棒，好像赶着一只瘦削、笨拙的绵羊一样把安妮赶了过来。她动作很快，但看上去不慌不忙，一边走还一边咕哝着：“收拾一下那个地方，我只是，只是收拾一下那个地方。”

“我要收拾收拾你！”力杰咆哮道，“我坚决不许女人溜进我的小屋，长鼻子嗅来嗅去，把东西搞得一团糟。女人，她们比讨厌的蛇更讨厌！‘让女人手无缚鸡之力！’”

当被告知黛丽的财产损失惨重时，巴瑞特小姐马上主动提出可以分文不取继续留下来，因为她对她的学生很感兴趣，而且她喜欢上了河边的生活。她说，黛丽有天赋，以后应该在名师的指导下继续学习，但是眼下，她仍然可以指导黛丽的绘画课。“问题是，我要攒点钱出国旅游，而且我的年龄也太大了。”

“您并不老！”黛丽动情地叫道。

巴瑞特小姐笑了，眼角的皱纹还是那么迷人。“当然，我也不觉得老；只是岁月不饶人啊。”她说，要等到圣诞节过后再登广告找份工作——可能还得花上六个月的时间才能再次找到这样情投意合的地方。

巴瑞特小姐回墨尔本过圣诞节。黛丽和亚当整日里游泳(在不同的地方),划船,钓鱼,看着静静的河水无休止地从眼前流过。大河现在成了安全的躲避场所:他们可以爬到陡峭的堤岸底下,在水边的空地——涨水时就被淹没了——上散步;大桉树的根好像巨人的手指绞扭着抓住堤岸。

有时,当她想躲开姨妈的唠叨——姨妈总是在唠叨要她干这干那,黛丽就会爬上前花园里那棵枝繁叶茂的松柏树的梢头。靠在有弹性的、散发着芳香的枝干上,任阳光烤晒着四肢,她的心里一片宁静。这时宇宙似乎缩成了一个金黄的光环,而她就是这光环的主宰。

当她和亚当一起坐在树上俯瞰远处的河曲时,希斯特的喊叫声总会从前阳台那边传过来。黛丽说:"自从我失掉了银行里的钱,你母亲好像就不再喜欢我了。"

亚当显得不太自然。"噢,我肯定,那没有关系的。你只是想象而已。"

"但她总是要我做这做那,其实安妮都能做得很好;她好像要让我离你远点。"

"瞎说!我不相信。"

但这是事实。每当查尔士和亚当在筹划去埃库卡的时候,黛丽总是被要求待在家里。"今天我要把那块印花布做成窗帘。"姨妈说,"你帮我钉拉环。"或者,"明天我要做果酱,今天我想让你到地下室把所有的空坛子都搬出来。安妮的脚太大,她会在那窄窄的台阶上跌跤,把所有的坛子都打碎;而你只会打碎一两个。"

黛丽把激烈的争辩的话强忍在嗓子眼儿;因为寄人篱下,她必须为自己挣口饭吃。

她坐在那里,往窗帘上钉着铜环,直到手指发酸——她不喜欢做针线——而脑子里仿佛看到那辆小马车在高大挺拔的树下迤逦前行,树枝上面,天空湛蓝,悠远;树下浅黄褐色的树叶铺了一地,有的形如刀剑,有的状如弯月……

第二天,亚当骑马和他父亲一起巡视羊群;黛丽——尽管只能选择那匹老巴奈或者又肥又矮的"雷欧",她也愿意骑——本打算骑马出去和他们会合,一起在户外吃午饭。但希斯特否决了这个打算。她说:"明天我还要做一份杏肉蜜饯，费拉黛菲娅，我需要你帮忙。”

黛丽只得待在家里，剪下一些双层的薄纸，浸到牛奶里，然后摊开贴到热的果酱坛子上。待纸干了之后，好像羊皮纸一样紧绷绷的，她就拿出专用的已经磨秃了的羽毛笔，蘸着墨水，在像鼓面一样平整的坛子顶上写下：杏肉，93 年。当然，没有必要写上 1893 年；这么长时间一直都是在一八几几年，没有人会认为这是其他哪个世纪的产品。

14

又是秋天，牧场一片碧绿，星星般点缀着白色的小羊，还有蘑菇。亚当在前一年就拒绝为小羊做记号，这时更是离牧场远远的。查尔士试图树起自己的威信，抬高调门训斥亚当，却掩饰不住内心的软弱。亚当不为所动，自行其是，而他的母亲则无声地支持着他。

亚当高大、健壮，看起来要比实际年龄大，尽管还不到十七岁，他已周身透出男子汉的自信。他现在比巴瑞特小姐还高，他们俩经常就生命和诗歌进行深层次的讨论；一有空闲，他就把自己关进房间里，专心阅读。

一天放学后，黛丽要找亚当，就敲了敲他房间的门，然后把头探进门里；他抬起头来，狠狠地皱紧眉头，把她吓了一跳。他的眉宇间透出忧郁；柔软的、孩子气的嘴角透着坚定的意志力。纸张散落满床，一支磨得很秃的铅笔握在手中；一看到黛丽，他赶紧戒备地收起所有的纸张，慌乱地说了句：“你想干什么？”

“没——没什么。”她结结巴巴地说，“我本想和力杰一起出去把牛赶回来。”

“哦，那为什么还不去呢？”

她慢慢走开了，心中不明白：去年夏天还是令人愉快的伙伴，如今怎么变成这样一个以自我为中心的陌生人。

当全家人吃完晚饭围坐在客厅里的炉火边上时，气氛常常是剑拔弩张——争论主要在亚当和查尔士之间展开。

巴瑞特小姐教黛丽刺绣，而她在这方面总是笨手笨脚；但是当她坐在矮凳上，头与巴瑞特小姐的膝齐平，看着那双留着杏仁般的指甲，光滑的、保养完好的手指在彩线间穿梭，她的心中就充满平静和满足。

查尔士在看昨日的《大河先驱报》,亚当沉浸在巴瑞特小姐借给他的一卷诗中,希斯特在炉火旁边的矮桌上开始了她的第二轮纸牌游戏。

查尔士唰啦啦一抖报纸,那意思是他读到了什么有趣的东西。"这里说一些头脑发热的剪羊毛工人正四处奔走,鼓动联合会员出来罢工。哼,看起来今年我们好像得自己剪羊毛了。听到了吗,亚当? 亚当! 我在跟你说话!"

亚当茫然地抬起头来。

"你没听到我说话吗? 我说,我们今年可能得亲自动手剪羊毛了。不管怎么说,他们罢工会扰乱羊毛业,这是不可饶恕的。"

亚当绷紧嘴唇。"不可饶恕? 谁会阻止他们罢工? 你认为我们应该毙掉几个自由人,就像在欧瑞卡发生的情况一样? 毕竟他们还是有不满的原因的。"

"听你的口气,你是站在他们一边! 让我告诉你吧,到你不得不学着剪羊毛的时候,你就不会这么心满意足了。"

"我不要剪羊毛,我讨厌羊。"

"告诉你干什么你就得干,要不然你就滚出这个家!"

"正合我意!"他们怒目相对。

希斯特赶紧插进来。"不管怎么说,事情可能并不会那么糟吧。"她说,"而且我敢说,假如我们真缺人手,亚当也会帮忙的。"亚当张了张嘴刚要反驳,对面巴瑞特小姐的一个眼神使他把反驳的话又吞了回去。查尔士大为恼火地抖了几下报纸,继续看下去。

屋里又安静下来,除了希斯特发牌的啪啪声——她总是手臂一抡甩下一张牌,牌角磕到木桌发出清脆的声响。突然,亚当发出一声惊叹,眼睛死死地盯着书中的某个地方,嘴里咕哝着什么;他目不斜视地站了起来,然后俯下身,蹲在巴瑞特小姐的矮椅旁边,把打开的书放在她的膝上。

"看,这不是正好——这正是我努力要表达的,它准确地说出了……"

"对的,我本来就想你会把奥马尔·卡亚姆视为同类的。'那倒扣的碗,我们称其为天空……'你接下来一定要读读叔本华。"

黛丽恼火地抽回手头上已经不被注意的活计。他已经打破了这种奇妙的、亲昵的氛围。此刻,朵罗丝·巴瑞特正神情恍惚地凝望着炉火,而亚当凝视着她,就像凝视一位女预言家。

希斯特的声音——尖锐，刺耳——从对面横空插了进来。

"亚当，我真是拿这手牌没办法了，你看，只剩下黑的，你看看我该怎么办好。"

亚当抗议地摇摇头，但他母亲的那双黑眼睛是无法抗拒的。他站起身来，靠到桌子那边，从那副牌里抽出一张红J，放在一张黑Q上，然后拿起书，坐回到他的凳子上。

"啊，这就对了！年轻人到底眼快。"

无论什么时候亚当和巴瑞特小姐展开讨论，黛丽注意到，他的母亲一定有点什么事需要帮忙。

同时希斯特和查尔士之间保持着异乎寻常的礼貌和令人心寒的冷淡；查尔士仍然睡在后屋里。

每周都有邮件送来。每当蜡封启开，黛丽就大气也不敢出，生怕邮袋里有巴瑞特小姐的信。但直到冬天她也没找到一个合她心意的新职位。教室里黛丽和亚当互相竞争起来。她在绘画和地理方面胜过他；而他的文章常常作为范文摆在她的面前。

"亚当，这是一篇非常好的文章啊！"一天早上，巴瑞特小姐在批改作文的时候说道。

少许红润爬上亚当明亮的额头，眉毛下的一双眼睛先是盯着桌面，然后微微抬起，但嘴巴仍是郁郁不乐。"哦，我知道自己有写作的能力，但有什么用呢？那种东西决不会被出版的。"

"对，你确实有写作的能力，这一篇就写得非常好。"

亚当没有应声，专心地在他的拉丁文课本的封面上画着圆圈。

"黛丽，你听这段——"巴瑞特小姐用她低沉的声音开始朗读亚当习作本上的文章。黛丽一边听着，一边望向窗外，那一道道狭长的白云把天空的颜色分成了界限分明的三个层次：天顶几乎是近似紫色的深蓝；接下来是柔和的纯蓝；再往下，既不是蓝色也不是绿色，而是糅进了一丝金黄的极其朦胧的颜色。在头脑关注着这些色彩的同时，她也意识到了巴瑞特小姐的说话声："……一则盲人画家的寓言，但它的含义不仅仅是指诗人不能表达自己。亚当？"

亚当抬起漂亮的眉毛下面的那双眼睛;只见他眉头紧锁,下巴和下唇向前一递,却没有作声。黛丽好奇地看着他:这些天来,他表现得可真是怪里怪气的。巴瑞特小姐装作没有注意到他的表情。“亚当,你有没有试着写写诗?”她问道,“你有没有其他的作文要给我看?”

亚当几乎有些失礼地把打开的习作本甩到巴瑞特小姐面前。“就这些。”

巴瑞特小姐马上合上他的习作本。“我说的不是拉丁文的诗歌练习,而是你自己的作文。”

“没有,再没有了。”但是红润烧上他明亮的、褐色的面颊,甚至他的耳朵也变成了粉红色。

朵罗丝·巴瑞特并不希望给他什么压力。噢,年轻人的痛苦,可怕的自尊!她不希望再回到年轻的时候,再经历那些痛苦的时刻;随着年岁的增长,她已经为自己披上了一层隐秘的甲壳。

“那么你继续翻译维吉尔的文章,好吗?黛丽,过来坐在我旁边,我们来学习这些动词。”

巴瑞特小姐唰啦啦地翻着语法书。的确,亚当已经完全是个大男孩了,不适合让女士来教,更何况他又是那么英俊潇洒。巴瑞特小姐已经忘了,在女子学校教课的那些年里,接近英俊潇洒的男性是多么令人烦恼!

黛丽沿着河岸漫步,随手把一截截树皮扔进水里;她小心地不去看正站在河边对着流水发呆的亚当。但亚当抬头的时候看到了她。“出来散步啊,黛儿?”他叫道。

她快活地跑了过去,但没像六个月之前那样很自然地任由他握着手;他们很有分寸地并肩走着,走上河曲的沙丘,接着下到另一面,向沙洲上的一片木麻树走去。

一阵凉爽的轻风吹过河来,在狭长的树叶间唱起忧郁的歌。亚当停下脚步,从一根枝杈上摘下一个圆圆的、表面粗糙的球果,眼睛凝视着它,陷入了深深的思索之中。

“噢,过来,如果我们还想继续散步的话!”

亚当过来了,惊讶地看着她。“为什么你不喜欢待在那边?”

“因为那些木麻树。”

“木麻树？它们到底怎么了？看上去好像一些长发飘飘的黑肤女子。”

“因为……因为它们的声音好像大海。”

“噢,噢,当然。对不起。”

和亚当谈话真是幸运,她想。你从来不需详细解释。他从未坐过航船,但他想象出了风吹树叶的呜咽声,就像风吹帆缆的声音,而从远处听来,这声音就像悬崖下的涛声,她的家人就长眠于崖顶!

她终于第一次穿过了这片树声呜咽的沙洲,而此前这呜咽声每每都要让她泪流满面的;当她再一次闭上眼睛时,那可怕的幻觉竟然消失了。

前一天晚上,她已经梦到了约翰斯顿船长曾经描述的墨累河与大海交汇处那片长长的、白花花的海滩。她在一排沙丘的下面漫步,面对着层层波浪;先是海水的浪头,接着是结晶的、泡沫般的沙浪。海滩上只有她一个人:没有海鸥的鸣叫,也没有任何鸟的足迹,只有海浪低沉的吼声！当意识到她是孤单单一个人在这蛮荒的地方,骤然之间,她感受到一种壮美和一阵恐怖,接着她就醒了。

她跟在亚当身后,向下一个河曲走去,那里有些避风。他忽然把手伸进胸脯的口袋里,掏出一张纸。

“看看这个,黛儿。”

她接过去,看到上面是一行行整齐的韵律诗。亚当转过身去,一只脚开始在沙中挖着。

一切都向你致意,我的爱人,

一切都向你致意——

从洁白的月华

到柔和的天蓝……

诗共有五节,黛丽读着读着不由得敬畏地看着他。“太美了,亚当,是你写的吗?”

“是的,我还写出很多呢。”

“我真希望你把它们都拿出来给我看看。”

“可能会吧。呃,你觉得,你觉得这一首怎么样?”

“我说过了,它很美。”

“那不是批评。我的意思是说——有没有什么毛病?”

“呃……我觉得‘星光照耀’不太——有这样的词吗?”

“可能没有,但你不要让我用‘耀眼’这个词,它听起来好像是说擦亮的皮鞋。”

“对,不好,但一定会有一个词……‘闪烁’?”

“不会只有一个词合适的!”他一把夺回那张纸。黛丽看出他并不是需要她的批评,而只是想把他的作品给谁看看,从而使自己得到解脱。

“还有别的诗吗?”他递给她另一页纸。她一边读着一边叫道:“写得真好,亚当,你为什么不把它们拿给巴瑞特小姐看看呢?比如这首——”她大声读了出来:

……我身陷凡尘,
而你远在天边;
恰似如火的宝石,
空投冰冷的大海!

“你这小傻瓜,我怎么能——?都是写给她的——所有这些诗。”

“噢,亚当!”她高兴地拍起手来。“这就是说你爱上她了?”

“是的。”他脸色一沉,向河的上游望去。“天啊,我是多么爱她!”

黛丽坐在沙子上回味这件事:亚当爱上了巴瑞特小姐!简直太浪漫了!他在给巴瑞特小姐写诗,他正受着爱的煎熬,只有她知道他的秘密!她从侧面观察他:身体强健、结实,脸颊润泽、健康——看上去并没有因为爱而憔悴。大概是希斯特姨妈的厨艺加上他年轻人的食欲抵消了单相思给他造成的影响。

“我很高兴你告诉我这件事,亚当,这太令人兴奋了。”

“兴奋!简直太痛苦了。”他忧郁地说。

“她很迷人,不是吗?”

“是的,太迷人了。”

他们俩都重重地叹了一口气,向河的对岸望去。亚当站着,双脚叉开,头微微前倾;黛丽坐着,拄着一只纤细的胳膊。他们自己没有意识到这幅图画:一对年轻人在流淌的河边驻足沉思,阳光洒在他们亮闪闪的发丝上——她的头发几乎变成了黑色,而他的是很淡的金褐色。这时太阳被一片浓云遮没,他们抬起头,禁不住打了个寒战。

“有人在我的坟墓上走动。”亚当微笑着引用了一句他母亲最爱说的话——每当希斯特全身打寒战的时候总会这么说。黛丽严肃地看着他。自从那次沉船之后,她就总有一种感觉:死神是公平的,它不仅击倒那些年老力衰的人,而且也不放过年轻力壮的人!

他们恢复了先前的亲昵,向家里走去;他们被共同的崇拜对象拴在了一起,就像两个刚入教的忠诚的信徒。

政府派出的一条清理河底暗桩的大船停泊在了房前的一棵树旁,拉长的汽笛令人心焦,把力杰从小茅屋里心急火燎地唤了出来,灰色的头发散立在一边,睡眼惺忪的。一只邮袋递了过来,而力杰则回去准备把一些鸡蛋装到船上。

表兄妹俩走过去和船长聊天。他虽然膀大腰圆,颌下胡子拉碴,但友好地邀请他们上船。他们只需从伸出的树根一步就跨到那低矮的甲板上——离水面只有一英尺。他们看了看舵舱,那里巨大的转向舵高过亚当的头;又望了望整洁的厨房和轮箱里直径十四英尺的明轮;还在后甲板上看到了蒸汽绞车、滑轮和缆索,它们被用来从河里拉出腐朽的原木——这些原木能够划破船的底部,使其沉入河底。

这时,力杰拿着鸡蛋回来了——“直接从鸡屁股里抠出来的,这些鸡蛋都是,我一直等到母鸡下出最后一个。”他一边大声说着一边拾起邮袋。

“我把这邮袋送回家吧。”亚当说。

“给,把这卖鸡蛋的钱也交给太太,好吗?”力杰说,“我要去给那些鸡和点食。”

如果亚当知道邮袋里装着什么,他可能会把它扔到河里。有一封给巴瑞特小姐的信,向她提供了一个家庭教师的职位,那是在西北部的一个养牛场,她很早就想去那里看看。

她告诉希斯特,她将再等一个月,放了秋假再走,再迟北方就太热了。

当这一消息传到亚当耳中,他猛地站起来,走出房间。这下完了!今天看到的“墨尔本”号使他要离家出走的模糊想法更加明晰,或许他可以找一份船员的工作。巴瑞特小姐一走,这里的生活将是无法忍受的;一想起与羊为伍他就恶心。它们都是些蠢物，他自言自语道，眼睛空洞得好像玛瑙，本能地喜欢扎堆；但是当他发现一只母羊的眼睛被乌鸦啄出，它的臀部由于大苍蝇的叮咬而爬满了蛆，他也觉得不大好受。

剪羊毛的季节即将到来，那时候这些长满乳褐色羊毛的、圆滚滚的东西就将被修剪成皮包骨头、血肉模糊、棱角分明的怪样子。他讨厌所有这一切——那些羊傻傻的、恐惧的样子，当一个生手连毛带肉剪下来时它那冷不丁的一尥蹄子，羊粪和羊毛脂的古怪的气味……他打算在剪羊毛开始之前就离家出走。

他一个人在河岸边溜达，听着青蛙欢快的、求偶的歌唱——沙哑的声音弥漫了夜空。牛蛙深沉的低吟，小蛙们的三重唱，还有流水在为它们伴奏。两天后，巴瑞特小姐——朵罗丝——就要走了。朵罗丝！他对着星星声嘶力竭地叫着她的名字。有那么一瞬间，那些冰冷的、闪烁的星辰似乎并不是毫无知觉，而是和他激昂的心跳相合拍。

我呼喊着你的名字，
你可知我为爱陶醉？
上天可怜我的痴迷，
回报我星光点滴——

当他一个人的时候，诗句那么容易地就来到他的脑海，它们不经他的意志支配就找到了位置。但是如果他要向她表白他的爱，他就会变成笨嘴拙舌的小学生了。朵罗丝，朵罗丝！他怎么能不向她表白他的感情就让她走了？但她已经知道了啊！她肯定已经看出了，当他们的手指在习作本上偶然相碰时，他的脸变得多红啊！

好像飞蛾扑向灯火，他的脚步挪向她的窗口，屋里稳定的灯光表明她可能正在灯下读书，或许在打点行李。打点行装准备离开，永远走出他的生活！

他沉吟一声，倚到墙上。

窗帘一动，传出温柔的声音。“谁在那儿？亚当，是你吗？”

“是我。”

“这个时候你怎么还不睡？我在打点行李……”

“你就要走了，我怎么能睡得着？”

她靠在窗台上，向外望着，脸正对着亚当，她的长长的鬈发也因为夜幕降临而披散下来。因为身后煤油灯的光芒，他看不到她眼角四周的细纹；看上去她就像一个柔发披肩的小女孩。

她盯着他，没有吱声。从师生关系来说，他的话语和脸上露出的盲目的崇拜令她吃惊。她以前也注意到了，但从没像今天这样不加掩饰。

“你的容貌就像朱丽叶。”他说，“‘朱丽叶，她的窗口就是太阳。’”

她轻轻一笑，收回盯着他的眼睛，试图找回主动。“恐怕我已经没那么年轻，配不上那个角色了。”

他的嘴唇凑到她放在窗台上的手上，她把那只手翻了过来，手掌抚到他发烫的脸上。

“你知道我对你的感情。”他含糊地说。（啊，习作本中那些丰富、美妙的词汇哪儿去了？）

“我受不了你走。我写的一切都是为你。我再也写不出一行了。”

“这么说你写了一些诗？”

“为你而写的，只是为你而写的。”

“傻孩子，你知道我多大了？”

“我不管，你真漂亮，你的秀发在灯光里金光闪闪——”

“等一下，我有一本书给你，荷马的小册子，是我自己的，我想送给你。”

她转过身，开始在打开的行李箱旁边的地板上一堆书里查找着。“啊，在这儿呢，你——”她张着嘴愣住了，一只手不自觉地拉严睡衣遮住了胸脯。亚当双手一撑窗台，轻轻一跳，双腿就挂在屋里。他坐在窗帘之间，手撑在身体两侧，火辣辣的目光罩着她。

“这——就是这本书，你真得走了。”她走过来，递过那本书，像是把一块精美的食物喂给一条危险的大狗。亚当接了，根本没看就揣到兜里，然后抓住她的手。“朵罗丝！我从来没有这样叫你，是吧？”他低语道。

“亚当，这真荒唐。”当他的双臂搂住她时，她先是僵硬地立在那里，但接着他就突然感觉到她叹息一声放松下来。隔着丝绸睡衣，他感觉她整个人挺拔而苗条。他把脸埋进她的脖颈，蹭着她凉凉的、香香的皮肤。“帮帮我……教教我。”他蹭着她的头发说。

“我不可能教会你写作，只有实践才能教会你。”她努力地要稳住常态，但她的声音却在颤抖。

“我不是那个意思,你知道我是什么意思。”

她不大自然地笑了。“我亲爱的孩子——”她的手温柔地、有节奏地在他头发间摩挲着。

他半拥着她,跌跌撞撞地向床上奔去,顺便把灯吹灭了,窗外的星星趁机都溜了进来。

那天晚上,亚当沿着河岸走了好几里地。他抬头盯着熟悉的星群,对发生的事情仍然半信半疑。他为自己的成就欣喜若狂:他,亚当·杰米逊,已经证明了自己是个男人。朵罗丝,她多么可爱,多么温柔啊!他已经从一个稍微不同的角度来看她了,不再作为祭坛上的女神了。她已经是他的了。女神已经投入了他的怀抱。但他隐隐地感觉,她不应该这样做的,至少不该做得这样容易。

过程是美妙的,但并不完全如他从书上读到的那般。很快就结束了,留下一种忧郁的回味。FOEDA EST IN COITU ET BREVIS VOLUPTAS……(肮脏的性交,短暂的快乐……)不,不,他不应该那么想。起初还是有一种美妙的、平和的感觉。

朵罗丝……灰色的眼睛里点缀着金色的斑点,好像冬日里的阳光;她的思维像个男人,而身体柔软得令人难以置信。很快她就要走了,他将再也看不到她了!

15

“眼下还走水道简直是惹动老天。”希斯特说,“要是你们走那条道我就不去了。在星期五这样不吉利的日子出门真够可怕的;何况还没征求一下巴瑞特小姐——”

“哦,我不怕水,杰米逊太太。”

查尔士坚持说可以走水路,老巴奈熟悉那条道,十分安全的。

“那么,亚当,你当然就没有必要去了。”

“不,妈妈,我特别想去。”亚当下巴一沉,希斯特立时就让步了。

黛丽一声不响地坐在那儿，生怕一不小心招惹了姨妈而被告知留在家里。她有些害怕，因为她听说穿过他们要走的这条道的几条溪流在汛期是很危险的，但是她愿意最后一次和巴瑞特小姐一起面对一切危险！

“费拉黛菲娅，如果你不怕路上危险，我想要你去顺便为我配些丝线，这种事托付给男人是没有用的。”

“好的，姨妈。”她赶紧跑回自己的房间翻出手套、鞋子和帽子，以备第二天赶早出发。在门外的过道上，她与一个人撞了个满怀，那是“蹑手蹑脚的”安妮，一对大脚悄无声息地转身就溜得没影了。原来她一直在门口偷听！

第二天日出时他们就出发了。亚当坐在巴瑞特小姐的旁边，任她的衣袖摩挲着他的胳膊——这对他来说已经是天赐之福了。黛丽坐在车上，端详着她的偶像：帽子两侧插了两支银灰的羽翅，看起来颇有灵气；淡褐色的小发卷优雅地蜷伏在颈后。在这个早晨，巴瑞特小姐素来冷峻的脸上竟然泛起一点羞红。

马车穿过牧场，来到那片被水淹没的桉树林，巴奈拉着车，沿着树桩的标记小心地选择着脚下的路（力杰声称，巴奈能够很聪明地识别各种标记；实际上，尽管被水淹没，它的足下还是能感觉到道路的坚实）。在第一条溪流穿过的地方，水位几乎涨到了马车的底板。

得益于高水位，有二十艘轮船停泊在埃库卡，码头上一片繁忙景象。亚当把巴瑞特小姐的行囊送进站里，查尔士则把马牵到一个马厩为它刷洗。巴瑞特小姐迈着男人似的大步走向售票处，亚当和黛丽一言不发地走在老师的两边，两颗心完全被痛苦笼罩了。上了火车，巴瑞特小姐身子探出车窗，对着车下兴奋地说着，而回应她的话却很少。

“旅途会很愉快的。”说着，她的目光扫过身边还没人坐的座位和似乎定格在车窗上的维多利亚州的秀美风光，旋即，她的脸上掠过一丝歉意，她把目光转到车窗外那两张愁闷的脸上。

“振作起来，黛丽，我们会再见面的——或许就在你成了名，在皇家学院展出你画作的时候。我指望你俩有不俗的成绩。一定不要放弃写作，亚当；只要你可能做得更好，就决不要满足——”

“请全体上车！全——体——上——车——”

“再见，孩子们，再见！别忘了给我写信！”

车门砰地关上。火车缓缓地，几乎不易察觉地驶离了站台。查尔士急匆匆地赶到了，刚好来得及挥手告别。

“完了！”亚当和黛丽一边这样想着，一边仍在回味着巴瑞特小姐温暖、有力的手指的紧握。黛丽一直一声不响，使劲地眨着眼睛，目视前方，竭力使自己不哭出来。而亚当已是面色苍白。

查尔士充满柔情地挽起黛丽的胳膊。“喂，乖女孩，我们在哪儿吃午饭？我本想咱们去斯泰塞风味好好地撮一顿，最后来点巧克力冰，怎么样，亚当？”

“吃什么对我来说都无所谓。”亚当幽怨地说道。他下巴一沉，陷入难忍的痛苦之中。为什么父亲总是以为自己还是一个男学生？吃巧克力冰？而一个男人的心正在破碎！不知不觉地，诗行跳入他的头脑中，清晰，完整，如写在石板上一般。

我的心，曾只为她跳动，

而此刻——一直到永远，

它将与悲伤为伴，

如静石一般冰冷……

黛丽感觉不舒服，而且一点也不饿，但善良的天性促使她要缓和一下亚当造成的冷淡气氛。“好极了，亲爱的姨父。”她说。亚当和他们一起来到餐馆，但几乎没吃东西，也根本不说话，只是静听着某种内心的声音。

查尔士站起身来，把半个克朗放到桌子上，说，他想去看看下午在售卖场展出的美利奴母羊。“你俩随便买点什么自己想要的东西，咱们两点半在码头见。”他从衣帽钩上拿下他的宽大毡帽，走了出去。

亚当伸出手一下子笼住了钱。“听着，孩子，我需要它，总有一天我会补偿给你的。你知道，我得去看一个人——我的校友，刚才咱们来的时候我看到他进了一家旅馆。我不能带你一起去，你去逛逛公园吧，就一会儿，没事吧？”

他的声音很急迫，眼睛闪着兴奋的光芒。

“没——事，我想是没事，但不要耽搁时间太长。”

“咱们两点一刻再见，然后一起赶回码头，这样老头子就不会知道咱们一直不在一起。想不想要一支巧克力棒什么的？”

“不想。”她的一双忧虑的眼睛望着他。这种谎话不像是出自他之口，但他还是把她从美食店里推出来,推进冬日里明朗的阳光下。他们沿着哈尔大街来到镇子的西端,亚当就走了,留下她孤零零地站在吉姆斯·迈肯托的纪念碑下——它实际上是一座红桉木筑就的拱形牌楼,以纪念那位早期的木材厂老板。亚当走后,她沿着一条林荫道随意溜达,直到脚下的路被夹在陡峭的黏土堤岸之间的康帕斯河阻断。在它汇入墨累河的地方,她坐下来看着脚下的水——新南威尔士山上流下的雪水和来自平坦的维多利亚平原上的雨水,静静地在这里交汇。受到远处的锯木厂的呜咽声和脚下的流水声的催眠,她竟然睡着了。

醒来时,太阳已经移到一棵大树后面,树影长长地拖过河去。她急忙沿着来时的路向回赶。忽然,她看到一个男人的身影倏地闪到一棵树后。

“亚当!”她叫道。他在逗她玩,跟她捉迷藏呢。她轻轻地向那棵树跑去,两臂围拢——突然一下子站住了。顷刻间,她被惊呆了,动弹不得;继而撒腿就跑,竟然还记得来时的路。偶尔一回头,那个男人——半裸着身子,靠着那棵树——正向她招手示意,脸上露出一丝憨傻的笑容。噢,亚当哪儿去了呢?

她没敢再回头,但她恍惚地听到了身后如擂鼓一般的脚步声。当她穿过拱形牌楼回到主干街道上时,她才回过头来。没有人跟在后面。但她这一天的兴致全没了,都因为那个令人作呕的、讨厌的……混蛋!她脚步不停地走向码头,眼睛仍然紧张地瞥着身后,竟然猛地撞进查尔士的怀中。

“怎么,黛丽,我的孩子,这么气喘吁吁的,吓成这样子,怎么回事?亚当哪儿去了?我一直在等——”

他喷出一口朗姆酒的气息,黛丽注意到——真是谢天谢地——他正处于微醉状态。

“嘿,嘿,对不起,我回来晚了。”

亚当的语调中透出某种奇怪的亲切,查尔士就撇开了黛丽,转头看他的儿子。亚当满面红光,浓密的淡褐色头发乱蓬蓬的。

“我可以问一下你到哪里去了吗?”

“去看一个熟人,在学校时的同学,住在旅馆里。”

“你的意思是说,你把你的表妹扔在大街上,孤零零的,无人陪伴,是吗?”

“不,不!当然不是的。黛儿想看看那座漂亮的公园,我就带她去了,就是这样。”

“亚当，你喝酒了？”一声长长的含有嘲讽意味的轮船汽笛好像是要突出这个问题似的。

“喝酒？哦，我不得不应酬，遇到熟人，在学校时的同学——”

“好啦，我们都听你说过这一套了。你哪里弄来的钱买酒喝？我猜你是把我给你俩的半个克朗花掉了。这是最后一次你从我这儿得到零花钱。”

“你告诉我们买些我们想要的东西，那么，我就想要喝点酒。”他一正下巴，露出一副凶狠的模样。

“请不要那么大嗓门，现在上车吧，等回家我还有些话要对你说。还好，我们会在天黑之前穿过那片水淹的树林。”

“对不起，我没有回去接你，黛儿。”他们爬上马车的时候，他凑在她耳边低语道。但她被他夹着浓重酒气的呼吸逼得退缩了，厌恶地看着眼前这个满脸透红、双眼布满血丝的人。他把她一个人撇在那儿，而在她睡着的时候，那个可怕的男人是随时可能骚扰她的。视亚当为长者的那份敬意开始动摇了。

回家的路上谁都不说话。查尔士脑子里只想着亚当的所为，等到回家他要跟希斯特谈谈这件事。当然，一定得告诉她。正是因为她对这孩子从婴儿时候起就过度崇拜、娇惯、奉承，才使他出息得这样令人失望。

逐渐地，巴奈油亮的屁股优雅地一摇一摆，它的汗水和皮毛散发的气味，手中缰绳传递的舒适感觉，都使他的情绪有所好转。他几乎要开始打瞌睡，这时黛丽的一声尖叫把他唤醒了。

“怎么了，孩子？”

“噢，针线，我忘配针线了。姨妈会生气的。我只是不承想……这可怎么办呢？”

“现在你是无能为力了，但不要紧的。有比针线更重要的事情令你姨妈担忧呢。咱们到家的时候天就黑了，她早就急疯了。”

他们拐进河边的一片低洼地。谁也不说话，只听得小马车的轮子在水中转动的声音。大树下面已经暗了下来，尽管抬头仍可望见枝杈上的金色阳光。巴奈机械地前行，亚当睡得沉沉。

突然，马车猛地一抖停了下来，一下子把亚当惊醒了。

“驾！到底怎么——”查尔士一边叫着一边小心地赶着巴奈。“不会是陷进淤泥里了,因为停得太突然了。”尽管巴奈使劲拉,马车仍是不动弹。

“快点,亚当,下去看看怎么回事!”

“下去?”亚当呆呆地瞅瞅身边,似乎以为他在船上。“那不就弄湿了。”

“下去!”查尔士大吼一声,仿佛把平日里对他儿子的一切怨责凝聚成这一声吼。“摸摸车轮四周,看看什么东西把咱们绊住了。”

亚当脱掉鞋子,挽起裤腿,爬下水中。水已漫到轮毂,车轮搅动水下的黏土使得水浑浊而晦暗。他在水中乱抓一气,但没有结果。

“试试另一侧。”

他蹚到另一侧,第一次入水就摸到有什么东西卡在轮辐上:原来是一根大树枝,一头深深地插在黏土中。他使劲地挣了几挣,终于把它拿掉了。

马车继续轻松前进。亚当转身上了车,这时他已经因为冷水的刺激完全清醒了。他打着寒战,穿上外衣、袜子和鞋子。

“轮辐有没有坏?”查尔士问道。

“显然是没坏。”

“万幸。要是坏了一个轮子,就将意味着我们得一路蹚水回家,或者在一棵树上待一个晚上。我们得慢些走。”

金色的阳光凝聚在枝头的叶子上,一忽儿变得火红,一忽儿就逝去了。整个树林模糊一片。巴奈熟悉路,知道自己是在往家赶,所以脚下很卖力,但它被缰绳勒得放不开步子,显得很不耐烦。突然,没有什么明显的理由,它一下子停住了。树林出现了很长的一段间隙,显然前方有溪流经过。

查尔士抽了它一鞭子,忽然想起巴奈以前的主人曾警告他说,一定不要抽打这匹马,那样只会使它更犯犟。但已经晚了。巴奈开始稳步后退,前车轮在原地打转,马车开始转圈,随时会偏离大路,翻到一侧。亚当顾不得脱掉鞋子就跳了下去,抓住巴奈的头,哄着它慢慢往前走,不一会儿就安全地过了这条溪流。亚当爬上车,全身的衣服都在向下滴水,鞋子也咯吱咯吱响。黛丽侧了侧身,以免弄湿自己。

谁也不吭声。直到他们来到洪水线以上的沙质家用牧场,查尔士才放松地叹了一口气。亚当全身发冷,黛丽又僵又累。力杰提着一盏灯出来接他们,他的狗也叫了一声表示欢迎。

“太太以为你们都被淹死了呢!”他兴奋地说,“我们还打算去找你们,但我告诉她,没有谁比巴奈更熟悉那条道的。”

希斯特正举着灯在后门等候,灯光里她脸色苍白。

“感谢上帝,你们都平平安安!亚当,我的孩子,你没事吧?”

“一场毛毛雨,妈妈。”说着,他用胳膊搂住了她,“像个落汤鸡了。”

她摸摸他的衣服,尖叫起来:“亚当,你全身湿透了!你掉到河里了吗?我知道的,我知道不安全的,但你不听我的……在星期五出行,一切都应验了。”她催着他到里屋换换衣服。

黛丽又累又冷,随后也慢吞吞地进了屋。晚饭——希斯特一直放在木灶上热着——刚过,黛丽就说她要上床睡觉了。亚当心不在焉地接着说:“我想我也要去睡了,我仍然觉得有点冷。”

“你还不行!我和你妈想先跟你好好谈谈。”

黛丽悄悄地溜掉了。争吵即将爆发,她不想卷入其中。

希斯特的眼睛瞪得滚圆。“说什么,查尔士!孩子得马上上床用热砖暖暖脚。”

“蹑手蹑脚的”安妮溜了进来,开始收拾桌上的盘子。

“咱们到另一间屋去。”说着,查尔士向亚当示意,“那里生着火吧,我想?来吧,亲爱的。”希斯特转过身没理他,生气地把桌上东西捡到杉木橱柜里。

好一会儿,黛丽都能听到从前屋隔着过道传来的亮开嗓门的说话声。她忽然想到什么,从被窝里溜出来,光脚来到过道。正如她所料,在关紧的客厅门外,站着一个瘦削的身影,一动不动。

“是你吗,安妮?你想干什么?”

“我想——他们按门铃了,黛菲娅小姐,我正要进去,我——”借着门缝透出的微光,黛丽看到她鼓出的灰白的眼睛一闪一闪。门里传出这样的话:

“你想把我气死到坟墓里吗?”

“噢,别说了,妈妈,你可能活得比我更长久呢。”

黛丽说:“我肯定他们没按门铃,安妮。如果餐室里的活儿干完了,你最好睡觉去吧。”

她看着安妮飘到过道的尽头，从后门出去了，然后她敲敲门，稍等片刻，走进这一幕家庭剧中：希斯特坐在沙发上，湿手绢捂着鼻子；查尔士背对壁炉，双手背在身后，面色严峻；亚当站在一把椅子后面，手抓着椅背，一副紧张但要对抗到底的神情。

黛丽禁不住要说几句话为亚当辩护。她想说："他爱她，他无法忍受她的离去，他只是喝点酒想忘掉痛苦。"但是亚当爱上家庭教师这件事会被认为是又一宗罪过，所以她说："姨父，亚当本想把钱花在为我买巧克力上，但我没要，我感觉有点不舒服，就在康帕斯河边睡了一小觉。我告诉他领我到那儿——"

"你不必护着他，黛丽！那不能成为他喝醉的理由——只有十七岁的男孩子——害得我们回家晚了，几乎要把你姨妈担心死了。"

希斯特自怜地抽了一下鼻子。亚当投给黛丽一束感激的目光。黛丽打开门，出来了。安妮不在外边。她闩上后门，就上床了，却张着耳朵留心听着前屋里传来的激烈的对话。姨父会打亚当吗？亚当会让他打吗？她听到查尔士开始吼叫，这是不妙的信号。

紧接着传来扭打的声音，一扇门砰地开了。

黛丽跳下床，把门开了一条缝。

"索性谈开了吧！"亚当激动地大声说，"我不要再住在这里被人当作学生娃看待，你们等着瞧！"

她一眼瞥到了他散乱的头发，他的脸气得煞白。他拉开对面的卧室门，砰地把自己关进了屋里。

"你看看——！"希斯特的语调里含着责怪。

"呸！不知天高地厚，总要表现自己。没事的。"

前卧室的门咣当一声关上了，一切都安静下来。

16

一周以后的一个晚上，黛丽被一阵轻轻的敲门声惊醒。门开处，闪进一支摇曳的蜡烛，亚当随后进来，穿戴齐整。她侧身坐了起来，眼睛一眨一眨。"亚当，半夜还不睡？"

“嘘！快到早上了。我要飞了，小孩子。”

“你要怎样？”

“我要离家出走。现在。今晚。”

他坐在床边，身子后靠，举起蜡烛来观察他的这一新闻所造成的效果。她张开的嘴巴和瞪大的眼睛似乎令他很满意，他两颊透红，双眼放光。

黛丽把额前乌黑的乱发掠到脑后。“但是……但是……怎么走？到哪儿？”

“怎么走？我打算乘小艇顺流而下，明天早上你告诉父亲，它——停泊在埃库卡码头。”

“你打算乘火车去墨尔本吗？”

“不——”他显得非常窘迫，好像他本想宣布墨尔本甚至国外是他的目的地。“不，只到埃库卡，我在那儿找了份工作。”

“是吗，亚当？噢，真希望我也能去。我会非常想你的。你的工作是什么呢？”

“做《大河先驱报》的见习记者。那一天我见了编辑，这就是为什么耽搁那么久。我得先喝几杯酒壮壮胆，后来又喝了几杯以示庆贺。还好那位编辑没闻出我呼出的酒气。他是个严格的绝对戒酒者，他的名字叫安格斯·麦克非。”

“但你为什么不告诉姨父和姨妈？”

“他们只会竭力阻止我。母亲想把我拴在她的围裙带上，老头子想让我成为牧场打杂工。但是等我真的拥有一份好工作而且把第一笔工资亮到他们眼前时，他们就会安静下来了。”

“但你住在哪儿呀？”

“我会在镇上找个住处，但是付了租金之后，我就不会有多少现金了。”

“姨妈会紧张的。”

“我知道，但我可以在哪个周末回家看看——听！轮船！如果我们能喊住它，我就可以搭上它去埃库卡了。快点，帮我拿着东西。”

黛丽匆忙披上晨衣，趿拉着鞋，跟随他出来了。他提了一只旅行袋和一盏向轮船打信号的防风灯。他把一捆书塞进她的怀里。

突突突突，传来轮机转动的急促而均匀的声音（亚当断言这艘一路高歌向下游奔去的轮船就是“迈肯托”号——以那位木材加工厂老板的名字命名的）。

当他们急急忙忙地赶到岸边，花园尽头的树已经被灯火照得通明，一幅巨大的光的扇面从他们面前向远处铺去，把他们撇在更深的黑暗里。太晚了！

“我到底还得乘小艇。”

“那么，小心点，别让轮船撞到你。”

亚当身着花呢外套，头戴花呢帽，他把旅行袋放进小艇，从她手里接过那些书，而把灯递给她。

“你应该带着这盏灯——”

“不用，我没事，再见，黛儿。”他紧握了一下黛丽的肘弯以示告别。马上，水流就把小艇冲走了。他用桨掌握着方向。

黛丽回头望向黑漆漆、无声无息的房子。没有月亮，薄云的间隙透出半天星星。在河面朦胧的反光中，她刚刚能辨认出那条急速顺流而下的小艇。这无语奔流的河水，倚河而立的树林，半遮的神秘的夜空，所有的一切都以一种恶兆的预感压迫着她。当小艇在河曲倏地消失，她猛地生出一种无法摆脱的预感：她再也见不到亚当了。

第二天早上，希斯特发现亚当留下的字条和他空荡荡的床后，变得歇斯底里，只有她那银盖子小瓶里的嗅盐能让她镇定神经。她说，查尔士必须马上赶车去埃库卡把孩子领回家，假如他还没有葬身河底的话。

但查尔士出人意料地坚决。他说他很高兴亚当在这样艰难的时期有足够的勇气去谋个职位。经济上的独立对他会有好处的。在费了一番激烈的口舌之后，她让步了，条件是第二天他去一趟埃库卡，检查一下儿子的住宿，询问一下他换洗衣服的情况。“我是经不住这趟折腾。”她说，“在我神经这样紧张的时候，你得替我跑跑腿，黛丽。这么冷的天气，我的背又开始疼了。想想——想想他竟然不告诉我一声就离开了家！”

马车缓缓地穿行于沙丘间，黛丽一直极目前望，不安地等待着可能出现的一位骑警——带来亚当的死讯，但是他们一直到达埃库卡，除了在路上遇到一个牲口贩子赶着一群羊，再没遇到任何人。

他们来到《大河先驱报》的编辑部——那名字是用金字贴在窗上的。黛丽腼腆地跟在姨父身后。稍等片刻，查尔士被引进主编的小屋。在一顶摆钟下面，一个大个子男人坐在桌子边正写着什么，地板上铺满了一卷一卷的报纸草稿。

在那人蓝灰色的眼睛里闪着友好的光芒。他从浓密的灰胡子中间拔出烟斗,开口说:“有什么事吗?”

“我在找我儿子,亚当·杰米逊。”查尔士一边说,一边瞅瞅屋角,瞧瞧摆钟,继而目光又回到主编身上,似乎他料想亚当就藏在屋里的某个地方。“他没跟我商量就离开了家。”

麦克非先生站起身来,隔着桌子和查尔士握了握手。“杰米逊先生,这位漂亮的小姑娘是他妹妹?”

“他的表妹,费拉黛菲娅·高顿小姐。”

“噢,是吗——你这么个小姑娘竟有这样大的名字……亚当,你在吗?”他突然大声喊亚当,把黛丽吓了一跳。

一个系着肮脏的皮围裙的人出现在门口。亚当带着一股挑战的神情走上前来,但糟糕的是,他额头上的黑墨污点,以及耷拉到一只眼睛上的乌黑的亮发,都使他暴露出一种令人好笑的、毫无防卫的年轻人的神情。

“亚当,我的伙计……你并没告诉我你是未经父亲同意来做这项工作的。”

“我没有问他是否同意,因为我不想冒被他拒绝的危险,那意味着我将违背他的明确指令而到这里来。”说话的时候,他眉毛下的一双眼睛挑战似的看着查尔士。

“你为什么不跟我说呢?”他父亲说,“我很满意你终于找到了称心如意的事,反正,很显然,我绝不可能把你培养成一个农夫。但是——你说你是做记者工作的呀。”他指指那条脏兮兮的做工围裙。

亚当脸红了。“我没说假!但是我也在学着排版。”

“是这样,他正在熟悉每一行,新闻记者需要懂得排版和印刷,除此以外,他到底还是个记者,他会干得不错的。”

亚当显得不太自然。“我领他们看看印刷室好吗,头儿?”

麦克非先生又把烟斗叼在了他那络腮胡子之中,一只手挥了挥表示同意。他们经过一道窄窄的走廊,来到一间十分敞亮的高顶棚屋子。两个系着围裙的男子从他们的工作台上抬起头来。

“他们是我的家里人,阿尔夫。”他随意地一边说着一边把他们领进屋里(事后他告诉黛丽，那两个人都叫阿尔夫，但是为了区分他们，红头发的那个被称为红发阿尔夫，另一个就被称为黑发阿尔夫）。

查尔士不大相信机械。他四下打量着这间印刷室和一排排铅字，一页页的金属印版。黛丽快活地翕动鼻子。这间屋子到处都是书味。

“亚当，你额头上有一大块墨水污点。”查尔士低声说道，“我不知道你母亲会怎么说。”

“她看不到倒是对她没有坏处。”亚当说着，掏出一块手绢，却没擦到额头上那块污点。黛丽夺过他的手绢，为他擦了擦那块墨迹，但还是留下一丝模糊的印迹。亚当说：“真对不起，我从家里跑掉，但是我实在无法面对另一种景象；你们知道母亲是怎么样的。”

查尔士沉默了。他是熟知那位母亲的。

当亚当陪伴他们向外走到门口时，他们碰上了正从外面进来的主编太太。她是个漂亮的小妇人，时髦的帽子下面一张圆脸，与她丈夫说话的粗声大气比起来，她说话可是柔声细语。黛丽向她解释说，姨妈要她看看亚当住的地方，而她不大敢。“我和你一起去，亲爱的，我们一起对付那个房东。”麦克非太太说。“亚当，你可没告诉我们你还藏着这么漂亮的表妹呀。告诉您的太太不要担心，杰米逊先生。我一直像慈母一样关照编辑室里新来的年轻人。”

17

“告诉我最糟糕的吧，那可怜的孩子是不是想家，是不是不快活，是不是不够吃?”希斯特掏出了她的手绢。

“不是的，姨妈，真的。他喜爱他的工作，他很快活。”发觉这个消息并不如她所期待的那样受欢迎，她又机智地加上，“当然，他想念您炒的菜，只是太忙无法抽身。房东亲自负责他的换洗衣服。主编太太，挺亲热的一个人，对他也很好。您知道，亚当很会跟人打交道。”

希斯特笑了。“但你知道，他从来记不住换袜子，她知道一个正在长身体的孩子需要多吃吗?”

“他吃得比在寄宿学校时要好多了，姨妈。”

希斯特放下心来。这样当然是比让他远在悉尼上学，或者独自在那糟糕的大城市墨尔本好多了。“唉，我们一定要感谢上帝，在那样黑灯瞎火的晚上，他一个人顺流而下，竟能安全到达。后来我意识到那天正好是十三号，我真不敢相信他已经挺过去了。这表明有个圣明的神灵在看顾我们大家呀！”得出了这样的不合逻辑的结论之后，她开始用彩色碎线头为新的沙发套钩织花边。

出走之后的第一次回家，亚当用自己的工资为母亲买了一件礼物。她再一次掏出了手绢，但几滴眼泪过后就变得兴高采烈了。她听着他的故事，看着他的剪报册——他最初的努力就花在那上面：轮船入水、沉没、触礁的报道；主要社会问题的评述；刑事方面的新闻等。

法庭的案件大多是因为酒醉后的争执引起的，因为埃库卡在涨水季节到处可见闲散的水手，很多是从海船上开小差下来的。

很多市民，其中包括那位主编，都对这种普遍的酗酒深感震惊，尽管他们付出了巨大的努力，该城市的主要产业之一仍是四十家有经营执照的旅馆里出售的酒瓶子。

和亚当一道来的还有考伯公司的一辆马车，它每周一次在河对岸撂下邮袋，由力杰划船过去取回来。

黛丽收到巴瑞特小姐的一封来信，是直接从北特瑞特里的凯特琳市寄来的：

凯特琳河几乎就在我们的前门口那儿流过，所以这里和原来的地方并没有什么大的不同。除此之外，我们的住处掩映在芒果树和罗望子树以及开花的九重葛和蓝花楹之间。你会喜欢这一切的……我在这里很愉快，终日和几个孩子的母亲为伴，但她感觉热，而且身体不大舒服……

亚当对那封信只是表示了礼貌性的兴趣，他似乎已经从那段不愉快的恋爱中解脱出来了。而黛丽则埋头于幻想之中：她看到自己在那条伸手可及的大河边，在永远蔚蓝的天空下，鹦鹉在她头顶飞旋，蓝色的蝴蝶在花间嬉戏。那位脆弱的母亲可能会早早地过世，巴瑞特小姐就会嫁给那些孩子的父亲，并且请她过来，帮助自己抚养孩子，她会把这一切热带的光景绘成壮丽的图画……

黛丽钻研着所有她能找到的美术作品的临摹品。她有一样宝贝，一幅皇家宫廷的彩色画《北斗七星》，是从墨尔本的一份报纸的增版中得来的。姨妈借给她一册用来包东西的宗教画。尽管黛丽更渴望看彩色画,但她还是痴迷于拉尔夫·麦多娜的流畅的曲线和甜蜜的面容,古老的杰作《圣母升天图》和《圣母领报图》,还有霍尔宾的《基督面对玛利·迈德利》——晨曦中天空渐渐放亮,漆黑的坟墓发出灯一样的光。

每天她都到河边散步,随手扔着树枝和片片树皮,看着它们在潺潺的泛着涟漪的水面上越漂越远。不息的河水在她的意识中缓缓流过,为她的幻梦编织着布景。

一天晚上,她一个人在河边漫步,一艘大驳船,熄了灯火,泊靠在一棵树下。因为好奇,她跑了过去,穿过一段狭窄的木板来到甲板上。整个船上漆黑,寂静。忽然,她看到有人向她走来,原来是她的父亲,她走上前去,把头靠着他的胸膛,心中充满了平静的快乐。"您根本就活着,是吧?"她喃喃道,"我知道那不是真的。"

"当然还活着。"他轻轻拍着她的头发。

"其他人哪儿去了?"

他指向身后。绕过他的肩膀,她看到甲板上黑乎乎的巨物,里面发着幽幽的光,而且越来越亮,直到发白。她似乎看到在炫目的光芒中有人在走动。那巨物提醒她想到了什么——对了,她想到了漆黑的花园中的坟墓,那里有天使和天堂里的幽光。

想到这里,她的心中充满一阵神秘的恐惧,她转身要逃。

她的父亲伤心地说:"我们要走了,你也来吗?"

"去哪儿?"

"到河口,到大海。"

"不,不!"她转身跑上岸。甲板上没有任何动静,也没有起锚的声音,但那艘驳船驶向河中央,然后顺流静静地漂向下游。怪异的光消失了,一大团黑影消失在漆黑的水流中了。她感觉自己孤单单地站在茫茫宇宙中。

尽管她挣扎着醒过来,但她永远不会忘掉她在梦中感到的恐惧;尽管她不敢抬眼,但那搏动的神秘的幽光仍在睫毛下刺激她的眼睛。

夏季又来了,天气变暖,希斯特感觉完全恢复了元气。她决定进城一趟,亲眼看看亚当是如何生活的，尽管他明亮的头发和清晰的面色都透出健康的迹象。他的全身又增了几分男子汉的气概和独立者的自信；他已经蜕去了青春的稚气，看起来更像是二十二岁，而不是十七岁的样子。

但黛丽看上去仍然像个孩子，长长的黑发，未发育的胸脯，短短的裙子，穿着黑色长袜的双腿好像两根直挺挺的棍子。她仍然享有孩童的自由。那只清障船"墨尔本"号又顺流而下，从房前的河曲处拖出一棵枯树，她跑过去在岸边看着他们操作，来回跳着，向那些男人呼喊着，建议着。

"船长，你们要回埃库卡吗？"

"是啊，明天，很可能。下面的河道全清了。"

"噢！我能跟你们一起去吗？我从——未坐过明轮船。"

"嘿，我这儿没问题，小姑娘。问题是你妈是否会让你去。而且你怎么回来呢？"

"坐小马车。他们明天赶过去。那是我姨妈。"她一边喊着一边跑过去，央求希斯特让她去，由安妮陪着，因为自从安妮上一次进城休假到现在已经有几个月了。

天刚刚亮，黛丽就起身了，跑到河边去看"墨尔本"号是否还在那儿；她兴奋得晕乎乎的，来回跑了几趟，以至于希斯特严厉地问她是否哪儿不舒服。

终于上了船，向下游漂去。黛丽在接下来的几个小时里一直兴奋不已，从船头到船尾跑了个遍：一会儿站住，看看侧轮划出的波纹；一会儿又望望轮箱里面的巨大轮轴，不小心溅了一脸的水；她还被允许握一握驾驶舵，看着驾驶杆在她的手下来来回回。

终于累了，她上到船顶，那里是船长的天地。她仰面躺在阳光下，大船轮机的声音好像从遥远的地方传来，两岸的树好像在梦中似的一闪而过。

可怜的安妮却不喜欢坐船。她蜷坐在甲板为她准备的一把椅子上，眼睛紧盯着前方船长室空荡荡的墙壁。轮箱上面窄窄的台阶令她感觉心惊肉跳，所以一坐到椅子上，她就不愿动了，而且愁眉苦脸地对人说："我晕船，真的。"她的头发在头顶扎成一个髻，黑色的帽子高高地、松松地扣在额头上。

到了埃库卡码头，黛丽谢过那位船长——他拒绝收取搭船费——陪着安妮走下舷梯，通过踏板下了船。码头上一片嘈杂忙乱的景象；亚当只顾看光景——一大包羊毛被高高地吊起,送到一辆等待的有轨卡车上——没有注意到“墨尔本”号的靠岸。

黛丽一蹦一跳地跑向他,捏着他的胳膊肘,蓝色的眼睛在她的宽边草帽下面兴奋地一眨一眨(她只有两顶帽子,夏天戴草帽,冬天戴棉帽)。

“嘿,你真会讨好人。”他大大地咧开嘴笑着说,“你到底怎么说动妈让你来的?”

“噢,亚当,真是太妙了。将来有一天我想一直到达河口。总有一天我要买一艘轮船,我要——”

“女孩子不能做船主,傻瓜!”

“我不明白为什么不能!”她皱起眉头。

“你们再不要让我坐那种东西,绝不要。”安妮说,“我还觉得晕,真的。”

安妮去看望她“可怜的老父亲”,亚当陪着黛丽在城里四下转转。希斯特已经到了,是她让他接船的;她急着查看他的住处。

当他们离开码头的时候,黛丽感觉到阳光透过她薄薄的白衬衫烤着她的双肩。她侧目看亚当:一顶新的扎着丝带的硬草帽,坚实的下巴下面,两英寸的衣领硬硬地竖立着。多么成熟,多么自信!他的嘴唇,仍然留着孩子气的痕迹,时不时挂着一丝自得的笑容。

“麦克非太太请妈妈和你过去吃下午茶,你们在船上吃午饭了吗?”

“没有,安妮不愿下甲板,我不想单独下去面对那些男人。我真希望生来是个男孩,我愿意在船上做个大副。”

“做个厨娘怎么样?那正适合你。你可以在船上的厨房里帮着做饭。”

她顽皮地踢了一下他的脚。噢,她爱亚当,她一直都在想念他。

“瞧!”他突然捏了捏她的胳膊。

一个老流浪汉正向街的这边走来,圆圆的毡帽压得很低,他们几乎看不到他的脸,但他银灰色的大胡子流泻到胸膛上,他很像从《旧约》中走出来的人。他身上披的毯子交叉着从两肩垂下,上面挂了一只发黑的搪瓷罐,还能看到其他一些做饭家什的把柄。钉有平头钉的皮鞋和磨损的裤脚都被灰尘染白了,令人想到沾满乡间尘土的车轮:这个人一定走过一段长长的路。

“我保证他身上一定有一段故事,”亚当说,“但他从来不会对人说。”

前面就是本迪哥信托执行代理公司的办公大楼，只见对面那个流浪汉猛地把行李扔到地上，摆好架势，对着那幢大楼晃动着拳头。

“我让你看看，你这该死的流氓！”他大吼着，“夺走一个人的财产，你这窃贼，厚颜无耻，该死的强盗！你竟然，从要饭的口中夺取面包，从瞎子的乞讨盒子里抢钱！我会让你们偿还的，你们这些流氓！”

他迅速从他的家什里抽出一只漆黑的炒锅，手提把柄挥舞着，冲向大楼的窗户，左右开弓开始砸了起来。随着玻璃洪亮的破裂声，碎片四射，叮叮当当地落在人行道上。

过往行人纷纷向这边跑来，公司里两个愤怒的保安冲了出来，抓住这个大胡子的家伙——他正举着炒锅站在那里，双眼放光，好像上帝的使者正在察看他实施的公正的惩罚。

有人报了警，一个警察急匆匆赶到，亚当撇下黛丽，挤到看热闹的人群中间。这是一个不错的故事。那位老人安静下来，正满意地察看着自己所造成的破坏，明亮的蓝眼睛里仍然透出凶狠的目光。当警察抓着他的胳膊让他“过来”时，他又兴奋起来，向躲在门里吓坏了的职员们大声咒骂着。这时经理走上前来。

“我想我知道事情的起因，长官。”他说，“我们此前就曾遭遇过这个老家伙的捣乱，起因是他所继承的一份地产；显然他认为处理不公，就把怒气发泄到作为遗嘱执行者——我们公司头上。”

“你说的真他妈的对，当然处理不公；让我在大路上吃苦受累，而我那小舅子坐着马车耀武扬威。你们这些该死的流氓，强盗——”

“够了，别骂了，马上跟我到所里去，快点！”那个警察用一只手捡起地上脏兮兮的行李，另一只手抓住炒锅——老人似乎正要用它砸向什么人——拖着他向拘留所走去。

亚当记下了老人的名字，从经理那里弄清了事情的来龙去脉，然后回到黛丽身边。他已经看到自己写的故事在第二天的报纸上被印了出来，七磅的铅字，粗黑的标题。词语正在他脑海中成形。他告别希斯特和黛丽，匆匆地赶回办公室。

回家的路上，黛丽为那位老流浪汉想了很多。她希望他不要被罚很多钱，因为他当然交不起罚款，那就意味着他要坐一段时间的牢。在他亮闪闪、无拘无束的目光里有些野性和自由的东西——那是在流浪中获得的；他像一只自由飞翔的鸟，牢笼将使他萎靡而死。

“嘿，妈妈，不要紧张，我没事的，真的没事，就是湿了一点，没关系的。”

亚当站在后门里面，湿淋淋的衣服直往过道的亚麻油地毡上滴水。贝拉和露茜，看到亚当的狼狈相，躲在厨房门口，用土话高声嚓嚓着——急急的、潺潺的话语似乎合着流水的节拍。

她们的谈话很快就被希斯特尖厉的嗓音所打断——赶紧为她儿子准备热水、热茶和热砖，因为亚当乌青的嘴唇和打战的牙齿把她吓坏了。

当他脱去身上的湿衣服，穿上温暖的睡衣，坐在餐室的壁炉旁，啜着希斯特留做急用的白兰地时，他对他们讲了所发生的一切：他如往常一样搭乘考伯公司的马车回家，发现岸上有一只当地的独木舟，而对岸却不见力杰的身影，他就坐上独木舟自己向这边划过来，不承想都过了河中央了，那只脆弱的小舟竟然沉了。

“要不是为了邮袋我可不会如此狼狈，在眼下这么冷的水流里，拖着那东西真不是好玩的。”

“噢，噢！”母亲开始抽泣了。“你会被淹死的，今天早上我在茶叶中看到了灾难，你为什么不把邮袋丢掉呢？你这傻孩子。”

“我不想丢掉这些信，而且，报纸上还有点东西我想让你们看看。”

他没有说出的是，因为身上的湿衣服太沉，他差一点被冰冷的雪水冻得麻木；他有些恐慌，但却解不开系在手脖子上的邮袋的绳结。他的颤抖半是因为寒冷半是恐惧。水流把他冲到离房屋很远的地方，所以没有人看到他的困境。黛丽看出来，他没有完全说出发生的一切。

“下周我会去看着你，然后划船过去。”她说。

“瞎扯，费拉黛菲娅，力杰可以过去接他。”

“但是我愿意，姨妈。”她的下嘴唇开始噘了出来。

“够了，我不喜欢你独自划船，水流那么急，力杰会接他的。”

这时亚当机敏地插话说：“瞧我有什么拿给你们看。”说着他破开蜡封，抽出竟然一点也没湿的信件和报纸。他展开四页的《大河先驱报》。“他们重点登出了我写的那个疯老汉的故事。”

“什么疯老汉?”母亲吸了一下鼻子问道。

在主要新闻那一页上,他读道:

一位无固定住址的名叫吉姆斯的男子,今天被判犯有寻衅滋事、蓄意破坏私人财产及恶语伤人罪。被告说他不记得做过什么,看起来他是个性情温和的人。

财物损坏加上罚款共计十英镑,交不起钱就以两个月监禁相抵。

第二页是一篇长篇文章,署名亚当·杰米逊。它概述了老人在丛林中的流浪生活,以及他受到迫害的感觉,最后呼吁埃库卡公民为这位老人付上罚款,因为他身体有病,要是在狱中很可能会憔悴而死。

报社率先捐了一笔款。

“当然主要是我掏腰包。”亚当说。

“我不知道你竟然是个慈善家呢。”希斯特说,“当然我会为你的事业而捐款的。”

“谢谢妈。”他吻了她头顶稀疏的黑发。对他来说这真是不寻常的举动,这一举动令希斯特的眼中充满了温柔。

“能待多久再回去,亲爱的?”

“我明天晚上就得回去准备星期一的报纸。”

“我不赞成在安息日还这样工作。”

“噢,当我们把报纸拿到床上的时候安息日就结束了。”

两周后,亚当低着头愁眉不展地走下小艇,黛丽陪着他回家,他一言不发地把一张折叠的报纸塞到她的手里。

她看到有一条消息被黑墨水狠狠地画了一道,标题是《有人在康帕斯河口溺水遇难》,接下来写道:吉姆斯,六十九岁,被人发现溺水而死,尸体被钓鱼线缠住了;……一大堆空威士忌酒瓶表明死者一直在狂饮;他在摆弄鱼线的时候,掉到河里,迷迷糊糊地再也没有挣脱出来……此人无固定住所,就是最近在埃库卡主干大街砸坏信托公司窗户的那个人。

“噢,亚当!”

“老麦克非让我去看尸体，他说，这样会给我不分青红皂白做好事的热情降降温。”

“但他掉到河里并不是你的过错，只怪他自己喝得大醉。”

“但他是用因为我的呼吁而得来的多余的捐款买的威士忌，不然的话，此刻他会平安地待在狱中。”

“不要怪自己了，在狱中他也会憔悴而死的。”

但他仍然显得痛苦不堪，与先前自信的举动相比，此时的他变得稚嫩而缺乏信心，使得黛丽感到一种实施保护的温柔的冲动；她感觉自己在年龄上似乎比亚当更大一些了。阳台上，他转身向河中望去，双手放在已经被风雨剥蚀的木栏上。

她低头看着亚当修长的手指紧张地敲着栏杆，她注意到他手背上的细小黄毛在阳光下闪着金光。那些健康的黄毛在太阳底下昂然挺立！她竟然不可思议地被感动了。她第一次强烈地感觉到了他的男子汉气息和他奇妙的身体变化。她看着身边的亚当那圆润的脖颈和粉红色的耳轮，只觉一切都新奇而不可思议，令她兴奋又使她不安。她再也不能用过去那单纯的眼光看他了。

18

灌木林火，在河的南岸燃烧，加剧了这个夏天的炎热。鸸鹋和大袋鼠受到饥渴的驱使，纷纷来到河里；巨大的野山羊经常在晚上偷吃母羊的食物；蟋蟀在花园里泛滥成灾。

去年的炎热曾使黛丽筋疲力尽，今年她却沉迷其中了。洁净、明朗、烤人的炎热净化了空气；到处弥漫的桉树和野薄荷的芳香，好像是从天空的蓝杯子里溢出来的似的。

她感觉牧场干燥得冒火，一块块褐色和金黄色的草场好像正在被烘烤的巨型面包。这种色调和蓝天相衬托，要比秋天和冬天的绿色更让她满意。尽管画纸干得太快，装水彩的黑色金属盒子也热得烫手，她还是配好颜色，在露天里开始了素描；不一会儿就用完了水彩盘里的黄赭色和深蓝色。

希斯特像往常一样不停地抱怨。“这可怕的炎热，还没有个头了？”她哼哼唧唧地说。气温已经持续五天在三十八摄氏度以上了。

“你对康德拉的寒冷天气也说过类似的话。”查尔士说。

“我是说过，但这也热得太过分了。真是古怪的国家！只会走极端：要么干旱要么发洪水，要么热浪滚滚要么气温在冰点以下，就没有适度的时候。”

“哼！这算什么！在远方岛屿，连续数月最阴凉处的温度也有四十九摄氏度，人们不得不躲到地下洞穴里以免被太阳烤焦。装在铁罐子里的水自动就烧开了。你真不知道什么叫热。”他悄悄地对黛丽挤了挤眼，转向希斯特时倒是一本正经了。

“这么说，我们倒要希望你的脑筋不要转到那里去，我真不知道我们下一步会住到什么古怪的地方。”

实际上，她非常害怕被从农场里拽走；自从亚当离家，她的心思就全部放到了农场上。她爱这里丰富的一切，她可以在这里尽情展示一个家庭主妇的艺术才华：撇出乳脂做成黄油；保存好时令的鲜果；用褐色纸捻成的长模子把羊油制成蜡烛……她甚至自己制作肥皂。

刺鼻的烟味随着干燥的风飘过来。灌木林火把越来越多的鸟儿赶进河里。白色的白鹦鹉，彩虹色的斑鸠，头顶落日一般高冠的金冠鸟，都聚集在树梢。顺风飞来一群群鹦鹉和赤尾鸟，空气中顿时充满了各种色彩和刺耳的尖叫。朱鹭、苍鹭、天鹅和野鸭也从燃烧的树林中、干涸的沼泽地里飞了过来。

力杰知道所有鸟儿的名字，它们的叫声，以及做窝习惯。“你见过天鹅的窝吗，黛丽小姐？只是芦苇搭成的平平的窝，但这些鸟儿非常聪明，它们下出三角形的蛋以免滚落到河里。”

他那暗淡的眼睛一眨一眨。黛丽大笑。“啊，力杰，你再也蒙不了我。”

她不再像初来乍到时的不谙世事，也不再是小孩子了，因为她已经过了十五岁的生日。尽管长得太瘦，但她长长的脖颈，嫩嫩的肩膀，鼓鼓的胸脯，白白的皮肤，都透出一股可爱的秀气。她的大眼睛深蓝深蓝，嘴唇呈现出健康的自然红。她开始注意自己的外表。她的乌黑的头发一直洗到发出黄铜色的光亮。不知从哪里她了解到清水对肤色不好，所以不厌其烦地从牛奶房端来牛奶洗脸。她想把头发扎起来，把裙褶放下来，但希斯特没听她的。

亚当回家带来消息说，初冬时候埃库卡要举行一场舞会；对当地的一些女孩子来说，这是一场“出门亮相的舞会”。他还带来麦克非太太的便条，那位主编的妻子提出要在舞会上引见黛丽。

如果您愿意把您漂亮的小外甥女托付给我，我们欢迎她来这儿和我们一起去参加舞会；要不，如果您健康允许的话您也可以亲自来。

请让我知道您是否愿意让我为黛丽的礼服找一位合适的裁缝。她纤细的身材，乌黑的头发，一亮相必定会光彩照人……

希斯特连连反对：做一件新上衣不一定非得去参加舞会；天气太冷，她决不能冒险进城……

“噢，求求您了，姨妈。”

“想想吧，他妈，”查尔上温和地说，“想想你是怎样盼望第一次舞会的。”

看起来希斯特好像想到了很多，但没有一样令她愉快的。

“你没有必要去，亲爱的。麦克非太太会打点好一切；亚当也会在《大河先驱报》上撰文报道，高顿小姐首次在令人陶醉的舞会上亮相，一举成为舞会上抢眼的大美人——”

“不要荒唐了，查尔士。费拉黛菲娅，你知道怎样行屈膝礼吗？”

“当然知道，我们在学校的舞蹈课上学过。”

“那么……我们最好还是给你量量尺寸寄给麦克非太太吧。我得告诉她一切都别太过分了。”

“但我可以要一件长裙吧？”

“我想可以的，长到脚脖子就行了，当然不要拖裙。”

“我可以把头发扎起来跳舞吗？”

“当然不行，你还只是个孩子。”

“但其他所有人都会把头发扎起来的，我知道她们会的。”

“她们都是像你一样的女孩子，留着长发，扎着丝带。”希斯特肯定地说，好像她在过去的二十年里一直生活在社交界，而不是在这偏僻的村落。

“噢，求求您了，姨妈。”

“嗯，这一回就让她扎起来吧，她看上去可是一位十足的淑女哩。”查尔士绾起她浓密的几乎挺直的头发，盘到她的头顶。她微笑着，羞红了脸，看起来那么漂亮，惹得希斯特赶紧说：“让我想想怎样最合适。费拉黛菲娅，去，把我针线盒里的卷尺拿来。”

估摸着黛丽听不到他们的说话，希斯特转向查尔士狠狠地低声说：“查尔士，你这个白痴！你简直看不到鼻子尖以外的地方，尽管你的鼻子够大的。如果让她成熟得太快，赶到亚当对其他人发生兴趣之前，那他可就没指望了。”

查尔士对这种女性的远见感到震惊，当他正考虑如何作答时，黛丽拿着卷尺回来了。尽管她对发式主意已定，但她愿意把这件事暂时放一放，因为她已经在舞会和新礼服这两件事上达到了目的。

“哦，太美了，太美了！”黛丽站在麦克非太太卧室的长镜子前欣喜地叫道。她差一点说出“我太漂亮了”，因为她对镜子中自己的形象非常满意。除了一两次在姨妈的大衣镜子里，她有好几年没有从整体上看到自己了；她不喜欢走进姨妈的房间——总是关着窗户，充满了发霉的旧报纸、香水以及墙角便桶的混合气味。

她转动着身子，摇摆着，白色的修女面纱飘落下来；这个仙女一样的镜中人就是自己——费拉黛菲娅·高顿：乌黑的头发，明亮的大眼睛，纤细的手腕，朦胧的披肩，珍珠似的肩头，舒展的长裙好像一朵泡泡云，上半部分到处点缀着蓝色的蝴蝶结，一小枝丝绒的“勿忘我”系在披肩的中央。

“你穿这身真漂亮，亲爱的黛菲娅！再合适不过了。”麦克非太太稍微拉了一下她的裙子。“你的胳膊有点瘦，手也有点暗，不过长手套会遮住的。”她顿了一顿，不大有把握地看着她浓密的长发——被一只大大的黑色蝴蝶结系在背后，长长的，几乎垂到腰部。“或许可以把你的头发盘成小卷。”

“我可以把头发梳起来，对吧?”黛丽两手拢起头发，在脖颈后绾成一个花结，优美的脸形露了出来，纤细的身段也立时显得成熟了一些。

“恐怕不行，亲爱的。你的姨妈在信中口气很坚决，她希望你暂时放下长发。”

黛丽笔直的浓眉耷拉下来，丰满的嘴唇颤抖着，她一下子脸朝下扑到床上，毫不在意弄皱了裙子。“噢，她把一切都搞糟了！”她抽泣道。

“亲爱的，小心礼服！你真不知道用蓝色的蝴蝶结把你的小发卷扎起来，你的头发有多么漂亮！”

“但我不想看起来像个初次参加舞会的小孩子。”

“哧——还有很多像你一般年龄的女孩子呢。”

“也都不把头发梳起来吗?”

“可能吧。”麦克非太太含糊其词地说。

这一天终于到了,亚当拿着一束“勿忘我”和风信子来了;她的头发扎着白色的发带,脸色极其难看。但是当她穿戴整齐之后,自己看起来还是比较满意的。她的脚上穿着白色的长袜和缎面凉鞋,发卷金光闪闪地扎在脑后,从前面看几乎看不出留着长发,一双大眼睛因为兴奋而变成深蓝。当麦克非太太往她的肩膀上洒了些香水,她开始觉得自己好像就是那位埃及艳后。

到了灯光闪烁的舞会上,她情不自禁地有些头晕目眩。弦乐队奏响的乐曲,妇女们轻飘的礼服,人群中穿插的要员——一切都使她充满了茫茫然的期待。她快活地琢磨着手中带有粉红色小铅笔和丝绸流苏的小巧的节目卡。

麦克非太太和城里其他有名望的妇女坐在一起,并向她们介绍着自己的被保护人。黛丽害羞地连连点头,感激地坐了下来。她感觉其他人正在好奇而惊讶地打量着她;她们的礼服都拖到地面,而她的却露出鞋子,甚至脚脖子也露在外面。

麦克非先生请黛丽跳第一支舞——他的太太已经不再跳舞了,亚当过来请黛丽跳晚餐舞和几支别的曲子。亚当有不少年轻的朋友也请求被引见给这位“黝黑的小家伙”。很快黛丽的节目卡就排满了。乐队开始演奏了,黛丽随着麦克非先生的华尔兹舞步翩翩起舞,一会儿全身就热了起来,脸颊放出光彩。亚当过来请她跳波尔卡时,禁不住由衷地说:“你真漂亮,黛儿。”她强烈地感受到亚当拥着她时他那强壮的手臂和几乎碰到她头顶的男子汉的下颌。她的双脚好像在地板上飘浮。

但是到了引见特邀女士的时候,黛丽意识到,其他女孩子都在注视着她的头发、她的短上衣和她不小心坐到屁股底下的那束花;她的自信心一下子没了影。

黛丽也在打量她们——雕塑般的锦缎和拖曳的裙裾,盘卷的头发和天鹅似的脖颈,她觉得自己短小而皱缩的上衣和低垂的发卷显得太孩子气。更糟糕的是，她明显感觉到麦克非太太系在她腰上的一件衬裙正在滑落，很快就要掉下来套到她的脚脖子上了。而且，她非常懊恼地相信，这间屋子里只有她的头发是“长长的披着的”。

其他的女孩都相互认识，她们窃窃私语着，把她冷落了；过了一个小时，她们才叽叽喳喳地拥进花团锦簇的女士包厢。因为她不得不隔着裙子抓住下滑的衬裙，所以在行屈膝礼时她的身子不自然地晃了一晃。她回到自己的座位上，把滚烫的脸埋进那压扁了的花束之中，竭力缩到丰满的麦克非太太身后别人注意不到的地方。她永远不会原谅希斯特姨妈，永远不会，就是她让自己穿着短裙、披着长发而在众人面前显得怪里怪气。

麦克非太太正在和她邻座的人说话，那是一位块头挺大、威严的金发女人，她的美丽高贵的女儿很不友善地瞅着黛丽。她决定不再跳舞，她告诉亚当下一曲她要坐下来休息休息，但是亚当不顾她的拒绝，硬把她拉了起来，旋入舞池中。

“亚当！”她用惨兮兮的声音说，“我的衬裙！”

“呃，你的衬裙怎么了？”

“要掉——马上要掉下来了！”

“噢，掉了会怎么样？我想你还穿得很多吧。”

“亚当，你这个傻瓜！想想办法。噢，快帮帮我！要掉了。”

亚当一个大范围的旋转，把她拖到靠墙的座位旁边，就在衬裙褪到地板上的一刹那，把她拽了起来，然后使劲地一踢，把那件衬裙送到座位下面人们注意不到的地方。人群中没有人注意到这一切。

下一曲是方步舞，亚当又从对面过来了；当他们拉起手来开始疯狂地旋转时，她的兴致又高涨了。她大笑着，气喘吁吁，眼睛里溢出光彩。一曲接着一曲，夜晚在她面前展开了一个又一个奇妙的光环。她的裙子，她的那束花，她对头发的种种疑虑，都被忘到脑后了。她的眼睛和面颊因为兴奋而光彩熠熠。她在舞池里飘来飘去，感觉好像她的双脚从未像这样随意地掠过地面。

终于回到家，倒在床上，但她仍然感觉兴奋而睡不着觉，她不断地对自己重复着作为女人所听到的第一声赞美。

“你不需要这些，高顿小姐。”一个花花公子，摸着她胸前蓝色的“勿忘我”说道，“你的眼睛够蓝了，没有谁会忘得掉它们。”

19

早上，前一个晚上碰见的那位美丽、高贵的小姐和她的妈妈前来拜访。她的名字叫贝茜·格里格丝。真是一个一点也不高贵的名字，黛丽想。她的母亲高大而美丽，透着一股恹恹的威严。贝茜注定也是个大块头，尽管她的身段还没有定型。白里透红的肤色，蓝色瓷器般的眼睛，柔顺的金发，黛丽觉得她简直不像是真实的人。

事实上，贝茜只比黛丽大一岁，但是看着贝茜那深蓝色的华达呢裙子和钉了水晶纽扣的淡蓝色上衣，黛丽觉得她们之间有一道鸿沟。贝茜漂亮的头发上恰到好处地戴了一顶大大的蓝色帽子。

麦克非太太，一边欢迎着她的客人，一边低声说，这两个孩子已经成了“要好的朋友”；而这两个女孩子却在戒备地审视着对方。黛丽看出，贝茜私下里已经注意到了她穿着磨光的蓝斜纹裙子和家人自己编织的套头衫。

麦克非太太，像一只小鸟，手脚麻利地来回照应着，她的眼睛闪着光彩，她为这次舞会的成功感到高兴。格里格丝太太，长了一双和她女儿一样瓷蓝色的眼睛，但总是半闭着，不像她女儿的眼睛睁得大大的；说起话来显出一副困倦、呆板的神情。两个女孩一问一答，但没有找到共同感兴趣的话题。贝茜好像有点心不在焉，她不时地摇头晃脑，打量着墙壁镜子中自己小巧、匀称的身段，舔着嘴唇，摸摸头发，好像一只正在梳理羽毛的小鸟，得意扬扬地转动着脖子。

黛丽内心里不大喜欢她，但有点羡慕她，她多么希望自己能有贝茜一半漂亮。

“你为什么不把头发梳起来?”贝茜问道，“我从十四岁起就把头发梳起来了。”

“我姨妈不让。”黛丽感觉到自己的脸红了。

“呸！我想干的事没人能阻止我。”

如何解释自己的依从和姨妈的不容置疑？而贝茜却可以面对任何人都自行其是；看着贝茜直挺的小鼻子，结实而倔强的下颔，薄而好看的嘴唇，整齐的牙齿，黛丽不禁这样想。

格里格丝太太提出陪她们到街上来一份冰淇淋苏打，所以黛丽上楼去换衣服。她只有一件最好的纯棕色的毛料上衣，高领子上缀满饰珠。她厌烦地看着这件半截裙，感觉上面的饰珠也不大合适，不过她可以用围巾围住。她戴上帽子和手套，不大情愿地下了楼。

在她们三个人走出家门来到街上之前，黛丽再一次遭遇了那几只蓝色眼睛的评判的目光。

啜着冰淇淋苏打，黛丽觉得有必要说点什么。她突然说道："我经历过沉船。"

贝茜的注意力夸张地集中过来。令黛丽自己也非常吃惊的是，她侃侃而谈在船上的最后那个晚上，她如何上到甲板看着满天星星，看着澳洲大陆隐蔽而神秘的海岸。

"这就是我获救的原因吧，我想。"她说，"甲板上只有舵手、瞭望哨和值班员。但只有我和那个舵手上了岸。其他人都长眠了，他们都和那条船一起沉入了海底。"

"是啊，我在报纸上见过那次太湖号海难。"格里格丝太太说。

黛丽低头看着眼前蒙了一层雾的杯子。她在这里轻描淡写地谈她失去的所有的家人，谈她甚至从未向亚当谈起过的往事。可能她本能地感觉到，这里没有人会尽可能地通过想象去补充她没有说出的细节，也没有被别人深深的同情所淹没的危险。

"没有人知道那一切是怎么发生的。"她说，"那是一个平静的夜晚，我们距离墨尔本只有半天的航程。我们一定是偏离了航道而搁浅的。"

就像是发生在昨天的事，她清楚地记得那黄色的沙石崖围拢的狭窄的小湾，那短短而曲折的沙滩，还有远处那辉煌的蓝绿色的南大洋……"幸好，我们在那儿找到一个山洞——"

"你的意思是说，你整个晚上都在山洞里睡觉，和一个男人?"贝茜说。

"我是睡在山洞里。"黛丽微妙地说。她开始意识到，别人是不会接受真相的。"汤姆，就是那个舵手，真是太好了。他为我们找到一些海贝和其他吃的东西，像父亲一样照顾我。后来，我们就爬上悬崖。"

她停下来喘了一口气，看到甚至格里格丝太太那昏昏欲睡的双眼也蛮有兴致地睁开了。

“我怕极了，但汤姆习惯了爬帆缆，是他帮着我爬上去的。接下来我们穿过海岬，来到一个农场，我差一点踩到一条蛇——”这是她头一次在叙述中增加了润饰的内容。“——我本想可能会有野蛮的黑人，但实际上，除了在佛莱灵海姆教区，别的地方根本看不到黑人。我们找到一户人家，他们把我们带到了墨尔本。”

她吸了一口杯底的泡沫，吸管发出很大的令人尴尬的声音，但贝茜和格里格丝太太却兴致盎然地望着她。

当她们走上哈尔大街时，贝茜挽起黛丽的胳膊，捏了一捏，说，她每天都要来看她，直到她回到乡下，并且还问黛丽何时再进城来。黛丽为这次的社交成功兴奋不已。她发觉，父亲是医生这个事实给贝茜和格里格丝太太留下了很深的印象，因为在澳大利亚的一些乡镇里，医生总是“不简单的人”。

她们穿过马路，沿着阳光灿烂的人行道向麦克非太太家走去。在拐弯的时候，黛丽忽然看到一张熟悉的面孔。她稍一犹豫，停了下来，回头看去。“对不起，等一下。”说着，她分开她的女伴，欢快地喊道：“米娜！”

那个妇人黑色的面孔突然绽出满口洁白的牙齿。还是那张同样温柔的脸庞，浓眉遮住了温柔的黑眼睛，只是整个人变得臃肿而粗鄙。失了形的身段也不再是当年那个女孩的模样。她的身上背着一个婴儿，手上还拉了一个刚学步的男孩——苍白的乳褐色的脸上，一双忧郁的黑眼睛直愣愣地瞪着，小鼻子脏兮兮的。米娜的粉红色裙子胸前已经褪色，紧紧地勒住了她那两只硕大的乳房。

最初的兴奋过后，黛丽有些不知所措。米娜，这就是米娜，她一直渴望画下来的可爱的女孩！她看看那个有着一半白人血统的男孩，又看看那个婴儿，肤色也是浅的。

望着脚下的地面，她又一次看见月光下白白的手指在黑黑的胸脯上摩挲着。

米娜一肚子的问题：“主人好吗？太太好吗？贝拉和露茜还在厨房干吗？老莎拉呢，还没死吗？”

黛丽看着一只苍蝇旁若无人地爬上米娜温柔的黑色眼睛的一角，恍恍惚惚地回答着米娜的问题。

"你好，小可爱。"黛丽虚伪地对那个鼻子脏兮兮的男孩说，"这两个孩子都是你的吗，米娜？"

"黛丽小姐，他们俩都是我的。"她自豪地笑了，但接着好像意识到有什么不对，她撩起自己的裙襟，擦了擦大一点孩子的鼻子。

"你不再住营地了？"

"不了，我更喜欢城里。"

"哦……我的朋友在等我，我得走了。"因为她注意到格里格丝太太那不再困乏的眼睛有些厌烦地盯着她。"再见，米娜，祝你好运，希望能再见到你。"

但她不想再见到她，绝对不想。起初那个使她意识到人体之高贵的柔弱、漂亮的女孩，而今却滑稽地变成了眼前这个穿粉红裙子的肥婆。

贝茜有些好奇，想走到黛丽这边来，她的母亲把她拉了回去，表情好像是在躲开燃烧的火炉。她们站在马路边等着。格里格丝太太的一句"真是的，你认识那个人"使黛丽明白自己的社交身份又降了下来。她解释说，米娜是她过去的朋友，曾经在一家农场的厨房里干过活，她们有两年没有见面了。

"可怜的米娜！城里的生活没有使她更好看，她过去可真是漂亮。"

格里格丝太太嗤之以鼻。"这些人生来丑陋，本性堕落，她们越早死光越好。"

"不是的！"黛丽反击道。但她看到贝茜惊慌的样子，就没往下说，只是噘起嘴，露出抗议的神情，闷头向前走去。

"亚当，今天我看到米娜了！"在麦克非先生家的前门口碰到亚当的时候，黛丽说道。亚当是被请来吃晚饭的。

"好老的米娜！"他说着，随手关上门，靠在门上，做了一个讥讽的鬼脸。

"她住在埃库卡，有两个孩子，你觉得她有足够的钱——我的意思是，孩子们有足够的东西吃吗？她看起来不太富裕。"

"噢，米娜没事的。"

"她丈夫是做什么的？"

“她没有丈夫，我听说，她凭着她天生懂得的唯一职业养活自己。她在城里接客：黑人，白人，杂种人，对她来说都一样。”

“但是，亚当——”

“不要那么惨兮兮的。一旦女人有了混血婴儿，通常情况都是这样子的。米娜曾经生活在白人的厨房里，她习惯了白人的饮食和烟草，你不可能指望她回到营地上去。”

她仔细地看了看他。他猜出谁是米娜第一个混血儿的父亲了吗？但他的眼睛告诉她，他一无所知，他一点也没有意识到，自己会和米娜的肮脏故事有什么牵连——米娜只是成千上万被解散的部落妇女的悲惨故事中的一个。她们只是一些普通女子，一百年前，她们还在有秩序地生活着，遵循着她们部落千百年来所建立起来的婚姻法则。

20

随着春天的到来，河流好像突然恢复了生命。今年解冻比较早：大山里，雪的下面已经出现了淡褐色的草，好像某个庞然大物的皮毛；涓涓溪水已经在融化的雪桥底下缓缓流淌。欧文思河，英迪河，优卡姆比尼河，莫泷格罗河，米拓米漯河……所有的河流都肆意地汇入墨累盆地。它们像时间，无休无止，永不回头；像生命，不屈不挠，流向大海的方向。

每天黛丽都用树枝在河边画下水位的记号，每天那个记号都要被上涨的河水淹没。流水漫过岸边的树根，流进洞穴里，发出窃窃私语，一会儿好像在咯咯而笑，一会儿又和拴住小艇的绳子推搡起来。伐好的树干，扔掉的树根，残枝败叶，游动的蛇，溺死的羊……不停地从房前漂过，而且越来越快。

不久，泛滥的溪流淹没了红桉树林，那些欢快的、哑着嗓子的青蛙，使得整个夜晚都充满了它们煽情的歌唱。黛丽喜欢爬上房前的松树，想想亚当，想想他后脑勺上那一撮直挺挺的头发，或者只是如在梦中似的注视着奔流的河水。还要等多久她才能随着河流而去，到那更加广阔的世界？她一直认为内地的农场生活不适合自己；一个灿烂的未来，朦朦胧胧的，在河曲以外看不到的地方等待着她。

春天使得黛丽如痴如梦，也使得安妮不安分起来。月光明朗的夜晚，她坐在后门台阶上，拉响她带来的手风琴。她开始追求力杰了。

她拿着几块饼干或者一块刚出炉的蛋糕悄悄地溜进力杰的茅棚，不等他张开嘴对她吼叫，那诱人的香味已经使他流出了口水。这样，她很精明地开始攻击这个老单身汉最虚弱的地方——他的胃。

希斯特是一个细心的主妇，她从来不会舍不得把好吃的东西给别人，所以她宽容地看着偶尔有东西被精心地挪到了力杰的桌子上——他自己一个人在敞开的壁炉灶上吃饭。

他不再用侮辱的言语从自己的茅棚里向外轰赶安妮。她那泛白的、山羊似的眼睛从厨房门口观望着，所以她知道他什么时候在蔬菜园里干活，什么时候在捡鸡蛋，什么时候在喂鸡。她算计着他去采欧芹或者薄荷的时间，或他在鸡场的时间，她端着一盘子剩饭到那里去。

但是彻底征服力杰的是一段关于蛇的插曲。

那是一个风和日丽的春天的早晨，空气中弥漫着金合欢花温和的馨香。黛丽正在前阳台的阳光下晾干她的头发，突然听到力杰的喊声，因为恐惧而变成颤抖的尖叫："蛇——蛇——"他在河边的蔬菜园里，一条发怒的虎蛇正抻直了脖子虎视眈眈地面对着他。他随手抓起一直带在身边的木棒，迟疑地慢慢向那条蛇逼近。但是木棒一下子被人夺走了，是安妮从厨房飞速赶来支援他。她瞅准了，狠狠地一击，把那条蛇打成两段，然后她那面无表情的脸有些得意地转向了力杰。

力杰那暗淡的蓝眼睛瞪得老大，零乱的灰色胡须挓挲着。"天啊！"他说，"天啊！女人真了不起！"

"我不怕蛇，我不怕。"安妮说。

"一下子就给打成两截了！"

"我一生打死过上百只呢。"

"上百只！"

"各种各样的。虎蛇，黑蛇，赤褐蛇，蝰蛇。它们吓不倒我。"

接下来这个月圆的夜晚，她的手风琴沉默了；但是有两个人影并肩坐在力杰茅棚前的台阶上，面对着洒满月光的河面。黛丽在屋外的月光下溜达，听那些喜鹊不知疲倦地吟唱——亚当曾经告诉过她,他小的时候称那些喜鹊为“歌丽鸟”。她忽然听到有说话声越来越近。

“你觉得我有胆子晚上一个人待在外面吗?”传来力杰的说话声。“我可没胆子,但是安妮,和你在一起我觉得有些安全感。”

“哦,去你的!”安妮的回答显得有些不好意思。

周末,亚当回到家,带了麦克非太太的一张便条。亚当和黛丽坐在阳台的台阶上说话,这时希斯特拿着便条向他们奔过来,她看上去很高兴,甚至有些兴奋。

“费拉黛菲娅,麦克非太太说你结交了一位新朋友,一位名叫格里格丝的小姐,你怎么不告诉我?”

“还不算朋友。”

“那么就是熟人了,年龄和你差不多吧。她父亲拥有埃库卡最大的店铺;他们家非常有钱。”她期待地顿了一顿。“哦,她长什么样?”

“问亚当。他在舞会上一直跟她跳舞。”

“我倒那么想过。至多就两曲。”

希斯特吸了一下鼻子,好像一条狗闻到了香味。“她漂亮吗,亚当?”

“哦,令人神魂颠倒!一个漂亮的金发女郎,肤色像蜡制的娃娃。”智商也像,他在心里加上一句。

“我想,你经常见到她吧?”

“唔,我随处都能碰到她。”

希斯特精明地按下了自己的念头,而转向黛丽——她正貌似专注地看着河水。

“费拉黛菲娅,你为什么不邀请格里格丝小姐来过周末呢?你需要一个年龄差不多的女伴,麦克非太太也这样说。”

“如果你愿意,你就邀请她吧。”黛丽头也没回地说。

可是,寒冷的天气到来了,刺骨的南风从海滨袭来,雨击打着水面,好像沸腾了似的。希斯特在背上加了一件暖和的法兰绒衬垫,围了一件厚厚的披肩,一边抱怨一边在屋里走来走去。

“我的更年期到了。”她对黛丽说，因为她认为黛丽已经长大，可以听这样的私房话了。“我只盼着这一天呢，你知道吗？我的月经几乎从未停过，甚至一周都未停过，多少年都这样子。是由寒气引起的，亚当出生的时候落下的。”

她把一切交往的念头都放到天气转暖之后。当轮船开始在河面上过往时，或许格里格丝小姐可能乘船过来。

亚当连续三个周末没回家，希斯特对此有自己的小算盘，她觉得这是个好兆头；但黛丽蜷缩在炉火边，想象着亚当和贝茜在温暖的客厅里相会，感到十分难受。

但麦克非太太的邀请信把她解脱了出来。事情是这样安排的：黛丽到埃库卡待一个星期，然后贝茜和她一起回来，在农场过一个周末。

麦克非太太的信还提出，她要帮黛丽挑选几件春夏穿的衣服，并且微妙地暗示，埃库卡到处都有容易被夏季的漂亮服饰所吸引的年轻小伙子。希斯特在这件事上帮了黛丽很大的忙；因为在她的头脑里，亚当已经许配给了贝茜。她突然看出，让费拉黛菲娅把自己打扮得迷人一些是有好处的。她越早出嫁离开这个家门越好，她这样如梦如痴、笨手笨脚、无所事事地待在家里实在不好。

“新买的帽子吗?”这次贝茜公然审视着黛丽。

“是的。”黛丽自卫地说。事实上，这顶帽子是从贝茜父亲的店铺里买的。刚才，她还觉得这顶装饰了洁白的天鹅绒雏菊和仿真麦穗的黄色大草帽非常时髦，但一看到贝茜，她就对自己身上朴素的珍珠灰色华达呢不那么满意了。贝茜穿了一身和她眼睛一样颜色的、上等质地的蓝格子棉衫，袖子长长的，腰带宽宽的。贝茜的帽子——玲珑小巧，只系了一根丝带，既不能挡风也不能遮阳——使得黛丽的帽子显得又大又花里胡哨。贝茜撑着一把带饰边的白色阳伞，春日的阳光晒不到她粉红的脸庞。

“帽子挺好的。”贝茜说，俨然以恩人自居。她领着黛丽走上海尔大街，拐了个弯，来到哈尔大街；街面上，汽车，马车，双轮车，推车，来来往往。贝茜碰到一位女朋友和她的母亲，就停下和她们说起话来，但没有介绍黛丽。当她们重新往前走时，贝茜挽起黛丽的胳膊，又对她和蔼起来。忽然，贝茜远远地对一个脸色苍白、身材瘦削、留着黑色小胡子的年轻人鞠了一躬，她咯咯笑着，直到那人走过之后，她还在回头觑着他。

“那是谁?”

“哦，他在店铺里上班……在男装部，样子非常浪漫，你不这样觉得吗?”她叹了口气，一排整齐的小小牙齿咬住下唇，转身看着商店橱窗里自己的身影。

黛丽开始洋洋得意起来。她正在街上和一位谁都认识的时髦小姐并肩散步；她全身的衣服、鞋和手套都焕然一新。她希望被别人看到。一年前，她还愿意在河边悠闲漫步，或者观望着从港口开出的轮船，而现在，当她走在商店的遮阳篷下，或者坐下来用吸管啜着苏打果汁，盯着自己闪亮的尖头鞋时，她感觉自己直到脚趾尖都有城市味了，而且完全成熟了。她已经终于被允许把头发梳起来了。

当她们再次走过海尔大街，看到《大河先驱报》编辑部的窗户时，贝茜说：“我们去看看麦克非先生是否在办公室里。”

黛丽非常敬畏这位主编，而且她在早饭时已经见过他了，因此，对这一提议她显得迟疑不决，但贝茜执意要去。她们来到一间小小的办公室，一个男孩正在归拢报纸；她们偷偷地向主编的办公室里望过去。麦克非先生坐在挂钟下面，被如山的长条校样包围着。他的胡子歪向一边，灰色的头发直竖着，好像鹦鹉的冠子，嘴上叼着早已熄灭了的烟斗。即使贝茜也不敢打扰他。但就在这时，他抬起头来看到了她们。他钉上一份校样，又拿起下一份。“啊，女孩子们!”他叫道，“穿得这么漂亮，简直跟仙女一样！要是亚当看到你们，我们这一天就不用再干活了。”他眨了眨眼，做目眩状。

“噢，麦克非先生!”贝茜撒娇地说，“您就会笑话人！我想看看排版，黛丽说您会让我看的。”

黛丽并没说过那样的话，她的脸羞成了紫红色。“我们可以吗?”她羞怯地问道。

“哦，可以，你们去吧！他迟早都会受到迷惑的。”

在排版室里，她们发现亚当正独自在一块长条石板上调整铅字。繁忙时刻直到傍晚才到来，那时候，两个阿尔夫都会加入进来。他的手指和围裙都染成了灰色，一绺头发耷拉到眉毛上。

看到贝茜装出来的一副感兴趣的样子，亚当拿起一排铅字，一个个字母拆下来让她看。

贝茜伸出一根手指想要试探。“别碰!”亚当看到她洁白的手套,大声叫道。贝茜向石板这边俯下身来,优雅地靠着她的阳伞;亚当看到一小绺金发从发卷中溜到她洁白的脖颈上。令他吃惊的是,他感到一阵冲动要靠过身去,把嘴唇印到她雪白的脖颈上——那一绺发丝溜出来的地方。

“看这里,”他唐突地说,“我抽出一页校样给你看。”

黛丽脱掉手套,用铅字排着自己的名字。“到这里来,贝茜,”她说,“你不是想看看怎样排铅字吗?”

贝茜绷着脸,但还是慢吞吞地挪了过来;她觉得,这种活要不是由男人来演示,实在是无聊透顶。黛丽长长的手指——做家务活显得那么笨拙——熟练地在一些复杂的字母间移动,因为以前有一个上午,亚当曾经让她帮着排过一篇文章。

亚当用拇指和食指夹着一页还未干的校样走过来。“看见了吗,格里格丝小姐?这就是一页校样。”

“哦,真有意思。还是叫我贝茜吧,我不喜欢自己的姓,一点也不浪漫。”

亚当提着校样的上角,讥讽地笑了。“毫无疑问,你的姓很快就要改变了。”

“噢,亚当……杰米逊先生……我的意思——”

“就叫我亚当吧。”他随意地说道,但不知怎么的,那页校样从他指间滑落了,把贝茜的蓝格裙子溅上了墨点。“噢,天啊!你漂亮的裙子!对不起——”

贝茜快活地大笑起来。“这件破东西,不要紧的。”

黛丽想用自己的手绢为她擦去那块墨汁,但贝茜尖叫道:“别碰它,傻瓜!你自己的手指都是黑的。”

亚当既担心又后悔,陪着她们来到门口,他用一只手拢了拢头发,却在额头上留下一块墨黑的污迹。“恐怕你再也不会来了,贝茜!”

“啊,我还会来的。”她调皮地说着,连连对他摇头。

“我很快就不在排版室干了,他们要从本迪哥的广告客户那里买两台赉诺铸排机,我打算定期做些采访。”

“对你是件好事啊!”黛丽说。但贝茜表现出不耐烦的样子,黛丽只好跟着她来到狭窄的过道里。当她们出了前门,贝茜察看着自己的裙子,而黛丽则把黄手套戴到了自己脏兮兮的手上。

“多么粗心的傻瓜,”贝茜气呼呼地说,“我第一次穿这条裙子。”

黛丽放心了,听起来好像贝茜并没有爱上亚当。她们拐向码头的方向。忽然,黛丽注意到走在前面的一个魁梧的陌生人:棕黑色的头发,夹杂着几根银丝,扣着一顶海员帽;光着脚,挽起的衣袖露出胳膊上巨大的文身,表明他是个海员。很多开小差的海员跑到河上谋到差事,然后就不在大海里漂泊了。她紧走几步赶了上去,骤然升起的兴奋简直令她窒息。她跑上前去,抓住了那个人的右胳膊——大船的图形下面刻着“太湖号”。

贝茜被撇到后面,惊奇得几乎要晕倒,她听到黛丽叫道:“汤姆!噢,汤姆,真的是你!”她搂住了那个水手的脖子。

不需要那个文身,黛丽也知道,这正是自己的救命恩人和朋友:依然是那双明亮的蓝眼睛,依然是满脸的大胡子,依然满口的豁牙——此时露出不自然的笑容。汤姆好像要转身躲开,但她抓住了他的胳膊,上下摇晃着。

“汤姆,你不记得我了?我变化那么大吗?我是黛菲娅·高顿啊!‘太湖号’失事时你救的那个。你不再出海了吗?你现在跑河运?”

被这么漂亮迷人的年轻女士拦住说话,汤姆起初显得很尴尬,但他逐渐绽开了自然的笑容。从他愉快但缺乏智慧的宽阔脸膛,很容易就能看出他的内心活动:吃惊,蠢蠢欲动的淫荡之心,怀疑,逐渐认出了,终于变成了纯粹的愉快。他把黛丽的手握在自己的大手掌里,直到把她捏疼了。

“费拉黛菲娅小姐!真想不到再见到你!长成这样漂亮的大小姐,我可认不出你了。”

“我会认出你的——在哪儿都会认出你的,汤姆。就凭你走路的样子,你的光脚板,我想我就会认出你了。”

汤姆不好意思地低下头。“我从来就穿不惯那些鞋子。我刚下船没多大工夫,想买点烟草,没想到会碰上什么熟人,一点儿也没想到会碰上你。”

“你是在一条轮船上吗?它就停在码头上吗?”

“对啊!我是船主兼船长。”汤姆自豪地说。

“太棒了,汤姆!”

黛丽突然想到贝茜——她正靠着阳伞,尽力不向这边看。黛丽介绍了汤姆

（“就叫我汤姆船长吧。”他说），并解释说，他就是在轮船失事中救了自己性命的那位水手，她们一定要去看看他的那条船。

贝茜显得犹豫不决，因为这是她第一次感觉好像没有什么话好说。但黛丽还是拉起她的手，领她来到码头；汤姆指给她们看一艘整洁的小侧轮船，舵舱上面写着黑体字的“简·伊利莎”。它正从“瑞芙娜”号船上卸装大麦。因为它吃水很浅，所以在达灵河上可以一直上行到瓦格特市，下行也没有问题。

“有时候，这种新船不等你喊出‘拿刀来’，它就撞到暗桩或者沙堤上了。”他严肃地说。他解释说，这艘船还不完全是他自己的，他曾经用它的销售单据贷了一笔钱，凑足了购买款，但去年长长的枯水期把他坑了，整整一个季度一点生意没做，他仍然欠着五十英镑的债，他的债权人想把船卖掉。汤姆的眉头拧成了一道道忧虑的皱纹。“可能要五万英镑，说什么我也得买下来。”

“我们看看它好吗？”黛丽说。

“谢谢，我还是留在这里吧。”贝茜冷淡地说。

他领着黛丽走下码头的木制台阶，来到另外一个台架上，穿过一道木板，就到了“简·伊利莎”的甲板上。黛丽注意到，甲板擦得非常干净，油漆刷得也很亮。

“当我们被困在干涸的河道里时，我们把它好好修饰了一番。”汤姆说，“它现在状态不错。”

黛丽很不在行地瞟了一眼那个大锅炉，然后踏上轮轴上面的阶梯。她对上层的设施，整洁的船舱和镶玻璃的舵舱更有兴趣。这艘船比“墨尔本”号紧凑多了。她多么想拥有这样的一艘船！

告别老朋友时，一个计划在她头脑中形成了。她发现贝茜仍然站在原来的地方，生气地用阳伞刺着木板上的小洞洞。刚才，码头上的工人一直在对她说三道四，有的向她挥手打呼哨，所以她的脸颊比平时更红了。她只是像她妈妈一样说了一句：“真是的，你认识这些怪人！”然后气鼓鼓地、一声不吭地向前走去。

21

就在黛丽要带贝茜一起回家的这一天，她突然感觉到全身不适。一阵紧似一阵的痉挛使她躺在床上翻来覆去。她不知道是否可以告诉麦克非太太。她从来没有对希斯特姨妈提过；因为这是不光彩的疼痛，一定要当作没事似的——不管看上去她的脸多么扭曲、眼睛多么黯淡。

但是，噢！这次的疼痛特别难忍，只有短促的呻吟才能使她感觉好受一些。天啊，是不是她每个月都得忍受这样的疼痛，在她以后的大半生里都得这样？当麦克非太太急匆匆进来的时候，黛丽抬起头，好像一只小兽，眼中含着无声的乞求。

“可怜的小羊羔！”麦克非太太马上明白了她咕咕哝哝的解释。“我给你拿点东西来，让你更舒服一些。”

她很快拿来一块包着法兰绒的热砖，还有一只装了点什么东西的玻璃杯。“现在躺下来，把热砖焐到肚子上，喝下这口白兰地，再喝些开水。”

黛丽吸了吸鼻子，身上直抖。

“我喝不下去，麦克非太太！”

“来吧，亲爱的，里面加了糖，味道不错。”

她抽搐着脸，猛地一口吞了下去；顿时胃里热辣辣的，那口液体像火一样令她全身发热。刚开始她直想吐，很快就觉得好多了，能够起程回家了。

两个女孩搭乘“成功”号轮船，亚当负责护送。因为新近的一场雨水，河流急泻而下，小巧的侧轮船只能艰难地逆流而上。

顶甲板上，贝茜靠着栏杆，与身旁的亚当愉快地说着话；黛丽仍然忍着痛经之苦，独自坐在一边，考虑着要如何说服姨父，让他相信那艘“简·伊利莎”号小轮船将是她最后五十英镑的最好投资。

“我们不能带你到河上划船、钓鱼。”亚当对贝茜说，“但我们可以去骑马。”

“我没有骑马的习惯。”贝茜神经紧张地说。

听到这里，黛丽感到瞬间的胜利。贝茜害怕马，她想。

“我也是。”说着，她走到栏杆这边来，加入到他们的交谈之中。“但是有两副女鞍，你骑那匹老雷欧，它像摇摆木马一样老实。我更愿意跨着骑，但姨妈不让。”

贝茜对于自己和亚当的谈话被打断显得很不满意，她开始指点着头上列队飞过的一群鹈鹕，只把圆润的后背向着黛丽；很显然她是要固执地插在亚当和黛丽之间。

轮船慢慢地靠岸，停泊在农场下面。安妮赶过来，带给船长一罐果酱和“太太的问候”。黛丽拿起自己的包准备上岸，但被亚当一把夺了过去。“着什么急呢，小家伙？”

“我不是小家伙，我也没着急。”她扫了他一眼。这个周末黛丽的心情很不好；但希斯特对贝茜倒是充满热情。贝茜向亚当的母亲尽可能地展示着她全部的魅力，所以她们相处得非常好。接下来大家一起吃了特殊的下午茶，然后又绕着春花烂漫的花园散步。黛丽觉得自己成了多余的人，就找了个借口说要进屋；她想找姨父问一下那五十英镑的事。路上，她采了一些红色的天竺葵；晚饭前，她把碾碎的花瓣搽到自己苍白的面颊上，于是，她的肤色看起来和贝茜一样红润。

黛丽花了很长时间才让查尔士相信，一艘轮船，或者至少轮船的一部分，是一项很好的投资。它们总是着火，要么动不动就沉了，他说。但是他最后还是同意了，所以她去吃饭的时候，脸上泛起真实的红润，更风采动人了。

希斯特警觉地看着黛丽：熠熠的面颊，加深了眼睛的幽蓝；盘起的头发，衬出了额头的洁白。

“今晚你气色不错，费拉黛菲娅。”

黛丽盯着自己的盘子，但姨父过来帮她解了围。

“是的，我也注意到这个假期对她大有益处。格里格丝小姐，要是埃库卡的空气能让黛丽的肤色变得像你的肤色那么好，我们真得多送她到那儿去啊。”

查尔士今晚特别高兴，一扫往日的郁闷，灰色的眼睛一闪一闪；他的妻子注意到了，但没当回事。这里有亚当，潇洒而自信，嘴角仍然留着一丝惹人喜爱的孩子气，哪一个女人看到了不爱他呢？格里格丝小姐决不会留意查尔士这种老掉牙的殷勤！

晚饭后，他们一起愉快地玩了猜字谜的游戏；接着，贝茜准确无误地在钢琴上弹了两支曲子，亚当为她翻着乐谱，查尔士则用优美的男高音伴唱了一首《斯瓦尼河上的恋歌》。

黛丽扫了一眼对面的亚当和贝茜，他们的头很亲昵地俯在一本影集上——贝茜穿了一件镶花边的白色丝绸礼服，柔滑的金发在灯光下熠熠生辉。她声称自己“特别爱吃鸡”，而且又有两个男人在旁边为她忙活，她的晚餐吃得非常好。黛丽几乎什么也没吃。

黛丽很高兴不必和贝茜合住一个房间，她开始从心里讨厌她。

又是一个美好的春日上午，似乎待在家里都是一种罪过。太阳照得到处暖洋洋的，蜜蜂围着开花的果树嗡嗡地叫着；天空柔和，好像花朵一样蓝得晶莹。淡淡的雾在空气中弥漫，太阳投在尘粒上的细微的光芒似乎伸手可得。甚至黝黑的桉树也抽出一团金黄的嫩叶，向着太阳的那一面，树的轮廓好像云朵一般柔和、圆润。

吃过早饭，做完晨祷，几个年轻人就出来牵马。马场的草已经变黄了，好像铺了一地的黄赭石。贝茜走在最后，紧张地提防着蛇。

巴奈很清楚今天是星期天，所以很难近它身。查尔士已经发话说，只有黛丽可以骑他的母马“火蝴蝶”，其他人都太沉了，所以亚当只能骑巴奈。他拉住了老实的“雷欧”，为贝茜配好马鞍。

“我不喜欢它眼睛的样子。”贝茜说，“眼珠子白白的。”

“它像羊羔一样老实。”说着，亚当拍了拍它毛茸茸的脖子。“现在，你想用一条腿试试吗？”

她只是张大眼睛盯着他，所以他说：“你会骑的，是吧？”

“哦，是的，我以前骑过，骑过很多次。”她没理会缰绳，一把抓住“雷欧”的鬃毛，一只脚已经伸到马镫里，亚当赶紧托起她的另一只脚，把她扶上马鞍。“雷欧”呆头呆脑地站在原地。

黛丽已经上了“火蝴蝶”，绕着牧场慢跑，她的黑发迎风飘扬。她的心情太急切了，顾不得停下用她还不习惯的发卡把头发扎起来。

“骑过了老‘雷欧’再骑它，感觉真是太妙了！”她大嚷道。

杰基为他们打开大门，他们就骑到了后面的牧场，吓得那些灰褐色的羊，成群地四下躲开，悲哀地咩咩叫着。当杰基赶去打开第二道门时，亚当注意到，原来的铰链已经没有了，现在的门只是用铁丝绑着。上个季度，查尔士已经修过好几次，但那铁丝网篱笆还是会倾斜；一旦这个牧场的草被吃光，羊群就会冲过篱笆进入苜蓿地。因为它们已经习惯了吃干草，所以常常把那里搞得一塌糊涂。一会儿，他们就把牧场甩在了身后。

他们呈一路纵队，骑到了长满黑色墨累松的沙丘之上。贝茜似乎愿意停下来走一走；但"雷欧"看到它的同伴在前面挺远的地方，就不停地小跑起来。贝茜露出不舒服的样子。

"来，我让这个懒惰的东西跑快一点。"说着，亚当转过身，抓住"雷欧"的缰绳，令它在巴奈的旁边舒服地向前慢跑。

"哦，亚当，我觉得和你在一起真安全。"贝茜轻声说道。

"大多数人都觉得雷欧很安全。"他很不耐烦地应道。

他向前面望去：黛丽从松树之间闪了出来，任由"火蝴蝶"在洪水没有淹过的一块平地上撒着欢跑，风把她的长发吹到身后。她闭上眼睛，呼吸着马身上奇妙的汗味，感受着阳光照在她没戴帽子的头上，幸福的感觉涌遍全身。

远处有一片灌木丛，高大的红桉树都被伐作了木材，新的树苗已经长了起来；他们在那里停下来吃午饭，让几匹马在一块空地上吃草。贝茜优雅地坐在一个树桩上，亚当拿出希斯特装在他鞍袋里的美食招待她；吃饱了，他们就仰面躺下来。野蜂在花间嗡嗡地叫着。

"喔，闻一闻，好香啊！"黛丽一边叫着，一边深深地吸了几口。

"什么？那些花吗？倒不是很难闻的。"

"哦，这里的一切——灌木丛的气味……还有那边，澳洲灌木的香味。"她捻着一枚浅黄褐色的树叶，把它举到贝茜的鼻子前。"很令人振奋的，桉树的味道……"

"那是桉香。"亚当说。

贝茜皱了皱鼻子，看上去不明所以。

他们踏着一棵倒下的树，穿过一条还未涨满的平静的小溪。贝茜很紧张；

亚当只得抓住她的手,一步一步领她过去。她又一次声称,他使她觉得安全。当他们来到小树丛间的第二块空地上时,贝茜说,她感觉累了,之后,她一屁股坐倒在地。

黛丽看着一个巨大的红桉木树桩——最近曾有铁路工人在这里砍伐过;这个树桩和散落的木片,几乎像血一样鲜红。她忽然想到,在这棵树还是幼苗的时候,树林里出没的只有属于这块土地的黑种人,根本见不到白人的身影,也听不到他们的斧锯声。她突然觉得自己也是一个入侵者。

"这里真是很安静。"说着,贝茜身子微微一颤。像是要和她作对似的,一只食蜜鸟发出一声尖锐的鸣叫;但叫声一停,他们就感受到了那古老的静谧。亚当仰面躺下,出神地望着天空;他的嘴唇微微翕动。黛丽懂得,此刻还是不说话为好。

还是亚当先有动静。他跳起来,拍打着马裤上的蚂蚁和桉树叶;坚实的下巴,洁白的硬领,使他显得极其潇洒。黛丽看看这个,又看看那个,不得不承认亚当和贝茜是绝妙的一对。因为老雷欧跑得很慢,贝茜的满头金发一丝不乱,她看起来和在舞会上一样雍容华贵。

当他们向马的那边走回去时,贝茜很轻巧地插在了亚当和黛丽之间——本来他们俩一边走一边察看着一些柔软的桉树嫩芽。贝茜绊到了横着的树枝,顺势把手搭到亚当的胳膊上才站稳。他帮着她从那棵倒下的树上走过来,她一边谢他,一边意味深长地忽闪着睫毛。

"我也骑一骑'火蝴蝶',好吗,黛儿?"亚当问道,"老头子不会知道的,我可厌烦那匹老辕马了。"

黛丽只犹豫了一秒钟,说:"当然好了。"这将给她跨着骑马的机会,而希斯特又不会知道。

亚当开始放长"火蝴蝶"的马镫,黛丽朝贝茜那边看了看,注意到——当看见黛丽一下子把一条腿跨到巴奈的背上,褐色的方格花布裙子也被卷上来的时候——她的眼睛瞪得大大的。

"等一下,我帮你紧紧马镫。"亚当说。但巴奈的头朝着家的方向,已经不愿意等了,它先是匆匆地小跑,很快就向河边飞奔而去。前面有一个水潭,一些原木半掩在水中,好像睡着的鳄鱼,其中一根特别突出。黛丽忘了,巴奈根本跳不起来,只管径直向前奔去。

它刚好在那根原木前面急停下来。黛丽在宽松的脚镫上没有踏稳,一下子从它头上飞了出去。她摔到了松软的红沙地上,几乎一点没有受伤,但是一根长长的、末端带锯齿的大树枝重重地撞到她的太阳穴上。

亚当骑着"火蝴蝶"急速赶来,甩身跳下马,来到她的身边。她已经昏了过去,鲜血流下她苍白的脸庞。他跪在潮湿的沙地上,温柔地抚摩着她,然后蘸湿自己的手绢,擦拭着她的伤口。流血马上止住了;只是擦破了皮,但很快就肿得像一个鸽子蛋。他听到贝茜的声音在问:"怎么了?到底发生了什么事?她受伤了吗?"对亚当来说,这只不过像小鸟的尖叫。

他充满柔情地注视着这双紧闭的眼睛——忽然它们勉强地睁开了,她深蓝的眼睛也正注视着他。

"亚当!"她茫然地伸出手臂,慢慢地搂住他的脖子。她看到雷欧黑色的小脑袋出现在视野里,然后是坐在马背上的贝茜那张惊慌的脸。怎么,贝茜·格里格丝在这儿!她疑惑地想。她在这儿干什么,骑在老雷欧背上?我们把它也带到埃库卡了吗?我们在哪儿?不管怎样,亚当在这儿;但这一切可能都是梦。她的头偎依着他的胳膊,她觉得既安全又幸福。

"帮我把她扶上前面的马鞍。"说着,他真想推那呆头呆脑的贝茜一把。"我们必须迅速把她送回家。我可能得去埃库卡请个医生。噢,天啊!河边的路被淹了,这就是说,来回得走三十英里!赶快!"

他抓起缰绳,把巴奈拉了过来。"来,你得领着'火蝴蝶',它会跟着你的。"

亚当感觉,比起贝茜结实的肩膀,黛丽瘦小的身体显得轻飘飘的。他让贝茜自己慢慢回家,他要先行一步。他注视着身前靠在自己胸膛上的这张苍白的脸。"黛丽,亲爱的,可别再晕过去了,简直吓死我了。我们快到家了,我们快到了,亲爱的。现在你得坚持一下,我把门打开。没事吧?"

仍然像是在做梦,她伸出一只手摸摸他的嘴巴,好像要摸出他话中的意思。他把她的手指凑近他的嘴唇,用一只手臂把她在马鞍上扶稳。

下半晌,黛丽醒来,发现一缕阳光斜着照进她的房间。她静静地躺在床上,看着尘埃四下飞舞,每一粒都像是有生命似的。那些尘埃真是奇妙,竟然吸引了她全部的注意力。

逐渐地,其他的事情开始潜回到她的脑海之中。她的头开始疼痛,她抬起一只手,摸到了绷带。这时,她想起了从马上摔下来的一刹那,以及此后的种种幻觉,然后她想到亚当,就合上眼睛,笑了。他走之前还会来看她吗?要是没有轮船碰巧经过,他就得准时到河对岸搭乘马车。

她想起了他在她手上的亲吻,他眼中迷人的温柔,以及他喃喃的爱语。

太阳的光线变成了橙红色,这时,门轻轻开了,亚当蹑手蹑脚地走进来。他站在床边,盯着她的眼睛看了长长的一分钟,而她躺在那里,如梦如痴地对着他笑。他突然坐到床边,把她的左手举到自己的面颊上。

"你觉得好些了吗,亲爱的?你真是吓死我了。"

"我没事了。"

"你脸色很苍白。"

"我头还有点疼。"

他们并不是在听彼此的话语,而是沉溺于对方的眼光中,读着那里面没有说出的一切。

"哦,最最亲爱的。"他的一根手指掠过她额头湿润的黑发——湿的敷布已经把头发粘在上面。他慢慢地低下头,在她的唇上印了长长的一吻。顿时,好像有什么东西在她心头升起,在她胸中翻腾,令她全身发软而颤抖。泪水从她紧闭的眼中涌出,淌下她的脸颊。

"亲爱的,亲爱的,不要哭。你身体还没好,我不应该那样吻你的。"

"不是因为这个,我原以为你爱上她了。"

"谁?贝茜?你这个傻瓜!就是因为看到她,那样的不合时宜,才使我意识到我爱的人是你。今天早上我看到你的长发在风中飞舞,就做了一首关于你的诗:'金色九月的女孩……'但是我说得太多了。你得休息……黛丽!你这么娇小,这么温柔,这么可爱——"

"亲爱的亚当。"

"我想吻你,吻你,你爱我吗?"

"爱。"她安详地点点头,然后赶紧把手抚上额头。

"你可怜的头又疼了,妈妈会给你拿茶点来,再见。"

他又低下头——两张嘴好像要融化了，要融化为一体，灼热传遍他们年轻的身体……他站起身来，颤抖着，跌跌撞撞地向门口走去。

黛丽躺在黄昏里，独自享受着好像气泡一样不断升腾的欢乐。她似乎又感觉到亚当的嘴唇在吻着她，一种昏睡的奇异的东西醒来了，在她胸中翻腾着。

贝茜走进来，黛丽对她懒洋洋地笑了。亲爱的贝茜！亲爱的希斯特姨妈！甚至——她感觉自己热爱整个世界！

22

接下来的天气很温暖，一连数天，白日里暖洋洋的，夜晚滑腻腻的。

青蛙充满激情的嘶哑的歌唱开始变得狂躁。满天的星星一闪一闪。鸟儿在树间嘈杂地求偶。力杰和"蹑手蹑脚的"安妮宣布他们想要结婚。

像安妮这样一个人过中年很有理智的妇女竟然要走出这一步，希斯特对此大为惊诧：婚姻对她来说是一件令人失望也令人讨厌的事，她从其中得到的唯一收益就是她的儿子亚当。而现在，安妮想要把一个男人接纳到她的床上——希斯特本人只想避开这种麻烦事；可是安妮已经过了能生孩子的年龄啊。

"我想你们俩都应该等一等，好好想想，是否已经很肯定这是明智的一步。"

"等一等！"安妮叫道，"我不愿等，就是这样。答案不会是否定的，他不会拒绝结婚。我可没有耐心！"她直把绵羊般泛白的眼珠翻到棚顶。

既然说服不了他们，希斯特就为他们的婚礼忙活起来。她帮着安妮缝制结婚礼服；翻找出自己衣柜里质量稍差一些的亚麻床单，送给这幸福的一对；并且开始制作婚礼蛋糕。

力杰在自己的床铺旁边又搭了一个高高的铺子，自带扶梯；他把太太送给他的一张彩色油毡钉在了板材饭桌上；他在单坡屋顶的厨房里安置了一架火炉——力杰还从未用过这东西哩。

日子确定了，结婚预告发了出去。正好牧师不在，但副牧师——一个瘦瘦的、喉结大大的年轻人，乘马车从埃库卡赶来主持这个仪式。天太热，所以希斯特决定仪式在露天举行，这令力杰轻松不少。他穿着蓝哔叽"新"装，全身汗流不止；他牙关紧咬，双眼圆睁，把脸憋成了紫红色，一副下定决心要熬过这一天的模样。“让人觉得这是在参加自己的葬礼——那些花,令人眼花缭乱!”他扫了一眼装饰一新的客厅,小声嘀咕道。安妮已经把客厅里的铜围栏、铜水壶和银茶壶擦拭得锃明瓦亮;希斯特在客厅里布置了白色的风信子和攀缘的蔷薇花。——与其说是向新娘表示祝贺,不如说是对牧师到访的致意,毕竟对她来说,这是一个难得的社交机会。

婚礼仪式在花园尽头的大桉树荫凉里进行。杰基和露茜观望着白人婚礼上的古怪风俗,他们的好奇心就和人类学家对他们逝去部落的风俗表示出的好奇心一样。他们看到难看的新娘被遮在洁白的面纱里——标志着她完全忽视了自己的肉体,站在那位慌里慌张的老人旁边;那个衣领很滑稽的年轻人在他们的头上念叨着“生产”之类的古怪词语。

在泼尔逊先生做祈祷的时候,黛丽凝视着寸草全无、蚂蚁成群、阳光斑驳的地面。她没有闭上眼睛。一群黄顶鹦鹉尖叫着从河上飞过。对岸黑人营地上群狗打架的声音飘过来。她感觉围绕着他们所站的这个地方绵延数英里的灰色灌木丛仿佛在沉思;她听到河水在流淌,流淌。老约翰尼的故事当中“拜亚米”的声音,似乎比站在上帝面前的泼尔逊先生带有英国口音的祈祷离她更近。

婚礼早餐——尽管果冻因为天热有些化了,但还是很成功——结束之后,力杰和安妮赶紧逃回到自己的茅棚里,查尔士和这位牧师各斟上一杯波特酒,对饮起来。泼尔逊先生晚上不走,所以晚饭后他们就在布满鲜花的客厅共享音乐的乐趣。黛丽身着蓝色肩带的白点薄纱裙,为泼尔逊先生演奏,而他一边为她翻着乐谱,一边用摇摆不定的男中音唱着那首《阿拉伯人告别战马》。

黛丽低头看着自己手指长长的大手,暗暗笑了,她想起亚当对“感伤民谣”的非议——他竟然把它称为感伤的私生子。她没有意识到这位牧师正把身子靠在钢琴上,端详着她脸上纤细的纹路、清亮苍白的肤色和清秀明晰的眉毛。她忽然听到他发出一声深沉的叹息。

“您好像是从天上下凡来的,高顿小姐。”他喃喃道。

她深蓝的眼睛瞥了他一眼,然后拘谨地低下头,藏起了眼中忽闪的笑意。那天下午,她吃了将近半只鸡、两个馅饼和一块婚礼蛋糕,晚餐吃得也不错。

尽管希斯特英勇就义似的下了很大的决心说,一旦河畔的便道开通,她要坚持到埃库卡做星期日弥撒,泼尔逊先生的兴致也丝毫没有转移。希斯特看出，尽管黛丽还小，已经可以征服男人了；但她并没看出——也猜测不出——是爱情使黛丽的胸中焕发出生机，焕发出成熟的魅力。

亚当没能回家参加这项盛事，他已经升职，有要负责的专栏。《大河先驱报》开设了一个栏目，声称它的所有海外新闻都是通过“电报”传送而来；而且引以为自豪的是，它可以对全世界的事件做全方位的报道。亚当希望一些重大的新闻能够通过他的手发出去，比如“维多利亚女王之死”之类的；这种事件的传言不时地传播出去，又立即被否定了，这样就变成了两条新闻。不料，又传来“克莱德”号在北海沉没的悲惨消息。它撞上了海图上没有标明的一块岩石，几分钟后就沉没了，船上的人全部遇难。

亚当熟知黛丽的身世，他敏锐地看到了这个消息背后隐藏着的人类悲剧，他的想象力被激发出来。他设计了一个比以往更大一号的标题。

没想到第二天早上一阵风暴向他当头泼来。他一到办公室就听到麦克非先生在主编室里大发雷霆。刚一进去，麦克非先生就一边用拳头捶打着早上的报纸，一边向他吼道：“你想让我们成为全市人的笑柄，是吗？一块‘海图上未标明的岩石’，你怎么拼的？”

“U-N-C-H-A-R-T-E-D，先生。”亚当说。

“那么为什么，真是鬼知道，你多拼写了 E 和 R？”麦克非先生揪扯着自己的灰白胡须吼道，“所有的船长都会来问我们要不要租下母狗岩、幼崽岩或者仙女岩什么的。看看你写的标题！”

他把报纸在亚当的鼻子下面晃了晃，亚当看清了那行大大的粗体字：

轮船撞上未出租的岩石，七分钟后沉没。

“未出租的而不是未标明的！你听出差别了吗？”

“即使苏格兰人来说，我也能听出来。我当然知道其中的差别。差错一定出在排版室。”

“差错在这儿！这是你的稿子，你亲笔写的，批评你之前我检查过。”

亚当拿过来那几页稿子。他没法解释自己怎么会出了这样的纰漏，但事实却是明摆着的。

“你注意到了，呃？你看了今早的报纸？”

亚当脸红了。“哦，没有，先生。我就要迟到了，而且——”

“啊！你没有看过。作为记者，第一项工作就是要看自己报社的报纸，甚至广告都要看。很多好的故事都是从广告中获得的线索。你应该在上班之前读一读。”

他把冷冰冰的烟斗叼到嘴上，表示他们的面谈结束了；他抽出一沓空白的纸，开始写一篇对纵欲和嗜酒的抨击性文章。对于他宠爱的题目——节欲和守时，他差不多每天出一篇专栏文章。

亚当逐渐在记者行当站稳了脚跟，成为镇上有名的“《先驱报》的小杰米逊”。不久他的专题报道、诗歌和自然笔记更使他名声大噪。由此可以预言，作为一个作家，他的前途将会一片光明。

查尔士正在读他的那本《每周剪报》——他喜欢上面登载的人物、故事及诗歌。忽然，他惊叹一声，怔在那里，好像不能相信自己的眼睛。他求助于黛丽：“看这儿！你觉得这是我们家的小子吗？”

黛丽从他的肩上望过去，有一首诗署名“亚·杰米逊”，开头是这样的：

金色九月的女孩，
像金色的合欢树一样靓丽！
当我们俩双双老去，
你和我是否还会铭记……

“对，是亚当的诗！我记得第一行，他曾念给我听过。”但她的快乐即刻烟消云散了。“像金色的合欢树一样靓丽”，听起来不像是指她，倒更像是写给贝茜的。

“你知道，”说着，姨父把粉红色封面的杂志放到膝上，填满烟袋。“我总觉得亚当会成为作家。印刷出来的一定是不错的，是吧？”

“我觉得是写得不错。”但她微微地皱了皱眉头。

查尔士在他几乎已经空了的烟荷包里摸索着，然后用中指把黑黑的烟叶在烟锅里捻实。他划着一根火柴，把火焰吸到烟锅里，接着晃了晃把火柴熄灭，随手扫掉裤子上的烟末，两膝交叉，身子向后一靠。他使劲地吸了一口烟斗，发出清晰的叭叭的声音。

“他能有现在的成就，当然都是从我这儿遗传的。”他得意地说，“我的信总是写得很棒。我年轻那阵子甚至也曾试过染指诗歌。”他看着烟圈在灯光里徐徐上升。“你知道，我是有一些艺术家气质的。有时候我想，要是经过培训，我可能会成为一个著名歌手。”

黛丽惊讶地眨着眼。查尔士音质很好，但她非常怀疑他的音质能达到世界级水平。她只是说：“那你为什么不参加培训呢？”

“啊……在我成长期间家里正好缺钱，我的兄弟们占得了先机，我只得退学开始做工。我父亲是个古板的人，一点音乐细胞也没有。有时候当我想到我父亲是如何对我的，我就怀疑自己是不是对亚当太随和了。我不期待他用自己的工作所得为家里做任何事情。”

“但是姨父，亚当不在家里生活啊！而他真正想要做的是上大学。”

“他没上大学还不是一样。对一个作家来说，新闻工作和实在的生活是比闭塞的学院更好的学校。”

黛丽叹了一口气。姨父总会为自己找到理由，总愿意做事后诸葛亮（“我就知道那条溪流里有金子”），总是坐在那里冥想着无法追回的过去和难以预料的未来，任凭围栏倒塌，杂草在牧场上恣意生长。

希斯特对这首诗极为自豪——她也认为是写给贝茜的——并且剪下来贴在自己的剪贴簿上。但亚当却不以为然。

“只是一首民谣——他们就喜欢这类东西。”

黛丽很不高兴亚当如此轻描淡写地谈到他写给她的东西——“不管怎么说，我根本不相信这首诗是为我而写的，它完全是写给像贝茜·格里格丝这样的金发女孩。”

他高傲地解释说，这是诗歌中的破格，她不应该这样从字面理解。这首诗引起了一对情人之间的第一次争吵。

23

“呜——呜——喂——！”

亚当在河对岸拖长的喊声，或者当他乘船从埃库卡回来时客轮的汽笛声，都是黛丽能听到的最美的音乐。回声还未落地,她就长发飘飘地跑下前台阶——她尽可能地为他打扮成大人样子,可他却偏偏喜欢她把头发放下来!——像一只小鸟掠过花园,掠过她经常爬上去与他梦中幽会的大松树,掠过灌木丛和沙丘,一口气奔到河边。

力杰也在那里,所以他们两人的手只是轻轻地一碰;但是电的火花在指尖相遇,直把爱的冲动传到他们的心里,彼此的眼睛已经说出了一切话语。

他们一起回到家。阳台上的希斯特迎上前来,急切地端详着他那惹人怜爱的眉毛是否有些许的愁云,是不是变瘦了或者吃不饱。看到亚当脸色清新,心情愉快,身体像以前一样健壮,她就一只手摩挲着他黑亮的头发,吻了他的脸颊。

"这一周过得不错吧,儿子?"

"没什么两样,妈妈。"

黛丽像个顽皮的男孩子,一步跳过两个台阶,然后在阳台上踮着脚尖,唱道:

阿德莱德号

开得很平稳,

兰开夏少女

过得也顺利,

伊丽莎白号——

"哦,我想不出什么和伊丽莎白押韵——"

伊丽莎,丽莎,丽莎白,

气喘吁吁开过来。

"费拉黛菲娅!孩子,不要这样轻狂。"但希斯特很宽容地笑了。尽管有时脸上露出成熟的、古怪的神情,费拉黛菲娅还只是个孩子。对亚当来说,她无疑只是他的小表妹;他喜欢摸摸她的头发,但决不会有什么正经的意思。

兄妹俩通常大约从星期六中午到星期天下午亚当离开之前一直待在一起——超过二十四个小时在一起。

沙质的草场上,直挺的白蜡菊间,连绵数亩的黄毛茛丛中,紫红色的豌豆地里,到处都是黄灿灿的野菊花。他们手拉着手走过花的海洋。停下的时候,黛丽采了一束鲜亮的毛茛。

"你喜欢毛茛吗?"亚当用那束花蹭着她洁白的脖颈问道,"你当然喜欢!"这时太阳把一块黄色的光晕投射在她的颏下,他低头吻了那个地方;转眼之间,两个人久久地拥抱在一起,花落到地上,被遗忘了。她的头枕在他的肩上,她好像要睡着了。一切都是那么奇异而和谐:年轻的心跳,涌动的热血,青春的体温,流泻的阳光,花的海洋……

当他们重新手拉手向前走去的时候,亚当说:"我为你准备了一份惊喜。"

"哦,是什么?"

"等一下,不要那么急嘛。"

"哦,请你现在就给我吧。"

"别这么没有耐心啊。不是吃的东西,是要告诉你的事,关于米娜的。"

"可怜的米娜!她怎么样?"

"我偶尔会在街上碰见她,她竟然为了一顿饭的钱去做那种事,实在令我深有感触。她又怀上了孩子,这影响了她谋生。正好从河的上游来了一位传教士,想扩大自己教区的影响;我与他谈话的时候就提起了米娜。现在她已经带上几个孩子和所有的家当跟他走了。"

"但她愿意去吗?"

"愿意。那个教区就在她小时候生活过的地方,靠近莫拉湖。她本来就属于莫拉部落,那里仍有她的族人,她愿意回去。"

"亚当,你真好。"

她停下脚步,抱住他。他想写一篇关于那个不幸的、被驱逐的种族的文章,其中的言辞已经在头脑中形成:"他们曾经拥有土地,如今却成为那里的弃儿……"

两个人一致同意,不管什么时候闲下来,他们都要走向那个值得纪念的地方——那个美好的星期天早晨,他们曾和贝茜一起郊游……郁郁葱葱的桉树幼苗,旁边溪流潺潺,他们就把这里当作舞台,扮演着各自古老的角色。在这里,亚当第一次知道他爱她;在这里,他一遍一遍地说着他爱她。

澳洲丛林并不是特别吸引情人们,但至少地面不那么潮湿;他们躺在扎人的灌木丛中，任由蚂蚁爬到他们的胳膊和腿上，任由淡黄的桉树叶飘落在他们的头发间。

他紧紧地拥抱着她，而她温柔地顺从着他。她静静地躺着，任凭他吻着她的睫毛，朦胧中只看到一丝金色的光芒。对于情欲未醒、童贞的她来说，这一刻唯有和谐；而他则感到了一丝甜蜜和一阵难耐的躁动。

他温柔地、轻轻地、纯洁地吻着她，极力控制着心中的热浪——如果他把持不住，那股热浪就会升腾而起，把他们俩淹没！他一边蹭着她柔软的黑发，一边喃喃低语：

"Sed sic' sic' sine fine feriati

et tecum iaceamus osculantes…

hoc non deficit, incipitque semper."

"说什么——拉丁语吗？"她含糊地喃喃道。

"你不明白吧？"他逗她。

"是啊——我只懂 AMO——我爱。"

"这是佩特罗纽斯的诗句：'我们这样永远躺在一起/彼此交换着热吻/没有结束只有开始。'如果现在还让我们像从前一样一起学习，我们会进步得更快啊。不过开头两句——我还没跟你说——会被认为不适合传到男孩子耳朵里的，想不到巴瑞特小姐思想那么开放。"

她转过头望着他，琢磨着他平淡的语调。"你曾爱过她，你知道的。"

他抓起她的手，亲吻着。"是啊，幼稚的恋爱，我早就不放在心上了。巴瑞特小姐……朵罗丝……"他若有所思地转过身去，眯缝着眼睛，望向蓝天，嘴里嚼着一枚苦涩的树叶。"她一直什么都知道，你懂吗？那天晚上，当咱们俩都不愿意吃黑天鹅肉的时候，你还记得吗？她进来坐到我的床上，我脸色通红，一句话也说不出。"

"多么有趣啊！我也是那样。"

"是啊，她喜欢表现自己的能力，也爱虚荣，你们女人都这样。"他把树叶扔到她的头发上。他该不该告诉她有关朵罗丝·巴瑞特的一切，特别是最后那天晚上发生的事？还有这天大清早，他从埃库卡下班回家的路上所经历的冒险？不，她年龄太小了，他决不能摧毁她的纯真。他把她柔软的头发掠到耳后，手指顺势在她耳朵上抚弄着。“真是不同寻常,亲爱的。这就是永恒。”

“我希望我们能永远待在这里。”

“这就是永远。时间只是相对的。这永恒的时刻……”在他说话的同时,地球不易察觉地转动着,树影倾斜,太阳正慢慢地远离这片空地。

“但是明天你还得回埃库卡!”

“夏娃,总是那么实际,即使在天堂!”

“哦,亚当!我希望我能和你一直待在一起,每个白天,每个夜晚。”

“你知道,我们要等好多年,最起码要等到我多挣一点钱才能结婚,而且你知道家人会怎么说,对于表兄妹结婚——”

“结婚……我没想到结婚,我只想和你在一起。我愿意为你生孩子——他会很漂亮的。”

“黛丽,不要说了!你知道这对我意味着什么?”

“但我是真心的,亚当。要是怀上孩子,我不会在乎的。我看不出有什么错。我爱你。”

“黛丽,看在上帝的分上!你不知道自己在说些什么,你还只是个孩子啊!”

他温柔地俯视着她瘦削的脸庞和深蓝的眼睛,手指摩挲着她乌黑的浓眉。她抓住他的手,一边充满激情地亲吻着,一边闭上眼睛紧紧地抱住他。他也紧紧地搂住她,但马上就站了起来,拍打着裤子上的蚂蚁,抖落掉头发间的树叶。

“我们该回去了,亲爱的,太阳要落山了。”他的声音有点沙哑,有点颤抖。

她茫然地睁开眼睛,像梦游的人突然醒来,看到太阳已经落到矮树后面,照得地上的树叶像一团火。她站起身来。他从她的头发上拣掉那些树叶,一片,一片,那么温柔。

“哦,天堂般的下午!如此美妙,犹如幻梦!看啊,阳光下的嫩叶,像茶褐色的发丝一样柔软;这些小树,光滑而洁白,像——像——”

“像你一样,亲爱的。”

“来吧,我们在太阳落山之前赶到河边,这是一天当中河水最美的时刻。”

她的情绪突然起了变化,蹦蹦跳跳地从小树从中跑出去,急切地要离开这块昏暗的空地——蚊子已经开始飞出灌木丛,恶狠狠地想要吸血。

他们跳过横跨溪流的那截断木,完全忘了熟悉的水面下隐藏的危险,尽管脚下的原木因为露水已经变得湿滑。他们来到沙洲之上,只见周围一片明镜般的河水,被金色的夕阳漂染得闪闪发亮。河水毫无波澜,像纯净的天空,一尘不染。对岸的桉树在水中投下倒影。一缕篝火的青烟慢慢升上天空。

以往那种躁动不安的欲望——要用色彩和线条记录下这一切——黛丽现在丝毫也感觉不到了。她的颜料已经被冷落了好长时间;她的整个人都被亚当迷住了。

他们经过一株大桉树,树身仍然残留着石斧砍过的疤痕。河面上顺流而下的一只独木舟,也许就是在昨天劈凿而成的;船尾,黏土搭就的灶台上燃起一小堆火,烤鳕鱼的香味一直飘进岸上两个年轻人的鼻孔。船上的土著妇女和她的小男孩对岸上的一切不理不睬;他们对白人就像对周围的树木一样视而不见。

当亚当和黛丽感觉到饿了的时候,他们就把爱情和美景统统抛到了脑后。他们在暮色中穿过牧场,黛丽停下来把手中的毛茛撒在那三座小坟上。他们跨进家门的时候,吃茶点的铃声正好响起;两个人的胃口都非常好。

“黛丽,我的孩子,看来我们不必把你送到埃库卡去保养肤色了。”查尔士一边切着凉的烤羊肉一边说。“我敢说,你的小脸蛋简直就是秀色可餐——呃,你说呢,希斯特?”

希斯特只是严厉地说道:“费拉黛菲娅,你梳头了吗,就吃茶点?——看起来确实不错。”

当着母亲的面,亚当总是对黛丽表现出一副大表哥的样子,像他第一次从学校回家时所做的那样对她开着玩笑。一有可能,他们就溜出去;随着夏去冬来,他们就在陡峭的河岸下面找到了一处躲避的场所。

晚饭后,他们在黄昏里散步,随手往河里投着树枝,看着波纹在明镜般的水面上一圈一圈扩大。黛丽靠在他的臂弯里,凝望着西去的河水和天边的落日,想起自己望着他的小艇顺流漂走的那个夜晚,想起那个奇怪的梦和梦中那条黑咕隆咚的驳船。一丝不祥的预感使她打了个激灵。她转过身,把脸紧紧地贴在他的身上。

“亲爱的,我希望你不要在河上来回跑了。”

“这个季节,河上也没有几条轮船,或许我也不应该这么频繁地回家。比如说下个周末,我最好还是待在城里吧,贝茜想要约我去郊游。”

“你敢去!”她狠狠地摇晃着他。

他笑了,抚摩着她的头发。“我会回家的,小家伙。”

“过了这个周末,下个星期天我们也要进城,姨妈要到教堂去。”

“去教堂再回来,差不多三十英里啊!你们简直是宗教狂。”

“我想不完全是因为信仰。你知道——我想姨妈是打算……那是,那是很傻,但事实上……”

“你到底要说什么?”

“事实上——事实上姨妈认为泼尔逊先生对我很有兴趣。”

“泼尔逊先生?谁,那个牧师?天啊!”

“对,就是那个脸色苍白的年轻牧师,他确实脸色相当苍白,但挺有趣的,他说我好像‘天仙下凡’。”

他使劲地抓住她的肩膀。“你觉得他挺有趣的吗?”

“当然不是,傻瓜。噢,你弄疼了我的肩膀!你真应该看看当他想到要坐独木舟到对岸赶马车时他的脸色!他被吓呆了。”她咯咯笑着。“他的眼神怪怪的,如痴如醉的样子。他有一个大大的喉结。你的喉结哪儿去了?你应该有个非——常大的。”她抚摩着他的咽喉,用低沉的声音说道。他抓住她的手指,低头亲吻着;她的嘴唇也吻着他的头发。

“他最好别用如痴如醉的眼神盯着你!”

“怎么,你要把他打倒,然后踏上一只脚,就像‘总督茶’号邮船上的印度人对付那个支那人一样?我愿意看到你们为我打架!但是你可不能真伤害他。他看上去不是很强壮。”亚当出神地望向她的头上。“你爱我吗,亚当?”

“呃?”

“你真的爱我吗?今晚你一次也没说过。”

“是的,我爱你,真真正正地、诚心诚意地、忠贞不贰地、心甘情愿地、情真意切地爱你,永远永远永远地爱你。”

他们的嘴唇贴到一起,两个人立时融为一体:一同呼吸,一同心跳。突然,他们意识到自我的存在,同时听到希斯特的喊声从前阳台那儿传了过来,仿佛来自于另外一个世界。黛丽发出一声深深的叹息。

“我先跑到前阳台，你随后跟来，假装咱们俩正在玩捉迷藏的游戏。”她说。

24

这一年黛丽过得非常愉快，每个周末她都会见到亚当；尽管他不总回家，但她去过几次埃库卡，到过麦克非太太的家里。在夏季便道开通期间，希斯特姨妈大约每月带她去一次教堂。

她已经很长时间没有去过教堂了。她真心要找回自己所理解的那种虔诚的平静心情——那时，在古老的乡村教堂，她还是一个小女孩，跪在铺着红色地毯的膝垫上，跪在母亲的身边。但此时，她发觉自己的注意力总是游离到前面的一顶漂亮的无檐女帽上，或者溜到隔着过道的贝茜的新帽子上，或者瞟向坐在身后的几个年轻人身上——她意识到自己是他们关注的中心。仪式在她头顶上进行，伴着空洞的祈祷。牧师走开之后，泼尔逊先生继续主持仪式；她知道他会脸色苍白地在法衣室等着要跟她握手，她还知道他会长时间地握紧她的手。

“这样虔诚，杰米逊太太！您身体不好还走这么远的路，您会在天国得到回报。”他对希斯特说。

希斯特高深莫测地笑着。已经有几位年轻人对她漂亮的外甥女表示了明显的兴趣，不愁她嫁不出去。她把亚当的经常回家看作是对自己的敬意和对自己厨艺的迷恋。

黛丽已经放弃了姨妈会喜欢她的任何希望。她知道希斯特是多么不愿看到自己和亚当之间有任何亲热的表示。所以在家里，当着亚当的面，她总是夸大自己顽皮的天性，像小妹妹一样取笑他。但是在埃库卡，就没有了表演的必要，人们已经接受了他们是网球场上的搭档，舞会池中的伴侣；他们在宴会之后结对散步回家，或者一起坐上轮船在河上漫游。

几个月的低水位之后，河水开始上涨。黛丽观望着，期待着汤姆船长的出现。他对黛丽慷慨解囊把最后的五十英镑投到那艘船上深表感动，所以就把它改名为“费拉黛菲娅”号。

当她询问其他船长关于“费拉黛菲娅”号的消息，他们竟然露出很茫然的样子,她不得不提到它过去的名字。

“噢,你是说‘简·伊利莎’号?它正从达灵河顺流而下,可能在天鹅山卸货吧。”

埃库卡作为河港的辉煌地位已经开始动摇了。从墨尔本到天鹅山的铁路已经使达灵河上运送羊毛的船只大为减少。

这一年,“费拉黛菲娅”号的确在天鹅山卸货。一天,汤姆来了一封信,是一位朋友代写的,里面夹了十英镑。信上说,每一次运送货物黛丽都可以从利润中得到一份。查尔士被这个人的诚实所打动,因为他知道,尽管这些人的收入随季节会有所变化,但却根本无法知道一艘船到底是赔或赚。

“这本是一项很好的投资啊。”他说,“我早就想过,你的钱投到这上面要比投在土地上好多了。”

黛丽没说什么,她想起了当他谈到轮船沉没、着火、触桩时的沮丧样子。

亚当在十月份过了他的十九岁生日,而他也越来越多地被委以自己喜欢的工作——写写事实报导、自然笔记、主题诗歌,偶尔虚构几篇“读者来信”。但是尽管他的职位有所提升,收入却不见涨。人们仍然可以感觉到经济大恐慌的余波;土地繁荣的梦想被击碎了,整个澳大利亚正处于经济萧条时期。登广告的人欠了不少坏账,所以报社为了维持经营,无法支付高工资。

柔软的衣褶掩盖了黛丽纤细的脖颈;她通常在外衣肩膀上围一条带花边的披肩或雪纺绸,这些装饰也是很时髦的。一个有风的冬日夜晚,她一直坐在炉火旁边读书;后来她点上一支蜡烛想去看看后院的“小房子”。其他人都上床睡觉了。

天空昏暗,夜晚漆黑而无形。低云的压迫,眼睛的毫无着落,都令她不安。当她踏出那幢房子往回走时,一阵风把蜡烛的火苗吹到了她薄薄的披肩上。

刹那间,她全身着起了火。她一边张大着嘴无用地尖叫,一边扑倒在地左右翻滚——因为先前下过一场急雨,地面仍然湿乎乎的。她闻到自己头发被烧焦的气味,也感觉到脖子火辣辣的疼痛,但身上的火倒是灭了。

蜡烛在它落地的地方,已经熄灭,烛台不知滚到哪里去了。她被惊吓得全身发抖,摸索着来到后门,叫醒姨父。当他点上蜡烛,穿着睡衣从“办公室”里出来的时候,他慌张地盯着她。

“孩子，你看上去像鬼一样！发生了什么事？”

当她对他讲了一切，他把她领进外屋的厨房，耙了一些煤投进炉子，为她热了一杯甜饮；她一边暖着身子，一边小心地往红肿的皮肤上敷着黄油。

“女孩子就被这种衣服坑苦了！要是你知道每年有多少年轻女人被烧死——再想出去的话，拿那盏马灯，听见了吗？”

“听见了，姨父。”

“不管怎么说，你还算明智，大多数人犯的错误是一边叫一边跑，如果你不是保护好你的头……算了，你自己想象吧。”

她已经想象到了，一阵昏眩、恶心使她身子摇晃起来，她的一只手在身前胡乱抓着，查尔士赶紧跳过去把她扶稳。在他正把她扶到厨房椅子上的时候，希斯特进来了，黑黑的头发扎成一条细辫，身上胡乱裹了一件衣服。

“这里发生了什么事？我听到有动静，就起来——”

“黛丽把自己弄着火，又自己扑灭了，这个聪明的孩子！但她还是有点被吓着了，这也不奇怪。她是不会醒过来了——”他指了指厨房对面的小房间，贝拉的鼾声清晰可闻；自从安妮搬进力杰的茅棚里，她就搬回家里住了。

“唔，让我看看烧伤的地方。查尔士，你去找找烛台。”她一边严厉地说着，一边把烧黑了的一绺绺雪纺绸从黛丽白皙的肩头拨开，检查着皮肤上一块块红肿的地方。“我本要给你搽一点碳酸水，但现在上面已经有了黄油。来吧，我帮你回到床上去。”

她很不客气地从查尔士手中接过找回来的烛台，领着黛丽进了她的房间。

25

水位慢慢下降，曾经在被水淹没的树丛间嬉戏的各种虾类也退到泥土洞穴里去了。河水在纠缠的树根间窃窃私语。鹈鹕排成长长的楔形队伍向河的上游飞去，筑巢的喜鹊在牧场上横冲直撞，点水雀清脆而单调的歌唱响彻月夜。

沙洲一片干涸，小溪只剩下一线空荡的水道；茶花的清香弥漫了暮春温暖的夜晚。亚当变得暴躁而忧郁，比以前更加心不在焉，时不时地“发神经”——希斯特这样说。

“看在上帝的分儿上，不要像下蛋的母鸡似的为我的事大惊小怪，要不然我就不回来了！”当他的母亲建议他去看看医生的时候，他对她吼道。希斯特认为这或许都是因为与贝茜的事进展得不顺利。

单独和黛丽在一起的时候，亚当也会经常突然从拥抱中抽出胳膊，或者不耐烦地回答黛丽所问的幼稚的问题。她明白，一定又是哪里出了大错。

一天晚上，他一直闷闷不乐，特别难受的样子；她也觉得心中焦虑不安，无法入睡。再过几天就是月圆之夜，安妮又操起风琴，在力杰的茅屋外弹奏着。

黛丽钻出被窝，把头探出窗外。桉树的叶子在月光下闪着金属一样的光芒。淡淡的凉风从河面上吹来，夹带着烧牛粪熏蚊子的苦涩的烟味。她随手披上睡衣；阳台上可能不会有蚊子，她可以到那儿观看河面上的月影。

她悄悄地打开前门，蹑手蹑脚地踏过红柳桉树的地板溜了出来；因为光着脚，她能感觉到脚下地板的粗糙。在低垂的茶花的阴影里，什么东西在移动，她屏住呼吸，差一点喊出声来。

“是你吗，黛儿？”传来亚当的低语。

“是的。哦，我睡不着觉。”

“我也是。这样的夜晚，睡觉真是虚度光阴。而且你与我只有几堵墙之隔！是我用意志力让你出来的。”

“你怎么做的？”

“我在心里对你说话。”

“哦，你觉得可能吗？”

“我深信不疑。嗯，五十年后，人们就能隔海通话，像现在的电报传递信息一样，只是那时候没有电线他们也能听到对方说话。心有灵犀一点通。这是一个开发潜能的问题。土著人能够不用话语就进行交流，只是我们过于聪明，以至于忘了使用，甚至几乎失去了这种能力。”

他对这种悄悄话式演说的效果很不习惯，所以最后几句话又恢复了他正常的低音。

“嘘！”黛丽慌乱地一边叫着，一边回头瞅瞅门里的窗户。

“不要担心，亲爱的，她不会听到我们说话的。你的小小心房跳得多么厉害啊！”因为她半转身背对着他，他的双臂正好从身后搂住她，双手锁住她小巧的乳房和扑腾的心房。他的抚摩把她融化了。

“亲爱的，亲爱的，亲爱的！”当他分开她柔软的发丝亲吻她的后颈时，他开始颤抖了；然后他突然松开她，转身靠在阳台的栏杆上，目光凝视着河面上一圈一圈的月影。

“怎么了？”她把一只手滑进他的臂弯。这是她第一次这样问他。

“没什么。只是……你在诱惑我。”

“诱惑你？”

“诱惑我……犯罪。”

犯罪！联想到《圣经》，联想到这个词的含义——亚当，夏娃，禁果，蛇，邪恶……她感到一阵阵心惊肉跳。她无话可说；突然而来的恐惧令她全身发冷。她终于怯怯地小声说：“你希望我现在就回屋里吗？”

“是的，你最好还是走吧。不！等等，你站在月光下面，让我能够看清你的脸。”

他温柔地向她俯过身来，注视着月光下显得朦胧的、苍白的脸颊和比白天更大、更亮的阴郁的眼睛。

“你的眼睛多么柔和；但你笔直的眉毛却与它们抵触，你的下巴结实而显得小气，你的嘴唇甜美而含着反叛……你就像——像一只白蛾，在夜晚出来观赏茶花——费拉黛菲娅，黛丽，黛拉，黛儿！这些都是傻瓜的名字，无论怎么说都不适合你。黛菲妮，更好听一些——对，我就叫你黛菲妮了。”

这一次他没有用手抚摩她，而是俯身亲吻了她的嘴唇，然后轻轻一推，好像打发走一个需要上床睡觉的小孩似的。

她在迷乱之中挪动着脚步，眼前一会儿是闪烁的灯光、飘香的黑暗，一会儿又是月光如水、花影婆娑。

从那个夜晚以后，每当亚当周末回家他们总要偷偷地溜出来幽会几分钟。为了确定不被人听见，直到传来“办公室”里的查尔士和前卧室里的希斯特安顿就寝的声音时，她才爬上窗台。

一天晚上，他们平静地站在河边，亚当把脸颊贴着她的黑发，看着树后冉冉升起的膨胀得有些怪异的月亮。它第一次露出了真实的面目——一块荒凉而古老的岩石，伤痕累累，死气沉沉。黛丽微微颤抖，向别处看去——突然，她身子一僵，倒在亚当的怀抱里。

“亚当！那是什么？”岸边一棵大桉树，古老的丛林大火已经使它变成了空心，在它的阴影里，她看到一团漆黑的影子在晃动。

亚当松开胳膊，低低地骂了一声，冲进树影里；片刻之后，黛丽看到“蹑手蹑脚的”安妮那瘦削的身影出现在月光下面，她的两只手被用力地扭在身后。亚当气得声音发抖，他低声说：“你不要再跟踪监视我，你这长鼻子、蹑手蹑脚的哭丧婆——不然，天作证！我要扭断你皮包骨头的脖子。你听见了吗？”

“只来看看钓鱼线，我是想，”安妮哭哭啼啼地说，“你不想早餐吃到美味的鳕鱼吗，亚当先生？就看看钓鱼线，我是想。”

“你可以早上来看钓鱼线，现在回去睡觉吧。”

安妮蹑手蹑脚地向自己的小屋走去，亚当回到黛丽身边。

“你觉得她看到我了吗，亚当？她会告诉你妈妈吗？”

“她不会！她得为自己一身的贱骨头想想！这个卑鄙的老狗！我真应该为她拽拽长鼻子！”

“可怜的安妮！你就别对她动粗了。”

“这个可恶的安妮，我还怕玷污了我的脚呢。她总是令我浑身起鸡皮疙瘩。”

“我有同感。”

接下来两周，亚当很忙，没能回家。紧接着希斯特通过过往马车捎给亚当一封信，告诉他下一周也不必回来，因为她要到埃库卡去。但是临行的这个星期天的早晨潮湿而阴冷，希斯特决定还是不上教堂；查尔士也哀叹这种不合时宜的雨糟蹋了他的干草。

亚当穿戴整齐，勉强自己来到教堂坐下来，一边忍受着泼尔逊先生乏味的布道，一边焦急地盯着门口。每时每刻他都在期待那双漂亮的、活泼的、闪着火花的蓝眼睛来为他照亮这间灰暗的屋子。贝茜·格里格丝和她的妈妈也在教堂里，仪式结束之后，他看到她们向他走过来，好像一只主力战舰后面跟着一只护卫驱逐舰，他冷冷地鞠了一躬，小心地从她们身边绕了过去。

“哼！这位年轻人长得倒是英俊潇洒，就是不识体统。”格里格丝太太带着一种受伤的尊严说。

亚当回到房东家里，一边吃着烤肉，一边闷闷地回味这个被荒废的周末。离开黛丽的时间越久，她好像对他就越有吸引力。一年前她的鲁莽而冲动的话语又浮上他的脑海，令他心中的欲火熊熊燃烧。花园里的橘子树，像家里的海桐花一样芳香馥郁，仿佛把她带到他的面前：白皙的皮肤，柔弱的身体，乌黑的头发，还有一双他喜爱的深蓝色的眼睛。

思考的结果是，在他下一个周末回家之前，他对麦克非先生做了一通排练已久的演说：他告诉主编他正在热恋，想要结婚；他意识到可能不得不等到二十一岁，但他想知道……

“我心里没数，您看，我不知道是否得等上十年我们才能有钱结婚——”（天啊，那时我就二十九岁了，想着想着，他竟然被自己的这个年龄惊呆了。）“所以如果您能答应我，先生，在接下来的两年里，如果您能保证我的工资——呃——和我的能力相称……”

他断断续续地使用了几个多音节字，期待麦克非先生能马上答应为他加薪，他好有个台阶下来。

“听听老弟说的！”麦克非先生取下嘴上的烟斗，抬头望着天花板，故作惊愕地说。

“你知道，”他突然收回目光，严厉地盯着亚当，说，“我结婚的时候多大？三十四岁啊！咳，别着急，好好选择，像我这样。”

“我不可能有更好的选择了，先生，即使我活到一百岁。”

“哦，你觉得自己不会改变了，是吧？但现在是困难时期，我不能答应为你加薪；而且咱们的报纸销售也不算太好。你得好好工作，节省自己的开支。先把分内的活干好吧。”他用烟斗柄点着亚当加重语气说，“你是个作家，不错的作家，不要这么早就结婚而背上两三个孩子的包袱。你本身还只是个孩子啊！我不能答应什么，再等一年吧，看看情况。”

他把烟斗又叼到嘴上，悠闲地吐出一口烟，表明他再没有什么可说的了。

亚当非常了解苏格兰人的顽固，所以他没有多加争辩，他怀着忧郁的心情走出编辑部，来到码头上。他第一次看到，曾经辉煌的河运码头正在走下坡路，眼前发生的一切正在污染这条古老的河流:纸张和果皮充斥了河上的各个角落,绞车和拖车的嘎嘎声淹没了丛林里寂寞的鸟鸣,浓烟玷污了晴朗的蓝天……

不着急!再等十二个月!难道这个老秃鹰认为我可以等上十五年,或者找个像米娜那样的人随便安慰一下自己吗?

他心绪难平地搭上回家的马车。一到家,他的母亲就身前身后围着他,端上热茶,送来烤饼,以图驱散他眉宇间的低落。但他明智地没有把自己心绪不佳的原因向她和盘托出。

他喝完茶后,跟母亲讲了过去的三周里所发生的一切;黛丽建议他们一起到河上划艇。亚当的回答使她一下子明白:事情不对头了。

"有什么用呢?"他忧郁地说。

黛丽吃惊地红了脸,默默地注视着他。

"他累了,费拉黛菲娅,他不想去钓鱼,从下游坐船上来,这么远的道——左一个弯右一个弯的,想想我就头晕,肯定——"

"妈妈,我是从陆上回家的。"

"不管怎么样,你干吗不溜达溜达看看马,回头就会有好胃口来吃茶点?我做了你最爱吃的布丁,还有糖丸子!"她的口气中透着得意。

亚当嘲讽地抿了抿自己丰满的孩子气的嘴唇。"真有意思,"他面对着空荡的壁炉说,"女人这么不情愿让男人长大!我一回到家,你们俩总是把我当作学童——把我包围在食物和运动的世界里;似乎填饱他的肚子,再让他活动活动身体,他就会快乐了。"

黛丽绷紧嘴唇,看着自己的双手。他的心情过一会儿就可以解释清楚,但他有必要把她和希斯特混在一起看成一个笨拙的女人吗?她可不愿意自己被归在一般的"女人"之列。

希斯特显得既伤心又不知所措。她不明白这个孩子的脑袋里最近到底钻进了什么——他当然还是个孩子,尽管他挣着大人的工资。她叹了一口气,走进厨房。

黛丽期待地望着他,等着他来亲吻她。过去了整整三周的时间啊!他竟然不向她这边看上一眼!他一动不动,颓然地坐在椅子上,咬着自己的大拇指。

查尔士进来了,很幽默地打着招呼。今年他在剪羊毛上有了突破,正期待着一笔不错的收入。亚当知道自己伤了母亲的感情,心里有点愧疚,所以对他父亲不同寻常的热情问候只简短地应了一声。

“儿子,我想跟你说句话。”查尔士说。

黛丽身子一动欲起身离去,但他马上说:“没有什么不能当着你的面说,坐下来喝你的茶吧……亚当,我的孩子,我猜你没有多大机会攒钱,凭你的工资。”

“你说对了,实际上我一个子儿也没攒下。”

“是了,我猜也是。”他父亲瞥了一眼他笔挺的新装,时髦的高领和真丝领带。“呃,我今年收成不错,能帮你些忙——”他有意停顿了一下。

亚当慢慢地身子前倾,抓住椅子扶手的指节青筋突出。“真的?”他声音沙哑地说。

“真的,我早就想给你点零花钱。你觉得每周五先令——就是说,每月一英镑怎么样?大概够你买真丝领带和手绢的,呃?”

亚当慢慢地呼出一口气,猛地坐回到椅子上。

“起码够买几条手绢了。”他干巴巴地说。然后又加了一句:“谢谢你,爸爸。”

26

“你愿意和我玩一把卡里比齐还是尤克?”

希斯特坐在胡桃木桌子旁边,熟练地洗着手中的牌,牌的背面是红蓝色的蝴蝶图案。

亚当仍然坐在晚饭前坐的椅子上,保持着先前的姿势——双腿前伸,双手插在衣兜里,下巴垂到胸口,气鼓鼓地盯着身前。

“亚当!你母亲在跟你说话!”查尔士严厉地说。

“玩一把牌怎么样?”希斯特又说了一遍。

“玩牌?到底图个什么?纸牌对你来说就像麻醉剂,还有一杯杯的茶水!你简直离不了它们!”

“瞎扯!”希斯特气恼地一正身子,开始发出一手巴第昂司牌,每一张牌都甩出尖锐的咔嗒声。

“我给大家弹点什么好吗?”黛丽小心翼翼地说。亚当只是耸了耸肩,撇出他的下唇。

“好的,黛丽。”查尔士一边搓着双手,一边真心地说,“我感觉今晚我的嗓子不错。”他走到钢琴前,竖起《环球乐集》。黛丽开始弹奏起他喜欢的曲目。亚当一动没动,但黛丽听到他嘀咕道:“多愁善感的东西!”

查尔士用他优美的男中音满含深情地唱道:

“噢,我愿付出一切

换回美丽的过去!

青春的玫瑰有露珠点缀……”

“真是滑稽,老年人竟然对‘美丽的过去’如此多愁善感,”查尔士唱完的时候,亚当从深深的椅子那儿传过话来,“但是如果他们真的有可能再回到青年时代,他们也会他妈的后悔。他们忘了青年时代是什么样了。”

“亚当!”希斯特叫道。她对他脱口而出的脏字很是反感。

查尔士不喜欢自己被称为“老人”(凭什么?他的胡子仍然像以前一样乌黑,头发也没白几根),他激动地回应道,自己年轻的时候总是很活跃、很快乐,可不是成天捧着一本书,对家人板着面孔。

黛丽轻轻合上钢琴,说想早点上床。希斯特要她为大家冲点可可奶,亚当最好吃点清醒药。“希望你明天早上起床不要搞错了方向,我的孩子。”她刻薄地加了一句。

当黛丽终于回到自己的房间,她没有立即点上蜡烛,而是和衣坐在床边,看着窗外摇曳的灯光和花园的暗影。这是圣诞节前的最后一个月圆之夜,很快她就十七岁了。刚才在客厅里亚当看她的眼神多么奇怪啊——愤世嫉俗,怒气冲冲,还有点可怜巴巴,好像在恳求她理解。今晚她出去还是不出去?他好像是要避开她。不!最好上床睡觉,明早再见他。她解开脖领的扣子,正要把衣服从头顶撸下来,突然耳边传来微弱的呼叫:呜——呜……重复的间隔很有规律,好像是机器发出的声音。

她来到窗前倾听,像倾听钟的缓缓鸣响,或者水龙头有规律的滴答。夜晚在呼叫,呼叫;蟋蟀在干草中单调而神秘地歌唱。她慢慢地、几乎不情愿地爬上窗台。

尽管芬芳馥郁的海桐花已经落了,但空气闻起来清新而香甜,散发出带露的青草和勃发的树木的气息。当她来到屋外,月亮圆圆地照在她仰起的脸上;白色的云彩像凝乳一样聚集,分散,并没有遮住月光,而是缓缓向北,在逐渐变大的圆盘周围画了一道琥珀色的圆圈。

她转到屋前爬满茶花的阳台,亚当无声地来到她的身边,把她拉进茶花的阴影里,猛烈地亲吻她。她靠紧他,身体因为惊吓而发抖;透过他薄薄的衬衫,她感觉到他的心在狂跳。

“哦,我真不敢相信——不相信你会在等我,你那么古里古怪、火气冲天的。”

“是吗?我已经整整一个月没有见到你了,上个星期日你没来教堂我真是非常失望。”

“没办法的,亲爱的,到处湿漉漉的,但今天下午——”

“哦,不要说话!”说着,他粗暴地拉起她的胳膊,翻过花园的围墙,来到树木掩映的河边。

当他低头凝视着她的时候,他的眼睛里好像有一道被折磨得无所适从的黑影;抓住她胳膊的手像燃烧的火一样热。他望着月亮,十分轻柔地说道:

“这样的夜晚,什么也别说,只要倾听雪莱的诗——

“素装的少女,
凡人眼中的月亮;
乘着夜半的清风,
把温柔洒向我的肩膀……

“或者——听听一个普通人——亚当·杰米逊的吟唱:

“当夜晚弥漫了馥郁的芳香,
我的爱,像一只白蛾,来到我身旁……”

“亚当,多么美妙的诗句!”

“美妙的你啊!”

他俯下身亲吻她的耳朵,火热的呼吸令她全身发抖——一半是因为恐惧,一半是因为快乐。她忽而感觉正和一个陌生人走在一起,忽而又不安地安慰自己:这就是真正的亚当。他回头望着她,面带奇怪的笑容,眼睛半闭着,领她沿着河岸向连绵的灯火和大松树的阴影里走去。两年前,就是在那里,在那个难忘的夜晚,她追逐着枭鸟的叫声来到他的身旁。

他把她拉进树影里,紧紧地靠着她,使她的后背抵在树干上。他的眼睛搜索着她的脸;一抹月光照在她的脸上,照亮了她大大的眼睛和苍白的皮肤。

"黛菲妮,你上一次说的话是真的吗?想把一切都给我?"他的声音沙哑而颤抖。

"是真的!哦,是真的!"

她在意识上是顺从的,但她发僵的身体本能地反抗着。背后的树使她想起康帕斯河边那个可恶的男人——当时他就是抱着一棵树,咧着大嘴向她打招呼。

亚当的嘴唇压在她的嘴唇上,一只手从她的领口伸了进去,抓住一只小而挺拔的乳房。她扭转头,瞅到了月光下自己洁白的皮肤上那只褐色的手……长长的、褐色的手指,就像她曾经看到过的那只手,白白的手指抚摩着一只黑黑的乳房。

随着一声令人窒息的"不要",她双手抓住胸前的那只手,猛地拨开它。

亚当站在那里一动不动,没再试图碰她。他只是含着一丝恨恨的、讥讽的笑容望着她,嘴上说道:"就是口头英雄!"她怎能告诉他,她就是在这样的树下看见他的父亲和厨房的女佣在一起?她怎能解释清楚在那一瞬间自己心中的汹涌澎湃?她只能不安地抓着自己刚刚甩掉的那只手,一遍一遍地亲吻它,而那只手冷冷地使劲把她推开了。他一个急转身,沿着河岸向前走去。她跟着他,在草丛中磕磕绊绊地,一边抽泣一边哀求他等等自己。他径直向前走去,离家越来越远了。终于,他朝她转过身来。"别出声,不然你会让'蹑手蹑脚的'安妮跟上我们的。你回去睡觉吧,我要随便走走。"

"但是亚当……"

"回去吧,好吗?"

他的声音中饱含着痛苦。她一声不吭地转过身,穿过柔和的月光下的花园向回走去;一边走,一边暗暗垂泪,直到扑倒在自己的床上,把脸埋到枕头里。刚开始,她在一种气愤的自尊中找到些许安慰:他残忍,他不公平;她一向说到做到,只是今晚她还没有做好这种准备。后来,自尊消失了,她开始感到一种令人沮丧的悲伤。她辜负了他,他再也不会爱她了。

她躺在床上,陷入迷迷糊糊的痛苦之中,竟然感觉不到蚊子在她裸露的脖子和胸脯上叮咬。整幢房子都静悄悄的。似乎几个小时过去了;他现在肯定回来了。

她突然下了决心,站起身来,开始脱衣服,然后穿上她的长袖睡衣,悄悄打开门。她要到他的房间去和他待在一起。早上希斯特姨妈会发现她在那里,爱咋地咋地。她要让他看看自己并不害怕。她踮着脚穿过过道,旋开了他房间的门把手。屋子里没有灯光,微弱的月光照在他空荡荡、纹丝不乱的床上。

她带着一种受挫的感觉回到自己的床上,瞪大眼睛,抱住膝盖,静听着后门是否传来吱嘎的声音。她的眼皮越来越沉,有几次竟然打起盹儿来,她不得不痛苦地挺起脖颈。终于,她被情感折腾得筋疲力尽,沉沉地睡了过去,蜡烛还依然点着。

醒来的时候,她感觉到一种说不清楚的害怕。蜡烛淌了一圈蜡油,墙上跳动着膨胀的阴影。这时候她听到一个声音,好像就在她耳边喊道:黛菲妮!

她冲到窗前,使劲探出头去。月亮落到了芳香的桉树后面,透出昏黄、黯淡的光芒。天空晴朗无云。

“亚当!”她低声叫道,但是只有蟋蟀单调的唧唧叫声回应她。她打开门,但过道空无一人;他的房间也是一样。他的床上仍然没有人睡。返回自己房间的时候,她听到姨妈在前卧室里咳嗽,她的心脏跳到嗓子眼儿。她再也没有入睡,害怕的感觉仍然困扰着她。

除了亚当没有别人叫过她黛菲妮。她把自己裹在睡衣里,坐在窗边,看着满天星斗。月亮的光芒已经退去,在西方低矮的天空下面,在黎明前的微曦的映衬下,猎户星座显得格外明亮。

她僵硬地站起身来,接着水壶里的冷水洗了一把脸。回头看着穿衣镜里,她那双大大的眼睛蒙了一层疲倦的阴影,眼皮因为哭泣仍然红肿。

这天早上餐室里，熏肉的气味似乎令人作呕，但在吃饭的时候她尽力显得和往常一样。没有看到亚当；无疑他会睡到很晚，怀着一份不错的心情醒来。

“亚当还没起来。”希斯特一边修着自己的眉毛一边说，“可怜的孩子，他昨天似乎身体不大舒服，查尔士。”

“可怜的孩子！哼！该说懒散的年轻人才对。”

希斯特进了亚当的房间，很快就带着非常忧虑的神情回来了。“他整晚都不在屋里！他的床没有人睡过。”

“或许他破天荒第一次整理好了自己的床铺，出去散步了。”

希斯特坐下来，开始若有所思地吃着她的熏肉和鸡蛋。亚当自己不可能把床铺整理得这样整洁。她的头脑开始过滤那几个黑人。有什么样的父亲就有什么样的儿子！但是贝拉——太老也太胖。露茜，不仅胖，而且结过婚。但到底是什么能让他整晚都待在外面？她瞥了一眼黛丽——她正垂着头，强把一口饭咽下喉咙。

“费拉黛菲娅！他这种出格的行为不是第一次了吧？你知道这次是怎么回事吗？”

她抬起苍白的脸庞和阴郁的眼睛。“我不知道，姨妈。”

“黛丽怎么会知道？我猜想他是出去猎负鼠或者土熊了。”

“他不会的——”黛丽开始辩解道。

“嘿，孩子，你今天看上去有点憔悴。你最好在祈祷完之后上床躺一会儿。我们不等亚当了，他可能要在午饭时候才现身。”

查尔士从《传道书》中选了一段，这一段曾因为它强烈的节奏感一直是黛丽很喜欢的，但是今天听来它似乎有一种不祥的预兆，令人不安。

“在我们年轻的日子，让我们记住上帝……有一天，那银制的绳索会被解开，金色的饭碗会被打破……到那时肉体化作尘土归于大地；精神也回归上帝的手中。”

黛丽怔怔地盯着褐色地毯上的老式图案。这就是秘密吗？尘土归于大地，精神回到——它的源头。但是正是这有生命的、能呼吸的、有感觉的肉体才是她精神的家园和领地；她的眼睛接收颜色和形状，她的大脑告诉她那些颜色和形状什么时候是美丽的。这个世界够精彩的;她不想要任何其他。

“……和平与我们同在。阿门。”

她惊跳起来。祈祷仪式结束,贝拉、力杰和其他人相继出去了。“蹑手蹑脚的”安妮异样地看了她一眼,她心里想。安妮看到昨天晚上发生的一切了吗?那么亚当在哪里呢?或许他在丛林里迷路了。

“查尔士姨父,”她低声地说,“你不觉得我们应该派杰基出去找找亚当吗?他可能迷路了。”

“是的,我想过;但是他都那么大了,应该能照顾自己。如果他午饭时还不回来,我们就组织人分头去找。”

黛丽没再说什么,但是不祥的预感萦绕心头。亚当没有回来吃午饭。希斯特端上蔬菜,啪地放下大汤匙。

“查尔士,我坚持认为你应该派杰基和其他人出去找找亚当,这些人还是很善于追踪的。这么大一块地方,他可能会迷路;他可能已经掉到河里——”

“他很擅长游泳。”

“——或者被蛇咬了。噢,亚当,我的孩子!”她的嘴唇开始颤抖,赶紧摸索着掏出手绢。

“好了,亲爱的,或许我们应该把那些营地的黑人也招呼来帮忙。现在你不要激动。”

在希斯特和黛丽的面前各放着一盘未动过的饭菜,安妮悄悄把它们端走,自己也无声无息地溜了出去。

是杰基——露茜的丈夫发现了沿着河堤的脚印;它与黛丽的脚印分开后,穿过沙洲,绕过沼泽,跨过两道围墙,来到溪边——溪上一截原木,通向对岸的露营空地。

杰基追踪着干燥的地面上几乎察觉不到的脚印;他看出脚印走上原木。他正要过去,突然脚下陡峭的溪岸之间有什么东西吸引了他的注意,原木的边缘也有失脚滑落的印迹。

亚当脸朝下趴在一处死水洼里,一侧的太阳穴上有轻微的划伤和瘀痕。杰基把亚当软塌塌的头托出水面,拼命地喊叫其他人。

几个女人在家里等得越来越焦虑,这时突然看到一小队人走上沙洲,穿过那三个孩子的坟墓,向家里走来。查尔士和力杰,两个人的手搭在一起,中间形成一个车架。希斯特一直在祈祷她的儿子平安归来,这时从侧面的窗口望出去,看到亚当耷拉的、毫无生气的胳膊,禁不住尖叫起来。

27

黛丽在房间里徘徊,远远地守望着亚当的床。她不想走近,也不想碰他一碰;望着他,她有一种幻觉——他是自然地睡着了。她的姨父,像妇人一样温柔地为亚当洗着脸,并把耷拉到他漂亮的浓眉下面的几绺头发梳到脑后。亚当的脸是平和的,紧闭的嘴唇微微带着笑意,好像他刚才一直在思考某个困扰自己的难题,突然欣喜地发现答案竟然如此出人意料地简单。

终于,查尔士抬起头来,看到她面无血色的脸和深陷在压抑的痛苦之中的阴郁的眼睛。

“到你姨妈那里去吧,孩子,让她和你一起祈祷,如果她……上帝所赋予的,上帝收回去了。”

“那么上帝是残忍的!”她大喊道。她看着亚当的嘴唇——它再也不能笑,不能说话,不能亲吻了,无声地被关进了无法开启的死亡之门里。眼泪从澎湃的心头涌了上来,但是眼睛后面的一团火似乎在眼泪掉落之前就把它们烤干了。

她去敲姨妈的房门。没有回应。她走了进去。百叶窗放下来了,屋里昏暗。希斯特躺在床上,面朝墙壁,一块浸透的手绢攥在手中。她双眼紧闭,持续不断的、轻轻的、哀痛的哭声从她紧咬的牙齿缝间传出来,似乎难以自抑,无法停息。

“姨妈,是我,黛丽。有什么我能做的?”

“走开。走开。”

黛丽从衣橱的顶层抽屉里取出一块手绢,浸在熏过的水中,然后放到希斯特的额头上。她尽量轻轻地要从希斯特抓得死死的手中拿掉那块湿手绢,但她就是不放。黛丽在她枕头上又放了一块干净手绢。轻轻的哀痛声持续着。黛丽来到落地窗外,站在阳台的栏杆旁边——就是在这里,她时常等待着,等待着亚当从河上归来。

她抓住栏杆，透过干涩的、火辣辣的眼睛眺望着下游的河曲，心中充满了对大河的恐惧——亚当竟然溺死在它的一个小水洼里！姨父说，亚当是在过河向回走的时候摔下去的，脑袋磕在原木上，脸朝下昏倒在水中。再有几个星期，这条溪流就将干涸，剩下一点点水，还不够淹死一只田鼠。但偏偏就是昨天晚上亚当从这里穿过，在月落的黑暗里，在原木因为露水而湿滑的昨晚！是她促成他到那里去的！

她跑下台阶，跑上沙洲，沿着他们昨天把亚当抬回家的路，穿过女贞树林和几株当地松，绕过干涸的沼泽，来到夺走他生命的地方。

这个美好的下午以嘲弄似的平静和美丽包围着她：宁静的河水，银色的云朵——衬得天空更蓝，纹丝不动的树林，黄灿灿的草地……她对这一切都视而不见，只管向前跑去；头脑中只有执着的一幅画面：亚当毫无知觉地躺在那条阴险的溪流中。

当来到那截木头前，她竟然无法忍受眼前这个地方；她转过身去，走下河床，来到河边。

她感觉到未能流出的泪水在眼眶里燃烧，熊熊地纠结成一团，烧得她头痛。她跌跌撞撞地向前走去，茫然地绕过木桩，穿过扎人的木材林。当她跌倒在淤泥里的时候，她真希望自己也溺死算了，一切就都平静了。但是蚊子恶狠狠地叮咬她的手和脖子，她赶紧起身，继续往前走。

太阳已经隐到树的后面。起初她还存有模糊的想法，要把这死亡的发生地尽可能远地甩到身后，后来她的思想变得麻木了，只是机械地向前。脚下的灌木丛渐渐稀疏，终于全部消失了。她走到冲积平原上的一大片红桉树林里，这里没有河流的迹象也没有河水的反光。她全身烧得发烫，口里感觉越来越渴。

突然一阵倦意袭来，她靠在一根灰色的木桩上。一切都静悄悄的，她觉得自己可能已经身处大海的下面。这时一对笑翠鸟嘲讽似的大笑起来。

树下变得暗了，她开始全身发抖。在过去的二十四小时里她睡得很少，但她此刻只感觉到又冷又渴。她必须不停地挪动脚步。她只管磕磕绊绊地向前，全然不理会头顶上熟悉的星斗。她必须尽快赶到河边。

“嗨，我砍够了枕木，乔。我们为明天的过往轮船劈一些木柴堆在这儿，你看好吗?”

“水位这么低恐怕没有几条船打这儿过吧,傻瓜。砍伐枕木很赚钱的。你怎么了?”

“哎,我厌倦了,就是这样。想想我砍的红桉木足够把铁路线从这里铺到伦敦了,而那该死的买卖合约——”

“喂,他妈的!别说话,乔。这儿有女人。”在伐木者搭建的营房空地旁边出现了一个无力的身影——面容苍白,眼睛直瞪瞪的。黛丽,被情感和缺食少觉折腾得筋疲力尽,一下子栽倒在火光里,失去了知觉。

“把她的头抬起来!”

“不对,昏迷的时候还是把头放下去为好,你这个笨蛋。”

“向她泼些水!不要泼得太多,也别走开,免得把她呛死。看啊,她的衣服都湿透了而且沾了泥巴。不知她从哪里来的?”

“不知道。但她烧得烫人,最好把她从火堆边抬走,裹进毯子里。”

“一滴朗姆酒会使她苏醒过来的,瓶子里还有一点。倒点水进去,别呛着她。”

流进喉咙里的熊熊液体使黛丽咳嗽起来。她睁开眼睛,只感觉到一只男性的胳臂支撑着她;她想到刚才是自己又一次从巴奈身上摔下来了。她的胳膊搂住身边那个面容模糊的人的脖子,低声叫道:“亚当。”

“亚当!天啊,她本人一定是夏娃了。”为了掩饰自己的尴尬,络腮胡子乔说。黛丽举起一只手,疑惑地摸到了他杂乱的胡子。

“你不是亚当!送我回家,我必须看到他,必须看到……今天他要上路,明天……现在什么时候了?”她坐了起来,眼睛瞪得大大的,激动地问道。

“哦,现在,是星期六吧,我想……不对,是星期天。现在我问你,你家在哪儿?离埃库卡远吗?”

“埃库卡……对了,他们要把他送到埃库卡,在那里下葬。噢,快送我回家。”

“好的,姑娘,好的。但你的家在哪儿呢?在河的上游吗?”

“对,在埃库卡上面。”

“在巴马悬桥下面吗?”

“对，对，我们快走吧！”

乔望了望他的同伴，低声道：“她走了好远一段路……那是谁的地方，小姐？”

“杰米逊家的，他是我姨父。我们怎么还不走啊？”

“好吧，你把这个喝下去我们就走，看你全身抖的。”

他递给她一搪瓷杯热的甜咖啡。她的嘴唇感觉到杯沿粗糙的凹口，但一股甜热令她恶心。“水，请给我水。”

乔从挂在树上的口袋里给她拿来带有一股帆布味的水。火光中她看到白色的帐篷，扫得干干净净的帐前空地，还有火光后一闪一闪的、整齐地堆成一堆的空果酱瓶和酒瓶。好似一场梦，但一个个细节却是实实在在的，令人痛不欲生。

“来吧，小姐。”她迫不及待地喝下一大口水。“把你的一只胳膊再搭到乔的脖子上（他害怕女孩子，但这一次他可得忍受了），另一只搭到我的脖子上，咱们走吧。”

他们的手交叠在一起，让她坐上去，然后把她抬起来。她看到宽阔的大河在月光下粼粼闪烁。接着她发觉自己上了一条船，被裹进一卷毯子里，头枕着乔折叠的外套，全身瑟瑟发抖，火烧火燎。

她望见漆黑的树冠以一种奇怪而神秘的姿势滑翔而过。当船拐过几个河曲，月亮的位置也跟着改变了；星星和她一起移动，在倒退的树木后面稳步向前。她感觉自己是这一片寂静的核心，也是某种伟大的旋转运动的中心。周围那么宁静。她希望眼前的一切永远持续下去。

突然一阵震动，船体猛地一扭，她感觉船底触到了沙子，同时听到了乔的说话声：“到处都有火光，我敢说他们肯定急昏了头。”

说话声好像从一堵厚厚的黑墙后面沉闷地传过来。突然那堵墙在她头上坍塌下来。她的眼前出现了闪烁的彩色光圈，然后是一片黑暗。

28

“再好不过了，亲爱的。”说着，查尔士坐到黛丽的床边，握住了她纤细的小手。“我想在这种时候有你照顾她,她会恢复理智的。她还是面朝墙躺在床上,即使在送他到埃库卡验尸下葬的时候……不,别说话。”

“在先头送走医生的时候,我告诉他,他将接手两个病人。但医生的到来使希斯特明白了,你正患着脑炎,病情是多么严重,多么需要精心的照顾……他们认为这种病是蚊子传播的。”

“多……多久了——?”

“从你病的时候算起?将近三个星期了。你一直在发烧,但就快要好了。希斯特从床上爬了起来,日夜看护着你。你稍一见好,她就病倒了——只是因为心力交瘁。她睡了将近两天。安妮正在照看她,再过一两天她就没事了。”

空洞的话语在她脑袋里轰轰回响。再过一两天希斯特就没事了,而黛丽也已经病情好转……她看到自己拐过一道高大、灰暗的栅栏,铺展在她面前的是一条长长的、灰暗的街道——没有亚当,一切都死气沉沉。

“我不想好起来。”

“你的身体在康复,不管你想还是不想。总有一天你回头看这一切,你会怀疑自己怎么能有那种感觉。相信我,我理解你的感受。”

姨父出去了。她躺在那儿,望着午后的阳光斜照进屋里,闪烁的尘埃在悠闲地跳动。光线中的尘埃——没有光也就看不到它们,但它们依然存在着。

斜照的光芒把她带回另一个下午——那个下午,亚当走进来,第一次吻了她。她在枕头上转过头来,隐隐地期待亚当会走进门来,但是没有,他的身影已经永远地消失在黑暗之中。

第二天早上,当查尔士再次进来的时候,他拿来一沓手稿。

“给,你可能希望看到这些;是亚当的作品……其中你占了很大一部分:写给费拉黛菲娅……黛丽……黛菲妮——都是从你的名字变化而来的。”他露出一丝忧郁的微笑,把它们放在被子上那只没精打采的手的旁边。“不要读得太多累着自己。医生今天要来,尽量显得振作一些,他就会让你起床。”

“我觉得好多了。”

“这才是好女孩!安妮和贝拉给你拿来的吃的足够了吧?”

“足够了。我不吃的时候贝拉看起来那么紧张,所以尽管我不饿,我觉得我还是得吃。”

“那就对了，孩子。你必须健壮起来。”

她说得累了，躺在那儿，盼着他出去。三个星期！三个星期以来她一直躺在红光闪烁的黑暗之中；只是偶尔眼前一亮，她恍惚地看到希斯特姨妈或者“蹑手蹑脚的”安妮拿着一只茶杯或者一块湿布向她俯下身来。

有时候周围是如此安静，以至于她竟然怀疑自己是不是已经死了；有时候那责怪的声音再次在她耳边叫嚣：“你辜负了他！你害死了他！”

她反复梦到那长长的白色海滩：漫无边际，荒无人烟，惊涛翻涌拍岸，沙丘绵延不绝。每当波浪如山峰般耸起，她都平静地期待它轰然而落，把她卷入永不回头的毁灭之中。

现在她闭起眼睛躺着，回味着这个梦。查尔士走开了。她睁开眼睛，一只手温柔地、试探似的摩挲着那沓手稿。亚当的笔迹似乎给了她力量。她翻开稿纸，疲倦地把一页举到自己眼前，上面写着：

春光既已逝，

太阳永不老；

你我皆化尘，

夏日又来到。

她的眼泪毫无拘束地涌了出来，滚烫的泪水如洪水般洒在被揉皱的稿纸上。终于，她全部的泪水倾泻而出；但是无泪的抽噎令她全身颤抖，直到沉沉睡去——醒来后，她神清气爽，焕然一新。自从亚当故去，这是她第一次落泪。

这一天，她要从床上起来。查尔士过来，坐在她的床边。他似乎在斟酌着什么话语。

“呃——当你见到希斯特姨妈的时候——”

“哦，我可以去她的房间吗？”

“她起来了，你会在客厅见到她。”

“但是我本想——这么说，她又好起来了？她为什么不进来看看我呢？”

查尔士低下头，从裤腿上捡起一根想象中的线头。“费拉黛菲娅，你会发现你的姨妈……呃，你会发现她变了。她很正常的，除了……除了一样。如果她看起来怪怪的，不怀好意，你不要放在心上。”

黛丽默默地望着他。

“医生说这是慢性刺激性错乱，刚开始的时候她似乎没事，但现在她产生了某种……幻觉。她对你好像格外怀恨。”

“但你说她曾经日夜照料过我！”

“确实如此，这正表明她现在的情绪不大正常。我猜想她一直认为她的妹妹凡事都强于自己；而今或许她觉得她的孩子被不公平地夺去了生命，而她妹妹的孩子却好好地活着。这完全是不合情理的憎恨。”

“而她却拥有我母亲失去了的——生命啊！”

“你说得很对，你尽量别理会她的态度，尽可能耐心地忍住别冲撞她，想想她所遭受的苦难吧。”

黛丽想大声呼喊：“我所遭受的苦难呢？我生命的全部基础已经第二次被一扫而空！我怎么办呢？”她硬生生咽下这些话语，木然地点了点头。

当她站起来的时候，她奇怪地感觉到自己变了，变老了。安妮帮助她穿好晨衣，扶着她经过走廊来到餐室。她发现自己那么虚弱，摇摇晃晃，刚向前走了几步，她麻木、生硬的双脚就好像不属于她了，她很高兴能靠在安妮那瘦骨嶙峋的肩上。

她发现姨妈坐在一把深陷的皮革扶手椅子上，背对着绿色的长毛绒窗帘。漆黑的柳条缝纫筐篓放在她旁边的架子上，一条钩边在她的手指间时停时动。黛丽慢慢走进屋里的时候，希斯特没有抬头，也没有停下手中的活计。安妮想扶黛丽坐到门边的椅子上，但她坚持向前，来到希斯特身边。

“姨妈，我很高兴您身体好起来了。”她伸出一只瘦削的手，但没有被握住。希斯特随意地、冷冷地抬头看了一眼，又继续狠狠地钩织起来。

“姨父已经告诉我，当我病得很厉害的时候您是怎样照料我的……谢谢您。”

这一番话语换来的是断然的沉默，黛丽觉得虚弱的双腿开始发抖，但她竭力让自己站住。终于还是希斯特又一次抬起头来，说道：“我只是做了任何人都会做的。尽力挽救你的生命是我的责任。”

冷冰冰的话语像一记耳光掴在脸上，黛丽转过身，沉重地跌坐在椅子上，滚烫的泪水刺激着她的双眼。希斯特开始和安妮讨论午餐的安排；她们俩都没再理睬黛丽。

她也没再说一句话，直到午饭摆到桌子上；但是当姨父噘着忧郁的胡须走进来，徒然地努力想缓和一下气氛的时候，她感觉到一种强有力的支持。当他带着不变的好心情一边尽量鼓励她吃饭一边回应他妻子或严厉或发着牢骚的话语时，她觉得，自从在康德拉的冰天雪地中他成为她唯一的同伴起，她从未像现在这样热爱过他。

但是她的眼睛似乎不能完全集中注意力，因为她的右面太阳穴开始了一阵剧烈的疼痛，好像有一把血淋淋的刀在里面搅动。她推开面前的盘子，把脸埋进手臂中。

查尔士吓了一跳，赶忙放下刀叉，来到桌子这边。"你觉得头晕吗，孩子？"

"这只是在演戏，查尔士。哼！医生说她完全好了，可以起来了。"

"瞎说什么，希斯特！你看，她的脸白得像一张纸。你想回到床上去吗，孩子？"

"是的。"回到床上这个安全的港湾，闭上眼睛，避开像针一样刺痛头脑的灯光；她所有的想法都集中于这一点。查尔士扶着她回到房间，给她服了一粒医生开的止痛药，在她的额头上敷了一块湿布，然后走开了。

在接下来的几周里，这种骇人的头痛每天都反复发作几次。她试着挺住，像挺过一场暴风骤雨。医生给她服了一剂更强的止痛药；她静静地躺在昏暗的房间里，头一点也不敢动，静候着疼痛逐渐平息、退去。她不敢活动，也不敢说话，生怕那只暴虐的野兽再次醒来。

圣诞节几乎在她不知不觉中过去，头痛逐渐也不那么经常发生，终于有一天完全不再烦扰她了。她又走到花园里来，感觉到了——以前从未有这种感觉——太阳那可怕而又奇妙的力量。几乎是在违背她意愿的情况下，它又唤醒了她年轻的身体，为她注入了活力。

巴瑞特小姐从北方写来一封信，还有一封短笺是写给亚当的。远方的朋友还没有听说亚当的悲剧，尽管他的去世已经在《大河先驱报》上用他生前编排的字体登了出来。巴瑞特小姐不久就要离开澳洲，因为她所在的那一家人要到英国旅游；在船上期间她负责照看孩子们，到达之后她就走自己的路，到欧洲那些她仰慕已久的地方看看。

这一切对黛丽来说几乎没有什么意义。先前的偶像早已消失在时空的雾霭中，难道亚当——也会从她的心灵之中消失吗？她不相信。

巴瑞特小姐寄给她一本书作为圣诞礼物，一本当代小说——《德伯家的苔丝》，托马斯·哈代写的——在这个时候，它给她留下了深刻的印象。最后那几句话似乎道出了她酝酿已久的想法："剧收场了；诸神完成了与苔丝的游戏。"

亚当一死，她的摇摆不定的信仰也随之死去。她年轻的生命在昏昏沉沉中一点点消耗，但她因此得到的启示大大超过她读到的一切遥远的灾难所能给予她的。（上万的日本人死于地震和大火，数百万的中国人死于饥荒，祈祷的孩子们被困在着火的教堂中，甚至离这里不远的那些无可指责的勤劳的家庭在丛林大火中失去了一切……）

希斯特花费大量的时间做祈祷，而且面对让她想到亚当的任何事物都会泪水涟涟；黛丽真想恶狠狠地对她姨妈说："你为什么哭呢？他不是睡在耶稣的怀抱里吗？"她恨恨地想要摧毁别人简单的信仰。

她尽可能避开希斯特，避免和她说话，小心不和她待在同一间屋子里。希斯特看她时的那副神情令她感到恶心，她不得不躲开那双凶狠的黑眼睛。

身体一强壮起来，她就开始爬到那棵金色树冠的松树之上，靠着柔软而有弹性的枝条，任凭暖洋洋的树叶在她周围发出刺鼻的浓香。只有在树巅之上，或者把自己关在房间里，她才觉得不受那双郁闷的黑眼睛的注视。尽管她常常带着一本书或者一本便笺簿和一支铅笔爬上树，但她什么也没读进去，也从未勾画出什么。躺在太阳底下，像一片叶子，像一朵花，全身的毛孔都吸收着阳光，这已经足够。这是一段漂浮的时光，好像片片剥落的树皮在河上漂浮，漫无目的，身不由己：时光的暗流滚滚向前，裹挟着一切生灵，从生到死。

黄昏的美景第一次深深触动了她不安定的情绪。薄雾从明镜般的河面徐徐升起，河曲以远，草场上干草的根茬反射出苍白的、怪异的光芒，一轮明月在凝乳般的光芒中冉冉升起。地平线上玫瑰和珍珠的精致镶边犹如贝壳的衬里，被倒映在广袤的流光溢彩的河水之中。

过去那种熟悉的躁动，要把这瞬间的美丽化作永恒的那种冲动，又在她的胸中激烈地翻腾。但她把它们统统压了下去，轻轻地走上前阳台的台阶；查尔士正坐在一把帆布椅子上，吸着烟袋，烟草的蓝色烟圈缥缥缈缈地汇入熏蚊子的牛粪的浓烟之中。

黛丽倚着阳台的栏杆，望着天空中最先出现的那些星星，此时它们已经嵌上了黄色和蓝绿色的镶边；衬着星光，那些大桉树在漆黑的轮廓中露出了它们柔韧的外形。她凝神望着那些树，心中记录着每一种柔和的形态。查尔士站起身向她靠过来，手臂拄着栏杆，抬头望向耀眼的星群。

"我真希望年轻的时候学点天文知识，"他幽幽地说，"近来我好像已经没有能力接受新事物了，但还是常常不经意地想到世间一些搞不懂的事。"他拔出烟袋，喷出一口烟圈，继续说道："你知道吗？一个人只有到了年老的时候才会意识到人生是多么短暂；人生是短暂的，非常短暂。哎，一个人可能把一生的时间仅仅花在研究蜜蜂的习性上！不知还有生理学、植物学、化学、天文学以及新的进化论和电力学……人类用上电力，是会创造奇迹的。你知道吗？一些新式的轮船已经开始使用电灯；一推按钮灯就亮了。"

黛丽转过头来望着他。可爱的姨父！他的头脑里有很多自己的想法，尽管很少表露出来。她正要答话，这时候，什么东西落在木制阳台上的声音使她转过身去。

是希斯特，在黄昏中闪出模糊的轮廓。她手上拿着那件似乎永远也织不完的钩边，钩针却掉在地上；黛丽礼貌地走过去要为她捡起来，但希斯特迅速弯下腰一把抓起钩针，她脸上的那副憎恶的神情，让黛丽全身发冷，她赶紧进了屋。好像什么东西她一碰就会弄脏了似的！她听到希斯特气咻咻地提高了嗓门，很快查尔士也进了屋，嘭地摔上了他房间的门。

第二天是邮件到来的日子。邮包里没有黛丽的任何信件，但是当她晚饭后来到阳台上时，希斯特跟了过来。

"我这里有一封信，"她急匆匆地开言道，"麦克非太太写来的；她建议，如果我舍得你的话，你去埃库卡和他们住在一起。查尔士觉得你需要一段时间休养；我也看不出你在这个家里有什么大用。"

黛丽转过身，背靠着阳台的栏杆，双手抓住栏杆才使自己站稳。

"姨妈，你为什么恨我呢？"

希斯特的脸阴沉得像一块石头。"恨你？"

"我知道你过去从未喜欢过我，但是现在你好像连看到我都无法忍受。为什么？我做错了什么？”

“为什么？还用我告诉你为什么？是的，我讨厌看到你。”她松弛的嘴唇激动地颤抖着，黑色的眼睛瞪得溜圆。“你害死了他！你害死了我的孩子！你怎么就没和其他人一起淹死呢？”

黛丽脸色煞白，努力靠紧栏杆才勉强支撑住身体。

“我没有害死他！我爱他！”

“你爱他！哦，现在我们可听到实话了。晚上你和他在河边见面，是吧？他本该睡觉的时候而你把他诱出家门。男人啊，他们遇见漂亮的脸蛋和漂亮的身材，全都是一个德行。亚当也是一个男人。为什么让他那时候活下来又要让我现在失去他呢？他患义膜性喉炎的那个晚上，我一直为他祈祷；而医生说他挨不到第二天早上。要是那时候他清清白白地死去就好了。哦，对了，安妮告诉过我，你们曾在黑暗里约会接吻。”

她逼得越来越近，脸已经凑到黛丽跟前。面对姨妈抽搐的嘴巴和闪着怒火的眼睛，黛丽的身子只好后仰到栏杆上。

“你不明白——”她虚弱地说。

“哦，我明白，我很明白！我知道女人和那些深知自己魅力的女孩是怎样一副样子。你以为我没有看出你向查尔士抛媚眼吗？有其父必有其子！当然他和你没有血缘关系，他只是你的姨父——”

“姨妈！你怎么能想得这样——这样坏？”

“啊，小姐，你想什么我都一清二楚。但你为什么那么做呢？你把他推下原木！是出于嫉妒吗？是因为埃库卡那个我想要他娶的有钱的女孩吗？但你大可不必害死他呀！我的孩子！我唯一的儿子！”

她的声音和她的脸都变得扭曲，继而做作地大声哭了起来。“蹑手蹑脚的”安妮悄无声息地出现了，带着一股不同寻常的、黯然神伤又有些洋洋得意的神情看了一眼黛丽，领着希斯特进了房间。

黛丽站在那里，脸色苍白，身子僵硬；头脑中浮现出刚才发生的令人难以置信的一幕。她剧烈地颤抖起来。她一天都不能、也不愿意在这里待下去了！医生说，已经治好了她的“水热”（当地是这么叫这种病的），现在没有什么能阻止她离开了。但是她没有钱，除了在“费拉黛菲娅”号上的投资——而那艘船运完羊毛之后也许正远在达灵河上的某个地方。

她的心中充满了强烈的渴望,要离开,要搭上从这里经过的第一艘轮船。她太年轻,自然觉得一辈子就这样完了;她不会再爱上任何人了。她要像一个隐士一样,生活在这条流淌不息的大河旁边的某个安静的河段。

她在牧马场找到了正要跨上“火蝴蝶”的查尔士。瞥见她的脸色之后,他把那匹母马拴到围栏上,与黛丽一同走向河岸。

“姨父,我再也不能在这里住下去了!”他好像并不觉得奇怪。

“你还能到哪里去呢?”

“到埃库卡,这是第一步。麦克非太太会无限期地收留我,或许我可以在那边的医院找一份做护士的工作。”

“即使他们愿意接受你这个十七岁的护士,我也怀疑你的身体能否承担得起那种工作。你现在脸色苍白,怎么回事?难道你姨妈——?”

“是的!哦,查尔士姨父,她讨厌我就像讨厌毒药。她是那么——那么古怪,太令我害怕了。”

他深深地叹了一口气,把一块小石子踢到河里。“是这样,我知道。医生……我觉得他没有意识到她有多么失常。他说随着刺激逐渐减弱她就会没事。她没有对你动武吧?”

“只是指责我,她说我,害人,而且……”她没有勇气吐出其余的恶毒的指责。她已经感觉到了面对查尔士时的拘束。

查尔士惊讶地、无声地嘘了口气。“可怜的希斯特!恐怕亚当死后她真的去过那个地方。她曾经向我倒出了一些废话,但我不愿听;我本想她已经忘了这码事。其实她的敌意是显而易见的。”

“可怕的是她说的有些是真的。”

“你这是什么意思?”他轻轻扳过她的肩膀,让她面对着他。“不要告诉我你也在想象一些事情。他爱上你了,是吗?你也爱上他了?”

“是的,而且那天晚上,我确实在外面和他约会。我们吵了架;都是我的错。我已经受到责罚了。她恨我,我更恨我自己。”

像这样责怪自己,痛快地卸下压在心头的重轭,令她感到巨大的解脱。

“这怎么能怪你!傻孩子,你为什么以前不告诉我这一切?亚当是出意外死的，甚至验尸官都觉得没必要做调查；如果说亚当喜欢在晚上四处瞎逛，唉，那只是因为他对任何事情都会表现出自己轻狂的个性……碰巧就出了意外。他还出过其他的意外：那天晚上他发疯般漂向下游就极有可能被淹死；拖船的绳索也曾把他扫下小艇；还有一次他眼看着自己坐的树皮筏子慢慢沉了……”

“是的，我知道。我问我自己，为什么，为什么，为什么？为什么一切竟是这样发生的？如果早几个星期，溪水还是满满的，掉下去也伤害不到他；再过一两个礼拜，所有的水塘都会干涸，他可能会被摔得发昏，但总不至于溺水而死。这就像是命运的安排。”

“是的，是命，难测的命啊。”查尔士弯腰拾起一块剥落的树皮，薄薄的，弯弯的，光光的；他的修长而敏感的手指在它洁白的里面轻轻摩挲着。“我们被盲目地推进某些事情之中——它们不可避免地要导致另外一些事情，接下来的一切就是我们无法理解也难以控制的了。如果不是我在康德拉找到那块金子，亚当也不会在十九岁的时候就死在墨累河上。但是或许他的早逝一生下来就已经注定，谁知道呢？”

黛丽沉思着踩上一片弯弯的树皮，感觉到它在鞋子底下被脆脆地碾碎。姨父显然还在深思刚才的主题。他继续说道：

“我不知道当天使得亚当有那种情绪的一切前因，但我记得晚饭时和饭后他的心情有多么糟糕，所以你们俩吵架我一点也不奇怪。我们的行为都在无法抗拒的涌流之中，我们无力违逆自己的本性。”

他把手中的树皮飞旋着抛进河里，它稳稳地顺流向下漂走了。“那块树皮无力逆流而上，我们也无法驾驭我们的命运。”

“但是姨父，是你说的，‘上帝给予……’而且你还读到那段关于落雀没有一只——”

“是的，话语有时候能安慰人，尽管它们早已失去实际意义。我就是听着这些话语长大的，而且现在它们仍然让我产生幻想。但是到了晚上，当我仰望沉默的星群和银河里黑漆漆的一片虚空时，那些话语顿时显得苍白无力。”

黛丽注视着他。她看到了查尔士的另一面，她不再是星期天早上几乎像牧师一样做祈祷、念早课的那个人。

“我没有跟你讲过老莎拉。”他说道，“那天她从营地跑过来，问是不是有人死了;她说那天清早精灵鸟飞过她的营地。她说,大约在'月亮坐下来'的时候。从那时起我就没抱什么希望。"

黛丽低头看着流淌不息的河水,想到那些黑人和他们奇怪的信仰:班扬神,巨蛇怪,还有死亡鸟——人死的时候它会飞过营地;它没有名字,人们看不到却能感觉到它。莎拉感知到了;黛丽自己也听到了——一种警告的声音,刚好在月亮落下去的时候。

"不管怎么说,你能明白,我不可能再在这里待下去了。"最后她说,"姨妈自己提出来,我应该去拜望一下麦克非太太,她没必要知道这将不仅仅是一次拜望。"

"我希望这只是一次简单的拜望。希斯特会很快恢复正常,并要求接你回来的,她会想念你的。"

黛丽什么也没说,但已经下定决心不再回来。

"不要做鲁莽的事,亲爱的。去麦克非太太那里待一个月,看看情况再说。当银行境况好转,他们可能部分返还客户的钱款。不管你需要什么,我都会预先给你钱。不要忘了,我仍然是你的保护人,没有我的允许你不能四处乱跑。"

一丝温柔的微笑冲淡了他最后几句话中的威胁口气。"哦,我得去看看羊群。明天我们一块儿驾车进城。希斯特想去墓地看看。"

黛丽不愿意参加这个仪式,她绝对不想去看亚当埋身的地方。

清晨,她早早起床——前一天晚上就打好了行囊,四下里走走,向她这五年的生活一一作别。这个早晨,没有风,天空晴朗。母鸡满足地咯咯叫着,狗躺在地上打着盹儿,偶尔抓扑着眼前的苍蝇。她走到力杰的茅棚,带给他一幅河水风景画作为告别礼物。当她沿着河岸往回走的时候,太阳的光芒从平静的水面反射回来;两只喜鹊蹲在花园的围栏上啼啭鸣唱。

早饭过后,小马车已经套好了,黛丽的那只加长的柳条筐放在座位下面,小马车还装了一些供应市场的火腿和煺毛家禽。黛丽没有告诉贝拉她要永远离开,但她好像猜到了似的。他们出发的时候,她一直站在门口,挥手告别。

在他们进入林间低矮的马路之前,黛丽下车关上了最外面的一道门。她回头向家的方向望过去,一缕炊烟从后面的烟囱里懒懒地升起,就像她最初看到的一样。杰基,穿着亮蓝色的衬衫,戴着宽大的帽子,骑马跟在一群公羊的后面,正把它们赶向后牧场。她再次爬上车,背对着希斯特坐下来——这个早上希斯特还没有对她说过一句话。

他们在大树下面蜿蜒前行。她抬头望向光滑的树干中间露出的一块块蓝天,心想不知道她是否还会穿过这条路。

当他们在大桥那儿停下来接受检查时,黛丽又一次下了车,走上步行道,注视起这条在夏季里缩小了的大河。它像镜子一样清澈、光滑,在石柱子间缓缓流淌。她看着河水毫不停息地向前,向下游流淌,直到汇入大海。但那里并不是这条河的终点。当这里的河水到达了它的目的地,而这条河依然在这里;它绝不会消亡,而只是随着蒸发和降水的漫长循环而发生变化。它就像生命本身,生生不息,自我更新。

她向上游的河曲看去,大河消失在黑乎乎的倾斜的树木中间;而下游,高耸的码头清晰可见,船只懒懒地泊在下面,大河蜿蜒向前,遥无尽头。

那里就是她的去向,她的新生活!她要追随这条河,向前,去游历未知的风光,然后,汇入大海。站在桥上,站在死去的从前和无限的未来之间,她知道自己必须做出选择。新的生活已经从最遥远的河曲向她招手了。

第二部 时光曼流

神秘的河流，似乎不可捉摸；

但它永远从我们身旁流过，汇入大海的洪波。

——托马斯·沃尔夫《时光与江河》

29

“大河涨水了！”

人们兴奋地交口相传，《大河先驱报》上也登了出来；而大河本身也以更大的流速和流量向码头上的人们宣告了这一点。夏季里清澈的河水逐渐被冬日水流的掺杂物染成了褐色。

远在新南威尔士和维多利亚的高山之中下了大雨；而墨累河、孤儿堡河和康帕斯河则把各自分散的支流汇聚到了埃库卡。

在九月份积雪开始融化之前，这将是一条为人造福的河。一条“为人造福的”河，对于一个依赖航运贸易而发展的小镇来说，就是一条涨满水的河；即使它涨得过了头漫上了大街，也没有人抱怨。人们只担心干旱。

整个夏天都停泊在码头上准备开往上游去的轮船变得活跃起来：驳船被拴到了拖杆上，蒸汽腾腾地冒出。随着汽笛得意鸣响，各自在船尾拖了三只空驳船的“阿德莱德”号、“艾德华”号、“伊丽莎白”号和“成功”号昂然起航，拉开了今年原木运营的序幕。一部分驳船将被甩在伐木营地，然后装上红桉木顺流而下；另一些将装载上阿尔布利、豪隆和克鲁瓦等地的面粉，随轮船一起返回。

政府派出的清障船“墨尔本”号已经出动,清理了孤儿堡河上斯图沃特桥下堵塞的原木和杂物。不久,去年那些被低水位坑了一把而跑到达灵河和莫拉姆河上运营的商船也将返回家乡的港口。

在主干大街的汉密尔顿摄影社,黛丽·高顿坐在一间堆满相架和相框的小屋里,她看不到外面发生的一切:苏醒的大河正在阳光下闪闪发光,河岸上高大的红桉树树影婆娑。

埃库卡没有下雨。秋季里阳光灿烂的美好日子在平静中向前推移;金黄色和银灰色的连绵的积云由西向东飘去。但是等到她在六点钟下班的时候,太阳也将落下去了。

生命之声——这个乡村小镇作为内陆港口的繁忙之声,透进她的小屋:马蹄铁踏在街上的嗒嗒声,下游河岸上气锯的呜呜声,马车轮子的吱嘎声和火车调轨的声音;在这一切之中传来的还有康帕斯河口一只正要出港的明轮船尖锐而兴奋的汽笛声。

她望了一眼积满尘土的后院——暗灰色的栅栏外相邻的是夏姆罗克旅馆的后院,叹了一口气,转过头继续为那幅埃库卡码头的照片染色。照片里的埃库卡码头排着一列正在卸装成包羊毛的明轮船。这是她在摄影社里的第一天,她想干好,但她的心却不在手头的事上。那悠长、悦耳、恼人的轮船汽笛声已经让她的一只脚不安分地敲打起来。

汉密尔顿先生个头矮小,身形单薄,神色忧郁,戴着一副无边眼镜;他匆匆忙忙地走进来,手里拿着一沓她在今天早晨上过色的明信片。

他把那沓明信片放在她面前的桌子上,摘下眼镜,用它敲打着。

“很细腻的手工,很值得称赞,高顿小姐。”他的嘴唇薄薄的,绷得很直,不带一丝笑容;她还从没见过这张嘴松弛下来。“很好,很好;但是——咳,可惜不是人们所需要的。他们喜欢大量的蓝色。”

“你是指天空?我不想让它看起来不真实。”

“是啊,是啊;但他们需要的并不是真实,而只是一张漂亮的画片来寄给他们的朋友。再看看这张里面的大河,看上去有点上褐色,是不是?”

“但墨累河根本不是蓝色的呀,汉密尔顿先生!”

“没错,没错;通常它要么是绿色要么是褐色。但人们的思维已经有了定式:海是蓝的,海就是水,所以所有的水都应该是蓝的。他们的思维方式就是这样。相信我,我知道什么好卖。现在看看怎样再在这些上面加工加工。”

黛丽伸手拿过蓝色瓶子的时候,情不自禁地撇了一下嘴。当她的老朋友安格斯·麦克非为她找到这份工作时,她一度非常高兴;但现在她知道自己是不会喜欢它的。她所有的艺术直觉都和公众需求的口味相违背。

至少她能因此自立。她宁愿擦地板也不回去依靠希斯特姨妈,做个“孤儿”,做个“帮不上忙的废物”。“我决不回到农场,决不!”她大声说。

麦克非太太想要她作为养女,无限期地和他们待在一起,但黛丽还是坚持要付伙食费;因为她在这个家里实在帮不上什么忙,更何况她还想拥有自由,以便把自己全部的时间投入到埃库卡艺术学校的学习中去。现在麦克非一家正打算去邦迪戈,那么她在这个世界上就真的是孤单一人了。孤孤单单一个人。当她像这样自言自语的时候,听起来挺惨的,但也令人很兴奋。

她所有的钱都用光了,尽管在九三年经济崩溃之后,银行曾经付过一小笔赔偿款。她已经靠这些钱生活了两年。尽管希斯特姨妈实际上只在河的上游大约十五英里的地方,但黛丽从未回去探望过她。上一次查尔士姨父进城的时候,她曾赶到小马车那里和姨妈说了几句话。她们之间礼貌而又冷淡。她仍然保留着童年时代那种把一切都戏剧化的习惯——*我不会回去的*,她心里想道,*即使她屈膝求我*。

不回去。埃库卡就是她的家。这里是她和亚当第一次跳舞、一起吃野餐、赴晚宴的地方。她依然和贝茜·格里格丝一起打网球,和其他的年轻人结伴去教堂,或者在河上泛舟游览,但自亚当死后,黛丽已经不再把贝茜放在心上了。

黛丽想起她责怪贝茜多愁善感的时候,贝茜那受伤的语调:“这些天来你都这么无情,黛丽!我为亚当掉的眼泪肯定比你多,而你却从不去墓地!你自己的表哥呀!这样潇洒的男孩……”

她当然无法向贝茜解释她对墓地有怎样的感觉,它又如何使她的心中充满了一种对死亡的令人压抑的恐惧。远在南方的悬崖之巅,标志着她全家人埋身之处的那几块孤单的木牌,不曾使她有这样的感觉。但是这里的墓地,毕竟与她记忆中亚当温暖鲜活的肉体毫不相关。他躺在镇郊的一块划了不同教区的很大的公共墓地里——在死去的人们当中也保持着活人一样的不同宗教的界限划分。在黛丽每周所去的教堂附近没有墓地;而她去教堂也只是出于社交习惯,绝非想从那里得到任何精神上的安慰。

这里的主持牧师是威廉·泼尔逊。当她在农场第一次见到他时,他曾是这片教区的助理牧师。

那时候(她有多大?不超过十五岁吧,肯定!)他在钢琴上面怎样盯着她的眼睛!现在,每个星期天的早上,当他和教众在走廊握手的时候,他还是这样看着她!好像一只被施了催眠术的母鸡,黛丽不敬地想道。当他握住她的手问起她的姨妈时,他总是不愿放开。

他的一双有趣的灰色眼睛,深深地嵌在稀疏的眉毛下,有时露出迷人的神情。噢,恼人的泼尔逊先生!她烦躁地轻轻涂抹着埃库卡的天空,使它显出耀眼的蓝色。她想起上一次他到麦克非太太家的情景。

他小心地端平茶杯,以一种颇具杀伤力的优雅姿态勾起自己的小指头,谈着一些时髦的废话和一点点政治。

"当然,联邦制一定会到来的;一九〇〇年我们将看到一个统一的国家。现在这种各州互相卡脖子的体制是既浪费又愚蠢的;而且边界限制……"

黛丽一直望着他,望着他苍白、细腻、瘦得皮包骨头的脸和深陷的眼睛,望着他突出的喉结。(亚当,他那结实、棕色的脖颈!亚当,溺水而死,永远地告别了人世……)这就是人类精神的领袖,上帝的使者,他的身后是威严的教堂。她听见他用做作的声音说道:"是的,这么可口的小蛋糕,我想我还得再来一块。是您轻盈的小手做的吗,高顿小姐?"

"哦,不是的。我做的蛋糕总是很难吃,经常烤煳。麦克非太太不愿让我在厨房里,是不是,麦克非太太?头一天晚上我打碎了多少东西呀!"

"黛丽,我的孩子,看你把自己说的。需要有各种各样的人才能构成一个世界;我们不可能都成为家庭型的,是不是,泼尔逊先生?上帝自己不是也曾说过玛莉已经选择了'上层生活',而玛莎就得'杂务缠身'吗?"

"对,麦克非太太,尽管我几乎不觉得——"

"尽管黛丽烤不好蛋糕,她却能像天使一样画画。"她自豪地看了一眼壁炉架上的两小幅水彩速写画。

当泼尔逊先生对黛丽那两幅画大加赞赏时，她一直瞅着地板。

她知道这些速写画还算马马虎虎过得去——任何"有成就的"年轻女人都能够画出上百张这样的画。但是她渴望画出更大、内涵更丰富的帆布画——它将包含这块神奇土地上的一切悠远和微妙的色彩的和谐。这里的树有琥珀色的，橄榄色的，紫红色的，蓝色的，却很少有绿色的；天空是这样纯净，似乎用中和的浓油彩根本不可能描摹得下来。

她的抱负远远不止如此，但是当听到有人对她眼前作品的肤浅的美言，内心里还是翻腾不已——"费拉黛菲娅这么擅长美术，瞧她涂的这些明信片多么漂亮！"

泼尔逊先生走了以后，麦克非太太温柔地斥责她说："亲爱的孩子，你不该故意宣布自己作为家庭主妇的一些缺点。我相信，那个年轻人就要向你表明心迹了，瞧他瞅你的那副样子！但你必须记住，你的脸是你的财富，你可要表现得得体一些。"

"天啊，麦克非太太！你和希斯特姨妈都同样觉得女人除了结婚生孩子就没有什么好做的！我打算做个画家；要是有可能，很多年我都不会结婚。至于他，我无法忍受他饥渴的目光和灰色的睫毛。总有一天我会说出令他真正伤心的话，彻底吓跑他。"

麦克非太太叹了一口气，心想，黛丽除了神情的魅力之外，的确还是有些天赋的魅力。她的头发梳成了最新的顶髻式，看起来不仅增长了她的身高而且为她添了几分优雅。从漆黑的发堆中间溜出几丝发梢，成绺地耷拉在她的脖颈上，使她洁白的前额的轮廓也显得柔和了。除了一双大大的蓝眼睛之外，她还拥有一种历久不衰的美丽；这份美丽已经渗入到她脸上的纤肤柔骨之中。

"不管怎样，"黛丽接着自己的思路说，"你忘了我还是一艘明轮船的合伙拥有者，它可能正在达灵河上为我赚钱呢，我们都该清楚。"

"合伙拥有者！你占多大份额，我问你？二十五分之一！毫无疑问你欠汤姆船长一份情，但我仍然觉得你那五十英镑可以投资到更好的地方。你越早要他把钱还给你越好。"麦克非太太那张娇小的脸庞周围，流沙似的灰色鬈发愤愤不平地挓挲开来。"他实在不应该从一个孩子手上拿走钱；那时你只是一个孩子呀!”

“我清楚自己所做的,麦克非太太。而且查尔士姨父也同意了。”

“是啊,但是亲爱的,你的监护人有点——有点不切实际,我想。”

“不管怎么说,一旦赢利汤姆会把钱还给我,我知道。那样我不用找工作就可以在艺术学校继续学习一年,要不然我或许可以两者兼顾。”

此时,在摄影社里,黛丽看着自己刚刚涂完的那摞明信片以及上面鲜亮的绿树和湛蓝的河水,又想到了这个问题:如何能做到两者兼顾呢?她本想向汉密尔顿先生请假去上艺术课,但他那张一直不露笑容的脸和严厉的举动吓得她不敢张口。

他又匆匆忙忙地进来——他总是匆匆忙忙的——用批评的目光从她肩头上面望了一眼,接着身子一挺,满意地并紧脚跟;但他仍然紧绷嘴巴,不露一丝笑意。黛丽的心不自然地跳动起来。

“就是这样。”他终于说道,那股令她吃惊的热情根本与他的表情不相符。“现在你算领会了其中的奥妙。麦克非告诉我,你是一位很有艺术眼光的年轻小姐,一位真正的天才;呣,果真如此。可惜他们就要离开这个小镇,对公众来说真是个损失。”

“对我个人来说也是,我会非常想念他们两位。他们是我在埃库卡最早的朋友。他们想要我跟他们一起去邦迪戈,但是——我不想离开这条河。”

“他们俩都对你评价很高,我知道这一点。”

“咳,我希望不会令他们失望,汉密尔顿先生。我本来打算求你——”

“我相信你是不会令人失望的,亲爱的,你肯定不会令人失望;但要记住,大量使用蓝色。这些都非常棒。”

外面摄影室的铃声急遽响起,他随即匆忙地出去了。黛丽叹了一口气,又拿起画笔。

30

作为分别礼物,麦克非太太送给黛丽一件新的下午礼服,还为她买了十码淡蓝色的斜纹布,上面带有精美的粉红色玫瑰花环的图案。

她们俩一起为这件礼服配上了新的淡雅的公主裙和一条小拖裙,而且为它宽大的褶边搭配了层层褶饰。当黛丽第一次穿上礼服系上蓝色的腰带时,她觉得自己好像变了一个人,有一种更高、更优雅的感觉。当她一只手托起拖裙柔软的褶皱走下楼梯时,在她少女的心中,一个异乎寻常的计划形成了。首先她要让汉密尔顿先生为她拍一张身着新礼服的相片。

每天早上,在她开始涂色之前,她的工作就是检查记事本,然后掸扫所有物什上的灰尘——一个镂花木制马毛沙发,一盆棕榈树,一块画有闪亮的楼梯和大理石扶栏的背景幕布,还有一把长毛绒扶手椅。

汉密尔顿先生不喜欢为孩子们照相,她帮了他不少忙。她把那个乖张的婴儿放到毛垫子上,脱掉小靴子,挠孩子脚趾,挠得孩子笑靥如花。她握着小女孩的手——她们系着宽大的腰带,睁着惊恐的大眼睛,站在她的一条腿上。小男孩不愿穿灯笼裤、戴绣花领,但一看到她在母亲身后像一个同谋者似的对他们微笑,就不再瞪眼睛了。

她还学会了修描术——搽掉疤痕,把淡眉描浓,增加头发和牙齿的亮色——使被拍照的人看起来比本人好看。

汉密尔顿先生对她很满意(尽管他很少说),真不知道自己和以前做他助手的那个傻瓜蛋是怎么相处过来的。但他不让她多干活。她孱弱的外表给他留下很深的印象;在她显得疲倦、脸色苍白的日子,他总是早早地打发她回家休息。

但她脸上的苍白是自然的肤色,疲倦只是因为感到厌烦;一旦获得自由,她就赶紧收拾好绘画材料,在外面又勾又描,直到夜幕完全笼罩了大地。

她把那件礼服包好,装进工作室的一个纸板箱里。当她确信这天早上的记事本是空着的时候,她赶紧跑去换下了她的高领宽衫和蓝色紧身哔叽裙,穿上漂亮而柔软的百褶裙。她马上感觉自己变成了另外一个人。她拿出梳子,把额头上几绺鬈发梳得柔顺一点,然后昂起头,优雅地拖着裙裾,气派十足地掠进摄影室。

汉密尔顿先生正在把沙发拖到灯光下面,这时他停了下来,吃惊地看着她。

打扮带来的兴奋给她明晰的面颊上融进了一丝柔和的颜色,也使她的眼睛变得幽蓝;而在她乌黑的头发和笔直的浓眉之间,她的额头看起来好像大理石一样洁白。

“好——喔!”汉密尔顿瞪大眼睛说道。黛丽得意地笑了。“这里,不需要这个!”他不耐烦地推了一把沙发。“这里要有楼梯和意大利式的扶栏。我只希望——”他一边说着,一边鞠了一躬,嘴上几乎可以算作咧出一丝笑容。“要是我有与这一题材相配的布景就好了。”

黛丽平静地站在那儿,汉密尔顿先生内在的艺术冲动被激发了出来,在鲜亮的楼梯前面手忙脚乱地为她摆弄着姿势。他去取了一个垫子铺在地板上,把她的拖裙在上面展开;然后回到照相机那儿,钻进暗箱里看了看,又钻出来,头歪向一边。

“呃——你的手,高顿小姐。我想它们最好放在背后。不,不是那样藏得看不到,只是轻轻背在身后……这样好多了。”

她的脸有点红了。自己的手太大,她知道;在照片里它们显得很不好看——皮包骨头,手指长长,相对于她纤细的手腕来说,她的手很不协调。

“再欢快一点。不,不要露牙齿,一点点微笑即可。就这样——别动!”

她的形象——那一秒钟的形象,一去不会再来的形象——被留在了那张精密的底片上。

换装之前,她拿出了塞在纸板箱底的两幅图画——一幅平铺在相架上的帆布画和一幅镶框的水彩画。前一幅是从河对岸的角度看过来的小镇风光——树林间塔尖耸立。

“好,非常好!我一定要从那个角度照一张相,做一张像样的明信片。”汉密尔顿先生说。“啊!这两幅都是你的作品?真是非常好。”他拿起那幅水彩速写画——一只小艇泊在红桉树下,树影柔和地倒映在绿水之中。

她的机会来了。她紧紧攥住自己的画,请求他让她每周两个下午去上艺术学校的风景画课;晚上她已经开始画静物,但是油画对她来说比任何别的都重要……

“咳,咳!你很快就会结婚,拥有一个家庭,亲爱的,你会忘了所有这些扯淡的事。要是小伙子们长点眼色的话,你不会独身多久的。呃——一周几次课?”

“只有两次课,汉密尔顿先生。星期二和星期四,从三点开始。我会回来,晚上加班,要是您同意。”她身着柔软的蓝色裙子,显得非常可爱而迷人;她身子前倾,嘴唇因为急切而微微颤抖。

“不,我不想要你晚上回来加班。”他的语气听起来很生硬。“但早上你可以早一点开始吧,我想。好了,就这样,但是你可不要去从事肖像画而把我挤得没生意做啊!”

在每周两次的风景画课堂上,学生们各自带着凳子、画架和画箱来到某一处适当的地方,埋头于露天的绘画之中——其中有兴奋也有烦恼:有时蚊蚋会落到未干的染料上;更有甚者,他们还会面临虎蛇和疯牛的威胁。

校长丹尼尔·怀兹骨子里本是一位风景画家,在露天里更是心潮澎湃。他穿了一件沾满颜料好像油布似的旧丝绒夹克,大步走在学生们身后,不时地给他们讲他早期在墨尔本做学生时那段日子里的故事,以及后来他在丹地弄参加画家野外写生活动时的经历。

他曾经是汤姆·罗伯兹的朋友,曾和他,还有“那位聪明的年轻人,亚瑟·斯特利顿”一起住在黑德堡的山顶之上。在那儿,他们曾经共住一间小茅屋,可以俯瞰亚拉盆地,那里有连绵的群山,狭长的蓝色山谷。

“十多年前……啊,那段幸福的日子——”他叹了一口气,灰白的胡须恣意地竖立起来,一双分外突出的眼睛茫然地凝视着远方。“我永远不会忘记那草木枯焦的山顶,以及向东北绵延的分水岭的无限风光。一切都如梦一般遥远……美好的日子,美好的日子!”

学生们都小心地不去看他,因为他们知道他的双眼已经被易动的情感所浸湿。他的同伴把全部的身心都交给了艺术;他却早早结了婚,养了一大帮孩子。现在他只能把时间花在这个小镇上教学生,任凭自己内心的艺术之火一天天熄灭。

黛丽一贯的易冲动的性情使她不自觉地开始崇拜他。因为他是她的老师,因为他的年龄比她大,还因为她看到了他头上的光环——他曾和罗伯兹、斯特利顿说过话!她饶有兴致地了解到,像她一样,罗伯兹小时候从英国而来;而且像她一样,也曾为一位摄影师打过工。

当丹尼尔·怀兹经过她的身后时,血液开始在她耳畔轰响;她紧紧地抓住画笔,小心而不自然地勾点几下,直到他从身后走开。一句简单的表扬的话语会使她高兴得脸上放光。除了指出构图或草图中的错误,在一幅画完成之前他从不多说什么。有时他拿起画笔,蘸了深颜色,只是灵巧地润饰几笔,就把本来还是茫然的涂抹变成了清晰的图画。

他开始更多地停在黛丽身后,有时还发出赞许的咕哝;当他们从室外课堂回来的时候,他开始和她并肩而行。她对他的敬畏之心逐渐淡了下来,他们发展成了朋友。班上的另外三位女学生明显表示,她们看不惯这一切。

可是黛丽并不在意;她对她们的两大主题——服装和男孩感到厌烦。她更愿意和男人交谈。她知道她们早就给她贴上了"放荡"的标签,她却乐得专注于自己的创作。

晚上——她坐在自己冰冷的卧室里勾画或者阅读,而不是在寄身的营业室做乏味的忙碌——是她寂寞而灰心的时刻。或者,在柔和的夜晚,她打开窗户,极力地探出身子,穿过楼房的空隙,看到河岸上浓密的、黑黢黢的树林,她也有这样的感觉。

她为什么不早些做这一切,早些来埃库卡生活,当亚当还在这里的时候?她为什么要辜负他,他为什么一定要死呢?过去的那些无法回答的疑问和悔恨仍然徘徊在她的脑际。

她的少量藏书,一幅从挂历上描摹下来的斯特利顿的《金色夏日》版画,窗台上的一些天竺葵,这一切都无法掩盖这间屋子的简陋。床边有个摇摇晃晃的脸盆架和一只涂了黄清漆的女公爵柜,柜上镶的一面镜子,要不是由一块纸板夹住边就会一直摇晃个不停。床帏上面挂了一条鲜艳的带条纹的丝绸围巾,是她用一个星期没吃午饭攒的钱买来的。明亮的帆布画和鲜艳的板式画,还有一些没有完成,绕墙而立。

色彩现在成为她的激情所在,色彩而非形体。她不像从前在所画的事物上花费那么多的时间和心思,因为她急不可待地要挤出那些可爱的颜色——质地那么纯净,柔软,而令人愉快,油料的气味又是那么令人兴奋。

这种气味比最好的香料更使她心旷神怡;贝茜·格里格丝就曾宣称,"她总有一股颜料店的气味”。但是画布和颜料都很贵的，她只好向她的朋友们要一些香烟盒盖和柔软的木片，做练习之用。

午饭时，她走在哈尔大街上，正巧碰上赶着小马车的查尔士姨父。他把马车靠到路边，她也站住了；她一边跟他说话一边拍着巴奈那光滑的鬃毛，巴奈尾巴一抬，掉下来三块黄灿灿的粪球。

顷刻之间，她又回到了十三岁那年：她坐在小马车里，眼瞅着苍蝇围着一堆黄屎盘旋飞舞；姨父告诉她，银行倒闭，她的钱全没了。

她摇摇头，抖落掉对往事的回忆，仰脸对查尔士笑了笑。“我打算在‘费拉黛菲娅’号进港的时候为它画一幅画。‘墨累骄子’号和‘奇迹’号昨天已经从达灵河上回来了，它也要不了多久的。”

黛丽没戴帽子，乌黑的头发在太阳下闪闪发光，那光泽里透出鲜艳的琥珀色。他低头对她笑了——查尔士原本高大的身体日渐佝偻，眼神中的忧郁更加深沉，胡子也显得没精打采。自从亚当死后，他明显变老了。

“到那时候不要忘了拿给我看看。下个星期我还要带你姨妈来看医生。你知道吗，她瘦多了。我本来以为这是对亚当的哀思造成的，但她后背和腰上的疼痛越来越厉害。医生觉得问题很严重。”

“可怜的希斯特姨妈！”她由衷地说道，但心里却想，实际上，姨妈是很愿意有一位医生对她这么多年的自哀自怜加以认可的。我怎么变得这样恶毒，她想……但她实在难以宽恕自己过去所受的伤害，难以对像姨妈这样的人报以基督徒的同情之心。

“我想，她在别的方面还是好多了。”查尔士不安地看着她说道，“上一次，你来马车这儿看我们——我是说，她似乎很高兴看到你，不再那么冷漠，也丝毫看不到亚当死的时候她表现出的那种公开的敌意。”

“是啊——但我感觉敌意仍然存在，在外表下面；她还没有宽恕她幻想出的我所做的事。但她好像很正常了，这就是您要说的吧。”

“对，对。很正常。我就是这么想的。”查尔士说着，松了一口气。

31

午饭时间，黛丽每天都要去码头看看有哪些新的轮船进港。她向那些船长中的老朋友打着招呼，询问着“费拉黛菲娅”号的消息。

每天都有轮船从达灵河上回来。码头上一片繁忙景象：卡车穿梭往来，起重机摇摇晃晃，轮船的绞盘吱嘎作响，方方正正的成包的羊毛，上面贴着遥远的西部牧场的名字，在这里被装上火车运往墨尔本。不仅驳船，轮船平坦的甲板上也高高地垛满了羊毛；一年之中就有价值两百万英镑的羊毛从这里中转。

六月里晴朗的一天，斜斜的太阳射下金色的光芒，给人一种错觉：以为身处温暖的冬日。黛丽看到“克莱德”号和“罗司伯利”号正在靠港，再远一点是“小班太姆”号，接下去是另一艘小侧明轮船，一身白漆……她还看不到船名，但是肯定……对！就是“费拉黛菲娅”号，和她同名的那艘船，从千里之外回到了新南威尔士！

她闪到隔开码头工作区的铁栏杆下面，飞跑着跳过脚下磕磕绊绊的粗重锚绳和铁钩；顺着木质台阶下去，她来到“费拉黛菲娅”号下船踏板的对面。

“汤姆！嘿，汤姆！”她叫道。但是没人应声，船上好像空无一人。

黛丽把哔叽裙撩到小腿以上，穿过踏板，爬上左侧轮箱上方的狭窄阶梯，打算去敲主船舱的门——她想船长可能在里面打盹儿。她几乎爬到了最上面的一级阶梯，这时她听到一声轻轻的赞赏的口哨。

她从狭窄的阶梯上回过头来，赶紧放下裙子。一个结实的小伙子，留着一头干净利落的金色鬈发，正抱着双臂靠在锅炉架上。实际上他并没有露出笑意，但他的眼中却有某种光彩。

“哦！”黛丽说着，微微有点脸红。“我在找汤姆船长，他在船上吗？”

“现在不在，不在。我代替他不行吗？”

他靠在那儿，一顶旧帽子被推到后脑勺上，语气里有一股懒懒的傲慢；但他的声音很好听。

“恐怕不行。”她仰起下巴，很有尊严地大步走下阶梯；可惜，当走到倒数第二磴阶梯的时候，她脚下一绊，把一切都破坏了。那个陌生人向前一跃，抓住她的肘弯,力气之大,竟使她骨头一麻。“小心!”他说。

她费了很大劲才挣脱出胳膊,闪到一边。“你是新来的船员吗?”她冷冷地问道。

“是啊,我是大副。有何指教?”

“哦,那么你就是我的一个雇员了。我是这条船的部分拥有者。”

“那你就是原版的费拉黛菲娅了？的确很靓啊。”

他的话可以做两种解释。黛丽沉默。

“但确切说,我不是一个雇员;你看,我也是它的部分拥有者。”

“这么说汤姆船长又卖出一份股。”

“对了,确切说,是一半的股份。”

“哦。”黛丽感觉自己的脸又一次烧红了。这个讨厌的人知道她那可怜的二十五分之一股份;他在嘲笑她！她急忙要跑掉。“请您帮我给汤姆船长捎个口信好吗？他可能去我过去住的地方找我了。您告诉他可以在哈尔大街汉密尔顿摄影社找到我,好吗？谢谢您。”

“汉密尔顿摄影社,哈尔大街。我不会忘的,费拉黛菲娅小姐。”他举起帽子,露出满头闪亮的鬈发。她匆匆忙忙地穿过踏板(裙子只是稍微抬起一点),迈上阴暗的台阶,心中升起一股懊恼的感觉。

这个狂妄的家伙会不会认为她是想要他知道她的住址？当然,他那么英俊,那么魁梧,没有理由不狂妄的;但是瞧他那副嘴脸,他看她时的那副样子！她希望不要再见到他!

“需要资金,你明白吗;它需要全面整修。这就是为什么我雇了个同伴,就这样。”当汤姆坐到门里的一只木箱上时,他那忸怩的高大身体似乎塞满了整间小屋。黛丽禁不住怀疑,舵舱里怎么可能挤得下他和那位大副两个人。“这个年轻人的祖父留给他一笔钱,他想投资到一条船上,我就卖给他一半的股份。我们可以把你的五十英镑还给你,黛菲娅小姐,如果你需要的话。”

“噢,不,汤姆！我愿意想到我还拥有它的一小部分。有一天,我会拥有一条属于我自己的船,航行在墨累河、莫拉姆河和达灵河上。这一次你们上行到了布尔克吗？瓦格特！哦,我希望,我真希望下一次能和你们一道远行!”

“呃，小姐，你知道那是多么……”汤姆抓挠着自己灰白的胡须，皱紧黝黑的额头，努力地字斟句酌。“你是一位年轻的女士，毕竟。要是大副结婚了，我们才可能带上他的太太作为——作为一种——你们叫什么？”

“伴护？噢，对了，我们不得不考虑体统！这个我倒不管，只是查尔士姨父仍是我的监护人。噢，为什么我生来是个女孩？这不公平！”

我为什么说出那样的话——不想要回我的五十英镑，她禁不住惊讶地问自己。用那笔钱，她就可以去墨尔本，上一年的美术学校……但她也为那艘船而感到自豪！要是那讨厌的大副——

“他叫什么名字？”她突然问道。

“谁？”

“那个大副——你的同伴，我今天在船上看到他了。”

“布兰顿·艾华兹，他叫，但在河上大家都叫他泰德·艾华兹。他有一副好水手的身板。”

汤姆在他的背心口袋里摸索着（他的穿着比以前精神多了：一身全黑的运动套装，球员帽忘了摘下来，甚至脚上的球鞋也没来得及换）。他掏出五张一英镑的钞票，放在她的桌子上。黛丽瞪大了眼睛。她没有料到会有这样的回报。现在她可以拥有那些可爱的颜料和画布了。

星期六下午，为了画一幅“费拉黛菲娅”号的画，她放弃了去斯图弗特桥上野餐的机会。汤姆答应说，等到运往下游的货物——面粉，茶叶，兔夹子，糖果，塞子，稻糠，机械等——一一装好，他就把船驶出码头，以大树为背景停泊好。

她带上绘画用品和一件用作工作服的宽松旧衣服，来到河边。那艘船停泊在一处陡峭的河岸下面，一条小路延伸过来；上面有一处平坦的地方，她可以在那儿支起画架。

她既兴奋又仓促地做好了准备工作。光线正好，但不会持续多久；巨大的桉树已经遮掩过来，在船体上投下斑斑驳驳的树叶的图案。

她没带凳子；她更愿意站着，一边画一边不时退后看看效果。她眯缝着眼睛，协调好光与影的平衡，固定下这幅画的范围，勾勒出轮廓和最暗的色调……然后，那令人兴奋的一刻来到了——她把纯净的新的颜料挤到调色板上。

时间在不知不觉中流逝，而她只感觉到她的画开始“出笼”。尽管太阳西去，树影不再，天边只剩一抹金黄，但是在她心灵的眼中已经保存了一份最美的形象。

她感觉到一股前所未有的力量和信心。她画得自信而流畅，好像每一笔都落得准确无误，恰到好处。

她向船影之外闪烁的河面上加了一笔亮色，迅速退身看看效果，竟然重重地撞上一个人，那人结实的身体纹丝未动。

她赶紧转过身来，张着嘴想要表示歉意——一只手拿着一支长长的猪毛画笔，另一只手拿着调色板和几支备用的画笔；一绺头发耷拉到眼睛上；一侧脸颊沾了一块浓绿色颜料的污迹；褪了色的绘画工作服被涂抹了很多色彩，皱皱巴巴地吊在身上。

待她看清那人是谁，血液一下子涌上她白皙的面颊。她马上意识到布兰顿・艾华兹正把她搂在臂弯里，正面对面地看着她呢——哼，那么怪里怪气的。

接下来他竟然开始吻她！——或许，她可以把那支上好的大画笔扔到沙土中；甚至她可以抛开手中已经精心调配好新鲜颜料的调色板。——但是她屈从了：起先有些僵硬，两只手牢牢地握住她的“宝贝”；接着松弛下来，神思迷乱，不能自已，任凭自己滑向一种新奇的感觉之中。

被老虎吞没了，她困惑地想道。我就要死了，我就要死了……但是他的亲吻那么温柔，越来越温柔，一连串温柔的亲吻，似乎正在把她嘴唇上拒绝的坚冰一点一点融化。当他终于松开她的时候，她摇摇晃晃，头晕目眩，有睡了长长的一觉之后猛然起身的感觉。

他伸出双臂扶她站稳；但是当他的头再次向她俯下来时，她猛地惊醒了。她的心中充满了对这个无礼的陌生人的愤怒：他使她忘了时间、地点和自我，她整个人都失控了。

他惊讶地大笑起来；那放纵的笑声，回音阵阵，好像笑翠鸟的合唱。听到他的笑声，看到本来顶好的油彩现在倒把他的头发装饰成了一道道雪白色、深蓝色、绯红色和黄赭色，她更加恼怒了。

“噢，你——你——你——！”她结结巴巴地说。愤怒的泪水涌上双眼，她赶忙用手腕擦了一把。

“喂,可别告诉我你以前从未被吻过。”说着,他从自己的头发上抓下一把油彩,然后弯下腰在一簇草上面蹭着他的手指。

“吻过,可是不像这样!你很清楚——”

“我本想——我不是有意——”

“你本想我不会在意!如果一个女人选择了绘画,或者成为一位演员,或者做出什么不寻常的事,你都会把她作为你合理的猎物!”

“不是的,真的。”讥讽的笑容从他眼睛里消失了,那双眼睛严肃而专注地望着她。她第一次注意到他的眼睛是清澈而鲜艳的蓝绿色——南部海岸线上大海的颜色。“我没有任何不尊敬的意思。我一点也没那么想。对不起。刚才只是你撞到我身上,那一刻你显得那么可爱,穿着那件滑稽的旧衣服,你的头发披散下来,面颊上一点油彩……”

她低头看着身上这件“滑稽的旧衣服”,以便掩饰自己脸色的和缓;然后从笔直的眉毛下抬起眼睛,竟突然笑出声来。“知不知道你的头发简直就是彩虹的颜色?”

“值得的。”他笑着说。她又板起面孔,背对着他,开始收拾她的东西:把颜料放回盒子,把画架折叠起来,把未干的画布塞进那只特制背包。

“我能看看你的画吗?”

“不行,还没完成。我不得不在家里完成它了。现在调色板上的颜色被搞得一团糟,我得再费些麻烦才能调好。”想到这一点,她的火气又升了起来。“噢,为什么在我已经差不多要完成的时候,你要撞到这里来干扰我?”

“咳,归根结底,‘费拉黛菲娅’号是我的家呀。我正要悄悄上船,你却一下子撞到我的身上。”

“哦——!”她把画笔浸到松脂液里,然后在一块布上用力擦拭着。

“不知道你是不是愿意把那个东西借一点给我?我相信船上的都被用得一点也不剩了。”

她看着他斑驳的头发,犹豫了一下,然后在一块布上倒了一些松脂。“给。”

“谢谢。”他接过去,揉搓着头发;她开始清洗其余的画笔。他的发卷渐渐变暗,终于恢复了原来的满头鬈发,在阳光下闪闪发亮。她忽然产生了一个奇特的愿望:她要摸一摸那头鬈发,她要让自己的手指穿过他的鬈发!

“好了吗?”

“没有,左耳朵上面还有一大块深蓝色。”

他徒劳地擦了擦。她忽然醒悟,如果有人看到他头发上的油彩,那将会令她很尴尬。他倒是能够解释清楚自己怎么搞的。

“来,让我来。”她向一块干净的布上又倒了些松脂。“低头!”大部分油彩被擦掉了,但她狠狠地拽了一把那撮头发。

“哎呀!”

“不疼的。”

“真不疼,是的。”他对她笑笑,嘴巴闭紧了,那双明亮但非常小的眼睛也半闭了:一副沉思的模样。她不喜欢他的这副样子。

好像我是一幅画,而他正在斟酌适当的评语,她心里一边想着一边马上又恢复了尊严。她匆忙收拾完毕。“请转过身去。”她命令道。

他听话地转过身,凝视着河岸。她从头顶拽下那件绘画服(把头发弄得更乱了),塞进小背包里。

“再见,艾华兹先生。”

“我帮你拿着画架吧,高顿小姐。”

“不用! 绝对不用。”她大步走开了。

他从后面望着她,微微耸了耸肩,然后转身穿过踏板,来到“费拉黛菲娅”号的甲板上。

32

在夏姆罗克旅馆,查尔士叫了他的第二份朗姆酒,然后站起身来,视若无睹地望着昏暗的酒吧里那成排的酒瓶。一会儿他就不得不走进相邻的汉密尔顿摄影社,把那个消息告诉黛丽;但是现在他需要补充一些振作精神的热量。

希斯特就要死了! 医生已经做了诊断,果然不出所料:癌症晚期,手术也没有用了。

他懊悔地想到自己过去对希斯特习惯性的病痛所抱的看法:总觉得她全身的病痛和时不时的头痛,都只是在她生气上火或者想要博得同情的时候,很随意地表现出来的。

一想到在病房里自己要做的一切,他就恐惧:她最后的弥留时光,她最后的痛苦时刻,他将被迫亲自面对……他们的婚姻在多年以前就已经有名无实了,但是她毕竟曾经做过他的新娘啊!——希斯特断然拒绝去医院。

黛丽——?不行。即使希斯特愿意接受她的陪护,她也帮不上什么忙的。他要找一个受过培训的陪护住进家里。贝拉,老贝拉是最合适了——为人平和,心地善良;比那狡猾的安妮强多了——她像一只老鼠,嗅到了沉船上的危险,在一个多月前就溜掉了。

黛丽的眼睛定定地望着窗外——风车在慢慢地转动,桉树的叶子在闪烁、颤动。姨父刚刚离去,她正在努力接受他带来的消息。希斯特姨妈,要死了!而她竟然没有流出一滴眼泪!

自从亚当死后,她的情感好像经历了某种石化的过程,变得什么也感觉不到了。

她甚至没有主动提出放下手头的工作去照看姨妈。她怎么说的?“如果你希望,我就回去看看她。”

噢,多么宽宏大量!她在这块陌生的土地上成为一个孤儿的时候,是姨妈收留了她;那个人是母亲的姐姐啊!

但是黛丽知道,自己作为护理是帮不上什么忙的。而且要是希斯特姨妈——尽管态度有所改善——对她和查尔士姨父还像从前一样抱有臆想的猜疑之心,那该如何是好?不,她决不能再回到农场!

“朱丽娅”号小轮船斩浪上行,船身贴近河岸以避开急流。小船平稳的姿势,烟囱有规律的突突声,明轮击水的啪啪声,使得黛丽陷入一种平和的状态之中。

她痴痴地望着身边疾驰而过的淡灰色的一排排挺拔的树干,一片片幼树林,一截截伐好的原木,陡斜的河岸洒满光与影的虎皮斑纹……她恍若置身丁梦境之中。

历经洪水的巨大桉树,它们的根像手爪一样抓住河岸;岸上的沙子呈现出暖暖的黄色，上面点缀着靛青色的树影。她的眼睛半睁半闭，尽情欣赏着各种色调。忽然，她看见一道鬼影似的栅栏，像是白色的铁丝网，横在树的前面；她睁开眼睛，发现那是去年发洪水时的最高水位线，它仍然被保留在所有树干的同一高度。

突然，一块绿色的平地游入她的视野；接着，出现了羊圈的灰色立柱和围栏。他们到了。

她回到了过去的风景里，仿佛不仅在空间上，而且在时间上也回到了过去。每一棵树，每一片灌木丛，绕过河湾的大河的曲线，倾斜在河上的大树的棱角，仿佛都在述说着那逝去的幸福时光。

她穿过花园，迎向她的老朋友们：葡萄藤架——大热天里他们总在那下面吃饭；大松树——她经常爬到上面，以便躲开姨妈的目光；香气馥郁的茶花——沉甸甸地压着阳台，花团锦簇，白色的花朵如同星辰一般蔓延。

这里便是阳台的栏杆啊——破旧，灰暗，交织着她最温柔也最痛苦的记忆；她赶紧掉头，心想，不，我现在不能再受更多的刺激！她从侧面走向后门。

几条狗乱叫着向她致意。老贝拉，胖胖的，轻松自在的样子一如既往；她挓挲着棕褐色的双手从厨房里奔了出来，黑色的眼睛里洋溢着愉快的光芒。

"真快啊，黛菲娅小姐，你已经长成大姑娘了！"

"呃，快三年了，贝拉。"紧握着这位厨师的双手，黛丽心想，贝拉看起来没有丝毫变化，但是厨房大概不会像以前那样亮堂了，因为现在的希斯特已经顾不上这里了。她这趟回来，专门为了监督明天的招待午宴；明天，牧师要来为姨妈行圣餐礼。

"杰基和其他人都怎么样？露茜——她还在来回跑吗？"

"不了。纯粹是个黑人了。她——"贝拉轻蔑地说，"她一直住在营地，河边！"

"米娜？你听说她最近怎么样？"

"不怎么样，黛菲娅小姐。验明了身份，把她送到更远的教区了。去了白莫尼亚，杰基说的。"

一个年轻的女佣——大概与他们最初来到农场时米娜的年龄相仿，也有同样明亮的黑眼睛和迷人的身段——出现在厨房门口，又害羞地撤回身去。

“黛丽！你终于到了！”查尔士在大门口喊道，“进来，孩子，你姨妈一直很担心，生怕你赶不上船。”

黛丽跟着姨父走上熟悉的过道，胸口不由得泛起一阵恶心的感觉。她不得不在前面的卧室面对希斯特，而那间屋子从亚当死的那天起她就再也没有踏进去过。她害怕生病，也讨厌生病；而且她该怎样向先前的敌人——如今患了不治之症而苟延残喘的人——打招呼呢？希斯特又会怎样招呼她呢？

但是事实证明她的担心完全没有必要；希斯特很自然地表现出了过去的常态。“进来，进来，孩子。我听到船靠岸已经好长时间，你到底跑哪儿去了？我告诉查尔士去看看你是不是到了，但他却一会儿忙活着帮我穿马甲，一会儿又挪挪枕头动动花盆，天知道怎么……那个护士也不知躲到哪儿去忙活自己的事了，把我撂这儿——”

“她在厨房为你准备午饭。”查尔士平静地插话说。

“她们都是一路货色！我把安妮训练得每样事都做得称我心意，可她却在我需要的时候走了，离开我了；因为老力杰死后，她的心就安定不下来了。但是，我真想知道，嫁给那样一个老东西，除了做寡妇之外，她还期待什么？我已经让牧师明天来为我行圣餐礼；我知道你不喜欢家务活，但至少我要教会你事情应该怎样做。你替我看着贝拉，监督她把饭菜做好，好吗？人家赶这么远的路，咱们当然得请他吃饭。”

“好的，姨妈。”说着，黛丽感觉仿佛又回到了十二岁，过去的一切好像从未发生。希斯特似乎没有多大变化——尽管脸颊有点凹陷，先前锐利的黑眼睛已经失去光彩而变得模糊，但她的嗓门依然高亢，脸上的鲜红血管依然脉络清晰。

只有少许白发出现在希斯特直板的黑发中间。黛丽感觉精神一振：这看起来根本不像一个死期临近的人，医生肯定搞错了。

“你很疼吗？”她问道，“我那么伤心——听到——病情加重……就是说——看到您卧病在床——”她变得语无伦次。

“你说对了，病情加重，更严重了。”希斯特带着满足而得意的神情说，“我早知道怎么回事，没有人明白我所遭的罪。”她的话语已经不再是过去那种烦躁的牢骚；她终于成为所有人焦虑地关注的中心，也因此获得了某种幸福。

那天下午，怀着一种对自己过去的懒惰和无用的自责，黛丽安排贝拉做了一次全面大清扫——包括钢琴上面的黄铜烛台。为了准备明天的午宴,一只鸭子已经被提前煨上,贝拉也在指导之下开始制作金灿灿的布丁——大家都对她完美的手艺深感放心。

母鸡的咯咯声,风车从河里汲水的当啷声,把黛丽从愉快的梦中唤醒——她睡在自己过去的房间里。

接着她不安地意识到,她梦见的不是亚当,而是布兰顿·艾华兹。从河边那天起,她就再也没有见过他,倒是在镇上见过汤姆几次。她一直远远地避开"费拉黛菲娅"号。她尽量不去想布兰顿,但是尽管她已经从意识上摆脱掉了他,他还是会出现在她的梦中——总是比现实中的他更加高大,轻松愉快,满头金发,充满活力,惹人心乱。当泼尔逊先生闷闷不乐地到达时——比原定一点钟的午宴晚了半个小时,他看上去如同清晰的梦境之中布兰顿身边那个暗淡的幽灵。

他紧张不安地喋喋不休地表示歉意:洪水真是麻烦,他被迫绕了长长的一段路;恐怕他已经让可怜的受难者等得太久了。

实际上,希斯特没吃早饭也没吃午饭,现在当着耶稣基督化身的面,亵渎神明的食物更不可能沾唇;因为她几乎没有食欲,也就谈不上受苦。

同时她感觉她有必要拒绝服用通常的镇静剂;纠缠不止的疼痛(过去的每一周都在一点点加剧)已经开始令她烦恼不堪。

从护士那里听到希斯特如此坚忍,泼尔逊先生叫道:"我要马上为这位勇敢的受难者行圣礼;但无论如何得让她先服一片镇静药,以便她在优雅的状态下接受圣礼。"

"不会马上见效的。"说着,希斯特感激地服下药片。"您先请过去吃饭吧。我还是不想吃。想到我那上好的烤鸭糟蹋在烤箱里,我就苦恼不已;不如你去吃,我等着。快去吧,吃吧。"

黛丽进来了,拿着一个水晶花瓶,里面插了一些新折的茶花;她第一次听到在姨妈刺耳的声音中掺有一丝疲倦和虚弱。"是啊,都已经准备好了。"黛丽说道。她注意到,一提起烤鸭,泼尔逊先生立即表露出了兴趣。"不如姨妈烤得好,但还是不错的。来尝尝吧。"面对她的微笑,牧师苍白的脸一直红到浅色的发根。希斯特仰面躺下来，合上眼睛，嘴唇泛起一丝淡淡的笑容。

烤鸭完全和希斯特所期待的一样。查尔士在这个不寻常来客的激励之下，手舞足蹈地一边说话一边切肉。但是当冒气的布丁被端进来时，所有人都安静下来。布丁的外沿看起来倒是明亮诱人，但中间已经塌了进去；未蒸透的部分正黏黏地、黄黄地漫出盘子。

“噢，贝拉！”黛丽大叫。很快，那位厨师匆忙来到门口。“布丁——蒸够火候了吗？”

“不能再蒸了，黛菲娅小姐。已经够火候了，一直在蒸。我想是肚子里面的粉填得太多，我想泼尔逊先生会喜欢大个头布丁的。”

“好了，贝拉，没关系的。把果酱和那块新烤的面包拿来吧。”

她望向牧师，准备迎着他的目光，嘲弄一下这种对他好胃口的朴实的赞美。但是他直直地望向窗外，耳朵粉红。“肚子”这个词，除了在圣经文中，几乎是不适合这种男女间杂的场合。这些当地人实在是很粗俗，他想。

查尔士和黛丽互相会意地一笑。那个护理慢吞吞地吃着面包和黄油。“从最外层给我刮一点下来，我喜欢吃这种黏湿的。”查尔士说。

“千万别向希斯特姨妈透露一点口风，好吗？”

“我是不会说出去的。”他像一个同谋者一样对她眨眨眼。

那位护理是一个沉默寡言的人，中等年纪，脸色阴沉，眼睛下面皱纹累累，嘴巴绷得紧紧的。她心里似乎对生活怀有某种怨恨。她不愿意让自己无所事事。查尔士说过，她是一位优秀的护理。

她坐在桌边一言不发，只是在泼尔逊先生提到教堂唱诗班的时候，眼中露出一丝生命的闪光。“我以前总在墨尔本的一家唱诗班里唱歌。我是个不错的女低音。”说完，她又陷入了沉默。

查尔士倒来了兴致，看着她说道：“我是男高音，别人也说我很不错的；要是我得到专门训练……”

黛丽帮着清理掉桌子上尘俗的饭食，这时候牧师拿出宗教盛宴的象征物——神圣的面包，酒，高脚杯，披上行使职责的白色法衣和绣花披肩。

他突然呈现出了教堂的那种古老的尊严，一副令人难忘的形象。幽暗细密的发丝，洁白的长袍里清瘦的身形，深沉而虔诚的眼睛……看上去实在与众不同，她想。

一张铺了干净的白色桌布的小桌子搬进了病房，上面摆放着仪式所需要的一切物品。

黛丽在房间里跪下来，参与到这一仪式当中，但她的思想却游离了。她注意到牧师的那双手保养得很好，指甲也留得很漂亮。但是祈祷时他选的那首高亢的带鼻音的颂歌，她听着感觉如同窗外蟋蟀的歌唱。他开始了《为病人祈祷》：

“噢，仁慈的主，一切安慰的神，我们唯一的助者：我们的精神向您求援，代表这位，您的仆人，躺在这里的……极度虚弱的肉体……”

仪式完后，希斯特被留下来单独和她的精神顾问在一起。黛丽进到厨房里，帮着往热乎乎的烤饼上涂抹黄油。过了一会儿，她从厨房出来，问泼尔逊先生是否愿意在赶路之前喝杯茶。

“你的姨妈是一位勇敢的受难者，高顿小姐。”说着，他接过一块涂着自制黄油的油腻的烤饼。

“是的。”黛丽不耐烦地说道，“她告诉过你——她要死了吗？”

“哦，是的。”他咽下一口烤饼，咳嗽起来。“她从心里顺从了主的旨意，变成了一个彻底皈依基督的女人。她期待着在天堂里再见到她的儿子。”

黛丽凝视着茶壶。“希望我也能那般笃信。”

“哦，你有怀疑，高顿小姐？”

他的口气就像怀疑是一种传染病，是欺骗或者囊尾蚴什么的。

“有时我丝毫也不怀疑。另一方面，我又非常确信……生命之外什么也不存在。”

“哦，高顿小姐，你不明白自己在说什么！一切怀疑都在信仰的光辉中溶解；总有一天，无所不晓的主会让我们清楚这一点。”

这种说辞让她感觉既啰唆又含糊。她向窗外望去：遥远的天空灰蒙蒙的，下面的大河蜿蜒流淌。“你的意思是，”她说，“上帝知道世间的一切疾病与痛苦，却听之任之；或者他根本无能为力？”

“有一种伟大的力量是我们凡人无法理解的。我们只能祈祷。”

但是她还是固执地想：向谁祈祷？怎么知道我们的祈祷会被听到？

33

西非战争爆发——但这只是报纸上的新闻而已,如同日本地震或者玻利维亚起义一样——这对于正在享受欢乐的年轻人来说,并没有什么重要意义。现在,每个周末,黛丽都和这样一些人一起度过。

她和他们一起打网球,坐四轮板车去郊游,乘轮船游览,参加舞会、茶会……黛丽知道她被视为“放荡”,也知道她所属意的那些小伙子们的妈妈全都看不上她。

在贝茜的圈子里,黛丽的身份不同寻常。首先,她自己赚钱谋生;其次,她孤身一人居住,这是很不“光彩”的事;另外,她是个孤儿,没有多少钱。在世俗的眼光里,她该受三重诅咒。

一部分是她个人的错,因为她毫不顾及世俗。竞争着要做她男伴的两个小伙子不失时机地利用了这一点。当他们其中的一个试探着在安静的角落里吻了她,就会对另一个大加吹嘘,添油加醋地描述自己的胜利,结果每个人都得寸进尺,胆子日渐大起来。

黛丽是带着一种超然的消遣的心态接受这一切的。他们当中哪一个都不可能像亚当那样在她心中激起情感的波澜,甚至也无法像布兰顿·艾华兹那样惹她生气……她冷静地注意到他们变得越来越兴奋也越来越奴性十足。这一切只是游戏,无论什么时候她不想玩了,她都可以叫停。

孤身一人或者作画的时候是她最愉快的时候;但她也喜欢有伴,可以像任何年轻人一样放纵、任性。她怀着事不关己的享乐心态投身于各种野餐会和舞会当中,直到突然间一切享乐都消失了。她远远地站开,注视着舞厅地板上旋转的人体变得像牵线木偶表演中的木偶一样不真实,巨大的伤感袭上心头,毫无来由,经久不去。有时她从嘈杂的野餐会上悄悄溜掉,站在河边:滔滔向前的大河使她忧郁满怀,但同时又与她心灵之中某种不安定的东西相协调。

平静的河水中映出的微妙的天空色彩,地平线上柔和的深色树影,都使她充满了一种无法言传的情感。她希望在这个有形的世界里尽情伸展:她就是这条大河,流淌不息的大河;她就是这柔和的天空,广袤无边的天空。

是这条大河——而绝非任何人——把她的心留在了埃库卡。在黑人的传说中,这条古老的大河从高高的地方流下来,一路追寻着一位老妇人和她的巨蛇;它蜿蜒穿过半个大陆,流向遥远的海岸。

小镇上没有一个她真正能够推心置腹的人。丹尼尔·怀兹活得空虚;与她出入成双的那些男孩子又相当肤浅。她突然惊诧地意识到,他们都是男人,都要在这个男人的世界里扮演各自的角色。一天早上,凯文·霍杰,身着崭新的咔叽制服,来到黛丽的门前,宣布说他要为自己照一张相,然后就去南部非洲。

他已经跟随民兵训练有一段时间了,就要加入从维多利亚出发的下一分队。还有两位,乔治·巴瑞特和托尼·卫思顿,也要一起远行。

她既沮丧又激动,担心他年轻的身体如何抵挡那些高大恐怖的布尔人——她读过不少关于那些人的可怕的故事。把凯文这样的年轻人——脸颊光滑粉红,眼睛乌黑,睫毛细长,活脱脱一个女孩子——派去跟那些人打仗,实在是不公平。

她答应送给他一张她自己的照片,让他随身带着去往南部非洲。

两周后的一天,她吃完晚饭,坐在自己的房间里,端详着沾满油彩的左手,这时,有人敲门。她的房东,不怀好意地傻笑着,报告说有客来访,是一位年轻的男子。

她惊讶地——因为星期天晚上她刚见过凯文,另一位年轻人约翰远在墨尔本——跑到楼下,原来是凯文紧张兮兮地等在门口。他的眼睛张得大大的,显得愈发乌黑;女孩似的面颊升起两片红晕。

“黛丽!你能出来一会儿吗?”

“出去?但是我现在很累,凯文,而且我还有素描作业——”

“不要紧的,拿件外衣,来吧。”

意识到那位房东正从幕后的某个地方投来不赞成的目光,她犹豫了一刻。但是他神态中压抑的兴奋感染了她,她的疲倦瞬间消失了;她简单地说了句“在门外等我”,然后飞跑上楼,披上一件长外套,脖子上系了一条透明的“梦幻围巾”。

凯文正在急切地等她。她一出现，他就迅速地迎上前来，一下子紧紧地抓住她的胳膊。他身材不高，但是健壮，他们走在一起非常协调：步伐，腿形，甚至臀部的摇摆，都令周围的人觉得赏心悦目。他们沿着哈尔大街走到尽头，走向绚丽的红桉木拱门——那里是公园的入口。黛丽猛地站住，身子直往后退。“不去那儿，凯文！”

“那么去哪儿？我想正式向你道别。你知道我为什么要你出来吗？我们马上就要出发了，后天。我给你带来了我的相片。”他递给她一张硬版相片。在昏暗的煤气灯光里，她看到相片中一张年轻、鲜润的脸庞，他正从一侧翘起的军帽下面自信地对着她笑。她把相片塞进袖筒里。

“我们从另一条路回去吧，沿着大河。”

“向大桥的方向？好吧，但是赶快点。”他咕哝道，“我想躲开任何人以便吻你。”

她轻轻捏了一下他的胳膊。他的兴奋已经在她心中激起了一阵冲动。要是有人看到她单独和一个年轻男子在漆黑的大街上散步，又一起走向河边荒凉的灌木丛，那该如何是好？不管它，她没有什么可丢脸的！

他们无声无息地在铸造厂旁边向下折转——码头上的一列火车，拖着长长的货物，正在转轨——来到大河面前。夏季的河水明显减少，平静的水面上繁星游弋。陡峭的河岸下面有一大片可以散步的空地——洪水一来，它就要被淹在水下。

除了河对岸苇塘中一只野鸭（也许是水鸡）回荡的叫声，再也没有任何声响。河水无声无息、不慌不忙地从眼前流过。凯文抓住她的手，在前头引路，直到他们穿过桥下的水泥柱子，小镇被远远地甩在身后。他把她从水边向岸上拉回一点，然后脱下外衣，铺在松软的草丛上面，温柔地请她坐上去。他跪在她身边，借着水中和天上的双重星光，注视着她朦胧、苍白的脸庞。

“你会着凉的！”她拒绝道。

“不会，我全身火热。让我握着你的小手吧。”

“它们可不小。”她几乎要笑出声来。“它们又大又笨。”

他抓住她的手，隔着单薄的衬衫将它按在自己的胸脯上；她感觉到他的心脏在剧烈地跳动着。

“真希望我能让你的心也像这样跳动。”

“或许你能的。”噢,为什么她要说这些愚蠢的、毫无意义的、卖弄风情的话?她的心已经死了,已经埋在亚当的坟墓里了。

“我能吗?……我能吗?”他低语道。他的呼吸在她耳边热烘烘的。她躲开头去,但是他的嘴唇温柔地追寻过来,柔软地包围了她。她在如梦似幻的快乐中喘息着;但是她的脉搏仍在均匀地跳动。

好像一个梦境,她感觉到他的手探进了自己柔软而温暖的隐秘处。她似乎从未发觉自己如此美丽。仿佛她以前从未意识到自己的身体,而它终于在他手指的微妙的探索中觉醒了……她还是猛地推开他,坐了起来,围巾耷拉在肩上,发结也散了。

“黛丽!黛丽!我爱你。”他的嗓音热切而发颤,令她感动,但她的身子离他更远了。

“但是我并不爱你,凯文。”

“但是你肯定,你肯定,有一点点——你为什么出来?”

“我同情你就要远行,想跟我道别。现在我真得回去了,不然,我要被锁在门外了。”

“你不愿让我正式地向你道别——”他嘴巴一沉,猛地坐下来,把脸埋在手臂里。

她被他这种小男孩的神态感动了。在幽幽的月光下,他的头形,浓密的头发,看起来和亚当一样。她突然想到那个月光明朗的夜晚,她拒绝了亚当,把他推上了死亡之路。

眼前这个男孩,也可能正在走向他的死亡之路……她伸出一只手,抚摩着他浓密的黑发。他抓住那只手,亲吻着手指、手掌和手腕。当他再一次把她拉倒在他身边时,她没有抵抗。

他们都很年轻,没有经验;但黛丽的知识足以让她明白:实际上什么也没发生,她不必担心会有米娜那样的命运。他们默默地往回走,他的胳膊搂着她,他们的身体和谐地走在静悄悄的大街上。

站在门外,他长久地、强硬地亲吻着她。“让我和你一起上去。”他喃喃道,“让我整个晚上都和你待在一起吧。”

她坚决地摇摇头,自己也觉得奇怪:刚刚经历的一切都已经无所谓了,仿佛是发生在别人身上的事。“不可能的,凯文,对不起。”

但是当她上楼的时候,心里却感受到一阵融融的暖意,仿佛终于松开并卸掉了紧箍在内心的甲胄。

她坐在床边,若有所思地解开围巾,抖抖蓬乱的头发,然后走向抽屉,取出一幅自己的小相片(她曾经拍过这样一张身着蓝色礼服的大相片;汉密尔顿先生要求她涂上颜色,结果很成功,它现在就站在摄影社的橱窗里以招徕顾客)。

她把凯文送给她的相片小心地放进抽屉里,把自己的相片包好准备送给他,然后猛地躺倒在床上,眼睛直瞪着屋顶。她真的会再爱上什么人吗?她会给前线的凯文写一封封长信,她会为他编织咔叽袜子,也会寄书给他;她会做他的妹妹,仅此而已。

夏季的大河水位仍在下降,直到阻断了所有的水路交通。最后一批驶进埃库卡港的轮船中,有一只携有给黛丽的一封信——这条船是花了十天时间从天鹅山一路涉险到达这里的。信是从新南威尔士的西部边远城市布尔克寄来的。突然涌上的一阵无法言说的兴奋令她马上撕开信封,翻到那个很难辨认的出自不习惯握笔的男人之手的签名——果然不出所料,是布兰顿·艾华兹。他的字潦草马虎,好像出自学童之手。她一页页翻着,手指摩挲着上面一个个蘸着墨水写下的字,好像它们是有生命的。她摊开信,从头读起来:

亲爱的高顿小姐:

我让一位同行把这封信交给你,因为我不放心邮轮。我完全相信“凯尔普”号的船长会顺利到达埃库卡。恐怕我要告诉你的是个坏消息。

是关于可怜的老汤姆。他去检查轮机——因为查理身体不大好——一脚踏在轮轴上,一条腿被绞盘夹住。等到救上来时,他的腿已经断了;我们及时把他送到布尔克,他死在医院里。

唉,他一直害怕在老人院里度过残生,那里既不让嚼烟叶也不许骂人。这下子总归是躲开了那一步。

黛丽跳过几行,看到:“……所以现在你也是船主了——尽管只拥有半条船……”汤姆似乎早就有意把“费拉黛菲娅”号留给她,所以非常清醒地签下了文件，把自己的股份转让给她。因为布兰顿·艾华兹有船长资格证明，所以他已经接手作为船长；今年他们可能要在天鹅山卸货。

有一点你会感觉欣慰，汤姆死时没有遭很多罪，他因为失血而休克，看上去像是睡着了。我用"费拉黛菲娅"号的舵杆做了一个十字架；他为这条船感到骄傲，我想他会愿意把它的一部分保留在身边，尽管是它害死了他。

在她完全领会字里行间的含义之前，她不情愿地只注意到了一两处拼写错误和一小点语法失误。她一度怀疑他会写出怎样的一封信！但这是一封不错的信，它所表达出的情感，是她始料未及的。

突然间她意识到了信中的含义："费拉黛菲娅"号是她的了，或者说一半是她的了；而汤姆——友爱、善良、随和、慷慨的汤姆——不在了。

黛丽一动不动地坐在自己的小办公室里，感觉滚烫的泪水慢慢流到握着信的手上。亲爱的老汤姆，逃过了海上的一劫，却遭遇了这样的结局！她摸索着抓起沾满普鲁士蓝色、深棕色、朱红色的手绢。这是这些年来她第二次掉眼泪——另一次是那三个埃库卡男孩乘火车出发加入墨尔本分遣队的时候。当时，她不是为他们，而是为自己掉下眼泪。蓄势待发的嘶嘶的火车，喧闹的人群，飘扬的旗帜，乐队演奏的激昂的乐曲，都让她的心中充满茫然的不快。她渴望自己也是个男人，能像他们一样向世界的另一面出发！

第二天，当姨父来看她的时候，她一下子从桌边跳了起来，急于要把心中的重大消息告诉他：她那五十英镑的投资——查尔士对此一直持有怀疑态度——已经得到了十倍的回报。

他的脸色使她咽回了热切的话语。"怎么回事？姨妈病重了吗？"

"是的，亲爱的。天可怜见——离大限之期不远了。眼下正是她非常遭罪的时候，她的内心也不安宁。过去的这几个星期，听她唠叨实在令人痛苦，真可怕，真是——"他的嘴唇不由自主地微微颤抖；他摸索到行李箱坐了下来。

黛丽感到歉疚：她几乎忘了姨妈的病。查尔士这次来是要她回农场，陪伴姨妈直到她过世。希斯特想见她，似乎急于在弥留之际与她和解；另外，希斯特每天二十四小时需要照顾，一个陪护也忙不过来。

查尔士走了之后，黛丽向汉密尔顿先生请假。

“你姨妈,呃?”他向后歪着头,透过夹鼻眼镜看着她,疑惑地问道,“她自己没有女儿吗?”

“哦,没有,汉密尔顿先生!我算是她的养女。我十二岁那年父母双亡,她把我抚养长大。后来她唯一的儿子也死了。”她多么轻易地脱口而出,再没有过去那种痛苦的哽咽!“现在她只有我了。我母亲是她妹妹——”

“好吧,好吧。”他淡淡地说,“尽快回来。”

34

落地窗的窗帘拉开一半,外面,夏季的阳光直射大地。明镜似的河水,在陡峭的堤岸之间几乎纹丝不动,映照出蓝蓝的天、斜斜的树,如真实世界里的一切。河水缓缓流走,又被上游流下的新的河水所取代;好似瀑布上面连绵的彩虹,看似平淡无异,实则变化万千。

黛丽不安地挪到窗口,向外望去,又回头看看姨妈。床边那盏灯日夜亮着;对于这位整个世界已经缩小为四面墙壁的病人来说,它比日出日落更为重要。

灯光下,她那蜡黄的皮肤看上去紧紧地绷在骨头上,鼻子和额头更加突出,眼睛深深地陷进眼窝里。她疲倦地转过头,问道:“你是说月光明朗吗,亲爱的?一个晴朗的夜晚?”

“是的,姨妈。”昨天晚上,她提到过外面是满月。现在已是朗朗白日,正午的阳光洒满花园,是影子最短也最黑的时候;但是说这些有什么用呢?

“想喝点什么?”她转而问道。

“好吧……喝一点。什么时候我才能吃安眠药?”

“你刚吃过,姨妈,半小时前。疼得厉害吗?”

“是啊,很厉害。”她的嘴唇——先前本是很松弛、红润的——已经变得萎缩、单薄,它们痛苦而无力地耷拉下来。黛丽把杯子举到姨妈的唇边——她那蜡黄、蜷曲的手指连杯子也无力端起。

希斯特的头开始在枕头上左右摇摆,仿佛试图逃避什么,不时地发出一阵呻吟,或者一声哀求:“噢,上帝啊,发发慈悲吧!”

黛丽慌忙地跑出房间,找到那位陪护——她正在吃早茶。她整理了一下浆过的袖口，轻快地向楼上走去，僵硬的围裙沙沙作响。

"你知道吗，病情没有他们说的那么严重。"她说，"他们就会小题大做，如此而已。"

黛丽盯着这个女人——小而坚硬的嘴巴，肥厚的脸颊，深陷的眼睛，黑黑的眼圈……她经历了什么样的生活呢？看起来她好像从未得到过任何怜悯，她也无意于怜悯任何人！

"噢，护士，给我吃药吧。疼得厉害，今天疼得非常厉害。"

"半小时前吃过了，杰米逊太太。"

"再多一点，多一片就行。医生不知道，一片已经不再起作用了。"

"我不能做主。三小时后——"

"三个小时！"希斯特无力地哀叫起来。

"我做主。"黛丽说着，从脸盆架上拿起那包安眠药。

"给我！"护士把药从她手中夺了过去。"这里我负责，高顿小姐。"她把那包药塞进围裙口袋里，脸色冷若冰霜。

幸好下午那位医生凑巧巡访到此，为她注射了一针。之后不久，她四肢的痛苦扭动、头部的左右摇晃、无助的呻吟声都停止了；希斯特幸福地沉入呼吸沉重的睡眠之中。

黛丽一边陪着医生走向马车，一边跟他讲了早上发生的事，请求他留下一些药效更强的镇静剂。

"我告诉过她，在医院里她会更舒服，"他戴上黄手套，很不耐烦地说道，"她不听。现在身体太弱，经不起折腾了。"

"确实。但不是越早结束痛苦越好吗？没有康复的希望了，是吧？"

"毫无希望。"

"那么为什么你不帮帮她呢？即使一个坏人，你也不忍看着她这样遭罪啊，帮她摆脱痛苦吧。"

"我已经加大剂量了；如果加得太快就失去药力了。唯一有效止痛的剂量同时也是致命的。我们没有权利那么做。法律见证——"

"法律！法律知道遭罪是什么滋味吗？"

他耸耸沉重的肩膀，爬上马车。"要不了多久了，她非常虚弱。"

有一段时间希斯特似乎好多了；尽管瘦得可怕，她好像并不痛苦。她很容易就睡着了，醒来时脸上的表情非常平静——不再是一个即将辞世的人露出的那副恍惚的超然神情。

傍晚时候，黛丽单独和姨妈待在房间里；忽然，希斯特醒了，她那温柔、爱怜的目光简直令黛丽惊讶不已。“夏洛特！”她突然叫道。声音很大，吐字清晰。

“怎么了，姨妈？是我啊，黛丽。”

“噢！孩子，刚才我把你看作你母亲了。我一直在做梦，做梦，做梦……”

“你睡了一阵好觉。”

“我很快就会长睡不醒，与洛蒂、亚当在一起了。他们正在那边，就在河的对岸等我。要不了多久了。”

黛丽默默地盯着地板。

“我想跟你说——这就是为什么我让查尔士把你叫回来——我……亚当的死，是我错怪了你。他是个固执、任性的孩子，或许……还是那句话，要是你不来我们家，这一切可能不会发生。真的，我希望压根就没见过你！”

黛丽抬起头，惊呆了。姨妈暗淡的黑眼睛里又闪出过去那种愤怒的火花。

“我曾试图宽恕你；我也祈祷过。但还是一样，我不能。对不起，黛丽，但生活对我的确太苛刻了。我现在改变不了。我不再恨你，我没有力气爱或恨任何人，但是在我心里，我没有宽恕过你。”

“那么你想要我回埃库卡吗？我只是来——”

“不，不，我喜欢你在这儿。查尔士毫无办法，他好像害怕病房，几乎不曾靠近我。实话告诉你，我不喜欢这个护士。”

“我也不喜欢……嘘，她来了。”

护士端了一杯牛肉茶进来，开始就着小片面包喂给病人吃；但是吃了几口之后，希斯特就把头扭开了。

“我不想吃这个，我不想吃。什么东西都没有味道。黛丽，你出去晒晒太阳吧。她看上去那么苍白、憔悴，是吧，护士？”

“太阳已经落了，杰米逊太太。”

黛丽穿过落地窗来到外面。查尔士正坐在客厅外的阳台上，借着微光看他的报纸。大河的身躯像磨光的钢铁闪闪发亮,小虫在灰暗的天空下团团飞舞。

“你为什么不进去看看她呢?”黛丽低声说道,“今天她的头脑看来很清楚,但我有一种感觉,她快不行了。”

“好,好,我一定进去——”查尔士内疚地赶紧叠起报纸。“但是有时候我想,我只会惹她烦啊。”

“过去我自己也常这么想,但是现在她好像愿意看到咱们了。”

他瘦长的身子佝偻着,沿着阳台走进妻子的房间。

两天后,希斯特开始咳嗽。整日整夜,不管睡着还是醒着,每隔三十秒就咳嗽一次。第二天早上,星期六,查尔士驾着小马车早早地动身去请医生;但他走后不久,她就停止咳嗽,慢慢陷入昏迷之中。她的下巴耷拉着,呼吸像打鼾似的沉重而缓慢。呼吸声会时不时地短暂停止,好像某个零件忘了工作;然后几声急速的呼吸,仿佛要赶上正常的节奏,然后又停了。每一次呼吸停止,黛丽也屏住呼吸,等待着……

接下来希斯特开始变得烦躁不安:脑袋在枕头上滚来滚去,眉头紧锁,咕哝着,呻吟着。她不停地摇晃脑袋,似乎要逃避什么无法忍受的东西。绝望中,黛丽试图唤醒姨妈。

“姨妈,希斯特姨妈,怎么了?能听见我说话吗?”她抓住姨妈的手叫道。

脑袋马上不动了,紧闭的眼皮上翻,挣扎着要张开,却只露出一线泛白的眼球。不安的扭动又开始了。

“噢,上帝啊,为什么医生还不来?”

“她只是在做梦。”护士说。

“你怎么知道?”黛丽狠狠地瞪着她叫道,“你怎么能知道她在遭受什么样的罪?”

恰在这时,狗叫声宣布了小马车的归来,或是医生到了。黛丽跑出后门,欣慰地看到医生那肥大的身体正从马车里下来。她想吻他的手——它正小心地提着那只黑色的小包,那里装着奇妙的东西,能让病人甜蜜地解除痛苦,然后平静地睡去!

他摸了摸希斯特的脉搏,立即从包里取出注射器,注满药水。“你醒着吗,杰米逊太太?”他大声而清晰地说道,“我要给你打一针,帮你安定下来。”

在他们的注目之下,药水流进她的血管,把她高高地托起在一切痛苦折磨的浪涛之上。她的眉头舒展了,嘴巴松弛地张开,眼皮在深陷的眼窝的窟窿里平静地合上了。

医生开始检查,黛丽仍在门里徘徊。突然他发出一声惊叫,掏出手绢,捂到鼻子上。

“护士！她已经大出血了。我从没……喔！你离开这里好吗?”他严厉地对黛丽加了一句。一股恶臭飘过来的时候,她的脸色已经变得死一般的苍白。她逃出房门,向河边跑去,大口大口地呼吸着——呼出胸中的恐怖,吸进阳光下被晒得发白的干草那清爽、热烘烘的气息。

直到听见医生的马车离开,她才慢慢地、不情愿地向家里走来。刚一进前门,护士正好从希斯特的房间里出来。

“医生说了,实际上她已经不行了,她不会醒来了,只是时间问题。”

“哦……我不知道什么事把姨父绊住了。她随时可能过世吗?”

“是的,但也可能熬到明天。她怎么可能生还,今天下午失了那么多血——”接着她冷冷地把细节一一道出,使黛丽感觉阵阵恶心,几欲晕倒。

她独自坐在客厅里,除了等待、听病房里的动静,没有什么事情可做。沉重、隆隆的呼吸,中断间隔仿佛延长到了以分钟计。她等待着,怀着一种既厌恶又兴奋的心理:这下完了吧？但是每一次,在一阵痉挛之后,呼吸声又开始了。

贝拉端茶进来;她机械地喝了一杯,然后过去叫护士。姨妈的脸已经变成了一副死人的面具:蜡黄的皮肤盖着头颅,眼睛塌陷,嘴巴松弛;但是神经还在行使着它们无用的职责,刺耳的呼吸仍在继续。蜡烛点上了,可是查尔士仍然没有回来。黛丽来到门外,不安地踱来踱去。她厌恶护士那张阴沉的脸,单独和她在一起时,黛丽感觉到一种生理上的压抑。

她一直没再去碰自己那些绘画的东西。她无法分开心神而沉迷于观察之中,像一架机器,在微微颤动中记录下自然界的和谐。她觉得自己与整个世界格格不入,甚至似曾相识的星群也显得怪异而无情。她回到屋里,建议护士去休息,由她接班。十点半的时候,情况依然没有变化;护士进来后,黛丽来到客厅。

终于,在大约半夜的时候,她正在椅子上打盹儿,护士走近她,轻轻地说:"她已经安息了,高顿小姐。"

"什么！你为什么不叫我？杰米逊先生回来了吗?"

"还没有。我一弄准就过来叫你了。你想要我为殡葬做准备吗？举行葬礼可是要另外付费的。"

"好啦,好啦,那当然。"她大声说道。这个女人的冷漠无情让黛丽从心里感到一阵恶心。她穿过过道来到姨妈的房间,心中一个劲地责怪自己:竟然让弥留之际的姨妈单独和这样一个毫无人情味的女人待在一起。但是,死,肯定总是一件孤独的事,即便死在成群结队、泪水涟涟的亲友中间。

希斯特看上去没有太大变化;嘴巴仍然张着,眼睛合上了,好像睡着了,但是比以前睡得更深沉、更平静。嘈杂的呼吸声停止之后,屋子里死一般地静了下来。她的嘴唇——曾经那么愤怒而紧紧地绷着,现在却无力地松垂下来,宣告了这个人的意志已经完全屈服——再也发不出任何声息。

将近一点钟,护士即将完成她的任务,这时外面的狗受到惊动,它们的叫声宣告了查尔士的归来。黛丽等待着,直到她听见后门打开。查尔士嚷嚷着进了家门,径直走向后面的房间。她沿着过道走过去,敲响他的房门。

"来了,亲爱的,来了。回来有点晚。怎么样？怎么——我太太怎么样?"他咕哝着打开门,然后歪倒在门上。黛丽瞪着他。她从未见过他这副样子。

"她安息了,在一小时前。"

"死了？她——她安息了？那——我想我最好去看看她。"他显得既内疚又痛苦。

"不急;她会等你的。"黛丽语带深意地说着,走出门外。现在她才意识到,他们婚姻的不幸并不能全部归咎于希斯特乖戾的个性;这,她肯定,已经不是第一次查尔士在危急时刻令希斯特姨妈失望了。

早上,当她走进那间安静的屋子,她首先意识到那盏灯——那盏几周来日夜点亮的灯,灭了。护士一直在屋子里熏香;查尔士,为了补偿昨天的失职,出去从花园里采回一把圣诞百合。房间闻起来像教堂;床上僵硬的尸体仿佛是刻在坟墓上的一幅石像。

外面，一只橘黄色的蝴蝶侧身飞舞，仿佛醉倒在夏日里；一群蜜蜂，在侧面窗子下希斯特亲手种植的牵牛花丛中，催眠似的嗡嗡叫着。河岸上，桉树的叶子在清晨的微风中发出金属的闪光和声响。

一阵斧锯声从后院传来，原来是查尔士和杰基正在用墨累松木打造棺材。护士已经明确表示，在眼下的情况下，最好还是让"故去的人"尽快安息地下；天气太热了。

但是，当黛丽建议把希斯特安葬在沙丘旁边那三个陌生孩子长眠的地方时，查尔士却表现出了出人意料的固执。"不行。她一直渴望葬在亚当身边，她的愿望就要实现了。今天下午我们就送她到那儿。"

当马车载着撒满洁白的茶花和百合的棺材，穿过干涸的沙洲向镇上出发的时候，时间已经是中午。随着马车驶出一道道大门，贝拉，以及那位新来的小女佣杰茜——她对死去的女主人根本不可能有什么留恋的——都高声号哭起来。黛丽，因为她的衣柜里没有黑色衣服，就穿了一件镶褶边的白色薄纱裙，很不和谐地坐在一只箱子上；那位护士，脸色阴沉而悲哀，与查尔士并排坐在前面。

太阳正当头顶，热气阵阵袭来，直到他们来到红桉树林的荫凉之下；这里，尽管直射的太阳光被减弱了，空气还是令人窒息，而且从棺材上面枯萎的花朵中间传来一阵强烈的气味。黛丽担心会在其中分辨出另一种气味，而她随即感觉确实闻到了。一只大苍蝇慢悠悠地飞了过去，又飞回来，转了一圈，最后落在马车的边沿上。她狠狠地把它赶走，可是它又飞回来。很快就有了两只。

当他们驶出树林，来到通向大桥的马路上时，追随的苍蝇已经像一群蜜蜂，它们趴在花丛中间！查尔士无知觉地继续驾车前行。黛丽用一枝长长的百合花赶打那些苍蝇，但是它们还是固执地飞回来。当他们来到大桥上时，那位海关检查员昏昏欲睡地从他的小岗亭里走出来。她气得简直要发疯，她真想对他大喊："没有什么可申报的！只是一个死人！没有应该征税的产品！只有一具尸体！"

到了墓地，又是一番意外的盘查：教堂司事不在班上，还非得叫人家来挖坟墓。

“我自己来挖!”查尔士粗暴地叫道。他已经注意到了苍蝇。

“挖墓人马上就到。”墓地管理员泰然地说道,“但是在安葬之前您必须提供死亡证明。”

“我没有,因为医生不在场;我们刚从农场来,希望您理解。他也预料到她活不过一两天,但他当然不会提前留下一份证明吧。”

“那么你最好去他那里要一份吧,坟墓这块儿由我来负责,安息日需要另外收费的。”

“好的,好的。但是,显而易见,如果您不介意,我们要把棺材放在这边树下。护士,你也来好吗? 医生可能需要你做个证人。”

在医务室,他们又耽搁了一段时间,因为医生外出就诊去了。黛丽和护士待在候诊室里,查尔士去见牧师。

但是泼尔逊先生正在享受布道间歇期间理所当然的休息时光。他起初不愿见查尔士,接着又说他不在安息日埋葬死人。当向他解释了其中的必要性之后,他勉强答应了,但是说,死亡证明一定要提供。

查尔士又返回医务室;医生刚回来。拿到死亡证明,查尔士感觉好多了;他觉得自己刚才经历了一场噩梦。

当他们来到门外,向明晃晃的大街走去时,黛丽的眼前渐渐模糊,脚下开始磕磕绊绊。她伸出一只手扶住大门让自己站稳,门上面的铁钩吊着一盏方形的玻璃灯。巨大的轰鸣在耳边响起,黑暗从四面挤压过来。

“我恐怕要晕倒了——”说着,她就晕了过去。

苏醒过来时,她发觉自己又回到医务室里。

“你过于紧张了,小姐。”医生严厉地说道,“这一天里你已经承受得够多了,再不应该在这样热的天气下参加葬礼了;如果镇上你有什么朋友那里可以去的话,我不主张晚上你再折腾回去。”

“噢,我——我就住在这儿,不回农场。”

“好,那么你可以马上上床休息了。”

“我送她直接回家吧,医生。”查尔士说,“她已经一天没吃东西了,可怜的孩子。”

“但是我没事的,我当然必须在场。”她开始挣扎着要站起来,不过两腿直打晃,不得不又坐下。

在送黛丽回寄宿处的路上,他们让护士自己回家了。被搀扶上楼后,黛丽爬到床上,顿时身子像散了架一般。她感觉自己好像被人用棍子抽打过,身体里空落落的。

但是当房东端来一些吃的东西时,她却几乎什么也吃不下。她咽下一杯茶,吃了几口土豆色拉,却无法强迫自己去碰那块冷排。她感觉自己决不会再想吃肉,因为她的口中有一股死人的味道。

35

秋天的时候,凯文·霍杰写来一封热情洋溢的信;他似乎正在享受转战半个世界的冒险的乐趣。

我们在一月三号开始了缓慢的行军,一路跋涉来到纳塔尔;在那儿,我们遭遇了大约二百个波尔人。我们沿着边境追击他们。我们的两个同伴受了伤。可怜的老巴瑞特受不了路途的艰辛,两天后就死了。

昨天来了邮车。我收到你的信和父亲寄给我的一些报纸。很高兴收到你的信,也很高兴又看到熟悉的《大河先驱报》。我所在的马克西姆火炮队,五个人操作一门火炮,每分钟发射七百发炮弹。这是机械化的先进之处……

乔治·巴瑞特的死讯传来的时候,镇上曾经为他举行过一个纪念仪式,也有人做了"把生命献给帝国"的情绪激动的演讲;但是在这封信里却丝毫也看不到做作的感情流露。死,作为生活和战争的不可避免的一部分,被随意地一笔带过。

战争的消息变得更加令人振奋:玛菲津被包围,抵抗者陷入绝境。接着又通过电报传来另一重大消息;《大河先驱报》把这一消息用一幅特别的海报登出:玛菲津获得解放。全城为之狂热不已。所有教堂的钟声、失火的警铃声全都响起;人们鸣响步枪和猎枪;黛丽也在寄宿的房子里来回奔跑,用肥皂在所有的镜子上都写下了"玛菲津"。

她只回过一次农场,为了看看查尔士生活得怎么样。忠诚的贝拉,还像以往一样肥胖、快活，负责这里的一日三餐；但是房子的各个角落都脏了。先前一尘不染的厨房桌子已经灰蒙蒙的，厨房地面上的沙子也需要换了。

第一天早上，当黛丽不经意地掀开自己早餐炒蛋的一角，她发现下面竟然是墨绿色的，由此她可以推想那只炒锅的模样。

那个年轻的女佣杰茜，厚颜无耻而不懂规矩；她的态度令黛丽深感纳闷，直到第二天早上，黛丽起得很早，看到那个女孩从后面查尔士的房间里溜了出来。原来杰茜已经是农场里非正式的新的女主人了。

黛丽感觉似乎姨父更喜欢眼前这种无可救药的肮脏生活。他年龄大了，已经无法改变；他也决不会再找一个白种女人来取代希斯特的位置。由于放纵无羁，他的外表已经不再给人好感。黛丽来的时候，他下巴上的胡楂已经长了好几天，唇上的胡须蓬乱不堪，眼光黯淡，眼眶红肿。或许只有他的妻子才能让这样一个天生懒惰的人保持活泼而整洁？或许他的蜕变过程已经缓慢地持续了许多年，只是在隔了一段时间之后，她才猛然发觉。

她回到埃库卡，决心再也不去农场。她总是非常高兴见到查尔士——他曾是她在这个陌生的世界里唯一的支持者；但是对她来说，那个地方有着太多伤心的回忆。

自从力杰死后，四下里每一样东西都呈现出无人打理的迹象：大门破了，栅栏倒了，家禽在曾经整洁的蔬菜园里聚堆抓痒，希斯特的花圃已经荒芜。

当第一股洪水顺河而下的时候，黛丽把它看作"费拉黛菲娅"号和布兰顿·艾华兹即将到来的先兆；但是在七月份之前，没有这条船的任何消息。一天吃午饭的时候，"沃拉杰"号正在进港，她向船长打个招呼，询问那艘先前名叫"简·伊利莎"的船的情况；因为船长们可能都不会太在意它的新名字。

"'简·伊利莎'？我们在'死马岬'把它超了。它在后面不远。妈的，它的锅炉不错。也难怪，它经过那个疯狂的轮机手的处理。我们超过去的时候，把他急坏了；要是船长许可的话，他会上紧安全阀，直到锅炉报废。那个可怜的老汤姆运气实在糟糕。"

"是啊……我听说了。他把船的一半股份留给了我。"

"真的？泰德·艾华兹那小子已经接手了；一旦他意识到自己还有许多要学的，他一定会成为一个不错的水手。"

“他肯定已经从汤姆船长那儿得到不少指点了吧。”

“一点不错。但是很多东西只有时间才能教会他。”

黛丽在阳光下冷冷的微风中望眼欲穿，耳边终于传来轮船的汽笛声；她突然变得紧张起来。她注意到自己指甲里的蓝色油彩，继而怀疑自己的头发不知是什么样子，希望自己今早穿的是一件鲜艳的上衣。她转过身，几乎跑着回到摄影社里。

他将忙于泊船，她告诉自己；不管怎么说，她更愿意在自己的小房间里和他见面，而不是在公共码头……

她装作为一幅照片上的新娘和喜气洋洋的伴娘染色，但内心却像以往见他时一样不安：既空空的没有着落，又泛起阵阵兴奋的涟漪。她一跃而起，第三次拂了拂自己的头发。

当她终于听到从外面的房间传来他请求汉密尔顿先生允许他进来的说话声时，她垂下头，假装忙着；再次抬起头的时候，他已经堵在门口。

她在慌乱中站了起来，碰翻了一瓶染料；他倒镇静，微微一笑。

“你好，费拉黛菲娅小姐。收到我的信了吗？”他没戴帽子；他们握手的时候，她看着他干爽的金色鬈发，想起了油彩和松脂。

“哦，收到了，谢谢你。你真是太好了——写信让我知道——可怜的老汤姆的去世，还有他对我的慷慨大方。”听起来十分做作，但她实在无法说得更自然了。“那么我们现在就成为合伙人了，是吧？”

“正是。你不想过来看看与你同名的这条船吗？我本来想你会在码头上欢迎我们。”

“哦，我们这里很忙的，你看——”

“那么我不该再耽搁你了。”说着，他转身要走。

“很快要到午饭时间了，”她赶紧说，“我想那时候过去看看。”

“好的！那么你可以来和我一起吃午饭，带我到一个像样的吃饭的地方。河上的伙食令我恶心；我甚至吃厌了墨累河的鳕鱼。你准备好了就到码头上来吧，费拉黛菲娅小姐。”

这些天来，他是唯一一个叫她全名的人；从他口中说出来，她一点也不觉得讨厌——只好将就身上的衣服了，她一边不安地想着，一边披上外套，在乌黑的头发上面扣了一顶水手帽。

但是当她瞥了一眼门后的镜子时,顿时恢复了信心;镜子里的她——白皙的皮肤,健康的红唇,乌黑的睫毛下一双蓝眼睛顾盼生辉。她想,要是自己的眉毛像贝茜一样又细又弯就更好了;但至少它们也算是乌黑迷人的。

她在一小碗清水里剔除了指甲下面的蓝色油彩,然后不耐烦地坐下来,等待一点钟的到来。

布兰顿·艾华兹,站在甲板上,脱掉帽子向她挥舞着。她顺着木质的台阶向下来到码头里面,发现他正在狭窄的踏板上等候着要扶她过去呢。河水水位仍然很低,码头下面的黏土堤岸散发出潮湿、怀旧的气息。

他的手用力一握,顿时有一股电流沿着手腕传到手臂,传到她的心上和头脑里,在那儿惹起了一阵恐慌。来到甲板上时,他松开她的手;她意识到船员们半是窘迫、半是羡慕的目光。他们聚集在轮箱旁边,下面就是厨房。

其中一个,她注意到,是梳着长辫子的中国人——他的旁边是一个小个子男人,穿着沾满润滑油的工作服。他戴了一顶古老的布帽,帽子已经被润滑油和机油染成了黑色,他那毛茸茸的眉毛下面,有一双奇大的蓝眼睛。

"轮机手,查理·麦克比。"布兰顿说。"这位是大副,吉姆·珀斯,"他指着一位黝黑瘦长的人——他有一双滑稽的灰眼睛和一张好像旧靴子一样饱经风霜的褐色的脸——说,"他是英国移民,跟你一样——"

"我可不是!"黛丽马上插了一嘴。

"我也不是。"那位大副说。

"不管怎么说,伙计们,这是你们的新老板,费拉黛菲娅·高顿小姐。"

男人群中发出一阵尴尬的嘀咕。一个黑色眼珠、脸庞瘦削的小伙子,嘴巴微微张开,正目不转睛地看着她。

"本,向女士问好。"

"您好。"本压着嗓子说道。

"他是甲板水手,兼做厨师副手。这是阿李厨师。"

"十分荣幸,小姐。"阿李说着,深鞠一躬。

"我很高兴看到大家,而且——又看到与我同名的这条船,看起来这么干净整洁。”她不好意思地说。

轮机手一边在胡子底下咕哝着什么“简·伊利莎”“红润的女人”之类的话，一边踱向他的锅炉。

“他现在是有点乖僻，可能今晚喝多了。”布兰顿低声说。“当他清醒的时候，他是整个河上最棒的轮机手，他会让轮机使出最大的力量而不至于爆炸。但是喝酒是他的一大麻烦。正是因为他在达灵河上游的罗斯弄到一些劣质酒，喝得身体不舒服而无法当班，才使得汤姆临时顶替他的位置，结果被绞进轮轴里。为这事，查理一直也没原谅过自己。”

“但是，如果他这么不可靠，难道我们不应该开除他吗？”

她不假思索地用到了“我们”，马上就后悔地真想踢自己一脚，因为听起来她似乎已经要发号施令了。他丝毫不为所动地说道：“我已经告诉过你，他是河上最棒的轮机手。他也不是经常狂饮的。”

“哦，我明白了。当然。再领我到处看看吧。”他们在船上转了一圈，从整洁的小厨房到舵舱和小客厅，之后，他们去吃午饭。

“我希望你能再把她带回船上来，泰德。”吉姆·珀斯喊道。

这种跟船长说话的随便的方式令黛丽十分惊讶；他们好像都非常友好地叫他“泰德”。但是既然他们都知道谁是老板，这又有何不可呢！

从某些方面看来，我还真是一个英国移民，她不耐烦地想道。

午饭很成功：布兰顿很有食欲地吃下了一块厚厚的牛排，还有三个鸡蛋外加油煎土豆片。她愿意看到一个健康的男人吃得津津有味；她自己也第一次美美地吃了一顿午饭。

他的身上有某种成熟和自信的东西，那是一个习惯于自己做决定的人所特有的；当拿他与那些最近和她一起外出的男孩相比较时，他是更有优势的。他的眼睛像海一样蓝，有时蓝得发绿；他的目光要么率直而亲昵，要么游离而悠远——仿佛望向遥远的大河下游。

在他们之间，存在着某种微妙的、触电似的吸引力；甚至当他从她手中接过糖碗时，他们手指间不经意的相碰，甚至他说话时嗓音的颤动，都使她强烈地意识到他是个男人！

“我看出你已经下了功夫把头发上所有的染料全弄掉了。”吃到一半的时候，她故作端庄地说道。

“我一直怀疑你是不是还记得我们上一次的见面。”他带着专注的神情说。

但是她并没有觉得尴尬。“哦，我没忘啊。”她瞥了一眼他闪亮的金色鬈发，又感觉到曾经的那种强烈的冲动——要抚摸他的发丝，要把那金色的鬈发缠绕在她的手指之间！

“你一直在坚持绘画吗？”

“是啊，我仍然在艺术学校学习，尽管我觉得我已经学到了在这里能学到的一切。实际上，我应该去墨尔本，去国家美术学校。这里的学生……他们对艺术不严肃；没有充分的竞争。听起来是不是太自负了？”

“不。即使没看你的画，我也相信你做得很好。”

“这里的大多数人更喜欢汉密尔顿摄影社的染色明信片。”

“你染得非常好。”

“我染得相当糟糕，因为是有人付钱让我这样做的。”她第一次觉得和他有点不合拍。“我希望我的画会卖得有这一半好。花钱的乐趣是生活当中很小但更充实的乐趣之一。”

“我不知道。我想，对女人来说是这样。钱对我来说没有什么意义；除非从消极意义上说，作为——作为一种抵御贫穷的最后手段，使你不必去做你不喜欢的工作。”

“你喜欢这条河，是吗？”

“我热爱它！但我不想要太多琐碎的东西。”

“我也不想！以前我没有意识到，但是你让我明白了这一点。当然，我喜欢漂亮的衣服，新的帽子，时髦的鞋子；但是‘那些琐碎的东西’——玫瑰环绕门庭的小房子，壁炉架上乱七八糟的装饰，动不动就打碎了的花瓶——它们只会把你搞得忙乱不堪！”

他放声大笑，笑得对面的女侍者一下子跳了起来，瞪大眼睛望向这边。“幸好还是有些人喜欢这些琐碎的东西，不然他们就根本不会买你的画了。”

她也笑了。“确实。而且我想轮船也只是一件很大的‘东西’而已。”

“呵——但它是活动的东西，不像房子那样费人心神。东西和东西也不一样;比如,我喜欢买书。”

“我也是。还有版画。”

“所以你看,我们真是一对凉亭鸟,专门搜集一些破烂玩意儿。”

“噢,我真是羡慕你在河上的生活,每天早上醒来都会到达一个新的地方。在埃库卡,有时我觉得压抑。我想我在大城市里会孤独的;但是我还是想去墨尔本,即使挨饿——”

“不要拿对大城市的浪漫幻想愚弄自己了。在挣扎中生存,在阁楼里忍饥挨饿,等等,才是那里的生活,你可以把这些作为往事来回忆;不久以后,你可能会忘记所经历过的种种忧虑——有一顿没一顿的残羹冷炙,袭人的丝丝寒气,病痛的折磨。但是身临其境是不好玩的,除非出现在浪漫的书中。你很快就会希望自己再回来。”

她半信半疑地望着他。“听起来好像你深知其中滋味啊。”

“我确实知道。离家出走的时候我还只是一个孩子,因为我和老爸没法相处;我失去母亲的时候只有十二岁——”

“哎呀,我也是的!”他们互相凝望着,为其中的巧合惊诧不已。“然后你就来到墨尔本?”

“是啊。我到处流浪,找工作;偶尔干些零碎活,几乎总是填不饱肚子。但是我太固执,不愿回家爬到我老爸身边。我从未有过足够的钱来买新靴子之类的东西;我无法找到一份稳定的工作。正在我穷困不堪的时候,我看到一则广告,招收河船上的甲板水手。我祖父死的时候,留给我一笔钱,但我不想离开这条河;它在某种程度上已经融入了人的血液。”

“是啊,我懂。但是埃库卡远离任何地方。这里既不是悉尼也不是灌木丛林,没有人会听说过在这穷乡僻壤的地方还有我的作品;在这里我也得不到全面的学习。”

“那么你最好攒下足够在墨尔本待上一年的钱。我们这一趟净赚了一百多英镑,尽管在布尔克滞留期间错过了一些生意。已经有五十英镑了,你可以把它用在……妈的!我本想一开始就跟你谈谈生意上的事,但是你让我倒把正事抛在了脑后。”

他专注地看着她,仿佛要记住她脸上的每一个细节,或者要努力读出那个没有问出的问题的答案；她在慌乱之中垂下眼睛。

“现在说什么都太迟了。”她说道，“我一定要远走高飞。”

“那么你就再来和我一起吃顿午饭吧。要么来船上吃晚饭怎么样？阿李今晚歇班，但我是个不错的厨子——会给你一个惊喜的。”

她犹豫了一秒钟，想问一下大副是不是在船上；但她马上确信不疑——如果大副在船上他是不会邀请她的。“好吧，我想没问题的。你的厨艺十有八九比我强。”

当领她向大街上走去时，他轻轻碰了一下她的胳膊肘。“我想看看那幅画最后的结果——就是被我很不礼貌地打断了的那幅。你带来了吗，还是已经把它卖了？”

“没卖。我原来打算把它献给汤姆。现在它就归你了，把它挂在你的——呃——会客室里吧。”

“挂在我的客厅里。”

在她赶回摄影社的途中，黛丽时而皱紧眉头，时而面露笑容，不停地摇头晃脑，好像一直在和什么人说着话似的。

他对自己太自信了，她内心里说道；但有时他又显出一副可爱的孩子气。当你看他的时候，他的眼睛那么小，嘴巴那么硬；但是他的魅力是毋庸置疑的……

想想吧，我可能很快就会有足够的资本到墨尔本去，观摩那里的美术馆，或许在那儿学上整整一年！

想到这里，她禁不住腾空一跃！

在她前面，一位老太太——一身脏兮兮的黑衣，佝偻着背，无奈地晃着手臂，摇着脑袋，眼睛盯着地面——蹒跚而行。黛丽望着她，充满怜悯和恐惧。

当我七十岁的时候，如果我不能跳了，她下定决心——我就去死！

36

冬日的黄昏降临到河上，一丝丝水汽从河面上袅袅上升；在西方远远的树林后面，一抹橘黄色的光辉缓缓消失在如烟的云朵中间。经历了白日的嘈杂与喧闹之后，现在四下里都安静下来；尽管还有船与船之间偶尔的招呼声、笑声或者突然的咒骂声在水面上漂浮，惊起芦苇塘中的一只野鸭或一群水鸡。

黛丽穿了一身樱桃红套装，戴了一顶小帽子，两边向后各插有一支灰色羽毛，一副机警而勇往直前的样子——看上去既像是墨丘利的化身，又像是船头昂扬的雕饰。

她急匆匆地赶往码头，寒冷的空气使她的面颊升起淡淡的红润。她的心中充满了愉悦的兴奋之情——她要到船上吃晚饭，有可能单独和一个她几乎毫不了解的男人在一起！

他正懒散地倚在轮箱的一头——手插在口袋里，金色鬈发一览无余——沉思着望向河水。听到黛丽的脚步声在空荡荡的码头上响起，他抬起头，飞快地跳过踏板，跑上台阶来迎接她。

他真的以为我可能掉下去，还是只是找个理由握住我的手？当他小心地领她上了船，来到轮箱隔壁的厨房时，黛丽想着。

“你坐到那边凳子上，不要打岔。”他说道，“我下厨的时候喜欢集中精力。但是首先，你得吃点小点心，以免饥肠辘辘地看我下厨。”

他递给她一盘用几种罐头鱼做的开胃美味。“瑞典式自助餐——我从一位挪威籍船长那儿学的这一手。煎蛋饼，我现在要按照我祖母常用的方法做。”

“你真聪明。”她嚼着一块松脆的干酪饼，望着火炉旁边长凳上摆放整齐的搅拌碗、鸡蛋和面粉袋，羡慕地说道。“厨房里可指望不上我。”

“那你就安静地坐在那儿瞧我的吧。”他用力打碎鸡蛋，小心地量出牛奶和水，搅拌之后倒进吱吱作响的黄油锅中。

“圆葱！”当他铲起一堆圆葱片时，黛丽大叫道，“谁听说过煎蛋饼里放圆葱？”

“安静！到底谁在这儿掌勺？”

他在另一个平底锅里滴上油，熟练地翻弄着蛋饼，然后分装到两个盘子上；接着他拿起一块面团，滑进油里。“油煎——你会喜欢的。现在拿好盘子，来吧。”

黛丽自始至终喜欢他的不拘礼节，他的这种态度也使她毫无拘束，甚至直到他们坐在甲板上遮阳篷下的桌子旁边时，她才意识到，哪里也没有看见大副。

“我本来应该带你到客厅,但是那里不通风,相当闷。”

“大副不在船上吃晚饭吗?”

“哦,他在镇上有个女朋友;实际上他们已经订婚了。今晚他和她的家人在一起。本,在他出嫁的姐姐那里。阿李去吸鸦片烟了,毫无疑问。可怜的老查理在狂饮……天啊!我忘了!”

“什么?”

“我做煎蛋饼把最后一个圆葱给用了!”

“这是我尝过的最好吃的煎蛋饼。圆葱怎么了?”

“到了早上,查理往往要踅摸一个圆葱来醒酒!”

“圆葱?”

“对啊,狂饮之后的早晨,除了生圆葱三明治之外,他什么也不吃。他说这是解宿醉的良方。变了味的威士忌和新鲜的圆葱气息混在一起,实在令人有点难以忍受,如果你迎着风——”

“真要命!”她咯咯笑道,“加上阿李浓浓的鸦片烟味,吉姆·珀斯女朋友的香水味,明天船上的气味可够你受的。还有本——对了,不知什么原因,我只是觉得他有股子书卷气;看上去挺聪明的一个小伙子,他应该到学校读书才是。”

“是啊,本是个聪明的小伙子,但是他一直没有机会。他很小的时候就外出务农,因为家里养不起他;他在一个混养的农场勉强挣口饭吃——天刚亮就得起床挤牛奶,直到晚上八九点钟才把那些畜生分类圈好……他来到我们这里的时候,几乎累成了半傻。有一些农民,你知道,把自己和他们的家人早早地就往坟墓里赶;为了最起码的生活,他们像牲畜一样不停地劳作,直到倒下为止。”

“当然,我们的农场相当大,过去也管理得很好——从河里引水灌溉,而且没有多少奶牛。”

她跟他讲了他们如何从墨累河源头附近的山区长途跋涉来到这里的农场,讲了亚当以及他们过去如何去康德拉附近的雪山上滑雪,后来又如何在这条河上划船垂钓,等等。

“我们总爱观望那些往来的轮船;你不知道它们在晚上看起来多么令人兴奋——巨大的探照灯把两岸的树木照得通明;烟囱里喷出点点火星。我一直想坐上其中一艘船,顺流而下,奔向大海。给我讲讲这条河吧,艾华兹先生。”

“我只知道上游——远到文沃斯的情况。”说着，他开始向她讲述那些在舵舱里度过的漫长的夜晚——漆黑的夜晚，你不得不凭着直觉驾驶；每一道阴影看上去都像沙洲。

“最初来到这条河上时，我还只是一个小孩；但是，因为我在海湾的威廉斯托驾驶过旅游汽艇，所以已经有了一些经验。我在那儿干了一段时间。登上第一条河上轮船之后的第二天傍晚，大副对我说：‘你会驾驶吗？’我刚把一杯茶端到舵舱。‘会。’我像傻子似的说道。‘好，替我掌一会儿舵，孩子。我想下去喝一杯。’

“嘿，我就接手了，心里非常高兴而自豪；我不停地回头望着身后划出的尾迹。但是天越来越黑了，大副却没有回来；甲板上没有一个人，也没有话筒什么的。我大喊着，却没有人听到，或者他们根本没有在意。

“在两个多小时的时间里，我驾着那条可恶的船驶过我以前从未见过的河段；我不知道哪里是航道，只能心里拼命骂那个大副。终于，只听轰的一声，我们搁浅在沙洲上了。

“船长从舱里出来冲我大吼。大副在下面喝酒，还是由我掌舵，直到有人碰巧过来换下我。之后船长给我上了一堂驾驶课——他真是个好心的老人，但是那位大副在这趟差之后就卷铺盖走人了。”

“你们驶离沙洲了吗？”

“噢，是的。我们最后用绞盘把它拉了出来。在墨累河上，你不要指望浪头把你涌出来；要么通过自己的努力脱身，要么陷入淤沙中，等待六个月后的涨潮。以前曾经有一只轮船，在达灵河上花了接近三年的时间才到达布尔克。”

“达灵河比墨累河更难航行吗？”

“河水涨满的时候，还可以在上面航行——航道一直向前；而在墨累河，航道一直变幻不定。但是到了旱季，达灵河的淤泥沟渠的底部是一连串的水坑。”

“我想去布尔克。哦，有那么多我想去的地方！有那么多我想做的事！”

她凝视着外面黑黢黢的河水。一只飞蛾自黑暗中向灯光这边飞来，跌落在桌布上，痛苦地转圈爬着。“可能我会烤焦我的翅膀，但是我没有理由不飞啊；至少也得试一试啊！”

他小心翼翼地伸出一根粗大的手指，捏死了那只飞蛾。“你是指墨尔本？”

“对啊。我有一种强烈的感觉,我必须离开这里。艾华兹先生,我的美术老师,建议我去那里的美术学校。”她的眼睛避开了桌布上的那块污迹。

“正好提醒我了——那幅画。”

“哦！在客厅呢。”

他把那幅画拿了过来,竖立在灯光照得见的地方。“太棒了——水面上这些亮点,遮阳篷上斑驳的阴影——恰好抓住了夏天的气息。”

“你这么认为?”一想到他上一次看到这幅画的情景,她的不好意思——任何人看她的作品时,她都有这样的感觉——就更增加了几分。她想要他再一次像那样吻她吗？她想吗？她血管里的奔涌之声告诉她——她真的想;看上去他也在想同样的事情。

“对啊,想想你受到的干扰……”他的眼睛里带着机智的笑容。她低下头,努力憋住笑,意识到自己的脸变红了。

“这得庆贺一下!”他跳起来,叫道。他拽动侧面的一根绳子,直到一口袋叮当作响的瓶子被拽了上来。他拿出两瓶啤酒——灯光下闪烁着褐色的光芒。那只口袋在地板上渗出一汪黑水。

“为费拉黛菲娅·高顿小姐的成功干杯！祝愿她让墨尔本所有的评论家都神魂颠倒——”

“黛菲妮是我作画时的署名。”她啜了一口啤酒,腼腆地说道。酒味很苦,她像喝药似的马上吞了下去。

“黛菲妮？不好,我喜欢费拉黛菲娅;总在舵舱的前面看到它,我已经习惯了这个名字。你叫我泰德,好吗？‘艾华兹先生’这种称呼听起来那么别扭。”

“那……我更喜欢布兰顿,真的。”

“好吧。除了我母亲,没有谁曾经那么叫过我;你让我想起她。她像你一样皮肤纤细,纤细而洁白,有淡淡的象牙的气息。”他凝视着她,那么专注,以至于羞得她白皙的皮肤上粉红的浪潮从脖子一直漫到额头。

“你把啤酒喝完,过来告诉我,把它挂在哪里好。”说着,他从口袋里拿出铁丝、钉子和螺丝。“再来点炸丸子和果酱?”

“不了,谢谢！我觉得要是现在我跌到船外,就会像石头一样沉到水里。”

“天啊！有那么重吗?”

“当然不会啦。但我的确吃得够多了。让我帮你洗碟子吧。”

“不用。阿李明天会干的。”

“噢,但那是不公平的。”她站起身来,开始收拾碗碟。她不习惯喝啤酒,酒劲直冲膝盖;一只盘子砰地跌落在地。

她开始为自己打碎了东西而表示歉意,但他指出这只盘子有一半是她自己的,并劝她别动剩下的碗碟。他把灯递给她,领她踏上轮箱上面狭窄的台阶,来到两间船舱旁边的嵌板小客厅。他在有限的墙上空间比量着那幅画。

“我想这里几乎就是唯一的地方了。”

“好吧。白天这里应该光线很足;别太高——大约和眼睛持平。”

他敲进一枚钉子,仔细调整画的位置,为了观察效果,他几乎退到门外。

“看上去真是不错。”黛丽晃着灯说道。

“嘿,小心点儿!”

他双手抓住她拿灯的手,把灯接过来,小心地放在地板上;他们的脸就隐在阴影里了。当他向她俯过身来,奇怪地看着她时,她能够看到的只是他眼睛中闪烁的光芒。她心跳得令人窒息,但是她一动也不能动,就像一只小鸟被蛇迷住了一样。一瞬间,她仿佛已经不存在了,迷失了,消逝了,随着他嘴唇的牵引离开地面,来到某个地方……

终于,她努力挣扎着清醒过来,但是他的嘴唇却不愿松开她。绝望之中,她把手指插进他浓密的鬈发里,推开他的头。

“你怎么了?”他的声音听起来很痛苦,眼神有些恍惚。

“我——我喘不上来气。”

“噢,亲爱的!对不起。我希望——”他把她抱在怀里,轻轻摇着,脸颊贴着她的头发。他的手指循着她的耳窝,细致地探寻她的眉毛和脸庞的线条,以及她颤抖的嘴唇的轮廓,又滑向她高挺的衣领下面砰砰跳着的温暖的喉结。他抚摸着她整个身体,仿佛要把它永远地留在记忆当中。

这比令人窒息的热吻更让她受不了。她依偎着他,忘却了一切,全身松弛。什么都不重要了;身外的世界不存在了。

“你愿意——?”

他的嗓音有些沙哑,他清了清喉咙,更有力地说道:“你愿意到河上划船吗？”

好像一个溺水的人迎头碰到一只救生圈，她一下子清醒过来，赶紧抓住这实在的、出乎意料的话语。

“愿意，噢，愿意。我非常愿意。”

恍若隔世。两个人仍然站在原地，像前生一样，那盏灯还在他们的脚边。

他弯下腰提起灯，他们来到外面的天空下。美妙的寒星在黑暗中熠熠生辉，大河以它颤动的点点光芒遥相呼应；远在上游的其他轮船，也把它们温暖的灯火柔和地洒在水面上。

沉默中他们来到底甲板。他把小艇推到船尾。从远处的一艘轮船上突然传来笑声，接着，水面上出人意料地回荡起一阵婴儿的啼哭。

“我会划船。”坐到小艇上之后，黛丽说道。

“谢谢你，还是我来吧。”他很不耐烦地说道，然后俯身划桨，使得小艇突然向前跃去。她在船尾，手指拖在水中，感觉河水——与她料想的一样——比夜晚的空气更温暖。

“你一点不冷吧？”他正左顾右盼地把握方向，所以头也没回就向她抛来这句话。

“一点不冷。谢谢你。这是个美妙的夜晚。”

她抬头望向倾斜的银河，拜亚米平原上空巨大、灰暗的鸵鸟星群——米娜曾经指给她看过；南十字星座清晰而明亮的 V 形缺口——许多梦想时代的英雄曾经从地球登上那里！

“我们去拜访‘天意’号的乔治·布来克尼。”布兰顿说，“他老婆刚生小孩，他就像一条拖着两只尾巴的狗。她住在船上，陪伴他奔走于大河上下……我们到了！”他用一只桨熟练地拨了几下，把小艇划向大船的尾部。船上小客厅明亮的窗户挂着鲜艳的窗帘，窗台上养在盒子里的天竺葵清晰可见。

“谁在那边啊？”一个皮肤黝黑的大块头男人问道。他嘴上叼着烟袋，衣袖挽起，露出棕色的手臂。

“艾华兹，‘费拉黛菲娅’号的。”

“啊，泰德，我的孩子！上船，上船！你来是想再看看我家这漂亮的小娃吗？”

“我已经看过那小东西了。”

“小东西！小东西！听听这个男人说的，玛波儿，他竟然叫咱们的漂亮女儿‘小东西’。嗨，这位漂亮的女士是谁啊？”

“费拉黛菲娅·高顿小姐，新船主。”

“半个船主，你知道。”黛丽不好意思地说道。

“你好，欢迎来到‘天意’号船上，费拉黛菲娅小姐。这个名字称呼女孩和轮船都很好听。我本来还想根据一艘船给这孩子起名，但是一看见是个女孩，太太就不听我的了；直到我想起下游有一艘船名叫‘马里恩’号——”

“我可不赞成。”一个丰满、漂亮的妇人，眨巴着快活的黑眼睛，出现在灯光下。“玛莉·安妮还差不多。到客厅里来好吗，高顿小姐？肯定不太整洁，但是有个小孩，你知道多么……”

黛丽根本一无所知，但她却深表赞同。

客厅的角落里放着一张深色的木制婴儿床，孩子正在里面玩弄自己的手指，不时地四下里乱抓，嘴里轻轻发出快活的咕咕声。

“你想抱一抱她吗？”这位自豪的母亲说道，仿佛这是她献给客人的最高敬意。

“呃——”黛丽显得很局促。她对婴儿一无所知，非常害怕自己会抱不住。“这就是我们的小可爱。”这位母亲说。然后一只温暖而结实的包裹被放进黛丽的怀中。

“她可真漂亮！”黛丽感觉自己傻呵呵的。

婴儿抬起头，惊愕地看到一张陌生的面孔——绝非好奇，而是单纯的惊愕；眼睛尽可能地张圆；身上发出一股清洁的、甜丝丝的乳香。突然，她把两只小拳头送到嘴上，两膝交叠，笑了。黛丽低下头，以同样的惊愕看着粉红色的起皱的小手，完美无瑕的小脚，指甲像小巧的贝壳。她的母亲，以一种温柔的、占为己有的动作抱回了孩子；孩子却回过头来，圆圆的眼睛一直入迷地望着这张陌生的脸庞。

“她开始关注眼前见到的所有东西，她父亲总认为她是那么聪明——”

“本来就是嘛！”乔治大声说着进来了。布兰顿跟在后面，不得不低下头，走进低矮的门里。

布兰顿走上前来，把自己的一根大手指递给孩子把玩，非常开心地低头看着她。

“她是这一带到文沃斯之间最漂亮的孩子，是不是，泰德?”

“对啊，你倒用不着一晚一晚地听她哭叫，像我这样。”他的妻子或许觉得应该调剂一下这种夸张的赞美，沉下脸说道。

“我们为孩子的健康喝点什么吧。”乔治说。

“我们不耽搁了，谢谢你，老伙计。我只是让高顿小姐看看咱们同行的轮船，然后她就得回去了。”

他低下头，那么摄人心魄地看着她，海蓝色的眼睛灼灼闪亮；一瞬间，仿佛这世界里只剩下她和他，再没有别的人。她机械地说了声再见。

他们从小艇上挥手告别，然后向上游的一排轮船——有的人去船空，漆黑一片；有的灯火闪耀——划去。一艘船上传出歌声和风琴的呜咽；另一艘船上响起哗啦啦的刷洗盘子的声音；一桶垃圾扔出船外，水花四溅。

但是河水还是这么清澈！黛丽心想，虽然它接受了所有的生活污染……看着从西南方向的天空飘来的几片柔和的云朵，威严地穿过星群，她茫然地想到了河水的循环:河流流向大海，海上升起云朵，云朵飘回陆地上空，落下雪或雨，又重新流向大海。亚当喜欢引用的几行诗浮现在她的脑海里:

当我仰望，星星点缀的夜的脸庞上
高洁的浪漫与忧伤；
我想，可能我的一生也追寻不到
你飞翔的翅膀……

多少日子以来，这是第一次因为亚当，她的泪水涌上双眼。噢，她是怎么了？今天晚上她这么快活，这么无忧无虑。她抬起头，星星模糊了；然后突然一亮。噢，辉煌的星群！噢，镶嵌宝石的十字星座！它们的绚丽和冷淡仿佛穿透了她的内心！

小艇掉转头，天空在她头上慢慢旋转。他们顺流而下，双桨毫不费力地出入水中，除了桨架的咔嗒声，四下里静悄悄的。

当他们来到“费拉黛菲娅”号对面时，布兰顿把小艇划到河中央，然后收起桨，坐到她身边，任凭小艇自由漂移。他的手臂搂住她，脸颊蹭着脸颊。

“这是什么？眼泪?”他假装惊讶地缩回身子。“你不觉得墨累河的水已经够多了吗?”

“你真是个奇怪的小东西。”他把她拉回到他的膝上,他们凝视着对方的眼睛;小艇无声地向下游漂。他把玩着她的头发,直到长长的一束发丝松散开来。他用那束头发缠住她的脖子,开玩笑地做了一个威胁的手势;她的牙齿轻轻咬住他的手。接着他开始吻她,不停地吻她,直到小艇静静地搁浅在康帕斯河口下面的拐弯处。

他们默默地划着小艇,回到轮船停泊的地方,而他的目光始终没有离开她。当他拉起她的手,帮她登上甲板的阶梯时,他突然叫道:“你的手冻僵了！我得给你拿杯热饮。”

“不,我什么也不想要。我只想拿回我的帽子——它在遮阳篷下面吧,我想。”

“我去拿。”

当他拿着帽子回来的时候,她正在徒劳地梳理着从发卡里溜出的柔软的发丝。船尾亮着灯,灯光勾勒出她优雅的姿态;他看到了她的纤纤细腰,圆鼓鼓的胸脯,还有优雅地流泻而下的长裙。

当他们向船的侧面走去时,他突然弯下腰在踏板上做了点动作,然后站起身来,向船里一拉,砰的一声把踏板扔到甲板上。

“现在我们完全是在一个四面环水的孤岛上了。”说着,他把她抱了起来。

37

在汉密尔顿先生疑惑的目光中,黛丽欢快地道了声“早上好”,走进摄影社。她在小镜子前摘下帽子,凝视着自己的脸,看看是否显得有所不同,或者更聪慧而成熟。昨天晚上,她有一种奇怪的感觉:她被生命的原始力量所支配,身不由己,任由摆布,无法逃避;仿佛他们的肉体只是某种盲目的力量的傀儡。当然,她必须有所改变……

“你怎么了,今天早上?”汉密尔顿先生咕哝道,“好像有什么事情令你很得意。”

我坠入爱河了！她几乎要脱口而出。我在恋爱，我付出了我的爱，我也得到了爱的回报，我要爱——她极力控制住自己的情绪，说道：“噢，我也不知道，但这是一个美好的早晨。”

“是吗？我觉得有点冷。”

“噢，不！这是一个美妙的早晨。”

他把沙发推到意大利式扶栏的前面。“你知道，格里格丝小姐约了今天早上来，你过来把这些花整理一下好吗？我想把这活儿干好，她会为我们拉来很多生意。”

贝茜今天早上要来！黛丽惊讶地回想起亚当最初住进城里的时候，她有多么嫉妒贝茜——贝茜·格里格丝，拥有迷人的身段，自然的举止；衣服的花样层出不穷；很受女孩子们的欢迎，总有男孩子追求，整天神气十足的。但是今天早上，她突然觉得贝茜对自己没有丝毫影响。

她静静地干着手中的活儿，但是布兰顿的身影不断地浮上她的脑海，她的一颗心在胸腔里不停地激荡。她正在与他梦里缱绻的时候，门开了，贝茜走进摄影社。她穿一身漂亮的软毛套装，戴一顶小巧的帽子，帽檐上一只活灵活现的小鸟，它的翅膀扑闪着掠过她白皙的额头。她的金发柔顺地垂在脑后，她的嘴唇和脸颊如校园里的女学生一般粉红、鲜润。

贝茜身后还跟着一位女孩——个头高高，头发乌黑，没精打采，穿着随便，但眼神悠远，很优雅，透出大城市的气派。黛丽想看个仔细，却又得假装忙于手中的活计。

“嘿！黛丽，每天你都得这么早赶到这里来吗?”贝茜快活地嚷着，“我们可是刚刚把自己从被窝里拽出来的。黛丽工作是为了养活自己，内丝塔，你说她是不是挺怪的?”她笑的时候，恰好露出了一口完美的纤纤皓齿，眼神却如蓝色的瓷器一样平静。

高个子女孩并没有对贝茜的话和她的笑声做出回应，而是专心地看着黛丽。

“我叫内丝塔·莫托拉姆，贝茜忘了给咱俩介绍——”她的嗓音热情而深沉，正如黛丽所料。

“你好！我叫费拉黛菲娅·高顿。”

“多么不一般的名字啊！是根据那个地名？一艘船？还是别的什么？”

“实际上是根据那个地名。我父亲总想着去那里。但是的确有一艘船是根据我的名字而命名的。”

“一艘船！一艘又小又破的明轮船！”贝茜正因为被撇在谈话之外而着恼，这时插进来讥讽道。

“但是多么有趣啊！我喜欢明轮船,我能看看那艘船吗?”

“它正泊在港里呢。如果你愿意,午饭时咱们一起去码头上吧。”黛丽一边说,一边诧异于自己的冲动。

“我本来就打算邀你和我们一起吃午饭呢。”贝茜说着,很不满地撇开她们俩,自顾自到沙发上摆好姿势——似乎不愿意她的两个朋友这么快就互相吸引。但是当她面对汉密尔顿先生和摄影机的时候,她又笑得神采飞扬了。

“来看看我的工作室吧。”黛丽从睫毛下面打量着身边这个女孩:优美的身段,外罩棕白相间的牧童式方格呢,棕色天鹅绒镶边,天鹅绒帽恰好与她沙棕色的大眼睛相称。这个陌生人把她迷住了。她领她走进后面的小房间。内丝塔看起来显得无聊而疲倦,但她的眼睛却在敏锐地观察着房间里的一切。

“这是什么?”她从桌子后面拿过来黛丽的那幅埃库卡油画作品,问道。“这是你的作品吗?”

“是的。绘画是我的爱好,其他的都是挣口饭吃。”

“哦。”深深的一声赞许。黛丽快活地涨红了脸。

“我希望很快到墨尔本学习。”

“你应该去的。我希望我还会在那儿。”

“你是那里的人吗?”

“是的。但是我打算出国,八月底。”

“噢——噢！法国,意大利……佛罗伦萨……罗浮宫;乌沸兹,佩蒂宫——”

“我希望写一本游记。我爱好写作,但是我没有那个——创造力,我不是一个编故事的好手。”她坐在桌子边上,注视着窗外缓缓转动的风车。“你知道我的难处吗？钱太多了。”

这一番坦白那么自然,又幽默,是不会被误以为吹嘘的。黛丽惊讶了。

“钱太多了！这怎么可能!”

“是真的。放弃舒适需要非常大的意志力。我知道,如果坐统舱或者二等舱,我会看得更多,也会结识更多有趣的人。史蒂文森凭借一头驴走遍法国各地,瞧他写出了多好的一本书!但是实际上——我喜欢舒适,而且,作为一个女孩子也是一种累赘。”

“是啊,谁说不是呢!”她们看着对方,笑出声来。

“你们俩在这儿闲唠什么呢?”伴着清脆的嗓音,贝茜一只手轻拢秀发,微摆玉颈,如天鹅一样游了进来。

“哦——鞋啦,船啦,火漆什么的。”内丝塔答道。

“火漆!”贝茜总算抓住一样东西。“前些天,我在文具店见到一种顶好的紫罗兰色,比一般的大红好看多了。”

“我想把你这副样子画下来!”黛丽突然说道。她一直在琢磨坐在桌子边上的内丝塔随意之中透出的优雅气质:手指修长,手掌心向上放在膝上,幽深的眼睛注视着窗外远处的什么东西——也许是未来的某个地方。

内丝塔移目黛丽。“你还画人物像?”

“对,但是可别让汉密尔顿先生听到!他不喜欢来自画手的比照。实际上,除了课堂上以其他同学为模特的习作之外,我也只是尝试了几幅自画像。噢,要是我那套家什在这儿该有多好!”她激动地摸出一支铅笔,感觉她必须在内丝塔移动之前把眼前的她描摹下来。

“好啊,黛丽,你可从来没有提出给我画像!”

“噢,亲爱的贝茜,只有照相机适合你。你太完美了。”黛丽蓝色的大眼睛闪出快活而兴奋的光彩。“你做我的模特好吗,内丝塔?”

内丝塔站起身来,拉了拉裙角。“当然可以。只要你愿意,我会付钱的。”

黛丽瞪大眼睛,脖颈腾一下涨红了,一股热浪直涌上发梢。与其说是内丝塔的话语,不如说是她懒散的语气中透出的傲慢刺痛了黛丽。“我并不想要你的钱。”她不屑地说道。“我只是对你那张脸有点兴趣。不然的话,多少钱也不能让我把时间浪费到你身上。”

“对不起。”内丝塔以最快的速度伸出手。“这就是我为什么说‘钱太多了’,它让你怀疑别人的动机,即使是对你这样显而易见的真诚。”

“谢谢你这么看!”

“不要谢我,真的! 说你原谅我,给我画像吧。”

“行,什么时候你能为我做模特?”

“你过来到我们的住处画好吗? 内丝塔会和我一起待两个星期。”

“我晚上过去先作素描。只是有个条件,贝茜,她做模特的时候,你可不能和她说话。我想抓住她眼中那幽远的神情。”

“哦,好吧。快点,内丝塔,我们有那么多东西要买!”贝茜已经开始厌烦这种与男人和服装都没有关系的谈话。

“多么漂亮的小船!”内丝塔站在码头上,望着新刷了白漆、焕然一新的“费拉黛菲娅”号,赞叹道。河水流经船头,激起褐色的涟漪,给人一种错觉,仿佛它正在逆流而上。

烟气正从船上厨房的烟囱里冒出。身着蓝裤白夹克的阿李在厨房和遮阳篷之间忙个不停。本来到船边,提上来一桶水。布兰顿走出船长室,向她们挥手,他的帽子拿在手中,太阳为他的头发镀了一层金。

当她们迈下黑乎乎的台阶,向码头深处走去的时候,黛丽真怕同行的两个人听到她的心在怦怦跳动! 布兰顿正在迎候她们上船。“噢,谢谢你。”当他抓着贝茜的手的时候,她顽皮地说道。“到这里来,我真——是——吓死了!”

接着是内丝塔。黛丽——因为爱而明察秋毫的眼睛——注意到了她和布兰顿相接的深长的目光。他被她迷上了! 黛丽痛苦地想道。异性相吸——肤色的黑与白,眼睛的褐色与蓝色。今天早上他怎么还能这样看别人! 最后她的手被他紧紧握住,她只感觉到与他相接触的地方传来的暖流,别的什么都忘了。

“哦,艾华兹船长,我们可以看看那些转动的轮子和船上的一切吗? 这是我的朋友,内丝塔·莫托拉姆小姐,墨尔本来的。她对明轮船非常感兴趣。”

“哦,它可不同于一般的观赏性机械,格里格丝小姐。除了一部蒸汽轮机就没别的;也就是一个锅炉,和机车上的一样,只不过它驱动的不是陆地轮而是桨轮……当心油污,小心点跨过去。这是让轮子转动的轴——”

他们正要穿过锅炉旁边的狭窄通道,这时布兰顿突然拉住黛丽,猛地一吻。“亲爱的,今晚八点左右我去叫你。”

“好——”她几乎透不过气了。

“这是给锅炉加料的地方。”布兰顿打开炉膛门，然后指向锅炉后头，那里垛满四英尺长的红桉木，像一堵墙。“那个东西是压力表。要是它显示压力超过七十五磅，锅炉就可能爆炸，所以又装了这个安全阀，一达到那个压力，锅炉就停了。但是查理，就是那位轮机手，常常让它保持压力在八十磅左右；如果在此之前锅炉有要停的迹象，他就在安全阀上加重压力。”

“但那不是危险吗？”

“不是非常危险。有时锅炉爆炸的确会死人，像‘奥古斯塔女士’号那条破船上的伙夫和轮机手；但是所有最好的轮机手都不看压力表。你得保持速度，因为有铁路在抢生意；为了拉到货，就得赛跑。”

从岸上传来沙哑的唱歌声，接着出现了查理·麦克比高大的身形——帽子滑稽地挂在一只耳朵上，身子摇摇欲坠。

“噢，他会落水的！”贝茜尖叫道。

“他没事的。”布兰顿平静地说道。“隔三岔五他就会喝成这样。”

查理突然扑倒在地，沿着踏板慢慢地爬了过来，一边爬一边唱歌。到了船上，他把脸贴在甲板上，咕哝道：“李！阿李！给我拿新鲜的圆葱——三——明治！喝——多了点。没什么——比圆葱更好——消化！”

布兰顿走向这个喝得烂醉的人。“好了，查理，我先扶你到床上去，我们很快给你弄些圆葱来，现在船上没有。”

“没有圆葱！我只是想要——只是一个小小的圆葱——男人最后的一点请求——”

“好的，查理，来吧。”布兰顿轻松地把他扶了起来，背在身上，走上台阶，进了轮机手的船舱。

“我得走了，不然就没有时间吃午饭了。”黛丽突然想起自己是如何在他强健的臂膀里被抱上那几级台阶的。

“当然，我们走吧。”贝茜脸上带着厌恶的表情，裙子拽得紧紧的。但是内丝塔饶有兴致地望着查理消失的船舱。他们听到从那里传出的压低了的骂人声。

“我喜欢你的船长，黛丽。我也想有一艘船。”

我能看出来，黛丽想，隐隐地感到气愤。是啊，对你是容易的；你可以沉迷于你的奇思怪想，不管是买船还是周游世界；你可以和活生生的大师们研讨艺术,你可以买到你想要的任何颜料和画布……

和内丝塔道别时,布兰顿眼中关切的神情让黛丽的心绪更加恶劣。午饭也不成功。她的两个女伴穿着入时,而自己的哔叽裙子和衬衫使她自觉寒酸而潦倒。她不自然地坐在她们中间,自信心已经大打折扣。

“黛丽!你的指甲脏了!”贝茜突然用异常震惊的口气惊叫道。她从来都不是一个会圆场的人;她的这句话把黛丽推到了尴尬的顶点。

贝茜说的没错;她的指甲里的确沾了些脏兮兮的蓝色——午饭前她处于急切而兴奋的状态,没顾得上好好擦洗。她羞红了脸,把手藏到了桌子下面。内丝塔会怎么看她呢?布兰顿是不是一直在拿她和这个大城市里来的楚楚动人的女孩作比较呢?午饭匆匆结束了,她——食而不知其味。

38

躺在灌木铺就的床上,痒痒的,香香的,布兰顿仰望着乌云密布、混混沌沌的天空。他们俩只裹着他的一件外套。天公成全他们,在这个冬日的夜晚,天气出人意料地暖和。

“我觉得非常惬意,你不觉得吗?”

黛丽靠在一只胳膊肘上,拂弄着他的头发。“是的,我很幸福。”

是的,她感到幸福,因为她给了他快乐。当他进入她身体时,她竭力忍住了没有叫出声,没有让他看出自己有多么疼痛。她使劲咬住嘴唇才能抑住泪水,她一直告诫自己必须忍受这一切。既然极度的痛楚和极度的快乐或许只是同一事物的不同表现形式,那么实际上他们已经合作完成了爱的壮举。

“时间肯定很晚了。”她说。东方的乌云渐渐散开,露出几颗明亮的星星,星星在漆黑的天幕上游移。南方的星群曾经那么陌生,现在已经变得像朋友的脸庞一般亲近。永恒的星斗在天空穿梭,如河水的流淌,如时光的流逝。

“我才不管它有多晚呢。”恰在这时,埃库卡市政厅的大钟敲了十二下。他笑了,探起身亲吻着她小巧、结实的乳房,她快活地叹了一口气。

“噢,我得走了。我的房东……要是门上锁了怎么办?”

“好事啊,那你就不得不整晚和我待在一起了。”

“但是明天我还得工作呢，求求你，亲爱的，让我走吧。”

“好的，走吧，我不拦你。”嘴上这样说，却把她紧紧地搂住，欲望的潮水又一次吞没了他。

她很聪明，身子软软的，没有挣扎，只是可怜巴巴地说：“我太累了。”

“那当然，我真是个自私的畜生！”他们不情愿地分开了，马上感觉到一阵寒意侵入他们中间。河水闪着幽幽的光。潮湿的水汽悄无声息地漫过河岸，浸润了刚才他们躺倒的地方。

“明晚还来，怎么样？”当他们快要走到黛丽的寄宿公寓的时候，布兰顿问道。

“我恐怕抽不开身。我要画一幅内丝塔·莫托拉姆的肖像。”

“那个黑发女孩？”

“对，她只在这里待几个礼拜，而且——”

“哦，我也不会待很长时间的。”

“是啊，但我已经答应人家了。况且她有这样一副引人注意的面孔。”

“好吧，那就星期六。”

“星期六晚上吧。整个下午我都要作画。”

长长的、空荡荡的大街上只有他们两个人。在公寓门口，布兰顿突然把头垂到黛丽的肩膀上，像一个做了错事的孩子似的掩住了脸。她吃了一惊。

“我很后悔，黛丽！”他闷闷不乐地说。

“后悔！为什么？我不后悔，你怎么会呢？”

“你年龄太小！你才几岁？”

“二十。”

“二十！而我二十八。我还不能结婚。”

“但我一直跟你讲我并不想结婚啊！”

“我担心你会怀孕。”

“我愿意怀上你的孩子，会是个男孩，非常漂亮的。不过没事的，你告诉我的，我都做了。”

“是啊，会没事的，但是还……”

“为什么我就不能因为爱你而怀上你的孩子？我真不明白为什么必须有这

些复杂的法律框框。我们的整个社会体制都有毛病。”

“这还不算最糟。”

“整个都有毛病。未婚母亲们——”

“这是经济方面的问题。妇女没有能力通过工作来养育她们的孩子，因为适合妇女的工作少之又少。”

“如果有机会，她们能够做一个男人能做的任何事情。”

“除了一件事。”说着，他大笑起来。

“亲爱的，把甜菜根递给黛丽。”

格里格丝太太主持晚餐。她的动作舒缓且透出威严；她的眼睛和贝茜的一样呈瓷蓝色，但永远是半闭着，仿佛看到她硕大的胸脯以外的地方会花去她太多的精力。黛丽和他们一起吃晚餐，她的胳膊下面夹着作素描的家什——她正急不可待地要开始她的创作。

格里格丝先生递过甜菜根，然后仔细地察看桌面上可能还缺少什么东西。他身材短小，讲究妆饰，头发灰白，脸上刻满睿智。他总喜欢在一顿饭当中找点岔子——要么叫人把刀再磨一磨，要么让人从厨房再拿点别的什么出来。

尽管多年来格里格丝太太一直在不断地增加桌面上沙司汁、调味料和果酱的种类，但他还是会三番五次地想出新的东西。

“亲爱的，蘑菇酱哪里去了？”他突然得意地瞥了一眼自己的太太，说道。

带着无比绝望的神情，格里格丝太太拉响了铃。“苏珊，还有蘑菇酱吗？”蘑菇酱被端了上来，格里格丝先生非常失望，晚餐得以继续。

“黛丽那么忙着打量内丝塔，几乎什么也没吃！”贝茜带着恶意说。

黛丽脸红了，因为她感觉到每个人的眼睛都转向她。她一直在不自觉地端详内丝塔，脑海中充满了未来作品的形象。她一直在揣摩内丝塔脸上的鲜明的橄榄色调，嘴角和鼻子的轮廓，鼻孔和嘴唇的极其傲慢的曲线，还有深褐色的眼睛。

“我该怎样为你做模特呢，黛丽？像这样吗？”内丝塔把胳膊肘拄在桌子上，手托着下巴，夸张地挑起眉毛。

其他人都笑了。黛丽毫无笑意，她感到气愤。怒火使她吃的东西噎在了嗓子眼。晚餐的余下时间里,她只把眼睛盯着自己的餐盘。

其他人没有注意到,或者假装没有注意到她的沉默。但是当他们在离开餐室的时候,内丝塔热情地挽住她的胳膊,耳语道:“不要生气,亲爱的费拉黛菲娅,来吧,我们与他们隔开,我完全按你说的来做。”

身体接触的磁力,支持的话语,立刻融化了黛丽的怒气。她们走进为她留出作画的小房间。内丝塔正如她答应的那样配合得很好。一小时以后她就绘出了好几幅蜡笔素描,其中一幅可以加工成她想要的画像。她已经捕获到了内丝塔手腕的慵懒的曲线,以及最初引起她兴趣的幽深的眼睛中那热切的梦游似的神情。

星期六,为了把蜡笔素描转绘到准备好的画布上,她没吃午饭就去了。兴奋的心情催促着她,因为她感觉到自己的构想正渐渐成形。亮点将是眉毛和眼睛,膝盖上一只洁白的手随意抛在她肘边桌面上的一本光面书上。

当她来到贝茜家的时候,她的手指痒痒的,想马上拿起画笔,表面上却不得不对格里格丝太太表示必要的礼貌,这让她心烦意乱。午餐刚刚结束,格里格丝太太坚持要黛丽和他们一起坐下来喝杯茶。

“孩子,你肯定已经吃过午饭了吗?”

“当然肯定。”黛丽坚持自己的谎话。

“哦,黛丽是靠画布的气味活的。”贝茜说道。她喜欢吃的,而且开始呈现出和她母亲一样的丰富的曲线。

黛丽笑了,从背包里拿出一块暗黑色的画布。“嗨,这可比一顿烤肉美味多了。”说着,她闭起眼睛吸了一口。“我们开始吧,内丝塔。”

在她作画的过程中,她们谈到了许多话题;即使在沉默的间隙,气氛也是融洽而友好的。尽管,有时内丝塔出于本性而瞬间流露的傲慢与偏狭会遭到黛丽的反对,但她发现,内丝塔的大多数想法还是和自己一致的。

但是有什么东西不对劲了。她无法找到以往的神态。姿势没错,但眼中的神情已经变了——不再如梦如幻,而是好像在掩饰内心的某种兴奋。

“从我上一次作素描到现在你碰到什么事了?”她问道,“什么东西使你兴奋,因而改变了你的脸。现在我只能不管它了。”

“我不知道自己怎么会看起来跟从前不同。”但是内丝塔低下头,嘴角浮现出掩饰不住的笑容。

黛丽专心致志地画那双手。"'看看大师画中的手。'丹尼尔·怀兹总说，'再看看现代画作中的手，足以让你看清一个画手的能力。'"

画像进展很快，黛丽把全部的空闲时间都投入进去了。布兰顿抱怨说，她根本不把他放在心上；他口气里的冷淡，态度的变化让黛丽着了慌。她答应第二天午饭时间去他那里，因为正好内丝塔另外有一个午餐约会。最近黛丽只是去她那儿画背景。

"说实在的，我也跟人约好了明天一起吃午饭。"布兰顿说，"所以你还是作你的画吧。"

"我正担心着呢。她身上有一种压抑的兴奋——我私下猜想是和男人有关——我摸不准她眼中的神情。"

"她有一双奇特的眼睛。"布兰顿说。

星期四是内丝塔回墨尔本之前最后一次为黛丽做模特。让黛丽高兴的是，她找到了曾经失去的东西：那凝望着遥远的地平线上某一处风景的热切的、如梦的目光，又回到内丝塔的眼中；一抹轻描淡写的笑容浮现在她的嘴角。

"就是这样！这就是我想要的神情！噢，我不得不涂掉你半张脸，重新来过。"

画笔飞行于调色板和画布之间，身心追随着力量和荣耀的召唤。她绝不会出错！当终于完成了的时候，她注视着自己的作品，觉得还不错，尽管它与她梦想的相比还差得很远。

"太棒了，黛丽！我真想把它买下来！"内丝塔热切地说道。

"不行。它是非卖品。"

"费拉黛菲娅"号即将起航，黛丽希望在此之前自己的空闲时间是和布兰顿一起度过的。一天晚上，当船员们都上岸去签保险协议的时候，她来到船上。像上回一样，他们完成了男女之事；但是这一次少了些痛楚，她感到精神振奋，焕然一新。这是一种全新的感觉，仿佛他们是伊甸园里的亚当和夏娃，在第一个早晨醒来……哦，亚当，她内疚地想道，我把你忘得多么彻底！

但是她拥有布兰顿，一个活生生的人；她可以感觉到他心脏的强烈的跳动。

她想到那颗曾经坚强但已经停止跳动的心，想到眼前这个有呼吸，有爱，有思想的火热的肉体，也要化作一抔尘土……

她痛苦地抱紧他。“布兰顿！答应我，你不要死！”

“恐怕我不得不死，在某个时候。”

“你一定不要死！一定不要！”她跪在他身边，前后摇晃他的身体，乌黑的长发垂到脸上，眼泪如泉水般涌出，仿佛已经在哀悼他的尸体。

“你这个小傻瓜！”他把一根长长的线缠在她的手腕上，动情地说道。“我答应你至少二十年不会死。”

“我一直担心你可能会参加南非的那场可怕的战争。”

“我才不会！我已经看透了那是一场什么样的战争。我们凭什么去帮助那些英国要人来屠杀像我们一样的人，就因为他们不愿意交付不公正的税款？布尔人想要的只是自由，他们想要独立。”

“布兰顿！你是个亲布尔派。”

“太他妈对了。而且我还是反战派。我才不会仅仅因为那些政客要人告诉我那是光荣的事情就去屠杀我的同类。”

“亲布尔派。反战派。”她喃喃自语。她从来没有听到有人表达过这样的观点，她非常震惊。亲布尔派一直被看作最低等的一类人，与布尔人本身几近同类。“那些讨厌的怪物！”她曾经听到学院的看门人——一位参加过克里米亚战争的退伍老兵这样提到他们。

此刻，她第一次意识到，就在这一时刻，有很多南非的布尔族女孩正和她们的战士情人挥泪告别，发出和她同样痛苦的呼喊：“你一定不要死！一定不要！”

临近午夜，码头上响起人声。她一骨碌跃起，刹那间意识到自己的身份，意识到自己有悖于常理的行为。她从自己死去的母亲和麦克非太太甚至从贝茜·格里格丝的角度审视自己的行为。整个社会似乎都会结成一伙，对她指指戳戳。

“不要这么惊慌失措。”看着黛丽匆忙穿上衣服，用颤抖的手别好头发，布兰顿不紧不慢地说道，“只是一些晚归的醉鬼在寻找他们的船。”

嘈杂的人声果然向码头的另一端远去了。她放松下来，开始四下打量这狭小的船舱。她的眼睛扫过圆形小皮包里他的两支整洁的发刷,她随手从墙上的书架抽出几本书。其中一本是雪莱诗选的小册子。她漫不经心地打开封面,看到扉页上用绿色墨水题写着:“临别赠。N。”

看起来不像是最近新题的,但笔迹她却熟悉。内丝塔曾经在寄宿公寓留过条子,说很抱歉第二天不能为她做模特,黛丽熟悉这笔迹。

她盯着那行字——方方正正,一笔一画,几乎像打印的一样;用的还是绿色墨水!“N!”她大声重复道。血液开始在耳边打鼓。“内丝塔送你的吗?”

“哦,那个!”他随便地斜过身子,从她手中接过书。“是的,说实话,是她送的。”

“但是,布兰顿!”她瞪着他,蓝色的大眼睛里充满忧伤。“除了那天我们一块儿上船,我真不知道你还见过她。”

“哦,是的,我们见过几次。前些天我就是带她去吃午饭。”尽管笑得轻松,他还是有点窘迫。

“但为什么不告诉我?她为什么不告诉我?我不明白。”

“哦,她不知道你我之间的关系,除非你告诉她了;我自然没告诉她。”

“没有,我当然没讲。但为什么你不告诉我?”

“我不清楚。我想是怕发生争吵吧。我想你可能会嫉妒,可能会因为我把你的模特拉走而跟我急。”

“嫉妒!我当然不会嫉妒。嗨,你几乎不了解她。”她笑了,留下一个没有回答的问题。

内丝塔那么迷人,自己就是被她的热情和活力所吸引。布兰顿也是被吸引了,他们本是一类啊。

她抖掉头脑中不安的情绪,决定不再表现出任何毫无意义的猜疑。毕竟,她和布兰顿已经互相给予了对方,他不可能又会认真地对别的人产生兴趣。

39

那一粒微小的种子,一旦植于她的脑中,就开始发芽,生长,直到她所有的幸福都被日益滋长的猜疑蒙上阴影。黛丽睡不着,从床上爬起来,点亮了灯,向靠墙而立的内丝塔的画像走过去。

悠远的眼睛从画像里凝视着她,恍惚的眼神沉溺于记忆中的某个情景,嘴角的一丝笑容若隐若现。她愤怒地把画像转向墙壁。

第二天,她无法集中精力,在摄影社她的小房间里不安地走来走去。终于,从墨尔本开来的邮车进站了,她征得允许,去邮局取一封预计会从墨尔本寄来的信。

在邮局,邮件已经被分拣完毕。她买了几张邮票,然后随意地说,她要到码头,如果有"费拉黛菲娅"号船上的邮件,她愿意顺便捎去。邮政员认识她,也知道她和那条船的关系,所以非常细致地查看了信件架。

有三封信,两封是大副的,一封是船长的。直到走在邮局外的大街上,她才把目光落到那封信上。她看到了预料中的字迹——没错,用的是绿色墨水,盖着图哈克的邮戳。

她的第一感觉是愤怒,她全身发软,颤抖不已。她没有直接去码头,而是转向右,从护堤的桉树中间穿过,向河边走去。她想把那封信撕得粉碎,撒到河水中去。

她也想,非常想,打开来看看那封信。但是如果她这样做了,他会蔑视她,她的猜疑可能永远解不开;而如果她不露声色地再把它封上,她就会蔑视自己。最好马上把它销毁。

她把另两封信夹在胳膊下面,两手抓起第三封信就要撕。不行!最好当面交给他。她无法忍受眼下这种不知情带来的煎熬。她从腕上解下手绢,擦了擦汗津津的手掌。

码头上,布兰顿正在忙着指挥加载军用品——几个人正把准备运往达灵牧场的一批危险的弹药装上船。

他赤裸着上身,露出发达的胸肌,他光滑的皮肤在阳光下闪闪发亮,太阳晒不到的地方,肤色是洁白的。她移开目光。他微笑着向她走来。

她突然从背后拿出那封信,冷冷地递到他的面前。他的双手脏兮兮的,却没有让她把信放到他的船舱里,而是皱了一下眉头,接过信,把它塞进屁股兜里。

"我正好去邮局,就顺便把信捎过来了。"她装作漫不经心的样子说道,"还有两封是给大副的。”

“放到上面船舱吧,今天他休班。我一会儿就上去。”

她僵硬地转身上了台阶,把信放在大副的小船舱里,然后走进隔壁布兰顿的船舱。她赶快找那本雪莱的小册子,发现它被塞在桌子上的一些报纸下面。

打开书,她又看到了那行题字。她快速翻阅了一遍,看到有一节用绿色墨水作了标记。顿时,全身的血液轰地涌向头,她觉得自己的头仿佛要炸了。那一节是:

激情的迷醉已成往事,
曾经的温柔挥抹不去;
爱情使凡俗之人悲悲戚戚,
而我不会流泪,我不会流泪!

书从她的手中滑落到地上。她听到身后他的脚步声。

“布兰顿!”身体的虚弱,心底的疑惑和责备令她的声音听起来颤巍巍的。

他坐在床边,裸露着优美的肩膀,用率直的蓝绿色眼睛看着她。

“布兰顿,你们之间还没断!”

“不,已经结束了。”

“那封信呢?”

“扔了。”

“没看?”

“看了,只是道个别而已。”

“你们之间什么都发生了,是吗?就像你和我之间一样?”

“某种意义上,是的。”那双眼睛里有点迷惑,也有点委屈,但毫无愧疚之意。

“但——你怎么能——?”她一下子坐到床上;她的腿已经撑不住了。滚烫的眼泪泉水般流下脸颊。

“别哭,黛儿亲爱的。不是你想的那样。”他皱紧眉头极力加以解释。“你可能不大明白,但是——她看待这些事几乎就像男人一样。而且——呃,她的欲望实在强得惊人。”

“难怪!她的钱也多得惊人!”她疯了一般地说道。

他的脸阴沉下来。“我并不是图她的钱——如果你说的是这个意思。但我知道对她来说,我只是她的又一次经历——很多经历当中的一次而已。她不是处女。”

“你觉得这样就能为你的行为找到理由?”

“不——从你的角度看当然不能。但是我跟你的关系完全是另外一回事。我要和你结婚,我真的不会娶别人。但是你把我的欲望挑了起来,又让我得不到满足。你好像总是忙着作画,或者急着回家。”

“因为你弄得我好疼。”

“把你弄疼了?”他瞪大眼睛,看着她抽动鼻子,一副楚楚可怜的模样。“黛丽,你为什么不告诉我?你真是小孩子。”他把她拉近到自己身边,开始亲吻她布满愁容的脸庞,同时手指抚弄着她笔直的眉毛。她挺直身子想要反抗,可是像往常一样,一与他的身体接触,她全身的骨头好像都酥了。她软绵绵地试图推开他。

“不要!你竟然能从我这里走了就到她那里去,又从她那里回到我这边来,好像什么事都没发生。你还记得我,费拉黛菲娅·高顿?我只是你的女人,随便的一个女人?”

“噢,天啊!”他叹了一口气,用一个热吻阻止她说下去。“亲爱的,你为什么不能享受生活?这些想法,这些话,说来说去,想来想去——没有任何意义的。眼前才是真实的啊!”

“噢,不要——不要这样!”

“你喜欢的,你知道你要的。”

“放开我!”她挣脱出他的怀抱。“我不知道自己是不是还想再见你。我心里乱极了。”

“你会再见我的。”

“我不知道,我不知道!”她擦拭了自己的眼睛,对着镜子理顺了自己的头发。她的心里真的乱糟糟的。他应该毫无疑问地跪在她面前请求她的宽恕;可是不知怎么的,他竟然说服了她——错的是她。她脚下踢到了什么;她马上俯下身,捡起了那本诗集,使劲扔出窗外。随着诗集落入河中,她感觉好受了一些。

这天晚上,黛丽在自己的房间里强撑着吃了点心,然后来到画架前,把那幅肖像画翻转过来。平静而神秘的笑容,迷醉的双眼,从画里看出来,似乎有意在讥讽她。她知道这双眼睛正在为怎样的回忆而迷醉;她现在知道那笑容意味着什么了:这只偷吃了奶油的猫!

突然一阵愤怒,她捡起一把刀,猛地向画中的眼睛扎去,接着又挥向脸和胳膊,直到眼前的画布变得千疮百孔、丝丝缕缕。她全身颤抖,跌坐到床上,那把刀被扔在了地上。她感觉好像谋杀了自己的亲生孩子。

不知过了多久,她拿出铅笔和信纸开始给布兰顿写信,告诉他,她打算去墨尔本,他们的关系到此为止。她写了好几页,言辞激烈,字迹潦草——自责,内省,但不失脸面:

我并不是真的爱你,我亲近于你就像男人酗酒麻醉自己,只是为了忘掉另一个人——

当他在第三天晚上来找她的时候,她惊讶地发现自己的心兴奋得怦怦直跳,好像她从来没有——那么明确地——决定不再爱他。

他炯炯的眼睛追寻着她的眼睛,尽管她竭力想避开它们;他的嘴角咧出一丝滑稽的笑容,好像他对自己不能表现出愧疚和沮丧也很苦恼。

他的嘴唇——想到它最近刚吻过另一个人的嘴唇——让她全身一震,几乎透不过气来,好像身体突然遭受到伤害一般。昨晚她枕着书入眠,有多少滚烫、咸涩的泪水滴落在书中!那书页中间仍然留有星星点点的泪渍!他竟然能笑!

“收到我的信了吗?”当他们一起走向哈尔大街的时候,她冷冷地问道。

“收到了,但我不打算回复,至少我不想用书面形式。我们为了不同的目的花上数年的时间来写信,结果只会是浪费很多纸张而已。文字!它们只会破坏生活的真实!”

她倔强地噘起嘴唇,却没有说什么。

当他们坐在思特塞餐厅等待上菜的时候,她把自己的决定告诉了他:她要把自己所拥有的这艘轮船的所有股份都卖给他,然后用这笔钱到墨尔本学习绘画。

“想到你对这艘船不再拥有股份,”布兰顿严肃地说道,“汤姆会失望的。这是你希望的吗?”

她没有看他,她的手指在桌布上捻着什么。"除了要离开,我不知道自己想要什么！或许我可以保留四分之一的股份。如果有三百块现金,我就能靠它生活三年。"

"绘画材料的花费也得从其中出啊。"

"对,还有学费。我会找一处便宜的房子。"

"好吧,我希望这个数能够用,因为扣除存货和维修的费用之后,眼下我大概也只能拿出三百块钱了。你知道,如果你要分享运营的利润,就应该分担存货的费用;不过汤姆不主张要,我也不在意这点费用。"

"布兰顿!"她脸红了。"你们为什么不告诉我！对我来说这一直像个奇迹:钱不知不觉就来了。我就是不明白。我对赚钱的事一窍不通。不管怎么说,你得拿回五十,或者一半。"

"傻瓜！你可能需要这些钱。"

"但我不能要——你不明白——在我们之间发生了那种事情之后。好像我是要你付钱才——"

"别说这样的话!"他握住她不安的手指,粗暴地说道,"如果你再说这样的蠢话,我就在这儿当着众人的面吻你。"

女招待端上油炸墨累鳕鱼,他们开始机械地吃着,都觉得很不自在。

"到墨尔本后给我写信,如果有什么麻烦,赶紧告诉我。我想,不管什么时候我到了维多利亚州的某个港口,我都会设法去一趟墨尔本,即使只有一天。"

"我在这世界上又不是孤零零一个人,我还有自己的监护人呢,你对我不必这样呵护备至的。"

"你这个有主见的小魔头!"他说,"我相信你还是爱我的。"

她不愿接触他的眼神,只是倔强地一声不吭。

当他们再次走在大街上的时候,他握住她的手,两人的手指绞缠在一起。他低下头,用他明亮的、摄人心魄的眼睛看着她。明天他就要走了,他的脸色愈加明朗;他卷曲的发式,耳朵的轮廓,似乎也想要感动她。

"我们沿着河岸散散步吧。"他说,"让我跟你道个别,好吗?"

"好——我想,好的。"她叹了一口气。

刚一走下河岸防护堤,他就迫不及待地把她揽在怀里。她的脸贴着他结实的肩膀,觉得过去两天里所有的紧张、悲伤和愤懑都消失了。平静,她想,这就是平静,心灵相通的平静。

黛丽特意赶到码头,看与她同名的那艘轮船扬帆起航。春天里融化的雪水追随着冬雨滚滚而来,大河水位在平稳上升;蜿蜒的码头人声嘈杂,一片忙碌景象。

望着眼前的河水不停地流淌,直到隐没于下一个河曲,黛丽不由得想到了遥远的南大洋——这条河最终流入大海,又从海面升起,形成云朵,然后化作雨雪降落到陆地……她忽然感觉自己仿佛处于一个自然之谜的中心。时光,流淌不息,可能从这里把她带到遥远的地方;但这一刻将永远存在。她脚下的土地将依然存在,即使她不站在这里,即使她站在最后的海岸,身处巨浪的轰鸣中。

"费拉黛菲娅"号停泊在下面,她的名字鲜艳地涂在舵舱外面。她永远不要再见到这条船,可能吗?她不相信。大河的律动已经融入了她的血液,总有一天它会把她拉回来的。

她上了船,做最后的环视。在舵舱里,她转了转舵,抚摸着巨大的舵辐,想象着布兰顿的手就放在上面。她偷偷地向客厅里瞥了一眼,隐约看见自己为这艘轮船所作的画镶嵌在墙壁上,仿佛阳光照耀下的大河流进了幽暗的小客厅。

回到甲板上,她和布兰顿正式握手,祝愿他一路好运,然后踏上下船的跳板。

摸索着找到向上的梯级时,她已经是泪眼婆娑了。布兰顿飞跑着穿过跳板,当着所有船员的面亲吻了她。除了阿李和那位轮机手,所有人都高声欢呼。轮机手眉头紧锁,一边在自己油腻的布帽子上擦着手指,一边说道:"还想让轮机这样转多久?"

站在码头高处灿烂的阳光下,黛丽看着明轮开始转动,搅起的水花堆积成乳状的泡沫,轮船缓缓起动,向下游驶去。随着一声长长的、回荡的、令人无限心动的汽笛,它慢慢地消失在康帕斯河曲之外。

40

倾斜的雨帘被冷风沿着斯万斯顿大街一路驱赶过来。它先是纠缠住刚从福林得斯街车站出来的乘客,捶打着那些垂头丧气的拉车的马,然后掠过山头,笼罩了国家美术馆那巨大的基柱,使原本灰色的基柱几乎变成了黑色。

美术馆里面,阴暗的展室点亮了灯,零星的参观者沮丧地从一幅画走向另一幅画,偶尔的攀谈听起来像是葬礼上的低语。几位工作人员,冷漠地坐在自己的位置上,看起来像是殡仪馆里无事可做的主持。

楼下的教室是美术学校的学生做素描和帆布画的地方——天空中一丝暗淡的光芒从高大的窗户透进来。突然,刺耳的铃声响彻大楼。人体写生课上的裸体模特靠在台子上休息;静物教室的学生们刷着画笔,眨着眼睛,忽然意识到自己背酸,脚麻,以及这冬日早晨的寒冷。

其中一位与众不同的苗条女孩——她涂抹在自己身上的油彩与涂抹到帆布画上的油彩一样多——好像并没有听见铃声。在其他同学开始收拾背包和素描盒并把画架放回到墙边这些突如其来的喧闹声中,她仍然专注于自己的画作。

"暂时停下吧,高顿小姐。"指导老师——浓郁的唇髭乌黑整洁,下巴刮得干干净净——说道。"别忘了把画架放回原处好吗?"

"不会的,豪先生。"她似乎在迷醉之中望着他远去的背影,深蓝的眼睛那么悠远,显然她的心思仍然在手头画作的主题里。她把前额上一绺黑发抹到脑后,却在额头留下一点黄色的污迹。

她讨厌这样严格按照时间表上课:没等画完就得停下来,而创作情绪还没上来又要慢慢吞吞、笨手笨脚地从头开始。她用松脂油洗了画笔,脱下工作服,在小小的盥洗室里洗了手和脸。盥洗室的墙上有大字警示:**不许在洗手盆里洗画笔**。

前门口,一个胖乎乎的小伙子——她的同学等在那里,接过她的小背包。她下午没课,准备回家吃饭。

"黛儿,到街上去,我请你喝一杯热咖啡。"他看着她苍白消瘦的脸颊说道。

"看样子你从来没有吃饱过。"

"不好意思,杰瑞米,伊莫金在等我,她做了咖喱饭。"

"先喝杯热咖啡不会对你有什么害处的。"杰瑞米固执地说道。

"那倒是。"但是她不敢看他。总接受他买的饮料、午餐和下午茶点——而她是买不起的——她自己也瞧不起自己。但是她可不能生病啊。在寒冷的画室里上课或者在室外的写生之后,她也的确需要喝点热的东西暖暖身子。

杰瑞米喜欢吃的,而且过于懒惰,绝无成为画家的可能。她对他并无爱慕之意,但——"女孩子一定要有活力啊。"伊莫金总喜欢这样说。她一边半心半意地试图拿回她的小背包,一边竖起外衣领子防着雨,和他并肩向前走去。

一辆马车正朝这边过来。杰瑞米抓紧她的胳膊肘,穿过雨水泼溅的街道,来到马车前——拉车的是两匹棕色的马,全身热气腾腾。黛丽背靠着后座,有点咳嗽;杰瑞米不安地看着她。

"身子暖和了吗?没事吧?我的围巾给你?冬天的墨尔本可不是个好地方。"

"哦,不,我喜欢它的四季。你不会明白,在我走出那个乡下小镇之后,这里对我意味着什么。"

来墨尔本还不到一年,但她感觉自己好像已经属于这里了。当她在烟雾缥缈的早晨来到王子桥畔,看到平静的亚拉河中树木和建筑的倒影,看到人流熙攘,车流匆匆,高高的树上叶子已经落尽,公园的草地仍然绿意融融,她的心因为总有新的兴奋而雀跃不止。

这里,对她来说,才是城市;在这里,她找到了自己的精神家园。自五年前汤姆·罗伯茨从欧洲归来带回印象主义的第一手经验,活跃的艺术活动就一直在蓬勃展开。就像印象派画作所传达的那样,空气也似乎因生命——那无法触及的骚动的意念——而颤动。

她不是很看得上艺校校长伯纳德·豪,但她觉得绘画部主任弗里德理克·麦克古宾倒是不错的一个人。他留着海象一样的大胡子,明亮的眼睛里闪烁着激情与幽默。

她非常满意自己在这个南方城市的学习生活,只是在像今天这样寒风侵袭的日子,她才偶尔怀念起埃库卡那舒畅而绚烂的冬日时光。

新年那天,她参加了新英联邦的市庆活动,此后为悼念维多利亚女王,她穿了整整一个礼拜的紫色丝绸衬衫。

埃库卡,作为边界小镇,一直受到海关限制,在一九〇一年独立日这天显得更加疯狂。姨父给她寄来过剪自《大河先驱报》的一些材料,完全彩蓝印刷的特别版——

但是,埃库卡,摄影铺里那约束人的活计,随河水而变化的季节性生活,都在遥远的北方,而且日渐消逝在过去了。她刚刚在墨尔本的小科林斯街下了马车……

雨还在下,但小多了,细雨如丝。她顺从了杰瑞米胳膊的轻柔的压力,转入一道门里,沿着黑漆漆的台阶,他们走进一家小咖啡店。

当黛丽沿着平头路的陡坡匆匆赶往亚拉河南岸她与伊莫金合住的公寓时,她开始咳嗽。支气管炎一直困扰着她,整个冬天时不时地发作,而近来每当她着忙或者激动时就会咳嗽。

她放慢脚步,迫使自己均匀地呼吸。她的脸颊火烤一般燥热,尽管天气寒冷,她却觉得全身发热,四肢无力。

快到家了,下一道门就是。她们住的公寓实际上是一幢大宅的园丁门房,它的好处之一就是有个大花园,她们能在好天气的周日早晨作光与影的速写。这幢大宅的主人是伊莫金母亲的朋友,所以她们可以尽情享受它的花园。摆脱了小镇上那烦死人的繁文缛节,油腻腻的烧烤大餐,没完没了的穿衣打扮,耗人心神的周日仪式,对黛丽来说,实在是一件幸事!

在她踏上石板铺就的阳台时,小屋里面传出轻微的撕扯和嬉笑。她尽可能踏出声响,走进客厅,看到窗边站着一个年轻男子,有意地望向窗外;小巧,黑发,轻灵的伊莫金像一只敏捷的猫从墙角的沙发床上钻出来。

"我告诉过你,只是黛丽,她不会大惊小怪的。"她讥讽道。

年轻男子鞠了一躬,黛丽赶紧回之一笑,匆匆往厨房去(只有这一间屋了),一边走一边摘下苏格兰式便帽,脱掉湿透的外套。她现在已经习惯了伊莫金这样的生活方式,而刚开始,她的确为伊莫金如此迅速地更换男友(像一些女人更换帽子一样)而吃惊!

她关灭了炉火，开始盛咖喱饭。她饿了。真希望那个男人不要分享这顿饭——只有很少的一点肉盖在米饭上。伊莫金偏偏拿了另一个盘子进来。“你不介意阿尔比留下来吃午饭吧?”她的脸上露出怪异而古板的笑容说道。

她那黑色睫毛下淡绿色的眼睛难过地看着黛丽。“哎呀，你看起来累坏了！身上很湿吗？去到里屋坐一会儿，我给你泡茶。”

伊莫金有意照顾她。黛丽·高顿的糊涂和健忘简直没治了。她总是丢东西，要么迷了路，上错了车，到头来发现距离正确的方向差了好几英里，要么就是忘了到站下车。甚至一些她去过五六次的地方，一个人去还是无法再找到。

起初，其他同学对她半是恼火半是挖苦。她约会迟到，要么根本不到；她打碎过人家喜爱的花瓶，也曾被人家的宠物猫绊倒；她丢了钱包，只好向别人借回家的车费——但是现在他们都已经习惯了。

黛丽回到里屋，点上煤油加热器，就着微弱的温暖，吸着热乎乎的煤油气味。她试图与阿尔比说说话，但不知对他说什么好。

他个子很高，很瘦；肤色苍白，蔫头耷脑，像一株在室内待久了的植物；唇上两撇软软的大胡子，眼睛下面吊着沉重的眼袋。他嗓音深沉，拖着长腔，显得对生活极度厌倦。他不是学美术的，而是个大学生，稀里糊涂地花了好几年工夫，现在还在进修一门优质课程。

今天伊莫金特别要她回家吃午饭，所以看到他在这里，黛丽很恼火。当然不是因为嫉妒，那是无聊的，但——

阿尔比百无聊赖地望向窗外，并无交谈之意，而黛丽出于礼貌，一直试图让谈话继续。她感觉有些气愤的是，他似乎并没意识到她是个女人；当然，她太累也太冷，根本没有激情去吸引他。她突然感到一阵忧伤的孤独。如往常一样，她又一次设想：如果布兰顿在这儿，那情形会是多么不同啊！

伊莫金进来了，托盘上三碟热气腾腾的咖喱饭，她勉强把原本只够两个人的肉分成了均匀的三份。阿尔比好像在上午从来就没有课，想不到这个上午他竟然到这儿来了。她放下托盘，扬起手紧了紧左耳的银耳环。

阿尔比身体夸张地一抖。“真让我心疼！”

“怎么了，我的天使?”

“那冷冰冰的东西扎到你的肉里了！”

“呸,只是夹得有点疼而已。我应该打个耳眼。”

“不要啊!”阿尔比身体又一抖。“我一口也吃不下了!”

这倒是好事,黛丽想,正不够分呢。但是,尽管他瞅着饭碟看似心烦,还是几口就处理干净了。

饭后一点儿水果,没有别的甜点。黛丽仍然感觉饿,决定过一会儿吃点饼干。在他们啜饮红葡萄酒的时候,阿尔比突然叫道:“停!不要动!”

伊莫金的酒杯停在嘴唇那儿。“你看到了吗?”说着,阿尔比上身向后靠去,两条长腿在桌子下面伸开。“你没看见她脸颊上的光线,酒杯上面,还有她整个坐姿的那种茫然若失?”他认真地转向黛丽。“我有美术家的眼力,也有美术家的感受力,只是没有——呃——人家那种创作力而已。”

伊莫金突然放下酒杯。“我忘了,黛儿,有你的一封电报,在壁炉架上面。”

黛丽站起身,慢慢撕开信封,有一种灾难的预感。但是一看到上面的电文,红润慢慢浸透了她瘦削的脸庞,瞳孔扩大了,似乎眼睛也更大了。她抬头看着伊莫金,熠熠的眼睛里闪烁着灼灼的蓝光。

“我知道了!布兰顿要来!”伊莫金说。

“是的,今晚到。”她又低头看那简短的电文:今晚到6:30火车埃库卡爱你布兰顿。

布兰顿要来了!她把紧身裙挽到脚踝以上,绕着桌子做了一个有力的旋转,还把靠在墙边完成了一半的帆布画踢了一脚。

“今晚你得带我出去,阿尔比,我们在外面待到晚一些。”伊莫金说,“你现在就走吧,黛丽要装点一下房间。七点半邮局门口见。”

阿尔比还在瞪大眼睛,他从来没有见过伊莫金的这位朋友如此生气勃勃!

她担心自己迟到或者火车提前,所以,六点钟,她就在寒冷与兴奋中等候在火车站的格栅外面。她觉得晕,伴有恶心,嘴里发干,冰冷的手阵阵发抖。这半个小时的等待可真够熬人的!

她实在应该弄点东西吃啊。那顿不如人意的午餐已经过去好久了。但是她现在思绪翻腾,根本吃不下任何东西。她急匆匆跑到休息室。在洗手盆上面的镜子里,她盯着自己苍白的面孔:她很瘦吗?他会觉得她变了吗?薄围巾绕着她的黑发，在颌下打了个结，勾勒出了凹陷的脸庞，她的嘴唇是健康的玫瑰红色。

她放心地回到站台上，但是一到这儿，她的担心又开始了。上次见面她告诉他，再也不想要他与自己做爱，时间已经过去了一年。他会怎么跟她打招呼？他会说什么？

他曾经来过两封信，从达灵河上游的某个地方发来的，主要谈的都是轮船的经历及河水的状况。那两封信都是写自于陌生的远方。现在他亲自要来了，要带来遥远的内陆、温暖的河流、干燥的平原的气息！

在她头上方，站台的大钟稳稳地显示在六点半——从北方开来的那列火车预定到达的时间。她开始觉得，时间似乎真的静止了，他永远不会来了，她会永远站在一只停止的大钟下面，望着那两条空空的铁轨，消失在冬夜的幽深黑暗中。

一列火车轰鸣而至，就像"费拉黛菲娅"号在康帕斯河口鸣笛起航一样……脚夫们开始推着行李车拥往站台，人群向前汇集。她倚在铁门后面，感觉自己随时都有可能晕倒。

41

小餐馆里，就着桌子上摇曳的烛光，她饶有兴致地看着他海一样蓝的眼睛。一切都像怪怪的一个梦，她几乎不清楚他们说了些什么，尽管从火车站过来的一路上他们都在高兴而热切地说着话。

一碰他的手，她所有的恐惧感和虚弱感都消失了，她像一艘进了港的船，平稳地漂浮着。他们手挽手穿过人群。随着黑压压的人流在身边打着旋逐渐散去，她忽然觉得他们成了流动的虚幻世界里真实的焦点。

此刻她看着他开胃大吃：把热的意式面条卷到叉上，又快又稳地一次次塞入口中。

"你怎么不吃啊，亲爱的？"他停下来，不安地注视着她。

"我愿意看着你吃。"

"但是我喜欢看到你吃。你看起来更瘦了，有没有在墨尔本看医生？"

“没有啊，怎么了？”

“我可不喜欢看到我们等车时候你那样的咳嗽。”

“哦，只是呼吸急了才会那样，没事的。”

“无论如何，你该看看医生。”

“但是我负担不起啊。”

他掏出钱包，点出一沓钞票放到桌子上。“这是你今年的收益分红。”

笔直的眉毛下，她的眼睛望着他。“但是我现在只能享有百分之二十五的利润。而且，布兰顿，我们先前已经结清了啊。我可不想不往里投入就拿百分之二十五的利润。你差不多把一切都投进轮船改造、维修和购货上面，几乎一点儿也没往自己身上花！”

“呃——就当投资了，而且我每个月付给自己二十镑的薪水。其实这些问题有一个简单的解决办法——我们结婚，然后一切就顺理成章了。”

她低头看着桌布。她已经解开了头发间的薄围巾，让它滑落在肩上，围巾交叠处，她纤细、洁白的脖颈就像挺立的花茎一般。

“我们现在不要谈这件事吧。”她喃喃道。

“好的。”他举起杯中酒。“为维多利亚州最漂亮的眼睛干杯！”

她笑了，然后把桌子上的钞票一分为二，也没数，就把一半推回给他。“购置货物、油漆什么的，也算是我的投资吧。”

他眉头一皱，把那半沓钞票放回钱包。“你是我见过的最固执、最迂腐的小魔鬼！如果你在钱上遇到困难，你要马上告诉我。”

“我们一直有困难，我和伊莫金，但是我们应付得来。”

“住屋顶，啃干面包片，我猜。你们这些艺术家！”

“我们活着，这是主要的。”

“你会死的。”

他说得那么严肃，一阵恐惧穿过她的全身。她的肺部可能真的有什么毛病吧？咳嗽，早上的乏力感……她拂去眼前暗藏的恐惧，把那个想法牢牢地关在门后。

当他们喝完第二瓶葡萄酒，她意识到自己比以前哪一次喝得都多，实际上，她头晕得厉害。起身要走的时候，她需要他的手在胳膊肘下的牵引才绕过桌子。好像双脚并没触到一两级台阶，她就轻飘飘地下了楼。

随着夜晚寒冷的空气充满肺腑，她的全身洋溢着兴奋。沿着大街，她蹦着，跳着，旋转着，不仅仅是酒的作用，还有一切的一切——明亮的店堂，车辆的嘈杂，一盏盏电灯，还有眼前的事实：二十一岁的她正和自己的情人穿过大城市夜晚的街道！我醉了。我醉了。她抬头望向若有若无的旋转的满天星斗，欢快地自语着。醉人的酒，醉人的幸福，醉人的青春时光，醉人的希望，醉人的爱！

她体验着新的感受，并记录在敏感的内心底片上。如一幅幅照片，生命中所有的事件都被牢牢地摄入其中，待到似乎被忘却了很久以后，又在回忆的眼中闪现。

最早的记忆是挖青苔。古老的红砖墙之间，鲜绿、柔软的青苔——泥土的气味，青苔的质感，翠绿色与旧玫瑰色的对比，在她头脑中一如当年一样真实。

体验——她迎接这一切，她要探索生命——这条伟大的河，甚至其最隐秘的死水与沼泽！

“我相信即使截去一条腿，你也会愿意的。”伊莫金曾经对她说，“你会站起来，饶有兴致地记录下失去一条腿的感觉。”

“你能记得多久以前的事？”她问布兰顿——他一边随她旋转，一边四下寻找马车。

“哦，我不知道。大约五岁的时候吧，我想。我最早的记忆是我妈坐在床边哭，因为我爸说了什么话或者做了什么事；还有就是我希望长大，能够对抗我爸，因为他令我妈伤心。”

“我能记得比那还要早的事。那是彩色的记忆，玫瑰红和绿色，在我三岁之前，祖父花园的一道墙。你知道吗？我肯定生来对色彩就有感觉。五岁的时候，我把我们的一只白腿鸟投进一碗粉红色的颜料中，它的羽毛立即变成了精致的粉红色，但是羽毛被颜料粘到一起，那只鸟挣扎了几下，就不动了。我哭了，因为我怕惹麻烦，但是父亲说，这件事显出我具有科学探索的头脑。接着有一天，母亲把我们留在一个姑姑家，我和约翰找到一罐涂料，把她家的前门刷成了红色，弄得我也满头都是……”

她的话语如滔滔洪水奔涌而出。直到回到公寓，她都会一路上说个不停的，但是他的亲吻封住了她的嘴。到了公寓，他们发现灯亮着，炉架上的火封得好好的，烧得旺旺的。

布兰顿把长沙发拖到炉火前，把她拉到自己的膝上。

“我说过，”她昏昏沉沉地咕哝道，“我说过，我决不要再见你。”

“是啊，你还说过，你不想要‘费拉黛菲娅’号更多的股份。但是你仍然拥有百分之二十五。你仍然想见我。”

“是。”

“你仍然想要我和你做爱。”

“不。”

“是的，你想。”他开始慢慢地认真地脱掉她的衣服。

“我们不要灯吧。”她羞怯地说道。

“不，我们要的。我想好好看看你。这里有个可爱的小痣，还有这些分岔的蓝色河流，我沿着它们向下探索，向下，穿过黑黢黢的森林，来到大海……”他一边说，一边亲吻着每一处地方。

“哦，斯图沃特船长！”她笑着，带着深深的满足叫道。这不是他的第一次探索之旅，她知道；他的生活中曾经有过多少个内丝塔？但是现在她觉得没有什么可以伤害到自己，甚至想到内丝塔也不觉得伤心。她已经不是一年前那个人了。时光温柔地流淌，不易察觉地流向前方，也把她载到了新的视点。回头望去，她觉得自己多少次死去，又多少次重生，唯有一根记忆的线串联起不同的自己。

两个小时之后，他们才想到伊莫金有可能回来，不情愿地从床上爬起来，全身酸麻而疲惫。但即使在慢慢穿衣、铺床的时候，他们也不断地交织拥抱在一起，被欲望的激情燃烧着。布兰顿，还是有意要“喂饱她”，就着渐渐熄灭的炉火烤好一块肉，他们一边吃，一边交换着油腻的亲吻。

他存包的行李房十一点关门，但他还在磨蹭着，第三次说道：“我们应该结婚的。”

她叹了口气，咬着嘴唇。“你知道，这是不可能的。”

“为什么不可能？”他现在有了结婚的念头，她的拒绝令他很不耐烦。

“因为……因为我想做个画家，而且……我们观念不同。我无法和一个个内丝塔共有一个你。”

“我曾经告诉过你,她对于我而言,除了作为一种挑战之外毫无意义。我真奇怪你竟然嫉妒像她那样的人。你这样的聪慧女孩——”

“我情不自禁啊,布兰顿,我情不自禁想要独占你!”

“恐怕你会嫁给一个长发、有艺术气质的家伙,然后我就再也看不见你了。”

“我向你保证,我不会嫁给任何人,我只想创作。但是……哦,我真想总能和你在一起,沿着大河漂上漂下!而且这里的生活并不符合我的期望,我是说,有时,当我们孤立于一种宗教式的艺术信仰中,在美术馆小小的后院做素描的时候(你别笑话我,我以前从未向任何人表露过这些),有时,那一刻我觉得好像自己正立于生命的顶峰。但是我的幻想有点破灭了,自从……

“我发现,伯纳德·豪并不是上帝,其他大多数人也都没有牧师和信徒的那种高度虔诚,或许我自己也不是真的……你没在听,是吗?”

“对,这些在我听来都是废话。你是个女人,我第四次问你:嫁给我好吗?”

她只是固执地答道:“不行的。”

她渴望说“好”,但是一种内心的本能警告她:那是错的。她必须坚持绘画,必须忠实于自己内心深处的某种东西。

他心情烦躁地走了。第二天在火车站分手时,两人都沉着脸,几乎像陌生人。为了维护受伤的自尊,他的话语粗鲁且含着嘲弄。在他二十九年的生命里,以前从未遇到过这样的女人:在他打定主意要做什么的时候,她竟然会拒绝他!

火车一开走,她就感觉到一阵莫大的孤独。过了一个不眠之夜,第二天,她真想冲到邮局,发一封电报“马上嫁给你”,但还是那个本能阻止了她。

她投入到有趣的静物画课程的学习中。课程结束的时候,她受到豪先生的赞美:“呃,学生们当中有这样高质量的作品,并不常见。”她被新的志向所激励,要成为第一位获得旅游奖学金的女画家。这个奖项每三年评一次,两年前被麦克斯·麦尔德拉姆所获得。

历来赢得这一奖项的都是优秀的肖像画家。这家美术学校也不太扶持风景画。但是她觉得自己的强项就在风景画,她有意要争取一把。她努力创作,以便压下对布兰顿的渴望。

在墨尔本美术馆,有许多仿前代大师的作品,因为旅游奖学金的条件之一就是获奖者要把他参观的国外美术馆中的名作临摹寄回来。

黛丽兴致勃勃地研究起这些临摹,但是她一次又一次回到四幅澳洲风景画前面——路易斯·布弗罗特的《夏日黄昏》《科罗莱恩的水池》;大卫·戴维斯的《日出·寺院》;还有《紫日》,作者斯特里顿。

布弗罗特——她看出来了——是本国第一位画出了桉树的独特面目(而不是作为一种黄橡树来画)的画家。斯特里顿对干燥的草场,燃烧的蓝色与金黄,澳洲大陆的夏季,都有一种与生俱来的欣赏力。她能连续几个小时看戴维斯笔下那抒情诗一般的暮色,天空如珍珠一般发出纯净的光芒。

有一幅弗里德理克·麦克古宾的《冬日黄昏》也吸引了她。她曾经看过他在维多利亚州画家协会展出的作品——充满了澳洲气息,灌木丛中也好似散发出桉树的芳香!

凭着对这些画长时间的研究,凭着走到近前"把鼻子凑到颜料上",她领会了这些画家的技巧,就像他们站在旁边,指导她,鼓励她:"看,就像这样,光与色的细致的层次可以这样表现……"

到了为维多利亚州画家协会的春季画展做准备的时候了。有几个协会会员的学生选出自己的最佳作品提交给了评委会。黛丽拿出从埃库卡带过来的唯一的大幅油画:一幅在康帕斯河口的采风之作——画面里一缕蓝烟,映衬着黑黢黢的树林袅袅升起。有了布兰顿带来的钱,她现在可以把这幅画装帧一下了。

她还送交了另一幅山水画——那是来墨尔本之后在一幅速写的基础上完善而成的——和课堂上完成的两幅画:一幅静物,一幅风景。四幅画中,只有一幅被评委会退回来。她最得意的油画《康帕斯河口的黄昏》被接受了。但是当她赶去为几幅画上油彩的时候,她看到自己的画和其他人的作品一起挂在偌大的一面墙上。比较在家里的样子,它们显得出乎意料的渺小。

开展日之前,新的忧虑分散了她的心神。尽管她信誓旦旦告诉布兰顿不怕怀上他的孩子,但是目前面临这种可能性,使她感到恐惧万分。

她久久注视着日历,头脑中算着日子,却总也算不对。她对日期,就像对与绘画不相关的大多数事情一样模糊。转而一想,也许并没有担心的真正理由;

但是她感觉不舒服,早上吃不下任何东西。

她没有向伊莫金提到自己的担心。说起令自己担心的事,只会使它更真实。她睡不好觉,每晚都在冷汗淋漓中醒转几次。

开展日终于到了,尽管她只是众多作者之一,但是自己的画作首次展示在众目睽睽之下,她感觉到阵阵幸福的眩晕。第二天早上,《时代》杂志一来,她就马上打开,阅读上面的短讯。

伊莫金送展的那幅花卉画作品,并没有被提及;但是名单往下,她看到,"黛菲妮·高顿,这位新人的作品,在技巧上(特别在表现流水变迁的壮观这方面)大有前途,但还缺乏原创性。她的《康帕斯河口的黄昏》酷似路易斯·布弗罗特的风格……"

嘿!那幅画是她在埃库卡画的,根本就在她关注布弗罗特之前!两幅山水画都被提及,而对她投入了一年多正规学习的那幅静物画却只字未提!

她又开始怀疑——她以前一直怀疑——美术学校的正规教育对她的创作有害无益。《百眼巨人》杂志的史密斯,一直对印象主义流派极度不满,没有提黛丽的名字。

周末的时候,月经还是没有出现,她再也受不了这样提心吊胆,就沿着上科林斯大街,一路读着铜牌上医生的名字,最终随意选了一家进去,报上自己的名字:布兰顿·艾华兹太太。她极不情愿地接受了诊察,心里一直咚咚乱跳,既害怕那位陌生的医生,也担心诊察的结果。

当她重新出现在大街上的时候,她的脸颊升起潮红,喉咙干涩,双手不停地颤抖。因为突然感觉虚弱无力,她赶紧走进一家茶室,坐了下来,竭力调整自己来面对这个令人震惊的诊断结果。

她还是无法相信:她在墨尔本的学业到头了,她将不得不永远地告别美术学校,告别那可能到手的欧洲奖学金!

那位医生看了她的双手,量了她的体温,听了她的心肺,细致询问了她的饮食和睡眠习惯;这一切似乎对黛丽而言毫无意义,她只想知道一件事。诊察完毕,他温和而平静地扔下一枚炸弹:

"恐怕,你患的是早期肺结核。现在只是一叶肺受到感染。但要想根除,你需要在温暖干燥的气候里多休息。有必要化验一下痰来证实我的诊断，不过我觉得很有把握。”

开始她只觉得松了一口气，她没有怀上孩子。在她目前的健康状况下，他建议她不要怀孕，他说，充足的阳光，充分的休息，每顿饭喝点好的红葡萄酒，补充强身剂……

她机械地叫了咖啡，然后坐在那里盯着墙壁。“我建议你搬迁到内陆气候下生活……如果在墨尔本，下一个冬季可能就是你最后的……”

咖啡端了上来，她尝都没尝就喝了下去，又要了一份。头脑现在清醒了，但是她的脸颊仍然火烧火燎，呼吸短促而急迫。她感到一阵强烈的渴望，渴望能在布兰顿臂膀的庇护下正视这件可怕的事！

布兰顿！他怎么说的？“你会死的。”真的，她会死的，下个冬季可能是她最后的冬季。但是她无法相信。有太多的事情她要去做，有太多的东西她要去看，去了解，有太多的画她必须画完，她还不能死啊！

“你必须搬迁……在墨尔本，下个冬季……对于你这种病情的人，内陆再理想不过了。”

她忽然感觉到莫大的快乐。自从布兰顿返回埃库卡，几个星期来她一直抑制着对他的想念。现在一切都为她安排好了。她要马上写信告诉布兰顿，她要回去。他肯定还会要她，即使她只有一叶肺了；就像即使他失去一条腿，她还会要他一样。

女服务员端来第二杯咖啡，收到一个迷人的微笑。黛丽就着杯子暖和了自己冰冷的手指，她已经不再发抖了。她就要回到大河，她一直都知道自己会回去的。在那里，在那清新的、充满桉树芳香的空气里，她会好起来的。她知道，她会好起来的。

42

婚礼之前，黛丽与麦克非夫妇在邦迪戈度过一小段假期。她的健康已经恢复好多，几乎不再咳嗽了。似乎好长时间以来，她的爱情与投身城市艺术创作的渴望之间的冲突，一直撕扯着她。

现在这一切都解决了，她愉快而放松地接受了新的生活。布兰顿也不愿意等上一年再看气候的变化是否会治好她的肺。他坚持马上结婚，然后在“费拉黛菲娅”号向达灵河及温暖干燥的西部平原出发时，她与他同行。他不怕她的病。

看到安格斯·麦克非的变化，她惊呆了。两年不见，他仿佛突然间一下子老了。类风湿关节炎，麦克非太太低声说。他拄着拐杖，缓缓地拖着步子，硕大的身躯佝偻着，曾经有力的双手无力地绞扭着。尽管头发和胡子还像先前一样浓密，但他那敏锐的蓝眼睛已经失去了往日的神采，他仿佛因为关节的发炎、疼痛的不断折磨而麻木了！

临别的时候，他送给黛丽一张数额可观的支票。

“给自己买点礼物。你需要一套新家具装点新房。”

“但是我们要住在船上，麦克非先生。除了床铺之外也没有地方放更多家具啊。”

“住在船上！哎呀，你这女娃子！住在那么小的船上，没有前花园，小孩都在河里玩，会溺水啊！”

黛丽笑了。“哦，你知道，还没有小孩呢。到时候我教他们游泳。”

“今年大河水势不妙。”布兰顿郁闷地说，“不知道我们如何穿越狼窝峡，还有坎贝尔岛，拖着两只驳船。”

“那么，为什么要拖两只驳船呢？你去年就拖了一只嘛。”

“因为现在我是个已婚男人，有老婆要养活啊。”他轻轻吻了她。“我必须多赚钱。去年多拉一驳船的羊毛就等于多赚运费至少五百镑。”

“但是我们，”黛丽稍微强调了一下“我们”，“——也不得不多支付一个驳船舵手和另外两个人手的费用啊。”

“对——大概每月二十镑的薪水，但你瞧那额外的利润，——我还是要拉两个。”

黛丽不再争辩。其实她并不关心到底拉几只驳船，但是她注意到，布兰顿不再假装着与她商量轮船经营的事情，对于共有财产，他的理念就是“你的就是我的，但是我的是我自己的”。

“当然，”布兰顿说，“这就是说，直到我们过了贝吉河口，货物的保险才生效，我们没有保险商协会签发的拉两只驳船的证书。”

“那么我们不是应该申领证书吗？”

“对，但是这趟不行了。要花太长时间的。我们一两周后就该出发了。提货许可证仅仅允许拉往下游，所以我们回头才有保险。”

不管他怎样试图把她排除在外，黛丽还是决定聪明地参与到显然是丈夫生活中心的事情上去。她相信他爱她，但是爱情对他而言并不是第一重要的事情。而且，她也明智地看出，她可以做自己的事情，而他决不会嫉妒她有别的兴趣。

婚礼过后大概三天的时间，布兰顿都给了她全心全意的关注。当然，这不是结婚的好时候：“费拉黛菲娅”号经过检修之后刚驶离“烂洼地”干涸的码头；有消息传来，大河上游正在涨水；布兰顿忙着联系没在城里的那些船员，又签下了几个新成员，准备装货。

婚礼上，黛丽穿了一件乳白色哔叽礼服，戴了一顶插有大黄玫瑰的帽子。贝茜相当愤慨，说，如果没有面纱，她会觉得自己没有出嫁；但是黛丽有自己的想法，布兰顿也宁愿尽可能少些声势。

姨父主动提出要“把新娘子亲手交出去”，这令她很感动。查尔士显然精心刷洗了他那过时的黑西装，下巴修刮一新，头发也理了，但就是一只黑袜子后跟破了一个大洞。

在婚礼早餐上，他喝了太多的威士忌，变得伤感起来，泪水毫无顾忌地从他布满血丝的眼睛里流出来，流进髭须里。

最初他们把结婚的消息告诉查尔士时，他不太高兴。

“到船上生活！”他疑惑地说，“我一直希望，孩子——”在布满灰尘和蜘蛛网的前屋里，他紧紧抓住黛丽的手，说道，“我一直希望，期待你成为有名的，呵——你的美貌，你的天赋——可是，我没有资格给人拿主意，我知道，我自己的婚姻——”他叹了一口气。

他哀伤的眼睛，布满病态的血丝；他蔫蔫的、凌乱的、灰蓬蓬的髭须，在忧郁的笑容里一撅一撅。“不管怎样，只要你高兴，我想——”

她注意到，他似乎无法说完一整句话，而只能让声音越来越小，直到变成令人无法听清的嘀咕。他穿着带松紧的靴子，扎紧的马裤，一件不是很干净的衬衫。似乎出人意料，有人听见他竟然挑剔布兰顿・艾华兹配不上自己的外甥女；布兰顿已经打扮整齐——他那光亮的鬈发梳得平平整整，下巴坚挺而洁净，高高的衣领一尘不染——即将拜见她的亲戚。

当黛丽把布兰顿喊进屋里的时候，查尔士非常友好、十分慌乱地拿出威士忌和杯子。布兰顿事先心里有所准备，所以看到查尔士的邋遢模样，他的眼睛眨也没眨。他饶有兴致地观察着房间里逝去的种种雅致：沾满灰尘的百褶丝绸窗帘，钢琴上面闲置的烛台，空落的虹彩花瓶，陈旧的金色锦帐，破烂的蔷薇花形地毯……

他们来到屋后。忽然，两个土著少女从厨房里出来，咯咯笑着逃向远处的沙丘。黛丽想起自己多年前初到这里的时候，露茜和米娜躲在水箱的后面，也是这般咯咯地笑。

现在米娜已经死了，那个可爱的女孩的形象在她死前多年就已经被时光摧毁了。希斯特和亚当也死了。当查尔士带着明显的犹豫问她和布兰顿要不要留下吃饭时，她让他放心，他们必须回去。她旧日的房间魅影重重，大多是亚当那年轻而不安的灵魂。

姨父要她从家里选点什么作为结婚礼物。黛丽觉得如果拿了什么易碎的宝贝，希斯特姨妈在坟墓里也会辗转反侧的，于是她选了一只裹着壁毯的脚凳——曾经的那段日子，她就坐在这只脚凳上，倚在巴瑞特小姐的膝旁。巴瑞特小姐现在居住在法国，她们一直保持联系，但是她们的通信已经不再那么频繁了。

婚礼之后，幸福的一对新人去了皇宫旅馆，一直待到“费拉黛菲娅”号整装待发。布兰顿说，他可受不了以后和她睡在一张狭窄的床铺上；这里的大双人床可是舒服多了！

“你看上去已经好多了。”他说道。那是一周以后的一天，他的手指分开披在她白皙的肩膀上乌黑的长发，轻轻抚摸着她的脊椎骨。“我几乎不容易数到骨节，而且眼窝看起来不再凹陷，眼圈也不那么黑了。”

她的娇小，柔和，甚至弱不禁风，都令他兴奋，使他感觉自己的强大，令他生出保护的冲动。他像一个孩子面对新娃娃那样温柔而着迷地审视着她纤瘦、骨节细细的脚,她小巧的膝盖——

以前他一直喜欢丰满的身体,而现在他迷上了小巧而坚挺的乳房——透明的皮肤下,蓝色静脉历历可见。

"最好,"他脸埋于她的双乳间,说道,"我们在船上分床而睡吧,我会把你累坏的,你知道医生怎么说。"

"他还说,我千万不要怀上孩子。"

"是啊,我们得小心。"

黛丽满怀信心,从今以后她就要过上幸福的生活了!她为伊莫金感到遗憾——她仍在过着一种情事热烈而无一持久的躁动不安的生活;她又一次为贝茜感到惋惜——她嫁给了一个严肃、刻板、死气的年轻人,那人从未走出过埃库卡,而且除了有望从她爸爸手里继承下来的布料生意之外,他对别的事情一无所知。

贝茜全身散发出心满意足的气息。父亲为她的新居布置了各式各样的家饰,她的自豪溢于言表。她已经怀了身孕。她那张以往因为喋喋不休而总是活灵活现的脸,现在常常带着沉静的倾听的神情。她美好的肤色如花绽放。贝茜是一株结了果实的树啊!她那母性的成熟之美几乎惹得黛丽羡慕不已。

晚上,黛丽经常发烧,面颊燥红发烫——发病的症状丰富了她的神情,令她的眼睛更蓝更亮了。

早上,黛丽总是脸色苍白,没精打采,乌黑的头发铺在枕上,吸走了她精力的夜汗,打得枕头也湿了。尽管她经常待在床上吃早餐,但是很快,她的渴望——见到布兰顿,依偎他,触摸他——就变得强烈,然后她会起身,来到码头。

一声招呼之后,他几乎再也顾不上向她这边瞥上一眼。他在指挥船员们装载农机具、成袋的面粉、成堆的兔夹子、成箱的啤酒等货物。他本身是干得最起劲的一个——把各种袋子归拢到一起,把用作备用轮叶的红桉木堆积到一处……但是她知道,布兰顿很清楚她的存在。

当他停下来歇口气的时候,汗水已经加深了他那漂亮鬈发的颜色。黛丽不由自主地站到他的身边,手臂相贴,感官蠢蠢欲动,却无法得到满足。她强烈地意识到他身体的存在,感觉到手臂之间一股燃烧的火焰!这股具有强大吸引力的电流，其他人肯定也会察觉的，就像"宝石"号和"海伦"号上照亮船舱的电灯一样——"只需小小开关一碰，无烟无声无味"，一位兴奋的乘客曾经这样写道。

船上舵舱里还有一位新成员。黛丽来到船上的第一天，她正兴奋地闻着熟悉的腐腥的气味，看着粼粼微波映在船板上，仿佛在金色的光芒中舞蹈。这时，舵舱里传来一声呵斥，把她吓了一跳。

"站住！别下去！你们这些傻瓜会没命的！"

她抬起头来，以为会看到某个爱发牢骚的远洋船长，却见一只绿鹦鹉正瞪着智慧的老眼，从打开的舵舱窗户里面审视着她。

"你说什么？"黛丽礼貌地问道。

"哪个混蛋拿了螺丝刀？"鹦鹉严厉地回应道。

她上到舵舱，想主动握个手，或者摸摸它的爪子——但是鹦鹉的一条腿上拴了一段长链子——它马上退后，还吐了一串黛丽听不明白的语言！

"它用丹麦语骂你。"布兰顿向她喊道，"它会骂三种语言：英语，丹麦语，瑞典语。"

"你是从哪儿弄到它的？"

"从一位即将洗手不干的船长亚克·本森那儿弄来的。他是跑远洋的，在南美洲领的船长证。他说，船长离了船就没有快乐。这只鸟好像很喜欢我。"

"好像所有的鸟都喜欢你。"黛丽说道。她想起结婚第一天，他们在河对岸的红桉树林里野餐，他用口哨声唤来那么多鹦鹉。他向往在南威尔士与她做爱，他说，因为那是他的老家。他出生于一个丛林小镇，但十五岁之前一直生活在悉尼和墨尔本。他有一个出嫁的姐姐在昆士兰，一个哥哥在悉尼，父母都已亡故。他父亲曾是一个马具匠。

"我们从来没有那样奢华的东西。"当他们从她姨父的住所出来之后，他说道。"没有地毯、钢琴这类东西，我们主要在厨房转悠，有个待客厅，但几乎从未用过。我只要有可能，就决不待在家里，放学后我总在外面晃悠。城市的房子啊，城墙啊，令我失望，来到外面我才能喘口气。"

她以前从未到城外会过他，除了晚上，他们沿着河岸漫步，偶尔有避开人群的想法。

现在黛丽发现了布兰顿新的一面:一个丛林男人,自然主义者,有着生长于乡村的男人特有的敏锐而训练有素的眼力。他对当地的鸟类了如指掌。黛丽亲眼看见墨累喜鹊飞下来在他的手指间啄食奶酪。布兰顿告诉她,小时候,总有温驯的虎皮鹦鹉飞落在他的肩头。他从来都是只从鸟窝里掏走一个蛋,而且总和想掏走全部鸟蛋的其他男孩打架。他的床下总有一些装满鸟蛋的箱子。

"有时候我忘了破壳,蛋里砰砰响,我妈就会嚷嚷。"

黛丽对那个收藏鸟蛋的金发小男孩充满了柔情。这个剽悍的丛林男人,一只拳头就能把一个不服管的船员在甲板上搡得团团转,而对一些小东西却是那么友善。

一些她并没注意的野花,布兰顿用他的大手精心指点给她,一一告知花名。他把一只小蜥蜴放在掌中,轻轻抚摸,直到它的恐慌平息下来。他把黛丽举起来,看空树干里那些整洁的白色鹦鹉蛋。

孩子们也喜欢布兰顿,当他们来到码头,缠着要上船的时候,黛丽注意到,他是多么严厉又和蔼啊!

这一切抹去了当初她对他的不好印象,那时,他们一起喝茶,他故意用手指碾死一只受伤的蛾子。

但是现在,丛林野餐的良伴又变成了忙碌的船长,甚至在星期天,她也只在晚上才拥有他。入睡之前那迷迷糊糊的时刻,她心满意足地感觉到被子里他肩膀的贴靠和腿脚的亲昵——一下子抵消了白天所有的寂寞。

下午,她要在床上休息两个小时,这是医生的指示。其他时间她安排得满满当当:上油彩,做素描,探望贝茜,几乎和布兰顿一样不耐烦地等待着预期中的间歇。

终于一切就绪了,沿河而下的水势——每日镇上都贴出公告——两天后达到最佳水位。

其他水手和一位新来的驳船舵手忙活起来,还有一位新的司炉工,一个不苟言笑的人,经过缝合的一张脸黑沉沉的。黛丽觉得他看起来那么吓人,但是布兰顿解释说,那人也是拿自己的相貌没办法。曾经一次锅炉爆炸,滚烫的煤灰和炉渣甚至金属的碎片深深扎入他的皮肤,捡了一条命算是他幸运。

本回来了,有些见老,比黛丽一年前见他的时候更自信了,但是眼睛还是一样害羞、幽深和机灵。他帮助黛丽在各个船舱和客厅挂上新的印花棉布窗帘，而且总是热心地为她跑腿传信。

轮机手查理还和以往一样粗暴而不通融。大副吉姆·珀斯友善而令人愉快。阿李上船后，一只提箱时刻不离手，直到在厨房里某个神秘的地方把它存好。

没有足够的船舱来安排所有的船员。大副和轮机手合住船长隔壁的舱，司炉工和本合住船尾的小舱，其他甲板水手、驳船首席舵手、副舵手及那位中国厨子都睡在第一条驳船的油布下面。

阿李抱怨别人打呼噜让他睡不好觉，便决定睡在船头用作放涂料和储备品的地方。但是大副忘了阿李在那儿，晚上他跳下来拿一截绳子，刚好落在阿李身上，阿李大为恼火。

“他妈的这叫什么事！”他大吼。“这倒霉的船叫人没法睡觉！”

从亚拉瓦格和阿尔伯利运送面粉已经上行的那些货轮报告说，莫拉湖群几乎干了，跑河运的人都对今年的贸易前景颇为忧虑，因为昆士兰也几乎没下雨，达灵河水位很低。

“狼窝峡水路一通，我们马上出发。”布兰顿说。“水位回落之前到达达灵河口，这简直是赛跑，如果被困，我们只好趴窝，等待下一次涨水。”

但是当他们终于动身时，黛丽根本无法预知，再见埃库卡几乎要在两年之后了！

出发之前，黛丽收到凯文·霍杰的一封信，他即将离开南非被遣送回国。“这个地方将会很适合我，”他写道，“见到我的家人之后，我还要再回到这里，置办一块土地，有一个小巧的南非女孩会在这里等待……”

黛丽差不多已经把他忘了。她很高兴，他终于不再想念她了。

43

一些比较谨慎的船长还在等待、观望，希望水势会保证稳定，而“费拉黛菲娅”号已经穿过了麦拉姆礁！在克拉姆河曲，泰德·艾华兹一边出口骂骂咧咧，一边手扶舵辐迅速转动方向轮。

他的眼睛一直没有离开河面。河中央突出一根大木桩,水流绕了一个急遽的S弯。他让船直接摆向木桩,坚实的红桉木船头下面发出嘎吱嘎吱的响声;一旦碰上明轮,那根木桩就会让铁皮外壳变形,从而捣碎轮叶。

"过来啊,老伴!过来啊!"他嘟囔着,朝相反的方向打轮。"它的右肩膀耷拉了。"他跟对面协助打轮的大副说道。

"是啊。"吉姆·珀斯说,"有些货物没整理好?"

"肯定是。我们最好确保在第一站加垫木料。"

(没说"你最好确保"或者"确保",黛丽注意到,——而是说"我们最好确保"。)

她安静地站在舵舱的一角,尽量不碍事。在他回头看着身后两条驳船协调通过河湾的时候,她留心观察着他,终于明白人们为什么说"泰德·艾华兹正在成长为一个很棒的河上水手"。

"啊——"第二只驳船也安全地绕了过来,他长舒一口气,用外侧手腕抹了一把汗津津的额头。"有可能会是一次郊游啊,这一趟。你会看到它最糟糕的一面,达灵河。"

自从出发,这是他第一次有空看她。这条船已经占有了他所有的思想和柔情蜜意。它在他的手下复活,他与它交谈,仿佛它有所感知。但是现在,他低头看着黛丽,恢复了以往那种令她既厌恶又喜欢的神态。他的头微微后仰,他的眼睛半睁半闭;她的心跳仿佛要停止了!她从来没有这么爱他!

黛丽现在看到的是男人世界中的布兰顿——他发号施令,但是顺理成章,心平气和,没有丝毫的傲慢无礼或者大惊小怪。他比她年长八岁,这个活生生的男人,似乎既是她的丈夫,也是她逝去的父亲和表哥。

给大河带来两英尺涨势的那股新潮已经过去了,河水又在回落,扎在河岸中的那些怪异、扭曲的树根又一次露出水面。

对黛丽而言——终于出发,绕过那些未知的河湾,行驶在孩童时一直渴望探索的神秘河道中——暖黄色的洁净的沙嘴,陡峭的坡岸,都让她有一种失落感。同样的河岸,同样那些黑漆漆倾斜的树,后面就是一望无际、灰蒙蒙一片蔓延的桉树林——她在埃库卡早已熟悉这一切。

天气多云,阴沉沉的。船的行驶给开放的舵舱带来一股凉风。一道阳光突破乌云照在前方静穆的树上，照亮了淡灰色的树干；树叶变成橄榄绿和琥珀色，细枝则变成猩红色的丝线。

突然，黛丽意识到，她真的开始了不同寻常的冒险之旅——她正在向达灵河进发，与她所爱的男人一起深入内陆！

她的快乐在胸中激荡，直到她感觉已经无法容纳，她必须爆发，就像超负荷的锅炉。她抓住悬在舵舱后面的那根绳子，使劲吹了一声口哨。

“停！待着别动！”鹦鹉叫道，一副受到惊吓的样子。

大副看上去也被吓了一跳。布兰顿眉头紧皱。

“嗨，不要乱来！轮机手可能以为我在排气以便靠向木柴堆，然后他会把压力降下来。驳船舵手也可能以为是唤他过来吃午饭呢。”

“对不起。”黛丽说着，脸红了，但是她昂起头倾听那美妙的鸣响，肆意而自由，从视野之外的远处河曲回荡过来。她差一点就要进一步解释说“因为我爱你”，但是大副正站在那边，身子探出窗口，寻找河岸上标有此地与阿尔伯利之间距离的里程树。

“那是五吧？”他咕哝道，“你能看到那棵大树上面的五吧，那边大拐弯的地方，黑脑袋的那棵树？我看到树皮上面一个个的五。下一个就是三百六十五了。”

黛丽靠在角落里，内心唱着温柔的歌。她终于出发了，未来在下一个河曲向她招手，然后又有下一个……

如果这一切只是虚幻——是河岸在动，而她与船是静止的，这是一条永不流淌、永不回头的河。嗨，那有什么关系！她心甘情愿地让生活流向自己，或者任其裹挟着她向前，不管它是哪一种生活。她伸出手去，把一切拉向自己，直到生命的最后体验，最终的伟大事实——死。她仿佛听见白色浪涛拍打海岸的声音。

在库德鲁附近，巨大的红桉原木堆放在河岸上，芬芳而血红的锯屑一大堆一大堆。看到在他们之后出发的“成功”号冒出的浓烟，他们立即打开风门，不顾一切地把木柴投进锅炉，很快又一次冲到了前面。

接下来十七英里，他们要绕过康贝尔岛，岛上的袋鼠和黑野猪从芦苇丛中瞪着他们。河流因为岛的平分而变得狭窄。倾斜的树伸出它们低处的枝杈，像扫帚掠过甲板;树叶、细枝、鸟巢哗啦啦落到船上。

大副还在他的六小时歇班期间,所以在急转弯时,本主动过来在舵轮上施以援手。因为装有重载,“费拉黛菲娅”号在转弯时显得迟钝,船身横着,好像一只醉蟹。

本——穿着半截裤子,显得瘦削而笨拙——羞涩的黑眼睛怯怯地瞥了一眼船长太太,就再也不敢看她。他感觉到她的眼睛——那么大,那么温柔,那么蓝——正在注视他,他的耳朵感觉热辣辣的。他磕磕巴巴地回应着她友好的问候,眼睛一直目视前方。

这天早上,布兰顿在日志中写道:

早六点:按单装货至右舷;船头下沉三英寸,平衡后勉强开航;过天鹅山桥将停航重装。

(尽管有威廉斯托港的经历,他有时候还是用到“左”和“右”——这样的词汇更像是海员的用语,河运水手也懂。但是他的日志像是为一只远洋船而记。)

他们停靠在法基纳的木柴堆,从这里,六英尺长的锅炉专用原木被沿着踏板而站的一连串男人“遛”到船上。然后,在他们搬卸货物的时候,黛丽走向离河岸不远的一处开放的小农舍,想要一点鲜牛奶。

一位面容憔悴的妇女迎出来——穿着黑色连衣裙,系着长长的围裙,戴着太阳帽——非常吝啬地向黛丽的搪瓷罐里倒了大概值三便士的牛奶。

“你多大了?”她问道。她好奇地打量着黛丽的窈窕身形——粉红色薄布衬衫,直筒裙子,惹眼的宽腰带,乌黑闪亮的头发,美好的肤色。

“刚好二十一。”黛丽说道。

“你猜我有多大?”

“呃,我不知道……”黛丽看着她——布满皱纹、晒得发黑的脸,皮革似的手,黏稠的、鼠灰色的头发从太阳帽下散落出来,嘴里的门牙掉了一颗……她尴尬地掉开头去。

“我才二十五啊,”她苦笑着说道,“是的,只比你大四岁。想不到,是吧?但是我过的是苦日子啊。十岁左右我就在母牛肚子下做苦力:上学前要挤牛奶,晚上我太累了几乎熬不下去了还要再挤牛奶……我恨死母牛了!”

三个头发蓬乱、细瘦如柴的小孩子,都在五岁以下,围了一圈扯住她的裙子,疑惑地偷眼看着这位陌生人。"那你为什么嫁给一位农夫呢?"黛丽几乎张口要问,但是她意识到,对这位妇女而言,不可能有所逃避。除了那些趾高气扬的农夫,她不可能遇见别人;她没有任何机会让自己受到教育而学会干别的,只有结婚一途。她的生命必将受制于那些母牛,一直到死。

"把那些母牛从沼泽地里赶出来,有时候我会吓得大哭。到处有虎蛇在爬。大河那么危险,我不敢奢望孩子们会长大成人。我们哪里也去不了。"说着,她露出一种绝望的神情。

想到自己所过的轻松有趣的生活,黛丽感到深深的内疚;光洁的手和无瑕的皮肤也令她感觉羞愧。

怀着某种模糊的想法,想要用自己的不幸安慰对方,黛丽脱口而出:"我——我有病,你知道。我不得不休养,而且不能多做事。这种气候应该对肺结核病有好处,医生说——"

那个妇女猛地后退,好像明显感觉到了从黛丽口中呼出的一团病菌。

"回去!回家里去!"她愤怒地朝几个孩子喊道,尽快把他们赶开。"走远点!告诉你们,不叫别过来!"她一边喊,一边愤怒地拽住最小的那个女娃——她正歪歪扭扭走向对面的来客,黏糊糊的嘴唇喷出泡泡。

她的说话声充满嫌恶,令黛丽感觉极不舒服,好像被蜇了似的。"我得的不是麻风病,也不是瘟疫。"她朝他们退去的背影喊道。但是随即她心头一震:要是布兰顿也这样看待她的病可怎么办呢?

在他们停靠的这段时间里,"成功"号原本应该赶上来了,但是既不见船的踪影,也不见远处有浓烟。过了好久他们才得知,它的驳船受阻搁浅在康贝尔岛,船员们花了几天时间才把那批货挽救下来重新装到驳船上。

到了天鹅山脚下,大河的性格已经变了;它由一道神秘的溪流——流经充满了陌生鸟叫的未知丛林——变成了一条开放的大河,流过平坦的绿色平原。两岸的农舍和成片的灌溉果园清晰可见。

一路上黛丽主要待在舵舱里,她为眼前的一切而着迷。布兰顿——应该每隔六小时歇班一次——几乎一直没离开过舵舱,甚至他让把自己的一日三餐也送到这里。

通过船长和水手们随口丢下的简洁话语,黛丽了解到许多发生在大河上的故事。

每一处河曲，几乎每一棵树，似乎都有故事——碰撞，山火，暗桩，沉船，船长之间速度和运力的比拼，等等。

令黛丽惊奇的是，用不着查看放在船舱滚筒里的麻布航行图，布兰顿也总能知道他们所在的位置。每一个拐弯、每一处河曲和暗礁都印在他脑海中了；不等一只平底船来到眼前，他早已鸣响汽笛，警告那位撑篙人赶紧把锚索下到河底。

他们经过图雷布克，古德奈特的试验灌溉农场，以及其他一些地方——一个个地名在黛丽心中奏响神秘的乐音：黑树桩，双木林，恐怖弯，提提达，比安奇……

忽然，泰德·艾华兹把舵舱里的操纵杆推到最低速，稳稳地握住舵轮，下巴抵在他黝黑的小臂上，若有所思。

“怎么了？”黛丽问道。她只看到前方一处似乎并无危险的拐弯。

“狼窝峡！过了拐弯就是。你没听见吼叫声？”

44

前方一座大的岛屿和几处小的突兀的砾石——母狼和龇牙咧嘴的狼崽子挡住去路，只留下狭窄而危险的航道：低水位期间，所有的河上水手都希望把这样的地方甩在身后。在最浅处，河水泛起泡沫，像引水沟一样打着漩涡，岩石之上水深仅有三英尺。

“我们吃水仅为两英尺六，所以没事的。”船长平静地说。他长长地鸣响汽笛，把舵轮转向右舷，让“费拉黛菲娅”号打个弯缓缓掠过，直到迎面正对水流；两只驳船紧随其后，直到整个船队朝向逆流。

接下来他们要让驳船通过这段危险的河道。轮船稳稳停泊，每只驳船慢慢顺流而下，拖绳随即放出；甲板水手随时准备用撑竿推开岛上的岩石和硬土，甚至司炉工和厨子也严阵以待。

驳船安全停靠在下面之后，布兰顿松开轮船，希望不借助任何绳索而顺利通过。两侧的明轮向前转动，水流推动轮船缓缓后退。所有的人都在焦急地观望——忽然,轮船被水流拽得有点侧偏,开始漂向狭窄的急流,而那里看上去几乎不够宽!

就在这时,突然一阵风刮起,吹得船身摇晃不止。布兰顿立即把操纵杆调到"全速向前"。随着明轮吃水,船体颤动,船开始逆流而上,暂时脱离了危险。

他看上去胸有成竹,仿佛他一直在哪个大湖中泛舟。

他第二次让船向下移动,一英寸一英寸地挪,结果又遇上风了。这一次船体向前的时候,明轮外壳蹭到了一只"狼崽子"。第三次,轮船侧身缓缓回到航道——好像一只寄生蟹,依靠柔软的后腿摸索着进入壳中——急速的水流终于把他们带了过去!这一次,除了明轮外壳被磕掉一块木头之外,没造成别的损失。

"费拉黛菲娅"号拖着它的两只驳船,又以八节的全速向下游驶去(由于水流的作用,时速达到十二节)。把这一危险甩在了身后,他们都感觉到情绪的松弛——在到达埃库卡上游的"杰里米肿块"和"边界石"之前,再没有什么可担忧的。

布兰顿取出手绢擦了擦汗湿的手掌,这是他紧张情绪的唯一表露。

河岸上又出现了近在眼前的木材林;接着,右面的"瓦库尔"清晰可见。大河明显加宽。黛丽不愿意回到船舱休息,因为他们马上就要穿过莫拉姆枢纽站。这里的河岸更高,红沙垄脊上生长着乌黑的墨累松。

乌云飘过来,风吹得冷了。布兰顿关好窗子,舵舱里温暖而亲切。他指向外面——船的前方,淡黄色的苍鹭从树林里飞出,紫铜色的翅膀中间光芒闪耀。

"看到那些鸟了?"他说,"很近的那棵树上就有一只,看到了?看到它的蓝色冠子?后背长长的白色羽毛?实际上这些是夜晚苍鹭,它们只在晚上打食,但是我们的船把它们从树上惊出来了。"

"在哪儿?在哪儿?"她叫着,却看不到。她现在已经习惯了他兴奋时的语无伦次。

他离开舵轮,向她走过来,两手扳过她的头,直到她的眼睛朝着正确的方向。但是她没有看到那些鸟,她闭上眼睛,偎依着他的手,又一次惊异于这双手的触摸带来的魔力。

一对黑天鹅,扑闪着白色的尾翼,跃起,加速向下游飞去。一只笑翠鸟无声地飞过河去。

“这些该死的鸟!”大副沉吟着说道,“不管什么时候看到它们,或是早晚听到它们的叫声,我都会想起最初来澳洲的时候它们对我的嘲笑!”

“第一次听到它们的叫声,我被吓坏了。”黛丽说。

“唉,你知道我刚来的时候是什么样子:真正的英国移民,深蓝正装,斜纹软呢帽,黑色皮鞋……在阿德莱德港,我从一艘商船上开了小差,搭车来到墨累桥,然后步行去莫干,人家说那里有很多轮船,我能找到活……

“我几乎沿着大河的路线从灌木丛中穿过。热!从来没那么热!外衣脱了,系在脖子上;马甲脱了,随手扔了。我相当害怕遇到蛇,但是很多次我不得不抄捷径穿过干涸的芦苇塘……

“每当我躲进大树的荫凉里,那些该死的鸟就开始嘲笑我、嘲弄我。你从没听过那么没心没肺的笑声!多么折磨人啊,我当时心想。我再也不要走路了(我的脚磨起了水泡,到现在也没好)!我真的没再走过路,除了从轮船到酒馆不得不穿过马路之外。”

“但是你喜欢这条河,尽管你不喜欢这个国家,对吧?”

“不喜欢这个国家?谁说我不喜欢它?我可不愿生活在别的地方,当然更不愿回到潮湿而老朽的英国。这是个美好的国家,一条华丽的大河,谁也不会说我是个英国移民。”

“我也这么想!”黛丽热烈地说道。

“莫拉姆要到了。”布兰顿漫不经心地说道。

“在哪儿?在哪儿?”她飞跑着穿过舵舱,把鼻子压在右舷窗的玻璃上。

“别那么急,它不会飞走的。”

“那就是吗?”她有些失望——莫拉姆,从她儿时生活过的康德拉裹挟雪水而下,成了一条半程可以通航的河,也像其他小的支流一样温顺地汇入墨累河。过了枢纽站,大河变得更宽,形成一条面积可观的河,但仍然迂回曲折。前方有沟槽,河水冲过地峡,六英里长的河曲逐渐淤积,直到有可能变成一处死水湾,不再与大河相连。一百码长狭窄的沟槽,水流湍急。船长和大副紧急磋商。

“我想我会让它通过的,吉姆。”

“我不敢说,泰德。水流挺猛。”

“旧河道正在淤积,水也不多,嗯,我会让它通过的。”

有人敲了一下舵舱的门,接着本探进头来;因为他站在最低的梯级上,所以脑袋刚好和舱里人的膝弯持平。

“轮机手捎话过来,船长。他说,要想通过威尔逊沟槽,你最好让轮船保持最低速度。”

泰德·艾华兹转过头来,半闭的蓝眼睛瞅了瞅低处的本,然后惬意地靠在舵轮上,用全身的力量把握着船的走势。

“哦,他是那么说的,是吧?你正好在这儿等一下,小伙子。”

泰德旋即离开舵轮,下到甲板,站在船边,双手扶着栏杆,看着下面的沟槽,估测着水的流速。然后他回到上面,握住舵轮,下巴绷得紧紧的。

转瞬之间,“费拉黛菲娅”号急速驶入水流的掌控之中。随着后面驳船上发出的一声惊呼,轮船和两只驳船擦着一侧堤岸向前冲去,直到左侧明轮搅起芦苇和泥浆。船长回头望去,最后一只驳船刚好碰到岸边又安全脱离。

“好了,本,我的小联络员。”他说,“你可以下去了,告诉那个扰乱人心、讨人厌的轮机手,我是让船全速通过的。”

“好——好的,老板。”他转身下去,仍然目瞪口呆。

“我们省了大约六英里。”布兰顿说。

“也有可能损失掉价值六百英镑的货物和驳船。”大副阴沉地答道。

但是船长只是微微一笑,一副自得的样子。

45

过了魔鬼滩,“费拉黛菲娅”号不得不停下来进行维修。一只明轮被拆掉了,把铁框架加以平整之后,两只破碎的轮叶也被替换下来。

泰德·艾华兹——摇身一变成了木匠——正在河岸上刨修一截树干,要用它替换一根被撞坏的甲板支柱。只见他运斧自如,三下五除二就把那棵茁壮的树撂倒了。

那只鹦鹉跳出舵舱,飞落到黛丽肩上——她正靠着顶甲板的栏杆观望,用欣赏的眼光看着那边的木工活。

“你们哪个混蛋拿了螺丝刀！”鹦鹉阴沉地叫道。

当大副走过来正要进入他的船舱时，黛丽把他拦住了。“吉姆，”她低声说道，“我听到你曾建议船长绕开那块可怕的礁石——是哪个？麦克法兰礁？沿滩直下，他是不是有些蛮干？好像他总是听不进任何建议。”

“呃——费拉黛菲娅小姐，男人只会从经历中学习，我们这些老家伙不可能教给他什么。他会成为一把好手的，只是现在还年轻啊。经过这一趟，拉着两只驳船，他会学到什么能做，什么不能做。”

尽管磕磕绊绊，他们还是安全通过了麦克法兰礁。到了魔鬼滩，布兰顿减速，准备摆正船头，这时，终日呼啸的狂风从侧面刮过来，“费拉黛菲娅”号像一只纸船斜着冲过河去，撞到新南威尔士一面的岸边悬伸出的树上。轮船像纸一样卷曲了，甲板立柱折了，一根长长的大树枝穿透厨房的挡蝇纱窗，险些伤到阿李。（“妈的！把炉上的壶打翻了！”他大叫道。）整个船被刺穿了，好像一只落入荆棘的鸟。

两只紧跟的驳船，因为风的阻力较小，没办法自己停下来，湍急的水流把它们旋向下游，驳船舵手只能尽量地避免它们互相碰撞，或者撞上前面伤残的轮船。第一只驳船猛地停下，几乎把绳子一端的牵引桩拽出来；第二只驳船严重搁浅，一半货物落水，草捆沿河漂流而下，一些被抢救了回来，在岸上铺开晾干，多数早已不见踪影。同时，每个人都在呼喊，有人建议，有人咒骂，有人发号施令，甚至舵舱里的鹦鹉也用丹麦语加入进来。

全体船员，即使那些歇班的，都出来帮忙，为了使“费拉黛菲娅”号重新开航。他们都懂得速度的必要。他们是在大河危险的低水位期出航，这样才能抢先到达达灵河，回载羊毛，因为各站点施行的都是“先到先得”原则。布兰顿比其他人都更卖力，一边刀削斧砍修理破损处，一边从河对岸的绞车上拉过绳子拖拽搁浅的轮船和驳船。

就在维修快要完成的时候，轮机手来到顶甲板，在他油腻的帽子上擦了擦手指，冲黛丽大大咧咧地一点头，然后迎风仰起鼻子，像狗似的闻着。

“感觉闻到烟味，”他说，“能不能看到什么？”

他手搭凉棚，注视东方——从这里看去，墨累河拐了九十英里的大弯向南流到优斯顿，接着一个转身，流向米杜拉。远处，在这片广阔的陆地对面，出现了一丝淡淡的烟迹，在天空的映衬下，不断延长，好像一列火车经过。但那不是一列火车。

“妈的！”查理大声说道。“‘墨累骄子’号在我们屁股后头！”

“你是说凭着冒出的烟就知道是哪艘船？”

“我凭烟的散布和颜色就知道了。”查理眼都没眨，说道。

黛丽大为惊异。她不知道，在他们出发之前，查理刚见过“墨累骄子”号的轮机手，得知它也整装待发，而且铆足了劲，要在文沃斯和达灵河交汇处赶超他们。它是一艘尾轮船，更快，也更大，所以要不是赶在涨水之后航行，它会比小一些的“费拉黛菲娅”号遭遇到更多来自障碍物和激流的麻烦。

查理顺着明轮壳上面的阶梯跑向船长。黛丽看见布兰顿侧身向东望了一小会儿，然后把修理好的立柱固定到位。不到半小时，“费拉黛菲娅”号重新起航，伴着烟囱中冒出的滚滚浓烟，一路浪花，沿河而下。

黛丽感觉轮机的声音中有了新的音符；河水的轻松翻涌变成了较为急迫的“突突突突”，明轮“嗒嗒嗒”的节奏也加快了，整条船开始发抖，吃力地颤动。

她把“船长”放回到栖木上，下到底甲板。一大堆面粉袋子把过道挡得黑漆漆的，在明轮壳、浴室和厨房之间就是锅炉和轮机。她看见脸色阴沉的司炉工捅开炉门，把一捆长木投进炉火中。查理站在旁边，手里拿着一块抹布，满意地看着压力表。

她知道自己不受欢迎，但还是走上前去看了看压力表。上面显示接近八十。一大块砖和一只重重的扳手通过一段铁丝挂在安全阀上。

查理看着她，凶巴巴的眉毛下面，蓝色的眼睛里射出一道狂热的光芒。

“你凑进来也没有用的，”他说，“我知道自己在干什么。我曾经跑过压力八十二，毫发无损。他们生产商都是些谨小慎微的家伙。”

“毫发无损！你听！它的声音像是要散架了！”

查理听着烟囱发出的兴奋的呜咽，历经风霜的脸上几乎露出一丝笑容。

“它知道！它知道‘墨累骄子’号追上来了。要是我现在再给它加把劲，我们就会先到文沃斯。你等着瞧！”

黛丽大步来到舵舱，抓住布兰顿。

“不安全！那个疯狂的轮机手会把咱们都炸飞的！”

“瞎说，小家伙！查理清醒的时候，我会把任何机器托付给他。”

“噢，你们男人！都是一路货色！”

他们整夜航行。两盏乙炔灯的巨大光束照亮了前方的河湾，使得那里的树在天空映衬下发出宝石一般灿烂的光芒，也惊起了凤头麦鸡和正在休憩的白鹦鹉。但是黎明到来的时候，河面上映出那些树，如同在镜子里一般，东南方出现了一缕浓烟，比前一天更近了。

他们在米杜拉灌区做了短暂停留，其间布兰顿去邮局了解了达灵河水位的最新报道。黛丽——经常在早上感到一阵要命的疲乏——身着睡衣躺在船舱里，正铆足了劲做起床的努力。透过舱门，她观望着突兀的红色悬崖、绿意盎然的葡萄园和鲜亮的黄色沙丘一闪而过。

终于，赭石色沙丘背景下，一株绿柳倒映在杏黄色的水中，这样的色彩刺激她活动起来。她赶紧穿好衣服，希望他们也许会再次停靠在哪个地方。但是她只是匆匆完成了一幅粉红色和黄色的悬崖水彩速写，因为他们根本没停。纯净的天空下，面对逼近的那缕烟的威胁，小小的“费拉黛菲娅”号勇敢地斩浪前进。

“我们会领先‘骄子’号一直到文沃斯。”当她来到舵舱，布兰顿满意地说道。她凝视着他强健的身形，短而坚挺的鼻子，结实的下巴。几夜未眠的长时间掌舵，并未让他显得疲倦。全身流淌的无尽的力量似乎通过他的手传给了这条船，使它也充满了热情和活力。

当他们望见达灵河口的时候，“骄子”号在他们身后，只隔几个拐弯。透过树丛他们能看到另一条河；接着，他们绕过一段长长的沙嘴，拐入达灵河，进入支流浑浊的河水中。倾斜的文沃斯码头突出水面，沿岸几条船已经到了最低吃水线——“仙女”号，“匹亚”号，“仁迹”号，“女皇”号——正在卸舱；而“南澳”号——被誉为浅水“飞行者”——刚刚解缆起航。

升降桥打开，一声高昂的鸣笛，并未减速的“费拉黛菲娅”号呼啸而过。

“妈的！”查理出来，看到过了文沃斯，说道，“‘南澳’号赶上来了，两只驳船。这种水流对它无碍。我们铁定要栽。”

“不要用那个词，查理！”司炉工警告说。

“哪个词？我可以不说脏字的。”

“我是说‘栽’，这个字不吉利。”

“嘁！”查理用手背迅速抹了下鼻子，说道，“等它超过咱们，有你好听的。马上过去，往那边木柴上泼些煤油。”

司炉工跳进明轮壳之间，打开炉箱门，投进精选的干燥原木。为了领先“骄子”号到达文沃斯，他已经用完了预留的所有煤油。

他们鼓足气力逆流而上。但是更快的“南澳”号追近了，并排了——随即，伴着一声嘲弄的汽笛和船员的喊叫挖苦，它一路高歌而过，把“费拉黛菲娅”号甩到了它的尾波中。

底甲板上，查理・麦克比摔了帽子，上蹿下跳，向对方的轮机手喊道：“好啊，咱们顺流时再瞧！”激动之中，他踢到了一只空桶。他以为是空的，但是“甲板上这只笨桶”正巧装满了司炉工拣出的一些螺钉和螺母，把他的脚趾碰疼了。不堪入耳的话语，伴着锅炉中冒出的浓烟和火花，冲天而起。

当黛丽端来午餐时，布兰顿横眉怒目，拒绝吃东西，只是一口气灌下一大杯热茶。他不愿意有人超过自己。她觉得他拒绝吃东西过于孩子气，但她什么也没说。

因为后面看不到别的船，布兰顿把速度慢了下来，他则跳进水中随船而游。

尽管早晚极其寒冷，整个白天，内陆的太阳从蓝天照射下来。河水——从一千英里外太阳炙烤的平原流过来——总是温乎乎的。他把舵交给别人，三下两下脱掉衬衫鞋子——如果他穿着的话，因为他喜欢在船上光着脚——一个猛子扎入到船外的水中。没多大工夫，他已经爬上舷梯，又出现在甲板上了。

后面的驳船舵手很高兴看到这样的表演，特别是他施展绝技潜入轮叶下面的一幕。

黛丽下来取挂在明轮壳那儿冷却的黄油时，第一次目睹了这幕恐怖的表演。她站住了，望着十四英尺长的轮叶在盲目而有力地转动。

她被吸引了。看着轮叶不停地一下一下击打着水面，她感觉到扑面而来凉爽的水雾。轮叶入水不是很深，但是那些木制的桨叶所安置的角度正好使它们产生了最大的前驱力。

她到厨房为布兰顿准备下午茶点:先把饼干涂上黄油,再摆上乳酪和醋腌小黄瓜。当她手托盘子出来时,布兰顿——只穿了一条工装裤——正站在甲板边上,低头看着浑浊的河水。

“就进去游一小会儿。”话音刚落,他径直跃入翻搅的明轮前面。她张大了嘴,反对的尖叫声未及喊出,他已经在船尾的波纹中露出头来。他斜着游上岸,顺着泥泞的陡坡,一直跑到前头,再回身游过来。

“很危险啊!”当他回到甲板上,她紧紧抓住他,大叫道,也不管他身上正湿淋淋向下滴水。“再别游了,布兰顿! 求你了!”

他只是笑了笑——棕色的脸庞上,一双清澈的眼睛发出青绿的光——告诉她不要大惊小怪。

“我游过一百次了。墨累河灵鼠,他们叫我。只要跳得深,潜到桨叶下面很简单的。”

“我还是希望你不要游。”

但她知道他会游的,说不说都一样。

46

黛丽一辈子都讨厌达灵河。自从进到这条浑浊的河流中,一切似乎都不对劲了。在狭窄拘束的灰色泥岸之间,除了前后乌沉沉的水,再无所见。天空下面,高高的堤岸上一排蓝灰色的标志树,漆黑的树干像扭曲的铁丝。

“简直就跟污水沟一样!”她大声说道,“一条浑浊的大污水沟!”

“噢,你没见过达灵河水与堤平甚至漫溢的风采。兰德尔船长曾经离开主航道二十英里去收羊毛。那时候你能看到绵延数英里的黑土平原。”布兰顿说,“而获得木柴的唯一途径是划小艇穿过高地。即使没有水的地方,天边也会出现蜃景,其中映象如大湖一般。

“这里是一片广袤的开阔地,不是维多利亚州那样的小畦菜地。”

“我喜欢墨累河。”她固执地说道,“这里没有什么好画的;看不到远方,也没有变幻的色彩。到处是灰色与褐色。”

她不喜欢这种被禁闭的感觉,就像在封闭的火车里穿过数百英里的山中通道一样。

在曼尼迪,因镀金属而兴起的小村里,有一家酒吧和很多山羊。他们在这里卸下啤酒和面粉,又匆匆赶路。虽然昆士兰的季节性雨水已经下来了,水位还是很低,也不大可能升得更高了。

没到威尔卡尼亚,第一场祸事却先来了。早上四点,他们正在行进中,忽然看见船头冒出烟,随即赶紧让船靠岸。是那批危险货物着了火。船员们,在驳船舵手的帮助下,排成一排,一桶桶地泼水灭火。这时,一箱子弹爆炸了,弹壳四处飞散,所幸没有伤到人。

爆炸发生之前,本已经帮助黛丽上了岸。充满东方人镇定的厨子跟在后面,他费了好大劲从厨房拖出他的手提箱。接着发生了第二次爆炸。幸运的是,这次爆炸倒把火势引到河里。但是放在前头的面粉口袋也随之升空,然后像雪花一样飘落。一只空的果酱罐子放在最顶层,似乎花了漫长的时间才落下来,只差大约六英寸就砸到阿李的脑袋!

东方人的镇定一下子化作了水汽。"喔,老天!"他大叫一声,像箭一样蹿了出去,却没忘了他的手提箱。黑暗中,他穿过河水与崖岸之间的狭窄陆颈,倏地没影了。

黛丽一直在照料烧伤人员,为他们包扎因坠落残片造成的划伤。直到半小时后才有人想起厨子。经过搜寻,他在水里被找到了,正吊在一根木桩上,只把头露出水面。把他捞出来的时候,他仍紧紧抓住手提箱,尽管冻得浑身发抖。有人给他一杯热饮,说服他危险已过;他被推上床,牙齿咯咯作响,仍在徒劳地试图解释所发生的事。

令人惊讶的是,除了前甲板烧出一个洞,没有什么大的损失。后来发现,是火柴箱中筑窝的老鼠引发了这场火灾。布兰顿还发现,运往劳斯的一桶啤酒在兴奋之中已被"意外地"打开了,但他假装没看见。大部分船员都馋酒,总会自己配把手钻和几根吸管,逮着机会就品尝一下。

第二天白天,在一段明朗的水面上,大副接过船舵(即使逆流比顺流更安全,夜晚航行,船长也不愿睡着),布兰顿回到船舱要抓紧睡几个小时。

他懒洋洋地躺在黛丽的床铺上,好像已经累得爬不上自己的床;黛丽拉上窗帘,正准备离开。但是当她拖过被子给他盖上的时候,他耷拉在床边的一只胳膊忽然钢铁一样箍住她的手腕。

“别走。现在就咱俩。”

“你要休息的。”

“谁说我要休息？我要你。”

“我还以为你累了。”

“是累了，但不是太累。”

她叹了一口气，还是愉快地迎合了他。每一次她都觉得这是他对她的爱和需要的一种宣言；尽管她还没有学会充分回应他粗鲁、野蛮、直截了当的做爱，她已经懂得交出自己并感受他在自己体内的愉悦。理智告诉她，他可能早就找到过这种愉悦，过去经常找到过，和其他女人，也许任何一个女人都会让他满足；但是她那超越理性的女性心灵总把这种行为理解为爱。

大副没有试图自己搞定圣诞岩，而是泊了船，叫醒船长。布兰顿焦虑地看着凸出水上的几乎横过河面的两块礁石。如果这么早的季节就出现这种情况，等水位开始下降时又会怎样？随时都有被卡在某个水坑里的危险。

在威尔卡尼亚，他们被埃库卡开来的尾轮船“瓦伦德”号赶超了，但是擦肩而过的时候却没有以往的嘲笑和嘘声，只是严肃而安静地打个招呼，这令“费拉黛菲娅”号上的人迷惑不解。当他们停靠在“瓦伦德”号和“墨累骄子”号旁边时，终于了解到其中的缘由。

“‘天意’号爆炸了，在金奇阁。”当布兰顿由黛丽陪着登上“瓦伦德”号时，理奇船长对他说。黛丽抓住布兰顿的胳膊，他则紧紧盯住理奇船长。

“有人……送命了？”

“船上所有人。一个也没逃掉。除了后面驳船上那个人。他说，船炸得细碎，啥也没剩。”

“那个婴儿！”黛丽脸色煞白。

“乔治·布来克尼！”布兰顿说，“可怜的老乔治。”

“全家都走了最好，要我说。”理奇船长说，“只剩一个才令人难受呢。”

“天意”号失事的消息给整个港口笼上一层阴云。在这里，轮船船员构成了流动人口的大部分，还有牛羊贩子，阉牛的，探矿的，剪羊毛的，车站帮工的，都来“凑热闹”。

小镇是一个迷人的地方，黛丽想。一座真正的西方式城镇，街角有又瘦又高穿着随意的骑手，商店橱窗挂满了马鞍、马靴、缰绳和系铃，一座教堂，十三家旅馆，石头监狱，法庭，宽阔的大街掩映在绿色的胡椒树下。经过了波恩凯利和门尼迪的几幢铁皮屋和几处沙丘后，这里几乎就是一座大都市。

黛丽去购买一些她以前忘了买的东西。船上的啤酒和谷壳被卸下来，而新的啤酒通过水手们干渴的喉咙又被装上了船。布兰顿急于离开，不然水手们喝醉了，吵吵嚷嚷的，与那些“下头”船上的水手的冲突将会不可避免，因为在“上头”和“下头”的水手们之间总有致命的争斗。“墨累骄子”号，此时正行进在南澳船只会合的恶水区域，它会变成盟友而非竞争对手。

布兰顿已经卖掉了谷壳。在大鹅山以五先令每包购进，在威尔卡尼亚以每包一英镑卖出的。达灵河上游正遭遇严重干旱，为了挽救饥饿的牲畜，开出的饲料价格高得出奇。布兰顿把驳船封顶（以前并不满载），装了一千包谷壳，这些就给他带来七百五十英镑的利润，远远补偿了火灾的损害以及那只搁浅驳船的损失。

到了出发时，轮机手查理不见了。布兰顿找了八家旅馆，终于把半醉半醒状态的他找了出来，“押”回到船上；沿途，查理一会儿高唱一会儿抗议说自己的大渴仍未解除。

在码头，查理拒绝从踏板走过去，而是匍匐着爬上船，嘴里嘀咕着“一点圆葱三明治不会有事的”。司炉工已经点火起动了，布兰顿把“费拉黛菲娅”号开到上游几英里处停下。这里已是小镇的边缘，轮机手和其他几个船员清醒了一些。

接着，他们的船从岸边侧身而出，匆匆向上游开去，眼前掠过沙堤、小岛、礁柱、木桩、直弯……

司炉工开始了他六小时的歇班（这期间由甲板水手接替），他拿出一支来复枪，从堆在船头的面粉袋上面向鸭子射击。泰德·艾华兹从舵舱窗口侧出身来。

“不要射击丛林鸭！”他用警告的语气说。一对看起来温驯的灰白色鸭子安静地停在前方的岸边。

“啊，啥都不能射吗?”司炉工怒气冲冲地说道。

“不要射击丛林鸭，如果射伤了它的翅膀，你怎么捡起来？又不是在水上。”

司炉工开始向天空射击，自得其中之乐。两只楔尾鹰直冲云霄，在高高的蓝天盘旋，远远看去，好像炉火上面升腾而起的黑色炭渣。

司炉工是一个黑乎乎、阴沉沉的人，说话声中总带有一种嘲弄。黛丽一直无法习惯他那丑陋的疤痕累累的皮肤。

他讨厌东方人，所以他一刻也不让厨子得到安宁。“黄种人渣!”每当厨子从厨房出来向船外倒空锅里东西的时候，他总会出声嘀咕道。“这汤闻起来就跟那做汤的邋遢鬼一个味。”吃饭的时候他总会这样说。

厨子看起来木木的，有时也会看到他盯着史蒂夫，眼中射出一道凶狠的光。有一天，司炉工做得过火了。他一直在帮查理擦拭轮机。来到船尾时，他的手里拿着一块脏兮兮、油腻腻的棉布。厨子从厨房探出脑袋，正眯缝着眼睛，望着太阳估量时间。史蒂夫用那块抹布故意瞄准了打在阿李的一侧面颊上。

厨子抓下抹布，随即回身从厨房里操起作捣肉之用的一把木槌。

“哟嗬！到外面亮亮拳头!”史蒂夫讥笑道，“黄皮子，哪儿都黄!”

“妈的!”阿李怒不可遏地大嚷道，“我出来了，我砸烂你的嘴，敲掉你的牙!”

他带着一股杀气冲向司炉工。史蒂夫一看情势不妙，躲进了明轮壳下面的洗手间，直到阿李冷静下来。

天空是日复一日永无间断的蓝色，太阳亮闪闪地照在清澈而干燥的空气中。黛丽胸部的不适有所改善，她的睡眠也好多了，几乎没有上气不接下气的情况。一天下午，他们来到达灵河岸边的一块高地——可能比一般平坦的黏土平原高出五十英尺——这里，古老的内陆海的红沙还没有被达灵河一层层的黑色淤泥所掩埋。

因为整日吸收阳光，红沙像蒸笼一样发热。几株细树软绵绵耷拉着叶子，立在一处孤单的铁皮屋旁边。远处的地平线上，有沉沉的一线靛青色，那是一条林带，在蜃景一样的光影上面向他们招手。

“我们可以在这儿搞到一些新鲜的山羊奶。”说着，布兰顿鸣响汽笛，把船驶向右边靠岸。“我自己也能对付一口酒。”

自从听到“天意”号失事的消息,他就一直闷闷不乐。黛丽注意到,压在安全阀上的砝码已经被拿掉了,“费拉黛菲娅”号以自身的节奏继续前行。但是她什么也没说。

船头船尾都抛出绳子系在一棵树上,铺好的踏板通向陡峭的河岸。她准备和他一起上岸,因为她什么都想看看。

“你就不要上来了,好吗?”布兰顿说。

她立即感觉到他不想要她上岸,但她仍然固执地说道:“当然不好了,我厌倦了只看到这些灰色的淤泥河岸。”

上岸是一段陡峭的攀爬,大副吉姆和布兰顿两个人都得帮她。他们来到岸上,后面不远处跟着一些船员。黛丽提着一只用来装鲜奶的圆筒搪瓷罐。这时,一个丑陋的巫婆一样的老女人和一个阔脸盘、壮实、邋遢的年轻女人从铁皮门里迎了出来。

这两个女人盯着黛丽,把她衣服和相貌的每一处细节都揣摩个够,这让她很不自在。她们用热情而贪婪的笑容向船长和大副打着招呼。

“先生们进来喝一杯?”老巫婆说道,“我这儿有凉爽可口的柠檬汽水,加了橘汁的。”乱蓬蓬的灰色睫毛下,她的眼睛竟然丑陋地一眨。“还有烤鸭,烤羊,蔬菜……”

“你指的是烤鹦鹉和烤山羊吧。”布兰顿冷冷地说道,“不管怎样,我要进来尝尝你的橘汁。这位女士想要些山羊奶带回船上。”

“莉莉,去打些奶。”老女人说着,抓过搪瓷罐,递了过去。但是那个阔脸黑发的女子站着没动,只是拿着搪瓷罐,在原地轻佻地卖弄风情。

“船长,这一次不会停下过夜了吧,我猜?”她扫了一眼黛丽。

“不会。”布兰顿说,“我们正跑在低水位,后头有一半空载船队呢。”他向那女子皱起眉头,示意她让开。

她却并没让开,而是站在原地,身子微微前倾,几乎裸露的胸脯擦过了他的胳膊。而她的黑眼睛一直嘲弄地盯着黛丽。最后是那个老女人拿走了搪瓷罐,装了奶回来。黛丽一把从她手里抓过来,咕哝了一声谢谢,赶紧穿过灼热的红沙和稀落的树荫,逃回船上。

那么恶心的女人,他怎么能——?黛丽想。黛丽已经接受了这一事实:布兰顿曾经有过内丝塔那种别的女人。但是她从来没想到还有这种别的女人！真是搞不懂男人！

天黑之后，他吵吵嚷嚷地回到船上，带着一股威士忌的味道。她已经上了床铺，假装睡着了。

47

在蒂尔帕，有一家有执照的酒店，这里酒的质量并不比河边铁皮屋里掺了水冒充“橘汁”的酒好多少。

酒店主人的柜台上，有一具用铅镶边的大棺材，里面盛满朗姆酒，每勺三个便士。他喜欢有所准备，他说，以防“突然翘了辫子”；而且他觉得，事实上，盛酒的这口棺材将会有助于保存他的尸体。

四下里都是不变的平坦光秃的景象，不变的灰土间杂着红沙，靛青色的远处是不变的令人炫目的蜃景，面前则是钢青色的矮树。

红黄蓝三种原色，经过热的漂白和软化，减弱成了自身的幻影。黛丽想起她曾经见过的一块蛋白石，乳白色的石头上刚好映出的就是这样的颜色。

他们卸下啤酒，收到了令人不安的消息：河水不再上涨。这让人怀疑是否会有船到达布尔克，或者劳斯。水位突然下降一英尺或者十八英寸，就能把他们困在扬达礁上面，一直要待到下个季节。“骄子”号和“瓦伦德”号不到威尔卡尼亚以上，但是“费拉黛菲娅”号装载的面粉、兔夹子和弹药是要运往敦勒堡牧场的。

布兰顿期望回载一批值钱的羊毛，因为他们到那儿的时候，剪羊毛即将结束。他不愿折价卖掉船上的货，然后回头与别的船赌运气，在图拉奴和达灵河下游其他牧场拉载羊毛。所以他们日夜兼程向前赶。水位已经开始下降。

正是令人心焦的时候，火气一点就着。带头驳船的舵手睡着了（十二小时当班，而不是以往的六小时），驳船撞上河岸，牢牢陷在淤泥里。愤怒的指责和对祖宗的咒骂立即蜂拥而至。幸好，驳船载重不多，被成功地用绞车拖了出来。

但是在他们抵达敦勒堡之前，灾难还是先降临了。泰德·艾华兹和水位赌了一把，还是输了。大河一夜之间降了一英尺，第二天又降了六英寸，他们的退路被切断,很快也前进不得了。

在文沃斯的小棚屋下面,他们擦着一根暗桩,驶入约有四分之一英里长的一段很深的水坑。前方是无法通过的一块岩礁。面对这道天然的水坝,他们被迫停了下来。油布铺展到船体两侧,以遮挡甲板和漆层不受内陆阳光的直射。付给船员一半薪酬,安排他们粉刷和清理,也算为他们找点事情做。

查理全面检修擦拭轮机。泰德填充他的日志。没什么好记录的,他就开始用墨水加描已经褪了色而且有多处改动的航行图。本在阅读黛丽所有的书。黛丽在清晨和日落时画画——因为整个白天,一切景物都缺乏颜色——清晨和日落时,明朗的天空和平静的水面总会涂上蛋白石和玫瑰一样的色彩。

高高的河岸上面的景象令她惊诧。那么空旷。除了一片广阔的点缀着碱蓬的灰色平原、地平线上的蜃景之外,根本看不到别的什么。不止如此,它还传达出一种感觉——寂静,干燥,浩瀚无边,让你感觉满眼的荒原一直延伸到视野之外。

开始时她是快乐的。一切都宁静而和平。她更多地与布兰顿待在一起。她画画时,景色至少是静止的。但是她也怀念随着船的平稳前进而总能感觉到的那种奇特的安宁。只有当她的身体通过某种外部的作用而移动,特别是在河面上的时候,她才会有这种感觉。仿佛在永无止息的流动中,在树木、堤岸、河水的流动中,她内心的某种不安才会解除;仿佛只有在移动中,她才能与时光的流逝、沧海桑田的变幻、斗转星移的往复保持平衡。

但是随着河水不再流动,直至停滞,陡峭的泥岸干透了,低处聚满了或蹦或爬的寄生虫。两岸之间的河道没有一丝风,船上热得令人发昏。裸露的木桩和濒死的鱼泛起阵阵腐臭味。黛丽变得和男人们一样心烦气躁。他们开始嘀咕,船长原本就不应该在这样糟糕的季节,在一条水位下降的河上,冒这么大的风险。事后,大家都成了神机诸葛。他们说,"知道"会这样——尽管早先他们谁也没说。火气一点就着,争吵时有发生。

泰德·艾华兹有两种选择:坚守这批货和他的船员,希望昆士兰下一场雨,为大河注入一股新流,从而使他们继续前行,到达敦勒堡,再返回文沃斯;或者减少损失,除了骨干船员,其余全部结账走人,然后发信花高价从布尔克叫来牲口驮队,驮走他的这批货。

天空依然是纯粹的深蓝。下雨的想法,显得很可笑。但是他仍在等待。像大理石宫殿一样堆积在地平线上的大块白云,从干旱的西部慢慢飘移过来,投下一片暂时的阴影,这片阴影密度很大,似乎含有水汽。抬头,灼热的蓝天,一对楔尾鹰在空中不知疲倦地翱翔。

一天,一群鹈鹕扑棱棱掠过河面,它们的飞行优雅而谨慎。一些死水潭正在干涸,它们就飞向水源更为持久的阿纳河和墨累河。布兰顿注视着它们,神情严肃;它们不会被困在一个干涸的水坑里,它们有翅膀,能够逃离。

随着前上方的一声枪响,布兰顿转过身来。司炉工阴沉的脸失望地紧皱着,又在瞄准。布兰顿大步跨过来,把枪管拨到一边。

"我告诉过你,不要射杀鹈鹕!"他怒气冲冲地说道。

"嗬,这条该死的河,啥也射不得了,先是丛林鸭,又是鹈鹕,你以为你是谁?圣母凯利?"他又举起枪,尽管那些鸟几乎已经在射程以外。

转瞬之间,来复枪被布兰顿打脱了手,啪地掉在甲板上。史蒂夫咆哮着,举起了拳头。布兰顿迅速一拳,就把他放倒在来复枪旁边的甲板上。

司炉工暴怒地站起来,摸着下巴,但没再试图去碰那支枪。布兰顿把枪立在明轮壳旁,迈步进了自己舱里。这可伤害了史蒂夫的尊严;恰好,他看见厨子正在厨房门口瞅着他。

"不要冲我咧嘴乐,你个黄种人渣!"他咆哮道,"不然我要让你用鼻子清扫甲板。"

阿李倒是没恼,仍咧着嘴乐。史蒂夫积聚了嘴里的唾沫,吐过去;尽管距离挺远,那口痰液却准确地落在厨子的胳膊上。阿李的嘴巴不咧了,他冲向明轮壳,抓起来复枪,转过枪口,对准司炉工,朝他的胸口扣动了扳机!

一听枪响,布兰顿拧着眉,大步从舱里出来,以为史蒂夫又在射击鹈鹕;但是他愣住了,手扶着上甲板的栏杆,低头看着司炉工一动不动的身体,血液从他身下汩汩流出。

他跑下阶梯,把那人的身体翻过来,摸了他的脉搏,听了心跳。司炉工死了。最初他以为史蒂夫懊恼至极,饮弹自尽。接着他看到阿李呆呆地站在对面的明轮壳旁,手握的来复枪仍在向外冒着烟。他朝阿李走过去,但是阿李举起枪,威胁地指向他。

“别动!”他尖声叫道,“阿李也会杀了你,谁都杀!”

“回去!”眼角的余光看到黛丽从舱里出来跟在后面,正在阶梯的最顶层,布兰顿急切地说道,“告诉吉姆悄悄下来,快! 我想阿李是疯了。”

吉姆从阶梯下来的同时,查理也从甲板另一头过来,阿李把来复枪从一个人身上晃到另一个人身上,龇着大牙,眼神疯狂。

“吸引他的注意力,我设法绕到他身后。”布兰顿说。但是阿李背靠主舱,来复枪对着三个人。他开始爬上堆在前面的货箱和面粉袋,从那儿他攀上舵舱外的栏杆,从而爬到舵舱顶上。

从这个点上,他控制了整条船,除了烟囱之外,再没有别的更高点了。足有一个小时的时间,几个人劝说,威胁,恳求……黛丽简直吓坏了。她在舱门里面什么都听到了。最后,她意识到,布兰顿要孤注一掷,解除他的武器——他跟在厨子身后向上爬去。

“走开! 走开!”他声嘶力竭地嚷道,“我要射了! 我要杀了你!”布兰顿镇定地一点点靠近。

黛丽想要叫他回来,但她知道自己不应该分散他的片刻注意力。他以威严的目光向阿李狂怒的眼睛望去,同时一直用安慰的声音说:“好了,阿李,我们不想伤害你。我们是朋友,呃? 还是理智点,下来吧,你不能整晚待在那里啊。还有,你得准备茶点啊,来吧。司炉工那小子是自作自受,对吧? 我们不怪你,阿李,我们就是想要你下来,免得摔着,来吧,我们帮你……”

布兰顿一只脚踩在舵舱的窗上,头露出舱顶,直对着枪口,他很平静,不停地说着。

慢慢地,阿李松弛下来,枪口低垂在脚边。

“李! 阿李! 把枪拿开,轻轻下来。你在听我说吧,阿李? 你没必要……”就在这时,他一探身抓住枪管,从厨子手中拧下来。他把枪扔给下面屏住呼吸的两个人,然后抓住阿李的脚踝,砰地把他拉倒在舵舱顶上。几分钟后,阿李被制伏了,捆绑在下甲板的一根甲板柱上,他在那里嚷了足足有两个小时。

有人划船到文沃斯,从那儿发信到布尔克,请一位骑警来把阿李带走监管。到了晚上,阿李变得很安静,但是他们不敢让他待在厨房,以防他放火烧船。因此，他们把他关进浴室，直到第二天骑警到来。

布兰顿打开藏在厨房里的手提箱，发现里面有一千英镑的钞票。当骑警——还有为嫌疑犯准备的一匹马——赶来要带走阿李时，布兰顿把这笔钱和阿李的衣服包递了过去，还有一份书面陈述——里面记录了所发生的一切，包括厨子所受到的来自司炉工的挑衅。

船员减掉两个，而且必须另外找人做饭。所有人的眼光都转向黛丽——船上唯一的女人。谁都知道，做饭是女人的活计，所有的女人都会做饭。她是现成的女人，逃不脱他们的逻辑。黛丽徒劳地告诉布兰顿，除了给自己和伊莫金煮过鸡蛋之外，她从未做过一顿饭。

所幸，结婚时贝茜曾送给她一本厨艺手册，尽管以前从未瞥上一眼，这时却成了她的圣经，上面的指导像基督教义一样具有权威性。页边很快翻卷了，奶渍斑斑，沾了面粉，因为她每一步都要参看小册子。

手头的原材料如此有限，她也不可能鼓捣出什么惊人的失败之作。“取十二枚鸡蛋，打碎，搅拌二十分钟……”她读着，翻过这一页。没有鸡蛋，只有听装牛奶和咸肉。有时，本会帮她把一只鸭子、一只兔子或一条鱼收拾干净。唯一的蔬菜就是放在农场那批货中间的土豆和圆葱。

想起当年希斯特姨妈在康德拉用同样有限的原料变出的那些可口饭菜，黛丽感到惭愧。有足够的面粉来做试验，但她做面包的首次尝试却是一次拙劣的失败。

布兰顿——他厨艺不错，却总认为做饭炒菜有辱他的尊严——接过了烤面包的活。本打下手，负责削皮和刷洗碗碟。

尽管有布兰顿帮忙，但几乎每天早上，厨房仍会传来面包的煳味，或者粥烧焦的烟味，以及黛丽发出的一连串的低吟尖叫——因为什么东西沸腾出来，或者自己烫了手。瓦罐破碎的乒乓声，炒锅落地的铿锵声，回荡在达灵河陡峭的崖壁之间。

他们享受了一个礼拜的烤羊大宴。一只被干旱折腾得瘦弱不堪的母羊，来对岸饮水，陷在淤泥中。他们本来可以把它拖出来就算了，但是一想，如果不是他们正好在这儿，农场也铁定丢掉这只羊了。所以索性把它宰杀。宰杀后的尸体挂在一个穆斯林帐篷的荫凉里，避免招惹丽蝇。

船员们果敢地吃着黛丽做的黏糊糊的布丁和硬邦邦的烤饼。其实他们好像喜欢这一口，要求多做些。但她清楚，自己不是好厨子。“我还是要学。”她发誓说，“正常脑筋的人都应该能从书上学会怎么做饭。”

她没办法让狗先试尝自己做的东西，因为没有狗。但是有一天，她把刚烤出的坚硬的饼喂了一块给鹦鹉。“船长”挑剔地抓在爪子里，歪着头，怀疑地琢磨着。

“你们哪个混蛋拿了螺丝刀？”它咕哝道，好像需要那把结实的家什来敲碎烤饼。接着，它开始像剥杏仁一样，啄着硬皮，碎渣像卵石一样掉在甲板上。

“我要喝一杯。”吃完了饼，它哑着嗓子叫道。黛丽拿来一只搪瓷杯，放在它头顶上方。它是要杯子，而不是要喝水。它开始在杯子里自唱自语，在柄木上怪模怪样地蹦来蹦去。黛丽为它画了一幅画，标签为“达灵河上的内德·凯利”，布兰顿把这幅画挂在客厅。

在漫长、温和的夜晚，船长和那些男人常常躺在甲板上，闲聊，抽烟，拍打蚊子。在这深远的内陆，安静的河面上，除了夜鸟的呼唤，没有任何声音的惊扰。这种奇妙，补偿了白日里的炎热和单调。

丝绒一般的天空，星光灿烂；月亮升起，把荒凉的河岸和浑浊的河水变成漆黑与银白的图案。没有露水，空气干燥而温暖。

黛丽百般希望自己生来是个男的，也能躺在外面抽烟闲聊。但是，尽管从来没有遇到过任何公然的敌意，她也很少加入到男人堆里。一种微妙的异性对立，把她排除在他们的圈子之外。

如果她来到甲板，她立即会感觉到拘束。男人们坐了起来，用语也加了小心，斜着看了一眼她的白上衣，又移到她苍白的脸上，赶紧又斜过眼去。她开始渴望有个女伴。

要是我又老又丑就好了，她悲哀地想道。有一天，当我五十来岁——不，六十来岁——那就不管怎么都行了。但她无法真正想象自己在那个年龄时的情景。

随着春天进入到夏天，显而易见“费拉黛菲娅”号这一年再不会动了。男人们变得更加烦躁，动不动就吵；他们开始划船到文沃斯，用廉价的威士忌把自己灌得烂醉。布兰顿决定结账让他们走人，只留下驳船舵手、大副、轮机手和甲板水手。如果有必要，本能够掌控第二条驳船，直到涨水之后召回所有的船员。

信已发出，请牲口驮队或者马队来驮走货物。船员们也乘坐经过这里的马车回到文沃斯，有的要回到埃库卡的家中，但是多数人如滚石一样，会在偏远的地方先找份活干，直到另有船上的活招呼他们。

“费拉黛菲娅”号所在的池子，水位越来越低，但是一旦搬走货物减轻了重量，仍足以把船浮起来。把船上的货物搬到陡峭的黏土河岸之上，完全靠的是人工。

只要船浮起来，它仍会给人一种生动的感觉。如果有一丝微风掠过，只见波影颤颤，金光粼粼。

但随着河水凝滞，船上越来越热，越来越令人窒息。大副嘟嘟囔囔想要回家和家人一起过圣诞。布兰顿同意支付他返回埃库卡的路费，但直到他重新上船才能拿到工资。

黛丽拒绝一道回去和贝茜待在一起。“这种干燥的内陆空气对我这么有好处。”她说，“我相信我的肺已经基本康复，无论如何，我不愿离开你，我受不了离开你。”

他吻了黛丽，没有争辩什么。他不喜欢文沃斯简易棚里的那个女人，船员们结账走人之前都碰过她；如果他们连续几个月陷在这里，女人将会像吃的喝的一样必不可少。而且，他也会想念黛丽，她那么可爱，虽然不会做饭。

男人们自己洗衣服。黛丽把自己的和布兰顿的衣服拿到阻水的岩礁那儿去洗。当她想到溶入水中的东西，她几乎无法再喝茶了，尽管水是烧开的。

沙洲下面，河已经萎缩成一条淤泥河道。沿着干裂的河床，有几处小池塘，在其中一个里，黛丽看到大量的水生物聚在一起。随着池塘逐渐干涸，它们做着垂死的挣扎。蝌蚪，水蛭，小虾，蝲蛄……为了最后的一点湿气和氧气疯狂争斗，池水仿佛在沸腾。

她惊恐地看着这一切，为了生存，毫无意义的可怕的挣扎。为什么呢？她想。为什么呢？但没有应答。

本仍然设法去上游或者下游，在其他没被捞过的水坑里捉些鱼。鸟儿躲着这艘怪里怪气的船，但黛丽看到它们在日落时随风飞过：黑羽白鹦鹉，尖嘴鹦鹉，成群的虎皮鹦鹉，叫声颤颤的小鹦鹉，好像成群的艳绿色的鱼，穿梭在蓝色的空气中。

布兰顿能为她指出所有鸟的名字，但却是本陪她到邻近的水坑，看它们在傍晚时过来饮水。当本带来他拾到的一支彩色羽毛或者他捉到的一条鱼时，他羞怯的黑眼睛总会因为她的快乐而欣喜闪亮。

在她画画时，他从不探头探脑地打扰她；而她画完时，他总会胆怯地请求——允许他看看那幅画。他偶尔贴切的评论令她吃惊，也令她高兴，不像布兰顿对她画的一切都称赞说“不错”。

本文静平和的表现一定程度上弥补了黛丽缺少女伴的境况。结婚时，布兰顿曾送给她一台缝纫机；在这漫长的夏日里，她发现有足够的时间把自己随身所带的布料尽其所用。本显示出令人惊讶的上佳品位——既能为黛丽选出《妇女家庭杂志》中的时兴样式，又能把那些“太过分”或者“太老旧”的排除在外。

有一个对你的衣着感兴趣的丈夫那多好啊，她不无遗憾地想道。布兰顿从来不注意她穿什么，如果她直接征求他对一件新衣服的意见，他只回答说，他最喜欢她什么也不穿……

48

直到下一个季节，绵绵细雨才使得达灵河有了足够的水，把囚禁在沙洲上几乎长达十二个月的“费拉黛菲娅”号和它的驳船浮了起来。他们赶紧顺流而下，一边走，一边召集全体船员，并打电报给大副在文沃斯会合。

内陆的夜晚，星辰闪烁，凉爽清新；晴朗的蓝色天空，干燥的冷风扫过黑土平原。经过漫长的夏天，这完美的冬日气候使他们感觉元气复生。

他们收了一些早先剪的羊毛，足够一只驳船装载。干旱已经使羊群损失十分之一，所以剪毛量根本不像正常年份一样。

最初的涨势之后，大潮却没有随之而来。关于墨累河，也有惊人的报道：不但新南威尔士和昆士兰遭遇了史无前例的干旱年，而且高原地区几乎没有降雪。

维多利亚州没有迎来通常的季节之初的开门雨，像孤儿堡和康帕斯这些支河，几乎已经断流。

在黑色的一九〇二年，"费拉黛菲娅"号小心地沿达灵河行进，船头留有一个人，不间断地用竿子探测前方河道的深度。晚上，他们靠岸停泊，因为顺流而下，那些浅滩过于危险，无法保证船在黑暗中能安全通过。

尽管已经看不见陡峭的灰色河岸上那些光秃秃的、被吃空了的原野（饥饿的羊群甚至把灌木的根也刨出吃了），干旱仍能让人感觉得到。当他们泊了船，只见缓缓的水流裹挟了大量漂浮物——四脚朝天的膨胀的尸体。岸边，也有一些可怜的生灵——筋疲力尽饥肠辘辘的羊，过来饮水，却虚弱到无法把自己拔出烂泥。船经过时，饱食的乌鸦扑棱棱飞走，那成排的没有眼睛的脑袋，向桨叶发出声音的地方转过它们血淋淋的眼窝——绿头苍蝇嗡嗡围绕——好像在无声地诉求。

起初，在黛丽的强烈要求下，他们射杀了一些生灵，以解脱它们的痛苦；但是很快因为数量太多，谁也没有时间和心思再来做这件事。黛丽把自己关在舱里，甚至不愿出来吃饭，尽管现在她又可享受有厨子的奢侈。她只吃一点干面包（已经很长时间没有奶油，她几乎忘了它的滋味），就着听装牛奶泡的茶。甚至她呼吸的空气也有腐烂的味道。

他们缓慢而艰难地到了河口，终于进入墨累河。黛丽感到一阵巨大的轻松。但是，曾经恢宏的大河变了样子，萎缩了；河口处，一道长长的沙坑，几乎延伸到对岸，狭窄的航道蜿蜒在广阔的淤泥浅滩之间。这是许多年里的第一次。暴露的木桩和沉陷的驳船，蒙了一层灰色淤泥，曝晒在阳光下面。

布兰顿瞅了一眼这种情况，轻声骂着。"这样的河水，我们跑不多远。"他说道，"根本没指望到狼窝峡之上。"

几百英里外的维多利亚州，欧文斯河源头附近的一场急雨带来小股新流，使他们安全通过了麦克法兰礁。但是河水迅速流失，接着在一些恶劣航段出现了冲积区。有时他们每天只能行进几英里，但至少这批羊毛货物是不易腐烂的。在米杜拉，他们发现那些种植户仍在对上一季的水果损失咬牙切齿。因为轮船无法通过，大批水果因滞留码头而腐烂。铁路还不能够为他们很快建好。

他们下一季的庄稼也受到威胁。因为水位很低，泵房不能运作，灌溉不得不停止。整个沿河,旱情都很严重,所以成立了州际墨累河管委会,专门调研建立水闸的可能性。

他们安全通过了"界岩"和丑陋的"查理包"。但是过了莫拉姆河口,那里的支河几乎都已经断流,显然,他们不可能走得更远了。

他们在弗里哲·史密斯的木柴堆装上木柴,了解到瓦库河口以上只是一个个水池,今年还没有任何轮船到达狼窝峡以上。

泰德·艾华兹仍不愿停航,只要船底还有半英寸水,他就继续前进。他已经在文沃斯把一条驳船卖了,因为装不到货,它成了他们的累赘。

在一个拐弯处,他们看到一幅惨象:"超越者"号,微微倾斜着,搁浅在淤泥上面。看上去它已经被固定住,帆布拉了出来,通向河岸的狭板道铺在淤泥上,钓鱼线从甲板垂了下来。当"费拉黛菲娅"号侧身缓缓经过时,那边船上升起一阵嘲弄的欢呼。

"来加入我们'烂泥党'吧!"他们说,"你们跑不远了,伙计!"

在接下来的拐弯,出现了整整一排被陷住的轮船——"奥斯卡"号,"决心"号,"特拉法尔加"号,"瓦拉杰"号,甚至还有一些小轮船——"机警"号,"成功"号,"加图"号和"无敌"号。

泰德·艾华兹总想争第一。他一直冲到这支眼巴巴的船队前头,随着桨叶陷进淤泥,"费拉黛菲娅"号也颤抖着停了下来。

这种情况与他们孤单地被困在一千英里外的达灵河上游时有所不同。轮船聚在一起,甚至有一种野餐的气氛;共同的承担莫名其妙地减轻了各自的不幸。

黛丽更是喜欢这里。在这片开放的墨累峡谷——实际上是河水漫流时所形成的一大片泛滥平原——她视野开阔,丝毫不觉闭塞;而在达灵河上,好像她的精神也受到了束缚。

从顶甲板极目远望,穿过长满单一的矮小桉树的浅滩,是一片绿叶细枝的海洋;枝叶间,清清楚楚,一处荒凉空地,那是遭受干旱的农场。围栏半陷在沙丘中,围场里一堆堆白色的石灰岩卵石。

受困的船队中没有客船,也没有女人;有女人也是已乘马车离开了。但是在农场,肯定会有女人。过去几周一直在心中滋长的一丝怀疑,让她渴望听到另一个女人的意见。

在微明的黄昏,黛丽向窗户泛光的一家农舍走去。

她沿着河岸走走停停。看到死气沉沉的河水,她感到奇怪;对她来说,河水的魅力就在于它无可阻挡、永无止息的流淌。向东南望去,大河拐弯的方向,她看到糅入了西方鲜艳色彩的柔和色带。大卫·戴维斯曾抓到过那种微妙的光效,并绘到了整块画布上。如果有那种可能——一切都有可能——明天晚上,她要争取画出东方的天空。

当她踏着石子路面走向通往农舍的半开的大门时,蚊子开始在她耳边尖叫。这里只是两个房间的棚屋,外加后面的半坡屋,但是在黄昏的微光中——灯火闪烁的窗口,雾气缭绕的烟囱——却是温馨的家的缩影。

停在阳台下面,她透过开着的窗户看着里面的人。一个女人坐在粗糙的木板桌子旁边,就着灯在缝纫,灰色的头发,梳成不规整的一个髻,眉毛之间深深的一道纹,皮肤因为风吹日晒而显得坚韧;壁炉那儿,烧着一只黑色的水壶,边上坐着一个男人和一个女孩,显然她是他的女儿,因为她瘦削的身子和灰褐色的头发都跟他一样。

炉火旁边安静的两个人吸引了黛丽的注意力:男人凝视着女孩,女孩则绷着脸凝视着闪烁的火苗,除了水壶轻轻的歌唱没有别的声音。

她走过泥质阳台,敲响了门。惊讶,沉默,接着听到脚步声,门开了几英寸的缝隙。女人左手高举着灯,透过门缝打量黛丽,似乎马上要把门重新关上,但是黛丽立即把随身带的作为登门理由的搪瓷罐递了过去。

“请您……我从滞留在下面河段的一艘船上过来,如果您能让我买点鲜奶,我会感谢不尽的,我身体一直不大好……”

“到后面来吧。”她飞快地、几乎鬼鬼祟祟地说道。黛丽跟随她进了客厅,她把灯放在桌子上,男人迅速看了她一眼,她却并没看他,女孩仍在望着炉火。女人点上一支蜡烛,领黛丽来到后面的厨房。

后门旁边,两大碗奶正在凝结乳脂。女人拿起一只壶,给黛丽装了半罐。“对不起,我不能给你更多,我不想废了这些油脂,我给你拿些黄油吧。”

“黄油!太好了!我没沾黄油已经——噢,几乎有一年了,但这些够不够……”她摸出身上带的钱。女人接过钱，似乎没注意看，就放进围裙口袋。黛丽向她描述起他们在达灵河上游如何如何被困……

“不可能比这里更差吧。”女人手里拿着包好的黄油，望着漆黑的后窗说，“永远都是这种矮小的桉树，我讨厌它！”她说到可怕的干旱之年，他们所有的羊都没了，他们的庄稼枯萎凋敝，他们的围场到处只见石头。

“但是你们有这条河。”

“是啊，它让人容忍了一切，可是它让你有些不安分——我的意思是指它流动的时候，不是现在的样子。我们在这儿从未见过它水位这么低，已经三十多年了。”

她转过头，从窗外的黑暗中收回眼神，而她的眼睛仍然瞪得很大。黛丽惊异地发现她的眼睛那么美——大大的，瓷蓝色，像孩子的眼睛一样清澈。

“三十年！”黛丽吃惊地叫道，“你结婚这么多年了？”

“你刚结婚，是吧？我能看出来。”她褶皱的脸在孩子般的笑容里变得柔和了。

“刚在一年前。从我们结婚，我唯一的家就是那条船。我丈夫是船长。你要不要明天过来看看我们？”

“我会去的。”

就在这时，一阵呜咽抽泣的声音从挂在厨房的一条毯子后面传过来，女人的脸立即硬生生拧出先前那种冷酷的皱纹，两道眉毛下垂，中间深深的怒纹好像一道犁沟。

“莎拉！”她严厉地喝道。随着女孩从前屋进来，女人把黄油塞到黛丽手里，打开后门，几乎把她硬推进夜色之中。

突然被打发出来，黛丽一时发蒙；她的眼睛还未适应黑暗，磕磕绊绊地绕过院子，跌跌撞撞地迈过半埋在沙里的破舵烂铁。然后她定神瞅准了河曲处“费拉黛菲娅”号的灯光，向那里奔去。

天气很暖和，她决定游个泳，这样的黑夜不会有其他船上出来闲逛的船员看到她。她在船舱里套上松紧连身裙，把自己裹在浴巾里。一丝不挂下到水中那多么好啊，就像小时候农场里那个土著女孩一样！

她找到一段没有水草的沙质堤岸，把自己投进河水凉爽的怀抱。水流很小,她好像浮在一个大浴盆里,不同于她跟巴瑞特小姐学游泳时的危险而兴奋的感觉——那是在上游,水流强大。此刻巴瑞特小姐在哪里呢？在欧洲哪一条大河岸边——罗纳河,多瑙河,塞纳河？已经头发灰白了吧？真是难以想象。

她漂浮在两片星空之间,一个在天上,一个投映在静止的水面上。她听到"费拉黛菲娅"号上一声喊叫:"查理,瞧这条鳕鱼！大概有十五磅……"随之是钓鱼线被甩回去的溅水声。她爬上岸,感觉神清气爽,仿佛达灵河上一整年的干旱感觉都从她的身体里冲洗掉了。

她正要穿过踏板,布兰顿在岸上招呼她:"亲爱的,我们要搞个野餐晚宴,换好衣服到火堆这边来。我敢保证,你以前从没尝过这样的鱼。"

这是真的。她发现大部分船员聚在火堆周围,由布兰顿指导着在金属烤架上面烤制那条鳕鱼。当接过面包片上她的那一份时,她简直舍不得一下子吃完,因为味道好极了:现钓的,露天火上现烤的,就着用搪瓷罐烧制的茶,送到胃里去……她觉得从未尝过这么好的东西。他们被困在大树掩映的这片潟湖中,竟然有所补偿。

49

接下来一整天,她都在盼着那个女人的来访,但是直到傍晚,黛丽只是远远地看到她提着一只桶,在河岸和后门之间来来回回。一旦雨水池干涸,家里的供水显然只能靠这种最原始的方式。

五头母牛和一匹马没精打采地站着等人来喂,它们自己毫无办法,石头中间一片草叶也吃不着。

可能她今天忙,我最好不要打扰她,黛丽一边想着,一边把美味的牛奶黄油抹在新烤的面包上。我要等着她来看我。

她一直不明白,为什么厨房里毯子后面会有奇怪的几乎像小兽一样的声音？为什么那女人明显急匆匆地要赶她走？为什么她喊那个女孩时声音那么严厉？声音听起来像个婴儿,肯定不是她自己生的,她的年龄已经太大。很有可能是个非婚生儿——用当地话说,就是一个"杂种小鬼"。女儿出丑,母亲自然感觉脸上无光。

好像有什么大不了的，黛丽想。她不知道如何能够圆滑地表达出自己对这类事情并不固守传统的看法。

这天傍晚，黛丽正在河岸上聚精会神地画着落日余晖，忽然听到身后传来女人的声音。

“你在画画，是吧？”一句平淡的话，既不含褒义，也不含贬义。“这儿有啥好画的。”

“那是因为你住在这儿，对你只是‘永远的矮小桉树’，但我发现那些鞭子一样的纤细枝条和上面稀疏的叶子都极其优雅，尤其是它们在天空的衬托下呈现的轮廓。我来自英格兰，那里的树有半年时间是密密匝匝的叶子，另外半年是光秃秃的枯枝，不会让人产生微妙的感受。现在，桉树——”

“你来自英格兰？”女人的语气听起来仿佛黛丽说的是她来自月球。“那里肯定既美丽又清新。”

“是的，清新，整洁。离开那里时我只是个孩子。现在我倒觉得枯黄的围场比绿色的农场更令我欢喜。介绍一下，我叫黛丽·高——应该说艾华兹。”

女人从画布上面转过她那美丽的孩子似的大眼睛，若有所思地看着黛丽。“我是斯洛普太太。我总觉得自己会喜欢船上的生活，漂上漂下，那是我心中的想法——河水让你不安分啊。我的四个儿子都走了，不知在上游还是在下游。”

“我曾住在埃库卡上面的一个农场，每次轮船经过，我都想上去。”

“是啊，在好的航运季节，我总望着船来船往。但是从来没像今年有这么多的伴儿，这么低的水位。”

他们正在把家里所有的产品卖到船上，她说，甚至几乎不给自己留下足够的奶。有了河里的水，苜蓿长势正好。她答应第二天为黛丽留一些鸡蛋。

女人和黛丽一起回到船上，从客厅到厨房到处看了个遍，然后她们坐下来说着话：衣料，菜谱，疾病，手术……（想起在木柴堆时那个女人的反应，黛丽没说到自己的健康）方方面面的女性闲嗑。黛丽非常想谈到的婴儿话题，斯洛普太太却一直未提，出于谨慎，黛丽也克制着不挑起话头。

这天晚上，黛丽跟布兰顿讲了自己听到的神秘的哭声，以及她喜欢斯洛普太太却感觉她身上有某种怪怪的东西。他虽然不感兴趣，但在耐着性子有一搭没一搭地听了一会儿之后，用一个亲吻截断了她的语流。

“嗨，你这么兴奋啊，小家伙儿，已经好长时间没有另一个女人和你拉呱啦，是吧？”

“是啊，有点事我想问她，却没问。你知道，我觉得……恐怕……我们的预防措施出问题了。我是说，贝茜跟我讲过她的症状，我好像都有。你说行吗？”

“不行！天啊，生孩子可能要了你的命。你知道医生怎么说的！”

“但是我比那时身体好多了，事实上，我想医生搞错了……我相信，我会很快乐的。”她温柔地自己笑了起来。

“但是你会不舒服的，身体会变得很滑稽，你会没有时间画画。我相信你真的快乐！女人都是怪怪的动物！”

第二天去拿鸡蛋的时候，她碰到了斯洛普先生，但他没有给她留下什么好印象。他妻子对他的看法明显表现在她对他傲慢的称呼上。他瘦得皮包骨头，灰色的头发，薄薄的鼻子，发红的眼睑，近乎白色的睫毛。他似乎总在妻子面前卑躬屈膝，努力抚慰她发自内心深处——他知道其中来由——的一股怨气。

黛丽根本没见到那个婴儿，如果真有个婴儿的话，而那个瘦瘦的懒散的女孩，黛丽只是远远地望见她，她正没精打采地走下河岸担水喂鸡。

“你在那儿顺便把蛋捡过来，你个没用的东西！”女孩提着空桶再一次从鸡舍出来时，母亲厉声喊道。女孩头也没抬，转过身去。

“软了吧唧的，”斯洛普太太解释说，“要她干点啥，你只能冲她喊。”

当女孩又出来时，母亲从后门旁杂物中间拿了一只纸壳箱，朝鸡舍走过去，极其厌恶地一把从她手中抓过那桶蛋。黛丽感觉很不自在。在这个遭遇干旱的农场，气氛很不正常——其中存在某种有毒的东西，某种腐蚀性的憎恨。

她付了斯洛普太太的蛋钱，正要转身离开时，一阵奇怪的小兽一样的叽叽咕咕声从厨房传过来，使她几乎要停下脚步。她强迫自己继续走，装作什么也没听到。

黛丽正在最后的余晖中忙着完成一幅画，忽然听到身后嘎吱嘎吱踩踏树皮的声音。她没有回头，心想，不知是本还是斯洛普太太？

不会是布兰顿，她知道；知道这一点令她伤心。他总是出现在另外的哪条船上，很少出来与她做伴。看起来好像除了上床，他根本不需要她，她气愤地想道。

脚步在她身后停下了，突然她觉得后背发冷。她迅速转身。斯洛普先生近在咫尺，色眯眯地看着她。

“您好。”她冷淡地说道。

他把手插进口袋里，又挪近了一点，松软的嘴唇翻嚼着一片桉树叶，一件脏兮兮的法兰绒衬衫开着领口，皱巴巴的毛头布裤耷在屁股上。他发红的眼睑和苍白的睫毛令她情绪突变，他的接近令她心生厌恶。

“画画呢，你是？我看看好吗？”

他站在河岸上稍稍高过她的地方；她没有转头，只是不安地朝着他的方向滚动眼珠。她看到他正专心盯着的，不是画架，而是她的罩衫下面。

黛丽陡地退了一步，把画笔插进包里，折起画架，用颤动的手指把未干的画夹进便携簿中。一只迟归的笑翠鸟径直飞过河去，下面的河曲处，“费拉黛菲娅”号的灯光令人欣慰地闪烁着。

“晚安。”她简单说了一句，试图有尊严地移动脚步，而不是撒腿就跑。

“急什么呢？”男人轻声说着，随后跟来。

她没回头也没应声，但是回到船上这一路，她相信自己听到他一直跟在后头。

每天几乎同一时间，河水流动一会儿，注满他们被困的潟湖，就从另一头流走了。接下来，水流完全停止，直到第二天同一时间。布兰顿饶有兴致地观察到这一现象，并用表计时。

后来他宣布说，上游有人正在拦截水坝，每天从河里泵水几个小时后，停止泵水，从而使得有一段时间河水从坝上漫下来。

“还算不错，他们让我们每天一次得到一股细流。”他说道，“吉姆，难道没有一项法律禁止阻断河流吗？”

大副——算是一位丛林律师——闭了眼睛，随口念道：“‘当土地利用自然水流——’”

“喂，停！别那么快！”

“‘土地拥有者有权为任何合理目的而取用水源，低处业主有权拥有的是和高处业主一样质量不变的流水。’问题是，干旱时期，谁来说什么是合理的？”

两周后，河水完全停流。他们一致认为“那些上游的王八蛋要把墨累河水抽干了”。

斯洛普先生，虽然是主要的受害者——他的临河权正在遭受侵害，却不愿有所行动。他“不想惹麻烦”，他说。但他妻子十分沮丧。他们必须有水饮牛。

布兰顿拿出自己的303猎枪，上了油。查理也把死去的司炉工的那支来复枪擦了。他们步行朝河的上游出发。吉姆·珀斯没去，他说“如果河水足以漂起小艇我才会去，我才不要步行去那没有人的地方”。

出去的人凯旋，每个人的腰带上晃荡着一对饿得精瘦的兔了，之前下来一股细流，接着是一阵大的水流。

“上游大约八英里，很大的地方。”布兰顿说。

“查理，他们截留了不少水吧？”

“谁说不是！横贯河床一座大坝，好几英里的一片潟湖，苜蓿围场绿油油，房前屋后果园环绕，他们不知还有干旱，他们不知道！”

“我们发现他们正把大坝加高，费了一番口舌，”布兰顿敲了一下枪管，“他们才承认河流属于大伙儿，他们的地下池里也储满了水。”

第二天，水流又变成一股细流，但没有完全停止。

终于，黛丽向斯洛普太太——带了一小罐奶油来到船上——吐露说，她觉得自己可能怀上了孩子。

“那我祝愿它带给你快乐。”看着窗外，斯洛普太太平淡地说。

“但……肯定……您的儿子们——您对第一个孩子肯定喜欢吧？”

“喜欢！哦，那是，我是喜欢。我从来没想过他们会长大，就在妈妈需要他们的时候，弃她而去！我从来没想过，我的一个孩子会给我带来永久的耻辱！”

“你是说——你的女儿？”

“是——就她。我想你肯定猜到了，有个孩子。那种荡妇，她是！”

“但这不是什么大不了的事情，斯洛普太太。以前发生过很多的，以后也会，各种人都会碰上，你不该这么发火。”

“也许我不该。你不能怪那女孩，身子软，就像我说的，但是他——！”她呸地吐了一口口水。

一丝可恶的怀疑潜入黛丽的脑海,如此令人生厌,以至于她尽力压下那个念头。焦躁中她从一直坐着的床铺上跳了下来,嘴里咕哝着把奶油放在冷藏箱里之类的话。斯洛普太太跟着她来到岸上,没有再说一句关于孩子的话。

黛丽再次去农场买鸡蛋的时候,没有人在外面,所以她来到后门,敲了敲,斯洛普太太叫她进去。在厨房的黑暗中,她眨了眨眼睛,看到斯洛普太太两只胳膊直到肘弯都在面团里。

“我来拿几个鸡蛋,不知——”

“女……女……女……”脚边一个声音说。

她吓了一跳,低头注视:一个四五岁的男孩,坐在桌子下面,把黑黑的平底锅排成一排。他衣着整洁:下身穿灰色紧身裤,上身穿一件褪了色的绿衬衫。

“你好啊,你叫什么名字?”黛丽欢快地说着,朝他弯下腰。但是随着她的眼睛习惯了屋里的光,笑容也在她僵硬的脸上凝固了。男孩正用野兽一样的小眼睛瞅着她,色眯眯的神情恰似斯洛普先生!

他的脑袋和脖子是不分彼此的一体,一样粗细,耳朵扁平,贴在脑袋上。他张着嘴巴,一滴流涎拖到地上,一种欢快灵巧的表情。

“女——孩——来——”那个东西说道。

“对,是一位女士。马上把你的东西收拾好,到那屋摆去,快点。”斯洛普太太柔声说道,“你在这儿弄出太大动静了。”

男孩伸出下巴扮了个丑陋的怪相,但他还是收拾起那些平底锅,像一只听话的小兽,自顾咿咿呀呀跑开了。

斯洛普太太清澈、瓷蓝色的大眼睛望着黛丽。“现在你明白了吧。”她说,“我感到耻辱并不奇怪。他生来就像这样,绝不会有什么变化了。”她几乎是在耳语。“我发誓如果再有一个,我就亲手弄死它,我会在河里溺死它。”

黛丽瞪着她,惊呆了。身体里那个成长的生命似乎也要发出抗议的呼喊。

“你知道为什么他会那副样子吗?审判,这就是审判,对邪恶魔兽的审判——对她让这一切发生的审判。”她的声音变得凄厉刺耳。“我不得不容忍自己眼皮底下所发生的耻辱。”

黛丽找不到什么可说的。她自己已经料到这样的意外,但还是感到震惊。

斯洛普太太帮她解了围——她猛捣了几下面团，接着用正常的声音说："你想要鸡蛋是吧？你自己去从鸡舍里拿一些好吗？你最好还是拿新鲜的。"

"谢谢。"黛丽咕哝着，把钱放到桌子上。"我得把蛋及时拿给厨子做茶点，我得回去了。"她奔鸡舍而去，目不斜视，害怕碰上男人和他的女儿。

鸡窝里有十四个蛋，温暖，白皙，干干净净。那么纯净而匀称的鸡蛋，却可能蕴藏着各种恐怖：双头小鸡，无脚无眼，六腿怪兽……第一次，她对这个即将到来的孩子感到一丝疑虑。

50

黛丽知道，根本没有生前印象影响未出生胎儿相貌这样的事，但她还是感到一种迷信的恐惧。她不想再见到那个兽脸智障儿，知道了人家的秘密，她也不想见到那个女孩，更不想见那个男人。

"我希望我们能离开这儿。"她对布兰顿说，却没告诉他真正的原因。"这个地方让我神经紧张。我们——就你和我——不能去墨尔本度假吗？"

"离开我们的船？"他瞪着她。"你知道，我不会离开它的，没有哪个称职的船长会这么做。要是涨水怎么办？我不在这儿掌管？"

黛丽——已经不是第一次——产生了对另一个费拉黛菲娅的嫉妒。"你听说夏天干旱期间河水上涨过吗？"她问道。

"更怪的事情也发生过呢。"

她知道，他自己也不相信，但是显然他根本没有与她一起度假的意思，他看不出有什么必要。"你自己去吧。"他说，"去墨尔本看看伊莫金。"

"我不想一个人去，我想和你一起。"

她仍然在身体上迷恋她的丈夫。整个白天，她都会找借口来到舵舱，站在——好像凑巧似的——能接触到他身体的地方。而当他来到她的床铺，她却变得紧张，无法充分回应。她不觉得离开他去度假是她自己想要的。

尽管有婴儿服式样的承诺，斯洛普太太却没再到船上来，黛丽也没再去农场。斯洛普太太也许正在后悔自己一时冲动向陌生人吐露了心声。

黛丽感到紧张，也感到孤独，所以每到傍晚，尤其有访客从其他船上过来时，她会和男人们一起坐在甲板上。

一天傍晚，她背靠右舷明轮壳的顶部，坐在查理·麦克比身边。

正在进行的是一场关于锅炉的讨论——布兰顿支持设计双锅炉轮机，以使桨叶转速达到原来的二倍——但是查理没参与，尽管这是他的专项。

他似乎很紧张：在甲板上踱来踱去，大声地吸鼻子，清嗓子，突然做出打蚊子的动作。黛丽知道，她的在场令他不自在，但是回到客厅或自己的船舱又太热了。

他吸鼻子的声音更大了，令她心烦。这些天，任何小事好像都会令她烦躁。她掏出手绢，大张旗鼓地擤鼻子。

查理又是一阵不安的扭动和抽搐，接着开始折腾脚上那双破旧的帆布鞋的鞋带。他脱掉一只鞋，然后脱下那只脚上的黑色毛袜，他用毛袜擤了鼻子之后，又换了袜子和鞋。

黛丽惊呆了，甚至顾不上笑，事后想起才觉得实在好笑。

食火鸡和袋鼠——几乎被饥饿驯服了——比兔子的数量还要多。除了烤野鸭之外，袋鼠尾巴汤也被新来的厨子弄上了菜单。他是一个胖胖的澳洲人，名叫阿蒂。

他对自己的身份一点没有旧的观念，而是和其他船员完全平等，像他们一样直呼船长“泰德”。但他也像其他船员一样，怀着对孤身女性的尊重，称呼黛丽“艾华兹太太”或者“女士”。

斯洛普太太终于来了。看着她饱受摧残的脸上一双孩子气的大眼睛，黛丽意识到自己多么想念她。斯洛普太太好像更快乐也不那么矜持了，仿佛说出耻辱的隐秘已经卸掉了她身上的一部分负担。“我猜我们肯定都期待着生命中的交会。”她说。不管多么含混，这是她唯一一次提到她们之间的交流。

她带来一些睡袍和外衣的样式：长长的裙摆，小小的紧胸和袖子。

“但是这些太小了啊。”黛丽说。“玩偶也穿不上——不用说仿真玩偶。”

“你根本没数。你以为像你这样的小身子会生出多大的孩子？一般不会超过七磅重的。”

她们俩把黛丽的两件白色睡袍和一件全摆开司米外衣扯了，因为在意识到需要布料做小孩子衣服之前，她已经归拢好了大部分料子。缝纫机整天转个不停。斯洛普太太还拿来一些白色毛线，黛丽开始了针织，像鸟儿筑巢一样忙碌。脑海中念头一动：希斯特姨妈会愿意看到她忙于这些家务活计——可怜的希斯特，不曾有过孙子女，唯一的儿子没有留下子嗣就死了。

到三月的时候，从上而下的一股小小细流完全停止了。又一次持枪向上游远征，看到的是上面也根本没有流水。整个墨累河已经断流，变成了长长一串死水坑。

你可以在天鹅山桥下走过河去，他们说。在南澳莫干的淤泥中卧着三十条船，像堵塞的原木。去年乘船起程视察墨累河的管理委员会的委员们，不得不在仁马克附近搭上陆路交通工具。迫切需要水坝和闸门是再明显不过了。

黛丽望着死气沉沉的水塘，船停在里面，仍然浮着；她想到永不止息的时光的流动。多少次她曾说过："如果时光静止多好！如果这一刻能永远持续！"

现在她看到了，那将意味着死寂，一切变化的终结。她还会是祖父花园里玫瑰色墙砖之间聚精会神地挖掘苔藓的那个孩子吗？——有认知，但近乎一只小兽，感受着温暖，呼吸着苔藓的泥土气息，看着玫瑰红与宝石绿之间的不同，却无思无想。那个孩子对生命的美好和恐怖知道些什么？

即便是那个快乐而懒散的女孩，和亚当一起站在金色的毛莨丛中，躺在灌木丛里凋落的桉树叶中间……不；她更喜欢成长，经历，变化，更喜欢时光那温柔而无情的流动。大河在它永不回头的流淌中带走一切，也得以永恒地更新，更新，尽管每一滴水都消失在前方的大海中。

她现在二十三岁，她的孩子将在五月出生。一周一周，一月一月，在这种陌生而禁闭的生活中难以察觉地过去了。但时间却由腹中成长的生命为她计量，这个生命最初微弱的动静都曾令她喜忧交织。如果到四月底大河仍未开始流动，她就要动身赶往天鹅山，然后南下墨尔本生产。

51

四月，新生月，复活月，大河开始流动了。先是一股细流，接着沿河床底部一道浑浊的涡流——那么小，那么脏，很难相信会重新变成那条深沉而清澈的大河。

电报已经发给了那些不知行踪的船员,然后跑了几趟天鹅山,接了他们,油布被收了起来,一切都准备就绪,一旦船的龙骨下面有了充足的水就马上出发。

经过两次被迫的休息,"费拉黛菲娅"号正处于良好的状态。休息期间,留下的船员忙着粉刷、擦拭、修理,直到它看起来像一艘新船。

五月第一周,它向上游出发了。泰德·艾华兹总是急不可耐地要争第一,他根本没打算等待河流更好的时刻,龙骨下几英寸水深就已经足够了。

在天鹅山耽搁了一下。很久没有船通过,升降桥和它的操作员都生了锈;他们被告知一个小时后才能打开。在布兰顿大动肝火期间,黛丽去城里买了些白毛线和丝带,而且看了医生。医生对她的身体状况很满意,说,他没看出什么并发症,但是因为她的骨盆开口很小,她在埃库卡医院里生孩子会更好一些。

至于她的肺,他没发现任何问题。他先是问她谁给诊断为肺结核,接着说,即使大城市的医生也会搞错。"其实,姑娘,"他说,"我很怀疑,除了慢性支气管炎,你什么毛病也没有。"

因为即将分别,斯洛普太太情绪很低落。她穿上新洗的棉外衣过来告别。在客厅喝茶时,她告诉黛丽,农场已经被抵押,再也没有了银行的信用贷款,如果干旱不很快停止,他们肯定要把这块地方扔给乌鸦,然后去墨尔本靠救济过活。

"一定会下雨的。"她固执地说道。她温柔的蓝眼睛瞪着纯净的、一成不变的蓝色天空——这片毫无水汽的天空,把同样的蓝色笑容投给身处内陆因口渴而奄奄一息的流浪汉们。

当然会下雨的,黛丽也这样认为;毕竟,几乎是冬天了,不是吗?至少,河水又开始流了。

"是啊,这就意味着你们要走了,这一切——你不知道这一切——这么多年终于有个人跟我说话——对我多么重要。谢谢你,姑娘。上帝保佑你。"她把一件手工钩织的小小枕套硬塞进黛丽手里。

黛丽把那双粗糙龟裂的手抓在自己的手中。"对我也很重要的,"她热情地说,"感谢你所有的好意。似乎不公平的,我这么开心,而你却要承受那么多——干旱,还有——一切。"她结结巴巴,感觉自己无法更直截了当地提到她们之间的交流。

“不要客气，姑娘，祝你好运，我希望是个男孩。”

是个男孩，却不是在埃库卡医院里出生的。出发后一周，他们仍在向上游艰难行进，在坎贝尔岛周边狭窄、蜿蜒、暗桩密布的航道中，歪歪扭扭地穿过了“黑桩”“漏斗”“水鬼跳”这些险阻地段。

这里的黑天鹅和野鸭有成千上万。莫拉湖区域大片的沼泽与洄流，仍然干涸，鸟儿聚集在绿树成荫的航道里，在这儿，几乎一年时间没有轮船惊扰它们。

尽管春雨已经从高原流下，注满航道，天气却仍像夏天。查理——自命的属于悲观类型的天气预报员——阴沉地预言说，接下来的一年还会干旱。

“再有一年像前两年一样，河上贸易就完蛋了，记着我的话。”他说。但是因为过去这些年，每个春天他都在说：“今年会是最糟的一个夏天，不信你们看！”所以现在没有人很在意他了。

在优斯顿、图利巴克和宫尼汇这些摆渡过河的地方，他们听说很快都要架桥。

“还有更多困难妨碍航运！”布兰顿抱怨道。但是在昆德鲁克，他们发现这里的桥已经完工了，直通对岸巴海姆的新南威尔士镇。随着他们鸣响汽笛，人群从两岸镇上跑来，因为它是要从这里经过的第一艘轮船。布兰顿驾驶的“费拉黛菲娅”号全速翻动波浪，通过了只比船体宽几英尺的狭窄的升程区，人群爆发出一阵欢呼声。

黛丽在舵舱里紧张地悬着一颗心，直到安全通过。腹中的孩子让她比以前更挂虑自己的安全，但是布兰顿只是开怀大笑，沉浸在被众人仰慕的满足之中。

先前通过比较宽阔的河面时，他一直在船舱里休息，只是关键时刻他才来到舵舱一显身手。他的蓝色眼睛布满血丝，鲜亮的鬈发乱蓬蓬的，下巴上历历可见短胡楂。这些天，他对自己的外表常常马马虎虎，偶尔想起来才会刮一刮胡子；穿着露脚指头的破帆布鞋，或者干脆光着脚在甲板上走来走去。

“费拉黛菲娅”号一路前行，并不知道它将是接下来两周经过这里的唯一一艘轮船。因为兴奋的人群急不可待地要让桥放下来以便他们通行，未等桥放回原位，他们就纷纷跳上中间区域。桥随着人的重量立即下落，滑轮嗖嗖猛转，终因离心力而突然碎裂，险些伤着两个起吊人员。两周之后，另一个滑轮才重新造好安上。

他们离开巴海姆这天，天气炎热，北风夹着灰尘，从干旱燥热的大陆中心吹来炙热的气息，尽管他们的大方向是东南，但河流蜿蜒曲折，有时风在身后，有时迎头在前。

下半晌，布兰顿充血的眼睛穿过红色的烟尘执着地盯着狭窄的航道；黛丽在船舱里休息她笨重的身体和肿胀的腿。孩子更往下动了，也变得安静了，好像正在积聚力量为出生做最大的努力。

突然，甲板上响起混乱的喊叫和杂沓的脚步声。她在无以名状的恐慌中坐了起来，她听到水桶的咣咣声和泼水的噗噗声。他们当然不可能在这个钟点冲刷甲板吧？接着，一股辛辣的气味飘进门里，她既熟悉又害怕的气味——火的气味！

她冲出去，进到隔壁的舵舱。布兰顿，下巴紧绷，正在尽力扭转“费拉黛菲娅”号。因为它正径直驶进呼啸的热风中，火苗和黑烟爬升到艏尖舱；火苗被风扇动回来，已经在吞噬涂了新漆的上层船体的前部。鹦鹉“船长”一边用丹麦语骂骂咧咧，一边激动地要螺丝刀。

“走，上小艇！”布兰顿咬牙切齿地说。他一边扭动舵轮，一边气咻咻地骂着。

“没有你，我不走！”

“别犯傻！”船的木制部分已经以可怕的迅猛之势着起火来，火苗正在跃上舵舱的窗。

“别管了——我们得弃船！”他朝正在尽力施救却被逼回到船腰的几个人喊道。本顺着船梯冲上来，脸色煞白，眉毛已经烧焦了。

“太太，船长——？”

“带她上小艇——快，伙计！”

本抓过她的胳膊，但是黛丽甩开了，冲进船舱。

她没有时间多想。她的画作在柜子顶上，她的婴儿服在底铺下面的箱子里。片刻之间，她卷好画布，插进外衣脖领里，在滚滚黑烟涌入门里的同时又一次冲了出来。本拽住她，开始奔向船尾，但是明轮壳已经着火，船梯烧没了。

黛丽抽回身。“布兰顿在哪儿？我不走——”

“他没事,他会跳船的,我们也得跳。”

她呆呆地站住了,盯着下面似乎好远好远的河水。一条火舌舔上她的脚,本迅速推了她一把。尖叫声中,她落入河里,感觉寒冷的河水在她头顶合上了。

好像沉入无尽的深处,随后,她浮了上来,听到——仿佛那是她大声呼喊的回音——轮船的汽笛发出不绝的轰鸣。布兰顿已经把操纵杆向下拉死,便于锅炉排出蒸汽,而不至于因突然的停止动作导致爆炸。因为,没能转向让风从后面吹来,布兰顿尽可能顺势把“费拉黛菲娅”号引向他所熟悉的地方,避开左岸的一个沙洲,并搁浅在那儿。然后他放飞鹦鹉,就在衣服着火的同时跃入水中。

滚滚烟尘中,本已经和黛丽失散了。怀着惊恐的孤独感,她拖着长衣长衫下笨重的身子游向岸边,甚至无暇停下来把鞋子脱掉。布兰顿会没事的,她知道,但是她开始为自己和腹中的生命而惊惧了。

这时,一个湿漉漉的金发脑袋出现在她的面前,白白的牙齿令人欣慰地一闪。

“没事了,亲爱的,我来了,放松,躺下。”随着一阵美妙的睡意,她躺在他的臂弯里,漂起来的同时也失去了知觉。

一个逼真的梦,遥远的南部海滩,她和汤姆——她的第一个救命恩人在一起……醒了,看到布兰顿坐在身边,她笑了。这时,一阵疼痛攫住她,急剧而粗暴地前后摇晃她,她仿佛成了大狗口中的小老鼠;然后她被轻轻放下,恢复……

就在她松弛地沉入睡眠时,疼痛又一次袭来,这次把她摇晃得更厉害,然后很不情愿地又放开了。

她挣扎着坐起来,心中掠过一阵惊慌。

“布兰顿!”

“没事,亲爱的,躺下别动。”一只大手温柔地扶她躺下。“我拖你上来时,你正好晕倒,真是完美的配合。我们肯定离图拉姆不远,乔治已经去探路了,我们可以从那里搞辆车,有可能从灌木丛穿过来。不管怎样,后面别的船肯定也不远。”

疼痛减退了,她平静地询问船的情况。

“好家伙,直烧到岸边,但骨架总算固定在沙堤上,我们可以把它重新造好。感谢老天,驳船和羊毛平安无事,我们需要钱来——”

“布兰顿!”

这一次,她声音中的惊慌和蓝眼睛里隐秘的痛苦真把他吓坏了。

“怎么了?天啊,你哪里疼?”

“布兰顿,孩子要生了!”

他瞪着她,脸上映出同样的惊慌。“哦,不!”

“真的。”又一阵疼痛无情地抓住她。她死死攥紧他的手。他缩了一下,猛抽一口气,她看到这只手草草绑了一件破衬衫。一瞬间,她忘了自己的疼痛和恐惧。

“你受伤了!”

“只是我的手。我在舵轮那儿,试图转向时,被火烧了。我在上面抹了点舵链的油。现在没事了,就是有点疼。亲爱的,你疼得厉害吗?”

“不算厉害,但是每次都在加剧,而且——而且,我害怕。”她苍白的嘴唇颤动着,开始全身发抖,因为她的衣服已经湿透。

“哦,天啊!怎么办?”布兰顿站起来,绝望地抓着自己湿漉漉的鬈发。

一个瘦小身影停在他身旁,湿湿的黑发粘在一张白色的脸上。“船长,我从驳船上给太太拿来一些干的毯子。”他怀中抱着行李卷。“其中有几件干净内衣,都被烫过了。你需要足够的干净布,还有热水……”

“本!你懂这些事吗?”

“嗯,艾华兹船长,我不止一次帮助接生婆为我母亲接生。我们必须生火,烧水,你最好帮太太把湿衣服脱下来。”

船长赶紧按照这个年龄最小的甲板水手所告诉的去做。看到他那么无助,那么惊慌,真是可怜!在疼痛的间歇,在那美妙的暂缓期,在越来越短的间隔里,每一次,她都含笑看着他急切而慌乱的样子。现在,她不再害怕,只有兴奋。

她看到布兰顿把本拉到旁边,看到本严肃地点头表示理解,知道布兰顿是在告诉他,她身体虚弱,医生已经说了她根本不应该生孩子。

但是已经无所畏惧了。她所有的念头,所有的力量,都集中于忍住当前的阵痛。“天啊,停下来吧!天啊,停下来吧!”她一遍一遍咕哝着。但是她知道,不会停下来,此刻,没有办法能让阵痛停下来!

就像在布兰顿床铺上的第一个夜晚那样,她又一次感觉自己被生命中某种超越个人的无情的力量所掌控。好像被抛掷在洪流中的一棵草,她被无法扼制的疼痛裹挟向前,左冲右突,无望地做着逃离的努力。她不停地呻吟着,伴着疼痛开始呕吐。

布兰顿用他缠了绷带的手抓着自己的脑袋。“我受不了了!”他疯了一样嚷道。“谁划船送我,我去埃库卡请医生。这恐怕要持续几个小时啊。怎么还没有船来?即使吉姆找了车来,我们现在也不能挪动她。本——!”

他无法再说下去,只是紧握小伙子的手,转过身去。

真的持续了几个小时,布兰顿的大骨骼孩子,在她娇小虚弱的身体里缓慢而痛苦地冲向光明。

当种子为了自由和生长破荚而出,生命的动力不会考虑包裹新生命的外壳,但是,在长久的挣扎中,新生命也遭受着打磨。

黛丽朦胧地意识到吉姆·珀斯在天黑之后回来了,男人们的身影在火光的外围晃动,本安慰的声音,他的手像女性一样温柔地抚摸着她冒汗的眉毛。在那几个小时里,她好像度过了以前生命中的所有时光,好像时间已经冻结为冰山的难以察觉的流动。但是整个经历又有梦的性质,存在于现实的某种模糊境界中。

她找布兰顿,可是他还没有回来。她感到无以言说的孤独,即便有本在她身旁,低声说着医生很快就会到来之类的话。这时她突然一振,暂时忘掉了别的一切,她抬头望见了满天星星。

满天星星!亘古不变,高贵而恒久地在天空流转。这时她觉得宇宙中的一切收缩为小小的核,她在核中挣扎着要生出自己的孩子。银河,是一条平静的光的河,天蝎座向西摇摆,像一个巨大的问号,一个宝石般永恒的问题。

午夜过去很久,最后的阶段开始了。此刻,她确信自己要死了,她无法经受这一切而活下来,但是这已经不重要了。不管怎样结束这一切肯定都是受欢迎的——她超然地听着从自己喉咙中强发出的野兽般的尖叫,想道。这时,一阵极乐的昏迷降临,再次醒来,她已经完全平静了,可怕的激流已经过去。

她仍然是超然的心境。对于本为她做的私密的事,她并不觉得羞耻,他们好像两个新入门的教徒,被包围在神圣的光环之中。

强劲的北风已经停了，柔和凉爽的南风挟着湿润的气息吹走了烟尘。空气清澈而温和。黛丽抬头，注视着繁星点缀的夜空，黑沉沉的巨大符号和她的梦相映交融。精疲力竭之后的沉睡，使她无暇注意自己没有听到婴儿的哭声。

终于，医生到了，是布兰顿几乎用武力把他从床上拖过来的。他们驾车到佩里科站，然后从那儿步行穿过无人居住的灌木丛。医生被她微弱的脉搏吓了一跳，立即给她注射了兴奋剂。直到这时，她才有气无力地要求看看孩子。

一阵短暂而艰难的沉默。医生——满是褶子的脸上，一双和善的眼睛，灰色的大胡子——轻轻拍了拍她的手。黛丽的眼睛一下子瞪到最大。

“孩子怎么了？当然，我知道……我一直有一种感觉。残疾？”她可怜巴巴地问道。她所害怕的并不是扭曲的尸体。

“不是的，孩子，是一个完美的男婴。”医生清了清嗓子。“但不幸的是……难产，没活下来。”

“不要紧，亲爱的。”布兰顿一边急切地说，一边把他缠着绷带的手放在她的手上——她的手一直软绵绵地耷拉在她身边的地上。“你最要紧。感谢老天，你没事就好。”

“小伙子做得很棒才保住她，很危险的。有必要缝几针，越快越好。如果有人擎着灯，我想在这儿也行。”

医生指导本把三只箱子大致对成一张桌子，他们把黛丽抬到上面，但布兰顿实在看不下去了，是本——一张瘦削、痛苦的孩子气的脸——用一只微微颤抖的手擎起了灯。

伴着令人作呕的气味和美丽的一圈一圈的彩色焰火，黛丽又飘飘悠悠昏迷过去。在最后的意识中，她昏昏沉沉地大声说道：

“一个完美的男婴，完美的……可惜！”

52

黛丽的孩子不是这场灾难性大火中唯一的损失。胖厨子失踪，可能溺水而死；尸体一直未被发现。鹦鹉消失在丛林中。查理守着他的宝贝轮机直到最后一刻，双手严重烧伤，而且伤处已经感染。他住进了埃库卡医院，与此同时，“费拉黛菲娅"号也被拖到干燥的船坞重建。

除了穿在身上的，黛丽失去了所有的衣服，所有的颜料和画笔，以及她为婴儿准备的东西。但是她的油画——记录了过去两年来内陆的干旱与炎热——奇迹般地得以幸存。

当她身体好了些，她决定在埃库卡机械学院举办一次画展。在摄影社的橱窗上，汉密尔顿先生贴了她的一幅照片和画展的一则海报；怀兹先生——她以前的老师——把他美术学院的学生们带过来。她在门口收到一笔不菲的入门费。

丹尼尔·怀兹为学院买了一幅她的达灵河油画，他对自己昔日的学生所取得的进步非常满意。她还售出两幅日出和日落倒影的传统习作，是在他们被困墨累河中的沙洲上时画的。

其他画作大多在对干旱、炎热及绝望的现实主义处理方面过于"现代"，参观者说它们"丑陋而令人沮丧"，而且不够稳定，有些看起来好像正在溶解于光照之下。

黛丽并不介意。丹尼尔·怀兹的表扬令她振奋。正是他题写了画展通知。她姨父也来看画展(他踉踉跄跄地，一幅一幅凑近了看)，那么高兴，甚至感动得流出快乐的泪水。黛丽低落的情绪开始上升。

布兰顿不理解也不像她那样对婴儿之死有强烈的感受。他早就知道，她不是真的想要那个孩子，那么孩子死掉了还有什么了不得的？他疑惑地看着她阴郁的眼睛，她倔强的嘴唇也已失去了一些青春的甜美。黛丽的乳房因为奶水无处需要而胀痛，她在胸上紧紧扎了一道布，感觉心脏也受到了压迫。她无法对布兰顿讲——令人吃惊的是，她有那么多事情无法对他讲——关于自己似乎毫无道理的负罪感。但是她先想到了他，然后是自己的画，而不是腹中的孩子，如果她及时上了小艇……如果她到了医院，那里备有氧气……孩子也许能活下来。

那么这些画呢？它们值吗？她挑剔地看着装帧一新挂在学院墙上的画，感到一阵自豪的心颤。她有所创作，而且技巧有所发挥，尽管它们仍然没有达到她所想要的，它们远远没有达到她的梦想，但是她觉得自己已经成功地捕捉到了笼罩在内陆平原之上的那种光、热和无限的感觉。

她决定把自己最满意的三幅油画寄去参加维多利亚美术家协会的春季画展。伊莫金已经写信谈到了协会最近的活动:"我们现在是一个强大的团体,尽管头面人物亚瑟·斯特里顿和汤姆·罗伯茨都在伦敦,但至少我们抱有画家的实践性原则举办画展,不是一些做瓷器画的老古董……我正在努力创作,'王子桥'——拱形下面金色的光,深蓝的影——是我最满意的作品之一。你知道,我今年就要到二十二岁这个令人惊慌的年龄?天啊,我意识到……"

王子桥!在一个薄雾笼罩的早晨,黛丽想起了墨尔本:绿色草坪,灰色街道,融入柔和天空的精致塔尖,一切都映在亚拉河上。与内陆平原的炎热、干燥、辽阔相比,那里似乎是另一块大陆,几乎算是另一个星球。

她又开始渴望宽敞的绿色城市。当她恢复了体力,布兰顿舒服地安顿在一家寄宿处,同时监管船的重建;她则乘火车去了南方。

她的兴奋随着每一英里而增加,她看到蓝色的路标向后飞驰:八十英里到"格里夫兄弟"——茶 咖啡 可乐……七十英里……五十……从车站出来,汇入南来北往的交通——像它以往一样,在她离开的日子也从未停止——她重新感觉到了青春和愉悦。

过去两年的经历——在她脸上留下了更为坚定的纹路——似乎已离她远去,但是却在她热情而倔强的嘴角刻下了标记,在她笔直的眉毛之间印上了苦恼的皱纹。

她和伊莫金住在一起,后者目前没有情人,很高兴见到黛丽。黛丽四下打量这座公寓,探望窗外,赞美或者批评伊莫金的最新油画,她又一次感觉到陌生:空间上的回归,而时间的背景却是过去。

"你看上去身体不错。"伊莫金勉强地说,"但是我敢肯定这种生活不适合你,你还是非常单薄,你不应该在船上生活。"

"为什么呢?"

"唉,离一切都那么远,而且……"

"我不敢确定那种生活对画家来说是不是一件好事。我对墨尔本有一种奇妙的怀念,怀念画室那段日子,愉快的谈话,心动的交往,但是……"每个人都得设法自救。远离其他画家的影响和城市的消遣,她才有可能独立做到最好。

"消遣,对!我知道自己没有下到本该下的功夫。"

“噢，你在任何地方都会找到消遣——我理解你的那种消遣。”

伊莫金笑了，用一个优雅的猫一样的动作梳理着自己柔滑的黑发。

“目前一个没有，真的！我烦透了上一个。他要我嫁给他，按照郊区习俗和他守寡的母亲住在同一个屋檐下。我问你——”

“你看，我享有——或者说火灾之前我享有家庭生活的所有好处，而绝无郊外那种要命的沉闷，甚至有花园，在窗格子里。一切都会重新开始，布兰顿答应造个储水池，通过轮机转动往里注水，那样当我们跑起来时就一直有热水。”

“但是不安全啊，你可能在那场火灾中丧命的。但我想你实际上该为那个死婴而庆幸，我是说，它会成为可怕的累赘，如果你想——”

“庆幸！”黛丽用恐怖而惊诧的神情瞪着她，一股血流慢慢从喉咙升上脸颊。“恐怕你不明白，伊莫金。”

“噢，嗯……”伊莫金显得不自然。“亲爱的，我猜我不是做母亲的料。”她赶紧换了话题。“听我说，我要你看看我自己设计的新睡衣，白色纺绸，粉红镶边……”

黛丽一直待到春季画展，她的三幅画被选委会接受，但是一幅也没卖掉。人们买的是那些新鲜的花卉画，亚拉河上熟悉的景色，别致的阁楼和著名的教堂。

她的风景画《曼尼迪》，展现的是一个铁皮小屋，稀疏的几株铁灰色的树，和融入蜃景的一片广袤的平原。“有趣，但是我可不想买回家里。”她听到一位穿着入时的妇女这样评论说。

第二幅画是一幅习作：湛蓝的天空，一块巨大的乌云，在滨藜平原投下阴影。在第三幅画《小桉树农场》中，她投入了一些干旱造成的恐怖气氛：饥饿的没精打采的牲畜，围场里白色的石灰石，栅栏外面的沙丘，还有似乎一直笼罩在他们被困之地的某种心理上的饥渴。

媒体评论家这样提到它们：“黛菲妮非同一般的三幅习作，包括两幅对内陆景象悲哀、阴郁的诠释和一幅形象逼真、引人注目的关于云的习作……”

“那近乎虚无的蓝色和惹眼的亮色……”

“试图抓取那荒凉的气氛……”这点说得比较好，显示了对她创作意图的正确认识。但是她对这些评论家的说法不大关注，她认为重要的是画家同行的评判和推荐,以及能够理解她在试图表达什么的那些人的话语激励。她开始感觉到一种新的创作渴求,随之,是对布兰顿的无可遏制的欲求。

在睡眠中,在梦中,他要了她。醒来后,她全身颤抖,渴望他在身边。等到她看了医生,证实了天鹅山那位医生所讲的,她的肺毫无问题,她就立即乘坐下一班火车回到埃库卡。

那个晚上,他们几乎一夜没睡。船差不多已经完工,正如布兰顿所说,他们不久就要回到分铺而睡的不便之中,他想"趁着太阳好,抓紧晒干草"。

"你属于不知疲倦的晒草人了。"当他第四次把她弄醒时,她昏昏沉沉地嗤笑说。布兰顿在她斜上方,就着外面渗漏进来的朦胧月光凝望着她。

"怪你啊,"他说,"你完全换了个人。你在墨尔本有什么奇遇?"

"没有啊,就是感觉不一样,感觉好极了。"

"那你今晚为什么喊叫,头一次?"

"因为我感觉那么快乐!"

"哇——! 我服了。"

第二天,她感觉到了不朽和升华。那个男婴——侵略了她的身体,出生时几乎毁了她的身体——并不是白白地走一遭。对那个即将降生的孩子积聚起来的所有的爱,现在都转向了她的丈夫,她发觉自己不可思议地既是他的情人,也是他的母亲,而且她第一次完全地心甘情愿。

53

干旱终止了。一九〇三年的春天,墨累河和达灵河的流量都是充足的。"费拉黛菲娅"号——甲板上面焕然一新,舵舱前方白漆黑字,名头赫然——又开始了它的旅程。它的桨叶似乎也转得更加节奏明快了。

与它同名的人也一样快乐。她只想白天画画,晚上躺在布兰顿身边。现在她已经接受了这种关系的局限:他娇惯她,宠爱她,当有男人说话的时候就忽略她。现在她不再介意了。

他也曾施了一把援手,帮助她重新装饰客厅和船舱。为了与床铺的行李相搭配,她在船舱的门窗上都挂了明快的蓝白色的棉布帘帷。沿河漂来漂去,也无干旱之忧，她觉得自己的生活就是一段悠长的假期。甚至当达灵河沿岸没有那些饥饿的牲畜时，它也是一处不同的风景。看到标志树开出的淡黄色花朵，铺满沙堤的达灵百合的朵朵白花，和雨后长出的连成片的野花，她意识到这里还会有更具温柔之美的时刻。

河上贸易却十足地萎缩了。在过去干旱的两年里，村民已经习惯了没有轮船的生活；在很多地方，铁路线已经堵塞了河运网络，造成了货源缺乏。新南威尔士和维多利亚两州政府都试图把红火的河上贸易纳入自己的资金收入，它们实行的"卡脖式"货运收费使轮船很难有竞争力。

布兰顿一直不满意"费拉黛菲娅"号的表现，所以重造时他把自己的各种新点子融入了它的设计中。现在它装上了双锅炉，从理论上讲它的速度会加快一倍。

"一个锅炉就够麻烦的，排气，增压，看表……"查理抱怨道，"接下来就得两个轮机手了，再有一个轮机手上船，我好开溜……"

双锅炉没使它的表现有很大改善，却增加了额外的工作量。布兰顿感到郁闷，他不得不自己填补重造的费用，但即使在达灵河上，贸易也不如以前好做。一九〇四年，当他们停靠在文沃斯卸完一只半载的驳船时，他对黛丽说"满载贸易似乎要到头了"，通往天鹅山、米杜拉、曼尼迪的新修铁路，正是症结所在。

目前最好的出路似乎是改作漂流商店，像"俊男"号和"皇后"号那样，或者接一份邮递合同，像兰德尔和霍·金那样。他一直在跟金船长谈，金船长需要另有一艘小轮船在莫干和文沃斯之间跑邮递。

"他对新装束之下的'费拉黛菲娅'号很感兴趣。"布兰顿补充说。

"你不会卖掉它吧？"

"不会。但我们可以加入他的船队，墨累河航运公司——他现在代表公司——有合同的，不然我们就得继续赔钱，非此即彼。"

金船长邀请他们到他的船上共进晚餐。他一直在墨累河上最大也最豪华的客轮"宝石"号上做船长，吉姆·缪琪在上面做大副。更大的"爱伦"号，因为吃水深，已经证明除了在高水位河上之外，根本没有用途，将要被改造成驳船。

小小的"红宝石"号，吃水二十一英寸，曾为船队运输邮件和货物，正在被加长四十英尺,改造为一艘客轮。他想要"费拉黛菲娅"号——金船长说——取代"红宝石"号来跑邮递,他愿意整个买断。

私人船主船长——他说——很快都得加入大公司,或者洗手不干。对于单打独斗,没有大笔资金,生意太没有把握……

"唔,先生,"布兰顿说,"我太太拥有船的一半股份,她对它深有感情,因为它是以她的名字命名的。她不想和'费拉黛菲娅'号分离。是吧,亲爱的?"

"哦,是的!"

"那我们不要再说了。"金船长殷勤地鞠了一躬,说道,"女士的心愿应该永远受到尊重。"

黛丽被这位彬彬有礼、和蔼可亲的大块头船长迷住了。灰色的大胡子,闪亮的眼睛,简直就像圣诞老人,她想。

"嗯,年轻人,你有总争第一的好名声,而速度正是跑邮递所需要的,速度加上可靠。老是搁浅而到不了地方是没用的。关于双锅炉,现在——"

"我正在考虑恢复到一个,我总是力图更快,却没有把握不把额外的功率消耗在多余的重量和频繁加燃料的停靠上面。现在,我装上了这些冷凝器——"

他们进入了黛丽搞不懂的技术性交谈,不久就一起走开去看"宝石"号的轮机。黛丽跟大副攀谈着,微微察觉到客舱里的男乘客们向她投来敬仰的目光。

"金船长是多么和善的一个人啊!"她情不自禁地说道。

"是啊,他是一位十足的绅士,但他不总是那么温和的。我记得有一次从阿沃卡站我们拉了一伙剪羊毛的。我们在维多利亚湖站停靠装载羊毛和剪羊毛的用具。那是在大罢工之后,维多利亚湖恰好处于剪羊毛'抵制区'。你应该听说过那场骚乱,一些拒不罢工的剪羊毛工人试图登船,并和原先船上的一伙人互相叫骂。金船长朝阿沃卡那伙人大吼,让他们到船尾待着别动,接着,他一言不发,摆正船头,指挥着把羊毛一直堆到甲板前方的栏杆处。他让维多利亚湖新上来的这一伙剪羊毛工人爬到羊毛上面,然后说,谁先越过明轮中轴线,他就把谁投进河里。"

"谁也没敢再惹麻烦;但是我们错过了莫干的那班火车。"

"看起来他就像能管住人的样子。"黛丽说。

布兰顿和金船长回来了,他们坐下来又说了一会儿话。

“不知道文沃斯以下情况怎么样?”布兰顿问道,“我想不会像上头一样机关复杂吧——没那么多的拐弯。”

“整个这条河都他妈的机关重重,但是当你行驶到长长的开阔河段时,最可怕的是风,以及黑夜里悬崖的影子。‘爱伦’号的老哈特船长,就在一个晚上冲向崖岸——他以为只是影子——被发现时他已经因为撞击死在舵轮之上。”

“有可靠的航行图吗?”

“有。哈特船长画了一张好图,眼下在马里恩,我能为你搞到手。你很快就会熟悉几个棘手的地方,比如魔鬼肘——那里有些样子古怪的悬崖,秃牛堑——一段迅猛的截流……你的大副熟悉这一河段?”

“不熟悉。吉姆·珀斯是埃库卡人。”

“那么我建议你第一趟带上一个熟悉水情的人。除了亲自走一遭,没有办法了解航道。航行图很快就过时了,因为每一次洪水过后,航道都会改变。你很容易搁浅。”

“谢谢您——”布兰顿说,“——这番令人振奋的话,我会尽量找一个想要免费搭船去南澳的‘老油子’。”

看过了“宝石”号定员一百人的大客舱,漂亮的红色餐厅,光亮的木制船身,当他们回到“费拉黛菲娅”号时,它就显得狭小而局促了。黛丽感觉很兴奋,在那么多人中间进餐的新鲜感令她紧张,她对这条大轮船的豪华程度也充满好奇。她对船上的一切看了又看,啧啧称赞:时髦的厨房,带有冷热自来水的小浴室,漂亮的船舱安装有打开电灯的神奇按钮。

她刻意穿上了淡蓝色印有玫瑰花环的斜纹毛葛裙,虽然腰上有点紧——一直以来安静满足的生活已经让她长胖了不少——看着正合适。白皙的脖颈,光滑的手臂,不再显得稚嫩;成熟的胸部,圆润的肩膀,刚好从朦胧的披肩下面凸显出来。这一年,她的身体达到了发育的顶峰,如同过了挂果佳期的一棵树,随后将是缓慢的衰老。

“天啊,今晚你可真漂亮!”布兰顿由衷地说。他看着她穿过踏板——没用帮忙,因为不再用得着他跳到前面来扶稳她的胳膊肘。“我多少年没见过你这身打扮,在电灯光下,你简直光彩照人。”

上到甲板,她转过身来,面颊升起快乐的红晕,一双眼睛在甲板灯的光芒里显得那么蓝。

“你记得那个晚上,你把踏板抽上来,说,‘现在我们在一个孤岛上……’?”

“我是那么说的！我们还是完全被水包围着。”

当她拾起拖曳的长裙,顺着船梯爬向上层甲板时,他把她一只纤细的脚踝抓在手里亲吻着,手指向上一直抚摸到她的腿弯。她站住了,身子在他的抚摸下颤抖起来。“亲爱的,快到床铺上去,我马上就来。”

她在急切中磕磕绊绊地跑上船梯。小小的船舱里,她点燃了灯,盯着镜子看了一会儿,看到自己熠熠的大眼睛。接着,她迅速脱了衣服,拔下头上发卡,让浓密的黑发披散在裸露的肩膀上。她把头发梳得顺滑,然后,一丝不挂地钻进被窝。

“亲爱的,快来啊。”她对着枕头呢喃道。她躺下,身子微微发抖,因为被褥的冷,也因为她迫切的欲望。外出,出人意料的豪华晚宴,深夜和他一起回到寂静的船上,真真切切地把她带回到了他们早先在埃库卡度过的结婚前那段恋爱时光。

她焦急地等待着,盯着漆黑的门口,期盼着他的脚步声。已经有好一会儿了,当然,如果他只是去明轮壳下面的浴室的话。终于,她起来了,站在门里,听。

她小心地探出头去,船舱的门开向背对镇子的一面,她看到乌沉沉的流水匆匆赶去与远方的墨累河交汇。下面有说话声,是布兰顿和查理的声音。

他们在争论锅炉的事情。

不知过了多长时间,终于听到甲板上他的脚步声,她紧张地从一阵睡意中惊醒。

“没睡吧,亲爱的?”他进来了,一边解领带,一边乐呵呵地说。

她不吭声。她感觉自己好像放了整晚的一杯香槟,走了气,发了酸。他刚一碰她,她竟然无法控制地开始抽泣;对此,她几乎和布兰顿一样感到惊讶。

“搞不懂!”布兰顿烦躁地说,“真是没办法理解女人!”

54

他们离开文沃斯之前,黛丽度过一段快乐的社交时光:做客其他轮船,而且参加了在当地机械学院举办的一场舞会。所有船员都参加了舞会，除了查理——一堆酒瓶陪他度过了那晚。

城里的男人，头发全都不自然地油光锃亮，脖颈系着一尘不染的领巾，集中站在刚进门的地方，互相打气；女士们沿墙边而坐，拘谨地等待音乐开始。

黛丽来到之后的第一支舞曲，就在音乐响起的瞬间，整个男人分队动作一致地朝她奔去。她是新人，舞会上最具吸引力的年轻女性。布兰顿不得不挡住那些候补舞伴，站起来和她走下舞池，才使她没被挤着。

他跳得熟练，却缺乏技巧，有点气喘吁吁；跳了两轮之后，他很高兴地把她传给吉姆。

整个晚上，她陪每个人都跳了舞——剪羊毛工人，甲板水手，牲口贩子，厨子，以及从最近的牧场赶来的杂物工和小工。顶棚下面，烟雾缭绕之中，煤油吊灯一闪一闪；黛丽，身着白色的薄纱礼服，黑色的丝绒腰带，一直跳到深夜两点，仍显得清清爽爽、容光焕发。

她不得不应付某些令她诧异的对话。一个膀阔健壮的丛林人请她跳一曲华尔兹，一直同方向把她旋转到气喘吁吁之后，同情而关切地低头看着她。

“出汗了吧，艾华兹太太？”他问道，“老实说，我是出汗了，汗流如猪。”

还有一个，古铜色皮肤，英俊潇洒，却害羞得要命，一直左顾右盼，似乎在绝望地寻找话题。终于气咻咻地憋出一句：

“您认为哪种马最适合做驮马，公马还是母马？”

一个上了年纪的大腹便便的小个儿厨子请她跳波尔卡，并跟她讲了核桃巧克力小方饼的配方。

到两点钟时，煤油烧尽了，灯火一盏一盏闪烁不定，尽管风琴和鼓还在昏暗的角落响起。黛丽正在兴头上，一点也不觉得疲倦，勉勉强强地被说服回到船上。她后来想，这是她青春时代的最后一夜。

作为皇家邮轮的第一趟差，“费拉黛菲娅”号在一个阳光灿烂的春日早晨离开文沃斯。它并非摆个大弯绕过河口处的沙丘而奔向上游，而是在水上划出一道弧线驶入以前从未进入过的一段墨累河新航道。

昆士兰的雨水已经使达灵河沿途涨满，而墨累河——从高山流下的融化的雪水没有使它上涨——流得缓慢而清澈。在河口处,有一段时间,主航道里半透明、暗绿色的河水与乌沉沉、昏黄的达灵河水并肩流淌,好像互不相干的两股生命;它们慢慢交汇、融合,形成此一处彼一处的异色区域。直到河口以下大约三英里的地方,它们成为一体,呈现为墨累河低段典型的奶绿色。

一位头发灰白的墨累河"捕鲸人",从墨累河上过来,准备换换手气,在达灵河沿途"捕鲸"。"费拉黛菲娅"号出发之前,他正好漂到城里。他不喜欢达灵河,声称"整条可恶的河只有贪婪的牧羊场主和讨厌的厨子,他们谁都不愿随手施舍一点面粉给一个要饿死的人",他熟悉墨累河低段水情,他说,"了如指掌",所以,作为引航员,他免费登上"费拉黛菲娅"号。

他的名字叫作"长毛哈里",灰色的络腮胡子挓挲着,其中被尼古丁熏黄的地方标明是他的嘴巴。他的眉毛比查理更凶更密,他的上一次理发似乎出自一个很没经验的剪羊毛工人之手,像是用一把剪羊毛的剪子为他剪的。

他的破小艇已经沉了,他说,就在文沃斯上面。上船的时候,他背着卷在一条灰色毯子里的所有家当,上面系了黑色的铁皮罐和平底锅,还有一个锡口杯——很多施舍的茶和糖、面粉什么的就是在这些器皿里被消灭掉的。如果说实话,很多从不明死因的羊身上割下的违禁羊排,可能也在那个锅里哧啦哧啦响过。

"我的日子就这么完了!"哈里夸张地说道,"我的船沉了,所有的兔夹子、渔线和渔具都没了,现在我被抛弃在这个冷酷的世界,尽可能自谋一条生路。船长,如果您让我搭乘到南澳,您不会后悔的。这是救了可怜的老哈里啊。我会待在那些灌区直到明年夏天,给某个种植园主摘葡萄,赚得足够的钱,再买一条船。"

("他是不会再买一条船的,当然,如果他曾经有过一条船的话。"布兰顿说,"如果他找到一份摘葡萄的活儿干一段时间,他也会尽快把赚的所有现金统统喝掉。")

"我的行李卷往哪儿放?"长毛哈里上船之后问道。当布兰顿示意铺在后甲板的一块帆布上时,哈里不满地扫了一眼安排他睡觉的地方。"怎么,我得睡在那儿? 引航员没有属于自己的船舱?"但是布兰顿懒得理会他。哈里走向船尾,翘着胡子嘟嘟囔囔。

一路直到仁马克,双锅炉麻烦不断。布兰顿断定是查理对它们看护不力,因为从一开始查理就不同意安装。布兰顿既对锅炉大为恼火,又对航道忧心忡忡,同时对自己的头痛抱怨不止。他脸色深红,一发火就变成紫色;脖颈一侧血管膨胀凸出,颜色发青,好像随时可能爆裂的样子。

终于,他们不得不靠岸检修其中一个锅炉。他们浇灭炉箱,清理炉道,重新点火出发,花了将近二十四小时。

黛丽倒是欢迎这段耽搁的时间,因为在他们停靠的对面是一处壮观的橙色沙岭,两棵乌黑的墨累松,倒映在绿水中。她花了一整天又勾又画。

"这一河段的风景棒极了。"她写信给伊莫金,"经过上游没完没了的树之后,这里竟有这般色彩和变化:潟湖(有时几乎横跨一英里)中壮丽的桉树,绿色的芦苇和柳树,彩色崖壁看起来像是用粉红色和黄色的糖果雕刻出来的,沙岭呈现出最细微的橘黄、橙红、棕红……"

沿途他们经过几个最大的牧羊基地:查菲兄弟(建立了米杜拉镇)的莫尔纳牧场,八十英里临河而建的内德牧场,岸上可见袋鼠和鸸鹋,列队而游的庄严的鹈鹕在潟湖中捕食。

长毛哈里自豪地坐在舵舱里一只高凳上,不时地向船长提出建议。黛丽在舵舱隔壁自己的船舱里,听到许多咒骂和随着舵轮转动手击舵辐的声音。她朝外面望去,注意到左侧桨叶在通过一个复杂的急弯时搅起大量淤泥。她听到布兰顿倒吸一口气,并用气愤的语调说:

"那不是魔鬼肘?"

"唔?是,是吧,我想。"

"那你为什么不警告我?还以为你对这一河段了如指掌!"

"我是了如指掌,老板,自我上次打这儿过,中心航道已经偏了一点儿。"

"偏了一点儿?你上次什么时候打这儿过?"

"唔,老板,大约有二十年了,那时我跑轮船。当然,在一条平底小船上,你用不着考虑航道。"

"二十年!咳,我想秃牛堑也不在原位了!"

"是啊,但是好像也没啥。那时旧航道没被淤死,大多数船长绕弯过——比较安全。"

“呵,你个长毛老骗子！你对我一点用处也没有,让你免费搭乘,免费吃饭,你还是滚出我的舵舱吧,别再进来！本！本！”他吼道,“过来帮把手转过这些弯！”

长毛哈里拖着脚下了三层阶梯离开舵舱,一边走,烟熏的络腮胡子中还在不清不楚地嘟囔着,斑驳的手颤颤巍巍地在破马甲口袋里摸索着“烟活儿”。黛丽为他的不受重视感到有些过意不去。

这是一个真实的人物,她决定要给他画一幅肖像。这样,哈里被剥夺了引航员身份,倒摇身一变成了模特。他在前甲板上摆出造型,风把他灰色的胡须和一头乱发吹到旁边,一顶破帽子遮住眼睛。

黛丽得知,他是《简报》的一位热心读者,并能当场引述班扬·佩特森及其他丛林民歌手的歌词,他还能唱出许多古老的丛林歌曲,他能敲出《老树皮小屋》或《冲击河湾》的节奏,并用颤抖的男高音唱道:

小小的面粉口袋陪我坐在树桩

小小的糖茶包看起来鼓鼓囊囊

小小的肥美鳕鱼刚刚被钓上来

小小的四块蛋糕把大厨师犒赏

…………

不唱歌的时候,他就讲一些奇闻逸事逗黛丽开心,所以,黛丽觉得他并非白坐这趟船。

他们途经的很多船只表明这一河段健康的贸易现状。除了客轮和漂流商店之外,他们还看到“佩文森”号、“无畏”号、“南方皇后”号、“奇迹”号——它的得名据说是因为它没有倾覆完全是一个奇迹——它的右舷无可救药地侧倾,总像醉鸭似的摇摇晃晃;“飞蛾”号——一艘小快船,和“南澳”号,都从他们身旁超了过去。此后,泰德·艾华兹一直心情不快。

黛丽一直在船舱里,并不知道第二艘船刚把他们甩在尾波之中;她很不明智地来到舵舱,恳求他在一处迷人的沙堤停靠一会儿,他可以下去游个泳,她想把对岸一些奇异的悬崖画下来。那些悬崖经过风削水蚀,看起来好像摩尔人城堡的一个个城垛。

“停下画画！停下游泳！”每个字都被咬得清清楚楚,硬邦邦地直接传进她的耳朵。他瞪着河水，脖子上血管凸出。

“我——我就是觉得这么美的一个地方——”

“我在忙着，你不是不知道，我们要按合同跑的。”

“吉姆·珀斯说，我们比原定时间提前，而且——”

“我们刚被‘南澳’号超过，我打算在下一个木柴堆赶上它。”他冷冷地说，“如果我们在上一个牧场处理木柴更麻利一点，它是不会超过去的。本！下去告诉查理，加足马力，有必要的话，给木柴浇上煤油！”

黛丽叹了一口气，看着两岸的图画一闪而过。多么美丽的河！长长的河段，周边的潟湖，要是能在这里停留一段时间该有多好！

她若有所思地看着长毛哈里。他正舒适地躺在阳光晒暖的甲板上，帽子斜着遮住眼睛。他乘着破旧的小艇，慢悠悠地漂来漂去，想停就停，饿了就吃，累了就睡，没有钟表，没有日程的生活！

生活的真意就是像蚂蚁一样忙个不停？她开始厌倦布兰顿对速度、对成功的热衷。他们两个人原本可以舒服地生活在船上，钓鱼，游泳，画画，休闲，但是他会被这样的生活烦死。不管怎么说，拥有河上最快的船，拥有整支船队，为得到这些而失去健康和青春又有什么用呢？

此时，烟囱发出狂乱的呜咽声，整条船开始使劲地抖动，桨叶在正常状态下稳定的突突声，已经变成模糊单一的击打声；她抓紧一根木制立柱，神情紧张。

双锅炉爆炸了怎么办？以这样的速度碰上暗桩，或者在一个急转弯撞到河岸怎么办？自从听到“天意”号的结局，她就一直紧张；那场大火让她更为紧张。她壮着胆子把一只恳求的手搭上布兰顿的胳膊。

他有点惊讶，几乎厌恶地低头看着她的手。“怎么了，亲爱的，我在忙呢。”亲密的称呼只是例行，他的语调是冷漠的。

“就是——呃，你觉得两个锅炉安全吗？我是说，查理能同时都顾得上？”

“注意！我想我知道自己在干什么，我没有管你怎么画画，对吧？”

这让她无言以对，她立即转身离开舵舱。三年！他们结婚仅仅三年，他已经变了，十年后，十五年后，他会是什么样子？

他们经过边界崖和古老的海关处，首次进入南澳；从这里直到仁马克，他们经过的那些色彩鲜亮、形态奇特的悬崖，都是那么美。黛丽试图勾勒出它们。

这并不很难，因为河流曲曲弯弯，有时他们第一眼看到的悬崖，一个小时之后还会经过。

厨子来到舵舱，说鸡蛋吃完了，可不可以在前方农舍停下来买一些？布兰顿瞅了瞅河湾和周围宽阔的沙洲。“你给我拿个网兜来。”他说，“我去买蛋。”

他稍微减了速度，把舵轮交给厨子（他驾驶很灵巧，大副此时正在六小时歇班期间），跳进河里。“费拉黛菲娅”号绕着沙洲转了两个曲折的弯，跑了半小时之后，他游回来了；他提了满满一网兜鸡蛋爬上舵舱，竟然一个也没打碎。他拽了一件干的套衫穿上，重新掌握了船舵，湿透的帆布鞋和工装裤仍然穿着。他又一次把节流杆扳到全速。

在班夷河段，轮机发出费力的叮当声，从高高的悬崖传来回音；黛丽来到甲板，不禁身子一颤，她看到“班夷”号起火沉没并夺走三条牛命的地方，那些发黑的树。“南澳”号冒出的烟——查理说至少根据烟色判断那是“南澳”号——此时可以看到就在下一个河湾附近。

浸了煤油的木柴的黑烟从“费拉黛菲娅”号的烟囱滚滚排出。黛丽闭了眼睛，想象显示在压力阀上面的数字；不是一个锅炉，而是两个，会把他们炸得飞上天！

刚刚绕过河湾，他们就看到了那个对手，可恶的“满载船”，正行驶在它所熟悉的水域。十分钟后，他们赶了上来；随着短促而傲慢的一声汽笛——因为泰德·艾华兹不想把蒸汽浪费在胜利的鸣笛上——“费拉黛菲娅”号紧贴着那条船斩浪而过。两边的轮机手都从明轮壳之间探出脑袋，能看清楚对方的脸。

“嗨！”查理大叫，“仁马克见——如果你们到那儿的话。”

“嚯！两个锅炉！你们肯定要爆炸！”

但是他们安全到达了一处柳树成荫的安静河段。这里，新的灌区村落正在兴起，四周，富饶的红土地上搭了成排的葡萄架，爬满淡绿色的新叶；还有深绿色的橘子树与成片的梨树和杏树，在沙与沙棘的荒漠中形成一块绿洲。

在这儿，长毛哈里与他们分别。他恭敬地最后瞥了一眼自己的画像，很不自信地提出要买下它。

“谢谢你要买，哈里。”黛丽说，“但我要能舍得它，我就送给你了。我觉得它是我画的最好的肖像之一,我想把它留下来在墨尔本作画展用。”

哈里承认,把自己的肖像挂在“墨尔本的一家大美术馆里”会更好;显然,他也根本没有钱买下这幅画。他向黛丽倾诉说“自己以前也画过”,这种话,黛丽认为只是说说而已,如同此前他说“曾拥有一条轮船的股份”以及“曾在南澳有点产业”,等等。

黛丽已经对人物画产生了新的兴趣,她随时留意观察镇上的各种人物。第二天早晨,“费拉黛菲娅”号正在为返航装载,她早早起床,走上大桥,穿过长长的潟湖——一连串银白的闪光,是鱼在水中跳跃。水面如丝,银光闪闪;她一直没看清楚鱼的形状,只见它跃起时阳光照在鳞片上的耀眼的一闪。

水汽从平静的河面缭绕升起,使桉树和柳树的倒影变得柔和起来,浅滩上站着一位丰满秀丽的女子,正在清理一网鲤鱼。

她那褪了色的粉红裙子几乎高卷到大腿,身后的河岸上是一间渔民的小棚屋,有烟从铁皮小屋里袅袅升起。

“早上好。”黛丽说着,感觉一股熟悉的兴奋流过她的血管,驱使她的手指颤抖着抓起画笔。女子双腿的曲线,湿滑的手臂曲线,手中银色的鱼的曲线,与水的平行线和刀的直线形成对比;同时,水与树的银绿色衬托出人物的温暖色调。“你干活的时候,我把你画下来好吗?”

她很快就在速写簿上勾出了基本特征,然后赶紧回到船上取来颜料和画布;她度过一个愉快的上午,一边画画一边跟渔夫和他太太闲聊,他们还让她享受了一顿美味午餐:鲜炸鲤鱼。饭后她继续埋头在那幅画上,直到下半晌她才想起“费拉黛菲娅”号两点起航!

“哦,天啊!”她气喘吁吁地叫道。突然意识到她模糊听见轮船汽笛不耐烦的连续嘟嘟声,已经有好一会儿了,她收拾起自己的东西转身就跑,一边跑一边回头喊着“再见”“感谢”。

迎接她的是布兰顿乌云密布的眼睛和绷得紧紧的嘴巴。

“我想你知道我们已经发动差不多一个小时了。将近三点钟了,你到底去了哪里?本找遍了镇上。我一直按喇叭直到累得不行!”

“对不起,布兰顿。”她小声说,“我在画画,忘了时间。”

“画画!如果你的画带来回报,倒也不是一件坏事,但是就我看,你这纯粹是浪费时间和金钱!”

愤怒的话语在喉咙间跃跃欲出。他浪费在对一条完美轮船的“改进”上面的时间和金钱怎么算?他怎么知道她在浪费时间?这样说话没有意义,他们没有共同语言。她咽下一口气,尽力不让自己吭声,但是她发下狠誓:我要让他自食其言,如果只有钱能让他相信我的价值,那么我会赚到的!

回程中她画得更加卖力。又看到画上的主体,并和原先的印象混合,她完成了一系列悬崖画——古朴的原生岩石,赭石色彩——统称为“崖中之崖”。这些全新的事物,尽管墨尔本人可能不会喜欢,但至少肯定会引起他们的关注。

55

“你很幸运。”黛丽说,“你娶的不是某种家庭妇女,不会总在厨房絮絮叨叨惹厨子厌烦,也不会给那个锅炉——对不起,那两个锅炉——掸灰,从而碍手碍脚地惹轮机手发火。”

“你才幸运呢。”布兰顿温和地说道,“除了坐在船上看过往风景,整天无所事事。”

“噢,我知道,我知道自己很幸运!但从现在起我得坐下来做些针线活了。做几件小衣服,亲爱的,大概九月份就该用得着了。”

他缩回身子,恐怖地看着她。“天啊!这次你可得当心,你必须及时下船——你听着——住到医院附近。我可不想再经历那种事。”

她对那个“我”淡淡一笑。

“别担心,我不打算冒任何风险,我想去墨尔本找专科医生和护士,要用麻醉——尤其要用麻醉。”

“你就现在说说罢了!我知道你多么顽固——太顽固——你会一推再推,说你没事——”

“不会的,真的,说实话,我想去找那位把我送到你身边的好医生,尽管他确实犯了一个错误,给我一阵可怕的惊吓,是他促成了我们之间的一切,真的。”她凝视着他明亮的蓬乱鬈发,他也正用海蓝色的眼睛专注而温柔地凝视着她,忘了船的存在。对他们共同经历的一切的感激之情,涌遍她的全身。“亲爱的,我非常高兴他犯了那个错误!”

布兰顿紧紧地抱住她,抚摸着她柔顺的黑发,她把脸埋在他的胸口。他也被她声音中的情绪所打动,对她有了一种难得的温柔;这个无助而气人又不讲理的小家伙,闻起来永远有一股松脂和亚麻子油的味道。自从她跟了他,他对她关注不多,但是没有其他哪个女子让他看到这样独特的魅力。

她的身体因为婚姻生活而变得成熟。他的手欣然滑过她的圆润与柔软之处。尽管经历了内陆的几个夏天,她脖子的皮肤给他嘴唇的感觉仍像缎子一般,只是洁白的前额上一道细纹和开始下弯的眉毛,标明了时光的流逝。随着分娩期的临近,她的皮肤似乎正像花儿一样开放。

“为什么本总为你擦鞋?”他推开她,直视着她幽深的蓝眼睛,似乎漫不经心地问道,“他不是在对你献媚吧?”

她愉快地笑了。“本!他只是个孩子。”

布兰顿也笑了。他对她当然有把握。在和女人的关系中,总是他首先感到厌倦。

他已经厌倦了他的新玩具——双锅炉,查理不失时机地指出它在燃料方面是多么浪费,加快的速度又损失到装载木柴上面,因为他们在木柴堆的停靠次数也不得不增加一倍。

这时他看到广告登出的一种旧机车头——一个大锅炉,带有三只炉箱。他痴迷于用新的方法来改进轮船的表现。他决定买下它,但是黛丽担心花费,而查理则预言说,它会比双锅炉耗用更多燃料。在“费拉黛菲娅”号开膛破肚安装新锅炉时,布兰顿抽身去了“宝石”号线路上的另一艘船“萨农”号。

黛丽待在文沃斯,购买了一些小孩衣服布料,同时,她对于自己又一次做母亲的前景有喜有忧。

“费拉黛菲娅”号改装后第一次出航,它简直像一只飞鸟,甚至让快船“罗斯白利”号全体起立欢呼,也很容易地把更大的“南澳”号甩在自己的尾波之中。

布兰顿似乎终于满意了。因为行驶速度明显加快,黛丽恳求他不要再做潜入桨叶下面那样的危险动作,但他对她的担心只是一笑置之。

“它懂我,”他吹嘘道,“它不会伤害我,对吧,老朋友?”他充满深情地拍着舵轮。“再说,它跑得快,桨叶经过我身上所花的时间就少,其实更安全了,明白吗?”

但她根本不明白。她感觉——绝非第一次——她对与自己同名的这艘船有一种因嫉妒而生的厌恶。嫉妒一艘船!很傻的。但她真的嫉妒。她希望他和自己一道来墨尔本,但他看不出有任何必要——因为有伊莫金照料她,她会在医院里平安无事的。

他们向上游行驶,沿途为米杜拉的铁路始发站收载羊毛和皮革。因为晚上很热,黛丽坐在船舱门口,一边就着身后的灯光缝纫,一边享受着船的行驶带起的微风;小小的飞虫,有的在灯的四周舞作朦胧的一团,有的在灯座处跌作一圈尸体。

本坐在舵舱三级阶梯的最底层,用口琴吹奏着古老哀怨的苏格兰曲调:《埃弗顿河》《美丽的多恩》《罗蒙湖》……半个月亮忽而漂浮在前方平静的水面上,忽而随着他们转弯,在船的尾波上跳动。衬着月色,沿岸的桉树叶子片片低垂。

黛丽感到一阵无法言说的悲伤:黯淡的月光,寂静的星群,哀怨的音乐,一路前行的小轮船,穿过漆黑而陌生的空间。

前方河岸上能看到一盏灯笼在摇晃,旁边是一架小马车上的两盏灯,羊毛主人来到自己的小码头引导他们靠岸。当他们泊了船,黛丽辨认出小马车上坐了一位穿裙子的胖女人,于是上岸邀请那个女人上船坐坐。

“主人,小姐,我不想上去,你们去吧。”可以看出她的头发是雪白的,也可以听出她明显的苏格兰口音,黛丽并不觉得惊讶,仿佛本的吹奏是一个预言。

“呃,上船去吧,弗罗拉小姐,”农场主人说,“见见新面孔多好啊。”他介绍她是弗罗拉·安德森小姐,他以前的家庭教师;后来做了他孩子们的家庭教师,而现在孩子们也长大了,有了他们自己的小孩。

老太太辞让着,自己下了马车,显然有些兴奋;过踏板的时候,她满是皱褶的手——因风湿而弯曲——颤抖着抓紧了黛丽的胳膊。

“哎呀,漂亮的移动之家,”弗罗拉小姐说,“小孩不会跌到水里吗?”

“还没有小孩呢,但大概六个月之后,我们希望——”

“那你就要在甲板上看小孩了,对吧?噢,自己的小孩,我这一辈子也没有自己的小孩。”

她看到客厅里黛丽画画的东西，对其中一些画大为赞赏。“真好，”她若有所思地说道，“我自己也会画画，弹钢琴，唱歌，但那是老早以前，老早以前了。”

“口琴伴奏，您来唱好吗？我们的钢琴在一场火灾中毁掉了。”

当他们装好羊毛，大家都在客厅里喝茶的时候，黛丽让本吹奏《苏格兰风铃草》。安德森小姐用脚打着拍子，红红的脸颊泛起光彩，蓝蓝的眼睛闪出光亮。当本开始吹奏《安妮·劳里》时，她清晰、纤细而甜美的女高音加入进来，但是当她继续唱到《美丽的多恩》中的歌词：

你让我想起分离的日子

我虚妄的爱，我虚妄的爱多么真实

泪水滚下脸颊，她不得不喝一杯茶让自己平静下来。

她快活而喋喋不休地下了船。随着波浪翻滚，船离开河岸，她朝船上喊道：“下次再来，我在马车里为你们准备些烤饼！”

黛丽上到舵舱，站在布兰顿身边。深夜，月亮从树后落进船的尾波中，而船的前方被乙炔灯的巨大反光所照亮，所以那些漆黑夜空中突兀的树，好像是从绿玉上面雕刻出来的一样。

“维尔森在那边跟我讲了这个老太太的故事，”布兰顿说，“好像她从未离开过这个地方，有五十年了。她从苏格兰径直来到这条河上游的一个地方做家庭教师时，她只是一个二十岁左右的女孩。主人疯狂地爱上了她——她是一个可爱的女孩，维尔森说，还是一个聪明的钢琴手——不久之后，他的太太死了，很突然的。

“对此有很多闲话，最终他被指控毒死自己的太太，被判有罪。判决被减为终身监禁。很久以前，他死在监狱里。安德森小姐是很无辜的，但是整个事件的公开令她不胜其扰；后来，她躲开所有人，除了提供给她农场里一份工作的这家人。”

“了不起的老太太！”黛丽怀疑地说道，“你是说有人为了她而谋杀？”

“是这么说的。你别忘了，她也曾和你一样年轻，有一天你自己也会成为老太太。”

“不！绝不会！”黛丽强硬地说道。

但是她回头望向正在下沉的月亮，模糊地隐入黑与黄的云层之中。此前是那么银白明亮啊！一阵寒意沁入她的内心。

“时光，慢慢流淌啊！”她对着夜晚祈求，“慢慢流淌啊，你这隐秘的永恒的河。”

56

八月，黛丽乘坐火车踏上了漫长而缓慢的旅程，从米杜拉赶往墨尔本生孩子——她确信是个男孩。因为兴奋而精神振作，甚至坐了一夜火车之后，她也没觉得累。

第二天早上，当郊区的栅栏和烟熏火燎的院落、烟囱出现的时候，她低下头，好像上帝俯瞰下面一闪而过的芸芸众生。农场的挡围板，刷在墙上的广告，大街上惹人注目的机动车辆，所有的一切都增添了她的冒险意识。

斯班塞大街站，伊莫金和一辆出租车等在那里。伊莫金看起来——黛丽想——有点憔悴而疲倦。她已经搬到一幢城市大楼里很高楼层的一个房间，从那儿，越过墨尔本市区的灰色屋顶，一直可以望见银色的亚拉河和码头上聚堆的船运场面。

黛丽坐下来，让伊莫金在瓦斯盘上为她泡一杯茶，然后伊莫金帮她打开行李，同时两人都说起过去一年里所发生的事。黛丽从不介意让别人为她做这做那，只要他们愿意做。她完全放松下来，说：“哦，又来到墨尔本真是太棒了，即便拖着这样的体形！我打算好好享受享受，可能多少年也不会再有这样的机会了。”

两周之后她就进了医院——比她预想的提前很多——仍然激动得不觉得害怕。到最后关头，对她实施深呼吸麻醉，这时她觉得四肢无法动弹，疼痛盘旋而起，化作头上的一颗彩球。醒来后，她听到儿子愤怒的哭喊。

尽管身体虚弱，她坚持要立即看看孩子。护士抱过来一个皱巴巴的小东西，紫红的小脸，潮湿的黑发，小小的拳头在陌生而寒冷的空气中愤怒而无力地扑打着。啊，他活着！她深深地发出一声满意的叹息。胎衣一出来，她就进入了沉睡状态。

她想要自己的儿子时髦一把,所以从医院到伊莫金住的地方她乘了一辆机动出租车。当他们以每小时二十英里快速前进时,她感觉很不安全。她为裹在长衣服和毯子筒里的这个丑陋的、皮包骨头的黑发小东西感到非常羞愧。布兰顿肯定更希望看到比这个更大个儿、更俊美的儿子!(她当时就给布兰顿发电报了。)她私下决定按父亲的姓叫他高顿。

伊莫金望见出租车来,飞跑下台阶过来帮忙。

“让我抱抱这个小东西,是不是一个讨厌的小可爱?”她低声哄道。

黛丽保护性地挺直身子。“我能抱住他。”她说。她的孩子不需这样哼哼唧唧,他是小小男子汉,必须受到有尊严的对待。“我的儿子。”她自豪地说,“我的儿子……”

伊莫金暂时没有情感缠身,像母亲一样照料着黛丽。黛丽坚持,她自己吃的可以买,但孩子她要用自己的母乳喂养。在两次喂奶之间,伊莫金照看孩子,她则出门装帧自己的画作。黛丽集中了一批不错的油画,她自己觉得如果能够展出的话,会在墨尔本美术界造成一定影响。

一些画家来参加公寓里的聚会。他们一坐在地板上就开始了闲谈,孩子则平静地睡在外面过道的小床上;即使当他们的闲谈溢出门外,他也没有受到惊扰。其实这是对她画作的一次私下观摩。多数来访者兴致很高,建议她举办个人的首个画展。

所以伊莫金帮她发出了开展请柬:黛菲妮画作展。地点:斯万斯顿大街巴克斯顿美术馆。时间:一九〇六年九月二十日下午五点。

这是一次赌博。各项花费包括:印制请柬和目录的费用,装帧的费用,加上场地租金和每周十五先令付给管理员的费用。黛丽掰弄手指,心里七上八下地等待着结果。

她希望那幅最大的习作画——橙色悬崖映在死水潭中——被美术馆收藏,她在目录中标价一百基尼。但是尽管女性小说家已经被公认可以和男性媲美,女性画家却仍处于劣势,她们的作品在墨尔本美术馆很少被收藏。但她曾是美术馆艺校的一位有前途的学生,这一事实对她有利。

媒体被请来私下观摩。《百眼巨人》评论员为她撰文说《渔夫的太太》“大胆”而“世俗”,同时称赞了这幅优秀画作的鲜活色调和和谐构图。之后她在门口收了一笔好钱——照例收取一先令的入门费——因为有络绎不绝的稳重的墨尔本人来到画展感受冲击。

《时代》称赞她的悬崖风景:丰富而闪亮的色彩,利用印象派技巧抓取了“维多利亚州这片鲜为人知之地”,是对阿尔弗利德·西斯雷的洛英风景画的追忆。

她去了公共图书馆,找到一册阿尔弗利德和其他一些法国印象派画家的作品临摹。她被其中一八七〇年的几幅油画弄得眼花缭乱、欣喜万分——即使在临摹的作品中,那色彩的鲜明与生动,那温柔的抒情风格,都让她感觉到,这位画家热爱天空中颤动的蓝色,热爱高崖间蜿蜒的河水。这些画可能就是在澳洲墨累河的下游画的。

几幅画的成功出售令她欢欣鼓舞,而更大的成功接踵而至。国家美术馆董事会的三位成员也来到她的画展,告诉她董事会希望以四十基尼的价格收购《渔夫的太太》。

没有人与她接洽购买那幅最大的画作,她不知拿它怎么办才好。它太大了,不能带回到船上,也不能让它堆在伊莫金拥挤的房间里。

最后一天,参观者中有一位衣冠楚楚、棕色脸膛的绅士,他突出的白胡子在棕色的脸上很扎眼。他回身几次,看着那幅老哈里的肖像,但是上面红色的标签表明已经售出。

离开之前,他走向管理员,开出一张支票。他走了之后,黛丽把红色的小标签贴到那幅大习作《墨累崖》上。黛丽觉得自己以前好像在哪里见过这个男人,他细长阴郁的眼睛陌生而又熟悉。看着他留下的支票,她看到了签名“W.K·莫托拉姆”,知道他是谁了。他肯定是内丝塔的父亲。

在售出画作的喜悦之中,突然一阵痛苦向她袭来,如此剧烈,令她惊讶。她想起毁掉内丝塔肖像的那段痛苦的时间。内丝塔现在在哪里?也许结婚了,生活在国外,富有而无须写作,或者过于忙碌而无暇写作吧。

布兰顿现在还会想起她吗?一丝怀疑潜入脑海。或许他正在寻找安慰,在她离开生孩子的这段时间。已经有好长时间自己对他没什么用,而他不是一个能愉快地过独身生活的人。算了,让我永远不要知道,她想。

一共算下来,即使扣除各项花费之后,她的画展净赚了一百五十多英镑。

对于一个新人来说,这是一次巨大的成功。但更为重要的是美术馆对她的认可,收购那幅画就是很好的印证。她觉得自己成功了。

她把这一消息电报告知布兰顿,几乎与她发送儿子的消息时一样自豪。她要让他看看自己是不是在浪费时间!接下来她尽情享受自己赚钱自己花的乐趣:为孩子买一些小玩意儿,为自己买一件新的睡衣,为伊莫金买一份礼物,为布兰顿买一套头梳……她又一次开始渴望见到他,见到那条河。她喜欢到城市里看看,但她不属于这里。她乘上了回家的火车。

没有必要防备孩子受到父亲的娇惯。当他们回到船上,她解开孩子的衣服卷,布兰顿好奇地审视着婴儿,仿佛这是某种奇怪的现象。他伸给孩子一根手指让他抓了一会儿,然后吹着口哨,走到船舱另一头。他开始在洗手盆上面的小镜子里察看自己的臼齿。

“你觉得不像你?”黛丽垂头丧气地问道。孩子现在五周大了,开始显现出她所想象的他应有的样子。

“根本什么也不像。”布兰顿说。

“我想,他太小了,我真希望他会是金发……但护士说,他的头发以后会变的。”

她松开上衣的高领,准备给孩子喂奶;布兰顿有些厌恶地望着儿子贪婪的吸吮和对乳头的迫切迷恋。他出去了,直到她喂完了奶他才回来。

他回来时,黛丽正逗孩子玩,她朝他俯下身,任由他伸手抓她乌黑的头发。布兰顿不耐烦地在小小的船舱里走来走去,最后他说:“嗨!你不打算把他放进小床?”

“一会儿。吃完奶他喜欢玩一会儿。”

“你会让他消化不良,然后他会整夜哭闹的。”

他一被放下来就真的又哭又闹;因为疲倦和兴奋,她的奶水使他不适应,有些奶水凝结成小块,漾了出来。黛丽把他抱起来,给他擦了嘴,轻拍他的背,然后又放到小床上。他继续哭闹不止。

“我要出去!”布兰顿说,“我受不了这闹腾!”

黛丽坐在那里,听着他坚实的脚步在木制码头上渐行渐远。她回家后的第一个晚上！她有满腹的话语和好消息要向他倾吐的时候！几个月来她第一次适合与他做爱，他却像这样出走！他嫉妒自己亲生的儿子？

她呆呆地坐着，只是下意识地听到婴儿的哭喊正在积聚为愤怒，她把他抱起来，把自己的脸埋在他的体温和馨香中。

终于，他在她的臂弯里睡着了——这是在“娇惯”他，但她已经不在乎了。她把他放下来，遮挡了灯光，然后脱掉外衣，换上她在墨尔本买的带蓝色蝴蝶结的漂亮睡衣。她从乌黑的头发中拔出黑色发卡，整齐地堆放在梳妆台上，然后开始梳理自己闪亮的波浪一样的柔顺秀发。

在床铺上，她背冲着灯，瞪大眼睛盯着木质墙上自己的影子：隆起的身体，凸出的被角，眉眼的弯曲，脸颊的凹陷……如果有支铅笔……但她太累了，不能现在去找。

她叹息一声，转回身去；透过蚊帐，她能模糊地看到婴儿的头。突然，她瞪大眼睛，定住了——他一点动静也没有！她听不到一点细微的呼吸！慌乱之中，她从床铺上一跃而起，拉开了蚊帐。

他的眼皮紧紧合着，哭得涨红的小脸恢复到清清白白，身边的一只小手捏成白色花蕾一样的小拳头。她屏住呼吸，望着，看到被子有规律地微微在动，说明他在呼吸；即使在睡觉的时候，他的嘴唇也做出轻微的吸吮动作。

她暗笑自己犯傻，又为他合上蚊帐，回到自己的床铺。

过了一会儿，枕头热得难以忍受，她一只胳膊支起身子，把枕头颠倒过来。床头什么东西在灯光下闪亮。那东西从床沿和木墙之间的缝隙探出来，她用指甲一拨弄，它就滑下去一点。她试着终于把它拽出来，是一枚金色发卡，她一生中从未用过那种颜色的发卡！

“你们上一趟差搭载过乘客吧，吉姆？”黛丽对大副说，仿佛在证实一件她已经知道的事情。布兰顿歇班，在船舱里睡觉。吉姆·珀斯正驾船经过美丽的莫纳河段——这里，那些倾斜的树好像是从它们自身安静的倒影中生长出来的。

她没有向布兰顿提起那只发卡。她的怀疑可能无法证实，不管怎样，她不想打翻醋坛子，大吵大闹。布兰顿总有办法让她觉得错的是她。

“是啊，拉过乘客的。”吉姆没好气地说，“有个男的和他妹妹，至少，他说她是他妹妹。”快到这一河段尽头时，他回舵三个轮辐，使操纵杆正对一棵白色枝干的桉树；沿着无形的航道，“费拉黛菲娅”号开始驶入另一河段。

“但是他们在哪里睡觉?”

“就在客厅里——中间挂条毯子，一帘隔开。但她是个捣蛋鬼，真是的，我当班时她总过来：‘噢，珀斯先生，我可以麻烦您一小会儿吗？我真愿意看您摆弄那么大的舵轮。’”他模仿得很夸张。“和她单独在一起，我怕死了!”

“船长肯定不会惊慌吧。”

“哦，她也对船长耍那一套，但船长没兴趣，你不用担心。”接着意识到这样说不是很圆滑，他赶忙继续说道，“她不太年轻，尽管做出年轻的样子；他一直在打牌——我是说那女的她哥，赢去我好几个英镑。不知怎么搞的，和他打牌我老是不走运。”

黛丽抱住双臂，站在舵舱的窗边，额头抵在玻璃上。“你不知道耍牌手总是带着黄头发的同伙?”说着，她的心跳开始令她窒息。

吉姆·珀斯吹了声口哨，若有所思地靠在舵轮上。“耍牌手，呃？肯定没错！她真的是黄头发——唔，金黄，我觉得可以这么说，尽管看起来不像真的。他俩在一起真是有点可疑。”

“不过，我不在的时候，他们倒是带来一点——女性气氛，我是说，在吃饭的时候。”语无伦次地说完这几句勉强想到的话，她跑下舵舱的阶梯。不能回船舱——布兰顿在那儿——她来到底甲板，进入船头，蹲靠在船头柱上，望着两边疾旋而过的绿色河水。

“她真的是黄头发!”那么就是她用的金色发卡，她曾经躺在船长舱的底铺，我的床铺，上面……黛丽狠狠地把拳头砸在红桉木船板上，却毫无感觉。她一直凝望着旋过船头永无止息的河水。

57

她怎么能知道——黛丽绝望地想道——在船上抚养一屋小孩会是什么样子？她不能告诉他们“跑到外面去玩耍”；因为担心他们落水，她不能有一刻松懈，除非他们睡着。她从来没想多要孩子，一个就够了，或许在适当的间隔之后再要第二个;可是几乎在她明白之前就有了三个孩子,最大的刚会跑。

在她发现布兰顿的隐情之后,她曾愤怒地下决心不再要孩子。高顿是她的唯一——她直截了当宣布了他的名字,布兰顿嘟嘟囔囔,还是顺从了她。她决定每天晚上早早上床,假装睡着,直到他明白她不再是他的玩物。她不愿意与每一个过往的乘客分享他的身体。

她本该知道这是没有用的。她仍然爱着他,不管他做了什么,他的身体与以往一样强烈地吸引着她。就在她和大副谈话之后的当天晚上,她刚把孩子安顿在小床上,他就进来了,自信地把她揽在怀里。

她僵持了一下,接着就松弛地靠在他的身上,毫无挣扎地被征服了。当他想要把她抱到底铺上时,她抽回身子。"不要在那儿!"她咕哝着,爬到上铺。

"亲爱的,你弄伤了手。"当她抓住床沿的时候,他才注意到她手上肿起的伤痕。

"没什么,"她淡淡地说道,"我自己碰的……"

她躺下来,盯着他头上,而布兰顿一下子也弄不明白她今天晚上怎么了。他得出的结论是,她还没有完全从分娩中恢复过来,过一段时间就会好的。他安稳地侧了身子,把脸拱在她的肩胛处,很快就满足地睡着了。黛丽却醒着,眼睛盯着黑暗,直等到给孩子喂下一遍奶。

噢,接下来的噩梦般的岁月!多少个无眠的日日夜夜!洗尿布,哄孩子不让他们吵闹布兰顿,可怕的儿童疾病——在没有家庭医生救助的情况下竟然康复!

"三个儿子!"深夜,黛丽在客厅桌子上叠尿布时说道,"四个,如果算上那个——那个夭折的。我觉得自己好像就是麦克白夫人。你曾说过'只给我生小子',噢,我可厌倦了生小孩!"

"我还想要个女儿,"布兰顿固执地说道,"在我年老时照顾我——"

"她更有可能会嫁了人去了国外。但是说真的,我们不能再要孩子了,没有地方了。"

"我知道,但是好像我们也无能为力,对吧?我是说,什么方法好像都不大管用。"

“我们可以试试睡各自船舱,那就万无一失了。”

他嘲弄地望着她,她试图保持眼中强硬的目光,但是他伸出一只手把她拉过来,刹那间她就感觉到熟悉而醉人的温柔流遍全身。没有用的。

“我们必须很小心。”她软弱无力地说道。

“妈——咪！高蒂要喝水!”隔壁船舱传来呼喊,那里好久之前就已经变成了育儿室。与此同时,她床铺边小床上的婴儿也发出夹着咳嗽的哭声,安静了一秒钟之后,开始放声大哭。

“一件事就够忙的,”她从布兰顿怀中抽出身子,说道,“哪里还有时间做别的事!”

她递给婴儿一个奶嘴,倒了一点喝的水,给高顿送过去;等她赶到那屋,他已经又睡着了。小布兰尼睁开眼睛看着蜡烛,眨动长长的睫毛,一副愁苦的样子。她摸了摸高顿金色发卷下柔软如丝的眉毛。天气潮湿炎热,她扯掉高顿身上的一条毯子,轻轻亲吻了布兰尼,然后出来。如果太热,高顿总要做噩梦,会尖叫着醒来,没有半个小时是无法安静的。她走向栏杆,凝望着寂静的夜晚。

他们停靠在欧弗兰角。高高的石灰岩崖壁下面,有生活在温暖的白垩纪海洋中的软体动物化石——那时的墨累河下游峡谷曾是一片汪洋。

他们现在跑的航线是在文沃斯和莫干之间,被称为“西北曲”;这一段的墨累河向右拐了一个大弯——这是它第一次明显改变流向——开始平稳地向南汇入大海。

水位很浅,夜晚航行很危险。河水无声地从甲板下流过,南十字星座的指极星与明亮的老人星投映在平静的水面上。黛丽凝视着沉沉的河水,又抬头望向星光闪闪的奇妙夜空,回想起在康德拉时,她曾和亚当一起走出屋外,观望十字星座在寒冷的夜空闪烁。

还是一样,什么都没变,但是她来到了水流趋缓的大河下游。现在的她,二十九岁了,马上就三十了——三十！她做了什么?带着三个孩子,最小的仅仅六个月大,她能做什么?

她的绘画几乎陷入停顿。素描,构图,油画,这些比以往更加野心勃勃的念头游动在周围的空气中。她整个血液都在感受这片广阔而干燥的大陆,漫长而炙热的夏季,纯净的天空,她渴望把这一切化作颜料,在这块奇妙的南部大地褪色之前,把她所看到的画到帆布上。但是没有时间,无法逃避。

有些日子,大清早,薄薄的云带好像蘸了铅白的巨大画笔横扫蓝天,令她充满甜蜜的躁动。她感觉到身体对颜料和画布的一阵极度渴望。这时传来孩子醒后的第一声哭喊,令人麻木而要命的一轮家务活儿正式开始,一直到日落之后很久才宣告结束。当她爬上自己的床铺,已经累得除了睡觉别的什么也不想做。

在她身后的某个地方,她似乎听到一把巨大的钥匙在一把锁里转动。像其他很多人一样,或许像她自己的父亲一样——他总是渴望旅行——她睁大眼睛,欢天喜地,心甘情愿地钻进一个圈套,大自然精心设计的诱人圈套。当听到铁门哐地关上时,已经太迟了。

现在的甲板围上了将近三英尺高的铁丝网,高顿已经快到四岁,正四处攀爬。他金发,细身,好动而胆怯;他坚实的下巴和鼻子像布兰顿,尽管还显得稚嫩;而眼睛却像妈妈:比布兰顿的眼睛更大,更蓝,更温柔。

小布兰尼一头褐色鬈发,眼睛像父亲:炯炯有神,海水一样蓝,目光率直而缺乏想象力。最小的阿莱克斯,身体孱弱,慢性咳嗽总使他睡不沉,黛丽有时连续几个小时摇晃他,累得直打盹儿;医生无能为力,他们说他先天虚弱。

每个月他都会犯一次支气管炎,发烧一个礼拜,日夜都得有人护理。黛丽害怕肺炎,她不知道阿莱克斯能不能熬过他的童年,会不会像他没有名字的小哥哥一样,也在河岸上留下一处小小的孤坟。有时候,她会想起那个从未谋面的女人,那位母亲,在埃库卡的沙丘里埋葬了自己的三个孩子。

现在她对那个不幸的女人生出新的同情。对一个母亲来说,有什么事情比孩子的死更可怕呢?

本是一个好帮手。他总是抱着生病的孩子四处转悠,也总能逗小布兰尼开心。高顿跟着父亲到处跑,也帮着掌舵,有时抓得太紧,身子就被舵辐吊在空中。他一学会走路,他的父亲就对他产生了兴趣,现在正教他游泳。

早上,布兰顿从床铺上猛地跳下来——他的动作从来不会轻轻地,不管黛丽多么累——她听到他扑通一声跃入水中。几分钟后他就会呼喊高顿,她不想让他惊醒其他孩子。她拖着身子下了床铺,过去叫醒高顿;他的床已经湿透,她能闻到一阵阵升腾的酸臭味。

“高蒂！”她低声唤道，“爸爸已经下水了，你要过去上游泳课吗？”

“好的，妈咪。”高顿坐起来，看上去很害怕的样子。她抱他下床，他挣扎着脱掉湿漉漉的睡衣，她帮他换上小小内裤。他金发竖立，眼神困倦，一半面颊潮红。

这时从厨房传来声音，能听到司炉工正在拨动炉箱投进原木。

她领高顿来到底甲板，把他抱到网栅上面。布兰顿正在船边轻松自如地游着，他叫道：“高蒂！跳！”

高顿犹豫着，身体颤抖着向后缩。

“快点！听话，跳！”他踩着水，不耐烦地眉头一沉，“如果我数到三你还不跳，我就上去把你扔进来！我不喜欢胆小鬼。现在开始，一——二——”

一种恐惧战胜了另一种恐惧，高顿跳了下去。黛丽松了一口气。他从水里出来就会很快活的，但他是个胆怯的孩子，她觉得他的噩梦与游泳课有关。

小布兰尼长到三岁时，他父亲也开始教他游泳。两个孩子之间的差异马上显现出来，布兰尼像鸭子一样喜欢水。

除了短小而坚定的鼻子，他也长着像他父亲一样的下巴。一旦他下定决心要做什么事情，没有什么能阻止他。每一次他都毫不畏惧地跳下去。如果他父亲告诉他从舵舱顶往下跳，他也会跳的。很快他就像水中的一条鱼，比高顿游得更快。“总有一天他会成为冠军。”布兰顿自豪地说。

现在他们的总部设在莫干，通常被称为“西北曲”，或叫“大曲”；莫干是一座丑陋的城镇，沿光秃的岩崖而立的建筑由惹眼的石头和波纹铁构成，没有树，也没有花园。夏天，炎热的北风通常会裹挟着白色的尘土吹过铺着沙砾的大街。

但是，远离繁忙的码头，远离来自阿德莱德的送货和装货的火车，大河在这里仍然保留了它古老的魅力。碧绿清澈的河水平稳地流过黄色的崖岸，桉树在水边生长——不像在上游河段那样形成绵延的一堵墙，而是有一种独立的庄严——每棵树都以一种思索的态势向自己的倒影倾斜。

吉姆·珀斯获得了船主资质，已经离开去指挥自己的轮船了。查理·麦克比仍然留在船上做轮机手，本正在读取大副资格证。

他不必看星星把握航向，也不必看太阳确定方位，但是他必须能够把整个河流体系像一幅地图一样记在脑中。他可能被问到关于三千多英里的蜿蜒航道的各种问题。尽管他从未打算到墨累河以外跑船，他可能被考问到关于瓦库河、爱德华河、莫拉姆河和达灵河的情况。

他必须对上游一千多英里的河流全面了解：高水位时升降桥的高度，墨累河流经秃牛堑时的态势，古瓦码头的水深，埃库卡大桥桥柱之间的宽度，等等。

“本，你确定这是你真正的打算？”有一天，当黛丽发现他正对着舵舱里四十英尺的航行图皱紧眉头时，她问他。“你那么聪明，你应该拿奖学金，你可以上大学。”

“那要好多年后我才能挣钱，黛丽小姐。”本显得有些惊讶地说道。

“哦，有什么事吗？你不是想要结婚吧，本？”

他脸红了。“不是，不是因为那个，我也不知道——不知怎么的，我就是不想离开这条河。”一双乌黑羞怯的眼睛热切地望着她。

他的心事从他眼神中传递出来：我不想离开这条河，因为那意味着要离开你。

黛丽微微红了脸，朝孩子俯下身。阿莱克斯正在甲板缝隙间抠东西。他的咳嗽逐渐好转，体重迅速增加。本曾为她接生过第一个孩子，她永远不能忘，那是他们之间的一次私密联系。

她开始在甲板上爬动，模仿熊的叫唤，惹得孩子快活地笑。本也在她身边跪下来，他们叫着，爬着，躲到箱子和水桶的后面，阿莱克斯跟在他们身后。两个成年人之间似乎并不存在八岁的年龄差。

布兰尼哭着跑过来，脸色通红，嘴张得很大。

“怎么了，乖孩子？”黛丽拉过他的一只小拳头，抚摸着，但他甩掉她的手，继续大号。

“告诉我怎么回事！”她的火气腾地升起，她不可能再有超过一分钟的平静与耐心。哭声把一切都击得粉碎。

高顿缩头缩脑地出现在甲板上。

“高顿，过来！你打布兰尼了？”

“没！他疯了！”

"高蒂打我！高蒂打我头！哇——哇——哇！"

黛丽奔向高顿，扇了他一巴掌，以泄心中因布兰尼号哭而生出的怒火。高顿放声大哭。阿莱克斯刚才还很快活，但被突然变化的气氛弄得不知所措，也开始哭叫。本把他抱起来。黛丽捂住耳朵，跑向甲板另一头。

她也想放声大叫。因为缺少睡眠，孩子的哭声愈发剧烈地刮擦着她的神经。对面是壮丽的黄色崖岸——这个地方被称为断崖，三块带棱角的巨大砾石横空劈下来，一半沉入橄榄绿的河水中。她的手指想拿起画笔，一阵要画画的强烈渴望漫过全身。

她闭上眼睛，做了一次深呼吸，然后来到厨房，为阿莱克斯准备吃的。感谢上帝，她想，感谢上帝，他们都在长大。或许三年后，她就用不着再为他们擦脸抹泪了。此时，她想要时光快速流过，带着她向前，赶快摆脱现在的束缚。

58

高高的崖岸之间，没有一丝风，河水在炎热之下似乎凝滞不动。小蜥蜴躺在白色的沙丘上面晒太阳，除了留下微小的脚印之外，并不引人注意。

远处的地平线堆聚着巨大的云团，像一整块白色的大理石。"费拉黛菲娅"号甲板上面是燃烧的蓝天，两只楔尾鹰在盘旋，像是从炙烤的大地上滚滚热浪中升起的灰渣。

从理雅村落"押运"一批木柴回来的船员个个汗流浃背。泰德·艾华兹急不可待地要泡一泡降降温。他们必须赶在清早游泳，或者像布兰顿那样在船的行进中跳下水。当他们再次起程时，一个年轻的甲板水手，爬上小艇，由一根绳子拖在船尾，嗖嗖地穿过微温的河水。

船长站在舵舱，光着脚，只穿了一条短裤。他用手腕擦了一把汗珠直冒的上嘴唇。

"本，你来掌舵，好吗？"他对小伙子说，"我要下水。"

大副歇班，正在休息——因为船长家庭扩大，就在船尾为大副和轮机手隔出了一间小船舱。

他把轮机减回到半速，干净利落地从明轮壳顶上跳了下去。出水时，正好锚链经过身边，他一把抓住，爬了上来。他轻快地走在甲板上，凉爽而振奋，深水的抚摸使他心中充满胆气，毫无顾虑。

他没有再爬到明轮壳顶部，而是翻过围栅，悬着身子站在甲板边沿，刚好在巨大的明轮前面。

黛丽正在甲板上喂孩子，以便从船行中感受一点微风，看到布兰顿如此举动，她一下子惊跳起来。"等一下！"她喊道。她已经注意到最近他的身体正在放粗，他的体重在增加，他的金黄发卷之间出现了一绺绺灰色。他却仍然觉得自己还能要那些孩子把戏。

"亲爱的，别到明轮下面！求你了，布兰顿，别下了！"

只见他略微一挥手，白色的牙齿一闪，转身，深深地吸足了气，干净利落地跳进轰鸣的明轮下面。黛丽闭上眼睛默默地数到十二，睁开眼时，他的头浮现在船的尾波中。

他斜着游到岸边，上岸，沿着河岸猛跑，跳过树根和落叶，接着从船的前头游回来，像先前一样顺着锚链爬上来。

黛丽十分气愤。刚才的恐惧还在令她全身发抖。

"你怎么能这样！"她大声说道。他走向舵舱的阶梯，全身往下滴着水，他的眼睛被洗得发出清澈的蓝光，几乎呈现绿色。"如果你不关心我的感受，你也不该忘了你有一家人要养活啊。像十岁的孩子一样炫耀！你不再有当年的身体啦！"她不客气地继续说，"如果你送了命，我们这些人怎么办？"

她在他面前狠狠地晃着奶瓶。他突然停住了，低头看着她。他的眼中闪出骄傲和愤怒。他的下巴傲慢地一挺，目光越过鼻尖瞅着她。她真想付出一切收回自己的话。

"是这样吗？"他字字清晰地说道，"那好吧，我就让你看看，我再来一次。"

他没有瞅她第二眼，就退回到底甲板，翻过围栅，从明轮前面跳了下去。正常的"突突突"出现了短暂的停顿，接着他被甩出来，直挺挺地漂浮在翻腾的尾波中。

黛丽把孩了扔到甲板上，跑上三级阶梯来到舵舱。马上，尖叫的汽笛回应了她脑海里无声的轰鸣。不放掉一些蒸汽，他们无法突然停下。她帮助本转动舵轮。"费拉黛菲娅"号切断自己的尾波，放开小艇。布兰顿毫无生气的身体被拖到船上。

他的身体没有被绞也没有被压的迹象,但是头盖骨上有一处可怕的凹痕。黛丽把头俯到他赤裸的湿淋淋的胸口,听到他的心脏在微弱地跳动。

“他还活着!”她叫道。感激的泪水从她毫无血色的脸上滔滔而下。“帮我把他弄到后船舱——我们尽可能不要过多搬动他。”高顿出现在她身边,看起来吓坏了,眼泪汪汪的。“高蒂,去照看宝宝,不要吵醒布兰尼,爸爸受伤了,不过没事的。”

她用热水瓶把他身子围起来,从他青紫的嘴唇之间滴进一些白兰地。她只能给他保暖,让他安静。只有到仁马克,他才能获得医疗救护。

查理·麦克比走上前来,粗野的眉毛下面,一双凶巴巴的蓝眼睛,因为强烈情绪的感染而变得柔和了。

“太太,我保证在不会爆炸的情况下,尽可能使足全力。泰德曾经是个好船长,最好的船长之一——”

“不是曾经,是现在。”她赶紧说道,“他没死,他不会死的。”

他不会死的,他不会,她告诉自己。如果多说几次,肯定会灵验的。

布兰顿躺在仁马克医院期间,另一位船长接管了“费拉黛菲娅”号。黛丽和孩子们不得不在镇上食宿。一有可能她就赶往医院。房东同情她,主动提出在她出门时帮她照看孩子。

她把一绺灰黄色的头发塞进发网,轻松地说道:“孩子交给我吧。”可能因为极度放荡的生活,她皮肤晦暗,眼袋明显,但是心肠很好。

十天了,布兰顿仍没有恢复知觉。脑震荡,休克,她被告知,大脑可能会有永久性损伤。直到他苏醒后才能做出判断。

“你必须做好心理准备。”医生说,“他可能不会说话,或者可能偏瘫。”

第十一天,她发现他有了知觉,虽然只是安静地平躺在那里,头上缠着绷带,眼睛里明亮的海蓝色,似乎蒙了一层阴云,但他露出了微弱的笑容。

“黛丽! 黛丽!”他喃喃道,“我……对不起。”

“不必说了,亲爱的!”她跪在床边,抚弄着缠绕在绷带周围的松软鬈发,努力控制自己的眼泪,“只要你回到我们身边就好。”

“我的……右边胳膊，不能动弹，我……完了。”

她急切地抓住那只好的胳膊。“不！你会好的！瞧，高顿在这儿！还有布兰尼……”

他痛苦而沮丧地看了一眼他的儿子们，然后不耐烦地在枕头上摇着脑袋。他一侧的嘴角是不是有点轻微的歪斜？他说话好像吐字不清……但他的大脑很清楚。

身后传来局促的沙沙声，一个护士把手放在她胳膊上。“艾华兹太太，别累着他了，今天就这样吧。”

随着一周一周缓慢地过去，他一点一点好起来。先是手指，接着整个右边胳膊都恢复了感觉。他的头盖骨没有破裂——他的脑壳肯定特别坚硬，医生们说　　但他不时会感到剧烈头痛。

黛丽正在开始习惯岸上的生活。她面临的事实是，布兰顿可能从此不再做船长。有一件新的令她焦虑的事情，在他目前的状况下，她却不敢告诉他。

如果布兰顿永远无法完全恢复，那怎么办呢？带着一个无助的需要照顾的丈夫，她该如何养活一窝孩子呢？她不能再生了！

在孤独与恐慌中，她想到了那位面硬心软的房东，佩切特太太——当然，“太太”只是一种礼貌的称呼，因为从来没提到有一位佩切特先生，尽管每周有三个晚上，总有一位“绅士朋友”到家里来陪她喝酒打牌。

但是黛丽无法主动向房东开口。她确信，佩切特太太会懂得如何处理这类事情，或许已经帮助过许多同样困境中的其他妇女。显然，佩切特太太猜到了黛丽的心思。因为有一天，她正在厨房为阿莱克斯准备吃的，这时，房东看了看她苍白的脸色，又看了看她的体形，说道：“你最近有点吃不下饭吧？”

黛丽的脸微微一红，假装没听见。

“你没吃早饭。你给孩子断了奶，对吧？”

“对，他十一个月大了。”

“唔。”她正在案板上面切圆葱，戴着戒指的粗短的手，握着长长的刀，切得又快又细，“刚断奶，这段时间你得当心。”

“对，我想也是。”

“你丈夫身体不好，这些就够你受的，我猜眼下你不想再要了。”

“不想。”黛丽压抑地说。

“如果你需要帮忙，比如……咱女人跟女人说，我有个朋友，很容易就能为你解决。你只需送件小礼物。”刀唰唰唰地响起。

“谢谢。我不需要帮忙。”

她的脸火烧火燎的，赶紧端起那盘热好的饭食，出了厨房。

她懂得佩切特太太“帮忙”的意思，“朋友”可能就是那位绅士访客。想到他黑黑的指甲和油腻的衣领，她禁不住打了个寒战。

这天晚上，她在一本粉红封面的有名的期刊里查到一则广告，看起来挺有希望：

女士无忧

特效三力丸，治疗各种不调，顽症也有疗效，只需一英镑。

对黛丽来说，一英镑似乎是很大一笔钱，但她还是汇了款，紧张地等待包裹到来。药丸看上去没有什么害处，但“三力”根本不起作用，倒使她感觉似大病在身；不过，除了令她脸色苍白全身乏力之外，也没带来其他后果。

她把患有哮喘的布兰尼扔在房间里由高顿照顾，宝宝托付给了佩切特太太，然后拖着身子来到医院。她发现布兰顿好了很多，再过一天就能允许他动一动，这就好。

一打开寄宿屋的前门，就能听见嘈杂声。佩切特太太和那位绅士朋友醉醺醺地大声唱道：

哦，你不记得布莱克·爱丽丝

黑黝黝的布莱克·爱丽丝

瓦里各酒喝到鼻子里

牙齿好像莫里敦海湾的鲨鱼

宝宝在哭号，昏昏欲睡，有气无力的样子；布兰尼一边哭叫一边咳嗽，好像要被噎住；高顿正大声哼哼：别哭了，别哭了，别哭了……

黛丽冲上楼，抱起憋红了脸的布兰尼，让他安定下来，同时责备高顿没有好好照看弟弟。

“他来烦我，”高顿愠怒地说，“他活该，我只是掴了他一巴掌。”

“你跟我来。”说着，她放下布兰尼，抓住高顿的手，“宝宝在哭，我想佩切特太太没听见。”

到了楼下,她敲了敲标着“请勿打扰”的客厅门,但敲门声淹没在屋里的嘈杂中。她推开门,一眼看见佩切特太太——脏兮兮的上衣敞着怀,头发披散下来,背靠着墙,唱得正欢。一个半空的酒瓶放在桌子上。那位“绅士朋友”正一边挥舞酒杯一边高歌:“哦,你不记得……”

“高顿,在这儿等着!”她迅速关上门,让他留在门外。她一把抱起哭叫的宝宝,孩子呆呆的,好像没认出她,马上有点呕吐,黛丽闻到一股酒味。

“佩切特太太! 你给孩子喝了酒!”

佩切特太太停下唱歌,煞有介事地打了个嗝,严肃地盯着黛丽。

“就一小滴,不会有害的,舔了舔,他就,像只小羊羔,睡得香。”

“哦,你不记得……”那位朋友仍在柔声唱道。

“他没睡,他一直在哭,我在前门就能听见。”她气愤已极,双腿发抖,松软无力。

“你别担心——”

她立即离开了这个房间,也打定主意尽快搬出寄宿屋。

尽管拖着右腿,走路有点一瘸一拐,布兰顿的胳膊已经恢复了正常功能,说话也口齿清楚,但他的眼睛里永远失去了青春的光彩,灰色正蔓上他的头发。

卧床期间,他的体重有所增加,腰围进一步放粗,后脖颈有了一道深深的皱褶。他曾经匀称的体形有点模糊了,像是一幅没调好焦距的照片。

“啊,又回到真正的床上多么好,和你一起。”出院之后的头一个晚上,他说道。他舒服地伸展着自己的巨大身躯,眼中含着熟悉的笑容望着她。

“你回来,真好。”她的嘴唇颤抖着。他把她的一绺乌黑的发丝缠在自己的手腕上。

“回到河上多好啊! 在医院里我简直透不过气,一切都是静止的。你没注意到即使船在停泊时,它也是有活力的。水面上的变幻倒影,迎击风浪时的吱吱嘎嘎——”

黛丽叹了一口气,咬住嘴唇。“问题是,船上真的没有足够的空间啊,我是说,当我们再有一个孩子……哦,布兰顿!”她投进他的怀抱,哭了。

“就这事?”他不成曲调地哼了几声口哨,“哎呀,黛儿,我不管,你必须和我在一起。我们一起住在船上,花不了几个钱的。”

蚊子在阿莱克斯鲜嫩的小脸蛋上美餐,把他惊醒了,他开始哭闹。“你不能让他不哭吗?”布兰顿叫道,“天啊,我受不了这种吵闹!”

黛丽内疚地站起身来。自从出事以来,布兰顿对嘈杂声有一种不大正常的敏感;宝宝几乎很少出声。她抱着阿莱克斯,在屋里走来走去。

布兰顿在码头和刚进港的一艘轮船的船长一番闲聊之后,急匆匆赶回寄宿屋——一只手扶在大腿上后,不耐烦地向前拖着右腿。

与他闲谈的是“曼纳姆”号的理奇船长。这艘小轮船原本建造时是要它能够穿越露水草滩,现在被装备成一艘贸易船,柜台上可供销售的商品,从衣料到来复枪,从缝纫针线到水泵机械,不一而足。这些东西在远离城镇的沿河流域属于稀缺商品,所以船长的生意做得很红火。

旧的墨累河航运公司打算改为有限公司,霍·金船长正在抽身,准备洗手退出河运。

“我们的合同是与旧公司签的,”布兰顿说,“我们也要退出。霍·金是一位很不错的老伙计,一位绅士,跟他签合同没问题,但对这帮新人,我不了解。我们要把‘费拉黛菲娅’号变成流动商店,会有钱赚的。”

黛丽显出怀疑的样子。

“不用甲板水手装货。大副也不必要,我睡着了,咱们就停它一晚。这就会给咱家留出更多空间。但是你也得使把力,不要厨子——”

“不要厨子!哦,布兰顿!我就不能做甲板水手或大副?我应该学着掌舵以防你生病什么的。受点累我不在乎,我可以帮你泊船,转动舵轮——你自己也说过的,我现在身体非常棒。”她的眼睛充满渴望与恳求,在她苍白的脸上显得那么大。

他咬着嘴唇,目光越过鼻尖瞅着她。“你不够强壮,而且,以你现在的身体状况,很快就不适合跳上跳下了。”

“我再也不要让身体有这种状况。”

“唔……我想,六个月之后,情况会不一样的,但那时,新生的宝宝会让你手忙脚乱。不过,你学习学习拿个大副执照总没有害处,我不知道是否有女人注册登记作为河运船长,但是没有理由你不能成为第一人。

“我驾驶时你就来舵舱,我可以让你了解航道。现在我问你,维尔卡尼上面的圣诞岩水深最多可达多少?”

黛丽顿时垂头丧气。“但那是在达灵河啊,我不了解达灵河。”

“有相当多的你不了解,你必须能够回答出关于任何一条河的问题。以后我会把它们画在一张图上,本也能给你一些辅导。”

59

布兰顿在掌舵,宝宝睡了,黛丽在舵舱里熟悉航道。但她没有得到多少指导,因为“南澳”号正在追赶他们。很快,那艘更大的船就超过了他们,奔上游而去——船上的司炉工和轮机手好一番冷嘲热讽,甚至汽笛也发出嘲弄的嘟嘟声。

泰德·艾华兹似乎要冒出火来。他嘴巴紧绷,咬牙切齿,脖子上的青筋吓人地凸出,以往红润的脸变成了甜菜根的颜色。

“即使他们真的超过我们又有什么要紧?”黛丽叫道。他看起来好像随时有可能痉挛或者休克,像一根原木一样摔倒在她脚下。“我们无须赛跑。”

因为现在的“费拉黛菲娅”号已经被装备成一家流动商店,从莫干出发,一路上行,穿过威克瑞、白瑞、考博多格拉和罗克斯顿等正在兴起的灌区村落。生意足够几条船做的,在孤单的村户与偏僻的农场之间闲散地前进,最有生意可做。但开始时泰德跟那“发疯的轮机手”总是不愿消停。从他出事以来,唯一有所收敛的就是游泳,他们行进时,他不再跳入河中。

他开大风门,随着马力增大,烟囱发出呜咽的喘息。无须传信,查理就添加了他一直留作急用的干燥而笔直的优质硬木,并在安全阀上加了重量,使它不至于在八十磅压力之下而爆裂。

“它拖了两只载货驳船,”布兰顿激动地说道,“我们根本没有驳船,它却一溜烟儿把我们甩了!”

他们绕过一个河曲,在一段长长的直流河段中开始赶超那艘船。这里河流宽阔，一阵强风由上游卷向下游，助长了水流。更大的“南澳”号和它的两只驳船，摇摇晃晃，迎风而上，速度马上减慢下来。“费拉黛菲娅”号马上超了过去。布兰顿厚颜无耻地绕着它跑了一圈，然后甩给它一路尾波，扬长而去。

过了这股兴奋劲，他带着一种胜利的神情转向黛丽，却惊诧地发现，她正在大光其火。

“甩它没商量！”他一边驾驶，一边不安地拿眼角瞥她。他总是站在舵舱左边，而她坐在他身旁的一条高凳上。如果要帮忙通过一处有难度的拐弯，她会跳下凳子，从另一边握住舵辐——动作干净利落，而且力气惊人。

她已经从凳子上跳了下来，走到舵舱另一头，从舵轮对面直瞪着他。

“你永远长不大！跑，就为了跑，拿所有人的生命冒险！即使你不为我着想，你至少要想想孩子们。难道你不记得‘天意’号的遭遇？”

他的嘴巴一沉，面露不悦，不耐烦地扭着脖子。“我当然记得，但是‘天意’号爆炸不是因为跑得快，它的锅炉有毛病。”

“我不管，反正这样不安全！你明明知道查理怎么鼓捣减压阀，你却鼓励他，好像这样你就没有责任似的。”

“噢，看在上帝的分上！”

他们驶入一片宽阔的流域，一侧是蜂窝状的悬崖，另一侧是芦苇包围的潟湖。黛丽心里知道自己这样是不明智的，但嘴上还是禁不住滔滔不绝。“多么愚蠢！我们刚刚跑过了一个农舍，我看到阳台上有个女人，我们应该停下来，让她看看衣料什么的。我们一停，‘南澳’号超过就超过呗，我看不出——”

“我不喜欢被任何人甩下！”他咆哮道，“别再叨叨，过来掌一会儿舵，我下去看看减压阀是否正常，省得你在这里一惊一乍的。让船头朝向前方河曲的黑木桩。”

她从舵舱那头过来，把两只舵辐抓在手里，让操纵杆慢慢地与前方黑木桩保持垂直，然后稳稳地握住舵轮。当偶尔偏离航线时，她会感觉到有一股力量让船体摆正，使船头切向远方的水平线。

她的怒气消散了。她喜欢掌舵的感觉，喜欢这样一个人待在舵舱里。

当她有机会松弛下来，大船向前的平稳移动，轮叶和轮机有规律的振动，都会令她心平气和地沉入一种睡梦状态。大船跳动着热切的生命。**向前，向前，**

永远向前，它在她耳边歌唱。

舵舱的窗是关着的。窗外真实的景象被一些影像横着切过，这些影像又被另一些移动的影像横切。似乎真实有好多层次：你的思维固定在一个层次，其他的都变成了不真实。

船尾波光粼粼的河面投映在前窗上，切过窗外一直向后行进的树木，树梢上是一直向前移动的另一些树木的影像。云影切过真实的云，后即是前，“目前”溜走的同时，“往昔”向你走来。

时光，黛丽困惑地想道，时光中的一切，总是不变的。你总是错误地以为，你必须坚持不懈地从不可逆转的过去进入不可预知的未来；一旦你走出了这一误区，你可以从任何方向穿越时光。

河流不是在无尽的蜿蜒曲折中回到自身，通过气流从大海流回大陆，又重新开始，永无止息？它永远不变，尽管表面上它是从一个确定的开始到一个既定的未来。时光是一条河，我们的生命只是河水中一个个分子……

她能看到自己模糊地映在窗上，幻影之外是闪烁的河水和流动的风景。哪一个是真实的她？都是一种幻象，只是光的波动？但她感觉身体日渐笨重，那是新生命的重量。这是真实的，太真实了。

她穿着前三次怀孕一直穿的宽大的黑色白葛裙，它掩盖了她体形上的变化。淡粉色的衬衫衬托出她乌黑的头发和细嫩的皮肤。尽管过的是露天生活，她既没有被晒黑，也没有长出雀斑，所以粉红色对她正合适。

布兰顿仍然没回来。她已经转过河曲，她不知道前方的航道，只知道河曲之外往往有深水，河水流得比较慢的地方往往是浅水。尽管“创业”号清障船不断地清理暗桩，还是有一些复杂的河段，生手很容易搁浅。

快到时间为宝宝准备蔬菜和肉汤了。她总是亲自为孩子们做饭，尽管他们有一个不错的帮手——厨子兼甲板水手，他被查理和本称为“头号投毒犯”。他们俩总是一个问：“谁说厨子是杂种？”另一个回答：“谁说杂种是厨子？”

黛丽有些累了，握住舵轮的手在冒汗，后背也疼。神经紧张使她眉毛之间的三道细纹明显加深了，布兰顿不会就为了惩罚她而拿整条船冒险吧？

甲板上的脚步声令她一振，她喊了一声，本的脑袋探了进来。

“让我来吧，看来你累了。”他温柔地说，“你掌舵多长时间了？”

“噢，只有大概半个小时。我真的好喜欢，但我不熟悉航道。”

他站在她的身边，当他伸出手握住一只舵辐时，她在他之前也伸向同一只舵辐。他的手包住了她的，立即紧紧握住，压在上面，同时她感觉他的眼睛盯着她的脸。她凝视前方，但一丝红晕升上她苍白的面颊。

“我的手。”她冷淡地说，“你弄得我好疼。”

“对不起。”他立即松手，“但你那么漂亮！我——不得不告诉你。”他的声音很低，几乎在耳语。慢慢地，他俯下头，亲吻着舵轮上那只手。她的慌乱消失了。她突然感觉到自己的年长、智慧和母性。

“谢谢你！但是，本，你知道我多大？今年我就三十了。到你三十的时候，我就四十岁——人到中年了。且不论我已结婚这个事实。”

“我情不自禁啊。”

此时，船因为无人掌控，已经开始转向左侧河岸。本匆忙摆正舵轮，同时眼睛望着她，好像一条挨了训的敏感的狗。

“‘美好的人啊，对我来说，你永远不会变老。’”他吟咏道，“我读了你给我的那本书里所有莎士比亚写给那位黑发女士的十四行诗，它们总是让我想到你：

我把你比作美好的夏天。

你比夏天更加温和可爱……”

“本！别说了！别说这些蠢话。”但她的声音是感动的，是温柔的。

“不是蠢话，这是我的生活。你——是——我的一切：母亲，老师，朋友，姐姐……我唯一的爱人。”

“本！求你了！”

他亲吻着她的手臂，亲吻着她挽起的衣袖下面的肘弯。刚才她觉得自己被他充满激情的话语所打动，此刻翻腾在她身体最深处的女性生理反应告诉她，他不再是个孩子，而是一个男人，有着男人的情欲。她不得不硬起心肠。

“本！”她严厉地说，“我是结了婚的，别人的妻子，我很快就要生下另一个孩子，他的孩子，他是我的丈夫，我爱他。”

说这些话时，她不由得心里问自己，是完全真实的吗？她爱的是曾经的布兰顿的形象，那个令人无法抗拒的快乐的金发男人啊。只要他仍是同一个人——他是的，当然是的！——她就依然爱他。

本突然放下她的手臂。“对不起。”他喃喃道，“我想我是忘形了。”这下轮到他脸红了。他转过脸去，痛苦地盯着河水。

“我得到厨房为宝宝准备吃的。”接着她满含同情、温柔地说道，“对不起，亲爱的本，作为一个女人，我相当感动，也很荣幸。但是几年之后，你就会嘲笑自己现在的状态。”

“永远不会！”本狂热地说道。

是否该告诉布兰顿？黛丽与自己做了一番斗争，但还是决定不说，只要她能避免进一步的发展。

她对本开始冷淡而疏远，但是孩子们喜爱他，总是把他找来。孩子们的在场使他们俩之间的气氛十分自然。

他们下行又回到莫干，停泊在码头上，这时布兰顿告诉她，本打算离开“费拉黛菲娅”号。

他来到她的船舱告别。他站在门口，她正给宝宝换尿布。她身子俯向不停地蠕动踢腾的孩子，一绺柔顺的黑发耷拉在她的脸上。

“给，你还是把这个收回去吧。”他递过那卷十四行诗，嗓音粗哑地说，“我把最好的几首都记在心里了。”

她把阿莱克斯放到底铺上坐好，接过那本打开的书。一道铅笔的黑线画在十四行诗第八十七号：

永别了！你那么可爱，而我无法拥有……

她想起自己从这扇窗扔出去的那本做了记号的雪莱诗集。很久以前的事了！她坦诚地伸出手，他立即双手握住。

“本，不是永别，只是说声再见。当你有了属于自己的船，总有一天，我们会再见面的。”

但他打算离开河运，他告诉她，他留下来，只是为她。现在他打算去阿德莱德港，在一条深海船上谋一份活计。

“但是，本，你过于纤巧而敏感，不适合做水手。你那么善于带孩子，你应该做个老师。如果你接受培训——”

"唔,也许吧,不好说。我从薪水中攒了不少钱,我从不喝酒抽烟。"他微微一笑,"只是爱看书,多亏了你,你借给我那些书。我学到那么多,你为我打开了一个全新的世界。"

"对此我也很高兴。"她抽回手。

"我知道,我永远不会忘了你。"他像被施了催眠术一样凝视着她,她的嘴唇,她的眼睛——那么大,那么温柔,那么蓝,那么充满光彩,他似乎要沉溺于那纯净的深处。"我只想求你一件事,我就要走了,再也不会要求别的,费拉黛菲娅!让我——亲一个。就一个。"

她原本打算像公事公办一样爽快地分开,但他又一次握住了她的双手,慢慢地把她拉向他。她情不自禁地靠上前去,嘴唇相遇了,长长的一个吻。然后他转身出去,跌跌撞撞地穿过甲板。她再也没有见过他。

60

墨累河悠闲地穿过这片干旱的角落,它整个这段五百里的流程,没有一条支流注入;相反,由于强大的气压泵的抽取,它向外漫流,滋润了一方干渴的土地——一个个灌区村落和柑橘园,好像是点缀在黄色的石头和炙热的沙子中间的片片绿洲。

葡萄园和果树刚刚开始发出新叶,黛丽的第五个孩子就在威克瑞医院降生了——是个女孩。起先布兰顿看到自己的女儿非常高兴。但她长得小小的,没完没了地哭,黛丽每晚起来两三次额外喂她,她还是好像从未吃饱过。

这些忙乱的夜晚,她看到了在这一年回归的壮观的哈雷彗星——拖着朦胧的光辉穿过天空。或许除了夜班护士和值夜海员之外,没有人看到这样的场面。它拖长的尾迹,扫过漆黑的内陆夜空,通常在明朗的空气中闪亮的星星,仿佛隔了一层薄雾。她凝望着这位美丽的神秘之客——直到她死后,它才会再次造访。

因为新生女娃躁动的哭声日夜不停,布兰顿的自豪迅速变为恼怒。一天晚上,他坐在床铺上,发疯般地揪着自己的头发,吼道:"如果那个小娃不马上闭嘴,我就把她扔进河里去!"

他脖子上的大筋隆起，鼓出的眼睛布满血丝，看起来气愤已极；黛丽赶忙从自己的床铺爬下来，一边试图让孩子安静，一边保护性地把她紧抱在自己胸前。他身体不好，他当然不会那么做的，她想。但那残忍的话语仍在小小的船舱里回响，令人震惊地在空气中颤动。

很快，女娃变得没精打采，哭的时候少了，睡的时候多。皮肤好像涂了蜡，对比纤瘦的四肢，她的脑袋似乎大得不自然。将近一个月之后，他们回到威克瑞，黛丽马上带她来到医院。

为她接生的那位医生给孩子做了检查，然后看了一眼黛丽的乳房。“营养不良。”他简洁地说道，“必须立即实行特别进食，但可能刚开始她还无法消化，最好把她留在这里几个星期，直到我们为她调理好新的饮食。”

“留下孩子？你是说我没必要留下照看她？”

“没必要。她会得到很好的护理。”他透过眼镜片上方毋庸置疑地瞅着她。他长得矮小而圆胖，有一张和善而红润的脸，看起来更像是一位家庭医生，不像一所公立医院的头儿。他的头发已经谢得露出粉红的头顶，周围一圈灰色绒毛。“你自己也可以趁机长胖一点，”他说道，“你一直手脚不得闲——呃——在船上抚养三个小孩，是吧？休息对你有好处。”

她解释说，他们至少要离开一个月的时间，但海姆医生摆了摆手。“没问题。我们会照看她，直到你们回来。一旦她开始增加体重，恐怕你们会认不出她。”

如同得了缓刑令，黛丽回到船上，回到没有惊扰的寂静之夜，回到很少发火的布兰顿身边。阿莱克斯很高兴，他认为自己的争宠对手终于被除掉了。要洗的尿布也只是原来的一半。她的母性情感已经消耗殆尽，因为小孩哭声的刮擦，她对生活的感受只剩下了疲倦和无奈。

几个月来，她头一次拿出颜料，调色板上剩的一些色彩，她原想抽个空闲时间把它们用完，却一直没机会，已经干成了硬块，中间部分如橡胶状。她用小刀把那些硬块刮掉，然后沿调色板的边缘挤出新的一团团色彩，最上面是一大团白色。

她还不知道自己要画什么，但是摸到那些颜料管和画笔，闻到颜料的气味，她就充满兴奋。已经有一张准备好的画布,上面的炭笔画模糊不清,已经毫无意义。她用面包屑把画布清理干净,然后四下寻找新的主题。

他们停泊在城外,因为轮机手发现水阀出了毛病。没有什么打动她的眼睛,只见宽阔碧绿的河水,一侧是荒凉的黄色悬崖,另一侧是单调地生长着苏木和原生柳的灰绿色浅滩。一株扭曲的木麻树,在蓝天衬托下显得又黑又瘦,赫然地长在悬崖顶上;旁边两只铁箱子,显然是为当地人"方便"之用,它们曾经被刷成红色,现在已经褪为淡粉色。

除了悬崖之外,没有别的可入画。很快,黛丽用坚定的现实手法,把竖立在不朽的岩石与无限的蓝天之间那丑陋的文明标志画入画中。粉红的箱子,完整的黑影,与蓝天构成一幅令人满意的图案。她蘸了新鲜颜料,勾出"男""女"两个字,不禁想起当年希斯特姨妈对她来到澳洲之后画的第一幅画《残雪中的康德拉小屋》的评价:

"我敢说,的确没有什么更精致的景点可画。"

她要在下一次画展的目录中为这幅画命名为《性别平等》,这是现在的热门主题;这幅画的轻率之笔也许会惹恼一些人,她愿意惹惹那些自以为是的人。

她还没画完,高顿和布兰顿就过来了。他们挤在她身边,没完没了地问这问那,指东指西。接着阿莱克斯白天这一觉也醒了,正燥热不安。"高顿,你去看着他。"她不耐烦地说道。她不停地画着,直到最后一笔顺利就位,她才完全意识到阿莱克斯愤怒的也许是沮丧的号叫,而此前只是她的意识表层隐隐听到哭声。

高顿回来,厌恶地说道:"他疯了,号个不停!"

她歉疚地扔下画笔,朝阿莱克斯奔去,尽管全身都沾着颜料。

"小狗咬我!"阿莱克斯哭道,"粉红色的小坏狗……"

"没事了,现在没有小坏狗。"她安抚道,"小狗都跑了。"他的噩梦总与咬人的东西有关,与色彩有关。他快到两岁了,恼人的咳嗽症状已经消失,肌肤红润、细腻,灰色的眼睛、黑色的眉毛如铅笔描过一样。他长得既不像父亲也不像母亲。

她吻了他脖子后面柔软、湿润、如细丝一般的黑色鬈发。因为又能重新画画,她内心的紧张与冲突已经得到一些缓解,她感觉到作为母亲的快乐、松弛和满足。

布兰尼进来，俯下脸凑近他的弟弟，用自己的睫毛刺痒他的粉红脸颊；阿莱克斯被逗得咯咯笑。黛丽把他们俩揽进怀里，在母兽一样的幸福中，凝视着他们花瓣一样柔软的皮肤，闪亮的头发，长长的睫毛，清澈的大眼睛。他们正处在最佳的生命时节，好像晨露中刚刚绽开的花蕾。怎能相信，他们必定会衰老，会脱发，会生满皱纹，会体弱多病！

长久以来，她一直固执地认为时间是毁灭的使者，把每一个生命带进死亡，但是现在她开始把时间看作生命固有的本质。生命既存在于空间中也存在于时间中。从现在开始，她要用新的眼光观察一切，在时间的层面之下看待一切。人的肉体似乎像风中的火焰一般摇摆。在每一个老年人身上，她看到曾有过的热烈青春；在青壮年的身上，她看到无助的婴儿姿态；在面如鲜花的女孩身上，她看到残枝败叶——可能有一天她也会变成那副样子。

黛丽再次见到自己的女娃，她还是同样的小巧，纤弱，黑发稀疏；但她已经有所变化，体重增加了，脸颊红润，也有了活力。

“她现在每周增重十二盎司，”护士长自豪地说，“你大概能看出她在长大。”

黛丽确实能看出她的变化，但她也看到自己的女儿慢慢长成矮小、枯槁、白发苍苍的老妇人。

她为女儿取名米格诺，但布兰顿反对，他想叫个“简单点的”，最后达成妥协，给她施洗命名为米格诺，而平常简单地叫她麦格。阿莱克斯已经忘了先前的嫉妒，现在也能拿着奶瓶，帮助喂妹妹。因为她不哭不闹，布兰顿也开始喜欢她。

如果没有这些脏活儿，我不在乎生多少孩子，黛丽在一天之中第二次清洗脏尿布上深黄的污迹时，这样想道。起码这里的水管够用，但一想到人类生活给大河造成的污染，她还是不寒而栗。

但是河流在它无尽的流动中净化了自身，就像时光的洪流承载了一个个历史事件，却从未饱和，一切的纷争嘈杂都归于永恒的寂静。

布兰顿正在阅读关于一九一一年州际总理会议的报道。他不时地大声咕哝着,或者恼火地甩着报纸。

"'世界上没有哪条河流这么方便设置船闸,'"他读道,"'只需目前水流的一小部分就将保证整条河流永久通航。'呸!这些以前他们都知道,但仍是无所作为。只要南澳政府开个头,其他政府也许会紧随其后。"

南澳政府,他读道,准备独立行动,建造一系列船闸,从而使得大河上达文沃斯都可永久通航。有必要签署一份州际协议,因为七号和十一号船闸将会建在边境。会议通过了一九〇七年提交的协议,据此南澳可以利用新南威尔士的维多利亚湖作为蓄水盆地。这方面工作要"马上开始,预计费用二百万英镑"。

他猛地丢开报纸。

"'马上!'那倒好!他们还是不会有所作为!关于在河上开设船闸,一八七二年就召开了第一次会议,现在四十年过去了,什么也没干。要是议会中有些懂得河运的人多好!"

"为什么你不毛遂自荐呢?"黛丽半开玩笑地问道。

"是啊!"布兰顿站起身来,在小小的客厅里迈开大步,一边踢着报纸,一边狂怒地吼道,"天啊!他们必须等到再来一次一九〇二年那样的干旱,难道他们看到的还不够吗?如果现在再来一次干旱,那么受损的不仅仅是航运贸易和几个葡萄种植户。现在沿河下游有成千上万家靠河水灌溉的土地,它们都将被毁掉。当所有投入到果园和葡萄园的劳力和金钱都打了水漂的时候,人会欲哭无泪!这些牛皮商人却只知道夸夸其谈!"

黛丽安慰他平静下来,她很害怕他这样激烈的情绪。当他脖子上血管暴凸,充血的蓝眼睛发出凶光的时候,孩子们已经懂得躲开他,或者悄悄地不出声。随着几个月过去,他的脾气更加难以捉摸。看到他急躁地一瘸一拐地走来走去,孩子们瑟缩坐在一起,将不安的目光投向母亲。

只有和小麦格在一起时,他总是很温柔。她不再哭闹,而在健康快活地学步,她继承了母亲乌黑的头发和布兰顿蓝绿色的眼睛。

要是先出生的是她多好啊,黛丽想道,那样她就很快能帮我一把了,而高顿,我永远也指望不上他。

但高顿是她的最爱,羞怯而神情恍惚,鲜亮的金色鬈发跟他父亲早年一样,蓝色的大眼睛,长长的睫毛像女孩一样。

黛丽总是尽量做到不偏不倚，把自己对大儿子的这份情感隐藏起来，但是小麦格堂而皇之地成为父亲的最爱。她能向他撒野，而其他几个孩子谁都不敢。她总会咯咯笑着，仰起小脸，用她欢快的蓝眼睛望着他，试图攀爬他的裤腿，仿佛他是一棵高过她头顶的树；而他总会弯下身来，把她举到肩膀上。

小布兰尼是父亲的影子，既仰慕又敬畏地模仿着布兰顿所做的一切。阿莱克斯尽可能悄没声息地躲开父亲，常常把母亲的裙角抓在手里，从裙子后面偷眼瞅着那个高大男人。高顿既羞怯又有些许敌意地也躲避着父亲。

“你更喜欢高蒂，而不是我，对吧妈妈？”小布兰尼随意地说。

“你们都是我爱的宝贝啊。”

“即使真的也没什么。”布兰尼并没在意母亲的答非所问，“因为父亲最喜欢我。我比高蒂勇敢，我现在就能超过他，我游得比他快，我希望他不要再长高，直到我长到最高。”

“别着急，孩子，有一天你会赶上来的。当你十八岁时，你可能比高顿长得更高，到那时他就不再长了。”

“真的？那时我就能揍他了。”

“噢，不要说打啊揍啊的。”她厌烦地说道。

高顿今年六岁，她得开始教他写字和做算术了。他已经认识一些字母，能够阅读她为他买的简易识字课本。高顿很爱上课，首先，他可以获得母亲集中的关注。母亲俯首在他身边时，他喜欢闻到她头发的气息；母亲手把手指导他用铅笔时，他喜欢被她手指抚摸的感觉。另外，初级读本中那些纯净而自然的色彩也非常漂亮：可爱的猫坐在鲜艳的粉红色带黄边的垫子上，红色的板球，黄色的球拍，蓝色的拍面……给他一盒彩色蜡笔和一些硬纸，他会高兴地一次坐上一个小时，画出各种图案，或者画出好像V字形飞过山顶的鸟儿的图画。

他从画册中认识了山，也知道如何把它们画下来，尽管他从未见过一座真正的山。他幼小的生命，已经随着这条流淌不息的大河，穿越广阔的平原，航行了数千英里。他只见过平顶的悬崖和低矮的沙丘，但他认识山，他知道有的山高而尖。他认识这些从未见过的山。他知道某一个地方，一片没有堤岸的广阔水域，那是大海。

“远在上游大河的发源地，”母亲曾告诉他，“有一些蓝色的高山，山顶被雪覆盖;春天融化的雪水,沿着这条大河奔流而下,甚至此刻正流淌在我们船的下面。最初的雪水到达这里,已经花了将近两个月的时间。”

在烈日炎炎的夏天,高顿总会望着船外,望着船影里无声无息流淌的河水。它略微呈现出绿色,像玻璃一样,只是你看不透它。它看起来很美妙,但他知道实际上并不如此,因为当母亲或父亲带他游泳的时候(他总是害怕从深水里可能上来什么东西拽住他的脚。有一次,水草缠住他的腿,他吓得大叫),表面的水是温暖的,一下去却到处都是令人不舒服的冷水区域。在风平浪静的日子里,它像玻璃一样闪闪发光,你可以看到一切事物都成了双,好像在镜子里一样。但是有风的日子,它就变得波澜起伏,混浊不清,上面泛着肥皂水似的泡沫。

他正在学习划小艇,兴趣很大,只是一只桨总比另一只桨划得好。如果两只桨协调一致,他就会划得更快了。如果他们夜里下了钓鱼线,他总是一大早划过去沿线查看,但他不大喜欢从鱼钩上摘下活蹦乱跳的鱼。不管怎么说,渔线上有鱼,总是令人兴奋,这样,他们的早餐也能吃到鳕鱼或鲈鱼了。

布兰尼总想跟着来,接着还想划小艇,最终高顿不得不使劲推搡他,然后就是大喊大叫,惹得父亲发火。所以高顿通常设法早早地溜出来,不惊动下铺的布兰尼。

河对面是一片宽阔的潟湖,点缀着一簇簇芦苇,表明那里并不很深。潟湖的远处是连续的悬崖,他能望见其中神秘的岩洞,黑暗而隐蔽。时候尚早,太阳还未升起,直到早饭后他们才会重新起程。

高顿尽可能轻轻地划着小艇,他不想惊醒任何人,他想要整条流淌的大河只属于他自己,属于他和站在潟湖边缘捕鱼的那只高大的鹤。天空与河水因为曙光而明亮,却不含任何粉红色彩,因为到处没有一丝云彩。他好像正航行在光的巨碗之中。

倒映在水中的树,在平静的潟湖中一动不动,像岸上的树一样真实。当他划着小艇离开大船时,他看到水面上另一条颠倒的大船。一条鱼跃出水面,扩展的一圈一圈波纹切过大船的影像,它颤动着,变得支离破碎;但很快那些碎片开始聚拢,复原,重新成为一个整体。简直像魔术。

他不时地回头看,确定朝一棵大树划过去,但是他总撞上芦苇,桨被缠住。

太阳已经升了起来,在他到达悬崖之前,厨房的烟囱一直有蓝烟冒出。这时,他看清了那个最大的洞口只是黄色的岩石中一处空穴。

来自大船方向各种活动的声音飘过平静的水面:碗碟的铿锵声,一桶垃圾倒进水中的声音,开关炉箱门的咣当声……他们肯定在整装待发!他尽力要划得快一些,却插水太深,差一点丢掉一只桨,小艇也正楔入一簇芦苇中。

他觉得站着用一只桨撑小艇也许划得更快,于是使出最后一股劲,猛地一推,小艇应声出了潟湖进入大河,但他身子一歪,勉强抓住小艇一侧,总算逃过一劫。他松开桨,任由小艇顺着水流不紧不慢地漂浮。

他试着去够另一只桨,但又怕可能会丢掉。突然,从"费拉黛菲娅"号上传来听不清楚的叫骂和呼喊,同时,他看到母亲和父亲正靠在栏杆上望着他。他马上意识到,最好赶快朝大船方向划过去。

用一只桨到底很别扭,他不停地在打转转,但终归还是一点点靠近了大船。很快他看清了布兰顿正在大发雷霆,脖子上血管凸出,脸色涨红;而妈妈脸色苍白,忧心忡忡。布兰尼也在观望,更是火上浇油。

"为什么不用另一只桨,你个该死的小傻瓜?"父亲咆哮道。

"漂得太快,我以为你在叫我不要用它呢。"

他噼里啪啦、踉踉跄跄地总算把小艇系到船尾。

"幸运的是没有风,不然,你根本回不来了。"母亲说道,"绝对不许再像这样不问一声就出去,听到了吗?我可担心死了!"她的语调也是严厉而生气的。

"我们已经发动轮机有半个小时了,就等你!"父亲把小艇的绳子系紧,冲他吼道。高顿顺着锚链爬上来,只觉耳朵一疼,被一拳打倒在甲板上。"我希望这会给你个教训,马上滚回自己的床铺,老实待着!"

高顿捂着耳朵爬上船梯,脸色煞白,眼中含泪,但他忍住一声不吭,直到进了昏暗的船舱,上了自己的床铺。

过了不大一会儿,黛丽进来,端着为他留的热乎乎的早餐;他把脸转向墙壁,看也不看。

61

对维多利亚湖蓄水量的勘察工作正好始于南澳边境一片干旱少雨无人居住的地区,同时也给新南威尔士沉寂的西南角带来了新的生机。

在橙色的沙丘与低矮的崖岸或红色的黏土之间,空旷的大湖必须加围、加固,它的底部是自然形成的坚实的优质黏土。墨累河沿弗兰溪注入其中,调控闸门将安装在弗兰溪的入口和湖水流回大河的卢夫溪出口。

但是一场战争将中断工程的建设,所以此后的六年,这片湖并没有能够用来蓄水。

"他们甚至还没开始动工修建第一道闸门。"布兰顿说,"不建九号闸导水入湖,不安装调控闸门,这些勘察点和堤坝有什么用?"

"我猜他们肯定要在哪个地方动工了吧。"黛丽说。

"那么他们就应该从修建船闸开始。你看着,他们非得再遭一场干旱,才会有点动作。"

湖的西南岸,靠近卢夫溪出口,有一处勘察队员的营地,布兰顿巴望着向那里卖掉一批货和威士忌。营地的男人们无处花钱,正想着烧包呢。那里根本没有酒。

"也没有女人。"他意味深长地说道,"我们在那儿停靠时你不要下船,我们不要惹麻烦。"

"谢谢你。我能照顾自己。"

只有像"费拉黛菲娅"号这样的小轮船才能一路前行,穿过杂树丛生、狭窄而曲折的卢夫溪,来到距墨累河八英里石桥横跨的湖口。从这里,一条崎岖的丛林路通向六十英里外的文沃斯。

营地帐篷搭在溪水与湖岸之间,那些人在布兰顿的商店里发现了很多他们需要的东西,他们蜂拥上船,俯身于长长的柜台——里面作为储物间,是以前堆放额外货物的地方。钓鱼用具,火柴,烟草,灯笼,灯罩,法兰绒衬衫,听装水果和果酱……所有东西都很快转手了。

黛丽非常清楚自己是吸引眼球的焦点,她在储物间里来来回回,从货架上把商品递给布兰顿，或者帮他翻找不在眼面的什么东西。男人们的目光包含着羡慕、渴望、柔情，还有欣赏，没有谁无动于衷；在这个男性的营地，她是女人，是他们生活中所缺少的尤物。

一位年轻的勘察助理，身材纤瘦，棕色脸庞，把她叫过来问是否有毛线与他身上穿的套头衫相配，他转身让她看肩膀上一个大口子，边上已经脱线。

她开始翻找宝蓝色的毛线团，暗自庆幸有个借口俯下身子，因为她感觉到，在他清澈的蓝眼睛注视之下，她的脸正变得发烫。她被他身上的孩子气和恳求的声音所吸引，他让她想起布兰顿年轻时的样子，尽管这个小伙子更为细高，但他有着同样的自信，对自己的魅力确定不疑。

“我妈为我织的。”他说，“我不想让它就这么毁了。”

“刚一破的时候就该织几针，现在需要补一补。”

“没有针，噢，我还需要一个织补包，我得瞪大眼睛，我不大擅长缝纫。”

“把它放这儿吧，我帮你补补。”她脱口说道。

“天啊，真的吗？您太好了。”他蓝色的眼睛，清澈，闪着健康与青春的光芒，感激地望着她。他突然让她想到亚当，亚当，尽管亚当的眼睛是棕色的。啊，青春……她压制住心底的一声叹息，接过他的毛衫。站在旁边的几个男人向他打趣说，他们也有许多东西需要补补。

“午饭后过来就会补好的。”她并没理会那几个男人。

布兰顿正忙着收钱数钱，根本没注意到这一切。当班轮机手原本要来拿一把新的剃须刀，发现自己对所有的水源保护项目都感兴趣，于是主动提出下午由他接替布兰顿在这个规划工地卖货。

顶甲板上，黛丽坐在她的船舱门外，正用蓝色毛线织织补补。毛衫的腋下有点黏结，发出并不难闻的男人汗味。

阿莱克斯和麦格还在睡着，高顿和布兰尼在床铺上看画册，这是对她来说一天当中最平静的时刻。她有一堆衣服等着要熨烫，还有很多自己的缝补活计，但她织补这件毛衫时的耐心与细致，简直会让希斯特姨妈也惊叹不已。

“进展如何？”

她从栏杆上面望着跟自己打招呼的这个金发年轻人。他穿了一件干净的褪了色的蓝衬衫,明显蘸了水把自己的鬈发抹得光滑柔顺。

“还没完呢,你上来吧。”她说。

他上了船,直奔她身边的一把甲板椅,斜靠过来看她的手工。

“太棒了!”他长长的手指摸着补好的地方。“你真是——”

“——我真是太好了!”她插话道。两个人都笑起来。

“嘘,孩子们还睡着呢。”

于是他们一起坐在阳光下,为了不打扰孩子,他们低声细语,这让他们之间有了一种亲昵的感觉。一刹那她觉得和这个年轻人之间毫无拘束感,仿佛他们已经是多年的老友。

忙完时,她用针尖拍打织补部位,把它弄得平整。“给! 真应该再压一压。但起码不会再脱线了。”

“太好了。”他接过毛衫,快活地套在头上。

“但你把后面穿到前面了!”

“对啊,这样穿,补的地方正好在我心的位置。”他的神情也明摆着告诉她,他并没搞错。

她脸红了,迅速站起身来。“孩子们要醒了。”她说。

她向船舱里瞥了一眼,麦格仍在婴儿床上睡得很沉,隔壁阿莱克斯也在安静地睡着。从客厅传来高顿的声音:“妈妈,我们现在上去好吗?”

“好的,亲爱的,你们能自己穿上鞋吗?”

“那我就走了,太太,再次感谢您。”

“别客气。”她平静而正式地对年轻人说道,“我相信你母亲会补得更好。”

套头的时候,毛衫弄乱了他闪亮的鬈发,使他整个人看起来那么年轻而迷人。黛丽被自己的感觉吓了一跳。

高顿趿拉着鞋来到甲板上。

“你好!”年轻人友好地向高顿打着招呼。黛丽过去帮助布兰尼穿鞋;她回来时,高顿和年轻人已经在深入讨论钓鱼方法了。他说,如果高顿到他放钓鱼线的地方,他将现场演示恰当的拴线方法,从而使上钩的鳕鱼无法挣脱。

“妈妈,我们能去吗?”高顿请求说。

“呃……宝宝一会儿就醒了。有多远?”

“沿着河岸走几步就到了，太太。”

“呃，等一下好吗？”她又看了一眼两个正睡着的孩子，然后戴上一顶帽子——她很少戴的，但这会儿她觉得自己应该有一种尊严——已婚女子的身份。

当他们回来时，她感觉到多年未曾有过的快乐、年轻与放松。她再也不会见到这位年轻人，但这一想法并没给她带来忧愁，毕竟他曾带给她一个快乐的午后。在他身上，她看到——健康而年轻——她生命中的两个爱人：亚当和布兰顿，因为这一点，她对自己的丈夫生出一种罕有的全新的温柔情感。

她原本打算那天晚上告诉布兰顿这次散步的事，但在吃茶点时高顿露了话头，说他们曾和营地来的一个男人一起出去，他曾在船上“和妈妈说话”。

黛丽开始解释自己如何操出帮那个年轻人织补毛衫，不过此刻听起来怪怪的且不可信。她无法解释那种冲动，她无法说清楚那个年轻人怎么会让她想到自己的表哥。布兰顿的眉头耷拉下来，脖子上血管隆起，孩子们屏气噤声，心中惴惴不安。那天晚上，一等到船舱里只剩下他们俩，他立即冲她开了火。

“我不是告诉过你没有我你不要下船吗？”

“是啊，但孩子们就是想去，而且他是那么和蔼可亲的小伙子——”

“和蔼可亲的小伙子！下午他在船上待了多长时间？我猜你是想换换口味，你个小婊子！”

她瞪着他，惊讶得不知如何回答。刚才的话真是他说的？他太阳穴上的血管像他脖子上的一样正在凸出，满脸通红，她暗暗地注意到他的脸色与他眼睛的海蓝色形成的巨大反差。

“这么说，你想甩了我这个又老又瘸了一条腿的可怜丈夫，而去找一个‘和蔼可亲的年轻人’换换口味？”他愤怒地在船舱里拐来拐去，一只手不耐烦地托在那条瘸腿后面。

“布兰顿！看在上帝的分上，你理智一点。什么也没有发生，只是快补完的时候我们随便说了几句话，然后就和孩子们一道在岸边散步。”

“我猜就是我回来时见到的那小子吧……干瘦的金发小家伙，我一只手能把他劈成两半。难道我满足不了你？”

他钢铁般的手指扣住她的手腕。

“从晚饭到现在你喝了多少威士忌?”她轻蔑地问道。

“没事的,再多几瓶威士忌也不会让泰德·艾华兹醉倒的。”他扭弯她的胳膊,直到迫使她跪在地上,“还发生过什么事? 坦白!”

“放开我! 放开我!”此时她也火了,用另一只手打他,并试图用嘴咬攥住她手腕的那只坚硬的褐色大手。他猛地把她甩开,她扑通一声摔倒在地。

她意识到是另一个男人的青春令他如此恼火;想到自己青春已逝,他很不甘愿。她慢慢站起身来,揉着胳膊。如果本在这儿多好! 她想起本总是对她那么温柔,爱她那么深沉。还好,她没有试图告诉布兰顿关于本的事情。

“你真是个傻瓜。”她冷冷地说,“如果我真的像你说的想‘换换口味’,在此之前我很容易就会找到替换你的人。你不觉得我在墨尔本有很多崇拜者吗?你从未花点心思陪陪我,但我始终对你忠贞不贰;现在你倒对一个只是和我一面之交的小伙子醋意大发,就因为他让你感觉到青春不再。”

一语中的。他受伤的神情令她幸灾乐祸。

布兰顿转过身,压抑住喉咙中的声音;接着转向她,恶狠狠地说道:“滚开!别再让我看见你!”

她高昂着头走出船舱,在另一头没有灯光的甲板上踱来踱去。他——竟然对她说出那样的话! 而她一直默默容忍——铁皮小屋中的女子,戴金色发卡的女子,内丝塔……还有多少她不知道的?

她的思维在黑暗的边缘徘徊。她第一次理解了“神志错乱”的含义。他们之间一切都已宣告结束,这就是结局。

她来到船尾,爬进下面的小艇,笨拙地解开绷紧的绳子。她划着小艇,从低矮的桥下穿过;接下来几个小时,她在宽阔的维多利亚湖上漫无目的地划着。星星缓慢地向西移动,漆黑的水面上跳动着白色的火花。

62

在浅水流域仍然有不少船只:贸易船,渔民船,家用船,捕鲸小艇,还有些奇怪的单人船——由一个缝纫机那样的脚踏板推动前进。通常总会有人与布兰顿扯闲,所以他一夜一夜都待在外面。

黛丽已经下定决心不再与他同睡一张床铺，她仍未原谅他，而且她也不想再要更多的孩子。

“当然，如果我不能从这里得到我想要的，我总会到别的地方去的。”有一天晚上当她拒绝他的时候，他冷冷地这样说道。然后他穿好衣服，又出去了，直到第二天早上才回来。

从那之后他不再理她，但奇怪的是，尽管她对自己说这正合自己所愿，她却感觉不到满足与快乐。

有的晚上，孩子们上床之后，她通过画画不让自己的手闲下来；但大多时候，孩子们上床之后不久，她也上了自己的床铺。

一个月之后的一个晚上，布兰顿比平常回来得早。她刚刚把灯吹灭，一动不动地躺在暖融融的充满煤油味的黑暗中。一只蚊子在格子棚顶附近发出刺耳的尖叫。小小的船舱里，她能听到布兰顿在她旁边脱衣服时的呼吸声，沉重而急促；就着门口的星光，她能看到他硕大的身体轮廓。马上他就要爬到上铺了。

这时，她的身体突然背叛了她，开始渴望他。她密切关注着他的每一个动作，他的每一次呼吸，她渴望他靠近一些。

我不想要他，她愤愤地想道，我讨厌他。但是，当他开始摸索着上了她的床铺时，一阵快乐的巨浪席卷了她。

“不要……我累了。”她软绵绵地喃喃道。

他自信地笑道：“你想要我，我知道。”

毕竟他是我的丈夫，在她意识中的理性自我被淹没之前的最后时刻，她这样想道。事后她却无法逃避自己被感官出卖的感觉。

她的身体在违背她意愿的情况下控制并指挥她的生活，这已经不是第一次了。以前，当她全心全意地想把自己献给亚当时，她的身体曾经背叛过她；当她不想结婚而要继续美术学习时，她的身体让她失望；因为软弱，她的身体屈从于这些年的怀孕生产——不但吸干了她的创作精力，也在一轮一轮的家务琐屑中耗尽了她生命的最佳时光。

圣徒们通过禁欲、鞭笞、忍饥挨饿以使他们所鄙视的肉体就范，这是有道理的。肉体并不弱小，而是非常强大。肉体背后有着整个生命的推动力量，不断地要求新生，始终与思想的生命相对抗。

她应该——黛丽绝望地想道——皈依某个严厉的教派，从而强加于自身无形的戒律：节食，节欲，隐居，静默……她渴望这些，却又达不到任何一点。独自一人时，她的精神总被肉体征服。

阿莱克斯是一个好奇的孩子，乌黑细密的眉毛下面有一双明亮机警的眼睛。一切活的动的东西都令他着迷，不管是一棵卷心菜中发现的一只绿色毛毛虫，还是一只金色翅膀带深红斑纹的漂亮飞蛾——他用热乎乎的小手捧给妈妈，“金粉都扑腾掉了”。

她为他找到一些橙色流浪蝶的蛹，装在一只用纸板和木棉枝条编的小笼子里，他总摆弄那些淡绿色的壳，结果只活下来一只蛹。

黛丽发现他瞪大眼睛面色严峻地观察着幼虫挣扎孵出的痛苦过程——撕裂已经变得透明的外壳，艰难地伸出一只扭曲的翅膀。

“难道它不疼吗?”他不停地问。

“有时候，出生是一件很累人的事，但出来见见世上的阳光，这番挣扎也是值得的。”

但是真的值吗？看着那只蝴蝶在狂乱地挣扎，她又一次对残酷的自然的生命力量产生了怀疑。终于，一只完整的蝴蝶脱壳而出，小心翼翼，颤颤巍巍，扑棱的翅膀仍卷曲着，好像刚刚抽芽的嫩叶。她凝视着这个可怜的生灵：它可能会落入河水中，或者成为一只鸟或蜥蜴的口中之食，或者只是死于明年冬季的寒冷。

在他们停泊过夜的一处沙丘上，阿莱克斯逮到一只小蜥蜴。即使当他拽出它的小爪时，它还是一动不动，用明亮的小眼睛瞅着他。他抓着尾巴把它拎起来——一下子那只蜥蜴就跑得没了影踪，而留在他手中的是蠕动的一团，像一条活蹦乱跳的虫子。阿莱克斯大叫一声把它扔了，那截尾巴在沙子上面翻滚，就跟一只受到蚂蚁攻击的蜥蜴一样。

他大喊着跑向妈妈。“尾巴掉了！尾巴掉了！”他又哭又叫。

她解释说，这不会伤害到蜥蜴，它甩掉尾巴就是要在危险时分散敌方的注意力。但阿莱克斯不相信，他不相信蜥蜴能长出一条新的尾巴，如果自己的大脚趾掉了，会再长出来吗？那么……

他着迷于那些年复一年在后甲板突出部分下面筑窝的燕子。它们从不飞走到别的地方越冬。妈妈说，有些燕子要漂洋过海一直飞到日本，它们却无论冬夏都待在船上，随船一起沿河上下漂流。

在他们航行中，他喜欢看着这些燕子绕着船一圈一圈盘旋，穿过前部的舵杆，又盘旋着飞回窝里。它们的背部好像深蓝的锦缎。它们不怕人，他相信，如果他把手伸进窝中摸一摸那些幼鸟，它们也不会反对的。但是妈妈从来不让他翻过栏杆，更不允许他自己爬到小艇上，因为他不会划小艇，也没完全学会游泳。

一天，爸爸和高顿上岸，把一堆新买的货物搬到一户农舍。阿莱克斯和布兰尼站在后甲板的栅网旁边。两只燕子回窝来了，嘴上各叼着一只小虫，从看不见的地方传来幼鸟兴奋的吱吱叫声。

“我要爬过去瞧一瞧。”阿莱克斯说。

“你会挨骂的。”布兰尼淡淡地说。他正在生闷气，因为自己没被叫去为父亲帮手。

阿莱克斯爬了上去，把一只胖胖的腿跨过栏杆。外面突出的部分只有几英寸宽，他一只手抓住那里，另一只手在甲板下面摸。但他手臂太短，够不着。

下面，绿莹莹的河水流淌而过，柔和的水面反射出炫目的阳光。他能看见小小的虫子，甚至点点灰尘，在河水的皮肤上漂动。他吐下一口唾沫，看到向外扩展的层层涟漪，它们的影子在金色的波纹中跳跃着穿过尾柱。

他用一个脚趾钩住栅网，身子危险地挂在船的边缘，细密乌黑的鬈发耷拉下来，血液充盈在他的脸上。他的手指刚好够着一处燕窝的边缘，他摸到了暖乎乎毛茸茸的东西。他兴奋地一动，脚下一滑，一声惊呼，扑通——头朝下栽入水中！

黛丽在厨房，正为宝宝搅拌土豆泥和蛋黄，“头号投毒犯”正叮叮当当地摆放碗碟。布兰尼冲了进来，迫不及待地报告说：“阿莱克斯落水了！”

她把手里的锅扔在地上，冲了出去。“头号投毒犯”从来不信“小孩子的话”，茫然地瞅了一眼她的背影，然后低头瞪着地板上的一片狼藉，惊诧地搓着自己半边脸上发黄的长胡须。

阿莱克斯落水的地方在远离河岸的一侧。黛丽明白他随时有可能沉入深水中。他正脸朝下浮在水面上,胳膊和腿无力地扑腾着。

她脱了鞋,在他身旁的地方跳了进去;浮上来时,她抓住他,把他翻过身来。他已经处于半昏迷状态。她拖着他,侧身向岸边游去。当感觉到脚下松软的淤泥河堤时,她终于放松地喘了一口气。

在她完全出水之前,她已经把阿莱克斯颠倒着抱起来。从他的嘴和鼻孔里不断有水流出,他开始咳嗽,哭叫。曾经,很久以前,她像这样被人从大海中救起……

她衣服湿透,全身发抖,打着寒战。她抱着阿莱克斯,哄他安定下来。这时布兰顿沿河岸奔跑过来,身后跟着高顿。

"怎么了?你落水了?"

"是阿莱克斯。"她打了个激灵,"要不是布兰尼及时赶来告诉我,恐怕他就没命了。"

"儿子,你是怎么掉下去的?你翻过了栏杆?"

"是——是的,爸爸,阿莱克斯想看看窝里的小燕子。"

"噢,阿莱克斯,你个顽皮孩子!你可能会——"

"黛丽,你安静一会儿。阿莱克斯,现在我要你再做一次。"

"你究竟——!"

"我说了'你安静'。"他从她怀中抱过瑟瑟发抖的孩子,上了船,然后把他放到网栅外面;阿莱克斯恐惧地抓紧网栅。布兰顿脱掉自己的衬衫和鞋子,一跃入水。

"跳!"他朝上面喊道。

"我不要!我不要!阿莱克斯害怕大水。"

"我告诉你跳你就跳!我在这里,你会很安全的,爸爸会接住你。"

不知是没抓住而掉下来,还是有意放手,阿莱克斯轻呼一声落入水中,刚一浮起,就被布兰顿抱在怀里。

"不要怕,照我说的做。现在翻过身去,漂起来。"

把孩子的头托了一会儿之后,他悄悄挪开手。"瞧,不是很容易吗?嗨,不要半途而废,仰面躺着,好比这是一张床。要是下次再落水,就这样先漂起来,直到有人来救你。”

直到现在，黛丽才慢慢从惊惧中恢复过来；布兰顿刚把阿莱克斯领上岸，她就一把夺了过去。

对于她的抗议，他只是回答说：“如果不用这样直截了当的方式，恐怕他一辈子都会怕水。不会游泳的水手有什么用？”

黛丽怕他着凉，用两只威士忌瓶子装满热水塞进他的小床。他正昏昏欲睡时，布兰顿进来，一只灰色的毛茸茸的乳燕托在他的大手中。

“你可以让它在床上暖和一会儿，但不要伤着它，我还要把它放回窝里让它妈妈喂食。”

阿莱克斯幸福地笑了。

“嘿！”布兰尼酸溜溜地咕哝道，“要是我翻过栏杆，还不得被揍扁了！”

黛丽每天早晨在甲板上给两个大一点的孩子上课。高顿总想抚平她双眉之间的皱纹，那些深深的纹路在明朗的晨光里格外显眼。

“你太操劳了。”他从课本上抬起头来，用坚定的青春的目光，看着母亲松垂的嘴唇和时光在她眼睛周围纤细的皮肤上刻下的道道皱纹。

她弯下身来纠正他的拼写错误，他的目光停在她的头上。“你有白发了！”

“没有！”她一惊，身子一缩，好像被什么蜇了一下。

“就是有！”他伸手想要拔下一根白发，手指却无法把它从棕色的头发间分离出来，结果使劲一拧，拽下好几根，他得意扬扬地举到她的鼻子前面。

她气冲冲地接过头发，瞪着眼睛坐下来，心烦意乱，一言不发。四根头发像棕色的细纱闪闪发亮，第五根头发灰白而毫无生气，似乎质地更粗糙，更像是一根线。

那天晚上，她早早回到自己的船舱，举着灯，久久地，心有不甘地看着已经发生在自己脸上的变化——而她以前竟然没注意！她坐在床铺上，脱下鞋袜。

她白皙的腿，有几根棕色细毛，还算匀称，但正在变粗。小腿后面一堆受伤而扭结的蓝色血管，是她上一次怀孕期间站得太久的结果。她的脚，她美丽而纤巧的脚！挖挛的脚指头，小小的趾甲一侧已经因为穿了三十年鞋而被挤扁，鸡眼和硬茧回望着她。这不再是一双女孩的脚！

十三岁时，她光着这双脚第一次走进凉丝丝、滑腻腻的墨累河，多么短暂的一段时光！她闭上眼睛，想起那个夜晚，远远传来飞过的天鹅长笛一般的叫声，星星像宝石一样点缀着平静的河面。

二十年前！二十年！

河水迎着船头，持之以恒，悄无声息地流向大海。慢慢地，慢慢地流啊！她在心中呼喊道。她感觉自己正在被卷入加速的无情的洪水，没有任何办法阻止它永无止息的流动。

63

在大河的狭窄世界里，国际大事似乎显得遥远而琐碎。政治只是地方性的：影响航运或羊毛产业的立法，各州之间围绕着河岸权属长期的争风吃醋，州际委员会在沿河的发现——所有这些问题都被热烈而有见地地讨论着。

很少有人费神思考英国抗击侵略保卫比利时的誓言，或者德军日益增长的力量和气焰。但是在接下来的四年中，许许多多的水手将要战死在远离安静的墨累河的地方，在法国，在佛兰德斯，在盖利波里，为保卫“小小的比利时”而抗击德国。

对黛丽来说，比国际大事更重要的，比战争的威胁更可怕的，是得知她又一次怀孕了。她怪布兰顿不小心，但更怪自己尽管下了决心还是又一次屈从于他。这样的软弱令她感觉耻辱，现在她要受到惩罚。

布兰顿酗酒比以前更凶，几乎指望不上他来帮着照顾孩子，孩子们都相当怕他。黛丽绝望地盘算着将来：五个孩子！她觉得自己已经无法承受，她宁可死掉。

要命的不是再次经历种种不适：身体变形，发胖，恶心，消化不良，分娩的阵痛与创伤；而是她开始觉得自己一直站在脚踏车上，年复一年地只是抚养孩子，不得安睡，不得清闲。

在她青春溜走的同时，本该用来画画的创作时光也一同溜走。多彩的悬崖，浅水流域长长的幽静河段，像柳树一般优雅而外形更有意趣的倾斜的巨大红桉树，遍布的芦苇，群鸟出没的潟湖……一切都让她充满绘画的渴望，像生理的渴望一样强烈。

她画了一些蜡笔和炭笔速写，并在速写簿上做了一些笔记，“某一天”，她也许能用到它们作为一幅大画的基础。对于色彩的渴望，对于在一块巨大画布上自由挥洒颜料的渴望，不得不被压制下来。因为她要换洗尿布，她要为宝宝做饭，阿莱克斯哮喘发作时她要守在他的床边，她要批改高顿和布兰尼的抄写本，她要给小麦格洗澡……男孩子们吵嘴打架时，她多么怀念当初本的帮助！

当她告知布兰顿的时候，他似乎并没当回事，也搞不懂为什么她竟然那么沮丧。多个儿子就意味着多个义务劳动力，几个大男孩已经可以顶替甲板水手使用。他正从贸易投资中大赚特赚，特别是他垄断了向维多利亚湖的威士忌销售，而在官方“禁酒”的米杜拉镇，他的烈酒也总能卖出好价钱。

他决定再购进一只驳船装载额外备货，并且再格外雇两个人手。他似乎忘了对速度的疯狂追求，新的痴狂攫住了他：赚钱。

一天晚上，她无意中看到他正从每只威士忌瓶中倒一点出来装进第十只空瓶子，然后把那九只瓶子用水填满。

黛丽当然喜欢有更多的钱给孩子买衣服和毯子，但她对他们这样赚钱深感内疚。她已经提出反对在维多利亚湖销售威士忌。已经有工程营地的一个人在醉酒后的厮打中丧命，另一个在酒后熟睡中滚进火堆被烧致死。

“布兰顿，你不能那么做！”她说道，“这是掺假，他们花高价钱买威士忌——”

“你这人怎么回事？只要尝起来有威士忌的味道，你以为他们还会在乎别的？起先你抱怨是我引起他们醉酒打架，现在你又抱怨，因为我把威士忌弄得淡了一些。你不觉得在他们不知情的情况下给他们掺点水更好吗？”

“我觉得也是，”她不高兴地说道，“但我还是希望我们与此无关。”

自从布兰顿因嫉妒而大发脾气以来，她一直没下过船，也没再见那个穿蓝毛衫的年轻人，因为自怀孕起，她就不在店里帮忙了。她希望他不要喝得太多，他的眼睛那么清澈而健康。

她感觉自己根本不需要其他女性的陪伴，但是她的精神有一种巨大的孤独感。她太忙了，无法坚持写信，伊莫金也渐渐地不再写信来。从她上一次去墨尔本算来，已经好多年了。她想与其他画家一起去“交流室”，参与那些激荡人心的辩论。她带的两本美术杂志,似乎只是更加彰显了她与外界的隔绝。

有一天,在莫干,当"费拉黛菲娅"号正在往驳船上装货时,黛丽注意到码头上一个留着胡子的闲散男人——鹰一样的身形,敏锐的黑眼睛,腋下夹着速写簿,手中拎着画架。

她注视着他:薄而红润的嘴唇,乌黑细密的胡须,傲慢硬挺的鼻子,苍白的脸被巴拿马草帽遮住;身上衣服得体而随意,在码头杂役、水手和铁路工人中间,他像土豆田里的一株兰花,卓尔不群。

她走近码头,从那个陌生人身旁经过,深切地凝望着他的黑眼睛。这是一位画家同行,她渴望与他搭话。他回过眼神,似乎漫长而屏息的一瞬,掠过她的身体,然后迅速移开。他的眼睛闪出幽默的火花,肆意的眉毛嘲弄地鼓励着她。他让她模模糊糊地想到自己死去的父亲。

他转身沿着白色的石砌斜坡,走到大街上。她跟在后面,当看见他进了一家商店,她就在商店外面徘徊,却鼓不起勇气上前搭话。

他从商店里出来,或许能注意到她在尾随,想到这里,她赶紧回到船上。

第二天,她看到他把画架和一些食品装上系在岸边满载露营用具的一只小艇。他出发了,朝着上游河曲的黄色悬崖,自由而轻快地划着小艇。他已经并不年轻了,她估摸他至少有四十岁。望着他远去,她竟然感觉一阵凄凉,仿佛失去了一位朋友。

他们再次离开莫干之前,河水已经开始下降。流淌的大河缓慢而清澈,所有的淤泥都沉到河底。

"钓鱼很有收获啊,丹?""费拉黛菲娅"号驶进老丹营地,布兰顿从舵舱里大声地套着近乎。只见岸上筒网遍布,水中双股渔线交叉,表明这里是一位专职渔夫的大本营。

"嗯。"丹——沿河上下都称他为"老阴天"——咕哝道。"这么清的水,鲈鱼和鲤鱼乐意咬钩,但这该死的河流得这么慢,鳕鱼马上就不见了。我可不喜欢这样。"

他"手头宽裕",欢迎轮船来为他的营地送一批货——锅,几条灰色毯子,额外的鱼钩,渔线……

“这只壶用了将近十五年，”“老阴天”对着打扫整洁的石头炉灶旁一只古老的黑色搪瓷罐踹了一脚，说道，“现在它得滚蛋了，漏得像个筛子。”

“你看我们会赶上干旱吗?”布兰顿问道，“看起来不同寻常，我觉得像〇二年开初时一样——我是指天气。我对这段河不了解，那时我在大上游。”

“明年会有严重干旱。”“老阴天”丹从发黄的络腮胡子中间拔出黑黑的烟斗，在空中晃了晃，煞有介事地说道，“伙计，你信我的，会比上一次更严重。到那时，在莫干，我穿着鞋就能走过河去。”

布兰顿皱紧眉头，咬紧牙关。他对这些“老人”的天气预报深信不疑。这是多年来头一次拖着驳船，而装载的要卖掉的货比以往哪一次都多!

干旱的冬天过后，紧接着一个干旱的夏天，“老阴天”丹的悲观预言不幸被言中了。维多利亚和新南威尔士极少或者根本没下雨;天气温暖，阿尔卑斯山上也几乎没有降雪。大河水位继续稳步下降。

数百万加仑的生命用水，农民和果树种植户急需的灌溉用水，白白地流向大海。到一九一四年夏初时，形势简直令人绝望。在仁马克，灌区信托公司用沙包在河床中筑起一道河坝，截留了足够的水以使泵站正常运转到水果收获之后。整个下游河段，许多轮船被困在不断缩小的浅水坑中，或者倾斜着搁浅在淤泥之中。

“一道闸门！即使一道闸门也会阻挡这些水白白流走!”布兰顿大呼小叫，“我跟你讲过，他们根本不会有所作为，直到再来一次干旱！发展铁路，亏本与轮船竞争，他们正在浪费多少个百万资金？一群瞎了眼的笨蛋!”

他认为干旱是来自命运、自然或者某种抽象事物的私愤，在他正要扩大生意而且已经把大部分资金投入到新的驳船和额外的货物上时，干旱不期而至。黛丽听着他的慷慨陈词，望着他血脉偾张的脸，担心他们真的搁浅时，恐怕他会中风。

事情发生时，布兰顿不在舵舱。他们行驶在威克瑞与金斯敦之间。他刚把舵轮交由新来的大副，走到船的侧面，观察他们经过时河水从河岸方向聚拢过来——明显标志着水位很低。

“阿尔芙!”他朝“头号投毒犯”喊道，“开始探测船头深度，我估计最多不过六英寸。”

他已经把轮机调回到慢速,他们一直行驶在水深几英尺的中流;突然撞上沙岗时,轮船不情愿地缓缓停下,几乎没有一点颠簸。

从未听到新来的大副骂过人,他总是挂着一副伪善的表情;在他带上船的东西中有三本不同的《圣经》。当船长冲回舵舱,他发现大副正跪在那里祈祷。

布兰顿骂了一声,把他拨拉到旁边。他让轮机向后使劲,试图倒出去,但只是搅起一些沙子。

“该死的船!”他在舵舱里跺脚大骂,“该死的河!该死的政府,无所作为!还有你!”他转身朝哆哆嗦嗦的大副吼道,“祷告!滚一边去!”

他把钢丝绳一端系在轮轴的楔子上,“费拉黛菲娅”号向前滑行了几英尺,又牢牢地陷住了。孩子们兴高采烈地望着倒转的桨叶在船尾翻动水波,但毫无用处,他们实实在在地已经搁浅,而驳船却在后面自由地漂浮。

不久,“费拉黛菲娅”号就被孤立在一个死水池子里,像多年前在达灵河上一样,但这次情况更为糟糕。因为船的一侧搁浅,所以随着水位下降,甲板开始倾斜,桌子上的东西或滑或滚,锅里的奶一侧高一侧低,锅在炉灶上几乎放不稳。这就像是在大海上,好像行进中的航船把它背风的一侧栏杆稳稳地倾斜到水下一样。

孩子们找到了乐趣,他们跑下甲板斜坡,撞上围栏,或者一脚高一脚低边走边唱:“我出生在一个小山坡上,我出生在一个小山坡上……”

“就像〇二年一样!”布兰顿沉吟道。随即他召集船员们展开油布,盖住船的两侧,以防午后阳光晒坏漆层。船上有足够的桶装漆,所以用不着打发走船员,可以让他们把上层船体再刷两遍漆。安顿妥当之后,他无助而沮丧地等待着遥遥无期的新流。

对黛丽来说,这次似乎并不像一九〇二年干旱那样糟,因为她的眼前没有达灵河沿岸那些悲惨的死羊,也没有他们第二次被困时死寂的桉树农场。点缀河岸的高高的桉树,保持着它们齐刷刷的橄榄绿叶片,紫红色和珊瑚色的树枝,琥珀色和灰色及橙粉色的光滑而粗大的树干,各种色彩错落有致。

船的一侧曾是一座小岛,现在变成了淤泥当中一处低矮的林带,生长着纠缠在一起的木材林;还有当地柳树和胶树,低垂着蓝灰色的叶子。布兰顿在淤泥上面铺好踏板，这样他们就能下船一直走到岛上。

在他们搁浅的这片潟湖对面是从河水中高高耸出的一处黄色悬崖，在深蓝的天空映衬下，它的色彩十分丰富。一条输水管道从上面伸下来，崖底有一个蒸汽泵，崖顶看不见的地方一定住着一户农家。

当河床充分干涸，黛丽下船，走到河底。这里放眼一大片坚硬的六边形块状焦土，上面深深的裂缝仿佛形成于地球表面的某次灾变。在沙质底部，没有形成裂纹，但是因为河水的缓慢退去，这里的沙子也呈现为逐层分布。

她站在河床最深的地方，这里仍有一处细小的水流，它代表着整个墨累河的流动。她四下瞅了瞅，发现没有人在关注她，于是高高地提起裙子，起跑，飞跃而过！她想象着自己有一天对围成一圈张大了嘴巴的孙儿们说"那天我跳过了墨累河"。

抬头望向周围的河岸，她发现在最高处已经开始长出绿色的牧草，但是她站立的地方是一个死亡的世界：罅缝之中有一些空的贝壳，发白的螯虾钳夹，一只虾的半截身子，一条干死的鱼……

此刻她站立的地方，河水可能会漫过她头上大约三十英尺，她想象着需要多大的水量，才能填满这片区域，又要以每小时两三英里匀速流过。这条河看起来好像已经死了，再也不会流了。

但是她以前也见过这样的场面；只要工程师们的计划能够实施，而不是被搁置在政府工程部的抽屉里等待发霉，这种情况就不会再发生。

通过在莫拉姆河上建筑布伦伽大坝，工程师们已经显示出他们是可以有所作为的。这道大坝如今维系着瑞芙里娜灌区牲畜的生命。保证大河永远不再枯干，只需在墨累河上修筑另一处大坝，以及一系列的导流坝和闸门来阻止河水流进大海。只是各州政府不能达成一致，因而导致这些项目无法动工。

甚至有人谈到应该修筑一道横跨河口的挡水墙，在干旱时合拢，以阻止淡水流失和海水上涌，因为现在整个低处河段的水已经变咸。在入海口以上一百多英里的曼纳姆，已经可以逮到海洋鲻鱼。

她转身望着淤泥覆盖的堤坡，不知道自己是否会看到小时候听说过的河口——长长的白色海滩，泛着泡沫的激浪；也不知道自己的生命是否会结束在像这样的某个死水池中——萎缩，寂灭，失去它的深远意义，然后丧钟鸣响，为它曾经的辉煌。

64

悬崖顶上的农舍是一处别样的所在,不同于斯洛普太太所居住的悲惨而无望的桉树区;这里的土地从河上抽水灌溉,房屋由当地石灰石建成,凉爽,舒适,周围果树环绕。

农夫的太太听说黛丽的情况后,主动提出在黛丽住院期间帮忙照看孩子。麦维尔太太自己的孩子都已成年,离家自立,除了一个儿子盖瑞。盖瑞帮助父亲打理橘子园、苜蓿场和奶牛。大儿子吉姆已经结婚,住在威克瑞灌区。

他们的房屋位于悬崖后面,只有一条路从轮船搁浅的地方远远地通过去。一道由低渐高的黄色石头墙,形成自然的台阶;高墙有一截断缺,上面的最后五十英尺台阶是在崖壁之中开凿出来的。

麦维尔先生想要下来时,他更喜欢利用输水管道,更快但更危险;站在悬崖边上,几分钟就能滑翔到他的水泵处,从这里,一条在崖基中间凿出的狭窄小道,通向一段台阶——他的小艇就系泊在那里。

麦维尔太太很高兴有另一个女人做伴,她到船上来过,但是很害怕那些阶梯;黛丽和两个大孩子随她一起回到农舍。但是真正赢得她心的是小麦格——孩子鲜艳的肤色,欢快而可亲。

可能她本人也曾有过同样的肤色——尽管头发已经变成铁灰色,但是她的眼睛和眉毛仍然乌黑,脸颊呈现出健康的气色。

“我真愿意再养四个孩子。”她对仍在疑惑的黛丽说道。

“但他们真让人不轻快!”黛丽大声说道。最近她一直相当忙碌:为自己和孩子们缝制一批新的睡衣,还要把几个月来一推再推的一摊补缀的活计赶出来。

“那是因为你在这么艰难的条件下抚养他们。这么狭小的空间。睡在床铺上,你肯定很累,也肯定很不舒服。”

“那倒不是!”看着麦维尔太太灌满水壶,拿到炉子上,黛丽说道,“我喜欢船上的生活,现在根本不愿住在房子里,除了想念一样东西。”

“什么?”

“自来水龙头。”

“你是说你们没有自来水,所有用水都得用桶从河里往上吊?”

“不全是。当轮机运转时,它会自动把水抽到船上的储水池,储水池可以供应洗浴;但是布兰顿说,厨房里安了水龙头就会一直开个不停,浪费太多水。”

“哦! 你下厨房做饭?”

“噢,是啊。我学着下厨房做饭,从菜谱书上自学,也从不同风格的男厨子那里学习。我曾下决心做个好厨子,现在我也有这决心;但我总是笨手笨脚,把厨房搞得一塌糊涂,不是把鸡蛋弄得稀碎,就是把面粉撒得到处都是。”

“因为你没有足够的空间!”麦维尔太太满足地环顾自己整洁的大厨房,得意扬扬地说道,“要想做得漂亮,就需要更大的地方。”

“不,我不需要。”黛丽执拗地说,“大房间就意味着更多的地板要保持清洁,而船上的一切都很紧凑。想想多少妇女不得不把时间花在擦洗地板、窗户、阳台和门口阶梯上面。家务活总是浪费时间,把一切弄干净,仅仅为了它们能再次变脏而已。”

“呵,我不知道。”麦维尔太太轻轻笑了一声,但看起来十分震惊,“我从来没那么看,而且我得说,我一直不喜欢漂泊不定的生活。”她倒开水冲茶,一副果断的样子。

“我们现在动不了,真是很糟糕。”

“我还是觉得,你应该说服你丈夫——我是说当你们有了五个孩子之后——在陆上找一份工作,或者至少他跑船期间,在沿河某个地方为你安置一个小家。”

“我才不会做这样的要求。”黛丽说。

她禁不住想,可能麦维尔太太已经忘了四个孩子——最大的八岁——会是什么样子,恐怕她还没意识到主动提出照看孩子们两个礼拜可能给自己带来的麻烦。但对黛丽来说,这是一个莫大的安慰,就布兰顿目前的情绪,尤其是船上还有一箱一箱的威士忌,她真不敢把孩子们托付给他。

崖顶有一条马路,但是用小艇卸下板条箱,再吊上悬崖用马车拉走,绝非易事。河对面是一片荒地——干涸的沼泽,木材林,芦苇荡,萎缩的死水潭……

“费拉黛菲娅”号搁浅的这处沙丘,是从悬崖远端的小岛延伸出来的,小岛上有许多兔子,甚至有大野兔;而且河里鱼类活跃,所以这里根本不缺新鲜肉食。

黛丽和孩子们离开之后,布兰顿结账把轮机手和学徒“头号投毒犯”打发走,自己一个人愁眉不展地待在船上。冬天来了,但仍然没听说任何地方有雨。他感觉自己要永远陷在这片水坑、这片淤泥之中,但他不愿丢下船,让它无人照管。

麦维尔先生驾驶他的机动卡车把黛丽送进威克瑞医院。一路上绕过道道沙岗,穿过满是石头的干涸狭道,颠簸得极不舒服。

最终的麻醉之后,黛丽怀着胜利的感觉苏醒过来。不是因为她又生下一个孩子——这并没有什么新意——而是她第一次感觉自己懂得了如何生孩子。土著部落的年轻女子分娩第一个孩子之前,躺在干净整洁铺着桉树叶子的床上,接受那些智慧的妇女传授给她们的知识,而黛丽自己在痛苦中慢慢体会到了这种知识。

六次分娩,每一次她都更接近于这项古老的知识。其实很简单:不要对抗疼痛,而是顺应它;迎接每一次扭曲、撕裂一般的阵痛,把它当作前进的推动力;让自己随波逐流,像洪水裹挟之下河床中的一颗砾石。

她屈从于疼痛,而不是下定决心与它对抗,疼痛立即减轻了。“好的,小家伙！向前！加油！光明近在眼前！”她低声哼着,不知不觉地与远古的助产妇哼唱的歌曲产生了共鸣:“来吧！姑姑阿姨都在迎接你！来吧！看看这世间多么美丽……”

孩子被抱起来,她看了一眼湿淋淋的黑发和紧眯的眼睛。好像小小的玩偶,她昏昏沉沉地想道。第二天,她盼啊,盼着孩子被抱进来——是个女孩,他们说——但是天光开始昏暗,已经到了晚上,她还是没见到自己的孩子。

突然,过去的种种疑虑都回到脑海。什么地方不大对头。昨晚,半夜,出生时,她只看到孩子的脸。

“我的孩子在哪儿?”夜班护士进来时,黛丽迫切地问道,“为什么不让我看看她?”

“明天就会看到的。”护士安慰说，“再说，你也没有奶水。出生这么辛苦，我们让小家伙今天休息休息。”

“怎么会?”黛丽怀疑地说道，“正常分娩，不是吗？顺产，可以说。”

“是的，亲爱的，我得说，你是一位理想的产妇。”护士热情地说道，“如果她们生孩子都能像你这样，即便……”

“我有足够多的实践。”

她放松下来，不再忧虑；她觉得这个地方像家一样。她在这里生下麦格，好像没多长时间，又生了一个孩子！很快就会有足够的时间让她看到孩子；此刻，既然有这样的机会，还是安静地睡一觉吧……

第二天早上，孩子被抱进来时，她醒着，两只怪怪的小眼睛呆呆地望着妈妈。黛丽疑惑而费神地注视着孩子，心开始变得沉重。虽然在护士帮助下她终于让孩子吮到乳房，但她似乎对乳房没有感觉也没有兴趣。

护士一走，她就开始细致地端量孩子的相貌：鼻子塌作一团，嘴巴歪在一边，耳朵奇小，紧贴头皮；整个头的形状很不对劲，左右宽，上下短。

她用颤抖的手指解开毯子和包裹，把孩子放在枕头上。四肢似乎正常，只是相当短小；但是孩子的头和消失在肉褶子中的一双眼睛，让她想起桉树农场那个怪怪的令人厌恶的小男孩——警觉的小眼睛，小兽一样的声音。她耳边响起斯洛普太太的话：“医生说，这种病每个人都可能碰上……”但护士回来时，黛丽什么也没说，只把孩子放到身边的小床上。医生进来，面带红润，投来敏锐而欢快的目光；一见到这位小个子医生，黛丽立即感觉好了许多。从麦格生病时起，他就认识她，已经算是朋友了。

“孩子——她没事吧，医生?”他刚给孩子做了检查，她就挣扎着从白色的被子下面坐起来，急切地问道。她感觉软弱和焦虑的泪水正从眼窝中涌出。

“当然没事。”他真诚地说。但是当他从小床上抱起包裹卷儿时，他把脸掉转过去。“最初一两天，小孩看起来都是怪怪的，你知道的。”

“是啊，我知道……但头的形状?”

“唔……可能因为出生时的挤压有点变形，经常发生的，过几天会自己调整好。”

“但这是顺产啊,她很小的,只有七磅重。”

“不要劳神,亲爱的,劳神对于哺乳的母亲绝没有好处。至于你,小姑娘,你不想吃了焦虑状态下母亲的奶水,而使自己的胃不舒服吧。”说着,他把孩子抱到窗前。

他背向床,在光亮里检查孩子。他摸着孩子脑壳上面的囟门,黛丽目不转睛地望着他。他抓过孩子的一只小拳头,掰开手指,仔细地检查手掌;又把脚打开,用手指把孩子的脚指头捻开。孩子打了个哈欠,他盯着她的上颚看了看。

当他转身把孩子重新放进小床时,他背冲着光,但她觉得她看到了他脸上的痛苦神情,可他转瞬之后就戴上了欢快的面具。

“嗯,你知道当妈妈的老一套。”他说,“把孩子喂饱,让孩子睡好。奶水正常吧?我觉得你喂饱这个孩子没问题的。你身体状况非常好,在这儿休息十天后,你就可以抱她回家了。”

她的嘴唇无声地动了动,她想说:“她的大脑不正常吧?她会长成一个傻子吧?”但终于没说出来。她不敢问。

他在门口友好地挥了挥手,出去了。

她躺下来,拉过被子蒙了头,陷入无助的恐惧之中。一切都清清楚楚,仿佛他告诉过她似的。她猛地掀开被子,靠向床边,吃力地抱起孩子,又一次解开包裹。她看着孩子的脚,注意到大脚趾好像与其他脚趾分离,除此之外,脚发育正常;又看孩子的手,当然不是画画的手,整体宽,却不够长,手指粗而短,大拇指内弯。但令她害怕的是孩子的脑袋——扁扁的脑壳,畸形的耳朵,对婴儿来说,这并没什么大不了的,但是长成女孩,女人……

她把孩子凑上自己的乳房,当她咂奶的时候,她把脸转向了墙壁。

护士长坚定不移地拒绝承认孩子有什么毛病,尽管她不可能看不到这位母亲对自己的孩子并不满意;其他母亲不得不被限制用太多的爱抚惊扰婴儿的睡眠,这位母亲却除了正常的喂奶时间之外,几乎不把孩子往自己床上抱,她把背转向孩子,盯着墙壁或者望着窗外。

医生下一次巡访,也是黛丽回家之前的最后一次巡访(因为他一个礼拜的时间都不在,而是去河的北岸丛林深处看一个急症病人)。护士长跟他一起进来,用一副郑重其事的样子说道:

“艾华兹太太，我们有话要跟您说，您的孩子将需要特别护理——”

“我知道，请您让我单独和医生谈谈好吗？”

护士长显得有点不满，她高昂着头，很有尊严地走了出去。医生扬起眉毛，无助地看了一眼黛丽。

“我想你知道我所要告诉你的，亲爱的。”

“知道。”她的声音单调而沉闷，“我的小孩是个先天愚型，她永远不会拥有成人的大脑，她一直会这样奇形怪状，丑陋不堪，年龄越大越难看。我就想知道为什么，我的第一个孩子生下时就死了，是一个漂亮而完美的孩子，而现在这个——却活下来，为什么？”

他耸耸肩膀，摊开手掌。“谁能说得清？这些事情似乎根本没有什么含义。如果你想知道发生这一切的病理原因，我们无法明确，似乎发生得毫无来由；但有人认为胎儿期某些条件肯定负有责任——母体内分泌紊乱，情绪紧张，肺结核……但我们不敢确定。可以确定的是，母亲年龄越大，这种病发生的可能性也越大。你多大——三十四？”

“将近三十五。但我了解一个病例——我在沿河看到一个病例，那位母亲是一个年轻女子。”

“那很有可能是一例呆小病，确定病因是孩子自身的腺体，通常直到第六个月才显现出来，有可能会治好。但这个——这是个典型病例：类人猿一样的皱纹，内弯的拇指，脑壳的形状，还有脚——恐怕对于这种先天愚型患儿，我们真的无能为力。”

“无能为力！”但她心中暗想：噢，会的，会有办法的，一定会有办法的！

65

黛丽躺在床铺上，望着船舱顶部跳跃的波光，折射进来的阳光不停地奔跑、跳跃，好像一个小女孩，充满生命的快乐……

她呻吟一声，把脸转向枕头，在她身边，孩子躺在小床上，安安静静的，小手漫无目的地舞动，或许看见了切过屋顶的明亮图案。黛丽痛苦地抓紧枕头。

生活多么残忍，可憎而无理！她的第一个孩子，她的爱情与快乐的结晶，生下来就停止了呼吸,而此刻,在厌恶与羞耻之中,她生下这个正在呼吸、不断长大、健康的……怪物,她的余生都将与之相关联。她现在懂得了斯洛普太太的感受,她的女儿“有点软”,因为她的外孙也像这样。

她抬起头,望着小床,僵硬的脸像戴了面具似的;她从床上爬起来,出门来到甲板上。布兰顿正在放钓鱼线。

“布兰顿,早上你去一下农场,问问麦维尔太太是否愿意再多照管孩子们几天?我知道,我们本该明天接回他们,但我想她不会在意的。”

“好的,但为什么呢?”

“我觉得——我觉得身体不大好,孩子不合我心意。”

“好像挺聪明的,但肯定不是个美人坯子,她长得不像我。”

“不管怎么,你去一趟好吗?”

“我说过好的。”

那天早上,他钓到一条大鲈鱼,黛丽配上土豆和香辣料烤了做早餐。

“你正在变成大厨哩。”他又添了一份,牵强地说道,“但你一点也不吃,怎么回事?”

“我告诉过你我感觉不舒服,而且我担心——噢,不要问了!”她歇斯底里地发起火来。

他瞪大眼睛,放下叉子。“你心情不好对吧?那么,如果你愿意,先上床去吧。我把这个吃完,我来收拾洗刷。”

“真的?我——我想随便走走,有助于我的睡眠。”

“小心踩到虎蛇。”

“那我划小艇,就在潟湖周边转转。”

她没用帮忙就爬了下去,上了小艇——多年前那个命中注定的夜晚,布兰顿帮扶她上的就是这个小艇,也就是在这个小艇上,当他们随意地漂浮在河上的时候,他吻了她。

她突然感到一阵极度的悲哀,为人类情爱不可避免的变化与衰退而悲哀。此刻,她觉得亚当的死并不像看上去那样是一场悲剧;在她的记忆中,他永远年轻,英俊,可爱,她不必非得看到他变得粗俗而冷漠。

她持桨划向潟湖的另一端,感觉却是不同。那时,大河奔流,她喜欢逆流而上，然后收起桨，让小艇漂浮而下，慢慢地，慢慢地，无可逃避地被水流承载；那时，她感觉自己就是大河的一部分。

现在，当她停止划桨时，小艇几乎不动，除了一丝微风使它轻轻摇晃。她聆听着青蛙的合唱，一只受惊的水禽的鸣叫，悬着的船桨的滴水声……时光……她的头脑又回到曾经的思绪；她有一种感觉，只要她坐在那里，任凭船桨在静止的水面上一动不动，时光也就暂停了。

但是此刻，那个女婴在呼吸，在成长，越来越大……她完全确定这是个错误，她只需硬下心，坚定地做出正确的事，为了其他孩子，也为了这个孩子本身。绝不应该允许虚伪的悲伤和侈谈人类生命的神圣而掩盖严重的问题！

决心已定，她划动双桨，击碎了一颗星星的倒影；天外，只有几颗明亮的星星，因为整个天空仍然充满寒冷的蓝光。当来到船尾下面，拾起绳子准备系泊小艇时，她惊呆了。微光中，她看到绳子上的一个红点，她轻呼一声，丢下绳子；小艇前头还有两个红点，血迹……她看了看自己干干净净的双手，惴惴不安地，赶紧上了船。布兰顿已经在顶铺睡着了。

这是一个阳光灿烂的早晨，她在河岸散步，长长的黄色沙滩倾斜入水；她注意到有人在离河边不远的沙中挖掘。

她走向那不规则的沙滩，似乎花了好长时间才到那儿。她好奇而又不情愿地朝沙坑中望去，一个小孩躺在里面，大约十岁的一个小男孩，金发柔顺，眼睛紧闭，刹那间她幡然醒悟，自己正在看着的是一座坟。

但是怎么会是这个孩子的坟！他看上去好像睡着了，皮肤清晰而健康，脸颊微微粉红，头发在阳光下闪亮。她向前一步，感觉自己被驱动着要叫醒他；她一动，沙子瀑布一般地落下，流到孩子光裸的手臂上。

她看到孩子眼皮眨动，使劲地要张开；眼睛睁开了，眼皮下面空空荡荡，除了虫蛀过的白色孔洞。

一声大叫，她转身就跑，但是她脚下的沙子忽然下沉，她的双脚已经陷住……

布兰顿俯下身叫醒她时，她仍在惊叫。之后，她只是一阵阵打盹儿，不敢再睡，直到早晨的第一缕光线把跳跃的波光投向棚顶。

她知道梦中的孩子是她第一个儿子，他长眠于图拉姆附近河岸的沙土中，如果活着也有十岁了——不,今年就十一了。她起床,从船的一侧放下水桶,吊上来,往自己肿胀的眼睛上泼了些冷水。

吊桶的绳子提醒她想起什么。怀着迷信的恐惧,她奔向船尾,拽起小艇,绳子上有一滴鲜艳的红漆,小艇的前部还有两滴……小艇的一块座板下面有一小罐红漆,肯定是昨天布兰顿用来让饵料更醒目以吸引鳕鱼的。她差一点为自己的担心笑出声来,她又一次坚定了决心。

"我现在就要过去。"布兰顿说。黛丽没有看他,而是忙着洗刷碗碟;她像往常一样给孩子喂了奶,洗了澡,然后让她在小床上睡着。黛丽想起那天晚上,当她第一次在船上和他一起用完茶点之后,他不想要她插手洗刷碗碟……奇怪,她的思绪怎么会不断地回到那时候。但是她知道,正是那一年发生的事情不可避免地导致了目前的状况,导致了她生命中永远不会忘记的这个特殊的日子。

"你想要我从农场带回什么特别的东西?"

"什么也不要。代我问孩子们好。即使不要,麦维尔太太也会给你装上一些鸡蛋和奶油的。"

"她会问到宝宝的情况。"

"就说……就说孩子挺好的。"

他沉甸甸地爬下去,上了小艇;小艇晃了几晃才变得平稳。他在水上试了试船桨,然后划了出去。黛丽不耐烦地望着他远去,好像过了几个小时。

因为她一直在回想过去,所以他身上的变化似乎又让她心头一颤。她望着他放粗的身形,油腻的红脸,曾经金色阳光一般的鬈发已经变成灰色;她又低头看看自己脏兮兮的手,手背上正在出现虫蛀一样的灰色斑块。哦,瞧瞧时光对我们做了什么?她想道——缓慢地,温和地,不露声色地让我们变老!

她继续刷完碗碟,把每一样东西有条不紊地放好,打扫了厨房;但这段时间她一直留意观察布兰顿已经走出多远。当她望到他到了悬崖底下,正把小艇固定在一块砾石上,她匆匆进了船舱,看到孩子仍在沉睡,然后她出来,在底甲板上走来走去。

此刻,他正走向悬崖中间的那段缺口。她上到顶甲板,又转身下来。她一刻也无法安定。这时,她攥紧双手,又爬上船梯;当她向船舱里望去时,她的心在胸腔里擂响!感谢上帝——已经从她手里把孩子带走!

她立时看出刚才睡着的孩子现在已经翻过身，脸朝下躺在小床上，身子轻轻动弹；孩子的头部稍微还能抬起一点，但不会坚持太久，因为脖子的肌肉不够强壮，而且枕头又软又厚。

她转身跑出船舱，跑下明轮壳上面的船梯，穿过淤泥上面的踏板，来到岛上。她从未在岛上走得太远，因为她害怕虎蛇；但是现在，她走啊，走啊，穿过一簇簇矮小的当地柳和黄杨树，几乎不看走向哪里。一片木材林拦住去路，但她闷头向前，全然不顾缠绕的扎人的树枝。

不会听到什么了，她知道，但她还是想要远远地避开来自船上的任何声音。

小岛不是很宽，但很长。她到达另一面河道——目前只是一大片淤泥，中间一个小水坑——她继续沿着河道边缘向前走，绕了个弯，一直来到靠近船的一面。尽管看不见他们的船，但她能望得见悬崖。

她想坐下来，一直等到望见小艇离开崖底，因为她的腿和胳膊又疼又痒，还在流血；但她实在无法安静地休息。几分钟后，她又站起身来，绕着小岛朝相反的方向走去。她正在对抗要回到船上看看孩子的强烈欲望。

终于，她又来到几乎在船对面的一个地方；接着，她听到船桨的吱嘎声，桨架的咔嗒声。她跌倒在树丛后，什么东西从她脚边窸窣远去，蛇或是蜥蜴，但她几乎没加理会。她侧耳倾听，是孩子在哭吗？她简直无法再经受这样的声音……

正在这时，船上传来惊慌的呼喊。

“黛丽！黛丽！你在哪儿？”

她强迫自己慢慢地移动脚步。不要跑，一定不要表现出紧张的样子。

“黛丽！天啊！她不在船上！黛丽！你在哪儿？”

“我在这儿，在岛上，我在找——”

“快点回来！你怎么能把孩子一个人丢下？”

“怎么了？”

“孩子——我看是死了！肯定是翻身，脸朝下，已经没气了……”

“真的？”

穿过踏板时，她脸上那淡淡的平静与她伤痕累累的四肢和乱蓬蓬的头发形成了反差，令他惊讶地瞪了她好一会儿。

“你到底为什么要上岸？我回来——她就那样，脸埋在枕头里。”

这时，她紧走几步，跑上船梯；布兰顿已经把孩子抱到床铺上。她躺在那里，蔫蔫的，怪怪的眼睛永远地合上了，小小的胸脯毫无动静，脉搏也纹丝不动。黛丽猛地跪倒在床铺旁，爆发出宽慰的抽泣。

当她恢复了平静，她坚持要他去威克瑞请医生来；他想抱孩子一起去，但她执意不肯，她想在这儿面对医生。

当他走了，划桨的声音消失之后，她擦洗了全身，很细心地梳理了头发，穿上她最好的淡蓝色毛葛裙。此刻，她的头脑清楚而镇静：一定不要紧张，一定不要做出悲伤的样子，因为医生知道，她肯定感到解脱，而不会对所发生的事感到难过。

这时她在床铺上坐下来，把婴儿抱上膝盖，怔怔地凝视着她。这是她第一次不动情感地看待死亡。她感觉心中冷冰冰、空荡荡的，除了一丝疑惑：这小小的指甲，这稀疏的头发，还会生长吗？除了心脏不再跳动，肺叶不再呼吸，还有什么变化？

如果呼吸能得以恢复，就像有时候溺水的人所经历的那样，生命还会像以前一样继续；那一理论——人的灵魂在死亡的一刹那飞离——该怎么讲？灵魂，个性，意志，似乎只是活力的具体表现形式，好比热量。这么小的孩子，没有正常大脑的生理特征，能说它有“灵魂”吗？

是啊，正是死亡使得生命如此神秘。人啊——外表如此脆弱，身体里的器官如此复杂而精妙——会很容易死去。但是生命的力量是不可摧毁的：它是活力，意志，运动，循环，上帝……或者你愿意叫它什么就是什么。

她凝视着波光在船舱壁和棚顶有节奏地跳动。生命的力量在那里，在最遥远的微弱的点点星光中，在爬行于大河淤泥中的最小的透明生物身上，曾经也在这个小小的身体——她自身血肉的蓓蕾中——而此刻已经逝去了。她忽然觉得说“他走了”“他已经过世了”是不对的，准确地应该说“它已经消逝，它已经离他而去，他丧失了生命”。

两个小时之后，布兰顿和医生一道回来；她仍然坐在那里，神情恍惚，膝上放着死去的孩子。她听到他们踩在明轮阶梯上的脚步声，但是她身子僵硬，麻木，无法动弹。一瞬间，她觉得，它也已经离我而去，我死了。这时，随着血液开始流动，她的腿和手臂开始钻心地疼痛。生命的恢复一定很痛苦，她想。

布兰顿俯下头走进低矮的舱门，小个子医生紧随其后；进来时医生把手里的包放在柜子上。察看孩子之前，他握住黛丽冰冷的手，关切地看着她的脸。

“最好给艾华兹太太拿杯热饮来。”他轻松而柔和地说道，“她的双手像冰一样。”

“好的，马上就来。”布兰顿似乎很高兴有个理由出去。

“你到那边躺下，拖几条毯子盖住身子。”医生严厉地对黛丽说道。他接过死去的孩子，把它放在柜顶的一块布上面。

“我……我没事。”

“你身子发冷，肯定是受了一定程度的惊吓。”他解开孩子的衣服开始检查。“唔，没错……窒息致死，很明显。是你丈夫发现她正脸朝下？”

“对。”

“你离开船有多久？”

“我不知道……有一段时间。”

“你离开时她看上去没事？”

沉默。

“你离开时她呼吸正常？”

“是的。”

“为什么做母亲的总愿意用这些软枕头？危险的东西。”

她的瞳孔张得很大，一双眼睛在苍白的脸上更显得乌黑。她攥紧毯子顶头，目光越过毯子的边缘注视着医生。他背向她，用一块布把孩子盖上。

“我不知道是否告诉过你，艾华兹太太，不过，知道这个可能对你有好处：很少很少的先天愚型儿童活过生命中的最初五年，超过五年的只有一半能长到成年。你的女儿本来就很短寿。”

“噢。”只是最轻微的呼吸声。

“这些孩子特别容易染上肺炎和结核，所以鉴于你的病史……”

他走向船舱窗口，望着岛上稀疏的树和缠绕的材木丛。“你经常到岛上散步，艾华兹太太？看起来那里并不是什么特别吸引人的地方。”

“呃……我更喜欢划船。但你知道，布兰顿把小艇划走了，所以我想——”

她的声音越来越弱。他转身看着她,闪亮的小眼睛含着狡黠与理解。她立时明白,他什么都清楚。后面的话语噎在喉咙中,接着是漫长难耐的沉默时刻:她看到自己被逮捕,被指控犯有谋杀罪,被审判,被判处死刑,或终身监禁。

"……嗯,我得签署死亡证明,死因:窒息致死。你没有必要再接受问讯。我会提供证据来证明孩子是在无人照管期间意外死亡。"

"谢谢你,医生。"她大大的眼睛里包含了更多的话语。

布兰顿进来,邀请医生到客厅喝一点威士忌;他为黛丽端来一杯热的可可奶,还拿来一瓶热水,用毛巾裹着,放在她冰凉的脚边。黛丽从那块布下面的小小尸体上掉开目光,喝下热奶,她突然感觉到一阵无法遏制的倦意。

66

孩子们几乎没问什么问题,他们没有见过小宝宝,所以对他们来说,她几乎是不存在的。他们回到船上,显得健康而快乐。他们热切的声音,明亮而聪慧的眼睛,都给她莫大的欣慰。她的乳房因为奶水无处需要而胀痛,但是毕竟时间已经冲走了那些郁结的日子,冲走了那个像巨石一样压在她心底的可怕事实。

在喝威士忌期间,或者在乘小艇返回途中,医生向布兰顿说了什么,暗示了什么?她觉得,他看她的眼神似乎怪怪的。随着河水断流,他变得愈加乖戾,一日也离不开威士忌了。

一天早上,她听到枪响,出来看到他正向一队鹈鹕瞄准。它们正飞向下游,飞往遥远的南方库绒栖息地。他再次射击,但是鸟儿的起伏飞翔没有改变;他骂骂咧咧地重新瞄准。

"布兰顿!"她把手搭到他胳膊上,"不要射杀鹈鹕!"虽然看上去醉眼蒙眬,他还是丢下来复枪,进到舱里,她听到新的一瓶威士忌被打开塞子的声音。

"布兰顿,我希望你不要喝那么多。"一天晚上,她对他说。她尽量保持自己的声调平和而随意,避免带情绪。"对你身体不好,而且——"

"男人还能干点别的什么?陷在这样的水坑里,没有进账,除了医生的收条,医院的账单……一个没用的老婆。"他恼火地把威士忌酒瓶在客厅桌子上推来推去。

“只要你不坐在这儿,一个人喝——”

“那么和别的谁一起喝?你?”他淫荡地大笑着。

“你可以过去看看吉姆·麦维尔。”

“黑灯瞎火地翻越悬崖?掉下来摔断脖子怎么办?你到哪里安身,呃?恐怕除了我的钱你根本不在乎什么!”

“布兰顿!你怎么能说——”

“‘布兰顿!你怎么能!’”他模仿道,“我不是说你对钱感兴趣,你根本没那脑子。我的意思是,你想得到自由,甩下我们所有人,把你全部时间都用来在画布上涂抹颜料。你讨厌责任,对吧?只是你无法解脱!如果没有我,你会比以前更难。”

她被呛得哑口无言。他的话语中有一点真实,足以让她惊醒,她开始怀疑自己的动机。孩子出生之前,难道她不是在潜意识中希望她死掉吗?难道她不是把畸形和低能看作甩掉她的正当理由吗?她感觉一个黑暗的陷阱突然在自己脚下张开。她转身推开船舱的屏门,趴在上面的虫蛾蚊蚋一哄而散。她蹒跚而出,来到甲板上。

满天星辰,从未改变,永远不会改变;由东向西,十字星座低低地悬在小岛之上;河面上映出同样的图案,有点模糊,但更为柔和。她低头凝视,河流在她眼中变成了黑暗的天空;那么天空则是一条大河,永恒地向西流动。上即是下,下即是上,似乎一切都变得不真实。

但是她的思维抖落了星辰的抚慰。

“你想丢下我们所有人。”他开始怀疑所发生的事——她故意走开而任凭孩子死掉?她一度相信自己所做的事情是对的,而此时那种确信的感觉却弃她而去;她在自我鄙视的煎熬中走来走去。

但是渐渐地,她过去的想法又开始维护自己。她确信医生已经知道,并且默许了她这么做。这个孩子,在大脑方面永远不会成年,而且寿命不长。她坚信,婴儿拥有的只是灵魂的萌芽,而灵魂只会随着肉体和思维成长发展。胚胎和种子被阻断了进一步生长,只是毁掉了一种可能性;不管怀着怎样的意图,除了不在场之外,她什么也没做……

在最小的这两个孩子出生之前，难道她不是感觉到同样的怨恨与绝望？但她身上天然的母爱并没有失去，她毫不犹豫地跳入河中救出了阿莱克斯！对！那是布兰顿残忍的谎言。她的勇气流回身上，支持她承受一切。

麦维尔太太过来看望她，给她带来水果和鲜花，仿佛看望一个病人。对于这份莫大的同情心，黛丽觉得简直难以忍受，但是这份好心让她的眼睛涌出软弱的泪水。

到了八月，干旱仍未终止。一天，麦维尔先生来到崖顶，一边晃动手臂一边呼喊，显然有很重要的消息，他甚至等不及从输水管滑到小艇那儿。他双手合成杯子状，大声呼喊。黛丽和布兰顿从水面上望过去，依稀听到一个词："战争"。

黛丽和布兰顿互相望了一眼，他们被这一历史时刻惊呆了。一直有战争的传言，现在它终于来了。战争不会给澳洲带来很大影响，当然更不会影响到一条内陆河流的死水河段，但是在世界的另一面，男人们正列队出发，互相杀戮，占领，摧毁！——既郑重其事，又有戏剧性。

黛丽想起了布尔战争，当时她一直害怕布兰顿会去战场。谢天谢地，她的儿子们还太小，不会参加这场战争。几个月后就会结束的，布兰顿说。

他打开新的一箱威士忌以庆祝这一消息；随着瓶数稳步减少，他夜里熬到越来越晚，高声地自歌自唱，用酒瓶在桌子上敲着钟点，让黛丽也根本无法安睡。

他的脾气变得反复无常，所以她也不敢向他抱怨，只好在这样一个有限的空间里尽可能避开他。早上，他睡到很晚，起床后，呼吸酸臭，两眼充血。他还是拖着一条僵硬的腿走来走去，但她最近注意到，他的话语又变得混浊不清，几乎跟他刚发生事故之后一样。

一天晚上，当他特别吵闹时，她蹑手蹑脚地来到客厅门口，想把门关上，这样他可能不会吵醒孩子们。阿莱克斯和麦格现在睡在轮机手和大副的船舱，两个大一点的男孩睡在船尾新建的小船舱。

当黛丽悄没声息地伸手去够门把手时，布兰顿抬起充血的眼睛。

"别动！"他粗声说道，"我想透透气。"

“可是——”

“出去！听到没？老用你那双大眼盯着我……”他灰色的鬈发竖立起来，脖子上血管凸出，像一根蓝色的绳子。

她缩回身子，来到甲板上，猛地撞见一个小小的身影，她吓了一跳。

“高顿！你在这儿干什么？”她低声道。

他抓着她的手，急切地拽着她。“他为什么这样大吵大闹？他疯了吗？”

“嘘！不是的，只是因为——不能怪他，是干旱让他情绪低落，他喝得太多了，他——”

她一下子停住了，愣愣地听着客厅里传来吐字不清的话：

“凶手！该死的凶手！你根本不比我好到哪里去，你听见了？至少我不会丢下自己的骨肉让她死掉。我应该先把你结果了，省得你他妈的粗心还会杀掉下一个……”

母亲和儿子都被镇住了。他们站在昏暗的甲板上，互相攥紧了对方的手；他们听到椅子向后蹭，翻倒在地，杯子摔碎的声音……接着传来枪栓开关的咔嗒声。

“快！”黛丽凑近高顿的耳朵，“快跑到船尾，把布兰尼从床上拽起来，解开小艇，你俩上去，准备好，我马上就来。要轻，赶紧去！”

随即，她悄悄进了两个最小的孩子的船舱，把睡着的孩子一边一个扛在肩上。她的头脑镇定而清醒。过去几周里，布兰顿的精神一直不正常，似乎旧伤正在对他的大脑产生迟到的影响；甚至现在，或许，他的精神已经错乱。

她沿着通往底甲板的船梯下到一半时，阿莱克斯开始在她耳边迷迷糊糊地哼哼。

“安静！安静，亲爱的！”她惊恐地小声道。

但是半梦半醒之中，他开始在她肩上扭动。“不！不！我不要！”他大喊道。上面甲板响起拖沓的脚步声和布兰顿的声音：

“怎么回事？”

她没应声，悄悄到了底甲板，跑到船尾。她把两个孩子递给高顿。当她随后爬下时，她看见布兰顿出现在顶甲板的栏杆旁，一手提着灯，另一手握着来复枪。

“回来！”他咆哮道。

她用颤抖的手握住船桨，把小艇摆转到明轮壳的阴影下面，布兰顿看不到他们；然后她使出全力向河对岸的小码头划去。

“回来，你个婊子！”这时他已经到了底甲板。一声尖厉的枪响，一颗子弹贴着水面从他们身边掠过。多亏天这么黑！但她担心的不是黑灯瞎火中的射击，而是他可能跳进水中，随后游过来，也许他会把小艇掀翻。幸好，他一直在甲板上骂骂咧咧。第二声枪响，第三声枪响，从悬崖那边回荡过来；接着，一声沉闷的撞击，一切都沉寂下来。

事后她自己也记不清在黑暗中怎么把几个哼哼唧唧、胆战心惊的孩子领上悬崖间的小道。要是没有高顿，她绝对办不到；或许黑暗也帮了她大忙，因为他们看不到石阶的陡峭——一人滑倒可能把他们几个都扯进河里。麦维尔家的农场一片黑暗，但是很快就有了友好的灯光和说话声。

“恐怕，恐怕——”她呜咽道，“一声可怕的撞击，然后就鸦雀无声，我想，他可能朝自己开了一枪。”

麦维尔太太让惊慌失措、瑟瑟发抖的两个男孩子喝下一些热牛奶，然后把他们迅速安置到不久前刚睡过的床上；与此同时，黛丽也把两个小的安顿妥当。麦维尔先生准备到船上去看看，但黛丽坚持说，在没有本地警察和医生的情况下，他还是不要冒这个险。

“如果他还活着，可能很危险。”她说，“他有枪，似乎正在火头上。但求求你尽快去，他也可能只是受了伤。”

天光微明，寒气袭人，麦维尔家院子里的公鸡正在鸣叫，这时麦维尔先生回来了，拉长了脸，显得很疲倦。

“他还活着。”说着，一只友好而有力的手放到黛丽肩上，把她按到燃烧的柴炉旁一把椅子上，“但……你一定要坚强，医生说，他是中风，下半辈子都要瘫痪在床。他会一直活着，除非再次中风，那可就是致命的了。我已经把他送进了威克瑞医院。”

67

一九一五年，大河又开始流动。黛丽听到沼泽中麻鹬的叫声，于是知道，干旱即将结束；但是此时她也知道，布兰顿——曾经那么强壮，那么活跃，那么精力充沛——再也不会动弹了，已经退化成了一堆毫无生气的肉。

具有讽刺意味的是，很长时间以来他一直鼓吹的河流改革计划终于开始实施，而他现在却已经不再有能力驾驶轮船。最近这次干旱——不说别的，单说仁马克的水果种植户通过马驮车推把他们的商品运到铁路站点，就不得不额外付出每吨十八点六镑的代价——使得争吵不断的各州在船闸问题上最终达成了一致。

南澳即将在布兰切特和文沃斯之间修建九道闸门，大河将变成一系列巨大的梯级，每段四十英里长，常年保证六英尺水深。一九一五年六月五日，南澳总督亨利·高威爵士在布兰切特埋下第一道闸门的奠基石。

黛丽向沉默无语的布兰顿宣读了与奠基仪式、欢呼的人群和议会在马里昂的派对有关的报道。他能听得见跟他说的话，尽管好像他并不总能领会话语中的意义。他通过闭眼睛回答问题，闭一下表示肯定，闭两下表示否定。他并没消瘦，但看似强壮的大块头男人无助地躺在那里，比看到他瘦弱的样子更让人难受。

刚从医院回来的时候，他还能说一点话，但他说的，一遍一遍地，只是“我要……我要……”

尽管她俯身靠近他的嘴唇，耳朵艰难地要捕捉到他的声音，尽管他眉头已经爆出汗珠，煞费力气地要表达自己的心愿，他却一直未能说清楚那两个字的意思。她不知道他是不是想说他宁愿死掉、一了百了，或者有某个人他特别想见；但是当她提到这一点，提到许多不同的名字，他只是厌烦地眨着眼睛，表示否定。

此后他再也不说话了。除了从喂饭杯口吸食，他的嘴巴一动不动。他的嘴唇没有因为中风而歪扭，但是呈现出她记忆中希斯特姨妈临终时嘴角向下弯曲的那种皱纹——严厉、执拗、不服气、苦涩的无奈……

麦维尔太太接纳了黛丽和她的家人。布兰顿睡在有一张大床的前屋,黛丽睡在他旁边的行军床上;他能通过喉咙发出声音引起她的注意。唉,不管怎么说,再也不会有更多小孩了,黛丽想。但她有一个大男人要看护——像婴儿一样无助,却永无出头之日……终生的宣判。她禁不住有一种感觉:自己正在受到惩罚。

麦维尔太太对他们的食宿不收一分钱;为了回报这位女主人,黛丽开始为她描画一些雅致的小物件。她在一个玻璃灯罩上绘出大河的风景,她用彩色的小山羊皮制作出书的封面和笔筒,她甚至用自己珍贵的油彩在黑丝小垫布上面作硬笔油画——麦维尔太太推崇说,这种艺术简直超过最精美的风景画。

这倒提醒她想到了赚钱。下一次在威克瑞时,她走进那家著名的布店,拿出自己的一些作品。结果立即获得了一笔佣金:在一些小饰物上面绘制当地风景,以满足夏季来河上观光的游客。

麦维尔太太问她打算拿那条船怎么办。卖掉会不会更好?或许可以用这笔钱投资一家小店来销售她所制作的东西。但是黛丽固执地摇了摇头。轮船有一半属于布兰顿,那是他的命啊;没有它,他不会有希望活下去。无论如何,她要让"费拉黛菲娅"号重新起航。

在大河的第一股新流到来之前,她已经坐下来参加了口岸管理委员会的考试,并获得了船长证书——成为墨累河上第一位拥有轮船船长资格的女人。此前,她在"费拉黛菲娅"号上已经完成了两年的执行大副经历,以出色的成绩通过了理论考试。

幸运的是,她有视觉记忆的能力;闭着眼睛,她也能看到长长的莫纳河段,航道交叉时保持航线的木桩,以及秃牛堑对面突出的危险区域……

她把证书装帧好,自豪地拿给布兰顿看。

"你不满意吗?这不正好说明你对我指导有方吗?"

他的眼睛短促地闭了一下。

"亲爱的,大河涨水了,很快'费拉黛菲娅'号下面就会有足够的水让它重新漂起来。你想回到河上是吧?"

他把眼睛久久地闭上，以示强调；重新睁开时——身体的无助使他灰色的眼睛已经失去了蓝色的光彩，但仍然灵动而机警——焦急地寻觅她的眼睛。

“不用担心，我已经发电报给查理，我知道，看在你的面上他会来的。两个大孩子可以留在这儿上学——在牧场对面，不是很远，他们可以骑着小马上学。我也答应了麦维尔太太，让她带麦格一段时间。但是阿莱克斯不行，等他的肺部恢复正常再说吧。我要坚持为他们支付食宿费。

“几年后，他们都会成为很好的甲板水手，但是一定先得上学。我已经从威克瑞那家布店领来一个男孩，他对轮船很着迷，甚至愿意倒贴钱来做船员。你仍然是船长——”

他的眼睛闭了两下。

“那么我来做船长，你做大副，我们为你的船舱安装一扇大窗，这样你就可以看见行进中的一切。这不是很好吗？”

他闭上眼睛，神情极其萎靡。她拍拍他毫无感觉的大手，同情的泪水模糊了她的双眼。她埋下头，与他的头相抵；所有的苦涩与差错都被他残酷的厄运抵消了。她所能感觉到的只有对他的温柔爱意——眼前这个伟岸的残躯，好像一度骄傲的轮船在无望中搁了浅。

他也似乎忘记了自己对她的疯狂怒火。当看到她进了房间，他的眼睛里总会闪出类似快乐的光芒。但他嘴上的表情从未改变，尽管那里的肌肉并没完全瘫痪，他仍然能吃东西。

别的所有事情都得依靠专人；他像新生的婴儿一样无助。但黛丽还是希望能亲自护理布兰顿、照看阿莱克斯，同时，在一个疯狂的轮机手和一个从未进过舵舱的小伙子的帮助下掌管轮船。她意识到自己必须雇个男厨子，当她忙于掌舵时，他和阿莱克斯能帮着照看一下布兰顿。至于其他事情，在她不掌舵时，他们就停泊下来；至少在她教会那个小伙子如何识别暗桩和礁石之前，不得不这样。

她的绘画？根本不会再有时间顾得上了。青春的雄心壮志已经逐年消逝。她不再希望让亚拉河燃放激情，只要她能安静地画出内心的真实也好。但现在根本没有时间。她坚定地把所有绘画的东西包裹起来，放进贮藏箱，咔嗒——扣上一把大锁，然后把钥匙扔进河里。

查理·麦克比赶来与布兰顿会合。他肆意的眉毛现在已经变得白色盛于灰色,但他的眼睛仍然发出自信的蓝光。

尽管黛丽已经对查理即将看到的景象做过预警,当他看到时光已经把过去的船长变成这副模样时,他还是惊讶得说不出话来。他只能坐在那里,拍着布兰顿毫无感觉的手,飞快地眨着活泛的老眼,整个房间弥漫着浓重的圆葱气味。

轮机和锅炉,他像老朋友一样向它们打着招呼,一边用棉布擦拭,一边喃喃自语:“我了解这老伙计的脾气,它也了解我,太太。”他说道,“它会一直为我竭尽全力。”

“泰德仍然是船长,你要明白。”黛丽不知道查理会对为一个女人效力做出何种反应,“我有证书,只是以防来自管委会的询问。他会在船舱里看到所发生的一切,并从那里发出指示。”

这简直是天方夜谭,他们俩都明白,但查理用力地点点头,并用手背擦着自己的鼻子。

“泰德·艾华兹在旱地上会锈掉的,就跟我一样。”他说,“即使现在这样,他也强过大多数船长,可怜的老泰德——要不是我亲眼所见,绝不会相信他会变成这样。”他猛地叹息一声,黛丽赶紧后退一点,避开突然的一股圆葱气流。显然查理一直坚持着狂饮之后圆葱醒酒的疗法。“太太,你有气势,我会服你的。”

黛丽笑了,像小女孩一样羞红了脸。她知道,从厌恶女人的查理口中得出的这句话是多么不容易。

“只有一个问题,查理,不要硬撑压力阀,这条船已经不比当年了。如果发生什么事,我会觉得责任在我。一旦爆炸,船长根本没机会逃生。”

“我,硬撑压力阀!”查理仿佛对这一看法很生气,“你把我看成什么了?”

他需要这份工作,因为对于必须遵守时间表的邮轮和客轮来说,一回回醉酒显得他太不可靠;而可能雇用他的私家贸易船也在减少。干旱是对河上贸易的又一打击,铁路正在越来越多地抢走轮船生意。

黛丽已经安排把剩余的威士忌卖给威克瑞一家酒店,她想赶在查理帮她处理这批货之前把它出手。她正在绞尽脑汁地想在没有任何资金购置新货的情况下如何重新启动贸易船,这时,一笔意外之财解决了她的问题。

仿佛亲爱的查尔士姨父知道她需要钱而把钱寄过来一样,一封延误很久的信，沿河辗转了好几个镇子，终于到达她的手上，告诉她姨父去世的消息和她对农场财产的继承。

最初的一刻，她差一点经不住诱惑要放弃独自掌管轮船的艰难计划，全家人一道回到农场，至少在那儿他们可以靠土地谋生而不至于挨饿。但这将是倒退的一步，她深知这一点。她的勇气重又升起，她要迎接未来的挑战。

此时遗嘱恐怕已经核验生效。她发电报给埃库卡的执行公司，要求卖掉农场，兑现资金给她汇过来。他们会尽可能卖个好价，因为他们据此收取佣金。接下来她着手订货：不要威士忌，而要很多方便实用的小物件——这些东西很容易销售给远离商店的家庭主妇们。

黛丽与在澳洲的家人之间最后的一点联系也断了，而布兰顿仅有的几个亲属也远在悉尼。但她和自己的孩子们之间又有了新的纽带，他们是这个国家土生土长的人——通过他们的父亲，他们成为第三代澳洲人——而她却不是。对他们而言，英国只是大洋彼岸一个雾蒙蒙的国家，可以从地理课上了解到一点点，却与自身的经历毫不搭界。或许有一天，他们会回到那个国家，但她不会，她仍然害怕大海。

麦维尔先生，这位巧手男人，在船舱床前为布兰顿安装了一扇崭新的大窗；布兰顿被安顿在船上，他们已经准备好开拔。

当他躺在那里，抬头望着船舱顶棚跳动的波光，他的脸似乎松弛下来，一直愤怒地闭紧的嘴角显出甘愿的样子，至少已经有所顺从。想起刚结婚时，他总是领她去看丛林中的野花，她采来一些墨累雏菊放在船舱里，这些小小的干花像是被白色的火焰包围的一个个倔强的金色太阳。

被子上的手毫无感觉；想着让他振作精神，她把像纸一样的一朵花放在那只手中。他的喉咙中一阵响动，令她惊恐的是，她看到从他望着花的眼睛里涌出两滴泪水，流下脸庞，流向枕头。他闭上眼睛，但泪水不停地夺眶而出。以前她从未见过他哭泣。

她猛地扑到他身旁，感觉羞愧而凄凉，所有安慰的话语未及说出就噎在喉咙间。对一个如此处境的人还能说什么呢？那朵花已经替她说了："春天来了。没有你，生命一如既往。"

他甚至无法抬起手擦去泪水，她拿出手绢为他擦干眼泪，然后擦擦自己的眼睛。

“查理已经发动轮机。”她终于说道，“我们准备起航。一旦我们动起来，你会感觉好一些。你总是说，轮船是有生命的，你会感觉到即将重新起航令它多么快乐。你从窗口向外观察，就能看到我是否驾驶得当。布兰顿，你听到我的话了吗?”他的安静把她吓坏了。

他睁开眼睛，眨了一下。她在他毫无表情的脸上轻轻一吻，出去了；生活竟然对一个男人如此残酷，不由得使她心中生出一种反叛的愤怒。通常，她热爱生活，但有时候——沉船的时候，亚当死的时候，她第一个孩子夭折的时候，生活的冷漠与残酷令她厌恶……布兰顿曾经是那么活力充沛的一个人啊。

一来到舵舱，她的精神又振作起来。这不仅仅是一次出发，它意味着把一个令人讨厌的地方甩到身后，进入肯定不会更糟的未来之中。只是和三个孩子的分离令她感到难受，但她会经常过去看望他们所在的农舍，而且她知道，麦维尔太太会比她这个当妈的把孩子照顾得更好。小麦格一下子就与她亲近了。

这是令人自豪、令人兴奋的时刻。随着那位新来的甲板水手不熟练地松开绳索，她让“费拉黛菲娅”号转了个弯，昂首朝下游驶去。

汽笛发出的尖厉而勇往直前的音符在悬崖间回荡，仿佛这条船并没有在这里无精打采地停卧了一年多。红桉木桨叶吃进水中，烟囱排出的滚滚浓烟在大河上空飘扬。

查理从下面上来，站在舵舱的最底阶。

“你干得好，太太。”他说，“以前我做轮机手，从未在女人发号施令之下，但我会习惯的。你还是悠着点鸣笛。新来的那个司炉工，是个讨厌又没用的袋狸，我得帮帮他，直到他摸着门路。”

“好哩，查理。为了布兰顿船长。”

但也是为了她自己：挑战未来，对抗命运。她闭上眼睛，听到微弱的隆隆的回声，任性而自由，在视野之外遥远的河曲回荡，回荡……

第三部　静水流深

惊恐的鱼儿跃出水面

安静的大河永远向前

——罗兰·罗宾逊

68

慢慢地，柳树后面淡淡的粉红色开始加深，如烟的薄雾低低地飘浮在河面上；芦苇丛中，一只鸟从隐藏的窝里唱出它流动的音符。

黎明在寂静中等候，等候着渐渐接近的深沉的声音。随着两侧的桨叶翻起水花，小明轮船“费拉黛菲娅”号绕过下游的河曲；它悠远而模糊的喘息逐渐变成清晰的律动——仿佛正要溢出这枚涂了色彩的、浩大的天空之壳。

忽然，一阵扑啦啦翅膀的拍打，一队鹈鹕从远处的死水潭飞上天空；在飞翔的时候，它们笨拙的身体竟然变得那么优雅。它们以半个河宽的距离绕着轮船一圈一圈地飞，好像无声的幽灵。

独自站在舵舱里的女人饶有兴致地观望着在水面上盘旋的鸟，它们好像是《远古水手》中那些绕着船飞翔的精灵。

飞翔，飞翔，甜蜜的声音……

“其实有时候，我觉得自己就像那位远古水手，”她自言自语道，“独自在浩瀚的大海上。”当然除了河岸和悬崖，除了不时查理会冒出来，抱怨新来的司炉工，“撒旦的小羊羔”，还有“我们在上一个木柴堆装的那些没用的木柴”……

她愣住了，突然意识到自己正在大声说话。

自己跟自己说话！她变得多么乖僻啊，像荒芜的死水潭中某个寂寞营寨里的“疯子”！

她急切地想要有人与自己说话，除了孩子们、船员和船闸建设工程部的工人们。建设工地为他们提供了生活来源；她把所有的存货都卖了，从而维持了孩子们的生活以及为丈夫支付医生账单。她没有足够的资金重新启动商船，尽管此时漂流商店正当赚钱的时候。他们的轮船跑客运不够大，而近期运往墨尔本或悉尼的羊毛则大多通过铁路。

跨越墨累河的第一道船闸的建设正在耗用大量的人力和材料，“费拉黛菲娅”号成为工程部委托的轮船之一，从墨累桥的铁路站运来一驳船又一驳船的设备——建筑围堰所需的卷铁皮、抽水机、滑轮组、钢柱及打桩机等。当然，这些不同于以往的衣料和家用物品等存货。

建筑工地的一幢幢棚屋和周边兴起的一排排商店，使布兰切特看上去像一座小型城市。这道船闸完工之后，还将建设十多道船闸，把大河围成一系列静止的储水池，每个储水池长达四十英里，像巨大台阶上的一道道梯级。

她摆转舵轮，前方又进入了七英里的直航河段。往回望，她看到满载的驳船像温驯的绵羊跟在后面，驳船舵手在远远的船尾转动他的舵轮。舵链嘎啦嘎啦作响，烟囱发出呼哧呼哧的喘息，桨叶啪嗒啪嗒有规律地击打着水面，一切都很正常，甚至听不到查理的抱怨。他们的速度——她判断——大概有八节，她必须记住，当接近船闸工地时，根据规定要减速到五英里/小时。

布兰顿身体健康时，曾暴跳如雷地批评政府的不作为态度。想到这里，她不禁泛出一丝苦笑。现在这一伟大的计划终于付诸行动了（第一块基石在一年多以前的一九一五年就已经铺好），而且进展顺利。正是船闸建设为他们提供了生计。布兰顿却只能躺在床铺上，用他蓝色的眼睛——他无力的庞大躯体上唯一有活力的地方——瞪着窗外。

随着中风症状的日渐康复，他已经又能说话了：尽管吞吞吐吐含含糊糊，毕竟不那么与人隔绝，更像一个正常人，至少他能表达自己的需要。他从船舱里望着过往的风景，移动的河岸，莫干码头的繁忙景象；但他对轮船管理只字不提，对她的货物及时间安排也毫无兴趣——自从被击倒，他已经完全放弃了那部分生活。

现在的生活——哦,以往大河上的精彩世界,竞争对手、轮船、船长和难以管束的船员,赛跑与对骂,火灾与障碍,啤酒与女人,游泳,潜水,与下降的水位抢时间……已经完全收缩到一个小小的房间里,他妻子的护理之下。而他却再也不能拥她入怀;唯有以不断重复的一顿顿饭(分成小份,他能用左手勉强送到嘴里)来打发漫长而单调的一天一天。

此时轮船正接近"大长"河段尽头的第一道弯,这一河段是大河直流超过一公里的几个地方之一。

"靠近……切中心点,但不要太快……朝向那棵烧毁的树,直到下一河段……"

她仿佛听到了他的声音,或指导,或责骂;大河的地图在她脑海中展开,就像她经常在舵舱里展开那幅长长的亚麻布航行图一样,上面画着叉的地方预示着暗礁,黄颜色预示沙岗,偶尔也有警告的字母"VD",表示"十分危险",有时也指"水位低航道差"。

费拉黛菲娅倚着舵舱的窗,稳稳地把握着与她同名的这艘船,沿着穿越河床的无形航道驶向前方。

她没有切中心点,切中心点将意味着在合适的角度横穿水流,接着又要急打舵轮摆正轮船;她不够强壮,无法按照"满载"船长布兰顿在高水位期间处理短促急弯时惯常用到的方法。她有她自己的处理方法。她把轮船摆得幅度很大——实际上是一个更为安全的动作,因为浅滩、沙岗通常躲在远离中心点的地方——船头完全迎着水流,朝向下一个弯口。轮船摆转的时候,水流推动船尾,是帮助,而不是阻碍。

远处,橙色的沙丘迎接着初升的太阳,看上去像是燃起了色彩的火焰。沙丘从大河的边缘耸起,在淡蓝色的天空映衬下,顶部呈现出温暖的赭石色曲线。再往前,是布兰切特周边的秃山和悬崖,被太阳染得粉红或金黄,透过清晨的蓝色薄雾发出乳色的光。几处窗口像黄色的宝石在闪亮。她看到一路相伴的鹈鹕飞远了,飞落到成排的桉树后面一处安静的水塘;薄雾从河面袅袅升起,像缕缕蒸汽。

黛丽——曾经以黛菲妮·高顿之名绘画的她——感觉到过去的躁动又在

她喉咙间升起，似乎要令她窒息：噢，停下，安静地、长久地待在一个地方，睁大眼睛，把所见的一切绘成一幅幅画！

如此独特的金黄色、橙色和蓝色所形成的某些混合色彩，使她的身体产生了一阵剧烈的痛感——她早已锁了颜料，把钥匙扔进河中了！

此刻，当她站在这里，看着眼前的景色而沉入冥思时，她忽然想到另一时刻：她朝窗外望去——不是舵舱的窗——全神贯注地看着天空中那一层层蓝色。已经有很多年没有想到那幅情景了，但是现在她看到了二十年前的整个画面：绿色的法兰绒桌布，巴瑞特小姐柔顺的褐色鬈发，亚当的朝气与羞涩……曾经的伙伴，一个阴阳相隔，一个天涯相望，但是这两个人一直萦绕在她脑海中的某个地方。

亚当死的时候，她曾经疑惑：他是否会从此隐去？他的形象是否会从她的心中慢慢消逝？现在她知道，他们之间所有的关系都已经被时间无可更改地终结，但又永远地存在于各自的现实中。曾经的那个小女孩，在祖父的玫瑰色墙砖的缝隙间挖掘苔藓的那个小女孩，永远是她生命结构中的一部分；就像这些石灰石悬崖间的中新世化石，它们既存在于现在，也存在于数百万年前——那时，它们曾是生活在温暖海洋中的有知觉的生物。

她一边驾着船，一边恍惚觉得建筑工地正在接近，却并没多想究竟有多近；突然，她惊恐地意识到，她忘了鸣笛警示操作“狐蝠”的人抬高钢缆！

黑黑的钢缆出现在正前方，装满石头和水泥的加料斗几乎横在河的中央，把钢缆压得弯下来，而“费拉黛菲娅”号正以八节的速度直冲过去！

她抓紧绳子拉响汽笛，同时猛地把操纵杆推回最低位。鸣笛已经太迟了，但她必须放掉一些蒸汽，不然他们会被撞得飞上天。汽笛发出绝望的尖叫，只听“砰——”的一声震天巨响，部分舵舱随烟囱一起被卷走。烟囱撞上最低的钢缆，坠落在后甲板上，它喷出的滚滚浓烟弥漫在轮机和炉箱上面。

轮机手查理·麦克比冲到甲板上，灰白的胡须因为惊诧而根根竖立。

“他妈的怎么回事？”

但她正处于惊恐之中，不知如何回答他。透过舵舱一角被撞开的窟窿，黛丽看到操作台上的那个工程人员正在跺脚叫骂，一片直角木头还挂在颤动的钢缆之上。

正是准备吃早饭的时候，工人们纷纷从帐篷和棚屋里跑了出来，看出了什么乱子，有的甚至拖着裤子，单腿跳了过来。毫无疑问，她掀起了一场轩然大波。

随着轮机憋得熄了火，排气阀凄厉地喷吐蒸汽，“费拉黛菲娅”号缓缓地撞上河岸。未等兴奋的人群靠近轮船，它的主人已经能够听到清晨的空气中飘荡着的那些人的七嘴八舌。她的耳朵火烧火燎。

“撞个正着，他根本没看见。”

“舵舱里有个女的，船长让他太太掌舵，而自个儿睡觉去了。”

“不对，她就是船长，嗨，你这辈子咋混的？她就是黛丽·艾华兹，有大河船长证，一直自己驾船漂上漂下，孩子们充当甲板水手，还有个疯狂的老家伙做轮机手。她家老头儿患了中风什么的，从来不到甲板上。”

“他们不该让女人掌管轮船。”

“唉，这段时间她们要掌管一切了，那么多男人都在战场上——如果不是因为我是扁平足，我本人也会去的——她们会抢走所有属于男人的活计，你等着瞧吧。”

“你是说，你脚底松软，胆小鬼？”

“谁那么说了？谁他妈的那么说了？我让你瞧瞧——”

黛丽极其恼火，既对自己也对那些男人。经过好长时间的奋斗，她才取得了船长证，让别人认可自己是一个负责任、有智慧的独立的人，而不只是一个能做男人活计的女人。因为她娇小、纤瘦、细皮嫩肉、弱不禁风的外表，别人总把她归为软弱无力的一类人，他们根本无法理解她的不屈不挠和成功之志。

但是现在，她给那些反对者留下了把柄：损坏政府财产——撞弯了钢缆；损坏了自己唯一的资产——轮船；在众目睽睽之下损害了自己作为船长的名声——当着自己的船员和那些施工人员，当着所有男人的面！

因为舵舱棚顶从她头上被掀开，她还在惊吓中全身发抖，她感觉眼中涌出屈辱的泪水。这时她忽然想起布兰顿还无助地躺在船舱里——棚顶上面的烟囱轰然倒塌——不知道他们撞上了什么，或是发生了什么事，但她不能离开舵舱。

小阿莱克斯来到甲板，一边走一边把一件短上衣往头上套。

“发生了什么事,妈妈?哇,怎么回事?”他大声叫道。查理·麦克比已经冲到后面帮助司炉工浇灭炉箱,止住滚滚浓烟。

“没什么大事,烟囱倒了。”她清脆地说道,“去告诉爸爸,慢点说,说清楚,一定让他听懂。他肯定着急呢,快跑过去,阿莱克斯。”

她熟练地让轮船靠向岸边,驳船径直紧随其后;“小羊”和小布兰尼把绳索抛给岸上接应的人,熟练而麻利地铺好踏板。一确定布兰顿安然无恙,黛丽马上赶去向工地负责人解释,表达歉意,但她见到的是负责建设的顾问工程师,一位加拿大人。

在他的指导之下,一套复杂的工作流程已经安装完成:从一个流动石场,“飞狐”把石块和水泥运到围堰大坝,它的基柱此时正在被深深地钻进大河的沙床之中;一侧河岸固定有一座铁塔,另一侧河岸,一架运输起吊机正在滑轮和钢轨上移动。

“没什么的,太太。”当她神情紧张地向他解释所发生的一切时,那位棕色脸膛、体格结实的加拿大人说,“钢缆并没断开——很容易重新绷紧,您更应该考虑的是对轮船造成的损坏。”

“噢,轮船有保险。因为我是上行,只拖了一条驳船,保险协会会偿付的。我想得更多的是装配新的烟囱所要损失的时间,还有可能遭受工程部或者口岸董事会的罚款。”

“好了,好了,太太。我可以保证他们不会做出向您收费这样有失风度的事情。您已经把节流阀刹住了,已经尽力而为了,您一意识到无法及时停住,就马上拉响了警示汽笛,事情大抵就是这样发生的,我猜。”

黛丽如释重负地笑了。“您真是好心,”她说,“其实当时我在做梦……梦想过去……所以忘了一山不能同时容二虎。”

塞拉斯·詹姆斯忽然来了新的兴致。他望着她,揣摩着那会是怎样的过去。她笑的时候,还是很漂亮的——并不年轻,但女性的风韵依然迷人。她那美丽的蓝眼睛,起初他以为是黑色的,但实际上那只是因为睫毛遮住了眼睛。她绷紧的身体放松下来,面色也不那么憔悴,倒显得光彩照人了。她多大年龄?可能有三十五了吧。

似乎她还是一位受过教育的女性,真是不可思议。他听说过这位女船长,但他料想她应该是一个身体结实、饱经风霜的女人，粗声大嗓，长着男人一样的肌肉。噫！这个小东西看起来并不像是能够驾驭自己的轮船和一帮男性船员的人啊！

他微笑着低头望着她，明显意识到自己的身高相对于娇小的她的优势。他说："太太，既然我们见过面了，我当然希望您什么时间再来造访，别等到撞断钢缆，或者撞上水泥墩子。很少有女性来这里陪陪我们。"

她的笑容倏地消失了，下巴明显上翘，笔直的浓眉垂了下来。

"谢谢。但我并没养成撞东西的习惯。不管怎样，我确信，如果您愿意造访我们的话，我的丈夫会很高兴在'费拉黛菲娅'号船上款待您。他——他行动不便，您知道的。"

"知道。对不起，太太——艾华兹太太，对吧？"他的语气严肃而含着同情，他后悔自己先前的轻佻，"我姓詹姆斯——塞拉斯·P·詹姆斯。"

"您好，詹姆斯先生。希望我们以后会在更为愉快的情况下见面。现在我必须回去处理维修事宜。"

他陪同她在岸上走了一小段路，不大情愿与她分手，直到最后她停了下来，伸出手，坚决地与他道了别。

他站在原地，望着她的背影，心中油然而生敬意。当他试图揶揄她一下时，她是那么凛然，她既平静而又坚决地摆脱了他的殷勤！尽管外表柔弱，但从她身上，他感受到出人意料的精神力量。他决意以后多与她见面。

69

似乎墨累河并不赞成把数千年来毫无阻挡地流经六分之一大陆的河水拘管起来这一企图。洪流迅猛上涨，新的围堰大坝涨满河水，船闸工程陷入停顿。

完整的草捆顺流而下，还有溺死的牲畜，连根拔起的树，不计其数的虎蛇从空洞的原木中被水冲了出来。河水漫上曼纳姆的主干大街，冲刷着旅馆门廊的基柱。驳船也第一次平稳地漂浮在高高的莫干码头。这是老人们所见过的最大的一次洪流，比他们记忆中上世纪七十年代的洪流更大。

因为吃水浅，"费拉黛菲娅"号在低水位河段总能够容易地拉到货。但是现在，这一河段的每条船都行动起来。运送船闸工程机械设备的工作因为洪水而暂时中止了。黛丽的运营证明仅限于下游河段，所以她不能到文沃斯以上寻求来自达灵牧场的羊毛货源。

她先装载商品到一个个垦区，再把垦区的产品运到莫干的火车站；但是一些像麦维尔先生那样先进的农户正开始用强劲的T形卡车运输自己的产品，再从最近的火车站点拉回他们的必需品。

麦维尔先生又开始一个人忙活，因为他的小儿子和吉姆——结了婚的那个——都去了前线。虽然战场上没有黛丽的亲人，但这样的消息，阵亡名单上那些骇人的牺牲，都令她厌恶。但是战争的局势间接地帮了她。

她听说由于运力紧缺，羊毛在各城市的船坞大量积压，出口商不再把羊毛通过铁路运到海港，因为那里已经无处存放；渐渐地，大河上游的一些大货栈也满了。

有人要她把“费拉黛菲娅”号驶往文沃斯，运载一千包羊毛下来，存放到莫干的一个空的大仓库里，仓库的主人在整个墨累河下游拥有不少商店和轮船。当代理人与她洽谈合同时，她几乎晕倒。

乌黑的眼睛，苍白的脸庞，薄而红润的嘴唇，鲜明的黑胡须——她看出其中夹杂着灰丝，硕大而傲慢的鼻孔——她以前见过他，而且在三年的时间里一直梦到他！

每当他们来到莫干码头——这里让她想到埃库卡巨大的液压起吊机忙碌的景象，一天三趟火车紧张地调轨，成排的轮船和驳船——她总会满怀希望地寻找那个身材矮小、肤色浅黑的男人——她曾看着他收拾起画架，划小艇逆流而上，她曾那么渴望与他搭话！但她从未再看见他，也不知他姓甚名谁。

她一直觉得他看上去那么异乎寻常，仿佛来自另外一个更为文明的世界，过着不同于粗糙忙乱的生活——仿佛他有可能是从墨尔本过来做假日写生的。自打上一次她去墨尔本，好像已经过去一百年了；尽管莫干距离阿德莱德市仅有一百英里，但她从未去过那里。

现在她忽然发现，他的生活和她的生活一样与大河紧密地联系在一起。他是拥有连锁磨坊和货栈的那个家族的联络人，他的姓氏，她已经看到在许多停靠港的入口处都被粉刷得非常醒目。他解释了为什么她不曾经常看见他，他一直驻扎在古瓦或者密朗，但是现在低处河段的生意萎缩严重，他就转移到了莫干。他的全名：阿莱斯太尔·瑞本。

他们在“费拉黛菲娅”号的小客厅里商谈合作事宜。她注意到他的目光不止一次游移在她的一幅色彩鲜明的悬崖风景画上面。这幅画似乎照亮了小小客厅的整个一面墙（她为布兰顿画的那幅《费拉黛菲娅号》已经毁于多年前的那场大火中）。

“呃，我想凑近看看那幅画，您不介意吧？起初我以为它是翻印的。”

“当然不介意，您请便。”

他走到近前，硕大的鹰钩鼻子几乎贴到了油画上面，验明了各个角落的签名，然后撤步，凝神评判。他有一双明亮的眼睛，虽然习惯性地蒙着一层阴云，它们也能突然拨云见日，发出火一样的光彩。

此刻，当他向她转过身来的时候，他的眼睛睁得大大的，她看出那幅画令他十分兴奋。

“我对澳洲油画很感兴趣。”他说，“我本人也作画——尽管我的画作比不上与我同名的那位苏格兰画家。”

“我知道你作画。”黛丽说着，兴奋得几乎要笑出声来——她的眼神在跳跃，她多么渴望告诉他关于自己的一切！

“你知道？”他眉毛轻扬，“无论如何，我画不出这样的画。这位画家是谁？”

“是我，我画的。”

“你是说——你临摹的？”

“不，不是临摹，完全是我的原创。”

他微微一笑，她看出他并不相信，他的眼皮重又垂下，仿佛一道阴影蔓延开来，他的眼神变得平板而冷淡。

“这是一位专业画家的作品，艾华兹太太。”

“正是。”

“但我以为您——的职业是商船船长。”

“我也以为您是一位画家，而非货栈代理人。”

听到她这样说，他热情地笑了。“我是货真价实的货栈代理人，当初和我哥哥一起进入这一行，现在我是看在寡嫂的面子上帮助打理。”

“我不得不依靠打理这条船来供养我的几个孩子,这也是你给我这份合同的原因。”

“我听说了你的难处,是的,我觉得你很有勇气——”

“我不要别人的施舍,迄今为止我还应付得来。”

“您没让我说完。我还听说,您是一位很棒的船长,卡戴尔船长跟我讲的。”

“哦!”

“真的。不然我也不会拿我的羊毛冒险……我对这幅画真的很感兴趣,艾华兹太太,它卖吗?”

她犹豫了。除了这一幅,她所有的好作品都或卖或赠了出去,而眼下她不可能再画了。也许她永远不会再画了! 但她需要钱,此人也有能力支付一个高的价钱,她张了张嘴,却听到自己说“不卖”。

他微微点头,表示接受她的最后决定;他环顾这间屋子,并没看到其他画作,也没有未完成的画布,颜料管,画笔,或者用过的调色板什么的。她看出他还是不相信她,于是她突然间变得愤怒了。

“我已经把所有东西锁起来了,暂时——不画了。”

“我明白。”他又点了点头,告辞而去。她本想告诉他,如果他不信她说的,他可以在墨尔本美术馆的目录下查到黛菲妮·高顿的名字,那就是她本人。但是自尊阻止了她。他愿意怎么想,就随他想去吧,这个傲慢的、自以为是的家伙……她坐下来,凝视着眼前的这幅画,竭力抑制自己不要流出失望的泪水。这次会面,与她想象中有朝一日和那位神秘的陌生人相见的情景,有多么大的不同啊!

在驶往文沃斯的路上,她探望了威克瑞附近的那户农庄——她的两个孩子寄宿的地方。与上一次轮船搁浅在农庄下面时比,面色健康的麦维尔太太和她平和、勤劳的丈夫似乎一点变化也没有。现在,麦维尔太太自己的儿子们都远在战场,她高兴有孩子来填充她的空巢。

孩子们身上的变化比上一次她离开时更为明显。黛丽注意到高顿更加结实、强壮,麦格正在褪去稚胖,变得修长而活泼。

这个学年一结束,高顿就得离开这里,帮她打理轮船。布兰顿十三岁以后就不上学了,他决意要让自己的大儿子也做个“河上水手”。温文尔雅、神情恍恼的高顿——或许生为女孩会更好。布兰尼——更适合做水手——很快就得离开轮船，正式入学；尽管政府函授学校已经提供了很大帮助，但她时间有限，不能进一步监督他的课程。

布兰顿想把麦格——他的最爱——留在船上，但黛丽不愿意把一个男孩子孤单单留在农场。她非常深刻地记得在康德拉的最初几个月自己多么孤单，直到亚当回家，直到她慢慢适应永远失去了自己的兄弟姐妹这一事实。麦维尔太太和蔼可亲，但是这跟同龄伙伴绝非一码事。

“哎呀，妈妈，什么时候我能回到船上生活?”她坐在床上，解开为他带来的新衣服包裹，高顿踢着床腿说道。

“试试这件套衫，亲爱的，看看袖子是否够长。”

他没好气地套到身上，把已经不整的头发弄得更加蓬乱——他的头发颜色比以前更深了，唇上也出现了淡淡的灰色绒毛。“什么时候?”

“你在农场不快活吗?”她闪烁其词。

“呃，还行，但我更喜欢大河，而且，我已经十四了，我厌烦学校。”

她笑着叹了口气。他的嗓音正在变粗，神情中透出一种出人意料的成熟，加上那种男孩的鲜润肤色，简直和亚当有几分相像！真是奇怪，令人难以置信，自己的儿子已经到了和当年初见时的亚当一样的年龄！这个孩子本来可以是亚当的儿子啊！他蓝色的眼睛、乌黑的睫毛都随她，而布兰顿的眼睛较小，接近蓝绿色。小布兰尼最像他的父亲。

阿莱克斯——嗯，阿莱克斯有点“变异”，她觉得。黑色的发丝，锐利的眼睛总在探询什么，他会成为生物学家，或者自然学者，也许医生——对了，仿佛她的父亲隔了一代，在阿莱克斯身上重现了。他对一切生物都很着迷，水里游的，地上爬的，空中飞的，他都不怕。

“什么时候啊，妈妈?”

“这个学年末吧，亲爱的——等你拿到合格证书。你上船来，布兰尼就要入校了，当然接下来的学校假期我们又能在一起。你们兄弟几个在不同的家庭里成长似乎不大好，但我不知道还能怎么办。”

“有什么不大好?”高顿懂事地说，“我们过去在一起总是掐架，你还记得吧?我嫉妒布兰尼，因为他游泳比我好，他也恨我比他长得高大。”

“长得比他高大,亲爱的……是啊,但他是你弟弟啊。”

“不管怎么说,我们现在上船看看他吧。短时间里他倒不惹事,但是很快他就会让我受不了。”

“无论如何,你必须上来看看你爸,他和布兰尼住在一起。”

“喔——喔,我必须吗?”

“当然!”她严厉地说道,“他好多了,能坐起来,能用左臂,另一只手也恢复了一些感觉。”

“很难听懂他说什么。”

“习惯就好了,我就能听得明明白白。”

他露出不相信的神情。她到厨房找麦格,发现她正在帮麦维尔太太冷藏蛋糕。小阿莱克斯在刷碗。

“妈妈你看,我做的漂亮花样!”

“真聪明。”麦维尔太太赞美说,“她会把杏仁切开,会在巧克力冰上做各种花式。”

黛丽也给予那个图样毫不吝啬的赞美,因为她一直留意并期待自己的孩子显示出某种艺术天分。但是,女性生来就存在不利条件,她更希望天分属于男孩当中的一个。

麦格——婴儿时期那么漂亮——正变得相貌平平。狮子鼻,大嘴,但她的头发如黑色绸缎,眼睛闪烁着充满活力的、调皮的光芒。麦维尔太太声明,到时候她会舍不得与麦格分开的。“她在厨房真是个好帮手,一个名副其实的小主妇,船上有她,你也会省事多了。”

“与我在这个年龄时多么不同!”黛丽痛楚地想道。她和自己的女儿形同陌路,别人会发现她们之间的共同之处吗?当她回到船上,她就能够监督麦格读一些书,教给她学校里学不到的一些东西。要是有个像巴瑞特小姐那样的人帮助她实现种种可能该有多好!但是她必须面对事实,或许自己的孩子中没有一个拥有过人的天赋,虽然每一个母亲都对自己的后代寄予厚望。但她对高顿有一种笃信。他的目光中包含着悠远的思虑,神情里透出异乎常人的成熟,有点亚当的做派。当然,亚当是他的表舅,她无须幻想他们之间的相似之处,她很高兴为他取了那个名字——高顿。

布兰尼是个讲求实际的孩子，像他父亲，活泼好动，天不怕地不怕，做事情直来直去，一旦心扑在什么上面，就会一意孤行、不屈不挠——这一点或许继承了黛丽和布兰顿两个人。尽管她屡次苦口婆心地规劝，他在船上练习跳水的地点却越来越高，直到他能从舵舱棚顶干净利落地跃入水中。但她一直害怕他会撞到水下隐藏的暗桩。

在练习过程中，当他肚皮先着水被撞得失去呼吸时，他只是一动不动，直到呼吸恢复正常，然后爬上船，重新再来。

"这小子有胆！"虽然男孩子和甲板水手是查理的天敌，他还是勉强地赞赏道，"他要么少年早逝，要么会成长为沿河最好的船长之一——像他老爸一样！"

70

"费拉黛菲娅"号在汹涌的大河中愉快地向下游进发，后面的驳船上高高地垛着一层层羊毛包。黛丽想要创造一个纪录，用自己的可靠与速度带给瑞本先生一个惊喜。

她不做不必要的冒险；随着他们的快速前进，陆上的标志纷纷被甩到身后："内德角""卢夫溪""边界崖""曼尼岛"（一个名叫曼尼的逃亡者曾经在这里避难，后被军队剿杀）"宙拉曲""磨刀站"……她胸有成竹。但是在距离仁马克不远的"拉拉溪"附近，驳船撞上了暗桩。

一根尖尖的、硬铁一样的红桉原木嵌入驳船，刚好在吃水线下面——幸运的是，这里的河水比较浅，有五英尺深；她停泊下来，竖起突出水面一英尺的木排，牢牢地抵住驳船一侧。他们花了三天时间卸下羊毛，重新让驳船浮动起来，只损失了两个羊毛包。

第三包羊毛是在黛丽的指令下被扯开的。驳船舵手一大早起来忙活，因为甲板上覆盖了一层白色的霜露，他滑了一跤，跌进冰冷的河水中。他被水流裹挟而下，被拖上来时，他已经冻得浑身发紫。

"把他身上的湿衣服剥下来，割开一包羊毛！"黛丽命令道。

"但是，太太——"

"噢，我不会看的。"她不耐烦地说道。这一会儿，她真的忘了自己不是男人，不该向船员们发号施令。“赶快，马上，上帝保佑，不要染上肺炎。立即把他裹在羊毛里，只把头露在外面让他能够呼吸，潮湿不要紧——羊毛本身会发热。”

半信半疑地，他们把羊毛包从一侧切开，压得紧紧的羊毛由于压力的释放，像奶油一样流泻出来。他们又向外扯出一些，为瑟瑟发抖的驳船舵手腾出空间；接着，他被投进羊毛包中，好像进了一间土耳其浴室。然后他被灌下几杯热饮和一大口白兰地，他发紫的嘴唇逐渐恢复了正常颜色。

过了好一会儿，他声称自己已经“很暖和了”，穿上衣服之后感觉似乎与落水之前没什么两样。他对船长的急中生智钦佩至极：“——尽管她只是个女人。”

在返回布兰切特的路上，黛丽打定主意要把这一切告诉塞拉斯·詹姆斯，她已经在心里演练了这段故事。但是结果很让人失望——虽然事故之后她紧赶慢赶想要弥补损失的时间，但他还是已经去阿德莱德好几天了。羊毛包上了保险，阿莱斯太尔·瑞本并不担心自己的损失，当他听说第三包羊毛所派上的用场时，只是觉得有趣。他称赞她的机智，却并不知道她曾在《密西西比河上的生活》这本书中读到过类似的事件。

她也没有告诉他，因为他的赏识让她很受用。为什么自己那么看重他的好评？除了思维机敏和文雅外表下暗涌的热情之外，她并不觉得他有多大魅力。

“羊毛浴！你们跑河运的多会享受奢侈的生活！”他揶揄道，“奶水也不过那般柔软、滑润。”他白皙、细腻的手深有感触地抚摸着亮晶晶的羊毛。

习惯了看到男人的手被太阳晒得黑黝黝，被绳索和舵轮磨得硬邦邦，黛丽觉得这双手看上去那么娇气。她忽然醒悟，他一直和羊毛打交道，因为接触自然的羊毛脂，即使粗鄙的剪毛工和选毛工在剪毛过后也经常拥有令人惊奇的、柔软的手。

“我们在大湖那边另有一个大货栈，”他说，“你曾经穿过亚历山大湖吗？方圆两百多平方英里的水域，你知道——几乎就是一片海域。与在两边河岸之间的航行绝非一码事，你可能会迷路。”

“不会的。我知道从哪儿能搞到航行图，当然，我早就熟悉理论上的航道。毕竟在大湖上不会撞到什么，没有会让驳船沉没的暗桩之类的东西。”

“那倒没有，只是容易碰到湖底。有时，大浪高达八英尺，因为湖深只有八英尺左右，你必须保持至少十八英寸的干舷高度。行驶在湖中还得额外加一项保险。有时，你不得不等上两天，待风势减弱之后才能出发。”

“您是在千方百计吓唬我吧，瑞本先生？”

“我觉得真是不容易，不是吓唬您。我毫不怀疑您的勇气，也不怀疑您面对一切新的挑战的能力，我是为您的轮船着想，您可能会遭受非同一般的损失。”

“我也需要更多机会来证明自己无所畏惧——即使向自己证明。”

“那么您就再为我们拉一趟，到密朗？”

“没问题，什么时候？”

“维多利亚湖牧场结束剪羊毛之后，可能还要等几个月吧，我会打电报给您。”

当他们签署完书面文件，她交给他一张五百英镑的支票收据，然后邀请他上船到客厅里喝一杯葡萄酒，希望他愿意再次品评她的画作。

但是他反而邀请她步入羊毛仓库后面的居住区。他们穿过一道厚重的大门来到另一个世界：火苗在锻铁壁炉里欢快地跳跃，辉映出几件上好的青龙木家具，几只威尼斯制式的玻璃器皿，一尊意大利式雕像，大理石的，仿制的《濒死的角斗士》。

这是一位鉴赏家的房间。在这个阴冷的河滨港口，它显得让人意外，犹如在澳大利亚沙漠中间出现的一座希腊庙宇。黛丽径直走向房间里唯一的一幅画，仔细地观赏着。没有签名，十分古旧的一幅油画，四角发暗；这是一幅肖像，准确而细致地绘出了一位穿着一百年前服饰的年轻人的形象。

“让我想想。一位上个世纪的苏格兰肖像画家，瑞本？噢，不是，不可能是，但是这光线……头部造型……恰到好处的运笔……是瑞本！当然了，与你同名！”

她转过身来——兴奋使她容光焕发——发现瑞本明亮的黑眼睛瞪得老大，正看着她。

“这么说，你是真懂绘画，”他温和地说道，“是你画出了那幅宏伟、壮观的悬崖习作画。”

“当然了，我跟你说过的，你以为我是冒牌货吗？”她闪出一丝不悦之色。

“不是，不是，请不要误会我，但我原想你可能得到过谁的帮助，或者受到谁的影响——”

“我是在生养六个孩子的间隙画出那幅画的，如果你愿意，把这个叫作‘帮助’好了；但要说有人影响我，那是塞斯理，你熟悉他的洛英风景画吧？”

“是的，我在巴黎看过一些。”

“你是说原作？噢！”她瞪着他，仿佛他刚才说他看见了上帝，“在那幅画中，我试图抓住所有悬崖、所有岩石的精髓，岩石在对抗流水的冲蚀过程中的坚硬与忍耐。我要表明岩石也是流动的，从时间层面来看。还事物以本原，在昙花一现的具象中揭示生命的永恒，时光的永恒。”

“很有抱负的想法。能在画布中看出令人愉悦的生命本质和生活感受，这要求一个人对艺术具有非同一般的热爱。人们常常受到艺校的一些术语的束缚——写生，静物，风景……其实都是写生，殊途同归，岩石，花朵，树木，人——比如这幅栩栩如生的人物像。”画像上面的男子穿着灰绿色的夹克，高筒袜，纤瘦，深沉，面色红润，流露出明显嘲弄的神情。“他脸上的某种东西强烈地吸引着我，要不是阴差阳错，我们也许会成为朋友。”

“你是说他在你出生之前已经去世了？”

“对。我经常想到所有这些可爱的人，但时间和空间把我们与他们隔开。难道你不愿意见到莱昂纳多本人？或是拉·吉奥孔达？”

“噢，愿意！还有伦勃朗，和这位有趣的年轻人——这是瑞本的画作？”

“不是。他的追随者，约翰·华森·高顿所作，它经常被误认为是瑞本的作品。”

“与我同姓——高顿是我父亲的姓，您的姓呢？您和这位画家沾亲带故吗？”

“我父亲是瑞本之子亨利的侄子。亨利在爱丁堡有一家船运公司，我父亲本来要加入进去，但是公司破产了，他就来到澳大利亚，在墨累河上开创了一家船运公司，这公司在他死后由我哥哥继续经营。那段日子，我只对艺术感兴趣，先到伦敦，再到欧洲——

“后来，我哥哥去世，我不得不回来维持一切正常运转：他的孀妇和孩子们，我的两位年迈的姑妈，都靠他养活。亨利的孀妇是一位魅力佳人，却软弱无能——”他瞥了她一眼，仿佛私下里迅速在作比较，“简直无以言表，在类似的情况下，我多么钦佩您的勇气和能力。”

“我并不是寡妇。”

“对。但是——”他摊开双手，做了一个简捷的手势。

“我的丈夫病弱无助，但他正在不断恢复，我只需坚持到他能重新接管。”她并不真的相信这一点，这却是一个令人安慰的梦想。

“你怎么有时间绘画的？”

“我不再画了，我不得不放弃。最初做这个决定好像心死了一样，但或许有一天，我会有更多的时间。”她叹了一口气。

他滑稽地扬起一侧眉毛——杂乱、丛生、恣肆，与他整齐的胡须和光洁的脸形极不相称。“我讨厌家庭职责，你呢？”

“我也是。”

“那么多束缚——”

“无聊的家务——”

“一夫一妻制的单调乏味！”

“这么说，你婚约在身？”

“目前没有。我曾经的太太觉得无法与她的妯娌、我哥哥的孩子们——我们自己没有生养孩子——以及我的两个苏格兰姑妈相处。我们是个大户人家，那些女人不知怎的，一直都要把对方踩在脚下。天啊，她们不断地发生口角！最终我太太跟着一个来自英格兰的羊毛贩子跑了。”

他语调轻松，如果说曾经有过痛苦，那么显然他已经把它抛到了身后。

“我从未见过布兰顿的任何家人；离家的时候，他还很小。我相信，他有一个已婚的哥哥住在悉尼某个地方，但一直杳无音信。我也觉得法律意义上的亲属会很难相处的。”

“是的，尤其是女人之间。在我的家人中，我太太真正喜欢的唯有可怜的老亨利。”

他的话语中蕴涵着一股悲伤的潜流。黛丽梳理了一下自己的想法：或许他并没有忘掉自己的前妻，他轻松的语调可能为了掩饰一个从未愈合的伤口。

“你知道我们应该做什么，你和我，”他突然说道，“我们应该一起飞往——

南美,或者中国,或者某个地方,把我们的生命献给艺术。"

"撇下我们的家人任其沉浮?多么疯狂的想法!为什么我们一起?这只会把我们的生活搞得复杂。"她听出他半正半谐的语气,"对于一个讲求实际的生意人来说,恐怕您的想象力过于丰富了,瑞本先生。"

"唉,但我也是一个画家啊。当你来密朗的时候,我会让你看看我的一些作品。我也热切地想要看到您更多的作品。几周后我就要返回大湖,清理那里的仓库,以备接待来自维多利亚湖的羊毛。"

黛丽告诉他查找一下维多利亚州国家美术馆"黛菲妮·高顿"名下的目录,然后观察他的反应。毫无反应。她有点泄气。"下一次你到墨尔本,好好看看《渔夫的太太》。"

"渔夫的——!黛菲妮!当然,这幅我记得很清楚,现代作品中我的最爱之一。"他握住她的手,深鞠一躬,"接受我诚挚的敬意,亲爱的女士,您已经是一位非常了不起的画家了,您一定要再把绘画捡起来。"

黛丽离开羊毛仓库,飘飘然,如踏祥云。他的话语,比葡萄酒更强烈地刺激着她的大脑。他恭敬地、谦卑地吻了她的手!(她的手比他的手颜色更深,更粗糙;因为不分寒暑地抓握巨大舵轮的舵辐,缺少人手的时候她也帮着装载木柴,甚至她已经学会了有效率地使用板斧——她的手已经变得坚硬。)

他的名字叫瑞本!这是与那位阴郁的陌生人有关的所有梦想与猜测的最完美的答案。

71

在夜间驶往下游,面临着撞上未标注的新的暗桩的危险,但是黛丽喜欢这种刺激;她已经不再像早先一样惧怕独自守在舵舱,也不惧怕为船上所有人与物的安全承担责任。

她对每一处礁石和沙岗都了如指掌。随着航道逶迤,她把河流详细的走势都记录在自己摄影机般的记忆库中。绘画的训练——她发现——对她这个墨累河上的船长来说是无比宝贵的。

她已经懂得辨别悬崖似实而虚的倒影和真正的崖体;在漆黑的夜晚,她会镇定自若地驶入黑暗之中,因为她对大河的走势了然于胸。面对各种险情,她的勇气与日俱增。为了省下一点工钱,他们没有雇用大副。布兰顿是名义上的大副。在白天的开阔河段,她让小布兰尼替她掌舵,而她则去料理布兰顿的需求,或者趁空稍事休息,吃点饭什么的。

她唯一容许自己奢侈了一把的是雇用了一个厨子。男人们必须吃好,否则他们不干。除了自己的两个儿子,要是少了轮机手、司炉工、驳船舵手和甲板水手这些船员,她可绝对玩不转。

因为洪峰下降,他们现在正从曼纳姆——位于距离船闸工地一百英里的下游,那里靠近大河有一处花岗岩矿藏——的采石场拉运碎石。

在这儿,轮船要在采石场的传输槽下装载驳船。传输槽建在航道的深水区域上方,以使驳船可以靠近。通常,采石场工人晚上收工时,他们会在传输槽里备好一斗石头;早上过来的第一艘轮船可以直接装上这些石头运走,从而在对手们中间抢得先机。

河上最大也最强劲的轮船当数"斯图尔特船长"号,它的前头推动着三只满载驳船;它一装满,经常就得等上好一会儿才有更多石料传输过来。这是一艘尾轮船,密西西比河型号,是从美国进口,在这条河上组装的。

他们已经看到"斯图尔特船长"号——约翰斯顿船长掌舵,他的小孩都在船上——在黄昏时分驶入布兰切特;因为它在满载的时候,晚上是不出航的。它几乎赶上一列无轨的货运火车那么长。

没有其他轮船在"费拉黛菲娅"号前头出发,所以黛丽希望成为清早出现在采石场的第一号。

两盏乙炔灯用它们巨大的扇面照亮了大河前方,大树在白色的光照下闪耀着显得珠光宝气,像是从黑暗的天空中被精雕细刻出来的。天上没有月亮,所以她不必费神分辨月光和水面的月影。舵舱一片漆黑,但她的眼睛已经习惯了昏暗。他们出了布兰切特,向下游驶往曼纳姆。

黛丽心满意足地自己哼着歌。她并不觉得孤单,虽然在她的前方看不到一盏人类栖息地的灯火,唯有悬崖和死水潭潜伏在原始的黑暗之中。

曾经,也许这里有过忽明忽灭的篝火,那时的土著——凶猛的墨伦迪部落占据着这段河流的两岸。在那段日子,整个弯弯曲曲的墨累河每一英里都养活着至少四个土著。现在只剩下少数遗民,他们生活在天鹅岬和曼纳姆这样的垦区周边肮脏的营地上;在那里,他们可以获取白人的食物、烟草和丢弃的衣服,也能染上白人的各种疾病。

她停止哼唱,听了听桨叶均匀的节拍和烟囱排放废气发出的柔和的嘶嘶声。这时,一个模糊的人影——又矮又瘦——出现在舵舱门口,并很快溜到她的身边。

"轮机跑得挺轻快,"轮机手查理说道,"它好像挺喜欢换上这个新烟囱,像老家伙吸烟斗一样快活哩,你听——"

"我正听着呢。你对付它真有一套,查理。"

"嗯!它懂我的心思,如此最好。呃,要是摊上个狗杂种轮机,我可就惨了!那边的灯光是咋回事?"

"哪儿?"

"后面赶上来的——赶得挺快。可能是'卡戴尔'号,你说呢?"

"可能是。我们出发时,它也在启动。肯定是它想超过咱们先到曼纳姆的石料槽下。"

"超过咱们!我倒要瞧瞧,我——"

"查理!查理·麦克比!"她厉声叫住他。他很清楚,黛丽不赞成你追我赶的。

"好吧,太太。"查理很不情愿地在阶梯上停住了。

黛丽侧肩回望渐渐逼近的灯光。事后她怎么也想不起来当时到底咋回事——或许她"中了邪",布兰顿曾经的那股竞争劲头已经附着在她的身上。"加快,查理!"她大声喊道,"拿出我们的全部力量!"

"是,太太!"

她行驶在航道中央,充分借助水流的作用。空的驳船对他们的速度几乎没有影响。一截截上好的干燥木柴被投进炉膛,她听到炉箱发出咣当咣当的声音。随着蒸汽压力升高,他们以九节的全速向大河下游奔驰而去。

身后,"卡戴尔"号的船员们也在疯狂加料,不停地追赶,呼啸的烟囱火星飞溅。黛丽能够听到"费拉黛菲娅"号的烟囱在呼哧呼哧地喘息,仿佛正在遭受痛苦。幸好,它是新装的,状态良好;下面的查理也会用一串加重砝码"撑住"安全阀。

她紧握舵轮，感觉到手上传来铆足了劲的轮船的热烈波动，这是一股躁动的力量，眼前的机会正好向男人们表明自己有能力驾驭一艘轮船！但是"卡戴尔"号逐渐赶了上来。黛丽稳稳地卡准位置，轮箱擦着那些突兀的树，仍然领先几码。查理几步跃入舵舱，手里狠狠地攥住自己的帽子。她能感觉到他的激动犹如轮船的波动一样。

"不管用，太太！"他大嚷道，"他们比我们有优势。一旦他们超过去——我们还有一些留作照明的煤油——如果我能弄一点给司炉工——"

"浇煤油！"黛丽喊道，"叫厨子把所有油罐都拿来！算了，来不及叫他。他睡了。早上我跟他结清让他走。"

此时，"卡戴尔"号正在旁边加大气力；黛丽看到那艘船上的船员在炉箱的火光中跳脚辱骂。接下来的十五英里，他们不停地互相拼抢位置，但是黛丽凭借娴熟的驾驶技巧，始终领先几码。

"冲啊！宁可炸掉也不落后！"从下面传来查理的嚷嚷。她一下子变得十分冷静。她想到"天意"号……但那艘船并不是在比拼中失事，它的爆炸原因不明。黛丽不再顾虑，只感觉到一种接受宿命的镇定与从容。

最后一个拐弯，她成功地占据了"里道"，并在接下来的九英里河段一直保持几码的领先位置。两艘轮船呼啸着划破黑暗的夜晚，一丝气力也不松懈，一寸距离也不相让。曼纳姆的灯火越来越亮了，轮机手和司炉工发出一声欢呼，"费拉黛菲娅"号轻快地滑到石料传输槽下面。此时天光正好破晓。废气阀门排出蒸汽的嘶嘶声震耳欲聋。"费拉黛菲娅"号鸣响胜利的汽笛。

败下阵来的"卡戴尔"号回应了三声，以此承认自己的失败，然后乖乖地到岸边排队等候去了。

72

"我们和'卡戴尔'号从布兰切特一路赛跑来着。"

黛丽坐在床上——她的丈夫无力的庞大身躯靠着垒起的一堆枕头——难过地等待他的反应。要是还能看到曾经的那个泰德·艾华兹该有多好啊！那个无法容忍屈居人后的船长，那个一直要拥有河上最快的轮船的船长！要是曾经的布兰顿一息生气尚存，他一定会感兴趣的。

慢慢地，他忧郁的眼睛张到最大，嘴唇翕动着，吐出几个字，发音不准，但尚可听认：

“那个……老家伙！我想……也该……”

她笑了，松了一口气，双手握住他的左手——比右手有更多感觉，开始向他描述这场惊心动魄的竞争。两艘轮船在黑夜中你追我赶，最后的冲刺让他们率先抵达石料传输槽下，得以装走槽中已经备好的全部四百吨石料；而“卡戴尔”号只得眼巴巴等着，直到新一拨石料备好。甚至此刻仍在传来通过传送带装载驳船时石头滑落的隆隆声。不到半个小时，他们就将准备好再次起程。

“想想过去我总怪你与人拼速度！”黛丽按着他的手说，“我为自己感到惊奇，我肯定是疯了；但是这一次我必须证明，我们拥有更好的轮船——舵舱里有一位更出色的舵手。叫他们瞧不起女船长！”

“最出色的……大河……所有人都认。”

“你说什么，亲爱的？我是大河上最出色的舵手？谁这么说过？在发生了撞击‘飞狐’钢缆事件之后，所有——”

“查理说的，你我在伯仲之间。”

“查理·麦克比！”为了掩饰自己内心胜利的感觉，她把脸埋在他灰色头颅旁边的枕头上。查理，这个讨厌女人的男人，这样赞美她！经过今晚的表现之后，他会理所当然地对她俯首帖耳。

昨晚八点，他们离开布兰切特。此时已经将近天明，到他们再次返回船闸工地卸下石料的时候，她就连续当班二十四个小时了。但是她不得不弥补无料可装情况下所损失的时间。现在趁着装载驳船这个空当，她正抓紧这宝贵的十来分钟和布兰顿待在一起。

“你看了这本书？”她捡起掉在床边的《密西西比河上的生活》。他能用左手把书擎起来一小会儿，但是他不得不把书放下来才能翻页。看书十分吃力的样子，而且很快就筋疲力尽了。“趁着他们在装载石料，我读给你听。”

她看了看封皮里面的藏书票——艾·利贝斯公司，塞拉斯·P·詹姆斯，还有一幅奇怪的画——轮机设备萌发出玫瑰花朵。在“费拉黛菲娅”号维修烟囱的时候，那位工程师溜达到船上来，带了这本书给她。

“你喜欢读马克·吐温的书?”他说。

“《汤姆·索亚》和《哈克贝利·芬》，是啊，它们是我曾经的最爱。《初涉海外》，不大喜欢。”

“哦，不管你对他的美国佬似的标志性幽默是喜欢还是不喜欢，我保证你会喜欢这一本。一位船长告诉我，书里所说的关于密西西比河的大部分内容对这条河也适用。放你这儿吧，太太，多长时间都行，也许你丈夫会愿意读一读。”

她带他上到顶甲板来见布兰顿。他彬彬有礼，举止中也没有表现出令人压抑的同情。但泰德·艾华兹不喜欢有客来访，即便是老朋友。他羞于自己虚弱无力的身体状况，十分艰难的一举一动，粗拉厚重的言谈——詹姆斯先生感觉到这一点，没待多久就匆匆告辞。

翻开书页，瞅见那些带有双烟囱、双锅炉的气势宏伟的水上宫殿的插图，黛丽笑了。它们看起来与墨累河上的桨式轮船并不一样。忽然，这样一段文字映入她的眼中：

“我们注意到，在杜伯克以上，密西西比河的水是橄榄绿色的——太阳照在上面，呈现出浓艳的半透明之美……”

截流，暗桩，交叉点，浅滩，沙岗，黎明时明镜一般的河面——都跟这里一样。她把书拿给布兰顿，答应自己一有空就来读给他听。

现在她翻开书，随意地开始读了起来：

“密西西比河上的舵手需要强大惊人的记忆力。如果他起初记忆力尚属一般，那么慢慢地这条河会让它变得强大无比——但只是针对他日常摸爬滚打在其中的一些方面。他需要这种记忆力，因为黏土堤岸总在垮塌、变化，暗桩随时从新的角落探出，沙岗从不消停，航道永远让人捉摸不定……”

她抬起头来，与布兰顿蓝色的眼睛对视了一下，那双灵动的眼睛饶有兴趣地盯住她的嘴。她开始读到马福特大叔从舵舱里发出的一段长篇大论：

“曾经河上跑着四十艘轮船和一千多条驳船、木筏的时候，水下的暗桩比猪背上的毛还多；但是现在，河上跑的只有三十几条船，几乎看不到驳船或木筏，政府倒把所有的暗桩都清除出去了。沿岸的照明亮如百老汇，河中的行船如同在天堂一般安全。”

“我估摸着到了剩不下几条船的时候，委员会才会重新考虑整个局面，疏浚，围拦，封堵……从而使得水上运输既简捷、实际，又绝对安全、有利可图——”

“瞧！刚好……一样。”布兰顿不耐烦地挥动左手，不灵便的舌头急迫地要表达自己的看法，“政府都是……一路货色……都建船闸……大坝……河口被驳船塞死……一年到头水管够……但没船跑了……都撂挑子了。”

“是铁路的竞争使得他们没法干了吧，我想？”她翻过去几页，“是的，这里说：‘铁路扼杀了水上运输，凭的是它在三两天就可承运轮船一周的运量……密西西比河上的轮船运输，始于一八一二年，不到六十年就走到了尽头！对于这样一项宏伟的事业，它的寿命出奇地短了。当然，它并非完全走到了尽头，也并非一个半身不遂……”

她的眼睛，跳跃到后面的文字上，瞪得老大。她咬住嘴唇，无法读出那个完整的句子。

“继……续吧，我已经读过了。”

“也并非一个半身不遂、曾经能在平地上跳过二十二英尺的耄耋老者；但是相比——相比最初的活力，密西西比河可以说已经死了。”

伴着外面最后一批石料哗啦啦、轰隆隆地倒入驳船，黛丽的话音又平又僵地落下，两个人都陷入了沉默。

黛丽默默地凝望着他。“不要怜悯，”她急切地告诫自己，“他不需要怜悯……”

“死！对啊，死了……最好。”他望着她，眼睛里闪烁着过去那种威严，“给我……我的……来复枪，去拿来……听到了？”

“我听到了，布兰顿，但我不会拿给你的。我们需要你——孩子们，这条船，还有我——都需要你……”

“哼！一个废物！”

“亲爱的，听我说！你已经好多了，你能说话，一只手也恢复了一些感觉，你必须挺住，你得挺住啊，为了你自己，也为了我们大家，我想你不会轻易放弃的！”

“我要……挺住,你等着瞧,我要……从这张床上爬起来……不然就死掉算了。我不要白吃饭,我要解脱,不要……像这样……变成一堆烂肉!”

他抬起自己那只能够活动的手臂,做了一个手势,满怀哀求和蔑视,好像要把神的咒语甩给阻碍他的人;但是很快他的手臂软绵绵地跌回他的身体一侧。

有人敲了一下船舱的门,甲板水手——“小羊”或“撒旦的羊羔”,查理这样叫他——的脑袋探了进来。

“太太,石料已经装载完毕,轮机手说已经启动。”

“好,我就来。”

她望着他在前面的甲板上一蹦一跳的——他从不好好走路——惊诧于一大清早他就这样精力充沛。小布兰尼和阿莱克斯还赖在床上。“小羊”整晚没睡,帮着司炉工忙活,你追我赶的场面让他过足了瘾。他长满雀斑的圆脸和凸出的牙齿随时都让他显得大大咧咧、快快乐乐的;他的圆毡帽总是紧紧地扣在他的耳朵上面。她朝下游望去,望着曼纳姆小镇,虽然时间尚早,镇上已经醒了。她能看到店铺和住家的灯火沿着悬崖铺展,像一排排燕窝;摆渡船吱嘎、吱嘎横过河去,把早班工人运送到下游的大卫·希勒农具厂。远处的火光来自J.G·阿诺德的造船厂的锻炉,从那儿传来了金属的铿锵声。

在河对岸的某个地方,兰戴尔船长的破旧的“玛丽·安”号趴在淤泥里,它是本地造的,墨累河沿岸的第一艘轮船。那是六十多年前的事。在密西西比河上,轮船还跑不到六十年!她感觉到一阵凉意,并不完全是因为早晨寒冷的空气。

在放亮的天空中,一对鹰鸣叫着,盘旋在河面之上,它们忧郁的、飞扬的呼叫淹没于排气阀排出蒸汽的噪声和查理·麦克比的喊声之中。

“嗨,你这个‘撒旦的羊羔’,你告诉太太我们准备出发了吗?”

“当然告诉了。”

“好的,查理,我准备好了。”黛丽步入舵舱。

“‘小羊’,解开前缆。”

驳船舵手和司炉工站好位置,每人一支长竿,把他们的船与输料槽挡开。黛丽扳动操纵杆,桨叶翻搅,河水开始泛出泡沫。

“查理,酒鬼,奶油煎蛋;

卖了老婆，换两个鸭蛋……”

甲板水手哑着嗓子唱道。

“你个‘小羊’！”查理大吼道，“你等着我收拾你！”

73

到头来，是另一艘轮船负责把维多利亚湖的羊毛运送到密朗的瑞本仓库；一个千载难逢的机会突然降临，而这个机会是黛丽不能错过的，它阻止了她去往大湖的行程。

那艘破旧的“卡戴尔”号一直承运墨累河与莫干之间的邮递业务，但是因为倾泻而下的水流在通过船闸工地时受到限制——洪水过后，又抽水动工，一派繁忙景象——那奔涌的激流让它的轮机力不从心。它曾试图借助一棵大树用绞索把自己拉上去，但已经腐烂的船体肋材支撑不住，倒把整个船首柱也拉松了。

在“卡戴尔”号船长的建议之下，黛丽提出申请并搞定了“费拉黛菲娅”号的邮运合同。这意味着除了通常的货运，她还拥有了一份固定的收入；但也意味着要恪守严格的时间表，因为两头都要赶火车。不管是对黛丽还是对这艘船来说，这份合同都具有非凡的意义。皇家邮递以前从未由一位河上女船长承运过。

布兰切特的工程营地，处于她邮运行程的中间，有它自己的专门邮袋和邮局，因为这里形成了一个很大的临时性村落，八十个人住在一个个小棚屋里，还有一些小食堂和为主管工程师与最高负责人安排的两栋别墅。

有时候，那位顾问工程师临时有一些文件或信件（常常是寄往加拿大的）塞进邮袋里。黛丽碰到詹姆斯先生的机会很多，他经常来到船上取他的邮件，并给卧床的布兰顿带来一堆书和杂志。

讲求实际的布兰顿喜欢詹姆斯拿来的那本《科学美国人》杂志。他已经习惯了这位工程师的来访，不再怕见他；但是黛丽已经开始意识到，对于她的内心宁静而言，他的来访太过频繁。她开始怀着颤抖的渴望期待他的到来。起初，她并未费神对自己的心理加以分析。

塞拉斯·詹姆斯是一个膀大腰圆的男人,他习惯上在见面的时候凑近她,像一艘大船逼向一只小艇,似乎仅仅凭着自己的大块头他就想俘获她、征服她。她知道他的太太在加拿大,他正过着独身生活——但是对于这样一个精力旺盛的男人,这样一个工作、活动雷厉风行而说起话来慢声细语的男人——他显然并不适应这种生活。他的手骨节粗大,手指硬实,关节间长出黑黑的毛,这些强烈的男性特征既吸引她也令她排斥。

当发现自己在他来访的间隔也会对他魂牵梦萦时,她断然决定,这样的来访必须终止。但是她的决定做得太晚了。

一天傍晚,他来到船上。除了邮袋,还有一些货正要被卸到布兰切特。他们一起站在客厅的桌子旁边,研究布兰顿的那幅旧的大河航行图,并就三号船闸工地——接下来要在上游八十英里处动工修建——附近的悬崖和潟湖提出一些不同看法。塞拉斯·詹姆斯将不再主管建设;三号船闸一开始动工,他就要返回加拿大。

长长的航行图一部分摊开在他们面前的桌子上,黛丽站在旁边,一根手指追踪着墨迹标出的航道。

一条宽宽的腰带勾勒出她漂亮的腰围,下身的裙子不带任何装饰,上身嵌有褶边的白色薄纱衬衫,是她在这段日子里穿着的唯一真正透出女性气息的一件装束。她的“好”衣服都被打包放在麦维尔家里。

塞拉斯·詹姆斯站在她身后很近的地方,她的每一根神经都意识到了他的存在。他把身子靠过来,看着航行图上的某一点,一只手随意地搭在她的肩膀上。这时他的手指十分轻柔地划过她裸露的脖颈,放在她松松地绾起的头发下面。她身子晃了晃,一阵强烈的震颤传遍全身,一时间,她说不出话来。

“你是一个有魅力的女人,”他轻声地在她耳边说道,“你知道你对我施展了多大的魔力吗? 我简直没有别的心思了。”他的手指不停地摩挲着她的脖颈。“天啊! 我想要你!”

她稳定心神,躲开他的手,绕到桌子的另一边。“你最好马上离开。”说这句话时,她的嘴唇禁不住颤抖起来,赶紧垂下了头。

“听着! 听我说!”他隔着桌子抓住她的手,急切地说道,“抬起头来! 看着我! 我的意思不是说我不爱你,不尊重你,不钦佩你……我非常非常爱你,但我不是学童。你是一个成熟的女人,承认吧,亲爱的,你需要我,你也想要我,不是吗? 不是吗?"

"是的! ……不! 请你走吧。"她抽出自己的手。

"好吧。"说着,他突然平静下来,似乎终于不得不承认自己正在徒劳无益地与一个歇斯底里的孩子论理,"好,好! 我走。但你正在犯一个错误。我们在一起会多么快乐,怎么会伤害到任何人呢?"

"那你的太太呢?"

"多么愚蠢的问题——我不知道。这并不影响我对她的情感,我依然爱她。但是和你在一起我不能自持。"

"那么我不得不坚强,为了咱们两个人。这种情况我总是要换位来想。我理解做妻子的情感。对布兰顿来说——这就是背信弃义——他那么无助,那副样子……你不这么觉得? 你觉得自己正在扮演一个很光彩的角色?"

听了她的话,他有点退缩。"唉,你把一切都想得那么周全,简直令人生厌。相信我,我真的是情不自禁。"

"好吧,我相信你。但请你马上离开。"

她以为自己赢定了,却没有考虑到人类的一种韧性:不管基柱被冲毁多少次,桥还是要继续建的;尽管遭遇了四十七年来最严重的一次洪水,随着第一道围堰和船闸的完成,工程还是要继续推进。

他绕过桌子,把她揽入自己的怀抱,一边语无伦次地喃喃低语,一边像一个溺死的人,目不转睛地盯着她的嘴。接着,他的膝盖顶在她的两腿之间,坚硬的手指扣住她的乳房,舌头强行要叩开她的嘴唇。她激烈地反抗着,一遍一遍告诫自己:必须坚强……必须坚强……终于,她挣脱出来,气喘吁吁,衣衫不整。

她说:"如果你再企图碰我,我就喊查理。噢,为什么一定要发生这样的事? 为什么我一定要成为一个女人?"她一下子坐到椅子上,把头趴在客厅的桌子上,掩住了脸。

过了一会儿,她感觉到一只温柔的手落在自己的头发上。"听着,黛丽,看在上帝的分上,抬起头来。听我说,我马上就走,对不起,真的,我——只是为你着迷,完全疯狂了。你理解吗? 我情不自禁!"她没有抬头,但她听到他走了出去,门在他的身后关上了。

那天晚上，她躺在自己的床铺上，一个小时又一个小时地辗转难眠。她凝视着头上近在咫尺的木质棚顶，又一次经历了同样的斗争。为什么要拒绝呢？一个阴险的声音说，为什么要拒绝呢？谁会知道呢？怎么会伤害到任何人呢？为什么不顺从于他呢？

这次事件是对她的一次考验，她必须引以为戒。似乎她并不是爱上了塞拉斯·詹姆斯，她喜欢他，尊敬他，感觉他的魅力那么扰乱心神，如此而已；毫无正当的理由，没有理由，除了那个冠冕堂皇的Carpe dien（活在当下）——生命不会重来，一百年之后，她所做的一切都将毫不重要。但她无法接受自己那么做。生活所赋予我们的，我们就要按照光明的指引做到最好；我们必须尽力，好像一切都至关重要。不然，整个生活就变成了一场滑稽戏。

当然，有些时候，显而易见，生活就是一场滑稽戏……但那样的话，不是享乐就是狂欢……她转而把注意力集中到塞拉斯·詹姆斯的问题上。她无法完全避开他，但最好还是不要再与他单独相处。她没有把握是否能相信自己，但她确定无疑的是，她不能相信他。

74

世界大战——为拯救民主而战，为结束战争而战——在痛苦与毁灭中令人难以置信地拖了四年之后终于结束了。军火制造商和钢铁大亨发了财，而世界变得更加贫穷，因为许许多多前途无量的年轻的生命，许许多多年轻的诗人，在他们的风华正茂之年即告陨灭。

在澳大利亚，如同在其他国家的情形一样，有一群归国的军人要回到平民的生活方式中。他们曾经被投进成堆的尸体中，接过来复枪和刺刀，按照指令毫不手软地杀戮；现在，他们的手上沾着血迹，脑海里飘浮着恐怖的事件，他们回到妻子的身边，回到柔顺的孩子们身边，回到彬彬有礼而乏味的办公室工作中。他们有的失去了眼睛，有的缺胳膊断腿，有的毁了面容；还有一些人背负着精神的创伤，虽然表面上看不出什么，但那些创伤毫无疑问令他们举步维艰。

许多归国的军人无法适应，尤其不适应城市生活。心怀感激的政府把他们安置到土地上，分给他们大量干旱贫瘠的小桉树灌木丛林，让他们将之改造成麦田:坚硬、强韧的灌木丛在焚烧、铲平之后,还是会从根部萌发出来,像龙牙一样长满地面。征服了灌木丛,水土流失接踵而来;上层土壤随风吹走,围栏常常被埋在连绵的沙岗之中。

沿着墨累河正在勘察新的灌溉垦区,一些归国军人做着挖掘航道和沟渠以及安装水泵的工作。

最后,他们被安置到属于自己的区域,为果脯市场种植水果。一些不那么坚定的人又流入城市,或者成为流浪在内陆各地的"背包族";慢慢地,他们的石灰岩房屋变得支离破碎,化成了沙尘。有一些积累了自己的资产,即使享受不到荣华富贵,至少可以做到自给自足。

麦维尔家的两个孩子,只有一个平安归来。大儿子吉姆死于法国,就在停战协定签署之前不久。三年的杀戮已经平安地挺了过来,结局却是这样的不公正。这令他的母亲痛苦万分。她绝不愿再提到自己的大儿子,也不愿让她的丈夫提起他,但是她温厚的嘴唇绷紧了,在她瘪进去的嘴唇两边,从嘴角到鼻子各出现了一道深深的皱纹。

小儿子盖瑞,嘴巴周围新近长出了坚硬的胡楂。尽管年富力强,乐观豁达,但他似乎已经历尽沧桑。不过,除了一个神经质式的习惯——慢慢地眨动一两下眼睛,仿佛要把某种惨不忍睹的场面关到外面——之外,看不出别的异常。他是作为伤病员被送回家的,几乎和吉姆的死讯同时到达。

听到这个消息时,黛丽正好来到农场要接走高顿——他已经为离开学校做好了准备——而把布兰尼安置到高顿曾经住过的房间。麦维尔先生从悬崖上面沿输水管滑下来,黛丽看到他机敏的蓝眼睛里充满困顿;他几乎有些腼腆地事先向她透个话。"当妈的心里不好受。"他咕哝道,"但如果我是你,我就不多说什么。"

她忐忑不安地走进厨房——她知道,这位天真的母亲一定会为停战协定的消息而欢庆,以为自己的两个儿子终于熬出头了——默默地握住麦维尔太太的手。

一个星期之后,麦维尔太太才慢慢地接受了这个不幸的消息。实际上,她只是刚刚开始意识到一切都是真的,吉姆永远不会回家了——吉姆,她的大儿子,她的最爱,名字取自于她的父亲。

她望着黛丽，眼睛干涩，内心平静；她的神情似乎在说，她不明白这番无言的同情所为何事。她的头高高昂起，嘴角绷直，只是在黛丽抽回手的时候，她那有力的、斑驳的双手开始微微颤抖——放到桌子上才镇定下来。

麦维尔太太的头发还是与先前一样的铁灰色，她的面颊鲜润、粉红，似乎要拒绝她的母性心灵所受到的致命伤害；但是她褐色的眼睛——曾经那么明亮、清澈，如两汪池水一般——阴云笼罩，黯淡无光，好像乌云遮住了太阳。

“那么你来是要接走高顿了！”她振作精神说道，“你知道，我有一半心思想要留下他代替我的儿子，他回到船上之后，我会想念他的。他是个十分害羞的孩子，但又那么体贴……唉，至少你不会像我失去我的儿子那样失去他，不会再有战争了。”

“对不起，麦维尔太太，我只是刚刚听说。”

“亲爱的，我没事。毕竟，他的死是有利于我们这个时代，是为了这个世界的平安。肮脏的德国鬼子！我会把他们都杀光，至少把那些男的都阉了，让他们再也不会生育！”

“我能理解你的憎恨情绪，真的不公平，战争其实已经结束了……但是我觉得我们还是要和德国人和平共处，同属一个世界，我们都属于人类，他们已经得到了教训，绝不会再发动任何战争了。”

“我不会相信他们的。盖瑞说，他们都是些丧心病狂的家伙，尤其那些军官。不行，我们必须要把他们制伏！”

“麦维，麦维！”麦格一蹦一跳地进了厨房，胳膊上挎了一篮鸡蛋。当她看到母亲时，她一下子停住了脚步，十分害羞地走上前来给了母亲一个亲吻，立即转过身去。

“麦维，那只矮脚鸡在南瓜藤里搭了窝，被我发现了，里面有四颗小小的鸡蛋！”

“好的，亲爱的。你不知道你的母亲来这儿了吗？你没有听到轮船停靠的声音？”

“没，听没到。我在鸡舍里，那些母鸡吵吵闹闹的——”

“亲爱的，是‘没听到’，不是‘听没到’。”说完，黛丽就后悔了，她真希望自己不是一开口就纠正女儿的语法错误。她禁不住总爱挑出其他几个在校孩子不合乎语法的表达方式。以后可不要这样了。

“嗯,没听到。妈妈,我没想到你会来。”

但是见到我你高兴吗?黛丽几乎有点嫉妒地想道。麦维尔太太本是好心好意,但是她可能取代孩子的亲生母亲吗?

这时,麦维尔太太用温和而威严的口气说道:“麦格,把鸡蛋放到碗柜上面,去把头发梳一梳,不然妈妈会觉得你看起来像一个稻草人。”

“不用吧,我觉得她看上去那么可爱,那么漂亮的头发,像黑缎子一样。”黛丽轻轻地掠了掠麦格的头发,但马上麦格就避开了。

“我必须扎上一条丝带吗?”她望着麦维尔太太说道。

“是的,粉红色的那条,把手洗干净,然后你才能帮我给烤饼涂抹黄油。”

麦格欢快地一溜烟跑了出去。“烤饼也是她做的。”麦维尔太太说,“高顿正从坝上向这边运水,一会儿就回来了,我们先喝一杯茶吧。”她把那只大水壶——一直放在木质炉灶上保温——向火炉中心靠了靠。她的厨房——由她的富有创意又精力充沛的丈夫安装上了大大小小的橱柜和各种器件——对于乡村居家来说,既现代又方便。周围薄纱窗帘。明亮的瓷质水槽格外醒目。而在船上,他们常常只能在一个凹陷的锡铁盆里洗洗刷刷。

盖瑞走进厨房。黛丽握着他的手,羡慕地望着这个经过战争锻炼的棕色皮肤的男人——他离家参军的时候还是一个腼腆的小青年。他骨感的大鼻子在历经风霜的、瘦削的脸上格外突出,挽起的衬衫袖子下面露出他肌肉发达的胳膊。这是典型的澳洲矿工的形象。他左手的两根手指被子弹射掉了。

他知道,母亲希望回家的是吉姆,有时候他自己也这样希望。在浮光掠影地看过那些大城市——开罗,巴黎,伦敦——和频繁地“走在夹道欢迎中”的渴望与兴奋之后,他不得不竭力适应农场的安静生活。

他的母亲为他倒了茶,他便坐在厨房的桌子旁边,忧郁地啜着茶,仿佛又被拉回到自己的记忆中了。

“盖瑞会是布兰尼眼中实实在在的英雄。”黛丽对麦维尔太太说。

“他已经是麦格眼中的英雄了。我想,那孩子愿意为他做任何事情。”

“布兰尼一会儿就上来。他正帮着司炉工搬运一堆木柴。他已经长成健壮的小伙子了,生龙活虎的。”黛丽说道,“我希望他在这儿安顿下来,我敢肯定他不会害羞的。"黛丽咬住嘴唇,后悔刚才用了"生龙活虎"那个词,但麦维尔太太根本没在意。"只有一件事,我希望你不要让他顺着输水管下滑。他对任何新奇都有兴致,像内德·凯利一样喜欢猎奇,布兰顿经常这么说。他一定要来回走台阶,直到长大一些再说。"

"好的,我会告诉他爸。我也不愿意他那么做,但他是成人了,听不进人家说这说那。男人啊!他们让我熬白了头发!有时候我希望自己生的都是女孩。麦格一点也不惹麻烦,这么好的帮手,我不知道自己怎么能忍心割舍掉她,我真不知道。"

"我想,总有一天,当她出嫁的时候,我要不得不把她割舍出去。"黛丽轻松地说道。她不大喜欢麦维尔太太对自己的孩子这种占有者的语气。或许最好明年就把麦格接回到船上生活。一旦布兰尼在农场安顿下来,麦格就可以和阿莱克斯一起接受函授课程。

黛丽希望自己能跟布兰顿谈谈这样的问题,但他好像对自己的孩子不大感兴趣,尽管麦格来到船上看望他的时候,他也有喜悦的表情。

麦格总是高高兴兴的,面对父亲的行动不便,她毫不扭捏;不像高顿,对疾病与磨难总会敏感地缩手缩脚。或许她会成为一名护士。想到这里,黛丽的思维跃到前方;像以往一样,她从现在看到未来,她从现在闻到了过去的芳香。

如果麦格想要一份事业,她绝不会做一块绊脚石;她相信,每一个女孩都应该有某种自立的能力。向女人敞开的工作不再仅仅限于护理和教书这么狭窄。战争这几年,从业者的缺乏已经显示女性不但有能力从事秘书工作,而且比同年龄的男性更有效率。

这是得寸进尺的开端。但是真正的平等只有当同工同酬的时候才算实现。在阿德莱德,已经有了一些女医生。也许麦格……如果她能在男性的世界里赢得自己的一席之地(抛开作为女性的无形的重轭——她的母亲从记事之年起一直试图抛开的重轭)那该有多好!她,也会拥有一张证书来显示她在自己选定的职业中和男人一样出色。即使她想要结婚,那也将是在很久很久以后,在她取得了学位之后。

75

洪水过后紧跟着瘟疫:数以百万计的苍蝇、蠓虫和蚊子在连绵的沼泽地中滋生繁衍;成群结队的虎蛇聚集在沙洲之上,仅在博瑞垦区,一天当中就有一百多条虎蛇被射杀。

随着洪水日渐退落,瘟疫开始在全球范围内蔓延。好像一股瘴气从可怕的淤泥中——埋葬了多少正在腐烂的人体啊——升起,一种微小的无形的病毒——无能为力的医生们为其取名“西班牙流感”——夺走了与死于战争同样多的生命!

这种病毒在一九一九年从东方传入澳大利亚。医院人满为患,那些病入膏肓的只能在各自家中得到看护;医生们由于不间断地奔走,个个筋疲力尽。

黛丽担心孩子们的健康,想把他们都拢回到自己的羽翼之下。她觉得他们在船上更安全一些。相比待在农场或上学,大河是一个相当孤立的世界。黛丽对于死总有一种病态的意识:它对年轻人和年老体弱者是一视同仁的。她感到一种迷信的恐惧:她的一个儿子已经被做了牺牲的标记。“如果他们当中必须有一个要被带走,千万不要是高顿啊!”她在心里承认大儿子是自己的最爱,她无言地呼唤着掌控未来的命运,她为他祈祷。

染上流感的是小布兰尼。黛丽赶到威克瑞把他接回船上的时候,病毒肯定已经潜伏在他身体里了。几天之内,他高烧不止,辗转不眠,神志不清,胡言乱语,生命危在旦夕。

她把船泊靠在莫干附近,既方便当地医生前来就诊,又远离码头和人群。她把邮递合同转包给另一条船,放弃了自己所有的时间来照看孩子。她把阿莱克斯送回到麦维尔太太那里。

医生说,除了顺其自然他无能为力;他相信,年轻、强健的体质会让布兰尼挺过难关,全心全意的护理尤其重要。

接下来两周时间黛丽几乎没有合过眼。她不断地回忆自己的兄弟们命丧大海的时候也就这么大年纪……在漫长的守夜期间,她开始阅读叔本华——她在莫干学院的一个箱子里找到的一册满是灰尘、未剪裁的《意志与理念的世界》："生命的形式即是无止无息的现在，不管每个个体、每个理念中的现象如何在时光中产生、消亡，像一个个飞逝的梦……"

但是现在，哲学无法给她安慰，就像很久以前，姨父的宿命论无法让她坦然接受亚当的去世，姨妈严谨的宗教信仰无法让她接受自己全家人葬身大海的事实而不悲伤。她起身拿来凉凉的布巾，为他擦拭滚烫的全身——他的身体似乎正眼睁睁地一点点被高烧耗蚀着，他的面颊已经凹陷……她俯身凝视他的脸庞，担心在那上面看到大限来临时的温柔、茫然和顺从的神情。

她却发现他很害怕的样子。他蓝色的眼睛，因为高烧愈发明亮，通常它们总是那么无所畏惧的直接，这时却含着受伤的神情望着她——眼睛下面明显出现了暗淡的阴影，两只眼睛似乎深深地陷在脑壳中。

"妈妈，我可能不会好了，是吗？"他虚弱地说道，"我可能要死了，我不想死，妈妈——"

她用坚定而温柔的手擦了擦他的眉毛，同时拂去自己心上的恐惧，然后说道："当然你会好起来的。摊上这样的病，有时候你不得不多遭一些罪才会好起来。你不会死的，现在我可以明确告诉你。在你小的时候，你总犯严重的支气管炎，有时候我想你恐怕绝不会好了，但是你还是挺过来了。你长得这么高大、健壮，你不觉得我现在更舍不得让你死吗？唉，当你老爸重新站起来，你得帮他管轮船啊。总有一天，你要自己掌管它……"

说着说着，起初只是想要安慰他，慢慢地，一种确定无疑的感觉在她全身流淌，仿佛就在转念之间她看到了未来，看到布兰尼长大成人，强健，俊美，和他父亲一起站在舵舱里……"生命的形式即是无止无息的现在……像瀑布上面的彩虹，一直在变化，尽管一个个水滴坠落、消亡……"

同时，她的话语声和安慰性的抚摸已经把孩子哄得进入兴奋的浅睡之中。她猛地从幻梦中惊觉过来，发现他的呼吸正变得更深、更慢也更均匀了；脸和脖子都是大汗淋漓的，高烧退了，危机过去了。从这一天起，他开始慢慢地康复。

未等布兰尼重新爬起来，布兰顿也被流感击倒了。黛丽手不得闲地护理他们两个，不让其他任何人接近他们俩，并且她在他们俩住的船舱门上挂了一个在消毒水中浸过的帘子，试图隔绝传染源。至今为止，高顿和其他船员都侥幸躲过了。

她不得不坚决地要求查理·麦克比不要接近“布兰顿船长”，她担心这个老头一被传染上，恐怕就绝无好转的机会了。没有查理的修理，布兰顿的胡子长得又长又密；黛丽笨拙地试着为他修剪，惹得布兰顿大发脾气，说她根本不是护理员的料子，挥手要她走开。

胡子倒也和他长长的头形相称。他的鬈发，金色强于银色，让他看起来像是一位古巴比伦国王。在他玩一副旧牌的时候，布兰尼觉得父亲看起来就像牌中的那位威严的大王，而随着他们俩病倒在同一个房间里，他逐渐失去了对父亲的敬畏之心。

或许因为生病的时候他已经卧床因而没有经历伤寒之险的缘故，布兰顿很快就度过了危机。但是他的康复进展缓慢。当医生宣布两个人都已痊愈的时候，黛丽感觉自己已经疲惫不堪。医生建议，如果她不想自己也倒下的话，就去度度假。

她到农场接了麦格，留下高顿和查理负责管理停在威克瑞外埠的“费拉黛菲娅”号，然后乘火车南下去往阿德莱德。尽管与曼纳姆距离不足五十英里，但她还一直未曾到过这南部之都。

望着车窗外连绵的麦田、淡黄色的麦茬和已经收获的成袋的麦子——看上去像臃肿的棕色皮肤的妇女，她的心中不断升起兴奋。数英里的开阔的牧场使她想起北部维多利亚的辽阔平原；但是牧场后面更远的地方，像一块彩画幕布的，是一线翠绿的群山。巨大的云团像白雪一样浮在上面，在长满厚厚的灌木丛的深沟狭谷中投下一大片阴影。

色彩在她的头脑中歌唱：蔚蓝与金黄，蔚蓝与金黄；多么壮观，美丽的金黄与蔚蓝……她多么渴望拿出锁在客厅橱柜里的她的颜料和画布；但她知道，一周的绘画假期绝不能令她满足，像醉鬼或吸毒成瘾的人一样，在令人陶醉的创作冲动面前，她怎么可能浅尝辄止！

麦格的鼻子顶靠在窗上。她以前从未见过真正的山。“妈妈，你看那些山！”当她们与海湾和阿德莱德港冒烟的烟囱并行的时候，她叫喊道。

当和女儿从通向北特拉斯的长长的坡道转出来时，黛丽感觉既热又累，还有点晕。她站在灿烂的阳光下，眨着眼睛；空气中没有一丝烟雾，一幢幢楼房闪着淡淡的光，影子清晰可见，像她见过的有关一座西班牙城市的油画。宽阔的街道尽头是一道淡蓝色的山岭的曲线，友好而亲切。

她叫了一辆马拉出租车。它的慢跑节奏使她能调整自己的思绪以适应周围的环境。这座城市不是另一个墨尔本，它有一种自身的氛围。这里的人走在人行道上，走过枝叶繁茂的英吉利树木下面光与影的斑纹，比墨尔本的人显得更悠闲。有人朝麦格微笑——这个小小的乡下女孩，显然是第一次进城，一边左顾右盼地直瞅高楼，一边紧紧地抓住母亲的手。

黛丽起初不是很愿意带麦格一起进城，但这个孩子身体很健康，农场的营养饮食——蜂蜜，纯奶油，直接产自灌区的牛奶、乳酪和新鲜蔬菜等——铸就了她充沛的抵抗力。

女儿和她在一起，完全和她这个母亲在一起，没有任何需要做的杂务来分散她的注意力，这是一件令黛丽十分开心的事。米格诺，黛丽有时候这样叫，暗自希望女儿一直像这个名字一样纤巧、美丽；但孩子更喜欢“麦格”这个叫法，它当然更适合她。

心智远比好看的外表更重要，黛丽告诫自己。但是当她带女儿去了北特拉斯的美术馆之后，她发现，麦格身上并没有多少艺术感受力。眼下看来，她只喜欢那些其中有马、有船、有大海的图片；她被大海迷住了，因为她从未见过海。

“那就是大海吗?”麦格大叫道，“为什么它不会漫出来呢？水面那么高，是什么把它围在里面?”

“亲爱的，那边就是地平线。只是远看起来水面很高，当我们走近的时候，它看起来就很低了。”

“但是，噢，它是蓝色的！除了在图片中我从来不知道水还能这样蓝！噢——噢，沙滩！比我见过的最大的沙嘴都要大!”

她们在海滨小站下了火车，走向宽阔的白色海滩——一道水泥铺就的岸坡，两边都有翻腾的沙丘；一排排褐色的海藻，好像被困的鲸鱼。潮水远远地退去，闪闪发光；平坦的沙滩、清澈的潮水池几乎延伸到护坡堤的尽头。

麦格甩掉了脚上的鞋，跑啊，不停地跑啊，一直跑到第一个水池。然后她又呼哧呼哧地跑了回来，双脚涉过干爽、发烫的沙子，气喘吁吁道：“像玻璃一样清澈透明，能看清楚我的每一根脚指头，肯定也好喝！妈妈，妈妈，你也脱掉鞋子来看看——”她又跑开了。

黛丽收拢麦格散落的鞋子,坐下来脱掉自己的鞋。沙子在她脚趾间如丝般滑腻,闪耀着云母和石英的细小微粒。她闭上眼睛,深深地呼吸着直接从海上吹来的洁净的、清爽的、带咸味的空气。

“亲爱的,把裙子掖到内裤里,不要弄湿了。”她喊道。但是她的声音懒懒的,带着幸福。多年来,她一直生活在内陆,游荡于奔流的浑浊河道中;多年前在墨尔本,她偶尔去过圣科达的十分沉闷的海岸,那里是一片郊区的人工海滩。她已经忘了真正的大海。

大海,大海!开阔的大海!

清澈,蔚蓝,自由的大海!

麦格一边唱着,一边在浅水里蹦来蹦去,把她挽起的衣服也溅湿了。她一直在阅读《水宝宝》;她想象着鲑鱼接触到咸水一跃而起的壮观场面。海水刺激着她的腿,令她不大舒服;但它那么美丽,如水晶一般纯净。她蘸了一些到唇上,尝到了咸涩的味道。

半闭着眼睛黛丽凝视着海湾蓝色的曲线;没有一条船的影子。这就是大海,此刻,大海露出它宽厚、单纯、欢迎的蓝色笑脸;它曾经那么残暴地吞没了她的父亲、母亲和她所有的家人。她得救了。为什么她得救了?一个原因,她思忖,就在于她比自己的兄弟姐妹更喜欢冒险,或者说更为敏感。其他人都在下面的船舱里享受舒适的时候,她非得登上甲板,亲眼看一看壮丽的南部大陆;而当船被撞沉的时候,那些人都被困在下面溺死了。在那里,南大洋声嘶力竭,激浪滔天;而在这里,波浪嬉戏,波纹荡漾,缱绻在她女儿的脚踝周围发出喁喁低语。她的女儿,几乎和她孤身来到这个国家时一样的年龄……这个念头提醒她想起一件事,她真的不该再往后拖下去了。

“麦格,亲爱的,”说着,她拎起齐达脚踝的裙子,在缓缓退却的轻柔波浪中涉水向女儿走去,“麦格,亲爱的,我一直打算跟你谈一谈,你这么快就长成大女孩了——”

“噢,别唠叨了,妈妈——”麦格正随着涌动的波浪而雀跃,“麦维尔太太已经跟我讲过那种事。我看过一本书。而且学校里大多数女孩已经开始了——”

黛丽停住了,愣愣地张着嘴巴,然后自己笑了起来。啊!年青一代总是先行一步。她想起自己的生理知识曾经让希斯特姨妈多么震惊。但她除了幼儿时期再没上过女子学校,所以意识不到性的"共济会"早已把能获得的信息在她们团体内部传播开了。听麦格的口气,她知道那是怎么回事,根本没有必要为此担忧。

在返回市内的火车上,麦格反复看着自己棕色的腿;上面沾了一小片、一小片的干海藻,像愈结的痂斑。干海藻上还沾了沙子——像饼干上面的糖——和微小的白色盐颗粒。她的腿和鞋子里滑动的沙子,都告诉她,这不是一个曾经做过的梦。

车厢里一位女士,头发剪成了短马尾的样式。麦格直率地注视着她。黛丽也被吸引了,但她尽量看上去仿佛并不是在注视人家。她从未这么近地看到过不戴帽子的短发型。她转个角度从窗玻璃里面望着这位年轻女士的影子。实际上她的发型并不很漂亮,不像黛丽在杂志上看到的图片那样漂亮,但这是一个自由的举动。女人也可以和男人一样理发!或许她也要在市里理个短发,她一定要去买一些香烟和一只烟嘴。她突然觉得自己穿上新的条纹衬衫、戴上新帽子也会很摩登的。

她并没有理发,但在回到船上之前经历了一件令她欢欣鼓舞的事。时间正是十二月份,她和麦格在市内的商店里疯狂采购,还暗想她们要是钱更多一些就好了。忽然她从报纸上看到罗斯·史密斯和他的飞机正在达尔文市。他们从英格兰起飞开始了世界上第一次环球飞行。

预期几天之后,他将经由悉尼和墨尔本来到阿德莱德,所以她们把起程回莫干的日期推后了几天,和期盼的人群一道手持临时系在树枝上的旗帜等候在公园旷地。

麦格不知道会等到什么西洋景,她见过一些飞行器的图片和坐在看起来又轻又薄的小飞机里的战时飞行员的图片;但是这架从英格兰横空而来的飞机肯定要比那些当中的任何一架都要大。

人群中突然掀起一阵兴奋的波浪,随着"他来了"的呼喊,她张着嘴,仰头望见东边山头上空飞来一只小小的像鸟一样的东西。

很快它就飞到近前了。她可以看到它展开的双翼和涂在下面的字母G-EAOU——某个报界才子翻译为God 'Elp All Of Us(天助我也)。她疯狂地挥舞手中系着围巾的树枝。

小飞机绕着城市嗡嗡地盘旋了一圈，然后朝北面的机场方向飞去，一会儿就飞得没影了。麦格把旗帜扔在地上。飞机很小，令人失望，但毕竟是亲眼所见，哥哥们还不要嫉妒死了！

她的母亲仍在凝神地望着空荡荡的天。

“直接从英格兰飞来！”她说道，“你知道吗，孩子？当年我们乘坐轮船从英格兰来到这里花了四个多月的时间！未来的有朝一日，可能四天之内就飞过来了。所有的信件都可以由航空邮运，或许人也会乘坐飞机往来，而用不着漂洋过海。”

“噢，妈妈！你真是一个幻想家！飞机不够大，装不下许多人，要不就太重了，也不安全。”

“轮船也不总是安全的。”她的母亲说道。

76

时间到了一九二〇年，少女的裙子正在悄悄地向膝盖以上爬去；如果说飞机仍然是一种新奇事物，而机动车即使在乡下也很普遍了。但是铁路在除了城里以外的地方还是最基本的运输方式，大河仍然是深入北方的主要通道。

但是在一月份，水位很低，轮船不得不停泊在莫干到河口沿途；“费拉黛菲娅”号也到了年检和重新认证的时候，所以黛丽决定把干舷高度增加到十八英寸，使其适合湖上运输，以备再有机会承运到密朗的羊毛。

学校放假期间，黛丽让所有的孩子都回到船上，因为除了查理和厨子之外，其他船员都结账走人了。黛丽觉得在城市里一起度过的这段时间，她已经逐渐又全面地了解了自己的女儿；她们俩在宾馆里合住一个房间，每晚熄灯之后都说悄悄话，常常因为一些小小的玩笑而咯咯笑个不停，好像她们两个是一对女学生。

这段假期时光使她精神焕发，又有麦格分担她许多照料布兰顿的杂务——麦格简直是天生的护理员，黛丽突然发现自己的手头有了时间。阿莱克斯已经褪去稚气，因为高顿在家，他便如影随形地跟着他的哥哥。

黛丽开始觉得自己像是一个在一段长长的、漆黑的隧道尽头终于看到了一线光明的人。她去了一家锁匠铺，为上了锁的橱柜新配了一把钥匙。

在她四十岁这年，她又开始作画了。刚开始，当她带着绘画箱坐在小艇上划出去的时候，她感觉到一阵独处的狂喜——此前这么多年，仿佛几个世纪，她一直属于别人！现在她独自享有这水面上映射回来的灿烂阳光。

但是当她竖起画布试图画出什么的时候，她的手因为兴奋而不停地发抖，因为久不使用而变得笨拙。她在那幅画上笨拙地涂抹着，修补着；当又把所有的涂抹都刮擦干净时，她苦恼得差一点哭了。但毕竟这是一个开始。

塞拉斯·詹姆斯来到莫干要赶进市的火车。他上了船，诡称要看看布兰顿。他没必要单独与她相处从而彻底摧毁她的决心，他只需从房间对面望她一眼，也能令她的记忆和感官翻江倒海了。他走了之后，她躺在床上一晚一晚地睡不着觉，只能一支接一支地抽烟，来对抗对他的欲望——他高大的男性身体，强健有力的双手，还有那些强加于她的令人窒息的疯狂之吻……噢，要是此刻能与他在一起有多好！

她必须找一个渠道升华自己的欲望！她要把积累的全部动力投入到绘画中，但是当她绷紧了欲望之弦的时候，又怎能放松下来平静如初呢？戒律，戒律啊！

她找到了新的绘画动力——那就是阿莱斯太尔·瑞本。她想要在下一次见到他的时候，拿出自己的一幅有价值的画让他看看。他还没有回到莫干，可能正在密朗与他的寡嫂和两个姑妈在一起；她能想象得到在那个以一位公主命名的大湖的岸边，他正优雅地周旋于那些女性中。

过了大湖，河流又变得狭窄，岔出了弯弯曲曲的细小河道，最长的一条流过古瓦；过了古瓦，就到大海了。是不是在墨累桥，或是在曼纳姆，那位名叫斯图尔特的人——大河的第一位探索者——看见了海鸥？

早先，在这里，在莫干附近，大河流经的这片区域几乎是一片沙漠；一位年轻的探索者曾经被困在他北行的途中。在蜂窝状的悬崖上面，石灰石质的土地光秃秃的，偶尔点缀着几簇坚硬的小桉树。稀稀拉拉的各种草类呈现出枯萎的褐色。

灰色，暗褐色，棕色，沙橙色，渐远的靛青色——辽阔而平坦的平原与海面持平，而在低矮的沙脊上面生长的只有稀疏的烟草和“畏来风”玫瑰——一种开着沾满红色沙尘的怪异的花朵。

然而就在下面，大河坚持着它古老的行程，流得散漫而从容，毫不理会这片干渴的土地。奶绿色、半透明的河水像一颗麝香葡萄；但这里绝非它的容身之所——它流向自己远方的目标。在不毛的准平原上，这道深深的裂缝稍远一点就看不见了；崖岸上没有用作标记的边缘树，如果填补上这道缝隙，整个地面风景将看不出任何变化。

从崖岸的顶部，只需一瞥，就能把这道不可思议的、散淡的绿色水流尽收眼底；而周围的广阔高原，光秃秃、空荡荡地矗立于明朗而干燥的阳光之下。

黛丽的第一幅自我感觉很满意的画是一幅简单的习作——一片橙色的沙丘，一棵惹人注目的黑色枝干的树，再无任何其他植被。

麦格回到农场，感觉自己长大了也更懂事了，因为她见过了“大城市”，因为盖瑞·麦维尔从战场回到家中。她突然发现生活更加令人兴奋了。他并没有对她十分关注，但这并不妨碍她对他持有的对英雄一样的崇拜。

现在她有了两件新的外衣，一件是花绸子的，另一件是亚麻刺绣的，两件都是从市内的商店里买的，能够彰显她含苞欲放的身姿。她觉得两件都相当漂亮，穿上任何一件都会为她增添新的风采与自信。

当她穿着旧的印花上衣乘坐轮船回来的时候，盖瑞驾驶运货卡车还在镇上。吃茶点之前，她穿上那件新的黄色亚麻外衣，帮着麦维尔太太在那间摩登厨房的小餐室里摆好餐桌，然后跑到外面，非常文艺地倚在围栏上，等待着从威克瑞回来的四轮卡车。她先听到了声音，未见车影；接着由远及近马路上卷过一团长长的白色烟尘，像火箭排出的尾气，烟尘中赫然出现了那辆四轮卡车。道路上轧出两行深深的车辙，宽度恰好是两轮之间的距离；轮胎跑在车辙中，如同火车跑在钢轨上一样。

卡车越来越近，只见盖瑞使劲一扭轮，让车驶出车辙，转向大门而来。麦格慢吞吞地走上前来，抬起锁环，向后拉门；她站在铁门闩的底杆上面，骑着门一起转动。“你好啊，麦格丝，”他叫道，“谢谢你啊，乖小孩。跳上来吧，我拉你到后面转一转。”

麦格关好身后的门，强迫自己不要像小女生一样蹦跳，稳重地爬上车，然后把亚麻布裙子在膝上抚平。她蓬松的黑发早上刚洗过，闪着琥珀色的光泽。

“你怎么啦？什么事惹你心情不好？”盖瑞推上离合器杆，把车驶向房子旁边的车道，拐了个弯，开向后面的棚屋——这里放有犁、耙、挽具和马的草料等；还为机动车留有一个小小的角落，但常常被家禽们用作了栖息之地。

“没有啊，能有什么事呢？”她斜着眼瞅他；浓黑的眉毛下面，小小的鹰钩鼻子上面，蓝色的眼睛一闪一闪的——他平凡的相貌因为刚刚觉醒的、微妙的异性吸引力正在发生着改变。

“那我就搞不懂了；妈妈对你唠叨了，还是怎么？”

“没，她从不唠叨。”她低下头，专心地用手指抚弄裙子上的一个褶皱。

“那，还是下车吧。”他扭动门的把手，同时熟练地用拳头一擂，门就迟迟疑疑地打开了，“帮忙搬一下这些东西，好吗？”说着，他伸手从底座下面拖出一些杂货，抱在怀里，然后转身递给麦格，却发现她正顺从地站在他的身边，眼睛熠熠生辉。

正当他开始把一袋面粉、两块肥皂和一听果酱转移给她抱着的时候，她抱怨地说道：“你从来都熟视无睹，你这人！”

“我的天啊！有什么好看的？”

“你看不出我有什么变化？我到过城市，一个叫普利沃斯特的法国人给我理了发，我住过‘皇都酒店’，我买了新的外衣……你跟蝙蝠一样有眼无珠！你自己搬这些破烂货吧——”她把怀里的东西猛地掼到地上。那听果酱砸到了他的脚趾，她刚要转身跑掉，他怒喝一声，攥住她的胳膊。

“嗨，你个小——！”

他拧过她纤细的胳膊；她喘着粗气，挣扎着，却徒劳无益，倒让他恢复了好情绪。“来啊，打我啊，怎么不打了？”他讥诮道。她挥起另一只手，也被他制住，动弹不得。

“赶紧说：‘对不起，我是个小泼妇。’”

“就不说！”这番挣扎，与他坚硬的肌肉对抗，令她感到快活；此时她的愤怒有一半是装出来的。

他咧嘴嘿嘿一笑,手上稍稍加力:"快说!"

"我……对不起。放开我,你这个畜生!"她试图挣脱出自己的左手,这时她忽然注意到他那只残缺的手,失掉的手指只剩下残根。她所有的怒气都消融了。

"噢,盖瑞! 你可怜的手,刚才弄疼了吧。"

"胡说。早就愈合了。"他把手插进衣兜,不给她看。当他从车上卸下其他货物时,她开始温顺地收拾起散落在地上的东西。她在他的前头走向厨房门口,这时他勉勉强强地说道:"不管怎么说,这套外衣不错,你穿着——呃——挺好看。"

麦格侧过脸投给他感激的一笑。

战争的一个结果是为澳大利亚的果脯生产提供了市场。所有的果树都种植在墨累河沿岸。战争期间,整个世界的供应都来自加利福尼亚和澳大利亚。两位加利福尼亚人,查菲兄弟,最先在米杜拉开辟了一些灌溉葡萄园,现在这些地方都在蓬勃发展,同时仁马克也已经成为一个富裕的垦区。

维多利亚边界以下的墨累河流域正在改造。这里的土地被规划成一块块十五英亩的区域,先进的泵水机械把河水泵到一百五十英尺以上来改造荒芜的灌木林地,在这片丛林中同时冒出了二十个村落。成批的前军人在小桉树丛中辛勤劳作——筑路,用原始的马铲挖掘水道,两边砌上水泥,固坡,围栅,犁槽,把小桉树根堆积起来用作燃料……

第一个夏天即将过去的时候,一股巨大的热浪袭来。在长达两个星期的时间里,树荫下的气温平均达到四十摄氏度;新开辟的水道中滞留的水污浊不堪,沿途有许多兔子的尸体在里面腐烂,蚊虫滋生。一场流行性的伤寒病夺走了很多已经躲过西班牙流感的人的生命。因为睡眠不足而眼睛红肿的乡村医生们,在坑坑洼洼的丛林道上驾车跑来跑去,一艘艘轮船把一舱舱药品和消毒剂送到麻布搭建的临时性小仓库中。

一艘轮船甚至送来了宗教抚慰——远在英格兰的伊顿大学的几个男学生承担了一项国外援助计划,他们乘一艘名叫"伊多娜"的明轮船,提供流动的英格兰式的教堂礼拜服务。加能·布塞尔在莫干和仁马克之间沿河上下漂流。

每个星期天早上——或者当“伊多娜”号恰好停泊在一个村落的那个早上——他都要召集一次聚会；当然，在英格兰的教堂里是从来看不到这样的聚会的。

捕兔子的猎手，渔夫，穿着油腻的厚毛头布裤的剪羊毛工人，身上套着旧的军用夹克的灌区劳力，在船上这间小小的刷成白色的礼拜堂里都一视同仁地受到欢迎。当加能·布塞尔踩下小风琴的脚踏板时，所有的人唱起那些古老的圣歌——他们当中有些人自从孩童时代起就再也没听到过这些圣歌。他们喜欢唱圣歌；因为这个缘故，他们耐心地坐在那里听加能冗长的布道，直到他恢复了正常的呼吸，开始踩下风琴的踏板。

再往下游，在大湖前面的最后几个河段，水正在被泵回到河中。墨累桥两边辽阔的冲积平原上的沼泽地带正在被排干，裸露的肥沃土地变成了牧场，最终形成了五十英里的河滩；上面建起了奶牛场，所产的牛奶送到墨累桥的农民合作社进行加工。

在华尔、泡浦、耶沃斯、莫贝隆、马坡隆等一些地方，因为死水潭被排干，许多水鸟不得不告别它们古老的栖息地——野鸭、黑天鹅、鹈鹕和鸬鹚等开始飞往古瓦河道的宽阔水域以及河口处的库绒咸水区域。

非常缓慢的进度，极需耐心的等待，在像蚂蚁一样有组织的辛勤努力下，人类正在迫使这条肆意漫流的大河开始新的行程。大河向前流淌，接受着这些渺小的生灵强加于它的屈辱；它暗暗地等待时机。

77

在接下来几个月里，货运量很大，黛丽长时间得不到休息；大大小小的轮船又像采蜜季节的蜜蜂一样忙碌起来，上下穿梭，涌向新的建设工地。

她更瘦了，整个人显得十分憔悴，瘦削的脸上颧骨突出；但好像因为某种奇迹，她仍然保持了柔和的英国人的肤色，她整个人看上去好像稍微褪了色的苹果花。

大部分时间里，她简单地穿着一件齐腰的衬衫和直达脚踝的长裙，天冷的时候就套上一件男式的毛衫，有时外面再披上一件系腰带的军用夹克。她不戴帽子，黑色的头发依然长得茂密，但是其中赫然一绺银发，很让人触目惊心。

河上货运统一定价，不管轮船是在距离河口二百英里的莫干，还是在古瓦卸货；黛丽更愿意从墨累桥装载面粉、啤酒或其他必要设备发往三号闸门勘察现场之后，回装一批运到莫干的货物。下行的货物通常都是小麦或羊毛。

如果她能早早地在六点左右到达莫干码头，他们就能把一船一千包羊毛装上下午两点开往阿德莱德的火车。大型蒸汽吊车每小时可卸一百包。运费每吨三十先令，他们大有赚头；但是紧张的强度令他们所有人都有点吃不消了，老查理尤其吃力。

黛丽决定，一旦攒下一千英镑，她就卖掉驳船，重新把“费拉黛菲娅”号装备成流动商店。新的村落将会提供源源不断的客流，而且维多利亚湖建设工地正在兴起一个庞大的工程营寨。

再运一趟羊毛就洗手不干了。她想往文沃斯运一趟面粉，这一趟有可能得到回载羊毛的机会；但是在她出发之前，瑞本来了一封信，请她从维多利亚湖站收购当季第一批羊毛，运送到他在密朗的仓库。她立即打电报接受了邀约。

轮船已经通过认证，经得起大湖的风浪，但她还是有点紧张。她从未冒险进入过这么大一片水域；在一九一七年大河流量达到峰值时，她曾经迷失在一片潟湖中，当时她把河岸上两排护堤树之间的缺口误认作了主航道。在亚历山大湖，也许根本看不到湖岸。这一次她必须完全靠自己来闯。

在客厅橱柜里，她翻出一张旧的大湖地图，标明了贴近湖岸的航道：威灵顿以下，湖面敞开，风要是从西北点出发，几乎一直沿着西岸插向密朗。她咨询“奥斯卡·W”号的沃林船长，但他十分怀疑像她这样的女船长是否能够安全到达密朗。

“你太年轻，身子太弱。”他告诫她，“湖大风急，从西南突然刮来，你怎么办？你在下风头，波浪翻腾高达八英尺，每次翻腾，右舷桨轮都会脱水空转，一不小心，你就开始打转转了。

“你听我的：最好天刚放亮太阳升上来之前就动身，这个时间几乎总是风平浪静的。如果一直刮西南风，或许你得等上两天，直到水势平稳下来；不然的话，湖水很浅，你会撞到船底，那可就完蛋了。”

当她经过威灵顿——到达大湖之前的最后一个村镇——崖顶那家古老的

小客栈时，沃林船长的话语似乎又在她的耳边响起。她把一张大幅地图铺展在舵舱的地板上，低着头，追踪着穿过宽阔的湖面直达密朗的航线；她觉得这比在通向古瓦和河口的变幻的水道的迷宫中找出一条航线要容易多了。

她要听从沃林船长的建议，在进入敞开的大湖之前，今晚就停泊在"辟邪岬"的背风处。抬头望望天空，她看到压得低低的、气势汹汹的云正从西南方漫卷过来；这边的河水掩映在柳树的荫影里，但在对岸，她能望见那些长长的枝条水平地飘扬起来，撕扭，缠结，好像绿色的蛇。

她不希望"费拉黛菲娅"号碰到湖底——数英尺深的松软淤泥能把人整个儿吞掉。尽管有一只逃生的小艇，但是在八英尺高的浪涛中，她想象不出逃生的机会有多大。她心生恐惧。

尽管忧虑重重，但是当柳树突然散去，水面变宽，宽敞的河道通向开阔的大湖时，她的心开始欢跳，好像一条游入大海的鲑鱼。

她第一次看到前方的导航标志——港口一边的为黑色，右舷一边的为红色；这些神秘的四方形和三角形——上面栖息着鸥鸟和鸬鹚——向她描述着这片开阔的水域。

他们经过九十四号灯塔时，天色正近黄昏；她看到左前方两根丑陋的暗桩凸出水面，那里肯定湖水很浅。

"威灵顿客栈"的宅地出现在左岸棕榈树和白杨的环抱之中，更远一些的"浅水岬"好像浮在水上一样。她小心地试探着向对岸羊毛棚屋旁边的纳尔帕分站停靠点穿插过去。剪羊毛即将开始，那些有人居住的小屋里透出友好的灯光。

很快他们就抛出绳子系到那些坚固的红桉木桩子上——黛丽猜测，这些红桉木来自埃库卡上游的森林；她曾经走在那些巨人一般的树木中间。驳船被稳妥地固定在一株大柳树下。大风中，从小屋的方向传来阵阵风琴的声音。

"想不想吃完茶点后上去溜达溜达，呃，查理？""小羊"装出一副成年人的样子，慢条斯理地说道，"他们剪毛工可能会有烈酒，他们肯定有音乐，但是，我猜，没有女人，这点不好。"他那长满雀斑的脸咧得露出了牙齿。

"你个'撒旦的小羊羔'！还想要什么？烈酒和女人！等你长到我这个岁数，有的是时间让你做那些事。你把前面系好了吗？没打成祖母结？如果风向有变，晚上绳子有可能噼里啪啦断掉——"

"你觉得会吗，查理?"黛丽从舵舱走下来，双臂抱在胸前，两手揉着肩膀——不知怎么回事，那里感觉疼痛；肯定是在进入这片未知的水域时她因为紧张而抓握舵轮过于用力了。

查理从他那乱蓬蓬的睫毛下面眯起眼睛望着天空。

"我想不会的，不会，除非它向西摇晃。如果不先向南、向东，它就不会向北摇晃，所以你用不着担心绳子，也不用担心撞上木桩什么的。我们有西面的那些树做掩护。"

"到了明天风浪就会退了吧?"

查理向旁边吐了一口。"不晓得，不晓得这里是什么情况，我也是人生地不熟。我得过去和他们剪毛工聊聊——"

"查理!"她惊惧而恳切地望着他。他明白她的心思：一旦他到了那边，唠嗑，喝酒……即使在轮机手没喝醉的情况下，这第一次湖上航行也已经够她忧虑的了。

"好吧，太太。"他把油腻的破帽子拉下来遮住眼睛以掩饰自己的尴尬神情。"我是不想过去，但'小羊'可能要溜达溜达，看看能不能从他们的面包房里弄一些新出炉的面包，剪毛工带的厨子做的面包可好吃了。"

"小羊"只等她一点头同意，马上就把他的布丁式帽子拉到耳朵上面，像一颗子弹射出枪膛，从一根枕木到另一根枕木三跳两跳就没影了——这一小段铁轨蜿蜒穿过沼泽地中的海蓬子，把一包包的羊毛送到码头等待装运。

除了剪毛棚、压毛间和男人的住处之外，还有一处伸着高大烟囱的羊毛洗涤厂——它的壁炉一侧搭了个石头烤箱，一次可出笼十五块面包。"小羊"蹦蹦跳跳地回来了，每只胳膊下面夹了一块双层面包。"剪毛工说了，可能会狂风大作!"他欢天喜地地喊道。

这天的晚餐，黛丽几乎难以下咽；她坐在那里听着柳树间风的嘶吼，稍弱一些的轰鸣——她听出——是波浪击打停靠点对面的开阔湖岸的声音。

她跟布兰顿谈内心的忧虑是毫无用途的；与掌管轮船有关的任何事情，他几乎总是阴沉着脸表明自己缺乏兴趣。她头一次开始希望船上有一位合格的大副来分担她的责任。现在名义上布兰顿是船长，她是大副，但实际上她承担了两份责任，只能随时抽空睡几个小时的觉。她已经筋疲力尽，无法再坚持更长时间了；一旦这船货成功送达，她就重新回到安静的商店经营中去。

早晨，在一个不安的夜晚之后，她被早早地叫醒。天空已经晴朗，仍可看见明亮的星星挂在上面。正是日出之前，金星闪着白光缓缓登场，西北方向有大角星发出蓝色的、暗淡的光，十字星座高挂头顶。低头望着湖水，她看到这片受荫庇的湖面平滑如镜，星星的投影尽管有点变形，但仍清晰可见。

金星，像一把银色的锯齿利剑，从对岸方向刺向轮船，最下面的两个锯齿合合分分，像一对无声拍打的手掌。

查理过来询问她是不是要发动轮机。她看了看晴朗的天空和微微摇曳的树叶，说道，是，天一放亮马上出发。他立即过去叫醒了仍然赖在床上的司炉工。

驳船舵手和他的助手也起床了。她听到他们当中有一个就在船的一侧距离羊毛包不远的地方解手。大河接受着一切——热乎乎的尿液和穿越了数十亿英里空间的纯净的星光，不露声色地流过这片安静的湖泊。

高顿——贪恋温暖的厨房，已经和厨子成了铁杆朋友——这时给她端来一杯冒着热气的浓茶和一片烤面包，她端回到自己的船舱。他，或者“小羊”，经常把她的一日三餐送到舵舱，然后接管舵轮，——她则一边吃饭一边从旁边加以指导。厨子一直令她感激不尽；尽管是一个乖僻的男人，他的厨艺却非常棒。她宁愿整个晚上驾驶一条船，也不愿为五个挑剔的男人做一顿饭。

随着隐藏的太阳开始从低矮的山岭后面发出光芒，她进入舵舱；当她的目光穿过狭窄的陆颈望向远处开阔的大湖时，她有些畏缩了。湖水呈现出不吉利的橄榄绿色，波浪翻腾，上面浮着脏兮兮的白色泡沫。她打开舵舱的窗，从西面吹来的微风中能够辨出波浪冲击的令人惊慌的咆哮。

但是他们已经发动轮机了，几个小伙子正要去解缆绳。如果她现在取消出发的命令，他们就会认为她临阵退缩；查理会很失望，然后，他恐怕会去剪毛工的小屋那边，开始他可能持续两天的豪饮。

“解开船头缆绳！”她明确地下达命令，“驳船松开了吗？高顿，松开那根绳子，跳上来。站到木桩旁边，向外推——好了吗？”她把轮机杆推到倒挡状态，然后手放在节流阀上。巨大的桨叶翻搅、吃水、向前喷吐，“费拉黛菲娅”号缓缓驶出，转向，十分轻柔地收紧松弛的拖绳——驳船毫无颠簸、顺从地跟了过来。驳船舵手嘴上骂骂咧咧的，但他心里也不得不佩服（他实在不赞成舵舱里出现女人）。

一旦轮船真开动起来，她就在升腾的兴奋之中忘了自己的恐惧，一边哼着小曲，一边认准陆面标志——右前方"辟邪岬"亮着灯的房子开始显现出清晰的轮廓，再往远处左前方是"浅水岬"。轮机有力地颤动，仿佛在唱着"向前，向前，向前……"她兴奋地腾空一跃，头碰到了棚顶低矮的横档。查理走上舵舱的阶梯，用手背擦着自己冰凉的红鼻头，油腻的帽子低低地拉到耳朵上面以抵御早晨的冷风。

"一夜之间风就消停了。"他随口说道，"他们剪毛工根本不懂天气，只知道下雨的时候，他们会说羊身上湿，可以放假了。嗨，你，'小羊'！"他突然透过舵舱窗向外面吼道。"撒旦的小羊羔"正躲避在船头散放的几包羊毛后面，饶有兴致地瞅着前方的水面——这时可以望见地平线下面有一排不祥的、翻滚的浪峰。"蹦过去望一眼测水仪——快过去！"他拉上窗。"'撒旦为懒惰的人找到事情做。'"他故作庄重地引用道。

"风是消停了，但湖水没消停多少。"黛丽说，"看那些大浪！白帽子一样的浪峰！"

"对我来说，明轮船的用途从来就不是在大河以外的地方。"

"但是查理，有些明轮船全凭本身的动力从墨尔本一路开进大河，'诱饵'号驶往西澳洲，也安全返航；如果他们能过海，我们当然也能穿过这二十四英里的大湖。早期这里来来往往很频繁的，所以才在湖口建有一座航标站。你害怕了？因为如果这么——"

查理咧嘴嘿嘿一乐。"我不会那么容易害怕的。但我不怀疑你是会掉头返航的。"他重重地走下阶梯。

"你最好叫高顿上来帮我一把。"她在他身后叫道。黛丽牙关紧咬，出汗的手掌紧握舵辐。船上所有人的性命都握在她的手中——布兰顿，孩子们，船员们……她怀疑查理是否还能游得动。

绕过"辟邪岬"，她马上感觉到高大、急促的波浪击打船体引起的震颤：急遽而凶猛，不同于深海浪涛的节律。轮船开始抖动，向岸边方向倾斜；右舷桨轮一半时间脱水空转，黛丽不得不用力地抓住舵轮，防止自己不由自主地滑向入水的一侧。

高顿跑上阶梯，来到舵舱，直奔舵轮另一侧，握住舵辐，使上一些力气；黛丽马上感觉轻松多了。虽然他只是个孩子，但是她已经感觉到了他的镇定和力量。

就在这时，太阳从低低的云层后面钻了出来，照亮了远处大湖对岸的"麦考利岬"和"斯图尔特岬"。在那只见灰蒙蒙、混混沌沌的地方，一处鲜橙色的沙丘一样的东西，看上去像一幢方方正正的黄色大楼；但实际上那是一道黏土崖岸，它像一座双层灯塔一样闪闪发光。

崖岸的后面是雨丝和靛青色云层的帘幕，映衬出金红色的芦苇塘；六只黑色的天鹅正从阳光里飞出来，好像一道雨后的彩虹，好像一个吉祥的预兆。

黛丽所有的忧虑和恐惧都消失了，她隔着舵轮满怀信心地朝高顿微笑着。

"有意思，对吧？"她说道。高顿兴奋地笑出声来。

"我希望我们能一直把它开向大海。"他说道。他浓密的、闪着光泽的棕色头发乱蓬蓬的，显然这天早上没有洗过，但她忍住了不想责备他。她凝视着他细长的蓝眼睛——跟她自己的眼睛那么相像——带着极大的满足感想道："这就是我的儿子啊。"在墨尔本医院他第一次被她抱到怀里的时候，她说的就是这句话啊——那是在十六年前吗？布兰顿的有效生命可以说已经终止了，而她自己也在一天天衰老，但生命仍在继续。

湖面上，短暂的光影暗了下来；他们迎着巨大浪涛的冲击，向一望无边的对岸艰难地前行。

78

当"费拉黛菲娅"号穿过大湖到达密朗时，在长长的弧形码头只停泊着另外两艘船。

"'无敌'和'联盟'！"阿莱克斯一边读着那艘轮船和它的驳船的名字，一边大喊大叫道。他兴奋地在顶甲板上手舞足蹈，庆祝他们的平安到达——这段航程似乎对他来说像麦哲伦穿越太平洋一样既漫长又危险。以前他从未距离陆地这么远；现在他们即将系泊到一个真正的码头，而不是河岸上的停靠点。

“睡莲”号，样子奇特，像一艘未完工的纵帆船，船尾伸出长短不一的踏板——正在准备向“麦考利岬”扬帆起航。

货栈管理员，当地学校的所有孩子，另一艘轮船的船员们，镇上的闲散人员，包括许多黑皮肤的、土著面孔的人——都聚集过来观看“费拉黛菲娅”号和它的驳船靠港。

因为身处新的港口，感觉到来自人们对她这个舵舱里的女人致注目礼，黛丽有些不知所措；这时码头上传来的十分熟悉的一声招呼让她忘了自己的局促。

“黛丽小姐！你好，太太！祝贺你，你比男人玩得更漂亮！只有女人才能真正理解女人啊！”

“吉姆·珀斯！你怎么在这儿？”一等到桨叶停止旋转，她马上跑出舵舱，从甲板栏杆上面探出身子来。

亲爱的老吉姆，他是大火之前最早的“费拉黛菲娅”号上的大副；哦，吉姆，当她第一个孩子在河岸上出生的时候，是他首先跑去求助的。

“嗨，吉姆！”她喊道，“上船来吧！泰德会愿意见到你的。”她十分兴奋，甚至没有注意到瑞本先生正孤零零地站在人群以外的地方，他明亮的眼睛饶有兴致地望着这边。她穿了一件男式的旧夹克，帽子也是泰德·艾华兹戴过的，已经风光不再了——她的头发从里面溜了出来。她下到低层的甲板来迎接吉姆，然后把他领上布兰顿的船舱。

吉姆是“无敌”号的船长，在密朗和曼尼杰之间做贸易，往返穿越大湖——这就是为什么她早先在河上没有碰见过他。

“你是有点赌气，是吧，这样的天气里穿越大湖？换作我，就在那边停泊等候了。”他历经风霜的脸上皱纹更深了，好像去了毛的皮革；脖子上的皮肤耷拉成一圈湿漉漉的褶皱；曾经的黑发变成了象牙灰色，对比之下，他的皮肤好像比从前更黝黑了。见到他令黛丽感到震撼：灰白头发的吉姆·珀斯比她自身相貌的逐渐变化更让她深切地认识到时间的流逝。“为什么赶那么急呢？”他问道。

“我有充分的理由啊。”她低声说道，“查理·麦克比还和我们在一起，当时我们刚好停泊在剪毛工营地附近。”

“哦——啊，我明白了。老伙计查理，他身子骨还硬朗吧?”

“当然，先过来看看他吧。”

吉姆和查理互相握了手，然后吉姆上去看布兰顿——他比前些年活动更加自如了；他们打开一瓶啤酒庆祝这次重逢，没完没了地回忆着旧日的时光。

忽然想起来她既没有见到收货人也没有正式移交货物，黛丽赶紧回到自己的船舱，脱下旧夹克，穿上一件新鲜的蚕丝衬衫，然后开始认真地梳头。她把头发盘起来，这样那银色的一绺就不那么惹人注意了；她又往自己耳朵后面喷了一点薰衣草香水——这算是她的一件奢侈品了。

“你这是什么意思?”她一边瞧着自己在小镜子里的效果，一边严厉地质问镜中的自己，“阿莱斯太尔是个男人，但他不会对你感兴趣的，这次会面纯粹是商务性质的。”

她抓起那件原先属于希斯特姨妈的开司米披巾，围到自己肩上，然后来到外面的甲板上。

“瑞本先生刚才在这儿，但现在他回到货栈那边去了。”驳船舵手说，“他让我告诉你他看到你很忙，要你安排好了再过去。”

“哦!”黛丽说，“谢谢你。”那么他已经看到她穿着旧外套，像渔妇一样朝着下面的吉姆大喊大叫！想到这里，她全身开始发热；但她马上挺正肩膀，轻快地走上码头——两边是铁轨，从两堆高高地劈作轮船燃料的木柴中间延伸出去，直接通向湖滨公路对过羊毛仓库的黑洞洞的门口。沿着仓库前面题有一道铭文：**“墨累河与达灵河羊毛”**；铭文上方是一处阳台，装饰有华丽的铁工——显而易见属于二楼生活区的一部分。

当她穿过那片开阔地带，寒冷的西南风向她袭来，她不由得瑟瑟发抖。她真是傻，竟然脱掉暖和的夹克，穿着一件蚕丝衬衫就大胆地从有遮掩的舵舱来到外面。她觉得嗓子有些干涩，这像是感冒的先兆。

虚荣，这就是麻烦所在，尽管她已经四十岁了，而且头发也在开始变得灰白……

在布兰顿的船舱里——因为天空不时地有疾驰而过的云，所以透过巨大的窗照射进来的阳光也是时断时续的——两个男人在放松的气氛中喝着啤酒，回忆往事。

刚一见面他们就注意到了时间和事故给两个人所带来的巨大变化，震惊之余，他们又意识到两个人之间本质的东西根本没变。泰德·艾华兹和吉姆·珀斯这一对伙伴之间的情意，不仅仅局限于行船方面：吵架，他们同仇敌忾；洪水、火灾、一九〇二年的大旱，他们同舟共济；无数次，他们一起喝醉，为轮船的优缺点和船长的能力高下而争得面红耳赤。他们俩都是埃库卡人，在大河的“上头”成长起来，如今在大河的“下头”，他们发现各自的欢乐已经成为过去，生命的活力也已经消逝。再没有了来自不同河段船员们之间的争斗；再没有了与下降的水位之间的争分夺秒、用绞车把轮船拖过礁石或用绞索把它拽出激流；再没有了达灵河上铁皮棚屋中的那些女孩……

吉姆有九个孩子，他们都和母亲一起住在古瓦口岸；他不愿意离开他们而向上游跑长途，尽管当天气适宜的时候，他负责一趟到威灵顿的星期日客运服务。他的轮船几乎仅仅作为一艘美观的湖上渡轮；当由于天气原因他不得不系泊时，他就在古瓦海滩垂钓鲻鱼和鲳鱼或者套野兔卖毛皮以补贴家用。

啤酒打开了他的话匣子，他一点一滴地倒出了一切。

“唉，泰德，生活跟从前不一样了。”他叹了一口气，擦去嘴角的啤酒泡沫，“年轻的时候我们意识不到啊，什么都会变的。”

“吉姆……你没有什么……可抱怨的。我……怎么样？你还……掌管着自己的船，像从前一样有活力，而我——”

“是啊，老伙计，我知道。我本来不想说这个，我不知道你怎么忍受得了，一直被箍在床上，像你这样一个男人，生龙活虎的大丈夫，以后就这么搁浅在一处死水潭中……”

“不……不会！”布兰顿掀掉被子，用劲坐了起来，“来，吉姆，你帮我拿着杯子！瞧……你瞧！”慢慢地，他用尽全力转过身子，直到双腿从床的一侧垂下，耷拉到地板上。他斜躺着，呼哧呼哧直喘。“看到了吧？每天——每天我都把脚放下来，让……血液重新流通，已经有……感觉了。再让你看看，那些书……递给我！”

吉姆把他示意的两大本书递了过去——《南澳洲地理》和《新南威尔士殖民史》。

“黛丽想让我活动活动大脑,你知道我用它做什么?”他把自己又挪回床上,平躺下来,两只大手各抓一本书。然后他慢慢、慢慢地举起书,一直举到一臂之长的高度。“已经……胳膊强壮多了。我要给他们一个惊喜——他们会感到惊喜的。回到舵舱——明年!”

“好小子,泰德!你会给他们带来惊喜的!什么也不能放倒一条好汉!”

有人敲门,进来的是查理·麦克比。他没戴帽子——帽子一直是他不可或缺的一部分,而没了帽子,好像他的脑袋忽然少了顶上的一块,看上去怪怪的。他的胳膊下面夹了一瓶威士忌。“好伙计,查理,进来——”布兰顿啪地丢下书,向吉姆·珀斯闪了一个警告的眼色。

查理失了神采的蓝眼睛眨巴着,芜杂的眉毛已经变成了白色,看上去像是胡乱粘贴的几片棉絮。

“我想,啤酒度数太低。”他说,“我们必须来一点威士忌漱漱口……为我们几个老伙计干杯!”

不一会儿,三个人的声音,不可思议地融在一起,从船舱里传了出来,听上去像一首歌:

再喝一小杯,再喝一小杯,

再喝一小杯,我们不会醉……

与此同时,黛丽已经赶到了昏暗的贮物间,从这儿望出去就是十分气派的货栈——一包接一包的羊毛几乎堆到顶棚,足有数千包,都来自大河上游。巨大的货栈,像一座大教堂,黑漆漆,静悄悄;一缕下午的阳光照得三楼的一扇窗呈现出金红色,像一块彩色的玻璃。

“瑞本先生上楼去了。”货栈管理员对她说。这时她听到上面传来他的脚步和他拖长的说话声。

“啊,艾华兹太太!我一直在等您。”

他身材矮小,举止文雅,素色领带扎得一丝不苟,皮鞋擦得一尘不染……似乎并不适合这个湖边小镇。他令她突然感到一阵羞怯;她庆幸自己穿上了最好的衬衫。

“我姑妈恳求我带您上去吃下午茶,她们久仰您的大名,想见见您本人。”

他的声音,左侧眉毛的弯曲,乌黑的眼睛里朦胧的、嘲弄的、熠熠的目光,都包含了有所节制的幽默成分。她知道,他正在把她此刻的形象与舵舱里的她加以比较;也知道,他的姑妈正期待她以那副怪模怪样来吃茶点——男人的帽子以及整个那身装束。

她仰起下巴,清清亮亮地说道:"谢谢您,瑞本先生,但是我想,我们有公事要谈,今天太晚了,不能动手卸货,但——"

他已经下到最底一层楼梯,并没理睬货栈管理员,而是抓住她冰冷的手,俯下身,嘴唇在她的手上轻轻拂过。

"您这么漂亮,哪能谈公事,而且我急需补充茶点,咱们上去好吗?"

他在前面引路,上了楼梯,她注意到栏杆和起柱上面的美丽雕刻,在第一个楼梯平台处悬挂了一幅花与水果的古老的油画,从这里开始,一条红色的地毯铺展开去。她感觉犹如在梦中一般。她正在被领进另一个世界,回到过去的时光中;数千英里之外大海的另一边,正是这样的一段楼梯,通向她的祖父家中二楼的客厅。在澳大利亚,在她这些年的生活中,她从未踏足这样一处私人宅院。屋外,成群的兔子在霸王树的篱笆之间跑来跑去,白色的土路四通八达,路边的沼泽繁衍着数以百计的黑蛇。向上望去,她看到在楼梯的顶头,一盏水晶枝形吊灯闪烁着炫目的光芒。

79

令她应接不暇的人,面孔,问候……一个房间里竟然有这么多人……那些名字在她的头脑中转瞬即逝。"这两位是我的姑妈,瑞本小姐;这位是我的嫂子,亨利·瑞本太太;我的侄子杰米,侄女杰茜。我们这是一个特殊的下午茶会。这位是孩子们的保姆,梅勒丝小姐。"

她手足无措,羞羞答答,因为过去十年里她几乎没有任何社会交往,除了麦维尔太太之外也几乎很少见到其他女性;而此时黛丽发现自己正坐在一屋子的女人当中。瑞本先生的面孔是她唯一熟悉的,但他这个人,她却几乎根本不了解。

她的眼睛逃向壁炉台上方的那幅油画人像——全家人的椅子都摆放在敞开的炉火周围——却并没有在那里找到些许安慰,因为那个女人的脸正带着傲慢的神情俯视着她：重垂的眼皮，坚挺、肉感的鼻子，匀称的白色眉毛，嘴唇的曲线透着轻蔑。

“那是另一位家族成员，艾华兹太太，我的本家先人，是由莱力在查理一世的宫廷中画的。”

“莱力作品？真的？”

“是的，莱力的真迹，或者我应该说是真的莱力的手迹，怎么说都拗口。”

“太棒了！稍后我要凑近看一看。”她环顾四周，看出炉台和壁炉都是大理石的，墙壁贴的是白绿相间的缎面纸。

“牛奶还是柠檬汁，艾华兹太太？”瑞本小姐，端着银质茶壶，目光锐利地盯着她——从坚挺、肉感的鼻子两边那警觉的灰眼睛里射出的目光，跟画像中那位女人的目光一模一样。她的灰褐色头发拢在头顶，绾着二十年前的式样；萎缩的脖子上系了一束细细的饰带，上面缀了一枚锥形饰针。

“女家长！”黛丽想道，“我猜，她一贯当家做主；亨利太太，那位无助的寡妇，从未挑战过她的地位。如果另一位瑞本太太是一位有头脑的女性，她的离去毫不奇怪。”

她大声说，自己想要牛奶，从达灵河上那些年直到现在她仍然认为鲜牛奶是一种奢侈之物，因为他们一直只有听装牛奶，偶尔在造访某个村落的时候才能搞到一点山羊奶。

“您真的到过达灵河上，艾华兹太太？”小杰米瞪大眼睛嚷嚷道，“驾驶着自己的明轮船？您看上去一点也不像男人啊！艾丽姑婆说——”

“够了，杰米！小孩子多用眼睛少说话，除非你不想在这儿而想到儿童室去用茶点。梅勒丝小姐，把那个递给艾华兹太太好吗？”

黛丽端着小巧、透明的瓷器杯子，生怕它在自己手里被捏碎了；以前孩子们送到舵舱或她的船舱的茶饮用的都是粗笨的大杯子，而她总是几口就吞下了。有人递给她一只盘子、一条餐巾和一块黄油烤饼——变戏法似的放在她的膝盖之上；而那位傲慢的美人一直从镀金相框里轻蔑地瞅着她。

她鼓足勇气说道：“我看到货栈前面那行字‘达灵河羊毛’，想想真是令人惊奇，仅仅因为任意流淌的河水，远在昆士兰边界附近的羊毛就来到了澳大利亚的这个角落。”

“但是不会再有这种情况了，或者说，即使有，也很少。目前，达灵河上游各站都由布尔克的铁路部门承运，送到悉尼货栈，最终，我相信，铁路转而会被卡车所取代。”

“甚至货运飞机?”说着，黛丽想到罗斯·史密斯——当那架小飞机掠过山头时，她觉得，对人类来说，没有什么是不可能的。

“飞机！瞎说!”瑞本小姐尖刻地叫道，“人类绝对不会飞起来!”

“但是人类正在这样做，艾丽西亚姑妈。”

“想想伊卡罗斯的命运，要当心啊!”

“不管怎么说，罗斯·史密斯毕竟没有掉进大海里。”黛丽说道。她被瑞本小姐那股自以为是、不容置疑的气势激怒了。

女主人惹人注目的眉毛——还没有变成灰白色——竖了起来，直到与额头的发卷相遇。可以听见亨利太太轻轻抽了一口气。黛丽望过去，看到她温柔、美丽的嘴巴微微张开。她脸颊上有一颗痣，头发浅黑，呈波浪状，在白皙的额头上面从中间向两边分去。

“也许艾华兹太太想要再来一块烤饼。”沉默之中，那位年龄较小的姑妈珍内特小姐说道。阿莱斯太尔·瑞本把脸埋在杯子中，肩膀微微抖动。

珍内特小姐神情焦虑——后来黛丽了解到，焦虑是她一贯的表情；她面相憔悴、萎靡，嘴巴柔软而不坚定，她与她过分自信的姐姐唯一的相像之处在于松软地绾在头上的那簇灰褐色头发。

“谢谢，我再也吃不下了。”

“也许再来一杯茶饮?”瑞本小姐抛开了飞机的话题，她的不悦只表现在她僵挺的背上。

“阿莱斯太尔，把艾华兹太太的杯子递过来。”

“好的，再来一杯。这是很长时间里我喝过的最好的茶饮。”

“你在船上有厨子吗，艾华兹太太?”亨利太太有气无力地问道，“真不知道你怎么应付得了。”

“哦，是的，一个非常棒的厨子，当然，是个男人。”

“男人!”珍内特小姐一副大为愤慨的样子。

“我们喝的这种茶饮——”瑞本沉稳地插话说，“——是我直接从锡兰进口的。我还从巴西进口咖啡,从牙买加进口朗姆酒,从东印度进口香料——您一定不要认为我们只经营平平常常的羊毛。”

“但即便羊毛也能做得这样红火——多么大的存量啊!一千包,我们这趟货跟您这里仓库存储的量相比简直不算什么,从这么大老远的距离——”

“——经历千辛万苦运到这里,堪称传奇啊,艾华兹太太。女士们,你们意识到我们正在为一位女英雄接风吗?她在舵舱里凭借一己之力,驾驶自己的轮船,从文沃斯一路上行——五百英里啊,而且是第一次顶着西南风穿越大湖!这还不算,她是四个孩子——没错吧?——的母亲,技艺高超、天赋非凡的油画家,瘫痪丈夫的忠诚护理员……亲爱的,我为您的勇气向您致敬。”他很有风度地举起手中的杯子。

“噢,请您——!”黛丽像小女孩一样羞红了脸,感觉到屋子里的空气一下子都凝固在她的身上。

“了不起的奇人!”亨利太太对着自己的杯子喃喃道。

“不是一份非常适合女人的行当。”瑞本小姐说。

“当然,雇用一个——一个船长来掌管这条船会更好吧?”珍内特小姐建议道。

“除非他不拿薪水。”黛丽说,“事实上,我的孩子们要受教育……而且我深信,远离大河,我的丈夫是没法活的。哦,这倒提醒我了,我必须马上回到他的身边。”

她站起身来要走,十分局促地向大家道别;杰米从炉火旁的凳子上跳下,向她走过来。

“我喜欢你。”他坦率地说道。她低头望着他明亮的、浅黑色的眼睛,心中思忖他的父亲是否与他的阿莱斯太尔叔叔长得很相像。

“如果你妈妈允许,你可以明天过来到船上看看。”

“我也去。”杰茜仰起被炉火映红的小脸,把浅黑的鬈发向后一甩,坚定地说道。

在门口,黛丽突然感到发热,发晕,头脑发木,呼吸时胸口发紧。她抓住扶手,瑞本陪同她走下楼梯,冷风袭来,她开始咳嗽。

她喘着粗气,伸出手。“谢谢您,再见,我们明天再办手续好吗?我感觉有点……房间很热，而我整天冻惯了。”

“你肯定自己没事？”他握着她的手，刻意地留恋了一小会儿，“明天我们有充裕的时间，我想现在我应该送您回到船上。”

“不用了，请留步！新鲜空气一吹，我一点事也没有。再说，只是一步之遥。”

她转身匆忙离开，免得被他说服。她知道此时布兰顿和吉姆·珀斯正在久别重逢的兴头上。她觉得自己有必要在这两个世界之间保持一定距离。无意之中她已经悄悄恢复了婚前生活的那种举止言谈。这不是爱的情感。仿佛那曾经的自我——那个小小的女孩——柔嫩的手指除了接触一支铅笔、一根绣花针、一架钢琴之外再无艰辛的磨砺——仍然存在于她的肌肤之下，一瞬间，因为回到旧日的环境而被唤了出来。

她觉得，除了顶撞那位令人生厌的艾丽西亚姑妈之外，她没有让自己失去尊严；她觉得，瑞本先生很喜欢她，一想到这儿，她竟然孩子气地扬扬得意起来。

一首下流的歌曲，伴着酒瓶敲击桌子的嘭嘭声，从轮船的方向飘浮过来。她很高兴自己是一个人回来的，但思前想后，她回忆起自己没顾得上凑近看看那幅莱力的油画，也没看见任何瑞本本人的画作。她希望自己再次受到邀请到他的府上做客。

80

查理·麦克比从床上爬起来，外面粼粼的湖水反射着刺眼的阳光，他不得不眯紧眼睛。他一只手揉着下巴上的白色胡楂，另一只手摸索着抓过自己的裤子，模糊的老眼一眨一眨。

老了啊，这就是问题所在——唉，昨晚他们只喝干了一瓶威士忌，接着又把那点啤酒也干了；而他的嘴巴却像澳洲土人的靴子里一样的味道。

厨房里的动静令他振作了一些。倒不是因为他能面对吃的东西——早餐鸡蛋什么的——不！而是一份浓咖啡和一个圆葱的新鲜、强烈的味道……

老了，老了……今早他感觉自己的头像是被什么东西压着，有点疼。他明白，自己目前不可能在其他哪一条船上找到一份工作，嗯，当然，“费拉黛菲娅”

号也不可能以付给他的这点薪酬请到另一位轮机手。

他直奔厨房，鼻子探进门里，厨子见他是一副爱搭不理的样子。

“早饭还没开始。”他厌烦地说道。

“就来告诉你，不用为我准备了，不知怎么，感觉没胃口。——煮咖啡了吗?”他响亮地问道，同时眼睛急切地搜寻着圆葱。有的，挂在水槽下面的网线袋里有些圆葱。

“自己倒吧。”厨子没好气地说道。

查理一只手端起咖啡壶，摇了摇，把咖啡倒进一只没有托盘的杯子里，他不想让厨子听见杯子嘎啦作响。“这就行了，谢谢，这个加上一个圆葱。”

“圆葱?”厨子在“费拉黛菲娅”号上待的时间不长，没见过查理宿醉之后的样子。

“对啊，一点面包蘸汁。”

说着，查理拿过一片切好的备烤的面包，又从袋子里摸出一个圆葱；但是当他颤颤巍巍的手擎起切刀时，厨子伸手把刀夺了过去。

“给我，你这个愚蠢的老家伙，小心切掉你的手!”他熟练地把圆葱去了皮，切成片；查理胡乱地抓了一些圆葱圈，卷在面包里面。

“啊!”他闻着圆葱的浓烈气味，眼睛被呛得流出泪水，“这才是正宗东西!”他另一只手端着咖啡杯子，边走边嚼。

黛丽也在一阵头痛中醒来——对她来说这是不同寻常的头痛——似乎不公平，因为前一天晚上她只喝了茶饮。

她没吃晚饭，而是直接上了床，感觉全身忽热忽冷，但她的内心因为瑞本先生的呵护充满了快乐而温暖的情感。即使只是出于礼貌，多少年来也一直没有人对她的健康这般在意。

她真的病了——她呻吟着翻了个身——四肢哪儿都痛，咽喉也痛。她听见厨房里忙活的声音，开始渴望一杯热的咖啡；想到极致，她几乎能够看见在她床铺旁边的小桌子上，暗褐色的咖啡，上面漂着一点牛奶，正袅袅地冒着热气呢。

仿佛接收到了她的意志，高顿的脑袋探进门里。看见他，她是那么高兴，以至于她咽下了那句机械性的指责“你怎么早上不梳头”，而是虚弱地冲他微笑着。

“想要一杯茶饮吗，妈妈?”

“噢，亲爱的！麻烦你了，咖啡……浓的，不，只加一滴牛奶。你把那瓶阿司匹林递给我——那边窗下小搁板上。你最好也望一眼你爸爸，看看他是不是需要什么，我怀疑查理酒还没醒。”

“让阿莱克斯去吧。我告诉他你这么说的。你没事吧?”

“我觉得有点发冷，恐怕是感冒了。”

“不管怎么，你待在这儿别动，我给你端咖啡来。”

她躺在那儿，感觉到欣慰，仿佛热的咖啡已经喝了下去；她恍然醒悟：只要允许你的生命活得够长，生活就会有所补偿。从高顿还是一个小小的婴儿时候起，所有令人心烦意乱的照看，没完没了的琐碎杂务，他生病时在他床边的彻夜守护……所有的一切促成了这一时刻：他施以安慰，而她得到安慰。她甚至看到在所有的家庭中，人与人之间的自然关系都被时间完全地颠倒，父亲，或者母亲，最终被当作一个十分疲惫的孩子来对待。

别让我活得那么长久，她想道，别让我变成那样，像幼稚的孩子一样成为我的孩子们的累赘！

她记得，自己的祖父，在去世的前一天还是那么清醒而活跃；她情愿相信，艾丽西亚·瑞本小姐也属于同一类型。布兰顿，即使这么长时间几乎一直软弱无助，但也从未表现出幼稚的孩子气。他的儿子们尊重他，甚至有点敬畏他，尽管他几乎无法抬起胳膊。

“我一定要起来！”她大声说着，然后把身子舒适地向被子中蜷了蜷。

“一千包，井然有序，安然无恙。”

瑞本签署了提货单和一张支票，隔着桌子递给她。她把自己的收据交给他，然后大大地松了一口气：公务总算交接完毕了，她可以爬回到自己的床铺闭上眼睛好好歇歇了。一阵艰难的干渴撕扯着她的胸膛，她不由自主地一只手捂住胸口，那里面好像有一把钝刀随着每一次呼吸向她戳来。

“亲爱的艾华兹太太——”

他的眼睛瞪得老大，含着真挚的关切之意看着她。

“没事的,我想可能稍微——有点感冒。”她的说话声在她自己的耳朵里听来怪怪的,空洞而嘶哑。

“如果您在为我办事的过程中患上肺炎,我绝不会宽恕自己的。你在发烧!”他的手背轻轻碰了碰她的脸颊——一个诊断的动作。

她的回应淹没在又一阵咳嗽当中。肺炎!这是一个可怕的词!她的祖母就死于肺炎。她记得小时候,自己被领进祖母弥留之际的那个昏暗的房间:她的喘息急促而粗重,肺里一阵可怕的噗噗的声音,慢慢地,她溺死在自己的黏液之中。

“等一下!”他跑到楼下,在自己的办公桌抽屉里翻找着,随即拿了一支摄氏体温计——一支大玻璃管——跑上来;未等她反对就迅速地塞进她的嘴里,然后牢牢抓住她的左手腕,两根手指开始把脉,眼睛瞅着挂链银表上的时间。

她低下头,斜眼扫过那支大体温计,发现他的手指很柔软,修剪得也很美观。她坐在那儿,不得已地沉默着,感觉很不自然,心跳也激动地迅速加快。他一言不发,一边数,一边出神。

“唔,唔……”他熟练地从她嘴里抽出体温计,看了看,甩了甩,嘴唇翕动,做着计算,然后草草记下几个数字。“没错,跟我想的一样,高烧,三十九摄氏度,病成这样你还从床上爬起来干什么?”

他的举止严肃而专业,令她禁不住发笑。

“从什么时候起你又成了医疗行业的一员?你这一套临床把戏几乎完美无瑕,却糊弄不了我。你知道,我父亲是个医生;你刚才露馅了——一个真正的医生是从来不会把体温泄露给患者的,故弄玄虚是医生的法宝——父亲总说——如同非洲巫医的法门一样。”

他笑了,但立即又变得严肃起来。“不管怎么说,我对医学有足够了解;跟你这么说吧,以你现在的体温和脉搏,遇上今天这样的风,你就不该出来。阳光是会迷惑人的,因为水上吹来的西南风,阳光里根本没有暖意。你必须马上回到床上。”

“但——”

“恳请您,艾华兹太太,您知道,我感觉自己有责任。”

“没有任何理由让你担责任啊。”她虚弱地说,但同时她觉得这是一件值得高兴的事——有一个男人重新对她指手画脚大包大揽，让她不用再为自己的事费心劳神；因为她完完全全是一个柔弱的女人啊，尽管在理论上她坚持性别平等。

“您父亲曾在哪里行医——在澳洲的哪一部分？”

“根本不在澳洲。你知道，他从未来过这儿……从某种意义上说。”

“从某种意义上说？”他的眼皮耷拉下来一点：他的情绪总是从他那双浅黑的眼睛里迅速地反映出来，无论幽默、疑惑还是关心。

“他被安葬在澳洲的土地上，他在有生之年从未踏上过这片土地，我们的船就在即将抵达墨尔本的前一天晚上失事了，我所有的家人都被淹死了。”这么多年之后，说起这件事，她的声音依然颤抖。

“你这可怜的女孩！但你在英格兰肯定有亲戚吧？”

“哦，有的，不过都是远亲了。我父亲是独子，我母亲的姐姐多年前在埃库卡去世，我的姨父也在不久前去世。我——”

一阵咳嗽打断了她的话，他拍拍她的手，有力地站了起来。“不要再说话了，我送你回家——送你回船上。”

“轮船就是我的家。”

“当然！但不知怎么我就是不敢相信，你好像并不适合那样的环境，你这么优秀，这么柔弱。你知道昨天下午我是怎么想的？我觉得你在我的客厅里是那么自如，我早该看出你那英国人的肤色。”

他们一起走上宽阔的湖边公路，他拉着她的胳膊，领她穿过公路向码头走去。

她想起一件事，突然停住了。“但是我没看见你的任何画作！你在哪里创作？”

“噢——在楼上，贮藏间上面，最顶层，带天窗的。”

“最顶层那个漂亮的圆形小房间？”

“是的，那也是个天文台，还是瞭望台。我在那儿有一架望远镜，向我警示靠港的船只。我能很清楚地看见湖的对岸。有时候在晚上，我观察月球或行星。当你身体好利索了，我会领你去那里看看。”

“不能把她挪到别的——大一点的房间,空气更流通的地方?”

昏昏沉沉的,黛丽听到医生的说话声,有点暴躁,仿佛什么事情令他非常恼火。这是两天里他的第三次出诊,他们肯定对医生谎称她病得很重。她刚从一个反复的噩梦中醒来——从孩子时代起每当发高烧她都会做这样的噩梦。

源源不断翻滚而来的白色香肠,有一股难以捉摸的令人作呕的气息和味道,她不得不赶紧吃下去。其实看上去她吃得越快,香肠的总量也增加得越快;但她必须不停地吃啊吃啊,不然香肠就会填满整个船舱,她就会被它们可怕地盘绕闷死。她的口中仍然还有那股味道——令她恶心。

“我可以进来吗?”瑞本推开船舱的门,与床边的高顿和医生站在一起,使得小小的船舱满满当当。“我建议,医生,把她挪到我们家,在一个通风的房间里,我的两个姑妈都能适当地护理她。”

“你也看到了,船上除了艾华兹太太自己再没有别的女人。她丈夫卧床不起,除了她的一个儿子,只有一个厨子和一个船舱服务员能照顾她——”

“两个儿子,”黛丽喃喃低语道,“还有查理·麦克比。”

“两个学童加上一个迷糊老头！我想,医生——”

“我同意。这里不是生病的女人能待的地方,湖面潮气上升,又没有足够的通风,不利健康,必须挪个地方,用一副担架绑好了。阿嚏!”

从他肉感的大鼻子吹向手绢的这一声号角,好像电报中的一个句号,为他简洁的话语画了一个稍长的休止符。

“我保证马上安排。或许您还有话向艾华兹太太交代一下。”

“好。对你来说,年轻的女士,”——黛丽为这样的称呼暗自高兴,尽管她知道,“年轻”只是相对而言,因为医生看上去很可能超过六十岁了——“以后你必须多加小心,一日三餐不得马虎,不要连续二十四小时当班,穿好暖和衣服,食物要热,要有营养,喝点烈性黑啤酒……但是首先,我们必须让你上岸,让你恢复健康。阿嚏!”

“好的,医生。”她顺从地说道。她不知道没有她布兰顿和儿子们如何生活,但是在她和麦格进城度假那段时间,他们也应付过来了。她太疲惫了,无力和医生争辩;她感觉烧得不行,胸口疼痛。

“我给药剂师留个方子:止咳混合冲剂……阿司匹林……蒸气……胸

膏……珍内特小姐是一位优秀的护理员。早上我会过去。再见,阿……阿嚏!"

医生收起自己的包,过去为布兰顿做检查,在那儿待了相当长一段时间。瑞本投来让她放心的一笑,然后回去安排他的两个姑妈准备一间病房。他知道珍内特姑妈会很高兴有一个病人来让她施展自己的才能,艾丽西亚姑妈——嗯,他有能力搞定艾丽西亚姑妈!

81

"把那只大滤锅递给我,麦格。"说着,麦维尔太太从炉子上麻利地拿下蒸着花椰菜的平底锅,"你继续碾土豆泥,好吗,亲爱的?"

她揭开盖子,定睛向锅里看去,蒸汽一下子萦绕了她坚定的、红润的脸庞。"真是个了不起的女孩!这是你种的花椰菜,是吧?麦格,你本该生为农夫的女儿啊。它简直像一个真正的美人!"

她把这"真正的美人"倒进滤锅。奶白色的花椰菜丰满、圆润,像一朵积云般密实;热气袅袅上升,像一棵树正在分出枝枝杈杈。富含黄油的白色酱汁,点缀着绿色的欧芹碎丁,已经调好了,放在炉子旁边保温。

麦格喜欢准备晚餐的这套程序。外面的天就要黑下来了,灯光看上去黄黄的,大窗顶部透进一线墨蓝的天空。宽敞、明亮的厨房弥漫着烹得恰到好处的佳肴的芳香,无须凭借叉子亲口品尝,那美妙的香味已经告诉了这位有经验的厨子:一切正是火候。今晚她做了蒸布丁,希望能从盖瑞那里得到一声赞美;麦维尔太太拿来桌布,摆好盘子。

"去叫那爷儿俩来吧,麦格。"

麦格绕经自己的房间,用梳子把她毛茸茸的黑发弄得蓬蓬松松。"等我结了婚,"她对镜子里的人说,"我会把饭菜做好,放进烘箱,再去把自己打扮得漂漂亮亮,然后叫盖——我是说,我的丈夫——来用餐。"

她在农场的阅读几乎全都是一些女性杂志,麦维尔太太拿来作为菜谱、钩编织品的指南,但麦格自始至终读的都是"新娘提示"以及"罗曼史系列"——从一次偶然的邂逅到圆满的婚礼钟声这类故事。十三年来,她终于明白了母亲的生活现实,但她对自己的生活和性关系有着别具一格的憧憬;她的婚姻要绝不同于母亲的婚姻。

她的丈夫在每个结婚纪念日都要送来鲜花;每个黄昏,她都要头系漂亮的发带迎接他;每个夜晚,在饭后的适当时间,他们一起沉醉于神秘的、亲密的床第之欢。她生长在乡下,除了理论,她也通过实例懂得了那些发情动物的古怪行为,但这与她的想象有着天壤之别:她身着朦胧的雪纺绸,在洁白的被褥间,把自己投向千回百转、从不厌倦的人生极乐。

当小娃娃出生,他们一起俯身在有褶边的、饰有缎带的摇篮里那个小小的脑袋上面。会是个男孩,名叫理查德,或者是个女孩,名叫罗贝娜——她还举棋未定;偶尔心念一横,双胞胎,一男一女,了结一桩美事！这时,他(那位必不可少的丈夫)朝她转过身来。“亲爱的,她长着和你一样的漂亮头发。”他低声说道。然后,他们的嘴唇黏到一起……

“麦格,你叫他们了吗?”麦维尔太太有点不耐烦的声音传了过来,“茶饮也好了。”

“噢,来了!”她哼着歌,一蹦一跳地到了阳台外面。

后来,当他们结束晚餐,围着桌子坐在那里,喝着杯子里浓浓的混合茶饮时,麦维尔太太禁不住爱恋地望着麦格:今晚,这个孩子看上去真是很漂亮。如果自己有个女儿,她愿意有一个就像这样的女儿。

黛丽睁开眼睛,定定地注视着蓝色与银白色相间的墙纸上的一个斑点。那是一块墨迹,或是一只苍蝇落在上面——不对,是两只苍蝇。忽然,它们的翅膀开始扑扇起来。

多么傻啊！苍蝇的翅膀怎么会扑扇起来呢？那是别的什么东西——一只黑色的鸟。看着看着,它变成一只乌鸦那般大小。它慵懒地扇动黑色的翅膀,但并没离开蓝色玫瑰与银色棚架之间它栖脚的地方。她希望它赶紧飞走,因为它破坏了那蓝色与银色的宁静格局,令她火辣辣疼痛的眼睛无处安歇。

说话声从棚架后面的什么地方传了过来……她正躺在一座花园里吗？她开始全神贯注,试图弄清楚自己所在的地方。刹那间,那只乌鸦停止扇动翅膀,变得很小,变成墙纸上的一只绿头苍蝇。她是在瑞本家的床上。她又一次意识到胸口的沉重、呼吸的费力和口中一股令人作呕的味道。

对了,那是医生的说话声;这么说,他已经来这里为她诊察过了?

"高烧,很高。精心护理,擦洗全身给她降温,只能靠你了,珍内特小姐。我建议住院,但现在太迟了。不能挪动……对。阿嚏!"

"我会尽力的,医生。"

黛丽置身事外地听着他们说话。事情并不像她预想的那样有什么大不了的;如果那是必定要发生的,她愿意毫无挣扎地离开这个世界。她并不担心布兰顿、孩子们以及他们的轮船会怎样,她看到自己的生命是一滴水,比一滴水还轻,是浩瀚的时间之河中一个分子,一个水的分子。在这样的体温之下,很快她就会蒸发;她的头首先开始化作水汽,变得令人难以置信地轻。接着,她的脖颈,肩膀,很快,她的心脏也将化作无形,整个肉体变成一缕蒸汽……

冷冰冰的什么东西贴在她已经不存在了的嘴唇上。

"咂一咂这块冰,艾华兹太太,我现在就为你擦洗全身,降降温,你会感觉更舒服一些的。"

她独自走在长长的、空旷的海滩。忽然一个巨大的浪头暴跳而起,高过所有其他的浪头;她转身要跑,却来不及了!大浪赶上她,把她举了起来,抛向远远的沙丘,使她动弹不得;她喘着粗气,慢慢恢复了意识——一张床,蓝色的丝绸被子,一个大大的房间,蓝色与银色相间的墙纸——她想起以前在哪里见过一次。或许在另一世?

窗边的柳条椅里有一个女人,正在用钩针编织什么——希斯特姨妈!希斯特仍然会为亚当的死而责怪她,她要假装睡着,或许姨妈就会走开。

但是她太渴了,睡不着;她的嘴唇胶在一起,闭着眼睛,她的喉咙间发出一声轻微的呜咽。几乎就在同时,她感觉到嘴唇上凉凉的杯沿,一只手臂撑起她的肩膀。她睁开眼睛,看见了珍内特小姐那张焦虑的脸庞。

"谢谢您。"她躺回枕头上,惊异于自己的虚弱。她想起了一切:穿越大湖的航行,她的生病和挪腾……

"你一直昏迷,"珍内特小姐带着一副拘谨的笑容说道,"充足的自然睡眠已经使你焕发了精神,你的眼睛又十分清亮了,我不需要体温计就知道已经退烧了。"她掏出一方蕾丝花边的小手帕,擦了擦嘴唇——黛丽后来发现,这是她紧张时的习惯动作,借此珍内特小姐似乎正从嘴角抹去可能被人看出的任何不合时宜的表情。

她为黛丽倒了一剂浓浓的茴香口味的药,然后说要拿一些鲜橙汁来,就出去了。黛丽躺在那里,望着灰膏装饰的天棚,在习惯了船舱的木质棚顶之后,这里的天棚看上去在她头上那么高。地板上铺着白色的地毯,除了柳条椅,还有一把玫红色缎面扶手椅,扶手上搭了一件亮闪闪的粉红色绸缎睡衣。这个漂亮的房间是谁的?绸缎睡衣?还有旁边那双白色软毛拖鞋?可能都属于先前那位与羊毛采购商私奔了的阿莱斯太尔·瑞本太太。她怎么可能把这所有的一切统统抛到身后?但是接着黛丽想到这个冷清的湖畔,这个乡下小镇距离最近的城市也有六十英里,寒冷的西南风横扫而过,房前连一棵遮挡的树也没有。

屋里,他们可以用进口家具和艺术品营造出那个古老国度的一隅;但是屋外,澳洲的季风依然怒号。来自麦考利岬的土著站在街头的各个角落,眼望着一个古老的大陆已经失去原有的色彩。白色的公路向东伸向空荡荡的地平线,那些引进的兔子——不再是比亚特丽克丝·波特故事中那般伶俐可爱的小兔——在霸王树丛中繁衍成灾。

没有自己的孩子,没有精神上的消遣,家里这么多妇女和仆人,以至于她根本无所事事。一个习惯了城市生活的女子可能对这一切早已厌倦透顶。那个羊毛采购商不一定需要有多大魅力,他只需提供给她一份伦敦的生活;再说,瑞本经常离家在外,不是到莫干,就是到墨累桥或者古瓦。

壁炉中一簇噼噼啪啪的火,小小的蓝色火苗在燃烧的圆木上面闪动,摇曳,熄灭,又燃起了。黛丽神情恍惚地望着那簇火苗:卧室中燃烧着炉火,地板上铺着厚厚的白色地毯,一个人拥有这片空间的全部,多么奢侈!

当珍内特为她拿来橙汁,稍后又端来一份少量的鸡汤和肉糊便餐时,她急不可待地又吃又喝,虽然她的饥饿感很快就得到了满足。被人服侍,安安静静地躺在床上,对一切不闻不问,多么惬意啊;仿佛她已经被一个巨大的浪头卷到了日常生活的汹涌波涛之外。

时间已经不再恪守它的规律。在长长的睡眠之后,她刚刚用过早餐,她发现当时已经是下半晌,将近傍晚了。两个孩子在育儿室用完茶点,溜进她的房间,但珍内特小姐警告他们不要待得过久而让病人累着。

杰米侧着身子十分害羞地来到床边,礼貌地问她感觉怎么样,并且说,他很高兴发现她好多了。小女孩自信地走向那把缎面椅子,把睡衣推到旁边,坐了上去,双腿伸在身前,一脸庄重地注视着黛丽。

"你叫什么名字,亲爱的? 杰茜,对吧?"

"我叫杰瑟敏妮·瑞本。"孩子一本正经地说道。

"杰瑟敏妮! 多么漂亮的名字——像一朵花。"

"您叫什么名字呢?"杰米问道。

"有人叫我黛丽,黛儿,还有黛菲妮——各种叫法——我的受洗名字是费拉黛菲娅,取的是美国那个城市的名字。"

"您的轮船以您的名字而命名,对吧? 我和叔叔一起到船上看过,那位轮机手领我们上去的。他可真滑稽,当我们上船的时候,他正在吃一个圆葱,就像吃苹果似的。"

"噢!"黛丽说道。

"我也想去,为什么叔叔不带我?"杰茜上下踢腾着双腿,用哀哀的声音问道。

"因为你是女孩,女孩不能——"

"噢,不对,女孩也能。"黛丽朝杰茜笑着,坚定地说道,"我就在船上工作,生活,而我就是个女孩。等我身体一恢复,你就可以和我一起来舵舱,杰瑟敏妮。"

"瞧!"杰茜说着,朝她的哥哥做了个鬼脸。

"不管怎样,艾丽姑婆常常说,女人的位置是在家里。"

"噢,她这么说!"黛丽凝视着身上的毯子,一边微笑一边自言自语道。

"但弗罗伦斯·南丁格尔并没待在家里。"杰米若有所思地说道。

"就是! 我看出你很有自己的头脑,杰米。"

他苍白的小脸高兴得有点泛红。与自己那几个黝黑、健壮的男孩相比,他真是太瘦了,黛丽不由得想道。而且在他的眼中充满了焦虑与紧张的神情。或许得到了太多的母性关爱,他不得不在情感方面顶替已经去世的父亲;在这满屋子的女人当中,他肯定受到了太多的娇惯。

就在这时,他的母亲进来了,十分勉强地靠近床边。她倾斜的眼眉看起来比先前更显出她内心的孤弱、无助。

“亲爱的艾华兹太太，我很高兴看见您气色好多了，恐怕我在护理方面并没帮上您什么大忙，在病人的房间，我真是束手无策——”

“可不是吗，”珍内特小姐干脆地说道。她提了一只铜壶进来，把它放在壁炉旁边。“而且你得马上出去，因为我要给病人擦洗身子了，你和这两个小毛孩都得出去。”

“小毛孩，小毛孩。”杰茜乐得仰倒在椅子上。

“我就是来赶他俩走的。”亨利太太幽怨地说道，“今天保姆放假，我几乎无计可施了，我很高兴让他们上床睡觉。”

“不想上床睡觉。”

“只要我留在这儿，你可以随时打发他们过来，让我陪他们玩耍。”黛丽说道，“当然，一经医生允许，我就必须回自己的家了，但眼下……他们一点也不烦扰我。”

“无论如何，他们必须马上出去。”珍内特小姐麻利地在床上铺开一条大毛巾。

对黛丽来说，这是几个月以来她头一次用虚弱的手勉强举着那面小镜子，打量着自己，好好地梳理着自己的头发。她无法抬高胳膊把头发向上绾起，而是编成两条长长垂下的辫子，发梢蓬松地卷曲着。珍内特小姐给她穿上一件干净的白色睡衣，扣子一直扣到脖颈，抵肩周围镶满饰边，这件睡衣并不是她自己的。

望着镜子，她惊讶地发现自己的蓝眼睛多么明亮、清澈，而她的脸庞变得多么瘦削！

“亲爱的，你的头发舒展开来真是漂亮。”说着，珍内特小姐掂起一条沉甸甸的辫子，“发丝这么细，却这么密实。”

“但我讨厌这灰色的一绺，我想把它拔掉。”

“胡说！它看起来多么高贵，比椒盐色好看多了。”她收拾起水盆、毛巾和浴衣，“现在我要出去了，你自己安静一会儿。你想让汽灯点着吗？”

“不用，谢谢，我想看看外面的天。”

82

黛丽希望她的床靠窗近一些，这样她就能向外看看大湖。事实上，从这个楼上的房间，她只能看见被夕阳染红的细长的一片天；金红色的光线几乎水平地透进窗户，照在对面的墙上。

她躺在那里，望着光线中翻转、飘舞的金色尘埃，好像回到了二十五年前，远在大河上游一千英里外的那个黄昏。那时，她也是从一场轻微的震荡中恢复过来，也像这样躺在床上，同样是这种非现实的感觉，仿佛房子里各种活动的声音属于另一个遥远的世界；接着，亚当进来，第一次亲吻了她……

仿佛听到了她的召唤，轻轻的敲门声之后，门开了。一个漂亮的人影，悄悄地踏在厚厚的地毯上，走进房间；刹那间她怀疑自己是不是仍然处于昏迷状态，但旋即看清了来人是阿莱斯太尔·瑞本——看起来好像《一千零一夜》中的一个苏丹。

他在西裤上面穿了一件富丽的白色与金色相间的锦缎睡衣，系了一条深红色绸子的金边腰带；他浓黑的小胡子和浅黑的眼睛使他看起来像一只白孔雀一样风度迷人。她眼前一亮，喜上眉梢。

他来到床前，站在她和窗户之间，俯身从床罩下面抓起她软绵绵的手，他的嘴唇拂过她的手指。

"谢天谢地，你好多了，你把我们都吓坏了。"

她温柔地笑了。"这么豪华的环境，这么精心的护理，我怎么还能不好？您的家人对我这么友善，今天下午，瑞本太太来看我了，还有杰米和杰瑟敏妮，珍内特小姐把我照顾得舒舒服服。"

"艾丽西亚姑妈没来看你？"

"没，瑞本小姐没来。"

"你昏迷不醒那段时间，她也一起护理过你；她换珍内特姑妈的班，晚上守在这里。"

"我一爬起来就去拜谢她，一两天吧，肯定没问题。"

"不行，一两天恐怕不行。"他细腻、洁白的手敲打着蓝色的床罩，"你的心脏已经受到肺炎毒素的侵蚀，你一定要再卧床休息两个星期，一个月之后你才能身体强壮，有能力驾船远航。”

“但是不行啊！我不能躺在这里，让轮船一直停靠着，让布兰顿和孩子们——！我要跟医生说，他不理解——”

“他非常理解。如果你的心脏受到永久性损害，你对你的家人就不会有更多的用处了。你不想看到船上出现两个废人吧，恕我说得残忍，但是你别无选择。”

“但我不能——”焦虑、软弱的泪水涌上双眼，她紧紧地闭上眼睛。他又握住她的手。

“你一定要顺应自己，要庆幸你的康复；如果他们失去你，情况会更糟。对我个人而言——我必须坦白，我很自私地十分愿意把您留在这里。”

她睁开泪水模糊的双眼，看到他浅黑的眼睛正温柔地俯视着她，一瞬间，她清晰地回想到死去的表哥。仿佛她的生命就是一个个轮回，她又一次发现自己在来到死亡的近前之后，被拉回到一幢陌生的房子里；这一次，她不是从大海而是从大湖死里逃生。这人不是亚当，但是凭着某种心灵感应，她有一种确定无疑的感觉——他想亲吻她。但是她知道，他丝毫不敢放肆，即使已坐到床的边沿。

为了消除紧张的情绪，她故作孩子气地说道："多么漂亮的睡衣啊！这么华贵的料子！"

“是啊。”他放开她的手，得意地低头抚弄着胸口上面刺绣的部分，“这是从香港进口的中国织锦，我让人在新加坡裁制而成，还有另外两件不知放在哪里——一件绯红色的和一件青绿色的。我让人把那件青绿色的送到你这儿，它和你的眼睛正好相配，虽然你的眼睛更幽深——更像两块天青石。”

“我——我想亨利太太可能借给我——”她指了指椅子，粉红色的缎纹睡衣搭在那儿，最后一缕阳光照在上面。他转过身去，向前一步，然后一动不动地背对着她；她看出他整个身体的僵硬。

“这个怎么拿到这里了？”他压抑着声音问道。他转过身来，眼皮低垂，目光半掩，但即使在昏暗的光线中，她也看见了他眼中闪烁的怒火。

“我不知道。我醒来时，它就在那儿。还有拖鞋……”

“这些都是我妻子的东西，我曾发过话要把她的东西全部烧毁。”他抓起睡衣和拖鞋狠劲地掼向地板。

“对不起。”他生硬地鞠了一躬，出去了。

她听到他在走廊上大步流星，猛地撞开一扇门。

“艾丽西亚姑妈，我有话跟您说，请您到我的书房来好吗？”

过了好一会儿，艾丽西亚·瑞本小姐挟着一股冷风进来了。“黑灯瞎火的！”她一边把窗户之间的帘子弄得嘎啦嘎啦响，一边尖刻地说道，“我帮你点上汽灯——要么你更喜欢点上床头灯？”

“床头灯就好，谢谢您。”

灯光闪亮，瑞本小姐俯身过来调整了灯芯，然后放回玻璃罩，这时黛丽看见在她粉红色的面颊上有两块比通常更明显的色斑，她的胳膊上搭了另一件睡衣——青绿色织锦，绣有金色的蝴蝶——比那件粉红色缎纹睡衣更加华丽。

“我觉得，”瑞本小姐说，“粉红色不适合你，而且因为这件带夹层，对于刚从肺炎中康复的人更实用。”她把它挂在床脚的铜质扶栏上，收起了另一件。

“我在船上有自己的毛料睡衣，既然似乎我还不能被送回去，我会马上让人把衣服送过来。我没料到自己病得这么重，我不知道如何感谢您和珍内特小姐对我的护理。我想说，谢谢您。”

瑞本小姐肩膀一耸。“请不要提起我对您的护理，不要感谢我，大部分活儿都是珍内特干的。无论如何，我只是按照《圣经》上的诫条，对进到门里的陌生人尽自己的一份责任而已。”

“就像希斯特姨妈在我生病之后的表现一样！”想到这里，那些过去的事情又从她的眼前一一闪过。瑞本小姐出去了，黛丽躺在床上，思前想后：瑞本先生对他妻子背弃一事的无所谓态度是装出来的，他肯定非常恼火才让一贯颐指气使的艾丽西亚小姐乖乖地拿走了另一件睡衣。

在接下来的这一周，黛丽与珍内特小姐——她比她的姐姐可亲多了——愈发亲昵，胆子也大了起来；她就那桩过去了好久的丑闻提出一个问题。

“阿莱斯太尔·瑞本太太很漂亮吗？”她嘴上问道，自己却在心里已经给出了肯定的回答。

“呃……不是我称之为漂亮的那种人。”珍内特小姐说道，“她没有风度，也没有身高——当然,不是说小个子女人一定不可爱——但她五官小,脚也小,一双十分奇怪的绿眼睛。小猫咪,我总这样称呼她。和一只小猫在一起也很有趣。但是你可以想象到她的迷人姿态不会给艾丽西亚留下什么好印象。”

“她们相处得不好?”

“是啊。艾丽西亚不是一个容易相处的人,而阿莱斯太尔的妻子,温柔的外表下也暗藏有钢铁一样的利爪。”

“他——在她离开后很伤心吧?没有孩子,也许更容易分手。”

“阿莱斯太尔自尊所受的伤害,远胜于心灵的伤痛。她竟然能跟那个乡巴佬一起私奔——他就是这样叫那个人的——她被美好的物品和最无微不至的关注包围着,竟然能选择一个来自利兹的男人——刀削一样的北方口音,对美术和音乐毫无鉴赏力。我从未见过他发那么大的火。他烧掉了她所有的画像——他为她画的肖像和摄影肖像——并把她私奔后留下的所有衣服扔在垃圾堆里准备烧毁。”

“但那把椅子上是她的睡衣和拖鞋吧?”

“艾丽西亚无法容忍这样浪费,但我不明白她为什么想让你穿上这些。”

“你觉得她是有目的地这么做?”

“是的,她也有她的目的。她知道这会令他恼羞成怒,他不能容忍回想起她。我就是怀疑,这个时候……”

珍内特小姐长长的脸歪向一边,好奇地看着黛丽。她掏出手帕,迅速擦了擦嘴唇,同时拂去了干瘪的脸上所有的表情。

“哦?你怀疑什么?”

“噢,没什么。好像不知为什么,她可能想要提醒他想想他的第一次婚姻。艾丽西亚很喜欢杰米。”她显然后语不搭前言地补充道。

黛丽被搞糊涂了。有可能瑞本小姐希望,如果他看见她穿上那件勾起他痛苦回忆的睡衣,他就会对她——黛丽——心生厌恶?但是为什么呢?这又和瑞本小姐喜欢杰米有什么关联?

“亲爱的,我是个傻老太太,就会胡思乱想,但……艾丽西亚天生有预见力,苏格兰人的禀赋。有时候,在别人心知肚明之前,她就知道那人可能会遭遇到什么事情。”

83

在码头,“费拉黛菲娅”号和驳船闲置在那儿,装载的羊毛已经被卡车运走,堆放在滨水区的大货栈里。天气变得风和日丽,更像是秋天而非春天。

黛丽一直毫无必要地担心布兰顿和孩子们的生活;其实她不在,他们相处得很好。布兰顿已经向查理吐露了他锻炼的秘密,于是轮机手每天把他扶到椅子上,他强忍着久未动用的背部肌肉的疼痛,坐上一小会儿,感觉血液已经开始流向他无用的四肢。

孩子们过得丰富多彩。他们划着小艇到湖边探察,在芦苇丛中发现了一些天鹅的窝;每天上午他们早早出去垂钓,总能逮到随着含有盐分的水流游进大河的咸水鲻鱼。

高顿钓鱼的乐趣,更多在于抛锚在明镜一样的湖面上——阳光照耀着湖水,湖岸映在水中——而非热衷于做个渔夫。阿莱克斯太缺乏耐性,根本无法久坐垂钓,除非马上有鱼咬钩。但如果他的哥哥钓到了鱼,他也同样高兴。他愿意心无旁骛地坐下来,用一把锋利的刀剖开鱼膛,一边把鱼切成片,一边仔细地查看鱼的骨架组织,脊髓,鱼鳃的红色褶边,以及最令人不可思议的,鱼的眼睛。他有一种强烈的好奇心:所有这些构造都是怎么一回事?它们又怎么会像一个复杂而精妙的玩具一样组合到了一起?

对高顿来说,血淋淋的剖出内脏的死鱼是令人恶心的。一旦停止了活蹦乱跳,消退了它闪光的色彩,这条鱼也就不再美丽,也不再有趣了。他从来无法说服自己愉快地吃下他亲手钓上来的鱼。他喜欢钓鱼,喜欢与他的猎物斗智斗勇,但他从来不喜欢杀生。水蜘蛛爬进他的船舱,他都会用一块树皮或者一张纸小心地把它们拨弄出去,然后放生。虽然他不喜欢这些东西,但他对生命有一种近乎印度佛教徒似的尊重。

医生亲自上船告诉布兰顿,他的妻子在接下来的几个星期将不能够返回船上;但医生并没有告诉布兰顿,有一整天他已经对她的康复根本不抱什么希望。医生对这个大块头病人很感兴趣。他感觉到了在这个看似无力的躯壳下所蕴藏的能量。在前一次诊察中,医生问了他一些话,发现在他吞吞吐吐的话语背后有着机敏的思维和刚强的意志。诊治这样的身残者简直就是医生的一种消遣,因为病人的头脑里已经预先有了明确的医疗方法。

第二次上船诊察时,医生为布兰顿拿来一本由奥托·苏米兹医生所著的书。

“不要被书名吓着,”莱斯曼医生说,“德文本的——样子怪怪的字母,还没被翻译成英文。书名的意思是‘复原’——就是针对像你这样的病例的。插图会对你有些用途,你会看到一些最新的锻炼示意图。阿嚏!”

随着鼻孔中吹出的一声嘹亮的号角,他拿开手帕。“来,让我检查一下——左腿已经有了一点感觉吧?左手的手指——很好用吧?阿——嚏!闭左眼。闭右眼。闭不紧,呃?声带也受到了损害,但你已经在一定程度上克服了它的问题。”

“很……难,但我……能……说话。”

“你已经无意中发现了一个重要原理:控制呼吸。做法就是,像青蛙一样吞气,然后提气,并随气一道吐出话语。刚开始很难,但你已经有了心得。现在告诉我,你已经练习直体站立多久了?”

“五……年。”

“从你坐上轮椅时起?”

“五个……小时……之后。”

“难怪!这样你才得以保持了你的腿没有萎缩。我喜欢你这种精神。”

“站起来……不然就死了。”

“说得好!你知道——《双城记》中那个叠句——当那位老人从监狱里被释放时口中所念叨的?‘生活在召唤,而我并无生活的希望。’这对我——一个医生来说,是一件很糟糕的事。生的意愿比药物更重要。来,咱们看看这些示意图。”

似乎布兰顿——每天举起那两本重重的大书——已经预料到编写这本书的澳大利亚医生会提到这样一个锻炼动作;还有很多详细的锻炼示意图,以恢复控制手指、眼皮和下颚等的肌肉的功能。

“合理站立。”莱斯曼医生说,“受伤或者萎缩的肌肉可以通过经常性的锻炼得到改善。看这儿,正常的肌肉通过不断运动——如芭蕾舞演员和杂技演员等——所发生的变化。你不要期待成为杂技演员。你的目标是凭自己的气力能够活动,即使慢慢活动——阿嚏!"

"我正是这么想的。"布兰顿激昂地说,"凭……我自己的……气力!"

"你一定要慢慢地上台阶,艾华兹太太。"说着,瑞本和她一起停在一个楼梯平台上——从这里到楼顶的画室还有一半的距离。

黛丽试探着一步一步地挪,脚底麻木,不时感觉如被钉钻针刺一般。她重重地倚靠着他的臂膀,走到第一个楼梯平台时,她已经摇摇晃晃了。但她坚持要走完这段征程。她对这位男主人的个性越来越感兴趣,急不可待地要看看他的作品以及他绘画的场所。

"房子里哪儿也没有你的画,"她问道,"为什么呢?我从能站起来就仔细寻找,但一幅画也没看到。"

"没有。"他转过身,靠在楼梯的扶手上,望着下面——他们刚刚从二楼沿着盘旋的狭窄楼梯走上来,"我对自己的画根本不抱任何幻想,这就是为什么。其实,在我的房间有一两幅——我自己最喜欢的,但仍然达不到我想要公开展出的那种标准。"

"那么,你从来没展出过?"

"在我年轻的时候有过。那时我是南澳洲美术协会的成员,我提交的作品总会被挂出来,但是我个人对它们不满意。现在我纯粹为自己的愉悦——自我表达的愉悦而画。"

"这是对绘画而言唯一正当的理由吧,我认为。但我觉得,对我来说,还有别的——一种渴望,在时光的流逝中创造出某种永恒的东西;这种东西具有自身的秩序,而非外界强加于它,与生命的全然无序截然不同。艺术给人愉悦和满足恰恰因为:它从无序和无形中创造出秩序和形态。"

"我们上去吧,不谈这个,好吗?"他显得情绪低落,甚至他桀骜不驯的眼眉也似乎倒伏了,眼皮耷拉下来,藏住了眼睛中的神情。

"好的,我已经休息过来了。"

一扇带铰链的活动门打开了,通向外面的画室;阳光趁机溜进来,洒向黄色的木质楼梯。进入楼顶世界,黛丽兴奋得呼呼直喘。她观察四周,因为距离地板两英尺以上就是六边形的玻璃墙。地板上只铺了两块波斯地毯，华丽的色彩在阳光下鲜艳夺目。几乎没有别的家具，除了一张棱纹鹿绒长沙发，两把看起来很舒适的旧椅子，一个画架，一张沾着油彩的桌子，上面有一筒一筒的画笔和一盒一盒的颜料。

画架上一幅完成了一半的油画：日落水上。一系列海景画，摆靠在四周的玻璃墙以下。

月光下的海，夕阳中的海，黎明时的海，暴风雨来临之前黑暗的海，阳光下明亮的海，白浪滔天的海……所有的画，除了有关海的，就只有倒影重重的大湖和墨累河上的死水潭了。

她疑惑地左顾右盼，竭力想抓取点什么说道说道。她期待看见什么？不是这类画。或许是复杂的肖像画，带有讽刺意味的风俗世态画——而不是这些罗曼蒂克似的专注地表现海的各种情绪以及月光和黎明的中间色调的画。没有一幅画是在充分而丰富的正午强光下完成的。

"呃？"他掉过头去，望着下面的大湖。

"太令我惊讶了！"她终于说道，"真是——真是意想不到。"

她绕着墙，一边走，一边仔细地观赏每一幅画，甚至那些未完成的速写。

"想不到你对大海有这样的激情！跟我讲讲——这里是古瓦海滩吗？"沙丘，丛生的草，连绵的波浪冲击着平铺的海岸……一切都沐浴在低低地悬在地平线上的那一轮红日的铜色光芒里。他点点头。她继续说道："——很奇怪，我的脑海里几乎总是浮现出这片海滩的画面，但我所见到的总是很冷、很冷的白色海滩，冰冷的蓝色海水汹涌澎湃，沙丘像一层层冰冻的泡沫……"

"就像那个样子！其实沙子不是白色的。在有风的日子，海面的冲积物被吹上沙滩，形成像雪一样的一堆一堆。海浪汹涌，发出冷酷而野蛮的嚎叫。这幅是在发生丛林大火的那一天画的，当时水面上就出现了这种奇怪的铜色的光。墨累河口就在这儿，隐藏在这片迷宫之中……"

她饶有兴致地注视着他所指的那一点——她经常在梦中看到的这片海滩，数英里无人居住的海岸，不断地受到南大洋的冲击，冲击……

"这是我最喜欢的一幅。"最后，她又一次停在一幅小小的习作画前面——一个澎湃的浪头，在清晨的光芒下奔腾而起，绿色，半透明，泛着泡沫，被永远地定格在它最终冲向毁灭的那一时刻。

“这幅画名字就叫《海浪》，也是我最喜欢的一幅。我拒绝出售它已经好几次了。但是你的评判意见？起初你很沉默。”

“我告诉过你，我很惊讶。我太感兴趣了，印象极其深刻。你忠贞不贰，且乐此不疲；但有人说，大海是一个铁石心肠的情人。”

“我在追求自己感兴趣的事物时总是忠贞不贰且乐此不疲的。”他投来深情的目光说道，“——曾经警告过你。”

她没有接他的话头，而是转向窗外。四面一望无际，整个平原，整个大湖，几乎二十英里之外的湖岸，尽收眼底。近处，码头和“费拉黛菲娅”号看上去小小的，像玩具似的。一艘轮船正拖着一股浓烟从辟邪岬方向开过来。

“又一趟送到我们这儿的羊毛，”瑞本说，“那是‘贝凡瑟’号，我猜。我们来确认一下——”

他从东侧墙边的一个形状不规则的东西上扯下帆布蒙子，打开一扇窗，开始调整一架大望远镜的接目镜。

“这个很方便获取轮船及配货的最新消息，”他说，“而且我可以在晚上观察月亮和星星。棚顶的那个地方向后滑动，在这个架子上转动望远镜。这种自动装置只是为了观察天体，它会在地球转动的同时移动望远镜，从而保持那个天体在视野范围之内。”

“太不可思议了！我想看看木星的卫星、土星的光环和月亮上面的陨石坑——这些都有可能看到吗？”

“如果在这儿等到天黑，完全有可能看到。今晚天空会晴朗。但遗憾的是，土星不会出现。眼下我们先看看那艘轮船吧，它赶上了风平浪静的好时机。”

黛丽一只眼睛凑上接目镜，看到那艘缩短了的轮船被神奇地拉近了，舵舱的窗开着，舵轮后面的船长清晰可见。他目视前方，毫无察觉有一只眼睛正从湖的对岸俯视着他。她看见有人——甲板水手，也许是轮机手，跑上阶梯，一边挥舞着手臂，一边跟他说着什么。就像新出现的电影里的一幅画面——她曾带孩子们在莫干剧院看过电影；真人一般大小的人物动来动去，打着手势，张着嘴巴，却没有配音，看起来很不真实。

她向他转过身来，微笑着说道：“你通过这个东西看见我了？”

“是啊。我看见你望着舵舱对面，跟你儿子说了什么，然后你们俩都大笑起来。你当时刚拐出辟邪岬，浪头从各个方向向你涌来。我本来料想会看到你紧张的样子，或者至少是焦虑挂在脸上。那个场景给我留下了非常深刻的印象。”

“其实啊，那时我很害怕，但不知怎么的，就忽然生出一种兴奋。当时我说的是：‘这很有趣，不是吗？’突然间一切就变得有趣了。”

“高顿是个好孩子。在你昏迷的那个晚上，他一直陪你坐到天明。我提出要他在这儿睡一会儿，但他就是不上床。”

“是的，他生性善良而敏感，他总让我想起——”接下来她发现自己对阿莱斯太尔·瑞本讲起了她的初恋，她的表哥——去世的时候只有十九岁；巴瑞特小姐以及她们一起生活过的大河上游的农场；希斯特姨妈怀有敌意的态度以及亚当青春时期的冲动与无奈……“所有的一切都那么久远，有时候我甚至怀疑那个小女孩和今天的我怎么可能是同一个人——”

“是啊，回首往事，的确让人产生陌生之感。朵罗丝·巴瑞特，呃？这个女人现在可能会有多大年纪？”

“噢，我不知道——六十来岁吧，我想。嗯，她肯定将近六十岁了。太不可思议了！当年她是我眼里最漂亮的人，有着最柔顺的棕色头发，现在恐怕已经变成灰白了吧。我们仍然大概每年圣诞节会通信一次。”

“巴瑞特，巴瑞特！对，肯定就是这个名字。几个英国朋友给我来信，极力为我的侄子和侄女推荐一位家庭女教师——他们曾经雇请过她，现在她要返回澳大利亚，想在国内谋份工作。我怀疑可不可能是同一个人？这位女教师也不年轻了。”

“可能啊。上一次她在信中说，她在多尔塞特，那家人姓珀金霍恩，他们——”

“这就对了！简直是一桩奇事。这位正是你的巴瑞特小姐。你也会推荐她，是吧？”

“绝对地——毫无保留地推荐她。当然，从我上一次看见她，已经过去了二十五年，但她的头脑还像以前一样灵活，从她的信我能看出这一点。真是太好了，如果——”

“那么这件事就说定了。梅勒丝小姐很能干，但她只是个保姆。我想找一个能对他们的思维和性格产生良好影响的人。小杰米已经不再需要梅勒丝小姐的照看了,他的母亲——坦白地说,他的母亲不会对他有好的影响。”

黛丽没有应声。她对他的这种自信觉得有点尴尬,因为他的话恰好证实了她对亨利太太的判断。她又通过接目镜观察那艘越来越近的轮船——此时它正完整而清晰地出现在夕阳的水平光束中。

“等它停泊下来,我就得下去处理一些公务,”阿莱斯太尔说,“——但他们直到明天才会卸货。我马上回来。今晚你就待在这儿,不再面对那些楼梯,好吗?我让人把晚餐给我们送上来。”

“谢谢你。我愿意待在这儿看看日落。多么精彩的工作场所啊!让我感觉自己像一只站在树梢的鸟。”

“你千万不要通过望远镜直视太阳,好吗?搞不好你会永久失明的。”

“你不在这儿,我绝不会动它。”

“我很快回来,我们吃点……鸡肉三明治,一瓶苏特恩白葡萄甜酒,你觉得怎么样?”

“好极了。”

他的脑袋在活动天窗那儿停顿了片刻——他凶巴巴的眼眉和那撮尖尖的黑胡子,让她有点想起了《浮士德》中返回地狱深处的靡菲斯特——然后整个人出去了。这时,她忘了他的存在,仿佛置身于广阔的空间、自由的空气和浩瀚的湖水之中,又有一种雄鹰回到舒适而安全的爱巢中的感觉。

她超然地望着码头上的“费拉黛菲娅”号,尽管她告诉自己,那划着小艇归来、提着一袋鱼上船的是她的两个儿子,那烟囱耸立、炉烟缭绕的地方是她的厨房,那扇大窗户里面,她的丈夫躺在床上,用一只手缓慢而笨拙地吃着东西……

她看见一个小小的人,衣衫不整,歪戴帽子,那可能是“小羊”;他正灵巧地顺着甲板的边沿跑,后面一个身形稍大一点的人急急地追——毫无疑问,是查理在追撵他最不喜欢的“小羊”。“小羊”一个飞跃,跳上码头,然后转身,向追赶他的人做了一个下流的手势。

查理挥舞着手臂,把帽子猛摔到甲板上,又捡起来胡乱地扣在头上——这些动作无声地表达了查理的恼怒。黛丽笑了。伴随着这么粗野的动作,却听不见一句骂人的脏话,好像有些奇怪,但她确实离得太远了。

当女仆爱赛儿——相当瘦弱的一个女孩,性格开朗却从不露齿——端着托盘走进来,黛丽凝视着那些非常讲究的三明治,亚麻布刺绣餐巾,水晶高脚杯,冰镇过的金灿灿的酒瓶……她想起了自己在“费拉黛菲娅”号船上的第一次晚餐。

从圆葱煎蛋饼和啤酒到鸡肉和苏特恩白葡萄甜酒,标志着这里与她的家之间的差异。但是她已经逐渐喜欢上了啤酒和随意而简便的一日三餐,在舵舱,或者在甲板上的遮阳篷下面;查理每一叉都要举到自己鼻子前,嗅一嗅,然后才吃下去——因为,他宣布,这些日子什么东西都没滋没味的,甚至一个生圆葱也不例外,除非让他先闻一闻。

84

在“费拉黛菲娅”号船上,厨子正把盆盆罐罐噼里啪啦地放到厨房的炉子上。他在端盘盛菜时总要弄出很大动静。他的情绪变化无常,一旦什么东西掉到地上——一只汤匙或一口平底锅——他总会猛地一脚把它踢到一边去。

他烦死了做鱼,但那两个浑小子又提了一大袋鱼回来;船上没有冰,他不忍心看着那些鱼坏掉。

“嗨,你两个小鬼——!”他喊道,“过来端菜。”

饭菜做好时,他通常会拉铃;铃声意味着两个孩子中的一个要过来端走他父亲的那一份,送到船舱去。黛丽不在的这段时间,他们两个轮着来。今晚轮到阿莱克斯。

他端着托盘——盘子里是鱼片,捣碎了与土豆泥混合在一起,以方便布兰顿食用——小心地送到顶甲板的船舱;他的父亲正躺在那儿,下巴耷拉在宽阔的胸膛上,眉毛下面一双眼睛忧郁地凝视着窗外。

布兰顿很不情愿这么长久地停泊,这使他觉得好像轮船被困在低水位的河中,就像过去经常遇到的情况一样;整条船无所事事,无能为力,就跟他自己的情况一样。安静的湖水不像大河那样流动。望不见船舱外移动的河岸,他觉得自己正开始变迟钝。

而且,他非常想念自己的妻子,比他身体健康时更加想念她。身边没有她,他无法确定方位;他觉得自己迷失在广阔的大海上,却不见了罗盘针。只有她才能让他的生命保持连续。她是他的过去和他的现在之间的联系纽带。

查理最近飘忽不定——卸下了管理轮机的责任,脱离了女老板沉稳的监督,他几乎一直在密朗不停地豪饮。他的整个饮食几乎只由威士忌和啤酒、生圆葱和面包片构成。他的手颤颤巍巍,布兰顿拒绝让他再在早上为自己修面,所以布兰顿很快又长出了肆意的胡须——不像头上的灰白颜色,而是金属丝一般的金色光泽。

阿莱克斯对他父亲的敬畏并未消失,虽然父亲卧床不起,虽然那个高大的男人现在已经缩小了身量,几乎像小孩子一样依赖别人照顾。他局促地坐到床边,说道:"爸,你想要我喂你吃吗?"

布兰顿鼻子里哼了一声,生气地翻着眼睛。

"凭什么? 我……完全……能……自己吃。这一摊什么?"他没好气地用叉子戳着盘子里的东西。

"爸,是鲳鱼,咸水鱼——好吃,我和高蒂刚钓的,和淡水鱼一样鲜美。我给你往面包上抹些黄油。"布兰顿用左手颤巍巍地举起叉子,送到嘴里一些,洒落了一些。"爸,你觉得你能不能游过大湖去? 我是说,在你生病之前? 我知道那时候你游泳相当棒,是吧?"

"啥? 二十四英里……游过大湖? 儿子,别犯傻了。"

"呃,有人游过英吉利海峡,不是吗?"

"是,有人游过……嗯,你等着……过几年,我也许要试一试。"

阿莱克斯看起来有点怀疑。

"儿子,你等着,等我……爬起来……到船舱外,我会让你看看。你不信吗? 想当年我是……整个墨累河上下……游得最棒的。"

"但是爸——!"阿莱克斯一副忧伤的样子,"你再也不会站起来了,是吗?"

一股血流涌上布兰顿的脸,甚至弥漫了他蓝色的眼睛。"谁向你……撒这么大的谎? 谁?"

阿莱克斯磕磕巴巴:"我——不——不知道,我自个儿想的——查理说——有天晚上,他喝得烂醉回来,在船上哭哭啼啼,好像说,你再也不能驾驶轮船了。"

“嗨！孩子……我要……让你开开眼。递给我……那根绳子。后边……门那边。来……系上……床尾。好了，牢固了。不要打错结。递给我……绳子头。”

他抓住绳子一头，在左手腕上绕了两绕，接着双脚抵住床尾，他把自己拽到一个坐立的姿势上；又继续用力，直到他的膝盖弯曲，整个人几乎都到了床尾。他用左臂抱紧床柱，转动臀部，让双脚滑向地板。然后，他两臂齐用，抓牢床柱，慢慢地靠自己颤抖的双腿站立起来！

他扬扬得意地瞥了一眼儿子，侧身倒回到床上，眉上汗珠如豆。

“怎么样，呃？我能……靠自己的双脚……站起来。注意，不要告诉你妈妈。给她个惊喜。我每周……都更壮实。”

阿莱克斯目瞪口呆。“哇，爸！你真认为自己能再游泳吗？”

“医生说……游泳最好了。在水里……不那么费力。但是水太冷了不行。明年夏天……我们看看情况。”

“哇！”阿莱克斯惊叹道，“我想做一个医生，帮助那些腿脚不灵的人重新自由地走路。”

自生病以来，黛丽头一次感到饿。太阳一落，天空和反射镜一样的大湖褪去了色彩，她就在楼顶的小房间里不耐烦地盼着阿莱斯太尔·瑞本的归来。忽然，她听到楼梯上他的脚步声——先是他黑黑的、凶巴巴的眼眉，接着是他的鹰钩鼻子和一撮撅起的胡须，随后他整个人衣冠楚楚地从活动天窗钻了上来。

“*从地狱的最深处，我来向你致意！*”她自顾喃喃道。这一次，他穿了一件华丽的晨衣，靡菲斯特式的红色日本丝绸。

“几乎看不清你！”他大声叫道，“你怎么不让爱赛儿把灯点起来？啊，她把我们的晚餐送来了。但是没拿冰来，这个懒丫头！我们得趁着它还凉的时候把这个喝了。”

“噢，请先不要点灯！我想看看天上初升的星星。”

“但我想看看我在吃什么——”他冷静地说道，一边拨弄着彩涂玻璃罩子下那盏很大的煤油灯的灯芯——这顶玻璃灯罩就像很久以前被她打碎的希斯特姨妈的那件宝贝一样，“还有，我想看看你……”

一阵微微的轰响在她心头激荡。以前也曾有人对她说过这样的话,她却回忆不起来当时的情景了。很快,他启开瓶塞,尝了尝那金黄色的葡萄酒,然后递给她满满一杯,又给自己的杯子斟满。

“为未来干杯!”

“恐怕我总会沉湎于过去。”

“那你是不应该的。那是老年人的事,因为鲜活的生命已经在他们身后。在我的骨子里有一种感觉,你的未来会很长远,很有趣味,而且,我会在其中有一席之地……”

“哦?我看不出——”

“瞧!”他神采飞扬地说道,“有谁见过一位上了年纪的女人还会这样迷人地羞红了脸?你还像是一个小女孩啊——皮肤鲜润,眼睛灵动,内心充满渴望……”他的一双浅黑色的眼睛破天荒地完全张开了,热情洋溢地凝望着她。

她掉开头去,说道:“如果你不介意的话,我可真是饿坏了。我花了最大的定力才管住自己没在你回来之前消灭掉这些鸡肉三明治,我觉得好像自己有一个月没吃东西了。”

“可怜的小家伙!你一直没吃过一顿硬实的饭。我本来应该点一只整鸡。我真是一个不懂得顾及他人的利己主义者!——就因为我自己更喜欢在晚上吃得清淡一点。来,这些你都吃了。”

“别,别!”她大笑着反对道,“——我没有那么饿啊。”

在虚弱的身体状态下,清淡的葡萄酒足以令她兴奋了,它好像熔化的黄金流进她的血管,她觉得全身温暖而闪耀。她吃下两整块三明治,第三块吃了一半。这时,短暂的黄昏结束了,天色已经暗了下来,但是大湖仍然保持着最后的余光,仿佛不愿意告别这样安宁的一天。

她坐在那儿,低头望向标志着布兰顿的船舱窗户的一方灯火。“我真不愿意去想,他正无助地躺在那里——”她幽幽地说。她突然觉得自己的处境——在这个小小的楼顶小窝里,远离日常生活的琐碎烦忧——是那么的不真实。“明天我必须回去。他会想念我的。”

“在我的想象里,他一直是一个生龙活虎的人——这使他更不好过。”

“他是我所认识的精力最充沛的人。年轻的时候,他不吃不睡连续二十四小时当班后，还能游泳找乐子。可是现在——”她耸了耸肩。

“是啊——”他深有感触地叹道，“生活是极其残忍的。我不知道你是否从那些星辰中得到过安慰；我发现，当我遇到无法解决的问题或者无法容忍的念头时，它们会让我的心里平静下来，而别的一切都无能为力。”

“望着流淌的大河对我有同样的效果。”

“你是说，它能把日常的琐事、无聊的龃龉都化作远景？从望远镜中看，银河系中的一座星星之城，足以说明一切。”

他吹灭了灯，拉开一部分棚顶。

星光如雨，泻在他们身上，首先是白闪闪的角宿星，它摇曳着矛头一样的光芒。

“头顶就是室女座。你知道黄道带星座群？”

“知道。我能通过星星辨认方位。我是跟那位大帆船的船长学的——我们坐船来澳洲，当时我还是个孩子——约翰森船长……他和其他人一道溺水而死了。”

她看到了那个十二岁的孩子，身材瘦弱，心里充满渴望，长长的黑发在风中飘荡。

“噢，约翰森船长，这是什么味道？是花的香味？”

“是树，桉树散发的香味。虽然我们望不见陆地，我知道澳大利亚就在风吹来的方向。”

“澳大利亚！”她纤弱的小手抓住栏杆，在星光下，穷极目力，穿过黑黢黢的海面，望向悄悄逼近的海岸：那片希望的陆地第一次隐隐约约地出现了……

“一直朝西北方向看，你会看到大角星升起，一颗非常漂亮的黄色星星……”

但是乌云迅速地涌过来，遮蔽了天空，她从未看见过那颗黄色的星星从海上升起。那是很久很久以前……

“哪儿是大角星，是在地平线上方吗？”此刻她问道。

“是的。它属于牧夫座——瞧——看上去像倒栽葱飞下来的一只漂亮的纸风筝的一截尾巴。”

“让我瞧一瞧好吗？”

“从望远镜中看星星的效果是很令人失望的。它们不会变大,但色彩更集中。等等……我为你找准它——好哩。你必须调整接目镜以适应自己的视觉效果。”

他往旁边移开一点,让她凑近接目镜,但他仍然站得离她身边很近。随着自动装置发出嗡嗡声,深黄色的光点稳定地映入她的眼中。她突然感觉到两个人所处位置的暧昧不清——孤男寡女远在屋顶,这么亲密地站在只有微弱星光的黑暗之中。他们似乎距离天空和星座比距离下面屋子里的人更近一些。

“看到了吗?”他低声细语,仿佛在恭敬中迎候那些非凡的客人的光临,“来,看看木星,这会更有收获。”

她又向接目镜中望去,禁不住发出兴奋的喘息。木星是一个发光的球体,披着淡淡的彩色条纹,周围整齐划一地排列着手镯一样的小卫星,它们像钻石一般耀眼。

他在她身后离得那么近,她能感觉到他的呼吸落在她的头发上。如果她向身后靠一靠,或者转过脸去……但是她还是靠近眼前的仪器,凝神瞩望那里别样的景象,直到肩上一只温柔的手轻轻地推开她。

“来,再看一座星星城。这是一个球状星群,大约有五万颗星星,是同时产生的。裸眼看来,那只是一个暗淡、模糊的点。那儿,距离第二片麦哲伦云不远,看到了?今晚能见度不错,通过这个高倍接目镜,看上去数不胜数,你过来瞧——”

又是一声惊讶的轻叹。一座星星的城,密密麻麻的星星的城,星星,星星,还是星星,都被包围在那模模糊糊的一个圆点中!

接下来还有其他的奇观:狼蛛星云,从发亮的气团和星际黑尘中分离出来;双星,恰如青玉和黄玉,裸眼看来,浑然一体,似乎无法分辨;“珠宝盒”,好似一捧石榴石、钻石和红宝石撒落在南十字星座附近……

黛丽感觉自己的膝盖虚弱得开始发抖。她倒不是因为观察天体而疲倦,但自从能从床上起来,她还从未站这么久,而且爬上楼梯已经累得她有点吃不消了。

她说:“我觉得我必须马上坐一会儿。”

“噢,天啊,可怜见!我太不知体谅人了。你的兴致那么高,我的热情也令我忘乎所以了。”他扶她坐到一把低矮的椅子上，他坐在她的脚边；因为眼睛适应了星光，她看见他仰起头热切地凝望着她的脸。“业余的天文观察者总爱抓一个新手来炫耀他们的发现，他们开始觉得那些天体归自己所有，几乎就像是他们创造出来的似的。你为什么不早点阻止我呢？”

“我不想阻止你。”

他坐在地板上，侧过身子，关掉了自动装置；静默中，他们听到一只天鹅鸣叫着飞落在湖边的芦苇丛中。他伸出手，抓起她的手，贴紧他的眼眉。“你可以要求我做任何事情，难道你不明白吗？我愿意把我的生命放在你的……脚下。”

他松开她的手，从地板上抓起她的一只脚，亲吻着脚背。“任何事情，任何事情！你只需向我下达指令。”

“但我不想要求你做任何事情！就是……不想——不想让我的生活更艰难，比我现在的生活更复杂。”她嘴唇颤抖，“我没有想到——我没有料到你会这样，我一直以为这种情感早已成为你的过眼烟云。你看上去总是那么从容淡定、充满自信。”

“是吗？”他把脸埋在她的膝弯里，她感觉到他嘴角肌肉的抽动，不知是因为痛苦还是在微笑，“这么说，你就错了……我的心中充满了爱，其他一切都不足惜。我只要付出，付出，我不求你的任何回报，只是你不要厌恶我——”

“我并不厌恶你，但我也不爱你，所以根本不存在付出和接受的问题。”他们之间怎么能说出这样的话！瑞本先生怎么会可怜巴巴地匍匐在她的脚下……她觉得很不真实。“别这样！起来吧！”她大声说道。

他的双臂痉挛似的箍紧了她，仍然埋住了脸；她被诱惑着做出古老的母爱的表示——摩挲着他的头发，但她还是觉得事不关己，惊诧，而非感动。

“刚才我说的不是实话；我对你当然是有所求的。我想要你的一切，像任何男人一样。我无法让自己把灵与肉或者心与身分开。我整个人都爱你，我整个人都想要你。我崇拜你的心灵，你的身体，你头上的最后一根发丝……”

“那你不要再用这样的胡话增加我的烦恼。”

“胡话？这可是我说过的最有意义的话。啊，要是我能把你弄上床，你会爱上我的。”

他的话语中充满了孩子气的胆大妄为。当他抬起头时，她看见他洁白的牙齿在他规矩的唇髭和整洁的胡须之间一闪一闪。

“噢！我要走了，我马上走。我要回船上，就在今晚。”

“啊，黛丽，你不需要逃避我。我不会纠缠你的，我保证。”

尽管她无意识地坐正了身子，后背也挺得又直又僵，但她的双手仍然抚摸着他的头发。她摸到了他头顶上正在变得稀薄的一小片地方——脱发即将从那里开始。他不是一个小男孩，绝不会因为严厉的话语而收手。“忠贞不贰且乐此不疲……”她相信这一点；但她觉得她的冷漠是保护自己的最好的铠甲。

即便这样，回到房间时，她在床边坐了好一会儿；头脑中乱糟糟的，她甚至无法令自己鼓足气力脱下衣服。下面的湖水，被夜半的微风吹动，泛着涟漪，不安分地舔舐着湖岸。

她不能对自己假装说这一切都是突如其来的。自从她生病起，她就知道他被她迷住了；但是对于他如此深沉的情感，他语调中颤动的压抑的激情，她却并没有充分的心理准备。她觉得仿佛自己正行走在一座火山的薄薄的土层之上。

平安地回到以往的生活轨道之后，黛丽又开始连续十二小时不间断地驾驶轮船，几乎没有时间再去考虑阿莱斯太尔·瑞本和他那番出人意料的表白。

你让我感觉到自己拥有了强大的生机；仿佛过去的这些年里我一直生活在半睡半醒之中。我只求在你的面前献出我的生命，像拍岸的波浪一样死去，沉入沙中；但愿这样我能为你铺平脚下的道路……

应他的要求，黛丽抽空写了一封回信，但她丝毫未提两个人之间微妙的情感。

她写到了她眼下的工作，她未来的计划——流动商店开向维多利亚湖的工程部建筑营地，绘画艺术以及他给她看到的那些画作……

偶尔，一个人在舵舱里，她会沉醉于与阿莱斯太尔共同生活的种种梦幻：裹在东方丝绸的奢华之中，享受着更加奢华的他的宠爱；避开所有的烦忧和责任，自由自在地整日作画；跟一位画家同行讨论各自的作品和它们存在的问题；在湖畔那幢漂亮、宽敞的房子里迎候他来到她的床上……

这是最荒唐的白日梦，她很清楚。即使她身无羁绊，也绝不可能存在那种完美的生活；虽然她并没有胡来，这样的想法也是对布兰顿和孩子们的背叛。

他们需要她。他们比阿莱斯太尔更需要她吗？这并不重要。她的职责是和他们在一起。职责……她是坚定地聆听天父教诲的女儿！那是一个冷冰冰的词，给人冷冰冰的安慰；但是一代一代那些正直而倔强的长老会先辈站在她的身后，默默地点头赞许。

85

“麦格，你妈妈今天下午要过来。”麦维尔太太说道，“你不打算为她制作一份特别的蛋糕吗？”

“你以为我忘了？”麦格大声答道，“我每天都在日历牌上做着标记。”说着，她把直黑发向后一甩——这是近来她紧张时的习惯性动作。她过于纤细。尽管个头不是很高，但她瘦骨嶙峋的肩膀和两条修长的腿使她看上去像一匹小马驹。她皮肤苍白，几乎毫无血色，但在她那瘦削、凹凸的脸上，一双大大的眼睛却透出深蓝。

每个人都注意到麦格漂亮的眼睛，但是对她来说，好像这双眼睛更加突出了她脸上其他部位的不足——纽扣一样的鼻子，难以梳理的毛糙头发……

麦维尔太太充满爱意地看着她。“我不知道你妈妈会怎么说，你看起来那么瘦！没有农场的黄油和奶油，你肯定会瘦得更不成样子了。你身体不够强壮，是不能过那种勉强糊口的船上生活的。”

麦格在通向厨房的斜坡台阶中间停了下来。

“不够强壮？但是麦维——”从她小不点的时候起，她就一直这样称呼自己的养母，“我身体非常棒，你知道的！”

麦维尔太太一副固执的样子。她的头发已经变成了铁灰色，她的嘴角看上去坚硬似铁。

“你体重太轻。不要忘了你正是容易感染结核菌、生肺病的年龄。要是我看不见你吃下一日三餐、喝下我总是端到你床前的牛奶，我就不能睡安稳。你不觉得你最好还是和麦维一起再待上一两年？”

“噢，我不知道……”麦格是个心地善良的孩子，她知道，如果自己不答应，麦维尔太太会伤心的。但是她也想念她的妈妈和几个哥哥。要是她能同时生活在两处地方该有多好啊！还有盖瑞——如果她到船上生活，她就几乎再也见不到他了。

她含着深情说道："我想，我可以待长一点时间，就是说，如果妈妈不那么需要我……"

"我觉得，这话你能亲口提出来更好些。你母亲知道我想留下你，她肯定明白这对你的健康有好处。盖瑞也会想念你的。"

这是突然冒出来的想法——她的儿子在这个时候的出现让她灵机一动。他根本没瞅她们俩，径直走向盛放蛋糕的锡盘，为自己切了一片水果蛋糕。

"你会吗，盖瑞？"麦格微微红着脸问道。麦维尔太太并没有注意到她的羞赧，尽管她也扫了麦格两侧面颊的猩红旗帜一眼。

"嗯？我会什么？"

"如果她回到船上，难道我们会不想念她吗？"他的母亲接着话头说道。

"想啊，连牙根都想。"他咬了一大口蛋糕。

"盖瑞！"

他嘿嘿一笑。"逗你玩哩；你走了，我就没有人逗着玩了。我喜欢看到你大发脾气。你是做蛋糕的一把好手。"

对于已经被爱冲昏了头脑的麦格来说，盖瑞的这几句话如同浪漫的表白一样美妙。

"就是！你明白了吧？"麦维尔太太得意地说，"而且麦维尔先生也已经把你看成他的亲生女儿了。"

"饶了我吧！我倒希望有一个样子更好看的妹妹。"

"让开，你个大笨蛋。我要马上做蛋糕了。"麦格一边推搡他一边说道。

"别烦我，你个小瘦猴。"（有这样向女人示爱的吗？）

"盖瑞！快点让开！"在一阵不疼不痒的扭打之后，她终于推动了他。他任由自己被推向后门口。

"壮实了，是吧？"他讥诮道，"你这匹小烈马。"

麦格正在给那块蛋糕做收尾的压花工序——用纸漏斗压出最后一枝粉红色的玫瑰花，这时，"费拉黛菲娅"号在它的停泊点上鸣响了汽笛。她跑到门外，然后又跑回去摘掉了沾满面粉的围裙。她沿着悬崖边的台阶一步两级地来到河边,黛丽一上岸,她就飞身扑进妈妈的怀抱。

黛丽觉得女儿看上去更瘦了,问是不是太多的家务活把她累成这样。噢,不是的,麦格说,她爱做家务。

她怎么好让母亲知道她正在为爱而憔悴——她爱上了一个比自己年长十岁的复员军人,一个在战场上失去了两根手指的英雄。

她进到船的里面,看见了她的父亲,亲吻了金色的络腮胡子中间他那张红红的大脸。他把她的两只纤细的手腕拢在他的右手中(曾经那么软弱无力),用力捏紧,直到她疼得大叫起来。

"看见了吧？以前我这只手啥也干不了。很快我就要重新驾驶轮船了。"

麦格拥抱了父亲,然后跑出去找她的哥哥们。

"要来农场吗？我特别制作了一份蛋糕。"

"肯定没啥好玩的。"高顿说道。他已经在船尾布下了钓鱼线。

"给我们带点回来吧。"阿莱克斯说,"我要去游泳了。"

"我也是。"布兰尼说道。他刚回到船上不久。

麦格抓住黛丽的手,直到上崖的小路太窄而无法并行才分开。她觉得母亲看上去那么漂亮;虽然穿着旧的军用夹克,但这好像更突出了她苗条的身材和纤弱的双手。(多年之后,当她站在人群中欢迎独自驾飞机从英格兰飞来的女人——艾米·约翰斯顿时,她看到的也是同样的女孩般的身材和肤色,包容着男人般的意志和勇气。)

在黛丽身上又有了新的光彩,她的眼中闪耀着青春的火焰。尽管她对阿莱斯太尔很严厉,但是以她现在的年龄,有人爱,有人想,这是多么美好的事啊!"天啊！多么复杂的情感!"她十分得意地想着。同时,她也想起了与塞拉斯·詹姆斯之间的纠葛。

她还没有觉察到走在身边的女儿心中正激荡着种种复杂的情感;或许,她也不愿意承认麦格已经不再是一个小女孩的事实。

"亲爱的,我一直在考虑你的未来。"黛丽说道,"你愿意去学习做一个医生吗？我想现在我有能力负担这笔学费,我已经拿到了维多利亚湖这一趟的运费。当然,需要好几年的学习——"

"不要。我想做个护士。"麦格立即说道。

“嗯,起码你还知道自己的想法。我不晓得高顿愿意做什么。到时候你可以在威克瑞医院接受培训吧?但是不管怎样,你现在还太小,还能在家待两年——”

“在家?”

“在船上,当然,我们全家在一起。你可以在你爸身上试试手,他总说你已经是一个非常好的护士,比我强多了。他说,我根本不是做护士的料。”

“那是因为你没有耐心,妈妈。但你觉得我可不可以在这儿再待上一年?麦维说我有点瘦,在船上一旦生病也不能及时送我去医院;麦维说过结核什么的,说你曾经得过——”

“那是误诊。简直是胡说八道!她根本没有权利拿这样的瞎话来吓唬你。不管怎样,医生建议我过这种水上生活,而我也活得健健康康——直到最近这次肺炎。我仍然不得不行动慢一点,所以我本想你能帮帮我。”

“如果你身体不好,我当然要回来的!但——”一想到盖瑞她就住了口,“也许我可以时不时地回来。”

“再说吧。”但私下里黛丽打定主意:麦格应该完全脱离农场。麦维尔太太对她的影响太大了。黛丽记起了早先那次探访,当时,自己就因为麦维尔太太那种占有者的语气而生出隐约的不快。麦格是她的女儿,她不想让别人夺走她作为母亲的位置。当然,毫无疑问,很快,她将不得不亲手把自己的女儿交给某个年轻的男人。

时令正是早春——在这一年格外干旱少雨的夏季过后,他们随着第一股新流来到大河下游;此刻,黛丽和麦格正向上面的农舍走去,忽然一棵开满花朵的杏树映入她的眼帘。这是一棵花期迟到的杏树,但树上的花朵好像明亮的大眼睛,透出纯洁与高贵。这棵树似乎正以它淡雅、温和与纯真的姿态把自己献给又粗又尖的风的拥抱,献给那些专注地追求美、享受美的蜜蜂。

86

“布兰顿,我想跟你谈谈;我担心麦格——”

如果她能因此去她的丈夫那里,与他谈谈心中的种种忧虑,把这份担子卸给另一个人，卸到更为强壮的肩膀之上……多好，多简单！但是黛丽觉得这样做无济于事。他的思维已经转向自己的内心世界，孩子们的事几乎提不起他任何兴趣。他的大部分时间都花在看一本怪模怪样的德文书上——她不相信他读得懂，除此之外，他就是老老实实地在床上抱窝似的静坐着。

或许她的担忧毫无必要。她不相信法律机构会从一位母亲身边夺走她的亲生孩子，特别是在孩子本人不愿意的情况下。但是很奇怪，麦格似乎不大情愿回到母亲身边。

黛丽凝视前方——大长河段豁然向轮船敞开。绕过下一个河曲，他们就将到达三号船闸工地——那里已经在进行工程的前期建设。一号船闸完工在即，不久之后，他们每一次经过都必须要交税了。

以后最好把她的商店据守在仁马克，完全避开大河下游，这样也会避免见到塞拉斯·詹姆斯，或者阿莱斯太尔·瑞本，这肯定有好处。

她心无所动地考虑着未来的种种可能。其实，他们也许能对她有所帮助，尽管塞拉斯恐怕对澳大利亚的法律也不会懂太多。

她用力下拉舵辐，开始横穿一条交错而过的无形的航道。

黛丽还是难以相信，麦维尔太太竟然以这样的方式与她对抗。可以说，吉姆牺牲在战争中这一事实好像让他母亲的生活有点失去了平衡，理所当然地改变了她的性格。

她想到麦维尔太太——当她郑重声明麦格必须留下的时候，她的面颊燃烧着明亮的火焰，她的嘴唇在说出每一个字之后都闭得紧紧的，她的下巴一直执拗地绷着。

本来好说好商量，黛丽也许会做出一定的妥协；但是那个女人的一番言辞刺痛了她。她说在船上抚养孩子根本就是不合适的，还说没有哪个合格的母亲会想着把一个身体虚弱的孩子带到船上生活——不就是因为这个原因已经害死了一个孩子吗？

这时黛丽的火气终于压不住了。她甩手离开麦维尔太太的厨房，她那杯茶水一点没喝，麦格的蛋糕也一口没尝；麦维尔太太在她身后喊道："要是你坚持带她回去，我就把这件事交付法院！法律不会让你这么糟蹋孩子。"

麦格出去喊麦维尔先生和盖瑞回家吃茶点，所以她没有听到这番交锋；母亲在返回河边的路上把她截住了，要她立即上船，马上，随全家向大河上游出发。母亲告诉她无须久留打点行装，只要拿几件棉衣就好；更多物品可以到仁马克购置。但麦格也变得执拗起来，因为恰好盖瑞约她在当天晚上一起去挑灯猎狐。

黛丽只好心情沉重地开动了轮船，又一次把女儿抛在了身后——使另一个女人得以影响她的心智，从而疏远自己的亲生母亲和原来的家庭。她不能停泊下来等待麦格改变主意，她也不想命令女儿跟上船来。今天她必须穿过三号船闸工地，赶在围堰合龙之前；随着水位升高，预计通行将会变得愈发难以掌握——湍急的河流如同从陡峭的山涧以十节的时速倾泻而下。

（后来，一艘政府所属的驳船锚在激流的上游，配有一根坚固的绞索帮助轮船安全地上行或者下行；但这是后话。此前，“埃沃卡”号试图借助侧面一棵树而用绞索拉拽通过，最终导致船体崩裂。）

前方，河流的一侧是一望无际的公园似的冲积平原，绵延的草地，点缀着巨大的树木；而另一侧则被一百多英尺高的蜂窝状的黄色悬崖挡住了视线。当他们靠近悬崖下面，黛丽观察到船头的波浪鼓动着崖基处的一些绿色洞穴，那里湿漉漉地长满了蕨类和苔藓类植物。在悬崖的顶部，看不见一丝一毫的绿色植被；只有枯燥乏味的金属之花——一架风车，或者几株纺锤似的烟草的嫩芽。但是在更远的内陆，不断兴起的灌溉农庄正在沙漠之上铺开一层淡淡的青翠。

“费拉黛菲娅”号绕过又一个河曲，进入到三号船闸区段。河岸上，帐篷和临时建筑星罗棋布；左侧的悬崖往下也有一片相当广阔的冲积平原。围堰已经横跨了半条大河，在受阻的地方，水流愈发湍急。“费拉黛菲娅”号逆着水流，使出全力，缓缓通过，驶向左侧岸边。

黛丽想跟塞拉斯·詹姆斯谈谈麦格的事，但她又不愿单独见他。她对自己没有把握。最好还是打发一个孩子捎个口信过去。高顿和“小羊”拿着绳子跳上岸，绳子刚一系牢，“小羊”就一溜烟从踏板跑了出去。

伴着嘶嘶的轰鸣，查理打开排气阀放掉蒸汽；在告诉司炉工灭掉炉膛的火之后，他悠闲地走出轮机室，站到踏板上，一只手扶着栏杆。

他靠在栏杆上，忽然感觉一根手指被狠狠地蜇了一下；他大叫一声抬起手，一边愤愤地诅咒，一边开始张牙舞爪地吸吮那根手指。接着，他跑下舷梯，把身体几乎弯作了两段,仔细地检查地面。

“你个‘小羊’!”他直起腰来,攥紧拳头,吼道,“你故意这么干!”

“干了什么,查理?”黛丽探出舵舱问道。“小羊”早已精明地躲得没了影。

“把踏板垫在牛蚁窝上,就是他干的! 疼死我了。手指火烧火燎的! 噢,要命!”

“上来,查理,我给你涂点蓝药膏。高顿,你和‘小羊’马上撤掉踏板——小心点儿,我们可不要让牛蚁在船上安家。”

当她平息了查理的怒火并处理了他的手指——白色的硬块周围已经变得红肿,她发现塞拉斯·詹姆斯已经不请自来了。

“看起来又一场该死的洪水要来,我们得停工了——”他兴致勃勃地向她打着招呼说道,“就是说,围堰积满了水,我们只好等待水位下降,然后才能再次把水抽干。”

“从我们的角度看,高水位总是好过低水位——”黛丽陪他走进布兰顿的船舱,说道,“呃,布兰顿,你说是不是这样? 在你们那宝贝似的一号船闸下面,我们险些陷进沙子里——那里的水位几乎不到四英尺——幸好水涨得及时……”她语速飞快,滔滔不绝,试图掩盖因为他的接近她感觉到的突然袭来的压抑。

“高水位的大河当然好。”布兰顿带着些过去那种气魄说道。

“大河涨满水固然是好事,但是我们需要它干涸几年,便于我们修筑船闸和导流坝,然后就再也不会出现低水位的情况啦。有了这些船闸、导流坝和休谟水库,即使碰上干旱年份,大坝照样能游刃有余。在河口处修一道甚至一系列拦河坝就更理想了。你们可以在长达半年的时间里阻止大河的流动,直到上游有新的水流注入。整个河段就是一座巨大的水库!”漆黑、浓密的眉毛下面,他的一双灰色的眼睛闪出近似狂热的光芒。

“到底是工程师!”黛丽说道,“你们就爱驯服自然,让河流改道或者把它们拦截起来,但是这条河对你们来说太大了。如果你们千方百计一定要围堵住它的话,只要一场特大洪水,它就会把一切都冲得七零八落。”

“不会的,太太。我们知道如何应对洪水。所有的导流坝都将建有可移动的栈桥——在高水位时可以开启,放倒,与水流平行,或者直接拉至河道以外。同样也适用于拦河坝。”

“有没有想过……淤塞问题？你们阻断了自然的水流……河道就会淤塞……这些新式的船就像机动卡车开进了一条烂泥道。”

“啊——这个我们也想到了。我们在模拟的河流中用沙子做过试验。在哈特岛、皮亚河段、卡盘答岛及仁马克河段等有可能淤塞的地方，我们建立了中央隔栅来分流河水以及冲刷河道。”

“鼓励……挖掘河道，很有可能。”

“也会带来更多的航运危险。”黛丽说。

“都有灯塔作为标志，在晚上点亮灯火。”

“正如玛伏特大叔所预言——！”黛丽朝布兰顿微笑着说道，“在《密西西比河上的生活》这本书中，你知道，他们是如何疏浚、清理、照明，直至整个河段亮如百老汇，而到那时候，却剩不下几条船来利用这条河了。河口处连个海港也没有，还能有什么别的作为？到头来，铁路和卡车运输将会抢走所有的生意。”

“啊，这正是你们的政府目光短浅之处！现在要是在美国——甚至在小小的荷兰——他们顾不上吃早饭也会在墨累河口修一条运河，建一个海港。而在你们这儿，各州之间互相争风吃醋，想做成什么事情都得猴年马月。”

“至少他们已经开始了维多利亚湖的蓄水工程。这是一件州际合作的好事——水库位于新南威尔士，而蓄水则造福南澳。”

“是啊，六十个工人带着马铲在那儿干！要多少年才能完成啊！起码应该派出五百个工人到那里。”

“装备运输是个问题——”黛丽说道，“只有从文沃斯延伸过来的一条丛林便道——有时还会淹没在水下；卢夫溪太过狭窄，只有最小的轮船——像‘费拉黛菲娅’号这样的——才能上行开进大湖。眼下我们很有赚头，你知道吗?”

布兰顿笑得十分苦涩。“她很有生意头脑，到底是我太太；丈夫成了没用的废物，她还是一样……”

黛丽显得很尴尬；塞拉斯圆滑地岔开了话题，说他不会经常来见他们了，因为三号船闸的坝基一落成，他就要返回加拿大。

“但是我个人会一直对墨累河抱有兴趣的，我想我应该取一小瓶墨累河的水带回给我家乡的亲人们，就像他们从约旦河装回一瓶一瓶的圣水一样。”

“这么黑乎乎的水！不管怎么说，我们一直喝着这样的水。”

“是好水，性烈，富含矿物盐，有益健康。嘿，它能比海水更快地锈蚀金属，这就是为什么你们总得清理锅炉管道。”

“那我们的内脏怎么办？”

“人不同于蒸汽机。”

“我搞不清楚老查理心脏那个地方是不是也有一个同样的蒸汽泵。他的起居，他的呼吸，他的思想，都离不开轮机。我相信他不得不从船上退休的时候，就是他完蛋的时候。”

“那家伙可能差不多每时每刻都泡在酒精里。我猜，他不相信墨累河的水是干净的可以喝的吧？”

“谁？你们在说我吗？我根本不信喝水有啥好处——”查理随手敲了一下门，大大咧咧地进来了，“水，不是什么好东西，会让肚子烂掉的，瞧它给我的锅炉管道弄的。”

“恰好刚才我说到这个——”塞拉斯·詹姆斯说道，“我给大伙儿带来一份礼物——一瓶维多利亚时代的酒——”他把一大瓶两品脱的西式香槟酒放到床边桌子上，“——庆祝第一道船闸的开通。”

黛丽把酒瓶递给查理，要他放进冷藏箱里，然后她邀请詹姆斯先生上到舵舱，在她的航行图上面标出五号船闸和七号船闸的位置。

“——只有它们可能在一段时间里给我们造成麻烦。”她在前头引路，边走边说。

面前隔着宽大的舵轮，她对他说道：“航行图没什么要紧的，我就是想跟你说一会儿话。”

他瞪大了眼睛，朝她奔过来，但她连忙摆手制止道：“塞拉斯！别这样——你听我说。眼下任何事情我都没法向布兰顿征询意见，我想问问你，是关于我的女儿，麦格——”

她对他讲了麦维尔太太令人捉摸不透的心态、麦格明显不大情愿回到船上以及她担心会完全失去自己的女儿……“我该怎么办呢？法律上有没有事实养护这样的说法？这个女人抚养了麦格，麦格住在她的家中，她拒绝放弃对麦格的看护。她对麦格当然不具有合法的权利吧？”

“这也难说。亲生母亲通常是有优先权的，除非能证明她不适合抚养孩子——”

“问题就在这儿!”黛丽的脸红了,“她正千方百计要说明我不适合——因为我曾经得过肺病,多年以前了——后来,我最小的那个孩子……死在……船上。她还说——噢——简直不敢相信!她一直对我那么好,主动帮我带孩子,细心照料他们,而且——而且——”她突然双手捂住了脸,靠在舵轮上。

“噢,黛丽!我希望我能帮你,我希望我有这个权利。如果我是麦格的合法父亲,那个女人绝不可能从你身边夺走她。但是我爱莫能助啊。我不能娶你——多么不幸!——我只能建议你尽快到市里去求助法律咨询。麦格在那儿待的时间越久,将会越难以让她回来。现在她仍然对你有所依恋,但是你不知道她正在受什么影响。”

“你是说,我必须获得法庭的指令、传票或者什么的,勒令这个女人放弃对麦格的抚养?”

“对。我觉得你作为孩子的生身母亲,获得法庭的支持是没有问题的,但麦格的年龄已经足以让她有权利在这件事情中表明自己的真实意愿。你觉得她并不急着离开?”

“好像有我无法理解的某种缘由。我觉得她正因为什么事情回避我。”

“在她这个年龄,我猜,缘由通常会是一个男孩子。”

“噢!怎么可能!我没想到——麦格还只是一个小孩子啊!我起码要一周之后才能回来,我必须赶着上行把这一大套装备送往卢夫溪;我们下行回到莫干,我就去一趟市里。谢谢你,亲爱的塞拉斯,你给了我这么大的安慰。”

“我希望你让我在其他方面也给你安慰。”他情绪激动地说道。

她只是冲他笑了笑,灵巧地闪出了舵舱。

87

麦格把头发从上往下刷到第五次,然后又从下面开始梳理,让它保持蓬蓬松松的。想到要和盖瑞一起去打猎,她感觉又惊又喜;这一惊一喜在她胃里形成一个小小的硬结:她要和盖瑞单独待在漆黑的牧场里,任何事情都可能发生的。

她想起《女性世界》中一则故事的结局。那个男人比那个女孩年龄大许多，似乎对他来说，她一直都只是个小孩子，直到有一天他突然意识到她是一个女人；结果他们携手走进了婚姻的殿堂。

在她快乐与激动的心叶下面，一只小小的虫子轻轻地啮噬着她。她试图不加理睬，但它的执着令她不安——那是她母亲的脸；今天早上离开的时候，她看上去那么伤感、震惊和恼怒。到底麦维跟母亲说了什么？为什么她要麦格今天就离开这儿？她当然不能一走了之，她一定要留在农场，直到有机会告诉盖瑞：她是多么爱他！

嘟嘟嘟——从停在后院的四轮车那儿传来不耐烦的催促声。她匆忙抓起一块手帕，往上面洒了一些科隆香水，然后塞进腰带里。

"呸！"她刚爬上车，他立即说道，"那是什么臭东西？"

"你说我的手帕？只是洒了一点香水。"

她从腰带里扯出手帕，递到他的鼻子下面，但他直向后缩。"见鬼！比老狐狸还难闻。"

"是科隆香水哩。"

麦格把手帕远远地丢到座位后面。她感觉自己有些狼狈：所有的故事和广告都说男人会被香味所吸引，但盖瑞似乎不吃这套。

几支没上膛的枪放在车里，她的脚几乎没地方放了；一只大探照灯连着一段长长的皮线放在他们之间的座位上，所以她甚至没办法坐得离他近一些。

他们来到一扇大门前。他在车上等着，麦格下去打开大门。当她在卡车后面的黑暗中固定大门时，麦格深深地感觉到内陆夜晚的美丽。晴朗的天空，没有月亮，星光如雨向她倾泻下来；空气中有一股露水的清新，这个夜晚无风而宁静。待她重新爬进车里，盖瑞说，他已经看见芦苇丛中的沼泽边上有狐狸的毛，他们就要先从那儿开始搜索；她要拿好探照灯，告诉她打开时才打开。

"把你的枪放下——"下车时他说道，"我才不要被爱抠弄扳机玩的愣头青打中呢。稍后有你打枪的机会。"

她温顺地跟随着他的脚步，好像跟在印第安勇士屁股后头的胆小的婆娘；她一边走一边在身后松出长长的皮线。

盖瑞没带火把也没带灯笼，随着眼睛逐渐适应黑夜，他们借着自然的天光轻松自如地前进，迂回地穿行在扎人的愈创树丛中。突然，盖瑞停下了，举起手来，无声地示意她靠前。

她哆哆嗦嗦地紧紧攥住探照灯。当狐狸悄悄地从躲藏处溜出来时，芦苇荡中一阵窸窣之声。

“开灯！”

她按下开关，一道刺眼的光束从沼泽这边射了过去，照亮了芦苇荡。那只狐狸先是躲闪着光束，接着突然径直撞了过来。他盯紧了它，那双眼睛让他稍稍有所犹豫；说时迟那时快，他手中的来复枪震耳欲聋地响了。

“打中了！”看到狐狸向后倒去，滚了个个儿，软绵绵地不动了，她欣喜若狂地叫道。但是当他们来到近前时，她感觉心里很不好受。狐狸的脖子还在汩汩流血。她摩挲着它凶狠的尖嘴和乱蓬蓬的尾巴，它后背的皮毛污秽不堪。“可怜的老狐狸！”她喃喃道。

“可怜的狐狸，去你的吧！上个礼拜，就是这只狐狸咬死了所有的鸡，我敢肯定。妇人之仁！”

他拾起尸体，手腕轻蔑地一抖，又把它抛在地上。

麦格感觉十分失落。他们悄悄追踪了整个晚上的野物只是这样一只可怜巴巴的东西——他们脚下这小小的一团；一只豹子或者一头狮子才更对她的情绪。

“好了，咱们回去吧。”说着，盖瑞在前头引路而去。麦格不知怎么搞的让皮线缠在了一簇灌木上，他不得不回身帮着把它解开。“细皮嫩肉的女人！干啥都不行！”他说道。但这取笑的话语在她听来像爱抚一样受用。

他们回到车上，他把自己的空枪放进车里，给她的枪装上弹药，告诉她在他开车时要小心地握住枪，枪口朝向窗外。“你也许会射到一只兔子，”他说，“我想我们不大可能碰上更多的狐狸。”

他们逡巡在悬崖的顶上；下面两百英尺的地方，星光闪烁的大河在它的河道中无声无息地流过。突然，一只兔子从路旁蹿了出来，在车灯前面匆匆向前跑去，忽而左忽而右，但一直在灯光的照射之下。盖瑞停了车。

“快！干掉它！”他冲麦格喊道。

麦格举起枪。就在这时，那只兔子停了下来，坐在那儿，两只耳朵抽动着；

突然之间,她无法让自己狠心杀死它。她放下了枪。

“见鬼!怎么回事?它要跑掉了!”盖瑞从她手中夺过枪,但是那只兔子已经回过神来,一下子潜入黑暗之中了。盖瑞破口大骂。

“我——它坐在那儿望着我,我真是不忍心杀死它。”

“唉——女人!”盖瑞说道,“我再也不会带你出来打猎了。”他不喜欢这种女性的惜弱之举;他想起了战场上那些被射杀的人——哀求,尖叫,肠子流了出来,满脸血糊一片……他们在他的眼里如同兔子一样绝不会令他感到内疚。

“我跟你讲过炖菜的事吗?”他问道。

“炖兔子肉?”

“不是。那是在战斗前线,周围根本没有兔子。我们只能偷偷摸摸地不知从哪里搞到一点点肉。我们坚守的是一处法国农场,那里有一片蔬菜园子。我偷偷爬出去,在那块无主的地里寻找蔬菜。每当有信号弹升空,我就赶紧躲进弹坑里。我在泥土里刨出几根胡萝卜和萝卜,带着它们安全地爬了回来。我们做了一锅漂亮的炖菜。有人搞到一个圆葱,分给我们一半。我们围着炖锅站在那儿——我和我的两个战友——鼻子用力吸着那诱人的味道,急不可待地要美美享受一顿。这时,一发炮弹呼啸而至,正好落在我们中间。我的两个战友当场就死了,被炸死的——炮弹正对他们而去。我也被冲倒了,但我没事,就是有点晕。那锅炖菜当然没吃着。你知道吗?最让我难受的就是损失了那锅炖菜啊!我恨死那些可恶的德国人了!直到后来,我才开始想念我那两个战友,才有点意识到……我见过那么多被杀的人!”

麦格一声不吭地坐在那儿。她并不笨,她听出了其中的联系。

“我想,”终于,她小声地说道,“你是觉得我那么在意杀死一只兔子很傻吧?你经历了那么多……你杀过很多德国人吗?”

他猛地一耸肩。“好多。杀第一个人时最难,之后心就硬了。拼刺刀让人很不舒服,刀锋扎进去时,你会看到对方的眼睛。不同于向远处的阵地发射炮弹——你看不见发生了什么,也看不见弹片是怎么要了人的命。我的一个老朋友,被炮弹弄瞎了眼睛,一个高大、强壮、精力充沛的家伙,我看见他像婴儿一样被人送到后方。”

他下意识地在他的左手上搓着那两根断指,麦格的一只手放在他的双手上面;他开始跟她讲述自己的战争经历,这令她很激动。在家里的时候,他从来不愿意说起这些。“跟我讲讲你是怎么失去两根手指的吧?”她说道。

他骂了一声,猛地推开她,发动了卡车。

“唔——我们回去吧。”他说道,“我讨厌回顾那些烂事!”

麦格坐在座位的角落里,无声的泪水滚下她的面颊。她本来希望他能亲吻她,而他却抽回了手,仿佛被蛇咬了一样。

又一只兔子突然从路旁蹿了出来。盖瑞故意朝它轧了过去,撞翻了它,车轮底下发出轻微而沉闷的“砰——”的撞击声。麦格身子颤抖,但一言不发。

回到农舍的厨房里,他笨拙地试图弥补自己的严厉,手忙脚乱地泡了一杯茶,端给她——那副样子一点也不像往日的他了。他看见她脸上的泪痕,感觉自己的确过分了;同时,他也对她很恼火——她让他感觉像做了多大的错事似的。

但麦格从来不会记恨。他不得不承认她是个好孩子。她可怜巴巴地感谢他泡的茶,感谢他端茶给她的好意。当她向他道晚安时,她孩子气地仰起脸来要他亲吻,而他也几乎没有多想,就把她的小脸捧在手中,他硬邦邦的嘴唇贴上她稚嫩的红唇——那么柔软,那么清纯!

令他惊愕的是,她一下子箍住了他的脖子,开始热烈地回吻他。他不得不身子后撤,挣脱她的双手,差一点把她拽了个趔趄——而她还在语无伦次地喃喃着。

“我知道你爱我……我知道,这是一定的……因为我爱你,我这么爱你,这么爱你,这么爱你……”

“看在基督的分上,麦格——! 别让妈妈听到。你只是迷恋我,因为我是个年龄比你大的男人,又正好在你身边。过了这个阶段,你就会知道这不是爱了。”

“就是,就是,就是!”她呻吟道,“这份爱,永远,永远。我爱你,因为你那么善良,那么勇敢,那么——”

“我不勇敢! 你听好了——”懊恼之中,他禁不住开始扯着嗓门说道,“看到这里的伤了? ——因为这道伤,我被光荣地遣送回来。用我自己的枪打的,这样我就能逃脱该死的战争而回到家。而我的哥哥,坚持到底,最终战死了。那才是你心目中的英雄。这是我自己造成的伤啊！”

“盖瑞！”

是麦维尔太太——梳着长长的灰白发辫，往日里红润的面颊变得煞白——身着长袖睡衣歪斜着站在厨房门口，仿佛没有支撑随时会跌倒的样子。

“我说的是真的，妈，最好让你也知道实情。跟人讲出来对我是个解脱，我再也无法承受‘帝国英雄’这样的胡说八道了。”

麦维尔太太踉跄几步，跌坐在厨房里的一把椅子上。“好了，儿子，”她疲惫地说道，“别大喊大叫，没必要让你父亲知道。吉姆有足够的胆气坚持到生命的最后一刻，我为他感到高兴。”

“吉姆抵得上我两个。回家的应该是他，你现在容留的却是我。”

“没错，真是不幸！”

麦格被刺痛了，她跳起来为他辩护。“不管怎么说，你向自己扣动扳机也是需要勇气的。先前你还杀死了那么多的德国鬼子。我很高兴你回家，盖瑞。”

“谢谢你，孩子。你最好赶紧上床去吧。这一切的起因是你放跑了那只该死的兔子！”他向她挤出一丝淡淡的笑容。

“是啊，快去吧，亲爱的麦格。我想要喝杯茶。我觉得自己睡不着觉了。壶里还有吧？你也去睡吧，盖瑞，也许到了早上，我就会适应这样的现实了。”

他耸了耸肩，捡起他的来复枪，一边擦拭，一边慢慢地朝门口走去。

“把枪放下！”她大声叫道。

他嘲弄地瞅了瞅母亲。“怎么？你觉得我会有胆量崩了自己的脑壳？用不着担心！”

88

维多利亚湖工程营地看起来像一座小镇，比过去的勘察营地更加文明了——以前在这儿的男人们住在帐篷里，喝威士忌、吵架是他们唯一的消遣。

有些工程管理人员的棚屋安装了防蝇纱窗。几个女人不顾路途迢迢和种种不便赶来与她们的丈夫会合。这里没有医生，但是那位主管工程师的太太曾是一位受过培训的护士，任何人有了病痛都毫无疑问地会得到她的慰问、建议以及她力所能及的帮助和治疗。

棚屋前仿佛平地冒出了一处处花园——晾衣绳上花朵一样地挂满了彩色的女性衣物,甚至还出现了几个小孩子的身影。

两周一次,“费拉黛菲娅”号劈波斩浪穿过狭窄的卢夫溪来到大湖入口处的停泊点;随着水面上回荡的汽笛声,每个人都放下手头的活儿向这边赶过来。

在万里无云的内陆天空下面,浅浅的湖水通常总是湛蓝的;低平的、浓艳的橙红色沙丘围住了大湖的一侧,上面茂密地生长着乳白色的达灵百合。

在灿烂的阳光下又见到这一番景象,黛丽却满怀忧虑,无法安心作画——虽然她一直想为阿莱斯太尔画一幅湖上风景。这里的风景——柔和的蓝色与漂白的赭石色——对她的心态而言,显得过于宁静了。她想赶紧进城去咨询一位律师。

查理已经为急切的人群打开了店门。其中有位顾客是一条狗——建筑营地的一个工人养的一条卷毛猎犬;它的项圈上挂了一只锡铁盒,里面有十先令的一张纸币,另有一页纸,上面潦草地写着:一包口嚼烟草块(浅黑色),一打火柴,一块半印度茶叶。物品及找头放进盒子里,谢谢。

这里的人都认识“大黑”。他们说,它的主人已经训练它可以从水里捞回空瓶子,现在空瓶子在他的小屋里已经积攒了一大堆,他希望有一天卖掉它。有人曾经试图从“大黑”的锡铁盒里把钱拿走——“就是闹着玩儿”——却因此差一点丢掉一只手。它把钱看得紧紧的,绝不会乖乖地让人取走,除非到了流动商店的柜台那儿。

黛丽小心翼翼地取出那张纸币,把所买的物品和零散的硬币投进去,又给了它一块饼干,然后轻轻地拍了它一下,打发它上路了。它叼了饼干,来到河边,吃完后才回家。

“它总是到那边停一会儿,清点一下找头。”一个被叫作“骗子拉瑞”的男子,悠闲地靠在柜台上,一本正经地说道,“我说,太太,您这儿没有黑货,是吧?我要整点‘四便士的达克酒’才来劲。”

“不允许我们向营地销售烈酒,你知道的。”黛丽干脆地说道。她也知道,其他轮船都在偷偷摸摸地销售掺水烈酒;有一位船长甚至用椰子的空壳夹带违禁商品。“四便士的达克酒”是一种掺了标准酒精的烈性酒,已经被明令禁止,因为它曾经是几次严重群殴事件的罪魁祸首。她希望现在的这批人当中不会有谁还记得当初布兰顿掌管商店的那段日子——“费拉黛菲娅”号总是偷偷地把威士忌销往这里的勘察营地。

“婴儿奶瓶？有的。最新设计，两头都能打开，容易清洗。”她对一位年轻的母亲——又黑又瘦，胆怯地站在柜台边那堆拥挤的男人中间——说道。她们俩低声地谈论起如何兑奶以及奶嘴大小之类的事情。黛丽觉得，她把这样的小件生活必需品送到这些住在边远地方的女人的家门口，实在为她们提供了很大的帮助；而她们也愿意与另外一个女人打交道。

营业额很可观，生意越做越大。很快，她赚到的钱就会足够供一个孩子念完医学院。不是麦格——麦格想做个护士；而且她自身稳固的收入也许会在法庭上更有说服力。另外，她本人在私生活方面必须保证无可指责。感谢上帝，她从未屈从于自己的欲望而委身于塞拉斯·詹姆斯。

律师背靠在他的皮椅子上，双手指尖并在一起，目光越过手指盯着黛丽。

“您的私生活，我看，是无可指责的。您和您的丈夫没有分居什么的吧？”

“没有。但——但是他卧病在床，您知道，他对孩子们的成长和前途不是很感兴趣。”

“那么，如果您能让他在要回孩子的请愿书上签个字，就会更好一些。除非那个女人能证明您的生活有违风化而不适合抚养孩子，或者您的家庭影响可能是败坏而有害的……”他的笑容包含了对这样荒唐的提法的歉意。他是一个见多识广的男人，对于吃的、喝的、各种女人，他都堪称行家里手。多年在法庭上见识到的人性的弱点和易犯的错误已经练就了他的铁石心肠，甚至玩世不恭，但是这个有着大大的蓝眼睛、怀着重重心事、玲珑小巧的人儿打动了他。

“噢，不会的，没有那样的事。”说着，黛丽也露出欣慰的笑容：她有资格这样说。只有她自己最清楚，危险一直近在咫尺——处在她的位置上，哪怕是点滴的闲言碎语就足以毁了她！

“如果没有什么别的充分的理由，就凭这些：肺结核的病史，大河上下的漂泊生活，最后一个孩子死于船上，即便是麦维尔一家生活富裕能为您的女儿提供一处舒适的家。这些不会让法庭做出把一个小孩从亲生母亲身边带走这样的判决。她已经完成了她的初级教育,她从来没有被不闻不顾。关于儿童福利的法律条款都是保护儿童避开明显不负责任的家长。就我看来,您根本没什么可担忧的。”

陪她走到门口时,他温文尔雅地笑着——露出唇髭下面整洁的牙齿——说道:“再见,艾华兹太太。我会向法庭提交申请,勒令这位麦维尔太太终止向您的女儿施加不利于其生身父母的影响,并要求她立即把孩子本人送回您的监护之下。”

“但是如果孩子想要留下来呢?”

“幸好,她年纪尚幼,法庭有权做出对她最有利的决定。如果她不是未成年人,那情形当然就不一样了。”

黛丽一边寻思着这位好心的律师并不了解全部的详情,一边回到了阿德莱德宾馆。或许她本该把一切都告诉他,因为还有一件事情隐隐地令她担忧:威克瑞医院的那位医生知道——也许麦维尔太太,还有布兰顿也已经猜到了——对于那个智障婴儿的死,她在道义上是负有责任的。那位医生以前是支持她的,她相信他还会支持她,但她绝不可能心安理得。一失足成千古恨!“行动只在闪念之间——一步,一击……”而影响持续到永远。她回想起自己爬上窗台关上窗户的动作——是她关上了窗户吗?——无论怎么说,那是一个决定性的动作——因此,亚当被推向了死亡。远远地回首人生历程,某个临时性的路障会指引你朝着一个完全不同的方向走去,因此让你到达一个不同的终点。

她想到这条大河——墨累河,原本平稳地向西北方向流去,却由于地壳的某种轻微移动而受阻,急转南下,最终到达了南大洋——而不是像许多向西流动的江河那样消失于内陆的荒滩之中。方向上的一个变化,就使得这片大陆的整个历史发生了改变。

从卢夫溪赶往大河下游的路上,在一处僻静的河段,岸上有一位“老江湖”向他们挥手致意——他住在生长着黄杨树的河滩上,一幢孤单的树皮小棚屋里。这个人让黛丽想到了以前碰到的长毛哈里以及他所实践的简单的生活法则,因为斯科蒂——人们都知道他的大名——也并不信奉劳作。但是当他们靠向岸边,却发现他的住所像医院的病房一样整洁:门前的树叶打扫得干干净净,空的瓶瓶罐罐在屋后码成一垛,筒式渔网整齐地堆放在河岸上。

“向打这儿经过的一艘轮船兜售了几条鳕鱼,所以我有几个钱想花掉。”斯科蒂说,“只有烟草是我真正需要的。烟草、面粉和茶叶,我把它们叫作生活必需品。女人不必要,啤酒也不必要,但是你得当心——”他向黛丽眨了一下眼补充道,“如果唾手可得的话,我也会考虑考虑的。但是做牛做马养个老婆和一帮孩子?斯科蒂可不干。躺在日头下面,看着大河从身边流过——这就是我的生活理想。”

毫无疑问这是一种旁门左道的生活态度——战后的摩登新世界,一切都在加速,爵士乐,机动车,飞机,挖空心思地赚钱,大张旗鼓地“发展”——这一切似乎都发源于那个充满活力的年轻国家:美国。但是为了什么呢?黛丽思忖道。老斯科蒂与最有权势的百万富翁最终都要同归于尘土,不管是安葬在一座大理石陵墓下面,还是掩埋在河岸上的一处沙丘之中。

她向他打趣道:“但是你钓鱼,这不也是劳作吗?”

斯科蒂耸了耸肩。“那是你才把这个叫作劳作。我投下渔线,那些傻傻的大鳕鱼就自己咬住了线头在那儿等着,直到我把它们拽上岸来;要么它们自己游进我的网里,我根本什么也没做啊。”

当他们沿着大河一路下行,匆匆赶回去要装载一船新货时,黛丽不由得问自己:我什么时候才能过上那种我渴望的生活呢?她怀疑自己生来就是追波逐浪的命,注定一生要被推涌着没完没了地起起伏伏。而她真正要求生活给予她的,无非是身上衣裳口中食、思想的时间和绘画的闲暇。

89

当黛丽从市里回到停泊在莫干的船上的时候,布兰顿正坐在轮椅上迎候她。

孩子们欢天喜地,围着她开怀大笑,手舞足蹈;而布兰顿微笑着坐在那儿,充满了羞涩的自豪与快乐。学校开始放假了,布兰尼已经赶了过来与他们会合,而麦格一直待在农场。

“你绝对没料到吧,妈妈!爸一直坚持锻炼。密朗的那位医生送给他一本书。查理搞来了这把轮椅。”

“噢,你们都知道,却瞒着我?”她吻了布兰顿,然后擦去自己眼角的一滴眼泪,“这么奇妙,我简直不敢相信！我为你高兴,布兰顿。”

“我不想让你——失望——如果不见效果的话。瞧!”

他双手转动轮椅,一下子蹿到客厅对面。“我能到任何地方——在这层甲板上。查理说,他要铺个斜坡通向舵舱,那时——”

黛丽理解他的意思。那时他就能够回到舵舱,重新成为真正意义的船长,而不再仅仅是挂个名头。

她突然意识到,她并不想让自己的位置被人取代。她愿意享有作为大河唯一女船长这独特身份的荣耀,她愿意凭借自己的驾驶能力和独立精神去赢得查理、弗格森船长和里奇船长这类男人的尊敬。她一直怀念以往不用承担任何职责的那段日子:整天自由自在地作画,或者在甲板上懒懒散散地打发时间。但是现在,这样的前景却并不令她开心。布兰顿不可能亲自驾驶,她仍然得在舵舱里一如既往地赶班加点,却要听他指挥。他的身上已经焕发出新的决策人的神气。

她还有另外一个想法:雇用一位可靠的大副来帮助布兰顿,而她在轮船经过的沿岸某地买一处别墅,为麦格安一个固定的家。到那时即便麦维尔太太也不能说她没有为孩子提供一个舒适的家。她毫不怀疑自己即将要回麦格,因为现在她获得的法庭指令对她有利。但是黛丽也知道麦维尔太太的固执:一旦等到麦格成年,她恐怕还会想方设法再把她赢回去的。

与此同时,麦格正在交替感受着青春之恋的头晕目眩的幸福与单相思的无法排解的悲痛。盖瑞身不由己地被她坦诚的爱恋所打动,但同时这也令他尴尬,让他不安;所以他一会儿温柔有加,一会儿又变得粗暴,令麦格感到迷惑和伤心。

“我们什么时候再出去打猎?”一天,当他从威克瑞回来时,她等候在大门口,央求他道。那样她就能让他避开他的母亲。自从他坦露心事以来,麦维尔太太煞费苦心地装出若无其事的样子;但对于麦格,她比以前更加密切地留意了——她已经听出了为盖瑞辩护时,麦格话语中那种英雄崇拜的语气。

此时他靠了过来,隔着麦格小小的身体,砰地关上卡车门;他没有吱声,但沙色的眉毛不耐烦地拧在一起。

“什么时候，盖瑞？什么时候，什么时候，什么时候？”她把双脚擎到座位上面，孩子气地抱住了膝盖。

“我不知道，麦格。你别烦我。”他气咻咻地说道，“上次那么不顺当，你还想再去！”

“我们打到了一只狐狸啊。”

“是啊，我们打到一只狐狸；但让妈听到了一个惨痛的真相。她至今还没恢复过来呢！”

“让她知道更好。”

“我倒觉得，要是人们能做出选择，当那个真相有可能伤害到他们时，他们宁愿不知道的好。”

“呃，我们划小艇钓鱼去吧。”麦格变换了进攻点，说道。

“好吧——那就星期天下午。”盖瑞说。他感觉在光天化日之下带麦格出去会更安全一些。她是那么热烈奔放，他简直没办法搞清楚这个小家伙会在什么时候出其不意地向他发动攻势。

在麦格与盖瑞一起外出的这个星期天下午，“费拉黛菲娅”号正停泊在下游距此不到四十英里的地方，就在莫干那儿，等待进港装运第二天早上的第一批货物。进港费用很贵，如果没有把握快速装载一船货物，谁也不会在这儿停靠。在不断增加的其他费用中，将会有一项过路费——一号船闸在新的一年正式开通之后，每次从那儿过都要缴的。黛丽很高兴，她目前的运营路线——从莫干到维多利亚湖，恰好在一号船闸之上——意味着他们不必穿过这道船闸。

过路费将要用于改良河道、建造更多的分流格栅、疏浚港口周边以及资助政府的清障船“创业”号——过去的一年，它已经从布兰切特到边境之间的河段中拖出了一千根暗桩。

高顿正在忙着把压扁的野花制成标本；布兰尼守着父亲，两人一起指点查理铺一道斜坡，让布兰顿能够借助滑轮和绳索自己把轮椅拉上舵舱。任何机械装置，任何与父亲有关的事情，都像磁铁一样吸引着布兰尼。

“应该靠蒸汽推动，这才是正道。”查理那暗淡的蓝眼睛闪出昔日狂热的光芒，“从蒸汽绞索那儿拉出一根钢丝绳，穿过滑轮，再连接到斜坡顶上——像起吊圆木一样简单。现在要是——”

“你那意思是,如果不启动蒸汽,我就不能进入舵舱——”布兰顿说道,“你是想就为了把这倒霉的轮椅拽上去而启动蒸汽?不要那么干,查理!一根手动绞索就够了,我就能把自己拖上去——这才是真的简单,我是这么想的。”

他猛地一推轮椅,倏地蹿到上甲板对面,停在舵舱下面。他抬眼望着那三级高的台阶,像亚伯拉罕仰望着上帝赐予的“希望之乡”,又像一个胸怀大志的船舱服务员正在梦想有朝一日自己也能成为一位船长。现在他的左臂十分有力,以至于他从心里相信,到了直航河段,他是有能力掌舵的。他的手指跃跃欲试,多么渴望摸一摸矗立在窗户后面那只巨大舵轮的木质舵辐啊。

阿莱克斯在那儿观望了一会儿,忽然想到,他的两个哥哥现在都不用小艇,他可以有一次难得的独自兜风的机会。这个想法令他兴奋不已,但他装作若无其事的样子,有条不紊地收拾好外出探险的装备。他并不是要像雷查德或者布尔克、韦尔斯那样做穿越澳洲之旅,但这将是一次计划周密、装备精良的探索行动。

他把包好的干粮、火柴、刀和水壶放进小艇后,又回身去取他的标本盒和他所谓的“地质锤”——其实就是查理用来做木工活的同一把锤子。然后他悄悄地解开小艇,漂向船尾——生怕布兰尼突然决定同去。母亲正在专心画画;他说他要划小艇出去的时候,她几乎头也没抬。

蓝色的布景前面,一只盘子里装了三个苹果;他猜想母亲是要把它们画下来,但是画布上的图形看上去不大像苹果——周边有一道粗粗的黑线条,类似正方形。他还注意到那只通常五彩缤纷的颜料罐里此时却只有单纯的白色。但是他什么也没说,只悄悄地退了出去。阿莱克斯是黛丽的几个孩子中最机灵的。

他向下游划去,距离小镇越来越远;一绕过第一个河曲,他立即感觉到整个大河上只有他一个人,这种孤单的感觉就像斯图尔特手下的水手们乘着他们的捕鲸船,沿着未知的河流勇敢地向未知的大海进发!

轻快的小艇,借着缓缓的水流,疾驰而下,令他愈发兴奋;他不停地用力划啊,划啊,直到想起父亲的告诫:千万不要向下游划得太远,否则往回划的时候可能会感觉到水流的阻力太大。此时,一直相伴的微风向他扑面而来;七拐八拐之后，大河已经完全顺其自然了。

他的目的是要探索岩洞，所以他让小艇缓缓地漂入一处死水潭；它是在以前的某次洪水中大河急转而去遗留下来的。在它的远端，悬崖已经形成了实际的河岸——好似刀劈斧削过一般，从崖基到崖顶都被剥蚀得千疮百孔；悬崖之上，在此筑巢安家的鹰像黑色的炉渣飞翔在蓝色的天空。它们的叫声飘进他的耳朵——一系列上升的颤音，结尾突然一声拔高，像一颗跳飞的子弹的脆响。

在小艇吃水线以上很高的地方有一个岩洞，但是这片悬崖看似可以攀爬。他系好小艇，爬上凹凸的石灰石岩面，一直爬到那个岩洞的外沿。这里并不是坚硬的岩石，而是铺了厚厚的一层过去最高位的洪水来过后沉淀下来的泥沙和黏土。

在洞口的一块大圆石的缝隙中，长着一簇风铃草，天空一样的蓝色，柔韧的细梗上面好似蝴蝶在翩翩起舞。他准备采几枝回去送给高顿收藏。

阿莱克斯转身把拴在一只脚上的绳子拽了上来，绳子另一头是装有茶和糖的铁罐、火柴和几个腌牛肉三明治。他倒出铁罐里的东西，又把绳子完全放下去，用铁罐提上来一些水。然后，他的正式探险开始了。

岩洞向里陡然倾斜，洞顶呈向下压迫之势，他只能猫着腰站立。随着岩洞逐渐深入到悬崖内部，洞里也变得愈加黑暗、霉臭。他划着一根火柴，接着又划着一根，在微弱的噼噼啪啪声中，他看到石壁上有什么东西——看上去像一只白色的人手！

又划着一根火柴，他看清了那是用白色黏土画出的已经风化了的一只手的轮廓；旁边有一些同心圆圈和黄、红赭石色的条纹，最外围有一道黑色的界线。画面看上去很古老了。他想到了塔纳诺比——一个普吉奴部落的最后移民，不久前在莫干死于酒精中毒——他过于频繁地受到白人的“款待”，因为他们把他看作旧时代遗留下来的一件有趣的圣物。

如果那人活着，他可能会懂得这些奇怪的象征性的壁画的含义；而现在或许再也没有人能对它们做出解释了。阿莱克斯此时希望自己有一架照相机或者铅笔和纸张什么的。他进一步搜索，却没发现更多的壁画；他意识到，有一些壁画也许在时光流逝中被地面淤积的泥土掩埋掉了。洞里越来越狭窄，终于到了尽头。

回头在低于壁画的高度上继续搜索，在几乎贴近地面的地方，他看见一道细沙和木炭的痕迹，柔软而呈碎末状。洞脊附近有些地表灌木的死根——那些灌木曾经在这儿挣扎着向下寻求水源；他折取了一截，用它的尖头开始刨挖。木炭和石块露了出来——形状各异的石头，有的弯曲，有的呈现贝壳状的裂面，有的带着锋利的刃口……捡起来一块，他发现自己的手指本能地像握一件工具一样握住它。他发现的是一批土著用的石刀、石斧、刮刀和梭头等，有些刚有雏形，有些已经破损，但是显然它们都出自人类的制作。

阿莱克斯很兴奋。他从其中拣了一些最好的，塞进他的衬衫脖领里要带回去——全然不顾那些石头会弄脏衣服，甚至刮伤皮肤。他要在河里把它们洗干净，然后充分发现这些燧石的明净之美——它们肯定是从很远很远的地方被带到这个充满沙土和石灰岩的国度的。

他又在那道木炭的痕迹下面继续翻弄地面的沙土，一件白色的东西露了出来——一根腿骨！一声惊叫之后，他开始像狗一样不停地刨挖，翻出一块又一块骨头，直到他确信自己挖出的是一具几乎完整的人体骷髅：股骨和胫骨，手指和脚趾骨节，肋骨和脊椎，还有缺了下颚的头骨……

他蹲在那儿，借着晦暗的光，凝视着那两个空洞的眼窝和那排方方正正的牙齿，直到他感觉全身骤然起了一层鸡皮疙瘩！他紧张地侧身向后望去，洞口的那一小块亮光似乎离他很远。他猛地把头骨丢回原处，转身向洞口的光亮跑去。

他站在阳光下面，望着脚下平静的死水潭和绿树掩映的大河，他觉得自己的恐慌实在愚蠢。他为自己拥有科学的头脑而自豪，其实他一直希望能有一具属于自己的人体骨骼来做研究。

现在他所需要的是补充一些食物和茶水。他坚定地转身又向岩洞的深处走去，大步跨过那些无言的骨骼，然后动手折断一些干树根，准备生火。

点着了火之后，他觉得自己仿佛和先前那个人亲近起来。他面朝洞口蹲伏在那一小堆火的上方，身后是深沉的黑暗，身前是空荡的世界；很久很久以前，这位石器时代的人一定也像这样蹲伏着，思索着，为死而迷惑，更为生而迷惑。他的逻辑思维使他不相信肉体的复活，那些骨骼不可能再穿上生命的外衣。在地壳的古老的土壤中遍布着成百万、上千万的骷髅，有的碎成残片，有的正在溶解,有的已经化作微尘。即使圣·彼得也无法让他们重新变作一个个人。没有人真的愿意长生不老,那会让生命变得毫无意义。他更愿意让今生尽可能地美好,而绝不一味地思索来生。

战后,人们已经发现了新的药方和新的疗法来对抗疼痛和疾病以及延长有效的生命期。他们正逐渐认识到意识与物质的相互依赖性;病态的思维能让肉体荒废,生理的创伤也会让思维扭曲。

鲜活的肉体是一樽容器,里面盛放的生命的火焰,像一盏灯,脆弱而精彩。阿莱克斯认为,人类一切努力的最高宗旨就是要庇护这樽容器,使其避开重重危险,并尽可能地维护它,使其个性的火苗长久不熄。

此时此地,望着下面流淌不息的大河——见证了他出生的大河,他打定了主意要做一个医生。

上游四十英里开外的另一只小艇上,麦格静静地坐在那儿,手持钓鱼线,一声不吭,但是她的心里正沸腾着幸福的千言万语。

盖瑞那边已经有几次咬钩,但是啥也没钓上来,所以他很不痛快。小艇的底层只有一条鲇鱼,是麦格钓的,但是盖瑞帮着捞上来的。

“把这讨厌的东西扔回去吧!”她恳求道,但是盖瑞没理她。她不喜欢鲇鱼那黏糊糊的癞蛤蟆一样的皮肤和令人作呕的橡胶皮一样的鳃须;从锅里盛出来时,它的味道——她坚定地认为——就跟烤蛇一个味儿。

“剥了皮就好了。”盖瑞说,“妈妈会做得很好吃的。不过你还要当心它的刺——有毒的。”

“我看它整个儿都像是有毒的样子,我从来就不喜欢鲇鱼。我怎么就钓不到一条漂亮的鲈鱼呢?”

“钓到什么我都高兴。”盖瑞说完,就陷入郁闷的沉默中了。

稍后不久,麦格真的钓上来一条鲈鱼,银色的,两磅重。尽管她很自豪,但是女性的本能还是让她感到内疚,她反而希望它是盖瑞钓上来的。

“你打猎不行,倒是钓鱼很在行啊。”他酸溜溜地说道。

“是啊,谁说不是呢?我过去大部分时间住在船上呀。那时我们几个经常划小艇去钓鱼,要么船一停泊下来,我们就在临河的一面布下一套链钩。”

“你不想念船上的生活,还有你的家人?”

“我只想跟你和麦维在一起。”接着她用热烈的语气引述道,“‘不管你去哪里,我将跟随着你;无论你停留何处,我将伴你左右。你的家人将是我的家人,你的上帝将是我的上帝。’”

“别忘了,妈妈已经上了年岁,她不会永远活着。一旦我能体面地抽身,我就离开这里,进城去。现在我只是暂时留下来,帮着爸爸干完下一季的播种。”

麦格凝神望着他,微微沉了下巴;她专注地缠着钓鱼线,嘴唇开始颤抖起来。

“盖瑞!”她情不自禁地合起双手,做出恳求的姿势——缠着渔线的那片软木夹在她的双手之间,“盖瑞,带我一起走吧,好吗?我不能让你一个人走!我不能!”

“天啊,麦格!你不能跟我一起走。”

“怎么不能?为什么不能带上我?你没必要跟我结婚,我不在乎那个。我只是想待在有你的地方,时常看着你;你甚至没必要跟我说话。为什么我不能跟你一起走呢?我爱你,盖瑞。为什么不行啊?”

“因为我不爱你,永远也不会爱你。”他被刺激得粗暴地说道。

“噢——噢!”麦格激动得泪流满面,撕心裂肺地抽泣起来。她的头伏在船舷的上缘,乌黑的秀发蓬松地垂在一边。

“我的上帝,你才只有十四岁啊!”

“朱丽叶也只有十四岁。”

“这不过是一出戏。你还是一个浪漫的女学生啊。现在是你应该清醒过来面对事实的时候了——生活并不是美好的爱情故事,或者伟大的悲剧之类的;它只是一出血淋淋的滑稽戏。一发炮弹落在炖锅上,我的两个战友被炸成了碎片,我却侥幸活了下来。为什么?我他妈的要是知道就好了!整个战争期间,妈妈都在祈祷吉姆要平安归来,他却在停战的前一个月被杀了。她一直被我蒙在鼓里,而现在她知道了我根本不是战斗英雄——”他干巴巴地笑着说,“想想这事儿,多么滑稽。”

“盖瑞!不要这么悲观。”她忍住抽泣,用衣服蹭了蹭脸。

“我没办法让自己不悲观,麦格。在内心里,我像一个老态龙钟的人,这是战争造成的。问题不是说你的年龄太小，而是我的年龄太大。我对爱情、婚姻这些事不感兴趣了。”

他划着小艇，把她送回悬崖下面的停泊点；一路上，她坐在那儿，没精打采，孤苦伶仃，一言不发。他扶着她走下小艇，她的愁眉苦脸让他忽然动了恻隐之心，他禁不住把她抱在怀里。

之后，她又开始哭了起来：她的脸埋进他的衬衣，她的泪水把他浸泡得僵立在那里。

妈的，他就受不了这番眼泪！他多么希望她能关掉这样的水闸，变回他刚回家时看到的那个快活、有趣的小女孩啊。他不耐烦地递给她一块手帕，一直等到她镇静下来，然后他们一起爬上悬崖，回到农场。

90

当麦格在后来的人生中开始回顾往事时，关于接下来的这个夏天，她记得最清楚的就是响彻草坪的晨曲。

蟋蟀的叽叽声，洒水器转动的嗖嗖声，知了在树上和篱笆桩上颤动着发出的吱吱声……合成了一曲热烈而令人振奋的夏季交响乐。

黛丽在距离镇子很远的地方购置了一处小房子和一块河水灌溉的田地。他们有了自己小小的停泊平台——两截踏板伸向河面，他们的小艇就系泊在这里。

阿莱克斯和麦格从不远的马路边上搭乘公共汽车去仁马克中学念书。当麦维尔太太不得已而只能将麦格送归她的生母之后，黛丽决定在陆上为麦格安一个家，轮船则由布兰顿掌管——查理·麦克比和新雇的大副以及他的两个儿子共同辅佐他。

她本来希望能在女儿身上找回最早那种真正的同性伙伴的感觉——自从她的姐妹们在海上遇难之后，那种感觉她已经多年不遇了；但是结果令她失望。此前麦格每次短暂的回家探望总是那么情深义重，而现在她却只关注自己，不愿意搭理母亲。

实际上，麦格很愿意回家舔舐她的伤口。盖瑞·麦维尔已经离开农场，进城去了，并且暗示说，不久之后他就会在从阿德莱德港起航的一艘船上谋个职位。

她必须远离那块伤心之地。在农场，每个转身都会令她难过地想起他：客厅里，他们曾在晚饭后一起玩纸牌游戏；通向威克瑞公路的大门口，她曾在那儿等候他驾车归来；河岸边，他们结伴野餐；这里，那里，他们一同钓鱼，打猎……

在麦维尔家的房子里，每当拧开水龙头，或者转动门把手，她都会情不自禁地想道："他的手曾经碰过这里。"她总是入夜很久也无法入睡，头脑中反复闪现出与他在一起时的每个场景；她记得那么清晰，甚至那些令她心痛的场面，甚至他说过的每一句话。

尽管自己心事重重，她却发现她的母亲也处在无法言说的心烦之中。麦格正在经历一个女人所受的煎熬，她却被当作一个小女孩子看待；她觉得自己仿佛比黛丽更年长，也更懂得生活——母亲在厨房里没头没脑的瞎忙活令她满心瞧不起。

她变得心烦气躁，而且非同一般的霸道。尽管她一直称呼黛丽"亲爱的"，却是以一种傲慢而非亲密的语气说出来的。慢慢地，她包揽了所有的室内和厨房的杂务，而黛丽负责外出购物和打理花园。

黛丽原本有心让女儿成为画家，但是既然她的天赋不在那个方面，而在家务方面她这么能干，这也是令人欣慰的。得承认，在这方面她是受到了麦维尔太太的良好熏陶。要是麦格对此比较欢喜该有多好！黛丽意识到自己的急脾气惹得女儿不满，甚至暗中的敌对情绪。

如果说麦格愿意记住这个夏天的声音，那么黛丽一直念念不忘的是这个季节的各种水果：刚从树上摘下的令人眼热的黄杏，一入口即化作爽滑的果肉；鲜桃汁液欲滴；枇杷像金色的球形封蜡，里面裹着亮闪闪的褐色宝石……麝香葡萄的藤蔓沿着后门口的棚架爬上来，甚至盘绕到了厨房窗户上面。

鸟儿飞来了，用它们的喙啄着那些半透明的圆果；接着，蚂蚁和蜜蜂紧随其后，直到每颗葡萄只剩下一个空壳。为了保住一些葡萄，黛丽给最大的几串套上了褐色的纸袋。

她热爱这片园子。红色的沙质土壤中，一切都长得那么丰饶：西红柿，硬皮甜瓜，红瓤脆西瓜，甘薯，玉米，棉豆，一排郁郁葱葱的果树……

她安居在这个瓜果飘香的地方，如同沙漠中的旅人在一片绿洲中暂时休憩；她的未来似乎也像沙漠一样危难重重：布兰顿可能会再次中风；轮船可能会报废；有人说，河运注定走向末路……为了有所积蓄以备急用，她开始教授绘画课程。每周有三个下午，她都要划船到仁马克去为一个班的业余画手上课——她们全部都是痴迷于绘画的妇女。她发现自己很喜欢教别人画画，但是因此留给她自己画画的时间就不多了。

这么多年在大河上下漂来漂去，如今她若是能老老实实地待在一个地方，那才怪哩；去往仁马克的这一路划船之行倒也疏解了她的烦闷。在镇上期间，她捎带着做一些采购；回来时顺流而下，她一边划着船，一边享受着船桨击水时沉稳的韵律。

阿莱斯太尔・瑞本不断地寄来一封又一封信，温柔，动情，充满渴望；但她不愿意让这些情感扰乱她宁静的生活。她已经一年多没有见到他了。塞拉斯・詹姆斯返回了加拿大，给她寄来一套漂亮的彩色画册。她平生第一次得以这么近地观摩布拉克、塞尚以及巴黎美院的作品——此前她只是向那个新奇的世界投过远远的一瞥。

黛丽既不赞同立体主义，也不赞同超现实主义，但是从每一种风格中，她都愿意有所借鉴，并使其适应她个人的视角。时不时地，她会有一种近于恐慌的感觉；相见恨晚，而她已经荒废了二十年——这二十年她本应该一直在发展。很快，她将衰老，或者死亡；无论哪一种情况都将意味着艺术的终结。假如时光放缓它的脚步，踏着她青春时的均匀节拍，那该有多好啊！它却在急急地加速，令她头晕目眩。

在过去的十年里，发生了那么多事情：世界大战以及它带来的灾难，妇女的解放，对大河的开发利用；在她的私人生活方面，布兰顿由生病到半康复，以至于出人意料地开始了正常生活且重新掌管了轮船。

甚至他的嗓音也更粗壮有力了；当他向甲板水手发号施令的时候，词语几乎毫无障碍地脱口而出。甲板水手中有两个是他的儿子，但他们也像"小羊"一样欣然地蹦跳着去完成他的要求——"小羊"一直是公开仰慕布兰顿船长的。高顿将近十九岁了，已经开始接受培训，准备考取大副资格证。

布兰顿用绞索把自己拖进舵舱的第一天，黛丽站在旁边帮了一把手把船驶出莫干码头;但是当船一到中流安全地行驶在航道中时,他明确地表示自己可以单独控制轮船。

刚开始他就对黛丽拐弯的方法提出了批评。"向内,向内,你想切向中心点,尽可能不出现偏差……但是船在中流,那样做让你总是逆着水流。"

黛丽咬住嘴唇,吞下了舌尖上跳跃欲出的回击的话语:她已经摸索出了自己的一套拐弯的方法,利用水流的摆幅以节省她肩膀的力量。她默默地把"费拉黛菲娅"号驶进航道入口,暗自希望不要有隐藏的大沙岗让他们搁浅。布兰顿在另一侧把着舵轮帮着使劲。

"现在让我自己来摆弄它吧。"他低声说道。他双眼半闭,脸上带着梦幻般的喜悦,六年之后第一次又牢牢地握住了舵轮。轮椅上额外加的一个垫子把他托了起来,使他几乎可以够得着舵轮的顶部。凭着他强有力的手臂——以他虚弱、萎缩的下肢为代价换来的——他让轮船稍稍偏出航线,以便于享受再把它摆回航道的那份乐趣。

"过来啊,老情人,过来啊。"他充满爱恋地咕哝道,"这就过来啦,噢,你还是老样子! 鸟儿一样轻盈,岩石一样沉稳。看到它有多么懂我的心了? 看到它是怎么回应我的?"他隔着舵轮朝黛丽飞了一眼,突然之间——因为蔚蓝的天空投映在平静的水中,或者因为天水之间这幅新颖而灵动的画面——谁知道呢? ——他的眼睛洋溢着蓬勃的生命,像蓝绿色的南大洋一样光彩熠熠,像很久以前她所熟悉的那双眼睛一样令人着迷而无法抗拒。她被一种久远而生疏的柔情打动了。这双青春的眼睛,对比他苍老的面容、灰白的发丝、松弛的脸颊和脖子周围那圈赘肉,那么强烈地——比她自己照镜子时更为强烈地——提醒她时光的流逝。

多么了不起的精神啊——他一路抗争,终于从完全的软弱无助状态回到眼下这种半生命状态——这当然好于无生命状态(废物一样躺在房间的床铺上根本不能算作生命)。目前还只是一种半生命状态,他对此非常清楚。他恼恨自己毫无知觉、一无所用的下体,也恼恨他曾经那么熟知却再也无法感知的肉体的一切快乐。

"我猜你这回高兴了——"有一次他在发着火对黛丽说道,"我以后……再也……做不成男人了。不会再有多余的崽子了,嗯?"她本能地畏缩了一下,正准备反驳，他却嘲讽地笑了起来，"但这是一把双刃剑啊，亲爱的。你过去一直是……性欲如火的小东西……现在……上帝作证，如果我想到你在自慰，用，用——"

"布兰顿，不要再折磨我们两个人了！我当然不高兴，我当然不……噢，我就不该搭理你，我不要讨论这样的事情。"她满眼含泪逃了出去。

在仁马克，唯一美中不足的是人们对她的过分友好。她渴望独自拥有更多的时间；似乎没有一天如她所期待的那般长，尽管她总是伴着朝阳出门。

在那儿只过了一个月之后，她就被邀请参加"母亲俱乐部""乡村女子协会""进步协会""学校委员会"等，她尽可能圆滑地解释说自己没有时间来做这些事情。

邀请她的妇女们不明白她怎么会那么忙——丈夫根本无须她的照料，女儿已经长大可以作为帮手，一幢小小的房子；每天上午十点钟之前，她们火急火燎地一阵工夫就做完了所有的家务，这一天余下的时间都可以用来唠家常、做善事。

黛丽却是由着性子想到什么活计时才直奔主题。往往突然一个转身就冲过去洗洗刷刷或者整理床铺，但又常常精力分散；孩子们上学之后，她出门倒茶锅，但温暖的金色早晨把她留在了花园里，拔拔草，补补苗，或者只是像一棵树站在那里，尽情地吸纳着阳光。

当她进了家门，回到厨房，水槽里那些该洗未洗的锅碗瓢盆非难似的望着她；她一下子泄了气，目光游离，看似要从橱柜取一块洗刷用的抹布，而接下来她却开始在一幅未完成的油画上面涂涂抹抹。只有当阵阵加剧的饥饿感提醒她时间已经到了下午，她才会飞奔到厨房，简便地为自己弄一点吃的，同时赶在喜欢条理的麦格回家之前把一切清理完毕。

只有几个卧室一直是井井有条的。因为长时间生活在狭小的船舱里，黛丽已经习惯了保持船上的风格：衣服归拢放好，床位铺盖整洁；但是阳台有灰尘，地上有纸屑——直到麦格开始勤快地清扫，她才意识到这些。

"你真是个没治的马大哈，亲爱的。"麦格总会带着成年人的宽容神情说道。高顿和布兰尼天生就不大讲究。阿莱克斯爱干净，喜欢有条理，但是除了上床睡觉,他也看不出整理床铺有什么意义。他的房间里随处堆放着贴了标签的一箱一箱的骨骼,保存在瓶子里的蛇和蜥蜴,还有令人恐怖的穿在别针上的各种甲壳虫和蝴蝶等。

多么恐怖的地方!黛丽尽快地整理好他的床铺,赶紧逃到永恒的冬日阳光下面。这是一个特别美好的早晨,将近第二学期期末的一天。她走进露珠闪闪的花园——一只迁徙而来的画眉唱得那么清亮,乐音流淌,听起来仿佛露水润饰了它的歌喉。

她正在清除豌豆地里的杂草,双手沾了湿乎乎的红沙,这时她听到大门咔嗒——响了一声,然后她看见一个身着笔挺的浅色套装、留着山羊胡子、头戴巴拿马草帽的人走了进来。她站起身——心跳加速到几欲令她窒息,头发耷拉下来遮住了眼睛——悄悄地向家门口挪去。但是太迟了。

阿莱斯太尔已经看见她了。她站在那儿——这个早晨,她依然穿着过去那身外衣;他走上前来,嘴唇浮现出十分局促的笑意,但是他的眼睛里燃烧着情欲的火焰。

91

“您是怎么找到我住的这个地方的?”

“我早就知道您在仁马克,我到邮局问过了。”

他们相敬如宾地坐在小小的客厅里,彬彬有礼地说着话;黛丽不停地劝他尝一尝本地酿造的一种葡萄酒和麦格亲手制作的一块水果蛋糕。虽然事实上他曾给她写过那么多信件,而且在密朗的楼顶那个小小的玻璃房间里他们曾有过非常私密的交流,此时她却仍然竭力要保持两个人之间的正常气氛。她谈起自己的绘画课,花园,一切的一切,而他坐在那儿,嘲讽似的挑起眉毛,一边听,一边朝她微笑着。

她感觉气闷难当,嘴唇干涩,贪婪地喝下一大口葡萄酒,竟然溅出一些酒到地毯上。他一直在观察她,这时突然倾过身来,铁箍一样的手牢牢地抓住她的右手腕,他的另一只手夺下她的酒杯,放到小小的桌子上。

“不要这样,黛丽,”他说道,“你费尽心思要干什么——凭这番没用的闲聊与我保持距离？这对我不会起到任何作用的，你知道。”

她凝望着他黑漆漆的眼眸，收住了话语。“我知道。”她小声地应道。

“我已经一年多没见着你，而你却跟我谈什么蚕豆！”

她笑出了声。“哈哈，这无疑是非常合适的中性话题啊。”

“你忘了我给你写过什么？”

“当然没忘，我倒是希望能忘了。你的信让我害怕，你把我过分理想化了！我并不是你想象的那个优秀的人。当你发现你心中的白天鹅根本只是一只丑小鸭时——”

他站了起来，双手捧起她的脸；她的头向后仰着，他注视着她的眼眸。“多么美丽的脸庞！”他喃喃道，“美，是生在骨子里的。到你变成了老妇人，到你八十二岁的时候，我依然会疯狂地爱你。八十二岁生日那天我请你出去吃饭好吗？”

“四十年后？要是我们俩都还健在就好了。”

“你会长命百岁的。”他自信地断言道。

“天啊，希望不要！我可不要成为老废物，我宁可死去。”

“你永远不会成为‘老废物’，你会一直都是一个女人。”

突然，他猛地把她揽进怀中，他的脸贴着她的脖颈和肩膀；两个人就这么站着，无言地颤抖着，同时他的嘴唇沿着她的脖颈温柔地吻向她的耳朵……

黛丽首先清醒过来，推开他；她软软的身子跌坐在一张靠背椅子上。她如此感动，如此震惊，以至于说不出话来，仿佛全身所有的气力已经荡然无存。

这是荒唐的，这是不可能的。她不断地告诉自己。阿莱斯太尔·瑞本怎么可能让她产生这样的感觉！很久以来，她认定自己没有被他吸引，但此时此地她因为他的亲近而失去了思想和说话的能力。

“孩子们回家吃午饭吗？”他问道，“我猜他们都到镇里上学去了。”

他的话语再平常不过了，但是看上去他在竭力压抑自己的情感，脸色煞白，眼中冒火，一副痴狂的模样。

“不回来。太远了，不值得来回跑。他们必须赶乘公共汽车。阿莱克斯好像很聪明，总也坐不住；麦格比较文静，处事比较成熟——有时我觉得她好像比我年长似的。”

“你在许多方面都还像个小女孩啊。”

“我的举止不够端庄，常常会让麦格惊讶得目瞪口呆。有些周六下午，我们会一起到镇上购物；如果那天天气不错，我心情舒畅，我就会唱歌，而会让她局促不安。有一次我坐在路旁的道沿石上，为一位等车的老太太画一幅速写，麦格就假装并非与我同路，悄悄走开了。我好像总是和另外一代人合不上拍。当我处在麦格的年纪时，抚养我长大的姨妈也总是被我惊讶得目瞪口呆。”

“不合群的布谷鸟！”

“是的。但有时我觉得自己更像一只塘鹅——你知道，一只蠢蠢笨笨的鸟，只能待在它所属的自然环境里，有空气和水的地方。”

“我认为你是一只凤凰：你的元素是火。你手指一点就让我燃烧，你眼中的光芒让我化作炉渣，我在最炽热的火焰中毁灭——”

“阿莱斯太尔！请你别开玩笑了。我们刚才在讨论——”

“讨论蚕豆？”

“是啊，蔬菜的种植。”

“我更愿意种下对你的爱，我想生长在你的心田，盘绕在你的胸怀，深深地扎根在——”

“阿莱斯太尔！”

“好吧，我说正经的。领我看看房子的其他地方，还有你画的画吧。”

她引领他来到房子中间的狭小过道。“这是我的工作间，这里我从来不需收拾。”当他热切地注视着那些完成的和未完成的作品时，她相当紧张地说，“恐怕厨房很不整洁，我刚才到外面——”

“甭管厨房，我想看看你的卧室。”

看到她惊诧的样子，他苦笑道：“放心吧，黛丽，我不是承诺过绝不会纠缠你吗？我只是想看看你睡觉的地方，以便于我能想象出，除了你的孩子们、你的蔬菜园和你的绘画外，你在这里的生活。这就是你的房间？我喜欢这些白色的家具。这些花是你画上去的？色彩简约的被褥——没有饰带，没有褶边，没有毫无意义的图案。好啊，宁静而诱人，多么——高洁。”

“呃，你本来期望看到什么——玫瑰色的锦缎、镀金的家具和晶莹剔透的灯罩？”

他哈哈大笑。“上帝啊,当然不是那些!此时此刻我想象不出除了这里会有别的什么地方适合你。你知道,在家里的时候,我经常进那个闲置的卧室,想象你生病时在那个房间里的情景。在那张大床上,你看上去那么娇小柔弱。”

“蓝色与银色相间的壁纸,地板上的白色地毯,蒙着玫红色锦缎的椅子……”

“那多适合你。”

“不!太奢华了。”

“但是因为你的这般可爱,你是值得被美好与华贵的事物包围着啊!”

“我宁可自由自在,而不愿被那些昂贵的东西压迫着。除了我的结婚戒指之外,我从未费尽心机地要保管住某一件首饰。它们本能地、无意识地从我身上脱落,像脱落的树皮。甚至爱情,也是一项负担,它能让人变得暴虐。我对任何束缚都怀有恐惧。”

“这就是为什么你总躲着我?或者是你少见多怪的意识作祟?”

“可能两者都有吧。”她压抑地说道,“我马上为你弄点午饭。你去摘一个熟的西红柿,我把厨房的烂摊子收拾收拾。”

他顺从地去了。

当麦格和阿莱克斯从学校回到家时,黛丽和阿莱斯太尔仍然坐在厨房的桌子旁边,一瓶仁马克产的葡萄酒摆在两人之间,还有他们吃剩下的、黛丽亲手制作的美味色拉。当他听到远处阿莱克斯的声音时,阿莱斯太尔绕过桌子,给了她一个无声的、长长的吻,仿佛深深地后悔不该错过了整个上午的大好时光。

92

有时候,黛丽会客观地看着她的孩子们——把他们看作凝固在时光中的生灵——惊奇于他们增加的年龄和长高的身材。如果每一片草叶都是一个奇迹,自有其本质的意义,如皮兰·德娄的故事中所言,那么人类的个体——由一枚微小的、无形的卵长成一个人的形象,思维复杂而宽泛——一定具有更大的意义。一想到麦格会结婚,麦格会生下一个女儿,接下去她的女儿又会生出女儿,一代接一代地传承着她的血肉,黛丽就会强烈地意识到,生命就是一条河——

一段接着一段,从源头流向大海。

在阿莱斯太尔又一次来访的时候,黛丽试图向他解释这一切,但是对于新生后辈,他的感觉与她不同。她对生命的延续、家庭、宗族充满敬意;他没有自己的亲生孩子,而且觉得没有必要追求那种肉体的不朽,所以他对她的态度很不耐烦。他想要让自己的个性永远延续下去,他相信会的,以某种超越肉体的形式。

"我不相信一切都会随着我的死去终结,"他说道,"我不相信一个人,一个灵魂——或者不管你愿意把它叫作什么——被呼召而至,结果却是在如此短暂的一个阶段之后又完全消失。我们所谓的'生',可能实际上就是睡了一觉,醒来时依稀记得的一个梦;我们所谓的'死',可能是正在清醒地进入现实,一种我们从未知晓的更深奥的现实。"

"但是死,一个人的死,其实是没有意义的。"黛丽说道,"我相信,每一个完全活着的生命都在把某种东西增加到世界的意念当中,好比每一滴水都在增加大河的总量;我相信,我们每个人,在某些状态下,是能够利用到那意念的溪流或深潭的,我们每个人也都能够使它更丰富。我的意思是,我要做更好的画家,像伦勃朗和戈雅那样真实地生活,忠实于艺术,但又不仅仅像他们那样在物质的世界里留下伟大的画作。还有比这更大的意义。"

"这么说,你是一个不信宗教的神秘主义者了。目前我的信仰是'有一个决定我们终极命运的神';就因为这个原因,我确信有一天,你会成为我的女人。'Tu deve esser mia'。"

"什么意思呢?"

"这是加里波第第一次看到那个后来成了他妻子的女人时所说的:'你该属于我!'"

黛丽像一个小女孩一样羞红了脸,望向窗外。他们俩在她小小的客厅里啜着午餐后的咖啡,阳光洒落在褪了色的旧地毯上,形成一个个明亮的金色盘子的图案。她希望孩子们快快回来,她发现他的话语——温柔、抚慰的话语比他身体的接近更让她意乱情迷。

她竭力要把他引回到抽象的讨论。她知道他是多么喜欢"谈谈生命、诗歌、绘画,等等"——他曾经在一封信中提到这一点。

“你的那位宽厚的上帝以及个体的永生是难以令人信服的。人类正在以如此惊人的数量被创造出来——在刚才的一秒钟里，就有成千上万的人正在死去，还有成千上万的人正在出生。自然的本性就是对生命的挥霍以及对个体的漠视，它只是对保存物种感兴趣而已。天文学家们说，两千万年之后，太阳会膨胀，地球会被它吞进表层下面一千英里的地方。那时哪儿还会有人类？”

“或许那时人类早已经独立于肉体的生命之外，成为火的精灵，安居在某一颗恒星的白热之中。毕竟，人类和恒星只是不同形式的能量而已。”

“太异想天开了。”黛丽说道。

“生活本身就如梦幻，梦幻一般的美好。此刻，对我来说，所有的美好都集中在一张脸上——你的脸。黛丽，不要既折磨我也折磨你自己了，让我把你变成我的女人吧。我能给你一个配得上你的家，也能为你的孩子们营造一个家，让几个男孩子接受到良好的教育。你说过，你的丈夫对他们漠不关心，他有他的轮船，那是他生命中最重要的东西。他不像我这般需要你，他也不能给你真正的爱。”

“这不公平！”黛丽直挺挺地坐在椅子上，面无表情。

“对，是不公平，这是乘人之危，对不起。宽恕我吧，亲爱的，我最亲爱的女孩。”这时，他在她的身旁跪了下来，两臂环抱着她；在他仰起的苍白的脸上，她看见了点点泪光。“噢，爱上一个人多么不幸，像我爱你这样——凄凄惨惨，畏畏缩缩，神情恍惚，茶饭不思，像独守空房的女人一样暗夜垂泪。我试图理性地分析我的情感，试图解释清楚这张特别的脸——笔直、漆黑的眉毛，微微凹陷的面颊——怎么会左右了我的命运。毫无缘由。而且无路可逃。”

她注意到，他的眼睑红红的，齐刷刷的黑胡子上面，他的嘴唇那么红，那么薄。她感觉到一阵轻微的排斥的战栗。但是瞬间之后，那两片嘴唇已经吻上了她的嘴唇——他的胡须，丝一般润滑而有弹性，轻拂着她的脸庞；他的舌头如鱼得水一般在她的嘴里开始了美妙的探索之旅。一声轻轻的呻吟，她软软地蜷回身子，所有的防线都宣告失守。耳畔血液澎湃，淹没了外界的一切声音，只剩下这一把椅子——他们在椅子上挣扎着，喘息着，越来越近，融为一体，迷醉于彼此之中……

不知过了多久，她的耳朵恢复了意识，首先听到了开门的声音，伴着麦格的喊声“妈,你在哪儿——”她的声音噎了回去。黛丽从阿莱斯太尔的头上望过去,看见了麦格瞪大的眼睛——惊诧的目光锁住了椅子上的一幕。

在不到一秒钟的时间里,黛丽的视角已经发生了改变。她通过麦格的眼睛开始俯视自己:她的母亲和一个男人挤坐在一把扶手椅里,而这个男人却不是她的丈夫;她衣衫不整,头发蓬乱,而且两个人的脸上都还留有激情过后的茫然而恍惚的神色……是的,麦格看到了这一切。

“麦格!”

她挣扎着站起身来,推开阿莱斯太尔,但是门已经轻轻地关上了,麦格已经走了。阿莱斯太尔站了起来,但他看上去仍然处于迷醉的状态,一副不尴不尬、不明所以的样子。“那是麦格——她看见我们了?”

“是的。请给我一支烟。”

她的双手和嘴唇颤抖得很厉害,他几乎没办法为她点着。

“你现在不得不向她讲明一切了,然后你跟我一起走。这样更好。”

“不!你不明白,我不能丢下布兰顿。”

“你已经丢下他,由他一个人掌管轮船了。”

“就一年时间!而且是由于麦格的原因。我是一定要回到船上去的。”

“黛丽!你是多么奇妙,多么火热……我会让你爱上我的。”

“恐怕我已经爱上你了。但是请你马上离开这里,不要再过来看我。你必须离开仁马克,现在,立刻就走!”

“但是我还有一些生意上的事务要打理啊。”

“你必须离开这里。我可能会因为你而失去麦格,你意识到这一点了吗?你必须马上离开。”

“对不起,黛丽。”

“如果你不走,如果麦格因此离我而去,我永远不会原谅你。”

“等两天,等我处理完和代理人的有关业务我就走;在别的事情上我都可以听候你的差遣,但是在我的业务还没办完的情况下,我这么仓皇离去将是愚蠢之举。从大湖过来这一趟所费不菲啊。”

她望着他,哑口无言。当牵涉到她的整个未来的时候,他却在用钱算计成本!

她不敢相信他说出了那样的话,她期待他有所醒悟,但是他薄薄的嘴唇、傲慢的鼻孔都露出坚定的表情,看不到丝毫的温柔表示。

"阿莱斯太尔,我在求你——"

"对不起,黛丽。你无须担心见到我,我会避免与你碰面的。"

"但是麦格可能会看见你。她到镇里上学,我也得去上绘画课。如果麦格把我们之间的事情告诉麦维尔太太,那个女人会把麦格从我身边夺过去的。到那时,麦格会怎么看我这个亲生母亲啊?"

"我想你很可能高估了麦格的纯真。在她这个年龄,她应该知道女人和男人一样都有本能。既然她知道自己的身体渴望什么,她怎么可能期望你是一具石膏圣徒?"

但是黛丽回想起自己——那时她不比麦格小多少——看见月光下姨父和厨房女佣在一起的情景;理论上的知识都是很美好的,但是对于成人世界的意外窥探所引发的不良反应,它的影响可能是深远的。

黛丽并不了解麦格已经接受过盖瑞·麦维尔——一个阅历复杂的复员军人的真实的亲吻,事实上,麦格一直深陷于思恋的痛苦与性爱的幻想之中而无法自拔,所以她自责地认为自己摧毁了一个孩子的玻璃围墙内的美好世界。

"无论如何,你赶紧离开这里吧,"她说道,"我会尽力向她解释的。"

93

阿莱斯太尔走了之后,黛丽像犯了错误的孩子一样等着麦格进来把话挑明。她鬼鬼祟祟地躲在自己的房间里,料想一会儿就会听到敲门声,然后麦格一阵风似的卷进来,指责她作为母亲却做出这样不检点的事情,并宣布她要回到麦维那里生活。

在一种嫌恶的情绪中,她甚至开始对瑞本心生愤恨:是他造成了她的耻辱!她希望他会尽快离开,希望他离开之前她不会在大街上与他碰头。

当她终于硬着头皮走出自己的房间要为孩子们准备茶点时,她发现麦格已经炖上了蔬菜,正在安静地和阿莱克斯玩纸牌游戏呢。她从案板的另一端略微抬起头来,说,烤箱已经加热了,餐桌也摆好了。感谢麦格的体谅,黛丽只需把馅饼塞进烤箱——馅饼是这天早上阿莱斯太尔到来之前她做的，却仿佛已经是许多年前的事了。

“什么馅的?”阿莱克斯疑惑地瞅了一眼馅饼问道。他最近突然对肉食开始反胃。

“鸡蛋与烤肉。”黛丽一边说着，一边明察秋毫地盯着女儿。麦格脸色淡淡的，眼睛看着自己的牌，气定神闲的样子；她的鼻子那么醒目，一双眼睛蓝汪汪的，清纯而瘦削的脸上并没有丝毫流过泪的痕迹。

吃完饭后，两个孩子坐在清理干净的桌子旁边做作业，而黛丽则焦虑地四下里徘徊。她来到屋外，平静的夜空繁星闪烁；她侧耳倾听，大河几乎无声无息地在流淌。

夜空像一位老友，熟悉的星座在各自的位置上发出光芒；蟋蟀在草坪下面歌唱——从她还是一个小孩子的时候起，它们就一直这样歌唱。她又一次有了那种感觉：她即将触摸到生命的伟大真谛。但是像以往一样，那一真谛巧妙地躲开了她，然后她发现自己不得不回到种种俗事的河流之中——这些俗事总是与她个性的舵轮捆绑在一起。

她转身向家中走去。厨房炉灶的火还在烧着，一阵风吹走了屋顶的烟缕；神秘的星光下面，她忽然发觉这幢坐落于地基之上的结实的小房子好像一艘轮船，正航行在没有标志的海域。那些星辰本身只不过是过往船只偶尔闪现的灯火——它们沿着任意的航道驶向未知。一切都飘摇不定。

她感觉头晕目眩，于是伸手扶着葡萄架，生长在那里的一株玫瑰让她感到了真实的棘针的刺痛。她吮着手指，回到屋里，感觉自己像披上了一件外衣一样回到了常态。

阿莱克斯做完了作业，开始打哈欠了。从来无须额外叮嘱他上床睡觉。他常常一个晚上睡十个小时，早上还是难以醒过来。

黛丽给他们俩冲了可可奶。阿莱克斯把奶端到自己的房间，一边脱衣服一边等着它凉下来，留下黛丽与麦格陷入了令人拘谨的沉默之中。

她渴望亲近自己的女儿，身体上的小小温柔，比如摸一摸她的头发什么的，她却怕遭遇麦格缩起身子躲开她时的尴尬。麦格声音很响地喝完可可奶，放下杯子。黛丽鼓足勇气直奔症结点，一出口就不给自己留下任何余地。“瑞本先生不会再来这里了,一两天后他就返回密朗。"

麦格盯着桌子,很不自然的样子,只随口说了句"我估计你会想念他的"。

黛丽怀疑麦格是否恰如其分地听明白了她的话,但麦格接着说道:"你非常爱他吧?当然,尽管他年龄太大,但那么风流倜傥。你也还是那么漂亮。"

惊诧之中,黛丽不由得从内心对这种年轻人的断言发出抗议:她不能认同阿莱斯太尔或她自己已经老了。

"我——我——我不确定。"她磕磕巴巴,"他很冲动,而且——而且很喜欢我。如果有可能,他想娶我。我不知道我今天怎么想的,但这么长时间我一直独身,你父亲——"

"我知道,他已经不再是当初你嫁的那个男人了。我还能记得他生病之前的样子——多么高大、健壮而有趣,我总是爬到他的腿上,而他总会开怀大笑,把我擎到他的肩上。他好像不再关心咱们了。"

"我想他还是一如既往地关心咱们的,所以一等到阿莱克斯拿到毕业证书,我就必须回到他的身边。当然,我们都回到船上,共度圣诞假期。"

"他会给你写信吗?我是说瑞本。"

"噢!我估计他会的。我们已经保持通信联系有一段时间了。"

"远离你爱的人是多么痛苦的事啊。"

黛丽警觉地望着女儿。"亲爱的,你读了太多的浪漫小说。你这个年龄不会懂的。"

"我懂的比你所想的要多,妈妈。"麦格高傲地说道,然后收拾起她的书本,"晚安,亲爱的,睡个好觉。"她在黛丽的头发上轻轻一吻,向门口走去。

"唉!"黛丽一个人坐在桌子旁边,长长地舒了一口气,接着她站起身,走到餐柜那儿,给自己倒了一杯科涅克白兰地,"唉,谁会想到竟然是这样!"她仍像以往一样根本不了解自己的女儿。

在阿莱斯太尔的来信中,他告诉黛丽,朵罗丝·巴瑞特已经回到澳大利亚,现在安顿在密朗。杰米一下子就喜欢上了她,但他对杰瑟敏妮没有把握,因为她虽然是个小小的人儿,却有着强烈的女性意识。她认为走进这个家庭的每一个女人——不管多大年龄——都是她潜在的对手。

“当然，巴瑞特小姐正渴望着与你重逢，”他写道，“她正如你介绍时所说的一样，一个非同寻常的女人，聪慧，平和，思维开阔——正是杰米所需要的。

“我向她讲了你和麦格最新的一些情况，她本人会写信给你。她非常急切地想见你的女儿，我猜想她的感觉就会像又见到了她所熟悉的过去那个你——尽管我告诉她，除了眼睛之外，你和麦格其实并不相像。

“是否有可能，在回到船上生活之前，你来这儿过一段假期？麦格会爱上大湖的。只要你愿意来，我们会为你们俩腾出住的地方——如果阿莱克斯愿意，他也一起来吧。

“对你来说，这是换个环境休息休息；对巴瑞特小姐而言，则会是莫大的喜悦；至于我——荣幸地在我的屋檐下再一次欢迎你——这对我意味着什么，在此无须赘述。你将会在这里得到很好的陪伴——你曾经的恩师，我的两个姑妈，塞瑟莉，孩子们，两个女仆……房子里到处都是女人。

“考虑考虑，我最亲爱的女孩，赶紧决定来吧。你可以通过陆路，从阿德莱德经由斯特拉海比，或者乘火车到曼尼杰，然后乘明轮船‘丘比特’号到密朗。作为乘客，相比你上一次亲自驾船过来，你可能会更加享受这一趟的大湖之旅。”

黛丽考虑再三，越考虑就越受到诱惑。她知道，在阿莱斯太尔家中那样暧昧的地方与他频繁相见是不明智的，尽管他们似乎不大可能有机会单独相处。

在她仍然举棋不定的时候，巴瑞特小姐的信来了。她的信充满了对于重返澳大利亚的喜悦之情以及对于追忆美好往事的渴盼之意，终于使黛丽急不可待地要去见她了。巴瑞特小姐对阿莱斯太尔开诚布公的欣赏令黛丽心里暖暖的——这证实了自己并没有看错人。“……一位真正的绅士，情感细腻，格调高雅。我们常常就世界形势一直畅谈到深夜，有时也谈到你。他对你的作品大加赞赏，却感觉迄今为止你的天赋在很大程度上一直被荒废着。他对你结婚并生养‘那么多孩子’极其恼火，但我跟他讲，没有谁会因为过丰富的生活而成为次一等的艺术家。作为一个女人，你的自我实现一定会反映到你的画作中的。

“我多么希望你来这里与我们相会！如果来不了，我们一定要安排尽快在市里见面：毕竟从你的方向过来只有一百二十英里，我从这边过去也就五十英里。我想看看你的作品。我有一种感觉，在我的帮助下你开启了自己的艺术生涯，这件事本身也使我的人生具有了真正的意义。”

黛丽看着信上秀美的老式字体，竭力想象巴瑞特小姐现在的样子——六十岁的女人，她的头发全白了吗？她不能想象时光会让她的巴瑞特小姐变化那么大！

她不能打乱孩子们的上学时间，她必须在家与布兰顿以及孩子们一起过圣诞节。但是到了一月份，她和麦格就可以抽身离开了。所有家人都在船上着实有些拥挤。

布兰顿并不反对。他如此着迷于重新独掌轮船，似乎也分不出心神搭理黛丽和麦格。当黛丽试图跟他谈谈仁马克的房子、花园、小艇以及她的绘画课时，他任由她讲下去，也不打岔，但根本一声不应，问也不问。

他们的对话很不连贯。她的话语一停，他总要回到自己的话题上。“我怀疑这样的水位还会持续多久，我想趁着低水位到来之前再往卢夫溪跑一趟。现在正是雪水从上游下来的时候，过了这一阵儿，恐怕水流就会往死里回落了。”

“我要和麦格在大湖那儿一直待到假期结束，你不介意吧？”

“目前我们每周净利润稳定进账一百镑。这种好事不会持久的，所以我要不停地跑……只要还能跑得起来。”

“那么明天我们就在莫干上火车了。”

94

双手还是黛丽记得的模样：杏仁状的指甲，涂了粉红色的指甲油，有力而柔韧的手指，粗大的手腕……只是皮肤已经起了褶皱，原来的白色上面凸出了蓝色的血管和虫蛀一样的灰斑。

巴瑞特小姐——黛丽还能清晰地记得与她说再见的那一天，火车站上的一幕，她临别的话语，她身上的男式黑白方格呢外衣，她脖颈上明亮、秀美的棕色鬈发……她曾经爱过巴瑞特小姐，或许那份爱比她此后对任何人的爱都纯洁、无私，而此刻她却几乎丝毫也找不到当年的感觉了。一丝怀旧的情绪，如此而已。

黛丽握住她有力的手，亲吻了她干瘪的脸颊，注视着那双生了黄斑的灰色眼睛;她又看见了她坚定的嘴唇和上面的敏感、张大的鼻孔。但是嘴唇下面的皮肤松松垮垮,曾经闪亮的头发已经变成了粗糙的鼠灰色。

黛丽的目光从巴瑞特小姐转移到麦格身上——麦格正处于青春的花季,皮肤鲜嫩,黑发闪着光泽——她感觉心中升起一股无声的抗议。这时她忽然想到将近三十年前的自己——那个漂亮的、傻傻的、懵懂无知又神经兮兮的十五岁女孩,生活在一个白日做梦、奇思妙想的世界。不,她可不想回到那时。

如果亚当还活着——亚当,她的整个生命都曾为他的早逝而愤怒不平地呐喊——现在他会是什么样子呢?络腮胡子,头发稀薄,眼神呆滞,一个从未写出名篇佳作却总爱自怨自艾的小记者?或者大腹便便、洋洋自得、皮肤光滑而思想保守?除了摧毁他的青春与美貌,时光还会在亚当身上留下什么痕迹呢?只要他一直活在她的记忆中,时光就永远奈何他不得。

"这就是麦格了!"朵罗丝·巴瑞特抓过女孩子的手,喜爱地握着,注视着她的眼睛,"我总觉得你母亲做女孩时的一双蓝眼睛是我所见过的最漂亮的,你的眼睛只好屈居第二了。"

麦格习惯了听到别人说她的母亲在少女时代如何如何漂亮,也确信了她自己的相貌平平,所以她对此类比较既不嫉妒,也不反感。她微微一笑。

"无论走在哪里我都会认出你的,黛丽,"巴瑞特小姐继续说道,"你的神情基本上没有变化。当然,我能看出你也上了年纪,已经懂得接受生活,但你没有长胖多少。过去她看起来好像一阵强风就能把她吹跑了似的。"她又对麦格说。

"'你好像天仙下凡,高顿小姐。'"黛丽转述道,"你还记得那位年轻的牧师?我想知道他后来怎么样了?"

"现在可能是教会的长老了。"

"噢!想想当年我有可能成为泼尔逊太太!"

"真的,妈妈?"麦格来了兴致。她几乎从未想过,在她出生之前她的母亲也曾有过自己的生活。

黛丽好奇地望着巴瑞特小姐。"你从未结过婚?你的追求者肯定有百八十人了。"

"噢,瞧你说的!没有百八十!"她看上去既满足又有点害羞。

"我和亚当都曾经爱上了你。"

“是啊,我知道。那好像是很久很久以前了!”

“大战之前很多年。”

“上个世纪!”

“天啊,你肯定很老很老了。”麦格天真地说道。

“我羡慕你能在世界各地到处走,”黛丽说,“我也到处走,但实际上我哪儿也没去过,几乎就在一个地方丈量时间。但是要说澳大利亚到处都一样,那也不对。‘当你看到一棵桉树,你就见识了大陆的全貌。’我曾经听到‘马利昂’号上的一位乘客这样说过。显然他从未见过桉树。

“回到这里真是太好了!从楼上的窗户望向大湖对岸,可以隐约看见库绒那边连绵的沙丘,多么敞亮!一切都似乎近在眼前:九十英里海滩,空旷而无人踏足;南大洋,更远处的南极洲荒原——斯考特与他的同伴们就被冻结在那里的冰层之中,再远就只有南极点了。

“是啊,在西部内陆达灵河上的时候,我也总有同样的感觉。时空连着时空。我能感觉到那种空旷:辛普森沙漠,连绵的沙丘,无垠的平原,咸涩的湖泊,‘迁徙之路’上那些孤独的逝者……并不是因为我熟悉这些地方。我想,一个偶尔经过那里却不知身在何处的人也会有那种感觉。我读到的书中,撒哈拉沙漠中的旅行者也有同样的感觉。”

吃茶点的时候,黛丽观察巴瑞特小姐和瑞本小姐:她们属同辈人,虽然说瑞本小姐年龄稍大一点,但她们的性格中有着同样的坚韧。钢铁碰上燧石,她期待看到火花飞溅。

但是她们似乎最高程度地接受了彼此。艾丽西亚小姐和珍内特小姐都一直满怀激情地憧憬那个“老家”——她们上一次的告别巡游还得追溯到她们的少女时代。巴瑞特小姐最近刚从伦敦归来,熟悉爱丁堡,并能就亲身经历畅谈布雷马运动会和皇室家庭逸事,等等,她当仁不让地成为茶座上的宠儿。

“石南草——”珍内特小姐颤声说道,“漫山遍野五颜六色的石南草,这里根本没有那样的草。”

“佩特森咒语花呢?”黛丽说道,“我曾见过西部平原绵延数英里的紫色与蓝色的花朵,把大地铺得严丝合缝。”

“你是说救赎草,那种讨厌的杂草?它生长在阿德莱德周边的山上,但是根本比不上石南草,没法比。"

"那凉爽的夏天!"艾丽西亚叹了一口气,"要不是湖上有风吹来,我想明年夏天我可不要待在澳大利亚了。但是当我想到伦敦的六月——"

"去年整个夏天都一直不停地下雨,促使我下决心返回家乡的一部分原因正在于此。"巴瑞特小姐用低沉、幽默的嗓音说道。

"返回家乡?"瑞本小姐迷惑不解的样子,"哦,你的意思是——呃——澳大利亚?"

"是的,那当然。这里是我的家乡,我出生在这里。"

"唔,我们也是。但是那个古老的国度将永远是我们的老家,对吧,珍内特?"

"从来就是,艾丽西亚。"说着,珍内特用她的蕾丝花边手帕紧张地擦了擦自己的嘴角。

阿莱斯太尔一直在楼下忙于他的账册,晚些时候他进来,坐在麦格与巴瑞特小姐之间。黛丽焦虑地观察着,没发现麦格对他有丝毫敌意;事实上,她好像很喜欢阿莱斯太尔。同时,黛丽发现阿莱斯太尔与巴瑞特小姐之间由于性别不同、思想一致显然已经迸发出一种热情而自然的友谊。巴瑞特小姐——深厚的嗓音,结实的束带鞋,绸结小背心——这些年来愈发变得男性化了,而阿莱斯太尔——秀气的双手,过分讲究的举止,对华贵的彩色绸缎衣物的喜爱——尽管不那么矫揉造作,不也有些女性化吗?

"我能看出来,你对黛丽的女儿并不失望,"说着,他随手拿了一块烤饼,目光从巴瑞特小姐扫向麦格,"我是怎么告诉你的?她们俩其实并不相像。"听到他这么随便地叫出黛丽的名字,瑞本小姐灵动的眼眉一下子跳了起来,蹿进她额前的头发里。

"失望?我很高兴啊——"巴瑞特小姐热情地瞥了一眼麦格,说道,"实在是好极了——看到她和那时的黛丽一般年纪,同样的一双蓝眼睛,以至于我几乎有一种感觉,仿佛时光静止了,我根本就不曾变老。"

但是麦格并没有说——像黛丽在很多年以前的另一个场合曾经说的:"你一点也不老!"对麦格来说,巴瑞特小姐绝对算是古人,是来自另一个世纪的遗老。但是在授课室里的杰米和杰瑟敏妮发现巴瑞特小姐似乎比他们的母亲还年轻。她总是与年轻人在一起，所以她的思维一直很灵活，她的观点充满朝气。

她还一直坚持游泳。接下来几周，他们来到十分泥泞的浅滩，在温暖的稍有咸味的湖水中游泳——巴瑞特小姐与黛丽一起，后者已经多少年没有下过水了；麦格与杰米、杰瑟敏妮一起，小丫头还在学习游泳阶段，大部分时间都在一边尖叫一边扑腾，一惊一乍的。

晚上，阿莱斯太尔要么把他们请上天文台，要么大家围坐在客厅雕花玫瑰木的桌子旁边，一起打牌，一直玩到上床睡觉的时候。

瑞本小姐察觉到巴瑞特小姐绝不是又一个梅勒丝小姐——那么彬彬有礼、老老实实。瑞本小姐头脑敏捷，是会欣赏别人的智慧与学识的。迄今为止在意志的交锋中，她还不曾受挫。表面上，一切都还和谐。

巴瑞特小姐对于时常在小镇周边碰到的土著很感兴趣。她想起埃库卡附近大河上的树皮筏子和那些从营地上过来到杰米逊家的农场里做活的土著。她询问了有关麦考利岬部落专属区的情况，了解到那里有四百个土著，其中非混血的大概只有四十人。

定期会有一班用以观光游览的三桅帆船“阿达·克拉拉”号发往大湖对岸。巴瑞特小姐和黛丽准备到那里做一番实地考察，托付麦格来照看瑞本家的两个小孩。

她们在一个晴朗的早晨上了船。帆船动用了备用发动机，因为它迎头驶往“白花花的东南方”——当地渔夫这样说，那里既没有云也从不下雨。

十英里的航程之后，她们登上麦考利岬。黛丽跟着巴瑞特小姐漫步在专属区的大街上，巴瑞特小姐那舒展、矫健的步伐并没有因为岁月而改变。

土著女孩们站在棚屋外面，膝上抱着她们的小弟弟或小妹妹，任凭苍蝇肆无忌惮地爬进她们烟灰色的眼睛里。她们几乎无一例外都穿着鲜亮的棉布衣衫，色彩简单而生动——红色，洋红色，黄色，橙色——让黛丽想起了很久以前穿上圣诞新装的女仆米娜和贝拉。

有一所供小孩子念书的校舍。但是那些超过上学年龄的女孩，好像除了或站或坐在阳光下，根本没有任何事情可做。没有适合她们的工作。在挤住了一家人的小小棚屋里，她们也几乎做不了什么家务活计。她们等待着——结婚，或者非婚生子，或者命中注定的什么事情；但是她们的眼睛里有一种隐隐的绝望,似乎冥冥之中早已知道:在这个世界上,她们生来便无居所。

偶尔她们外出钓鱼,或者在湖上划船,但大部分时间她们只是蹲在棚屋门口,懒散地蜷缩在灰尘之中,自顾自摆弄着指关节,或者替她们臃肿而懒惰的母亲看护小宝宝。

“你叫什么名字?”巴瑞特小姐温和地问一个十分秀气的女孩——她的头发呈柔顺的波浪状,显然经过她的精心梳理。黛丽逗着女孩抱在膝上的小宝宝,一个男娃,长着大大的富有表情的棕色眼睛。

女孩看着自己的脚下。

“伊莱娜。”她的嗓音轻柔而胆怯。

“伊莱娜——? 你的父姓叫什么?”

“伊莱娜·帕鲁贾。”

她的名字标志着她的混血身份,她只能属于这片无主的土地。名字的前半部分有英国味道,隐约传来亚瑟王传奇时代的声音;后一部分就本土化了,属于一个被驱逐的古老民族,一个如今已经失去了任何意义的部落的名字。

“伊莱娜,你想不想有份工作,而不用整天只是照看你的弟弟妹妹?”

“工作?”她一副茫然的样子,“没有工作啊。”她忽然变得活跃起来,“我希望我永远不要离开学校,我喜欢上学,学校好啊。”

“‘学校好啊’!”与黛丽一起向外走时,巴瑞特小姐悲哀地引用那个女孩的话说,“这反映了那里的教育程度,词汇的贫乏。但是对她来说,学校就是一切,这一切不同于她的‘家’。在家里,她只有整天坐在尘土里,听天由命。噢,太不道德了! 我满心充满对澳大利亚风情的热爱返回家乡,结果却发现这——这种大煞风景的事情!”

“你注意到没有? 这里实际上已经被孤立了——”黛丽说道,“大多数白人,包括国会议员,都远远地住在大湖的另一面,距离城市六十英里的地方。这里的人们只是摆到国会桌面的年度报告中的一组数字而已:非混血多少,半种姓多少,出生与死亡多少,等等。若是出生率低于死亡率,他们便大感欣慰,并欢喜地认为,问题将会随着时间而自然解决。”

“这么解决! 种族的灭绝,就像发生在塔斯马尼亚岛的情况一样。不该容许这样啊!”

穿越大湖返程时，船帆升了起来，三桅帆船顺着东南风一路跳跃向前，像一位芭蕾舞女演员。黛丽坐在船头，感受着前进的快乐。她沉浸在一种迷醉的状态，整个人似乎正随着时光的水流平静向前……直到看见了低矮的湖岸隐约逼近，面粉厂的高大烟囱和湖边的建筑渐次显出面目，她才猛然回过神来。

巴瑞特小姐还在想着她在部落专属区的所见，心情十分沮丧。她注意到船上的甲板水手是土著男孩，估计很多男孩都是以此或者垂钓来谋一份生计吧。毫无疑问，女孩们的生活更为艰难。

那天晚上，当家里的女仆端上糖果碗碟，全家人坐在餐室的煤气灯下吃奶酪和水果时，巴瑞特小姐对瑞本小姐说："你是否考虑过在家里雇用一个专属区的土著女孩？在厨房里帮一下总厨？我今天看到一个女孩，我相信她很聪明，也会愿意来的。"

"当然不行！"艾丽西亚小姐眼眉跳起，直冲到额头的发卷中了，"那些女孩都很脏，很可能带有病菌，我可不会让她们经手吃的东西。"

"对。"珍内特小姐用她的餐巾优雅地擦了擦嘴唇。

巴瑞特小姐向黛丽投去耐心而克制的目光，说道："艾华兹太太会告诉你，她的姨妈——一位非常讲究的主妇——多年来一直从土著的营地雇用厨房女仆。是吧，黛丽？"

"是的。无法想象，要是没有那些女孩的帮忙，希斯特姨妈该怎么办。当然，三个土著女孩做的同样的工作，一个精力充沛的白人女孩在同样的时间就能做好。但这是因为她们把所有的工作都当作游戏。她们做事没有效率，但她们肯定干干净净。她们一半的时间都泡在河水里。"

"而且那些女孩并没受过专属学校的训练，她们根本没上过任何形式的学校，"巴瑞特小姐说，"至于说疾病，你可以很容易地安排她们体检。而且我敢说，她们的洗澡频率远远超过一般的伦敦家庭女仆。她们的不幸在于她们的皮肤含有棕色色素，而我们的皮肤是粉色或红色。其实很多爱尔兰和西班牙的农民也是同样的暗色皮肤。"

"唔。"艾丽西亚小姐厌烦地把整个身子一扭，从鼻子到嘴角的皱纹明显加深，显然，这样的说法与她的偏见相左。

"阿莱斯太尔，请你向巴瑞特小姐作个解释。多年前我就在你的建议下考虑过她的这种想法，但你最终也和我达成了一致：那种做法并不是切实可行的。”

回应之前，阿莱斯太尔先给自己又倒了一点葡萄酒，然后他不慌不忙地说道：“我深深感觉到，把一个部落专属区的女孩带进家中将担负一个重大责任，她们很可能因为某个无耻的白人男子而陷入麻烦。所以说，那样做的初衷原本是为了克服一种恶，结果却可能是滋生另一种恶。”

黛丽又想到米娜，不由得怀疑阿莱斯太尔所说的是否也有道理。她的姨父就是那些“无耻的白人男子”中的一员，就是他促成了那个女仆双脚踏上堕落之路。但是人世间什么样的地狱会比她在那些女孩脸上所见的无聊与无望更可怕呢？只有一种形式的娱乐无偿地摆在众生面前，或迟或早，她们都该享受，不管是否戴上婚姻的戒指。古老的自然，无上的智者，它完全漠视个体的幸福，只是冷眼静观一个种族的繁衍生息。

“我倒看不出随处可见的私生子女有什么大不了的。”巴瑞特小姐固执地说道。

珍内特小姐轻轻抽了一口气。艾丽西亚小姐后背僵直。亨利太太——没有参与交谈，一直小心地切着自己盘子里的橙子——这时抬起头来，怀着看似无辜的恶意说道：“真的，巴瑞特小姐？您是不是因为自己的亲身经历才这样说？”

巴瑞特小姐鼻翼颤动，狠狠瞪了一眼亨利·瑞本太太。“我是根据共同的人性才这样说的。您去过部落专属区吗？您见过那些女孩毫无希望的眼神吗？您曾为她们想过吗——尽管她们只是生活在十英里外的大湖对岸？她们是你应尽的责任啊！剥夺了她们古老的生存权利的每一个澳大利亚白人都有责任。记住这一点，当你下一次看见站在密朗街角一个个无所事事、无人理睬、可怜巴巴的女孩时……”

“有部落专属区负责照看她们，那是政府的责任！”亨利太太耍性子的模样像极了她的女儿在情绪恶劣时的样子。

“每个人都对她们负有责任，结果每个人都没了责任；专属区的长官看到她们饿不死，大概也就万事大吉了。”

艾丽西亚小姐大声地清了清嗓子，惹人注意地扫了一眼餐桌。“我想我们都吃好了吧。”说着，她站起身，带头来到客厅。

95

小镇通向湖岸是一条条泥土路，沿路两旁竖立着霸王树形成的高大的墙：这是一种进口的仙人掌科植物，原本作为廉价的栅栏，却蔓生得失去了控制。没有任何动物愿意吃掉它。随意掰下小块的这种植物，落在哪里，就在哪里生根，直到枝繁叶茂。

兔子在这儿找到了天然的居所。它们在仙人掌丛中出生、繁衍，只有到了晚上才大着胆子溜出来活动。在夏日的黄昏，它们成百上千地游荡在马路和围场附近；除了持枪的人类之外，几乎只有那些生活在湿软的碱滩上的黑蛇是它们的敌人。当然，过往车辆的车轮也会撞死它们。

麦格喜欢看那些兔子黄昏时的玩耍。它们让她想到了盖瑞。随着时光把他们分离得愈久，那些回忆也变得愈加遥远，以至于除了苦涩之外，她也能感觉到甜蜜。只是偶尔当一首忧郁的歌曲从一扇亮着灯的窗户里飘出来时，或者，在一个宁静的夜晚，这里的湖水会让她想起威克瑞两岸之间的河水；这时，她的痛苦变得真实而剧烈，甚至令她不得不屏住呼吸。

麦格不是很爱哭的，她甚至鄙视自己前几次见到盖瑞时那副泪水涟涟的样子。她现在从不暗自哭泣，但是有时她的脸庞会变得煞白而扭曲。这令黛丽感到忧虑。

就麦格而言，她从未想过向母亲吐露自己的心事。她的大部分醒着的时间花在想念盖瑞上，其他时间她倒考虑起母亲与瑞本先生的关系来了。她实在看不出他们两人接下来会如何发展。

她读过的书中的女主人公从来都是未婚的，要么至少在最后一页之前是不会结婚的。在书的开头，如果她们意外地嫁给了明显不般配的丈夫，那些妨害爱情的障碍物总会被轻描淡写的死亡所清除。有时如果男主人公已经结婚，死去的就是那位不般配的妻子。但是麦格对于幸福的结局从来不抱任何怀疑。

瑞本先生的妻子已经被清除在外了，尽管她没死；她当然不希望自己的父亲让到一边。这一切很复杂。因为她自己的痛苦经历，她倒是渴望母亲过得快乐。

她们现在所暂住的这一家，构成比例原本就有些问题，她们的到来更加剧了它的失衡；三个老处女，一个寡妇，只有杰米算是一个男性同盟，瑞本先生生活在一种呈压倒之势的女性氛围中。还有杰瑟敏妮——嫉妒而且任性——和两个女仆，弗罗和爱赛儿（周五的晚上自然有她们各自的"侍从"来到厨房门口）。

自从她们来到这里，黛丽一次也没与瑞本先生单独相见，这多少令黛丽松了口气。大多数时间她与巴瑞特小姐一起度过。住在这里，她感到十分愉悦：每一件事情都安排得一丝不苟，一日三餐准时开席且礼数周到，她用不着和乖僻的男厨子打交道，也听不到船员们挑剔饭菜的抱怨声。

有时候，这里新奇的一切会让她感慨万分：蕾丝花边桌布，亮闪闪的银器，精心布局的铺张的晚宴……她总会想到船甲板上遮阳篷下的一日三餐；低水位航行期间，她不得不端着托盘在舵舱里胡乱凑合一顿。

"我记得以前——"早餐时，她一边在银质的碟子里剥出雪白的鸡蛋，一边追忆道，"我们曾经雇用过一位驳船舵手，那人是一个素食主义者，只吃鸡蛋。每当我们的船距离垦区还有几英里，我就让高顿上岸步行到一户农舍，买好东西之后，抄直道到下游一两英里的地方重新上船——大河曲里拐弯，那段步行距离其实很近。有一次，他买好鸡蛋，准备从另一个大门离开那户农舍时，却误入了牛栏。里面的公牛把他追逼到围栏边上，他翻身而过，下地时，身体正好摔在鸡蛋上面。他并没打算返回去再买几个，而是带着两个囫囵鸡蛋和脸上、头发间一塌糊涂的蛋黄回到船上。幸好，那位驳船舵手觉得这件事情很滑稽，也没抱怨什么，结果他就靠着那两个鸡蛋一直坚持到我们抵达仁马克。高顿现在可不愿意靠近农舍了。"

"我吃的蛋是海丽塔下的。"杰米说道，"昨天它刚下出蛋，我就从它身子下面捡回来了。"

"蛋是从哪里下出来的？"杰瑟敏妮好奇地问道。

"是从——"杰米停住话头，望向巴瑞特小姐——她毫不犹豫地说道："是从鸡的输卵管里排出来的，那是生殖系统的一个特殊器官。下一次当弗罗宰杀、收拾母鸡时，让她给你演示演示蛋是如何形成的——先是软软的，逐渐变得硬实，然后在最接近出口的地方才变成硬壳的鸡蛋——出口就在鸡屁股下面。”

“就着早餐讲生物学！”艾丽西亚·瑞本小姐嘟囔道，“行行好，省去那些细节吧。”

“我总觉得孩子们一旦有问题，最好还是及时回答。”巴瑞特小姐用手里的刀清脆地敲着她那枚未剥开的鸡蛋，说道。

“是吗，我不觉得……”亨利太太含混不清地说道。

黛丽禁不住想说：“那么你就不该说话！”——像《爱丽丝漫游奇境记》中的粗鲁哈特那样说她一句，但她还是闭紧了嘴巴，什么也没说。

风和日丽的天气里，阿莱斯太尔带领黛丽和麦格到湖上划船，指给她们看距离岸边不远的芦苇塘中天鹅的旧巢。整个湖区游弋着成百上千只黑天鹅。黛丽感觉它们看起来绝对像一只只刚朵拉。

“是的，非常像。”他说，“刚朵拉也是黑色的，它们也有像天鹅脖颈那样高高的弯曲的船头——尽管不像天鹅的脖颈那般优雅，最前端也像天鹅矩形的喙。雪莱认为，它们看起来就像从棺木中孵化出来的飞蛾的蝶蛹。”

“给我讲讲威尼斯和阿克德米那的油画吧，还有佛罗伦萨和佩里宫的拉斐尔画作——”

他一边划着船，一边轻声细语地讲述着关于意大利的点点滴滴；每一句话都仿佛是甘醇的美酒，流进黛丽的心房。麦格望着远方，思念着身在某一艘轮船上的盖瑞——或许他正登临某个异国情调的地中海港口，那里有许多美丽的姑娘……

“我最喜欢的波里塞利作品不在乌菲兹，也不在佛罗伦萨，而在皮亚琴察一家小小的博物馆里。在那不勒斯的国家博物馆有一幅拉斐尔作品，那幅作品对我的意义超过其他所有作品，因为我第一次见到这样的杰作——沉静，微妙——永恒，像饱满绽放的花朵一样。”

“我真想去意大利看看。”

“我——”他望了一眼麦格——她好像正沉浸在自己的梦中——然后凝视着黛丽。“我愿意为你带路。”他以热烈而低沉的声音说——接着，他又就事论事地补充道，“你会欣赏那里的一切！”

“我知道,我会喜欢那里的一切。”

“意大利人会喜欢你,因为你那么漂亮,因为你是一位画家。我只需说我是一个研究美术的学者,他们就让我免费进入美术馆,对我不胜热情。”

“我也会喜欢意大利人。”

“他们从母乳中就吸收了美术与音乐的营养,每一位银行职员都熟知也热爱他们城市中那些美丽的古迹和雕塑,并以欣赏的眼光看待它们。可是我们这里,人们崇敬的却是卧伏在羊毛检验印章上的美利奴公羊!”

“啊,不要诋毁那只可怜的老羊了。羊毛业提供了大量的货物运输,让你有能力把美丽的东西购进家中。如果有一天人家找到一种更便宜的东西来代替羊毛,那么澳大利亚在世界上的地位就岌岌可危了。”

“永远不会有什么东西来替代羊毛。”

“但是已经有了人造丝绸啊。”

“没有什么能代替真正的中国织锦。你想不想再借穿那件青绿色的睡衣?从你生病时起,它就一直为你留着。”

“不了,谢谢你。”黛丽十分局促地说道,“我自己有一件新的睡衣,丝绒的。”

“但它是黑色的!”麦格说,“你怎么不买一件颜色漂亮的?”

“我喜欢黑色丝绒。”

“这样一个世界,我想,这当是合适的穿着。”阿莱斯太尔说道,“正如安纳托利亚·佛朗斯所言:‘在一位优秀的诗人眼中,这世界就是一场庄重的悲剧。’”

“我不同意。一切都太偶然了。一位优秀的诗人会更加艺术化地处理种种事件。这就是我们在莎士比亚悲剧中愿意读到的——真实生活的荒诞性与残酷性,被有序化的理智赋予了华丽的外形和高尚的意义。”

“你说对了,你总是说得有道理。”相视一笑,缩短了船上两个人之间的距离。黛丽感觉自己比先前更亲近他了。有麦格在场,她不再神经紧张地提防他,而是完全放松下来,尽情享受身心的愉悦:她喜欢与他争辩,喜欢他向她投来的天真无邪且友爱的目光。

为什么不能一直都像这样呢?那天晚上,当她在镜子前梳理长发时,她向镜子里的自己发问道。她感觉那么快乐,以至于磨磨蹭蹭地花了好长时间才换下衣服。她不时地停下来朝镜子里的自己露出笑容,甚至朝头上那一绺明显的白发微微颔首。她刚披上睡衣，就听到过道里传来一阵声响，接着有人轻轻敲她的房门。

她抓过丝绒睡衣，裹好身子——这是自从阿莱斯太尔让她见识了华贵的睡衣之后，她唯一奢侈的一回，一件中世纪风格的女式睡衣——阔大的袖口，拖曳到下摆。她以为来者是巴瑞特小姐，睡觉之前巴瑞特小姐也许想到她这儿说说话。

但是站在门口的是阿莱斯太尔。他身穿玫红色锦缎睡衣，头发和胡须乱蓬蓬的，看似已经上了床又爬起来的样子。

"阿莱斯太尔！怎么——"

"嘘——亲爱的，别出声。你想要我进来，不是吗？我睡不着，我再也无法忍受——在我自己家里想念你，这么想要你，这么爱你。我们非得在各自的房间里浪费这么宝贵的时光？我们非得那样不可吗？非得那样不可吗？我已经拥有了你，我的一切，除了这个——""这个"是他坚硬的男性身体，越来越紧地压过来，直到她的身体爆发出同样强烈的渴望。她变得绵软无力，以至于她不得不用手臂环抱着他。但是当她仰面躺下的时候，她半睁半闭的眼睛看到了长长的镜子中两个人的身影——一个玫红色，一个黑色。她的丝绒袖子像巨大的黑色羽翼裹住他：靡菲斯特与一个小魔鬼，堕入黑暗，地狱一样的黑暗……

她心里一惊，几欲呐喊，但是他的嘴唇挟着温暖的呼吸和不连贯的话语迅速包围过来。一股强大的水流冲击着她，把她高高地抛起，直到她被整个儿吞没，毫无回头是岸的希望！深深的一声叹息，她顺势把自己完全投入了急旋的洪流……

96

"有人看见杰瑟敏妮了吗？"

亨利太太斜吊着眼眉来到早餐室。她穿了一件皱巴巴的带缀边褶饰的浅色上衣，下身是一条老式长裙。

黛丽坐在旁边，身着口式条纹套装——短裙与无袖背心的搭配，给人一种既年轻又悠闲的感觉。这个早晨，她并未感受到来自良心的谴责，她看上去那么幸福、宁静而安详。

“她没像往常一样到我这儿来要我帮她扣鞋子，”巴瑞特小姐说道，“黛丽，你也没看见她，是吧？你在笑什么？”

“我？”黛丽微微红了脸，“我在笑吗？我没意识到啊。是的，我没看见杰茜。她不和杰米在一起？”

“没，杰米还在自己房间穿衣服呢。”

“麦格，你睡在杰茜的隔壁，你听见她出去了吗？”

“没有，妈妈。我醒得很早，但我没听见那屋有任何动静。”

“你问过阿莱斯太尔了吗？”瑞本小姐轻描淡写地说道，“也许他带杰茜出去散步了。他必须赶早过去迎候一艘到港的船。”

“他还没回来。这就对了，我估计杰茜是和他在一起。”

亨利太太松了一口气。她的盘子里盛了几片火腿和一片未涂黄油的烤面包。她已经开始发胖，只能少吃一点精瘦肉。

她们都吃完了，阿莱斯太尔才进来。黛丽感觉自己的心脏开始在胸腔里怦怦擂响。她真希望，在其他人听见她的心跳之前，她能从这间屋子里逃出去。瑞本太太向他询问杰瑟敏妮。

“她没有和我在一起啊。”阿莱斯太尔说，“我一大早就赶去了码头。今天还没看见过她呢。其实我整个晚上都没睡。我沿着湖畔散步，观赏日出美景……”他深情地凝望着黛丽，直到她颤抖着低下头去。

“那她会在哪儿呢？”杰茜的母亲看上去比先前更加忧心忡忡、无所适从，“她是从来不会漏掉早餐的。”

“我们都去找找她吧，她肯定在房后园子里的某个地方。”巴瑞特小姐站起身来，前头带路，其他人紧紧跟随；艾丽西亚小姐留下来在早餐室里陪着阿莱斯太尔，珍内特小姐和两个女仆在厨房里忙活。

她们出了后院的大门，来到蔬菜园——这里的杂草很高，足以藏住一个孩子；而且一簇簇的大黄、高高的西红柿秧和牵丝挂缕的南瓜藤蔓形成一处小型“丛林”。

“杰瑟敏妮！”亨利太太发抖的声音喊道。

麦格和黛丽在草丛中没有发现人影，倒是麦格踩到了一株扎人的荨麻而划破了脚踝。这时,鸡舍里的一只母鸡开始嘈杂地咯咯叫了起来。

"我知道了!"说着,巴瑞特小姐带头向鸡舍奔去。

鸡舍里,小杰茜蹲在下蛋箱旁边,头朝下,紧盯着卧在箱里的母鸡;母鸡一动也不动,但它黄眼珠上面的一层皮正紧张地噗噗直跳。

因为脑袋倒垂,她的小脸憋得通红,她的发卷已经拂到了地面的尘土。

"杰瑟敏妮!你在干什么?没听到我们喊你,你这个顽皮丫头。"

"听到了。"杰茜平稳了身子,投给母亲厌恶的一瞥,"你会干扰它的。海丽塔正在下蛋,我想看看蛋是从哪里下出来的。"

"杰瑟敏妮!"

"没事了,瑞本太太。"巴瑞特小姐深沉的声音坚定而从容,"我会陪伴她,直到鸡蛋下出来。杰茜,你不可能拿它来做你的早餐;鸡蛋已经煮好,在餐桌上快要变凉了。你应该事先告知我们你到哪里去。"

"她不会让我来的。"

塞瑟莉·瑞本的脸腾地涨得粉红。"离开那只脏兮兮的母鸡,马上回屋去!"说着,她攥住杰茜一只胳膊,不由分说,拖起她就走。

巴瑞特小姐咬住嘴唇,鼻子里很响地哼了一声;但是她什么也没说,直到杰茜愤怒的哭喊声在房子的方向渐渐弱了下去。

"我来替她捡这个蛋。"说着,麦格坐了下来。当她们朝屋里走去的时候,巴瑞特小姐坚决地对黛丽说道:"他们的母亲毁了这两个孩子的活力。除非瑞本先生能让我对他们拥有完全的权威,不然我无能为力。我不得不离开这里。"

"噢,不,你不能走!"黛丽惊呆了,仿佛又回到她的少女时代——她听到巴瑞特小姐说要去另一户人家任教,"肯定能想出办法来的。你认为她为什么会那样呢?为什么她好像以挫伤自己的孩子为乐呢?"

巴瑞特小姐耸了耸肩。"她在自己的生活中受到了挫败,所以她要把这种挫败感发泄到她的孩子身上。确切说,并不是她要挫伤杰米,只是她对他过分地婆婆妈妈。他其实并不娇气,但是她不断的溺爱会把他变成娇气的孩子。他最好离开这里去寄宿学校。"

"她绝不会赞成那样做!"

"但或许你能跟瑞本先生说说。我相信他会听你的。我相信他愿意为你做任何事情。”

黛丽羞红了脸。她似乎忘了,巴瑞特小姐除了是一位很有能力的家庭教师外,还是一个观察力十分敏锐的女人。“好吧,我会跟他说的。”她轻声咕哝道。

“他是个有魅力的男人,但是在迷人的外表下面,他拥有一种钢铁般的意志。我想,他能够成功地说服亨利太太。”巴瑞特小姐说。

黛丽告诉自己,今晚她有一个很好的借口去他的房间——在确定了亨利太太上床之后——跟他说说话。虽然没有必要先把衣服换了,但是她实在愿意穿上那身拖到地面的中世纪式样的睡衣。她把黑色的丝绒腰带在自己的细腰上紧紧地打了个结,然后穿过走廊,敲响他的房门。

他把她拽进屋里,拽进他的怀中,动作一气呵成;几分钟之后,她才得以喘过气来,说道:“我想跟你说说话,我只是过来——”

“你来了,这才是最重要的,我俩之间无须言语。”

“我过来,是因为——”

“因为你想过来。我很怕你不愿意过来。我怕昨天晚上吓着你或是伤着你了,这就是为什么我今晚没去你那儿。太长时间了,好像久旱逢雨一般。但是现在,我想不慌不忙地尽情地享受你,亲吻你,欣赏你的每一寸肌肤,我的美人,我的爱人……”

是的,前一个晚上,那股狂野的奔流把他席卷而去,而她则被甩在了后面;但是此刻,她又一次被卷了起来,抛进涡流,抛进漩涡中心——在这里,在安宁与喜乐中,她似乎把身体的每一个毛孔都向他敞开了!她感觉自己像一朵花正在打开花蕾迎接太阳,像大地张开嘴唇吸纳温润的雨水:幸福,饱满,洋溢着希望!

几个小时喋喋不休的话语,延伸到深夜,延伸到令人迷醉的被子之中——两个亲密的身体被裹在里面,像一个茧壳隔开了外面的世界。他第一次平静地主动谈到他的婚姻以及它的解体。但是当他说起自己的前妻时,他的话语中包含了无法遏制的讥讽与愤恨。

“她千方百计要改造我,要让我符合她预想的模式,而我拒绝了她的调教。”他说道,“她被宠坏了,她认为谁都不能拒绝她——甚至他永恒的灵魂也要听命于她！而与两个姑妈生活在一起，让我已经受够了女人的支配。但是现在，艾丽西亚正尽力撮合让我与塞瑟莉结婚。”

“亨利太太！”

“对，我的寡嫂。艾丽西亚似乎一直觉得这是我的职责。”

“恪守《旧约》！”

“是的，艾丽西亚家庭观念很强。她认为杰米需要一个父亲，她怕塞瑟莉可能再婚而把他带走。”

“珍内特小姐当初说的那句话原来是这个意思！”

“什么时候？”

“噢，好久以前我生病时她说过的一句话。我原本就是过来想要跟你说说杰米和他母亲的事情。”

她把巴瑞特小姐说过的话告诉了他。他答应跟他的嫂子谈谈这件事情，但他认为，要她把杰米送去寄宿上学几乎没有指望。“除非……她有了另外的兴致。她其实需要一位丈夫，我必须尽力为她物色一个。”

“只要你自己别娶了她才好。”黛丽既嫉妒又担忧地说道。

“别担心。我怀疑无论如何她也不会接受我的。”

过了一会儿，黛丽起身欣赏他房间里的画作——两幅他自己的原创油画和一幅波提切利的《春》的临摹。两幅原创油画——一幅是夕阳中的大湖，印象主义风格的习作，平静的水面上荡漾着五颜六色的光的波纹；另一幅是朝阳下面的宽阔河道，前方有浅黑色的芦苇荡，再远一些是低矮的紫色堤岸。

“古瓦河道，穿过辛德玛岛望向上游。”他说道。黛丽聚精会神地盯着这幅画。

“我从未到过古瓦，但是我一定会去的。那时我就走遍整个墨累河了，从莫拉湖到入海口。”

“这里还不能算是入海口，但是已经很近了。”

“在最下游，大河变得多么宽阔，多么平静啊。”

“因为它已经衰老了。‘激情耗尽，内心安宁。’别胡思乱想了，回到床上来，快点过来。”

当她终于起身要回自己的房间时，黛丽感觉自己得到了升华，好像一只刚刚孵化的蝴蝶;她褪去了身上背负多年的陈旧而干枯的外壳,正向爱情的光与热舒展开颤抖的羽翼。

但是当阿莱斯太尔房间的门在她身后关上时,她僵住了。有个人影正擎着一支点亮的蜡烛朝走廊这边走来:沙灰色的发卷,拱形的眉毛,灰色的大眼睛,令人生畏的鼻子——两旁犁出深深的皱纹。艾丽西亚小姐!

黛丽猛地从彩绘的玉质门柄上甩开自己的手——仿佛被烫着了似的,匆匆离开那块是非之地。在这座屋檐下的所有人当中,黛丽最不愿让艾丽西亚小姐猜到她的秘密。

她们擦肩而过时,黛丽的面颊红扑扑的,艾丽西亚小姐不可能注意不到。这时,黛丽忽然发现阿莱斯太尔的姑妈表现异常:脚步慢慢腾腾、松松垮垮,手持烛台漫不经心,蜡油外溢,沿着地毯拖出一路油迹。

这可不像她平时干净利落、一丝不苟的作风。黛丽瞪大眼睛望着她,看到她的鼻子和面颊都红红的,她的另一只手上提了满满一瓶白兰地。

"亲爱的,我刚过去再拿一点备用——"艾丽西亚小姐醉醺醺地说道,"我总——总在自己房间里放一些——以备医疗使用。晚安。"

"晚安!"黛丽喘了一口粗气。如果不是亲眼所见,她绝不会相信这样的事情;她可以想象亨利太太也许会偷偷饮酒,但绝对想象不到竟然艾丽西亚小姐会这么做——这个强横、傲慢的女人!

早晨,她仔细地观察艾丽西亚小姐是否会有宿醉或者双手发抖的迹象。但是丝毫没有。以至于黛丽开始怀疑是否一切都只是她的想象。艾丽西亚小姐似乎毫不知晓或者完全忘却了她们俩在凌晨时分的见面。

早餐后,阿莱斯太尔把亨利·瑞本太太叫到他的书房;出来时,她的脸色明显变了,盈眶的泪水模糊了她的双眼。她怨毒而又懦弱地瞅了一眼巴瑞特小姐,反身进了自己的房间。

晚餐的时候,黛丽又观察艾丽西亚小姐,注意到她喝了好几杯葡萄酒,实际上比阿莱斯太尔喝得还要多;她的鼻子和脸颊醒目地透出细密的红色血纹,但她仍像往常一样活跃而不失尊贵。由此黛丽推测,她已经习惯了大量饮酒;昨天晚上,她肯定是在自己的房间喝光了整整一瓶白兰地,才变成了黛丽所看到的那种状态。

如果家用储备中的白兰地以这样的速度消失,阿莱斯太尔几乎不可能意识不到——除非他的姑妈掌控了家庭管理大权。她能够很容易地掌握这些备用品,而且把它们列为——比方说——醋,甚至药品之类。她该不该提醒他?她对此没有把握。尽管他们之间有着身体上和精神上的亲密关系,但她感觉自己距离他的日常生活、他的生意以及他与家人之间的交往还是那么遥远。当她说起亨利太太和孩子们时,她已经觉察出他的惊诧;但那是为了她的老朋友巴瑞特小姐。在这件纯属个人的事情上,她不愿意参与其中。

如果艾丽西亚小姐把自己灌到发酒疯的状态,他很快就会查清楚怎么回事——如果没有喝到那种程度,那就是她自己的事情。她打定主意,不对任何人讲出这件事。在她离开这里回到船上之前,她没有再看见艾丽西亚小姐喝成烂醉了。

阿莱斯太尔现在已经成为她的整个世界的中心,她的思想和情绪都在绕着他这颗太阳旋转。只要与他待在同一个房间里,不管有多少其他人在场,她的身心都会充满欢乐与满足。当他黑漆漆的眼眸向她投来爱恋的目光时,刹那之间,她感觉仿佛自己正躺在他的怀中,享受着他最深情的拥抱。她简直不想离开这里!

道别之前的最后一个夜晚。月亮还未升起,他们俩漫步在湖边的黑暗中;借着湖面反射过来的星光,她隐约地捕捉到他的神情——他的脸因为痛苦而变得苍白,他的嘴唇因为悲伤而扭曲。回到家门口时,他们最后一次疯狂相拥;这一次,他默默无语。他们在沉默中分开,各自回到自己的房间。

这最后一次机会,她要求与他在户外的星光下做爱,然后他们躺在沙质湖岸上的芦苇草窝中。抬头望向排列在天空中的夏季星座,她依稀想到了亚当,布兰顿,凯文——她几乎把他忘了,还有——在这些不变的星辰下面——她在河岸上生出的那个男婴。不可思议的是,所有的往事都串在一起,像一条河;在这里,在平静的湖畔,随着流泻的星光落入大湖,她感觉到爱情与安宁正流遍她的全身。

97

自从回到舵舱掌管“费拉黛菲娅”号以来，泰德·艾华兹像换了一个人似的。尽管舵舱里总是需要有另一个人在遇到颇为急剧的拐弯时在舵轮上施一把援手，但终究是他来选择航道，并做出决定，什么时候应该截弯取直（比如辛吉斯河段），或者什么时候绕行旧河更安全。

他咒骂工程部的技术人员，是他们主张在有些地方的河流中游竖起一座座灯塔和一道道凸壁来分流河水以及“冲刷航道”。像其他的上了年纪的船长一样，他也相信，沙石和淤泥很快将会刺激更多的“挖掘工程”，从而给航运带来新的危险。一号船闸在今年早些时候已经开通，并且证实了它是政府的一个收益之源——已经向四百六十五艘轮船收取了通行费。尽管围堰以下的大河越来越浅，也越来越危险，但是明显可以感觉到围堰以上的卓有成效——充足而平静的河水一直囤积到莫干。

桉树——涉入数英尺深的水中，而河水永远不再退下去了——看起来比从前更加青翠，更加清新，但这是大限之前的回光返照；因为根部一直受到河水浸泡，它们很快就将变成灰色的树骷髅。

尽管黛丽在舵舱里换布兰顿的班，有时站在他的旁边帮一把手，但他更愿意那人是自己的儿子，甚至是“小羊”也好。现在他们都生活在船上（除了阿莱克斯，他在市里的一所男子寄宿学校攻读大学录取考试的课程），麦格接手了很多活儿，诸如缝缝补补、洗衣服之类，让黛丽拥有了多少年来求之不得的充足的自由时间。

她专心绘画，阅读哲学、美学。当她读到路斯金的《威尼斯之石》和科沃男爵的《人类的欲望与追求》时，她的梦飞向意大利。她梦想着与阿莱斯太尔一道去那儿。当读了雪莱的所有书信和玛丽·雪莱的日记后，她整个人都沉浸在佛罗伦萨的文艺复兴精神之中。她的心灵长了翅膀，飞越大海，飞向那寓言一般的地中海之滨；而她的身体却被束缚在一条狭窄的河道中、一艘九十英尺长的船上。这里，即使在繁忙的中心城市，所能展示出的艺术品也仅仅是一座感伤的大战纪念碑雕像，或者当地学院仿制的一面“埋宁门”纪念墙。

她被生命的纯然无序所打动:雪绒花盛开在不可企及的崖壁之上,美得毋庸置疑;雪莲的纹路只有在显微镜下才呈现出来;海洋深处永恒的黑色之中隐藏着丰富的色彩;满天的星辰在它们神秘莫测的旅程中为夜空留下美丽的图案……

一枚小小的芽孢杆菌通过侵入一个独裁者的身体就能改变世界的历史,也能从世界的手中夺走一位天才——济慈因此逝于罗马。如果此时她抓过锚链,缠住自己的脚踝,跳下水去,从此结束她所有的挣扎与欲望,大约一百年之后,谁还会记得她呢?

每当她的思想达到这种状态的时候,她就会严厉地摇醒自己,严肃地展开一张新的画布开始创作,不断地告诉自己,这很重要——很快,在奇妙的想象中,她的创作似乎真的变得重要了。颜料的气味,色彩与结构的魅力,带她来到一个新的世界:她的画笔在合适的地方轻轻一点,它的意义就超越了人类的一切苦难史。通过绘画,她逃避到了另一种现实秩序当中。

她开始考虑再举办一次画展,考虑在多年之后重回墨尔本,设法把过去的老关系再串接起来。似乎那里已经变得异乎寻常的遥远,简直像是另一个世界,几乎像意大利一样遥远。

但是在去墨尔本之前,她要再去一趟阿德莱德,或许还会去密朗——看望巴瑞特小姐。阿莱克斯,这个勤奋的学生,需要配一副眼镜。她打算在学校放假期间带他去市里找一位眼科专家看看。他在年中考试中表现很好,她希望他抓住一切机会获得大学奖学金——这笔钱除了支付高昂的医学专业的学习费用之外,还可以帮助解决他在市内的食宿问题。

她寄了一封信给阿莱斯太尔,并在阿德莱德收取了他的回信。他要到墨尔本办理公务,请求她去那儿与他会合。他的言辞恳切动人,以至于一股渴望的浪涛席卷了她——距离的遥远,五百英里,似乎根本算不了什么。她多么渴望生出双翼向他飞去,就在此刻,立即飞到他的身边,而不用乘火车以及做那些烦琐的安排。

阿莱克斯一配好眼镜,她就带他返回莫干——却发现轮船已经开往米杜拉了。

他们沿着坑坑洼洼的马路随后赶去。这条道路是以那位探险家斯图尔特的名字命名的。以前她从未走过这条陆路。他们行驶在高高的悬崖顶上，从机动车上望得见周围广阔而荒芜的土地。大河静静地卧在陡峻的峡谷之中，两边坡上的绿色看起来很不真实。眼前的道路忽而向下俯冲到河边，展现在他们面前的是大片的冲积平原；忽而它又再次向上攀爬，直到大河消失在重重叠叠的石灰岩中，或者重新出现在黄色的崖壁之间，像一条蓝绿色的饰带。

在威克瑞，她心情复杂地四下寻觅麦维尔家的四轮车，却并没有看到。后来，他们乘渡船过了河。上船之前，阿莱克斯好奇地查看了那台呼哧呼哧直喘的单缸发动机——就是它驱动滑轮组，把笨重的平底船沿着紧绷绷、油腻腻的钢缆拖过河去。

从陆上走近以往熟悉的一个个垦区，它们看上去那么不同。他们在博内湖畔的巴米拉停下来吃午饭。她以前从未见过这个垦区的真实面目，因为大河的主航道总是绕过这个大型淡水湖。这里的沙质湖岸长满了气势宏伟的红桉树，蓝蓝的水面与白色的小艇相映成趣。这幅景象奇妙而安宁，以至于黛丽真希望能与阿莱斯太尔在这儿约会。突然之间，一想到墨尔本，她竟然感到厌倦：人群，电车，化妆，外出吃饭……

是她过于衰老而不愿意冒险，还是她过于习惯了内陆的安静生活？但是阿莱斯太尔……无论他在哪里，那里都是她生命的中心。

夜晚的某个时候，摇摇晃晃的火车停在了米杜拉与墨尔本之间的沙漠中。她把脸贴在冷冷的玻璃上，身子坐在卧铺边上，凝望着窗外苍白的月光下空旷而静谧的世界。火车轻轻地喘息着。远处一节车厢的门砰地关上了。

她抬起车窗，探出头去，看到火车前方有一小段旁轨；夜晚有人上车，那里会亮起红灯，白天则有人摇动红旗。

就在火车继续开行之前，一只千鸟呼啸而过，一边振翅飞翔，一边发出不安的回荡的声音——附近肯定有水源。她感觉全身皮肉发紧，发冷，像某些诗歌和油画曾带给她的那种欢乐与敬畏的奇妙的震颤。不，她并没有过于衰老！广阔而神秘的世界像那只千鸟在召唤，她仍然能听得见它的召唤并做出回应——千鸟，爱情，悠远而迷人……

天亮不久火车就到站了。她神经紧张地往鼻子上扑了一点粉，用颤抖的手指把头发编了起来。她的发卡大多丢失了。在火车上的镜子里，她的脸看起来满是皱纹，那么疲倦而憔悴，只有那双蓝蓝的大眼睛依然透着生机。取道米杜拉，她额外多跑了两百英里，只做了短暂的停留——把阿莱克斯送上轮船并确信布兰顿没有过度劳累——之后，便马不停蹄地赶往墨尔本。布兰顿似乎——与她所担心的正相反——比她离开时更加强健而活跃，尽管说话的声音有点粗重。他在顶甲板上活动自如，发号施令，骂声朗朗。真的，他根本不需要她；或者说，他远远不像以前那么需要她了。

她下了火车，来到斯班塞大街繁忙的站台上，一眼就看到了等在那里、正望向别处的阿莱斯太尔。他转过身，蹦蹦跳跳地跑上前来，怀着孩子气的渴望迎向她。但她感觉他是那么陌生，她冷冷地走向他。她的心思还在布兰顿身上。她相信阿莱斯太尔看到她的样子一定会很失望：早上七点钟，一个中年女人——衣着整洁但毫无特色，又经历了一个不眠之夜——正紧张兮兮地向他打着招呼，说着空洞的话语……

而他，在城市的人群中间，显得那么矮小，那么卑微。他在自己家里时，总是说一不二，大模大样，动辄把那些理货员支使得团团转……

他们走过长长的斜坡通道，总算远离了人群。他握住她的手，轻声说道："我爱你。"但是这三个字毫无意义。

"别说了！"她嚷道，"一切都是错误，不要伪装了。我根本不该来！"她的眼泪夺眶欲出。

"听我说，亲爱的。今天早上我睡过了头。我没顾得上淋浴，一杯茶水也没喝，几乎不像人样了。我刚好打着一辆出租车才及时赶到这里。迎接你的是我的肉身，而我的精气神还没有跟过来呢。来，我们吃点早餐，然后我们都会感觉更好一些的。"

但是在那间十分昏暗的茶点屋里，她仍然感觉自己像一个陌生人，一边吃着早餐，一边与她几乎不认识的一个男人说着话。在一家旅馆订房时，虚假的登记信息也令她很不舒服，但是她在心里自欺欺人地认为，那位门厅服务员不可能怀疑到他们这样一对男女会有什么不正当的行为。

到了房间，他们沮丧地看看对方，看看两张单人床。"懦夫！"黛丽说道。

"是啊，我本应该要求一张双人床，可是我不敢。"

房间里有点灰暗。外面来往车辆的噪音飘了进来。当他把她抱在怀中的时候,黛丽挣扎着说道:"不要这样!我们出去吧。我们在大街上走走。我需要恢复一下活力。"

城市的变化令她兴奋起来。她开始意识到自己又一次来到了大都市,仿佛接近了万物的心脏与脉搏。太阳出来了,几片薄薄的白云使天空变得浪漫多姿。他们走上斯万斯顿大街,来到国家美术馆。

在"二十世纪的澳大利亚"展区,《渔夫的太太》挂在显眼的位置。

黛丽超然地望着自己的这幅油画,并无惭愧之感;但是现在,她对这一类创作几乎不感兴趣。这种对浪漫现实主义的诠释只有被抛在身后——好比蛇蜕掉的一层皮——她才能够进一步成长与发展。她仍然利用真实的形态作为出发点,通过它们把半抽象的意念绘成种种纯色图案。目前,她十分着迷于对黑色的使用。

与阿莱斯太尔携手漫步,倾听着他恰如其分的评论,她又感受到他的魅力。她不由得开始向他靠近——而此前,她几乎已经不再对他抱有任何期望。他们来到一家小餐馆用午餐,但是第二道菜还未上来,桌子对面的阿莱斯太尔就把深情的目光罩住了黛丽,浑然忘了吃饭的事情。

"我们回旅馆,"他说,"我想马上与你做爱。相信那一定会相当美妙。"

的确相当美妙。直到天色将暗,他们才重新穿好衣服,来到外面吃晚餐。他坐在她的旁边,桌子下面膝盖碰着膝盖;望着他的侧影,她突然惊奇地说道:"真的是你!"

"你的眼睛多么明亮!"他说,"你看上去要比早上在车站的你年轻十岁。你能解释这其中的变化吗?"

"是你让我有了变化,只有你能这样。"

他们回到房间,重新发掘对方——彼此已经了解到的一切,其他未曾了解的新发现,童年往事的片段,个性的方方面面……他们是两个游客,来到一片陌生的国土,对一切都欣喜万分,因为一切都那么新鲜。

这样的日子持续了一个多礼拜,好像为了弥补过去那些低俗生活的岁月;这段时间里,黛丽甚至没有想到去拜访一下伊莫金和其他旧友。忽然有一天,她郑重其事地说道:"如果说我们之间的关系是一宗罪恶,我已经完全失去了那种罪恶感,但是我有一种不祥的预感:好花不常开,好景不常在。我不是非走不可，但我打算明天就走。”

她硬下心来，为自己订了火车卧铺。她仍然沉浸在幸福且无懈可击的情绪之中。但是当她来到邮局——她曾告诉孩子们，如有急事，发急件到这里——里面递给她一封电报，仿佛她在潜意识中早已经预料到了一切！

那天晚上，阿莱斯太尔为她送行。他苍白的脸上写满别离的痛苦，但是她的心早已经离他远去，正纠缠于内疚、悔恨和对家人的关注中。在火车上，她反反复复地掏出那张可恨的黄纸片，一遍一遍地琢磨着上面的电文：

请速来墨累桥

爸病重麦格敬

十五号下午四点——那是两天前，她还没想到抽出空当去查收邮件。她悔恨离开布兰顿——她得到消息时，说不定他已经不行了；也悔恨留下麦格一个女孩经受这样的惊吓、承担这样的职责——她的哥哥们能与她一起分担，却无法给她抚慰。

整个晚上，她都一直十分清醒。她的脸顶在车窗上，凝望着远处飞旋的风景；夜色中的树，正向她致以庄重的屈膝礼。

98

在墨累桥医院，布兰顿正处于生死之间——既不像一个活着的人，也没有完全失去生命的迹象。黛丽站在他的床边，面无表情。她想起多年前——在她最初爱着他的时候——她焦急的呼喊：“你不能死！你可不能死啊！”

他再也意识不到她的存在了，她的任何呼喊也无法让他抓牢生命的边沿。好像一个摔下绝壁的人，抓了一截枯枝，而枯枝的根正慢慢地被拔了出来。

“多——多长时间？”她低声问大夫。她知道这辈子她再也无法与他交流而获得他的原谅，但她不知道这样的情况她要忍受多久。

医生微微耸了耸肩。“没办法确定。这次中风是决定性的，致命的。但是，因为他没有立即被置于死地，他的这种状态也许会持续几个月，甚至几年。”

甚至几年！他一直抗争着，挣扎着几乎再次攀上崖顶，重新回到健全的生活中，而生活又一次残忍地把他击倒。或许他还能够再一次顽强地爬起来，恢复有限的知觉?

不可能了。医生说道。大脑细胞无可挽回地遭到损伤,根本不可能康复。他将一直处于昏迷状态,直到生命的终点。

阿莱克斯已经返回学校;他继续留在家里也毫无意义。麦格承担了船上的家务管理,慈母一般照顾着所有人,包括黛丽——看上去昏昏沉沉,糊里糊涂,她的状况几乎与布兰顿的状况一样令麦格担忧。

布兰尼曾要求黛丽带他来过医院,但他无法承受所看到的情景:呆滞、空荡荡的双眼,呼噜呼噜的喘息声,松垂的嘴巴——生命似乎已经由此逃离,而从那里传出的声音,可能发自占据布兰顿形体的某种无知觉的力量。

黛丽认识那种力量,她在苦涩中迎接它的到来:那是生命力,那是盲目的意志力通过受难的肉体表现出来——烧伤的孩子,老年人的关节炎,她的姨妈临终前形同槁木的身体仍然在供养大量的繁殖细胞……她明白,一切生命都是这个样子;但是布兰尼还太年轻,他再也不想来医院这种地方。

无论如何,他们必须尽快离开这里。她不能让轮船闲着而不是去赚钱以维持一家人的生计,特别是医院的账单数额可能相当巨大。医生让她放宽心,因为等在布兰顿床边毫无意义;他绝不可能认出她来,也根本意识不到她的存在。

唉!但是当他被击倒的时候——在最初的一刹那,他或许瘫软下来,却喊不出声,恐惧万分,却孤孤单单——她本应该守候在他的身边啊!当时的情况,麦格没有对她讲太多,她也不想追问。麦格表现出了超越她年龄的勇气和效率,但是黛丽担心这件事会在以后给孩子的心理带来震荡。

麦格和高顿在墨累桥车站迎接她。大部分乘客的目的地是阿德莱德,他们下了车,匆匆忙忙地凑合一顿早餐;在病恹恹的晨曦中,煎鸡蛋看上去那么灰白且令人倒胃口。两个孩子默默地吻了她——正常的时候,他们并不习惯这样亲昵的表达。在出租车上,麦格讲了整个事情的经过。

"爸在上床睡觉的时候好像一切都正常,但是早上他没醒过来。是老查理发现爸不行了(恐怕这件事也把查理催老了。惊吓,以及接下来的一通忙活,我怀疑,他也撑不了多久)。我当时就看出爸处于深度昏迷,他的眼睛对光毫无反应,根本没有正常的条件反射。我赶紧上岸,给医生打了电话,由他安排让爸住进了医院。接着我就给你发了电报。我实在不愿意缩短你的假期——"

“噢！别这么说。因为没有及时查收你的电报，现在已经够不好受的了。不是说情况会有什么不同，但我感觉——我本来就不应该走开，让你们几个孩子在这儿承受这些——”她嘴唇颤抖，以至于无法说下去。高顿握紧母亲的手。

“别说了，妈。事情与你离开这儿毫无关系。即使你早回来两天，你也不可能帮上一点忙的。”

他们直接赶到医院，然后才回到船上。老查理眼泪汪汪在那儿迎接她——那一天，所有人当中只有他一个人掉了眼泪。孩子们已经很快地挺过了人生的第一次打击，而黛丽仍然神思恍惚。

“船长——太太——可怜的老船长，要是能换回好好的他，我希望躺在那里的人是我。真是太他妈残酷了——原谅我这么说。真他妈残酷啊，在刚刚过去的六个月里，他差不多已经完全恢复到从前的状态了……”

“噢，查理，我知道，是你一直坚定地支持我们，并帮助他恢复了力气。”

“不是我，太太，绝对是他本身的勇气。他永远不会屈服。”

“这一次，他不会再回到我们身边了，你知道的，查理。也许会拖一段时间，但是……他的生命到了终点。”

“终点。我早就知道。”

他沉重地转身走开了。第二天早晨，他卧在床上，说他不愿意起来，也不想吃早餐。麦格和黛丽服侍了他一个礼拜，但他仍然不见好转，于是医生被叫来了。医生简单地说道：“老头子不行了，除了让他平静地走向终点，别的根本无能为力。”一周之后，查理·麦克比死了，死在他视若生命的轮船退出舞台之前。

他只留下几英镑的钞票和一些褪了色的早期轮船的老照片。他没有黛丽熟悉的任何亲属。她负担了他在墨累桥的葬礼的一切费用，并且召集了停泊在港口的几艘船上的船员把他的灵柩护送到墓地。

她用他留下的钱买来一些花装点在他的墓碑周围，但是仪式结束时，她听到一位轮机手同行嘲讽的咕哝：“我敢保证，老查理更愿意要一瓶上好的苏格兰威士忌酒在那儿陪他。”

黛丽又一次为自己的儿子们而心怀感激。她可以继续做船长，再雇一位比查理更有效率的轮机手；流动商店无须驳船和驳船舵手，她决定卖掉驳船以补贴医院的账单。除了司炉工之外，再有一位甲板水手，他们就可以正常开航了。

在过去的几个月里,小布兰尼从父亲那里学到了很多。他懂得如何把握航向,如何转动舵轮,所以在舵舱里他的能力已经远远超过一般的甲板水手。不久,他将拿到大副资格证,然后再考取船长资格证——泰德·艾华兹就是在二十三岁时正式成为船长——就可以完全接管轮船了。麦格倒是愿意在船上施展她的厨艺,但她很想做护士,那就必须开始接受培训了。还有,如果阿莱克斯拿不到大学奖学金,他的医学专业学习也需要一大笔费用。黛丽突然感觉到十二分的疲惫。她已经肩负责任这么久,她实在太累了,几乎累得再也无法振作,无法重获以往的那种勇气以坚定地向前……这是她生命中最为黑暗的时刻。在时空背后的某个地方,即将到来的黎明的曙光仍然那么微弱,那么遥不可及。

99

一九二七年九月最后的那个星期天的早晨在人们的记忆中是最为寒冷的。沿着大河一千英里的河段——从维多利亚和南澳的小桉树村庄到欣欣向荣的果树种植中心——两岸在初升的太阳照耀下,像玻璃一样闪闪发光。树像长了胡须似的挂了白霜,河谷中如同降下一场大雪。

“费拉黛菲娅”号向上游行驶,穿过三号船闸——那里的工作人员不得不用布裹住手来操作金属绞盘以打开闸门(因为谁也没有手套)——之后,一幅壮观的景象呈现在他们面前。大河两岸原本一排排由于船闸以上水势上涨造成的枯死的桉树,树皮剥落,树叶凋尽,只剩下铁一样坚硬、光滑的银色枯木。在这个早晨,树干和树枝都披上了一层水晶外衣,所以当太阳从它们背后照射过来时,那里看上去好似一片仙境般的园林,像童话剧中的布景一样充满梦幻色彩。黛丽心醉神迷,忘了布兰尼在天刚放亮喊她的时候,她是多么不情愿爬出温暖的床铺。

直到他们到达上游第一个水果种植区时,她才意识到这幅美丽的景象对于那些果农和种植园主意味着什么。随着大地变暖,枝头的橘子开始变黑。杏树枯萎了。葡萄的幼藤开始打蔫儿,几天后就会死掉——寒霜如同一场大火,使它们变得焦黄、枯萎。今年的收成是没有指望了,而那些老的葡萄藤也需要花上几年才可能恢复元气。当她靠岸时,所到之处迎接轮船的都是一张张忧郁的脸。没有人再像以前那样提来一篮一篮甘甜的水果向他们叫卖。一夜之间，一百万磅的水果收成化作乌有。

布兰尼驾驶“费拉黛菲娅”号全速进入狭窄的通道，然后回拉操纵杆，使桨轮突然停止转动——干净、利落地滑过三号船闸区。黛丽爱恋地观察着儿子：布兰尼的一举一动都那么像他的父亲——布兰顿在这个年龄肯定也是一样潇洒！他已经拿到了大副资格证书，一旦航行记录时间期满，他就可以坐下来考取船长资格证书。他已经一字不错地熟记了大河航运的理论。

高顿已经长成一个严肃、认真的小伙子。他喜爱阅读一些他的兄弟们所谓的“乏味的书”。凡是能从当地学院借到的历史和传记，他都愿意阅读；而且市里的“乡下借阅服务点”也会每月定期给他寄来一包书。令黛丽惊讶的是，他阅读了所有他能找到的有关拿破仑的书，一股脑地读完了尼尔森、威灵顿公爵、马尔伯勒以及其他陆海军英雄的传记，还有上次战争中新涌现出的比亚迪、厄尔·海和马歇尔·佛等英雄人物的传记。他说，他在研究军事战略理论，以及从阿尔西比亚德斯那个时代到当今时代，究竟是什么造就出了一位又一位优秀的将军。不管在大河航运还是在别的方面，他对自己的事业都无明确的兴趣和志向，只是松松垮垮地游来荡去——要么到厨房里为厨子打个下手，要么力所能及地在舵轮上帮一把手，要么自顾自雕刻一些明轮船的小小模型。

黛丽掩饰着内心的失望，期待他能在合适的时候弄清楚自己到底想干什么，毕竟他才只有二十四岁。幸运的是，没有任何迹象表明，他和哪个女孩陷入感情纠葛。只要他无须自己养家糊口，他就可以随意住在船上。布兰尼对大河沿途的所有女孩都很留意，但并没对其中任何一个做出格外偏爱的表示。两兄弟都是棕色皮肤，高大挺拔，英俊潇洒；但与高顿不同的是，布兰尼明亮的蓝眼睛常常射出一道灼灼的光芒。大街上的女孩子们假装没有注意到布兰尼眼睛中那种挑逗的目光，而当他走过之后，她们总会禁不住要回头目送他远去的背影。

麦格与阿莱克斯都在市里。麦格在一家私立医院接受培训。阿莱克斯正在攻读医学专业——他已经获得了两项奖学金，并且在上一学年的考试中位列优秀生榜首。

倘若布兰顿能看到这一切该有多好！他会为自己的孩子们感到骄傲。最值得他骄傲的是小布兰尼，因为他的河运技术完全习得于或者说继承于他的父亲。她回想他人生中的最后一年，在医院里像一件毫无感觉的植物一样苟延残喘，在陌生人的精心护理下毫无价值地活着。他死的时候，她也没有在场。现在想起来，她比先前坦然了一些，内心的苦涩也渐渐变淡了。

他被安葬在墨累桥。仿佛他在很久以前已经被安葬过一次，却被挖掘了出来，就是为了举行这第二次葬礼。她希望他能安眠于大河之滨，在那儿至少他能听得见轮船的汽笛声，也能感觉到轮机的颤动。但是大河航运还能持续多久呢？她担心布兰尼从事的是一份没有出路的职业，也许十年后这份职业将不复存在。优质的公路正在向丛林深处延伸，机动卡车与客运汽车紧随其后。她注意到，来参加葬礼的河运船长都是年龄比较大的，根本没有布兰尼和高顿这个年龄段的。

但是他们仍然可以拉到充足的货物，像以往一样满载驶往上游：十吨面粉，十四袋麸糠，六袋糖，十二袋燕麦，十九袋小麦，六箱威士忌，一桶啤酒……都运往一个牧场；此外还有一些从曼纳姆羊毛厂运出来的笨重的农牧器具，以及运往四号船闸工程部的几吨钢轨。

布兰尼不愿意经营流动商店。他说，那类货物只适合于妇女和病人掌管轮船的时候，而他是个男人，不打算经手绣花丝绒、编织钩针和婴儿奶瓶之类的东西。他更愿意拉载“男人的货物”，无论搬运起来有多大难度；像达灵河上那位有名的甲板水手——有一次他像杂耍一般地把五个甜瓜和一架钢琴搬上了陡峭的堤岸——所说，他并不在乎重量，而是要“有点难度”。

在布兰顿死后一年多的时间里，黛丽既没有再见过阿莱斯太尔也没有收到过他的信。她从墨尔本回来之后，回复给他的几封信都很冷淡，并且坚决不允许他来看望她——她恶劣的心绪既是在惩罚自己也是在惩罚他。

布兰顿去世时，她把墨累桥出版的报纸寄给阿莱斯太尔和巴瑞特小姐，上面登有关于葬礼的报道，以及两位退休船长的回忆，而且详细描述了他们所记得的布兰顿在大河上下的种种辉煌之举。在他的回信中，她收到一份十分正式的吊唁短笺。

她暗自感谢他的细心——他丝毫未提他们先前的关系以及未来如何继续——的同时，她在寂寞中又给他写了一封信；如果他对她仍然有情有义，他一定能够从这封信里读出她蕴藏在字里行间的感情。

当他的回信被送到停泊在墨累桥的“费拉黛菲娅”号船上时，她接过信，悄悄地闻了闻，然后坐在一棵古老的红桉树下一张长凳上。她打开信，立时变得像一尊石像僵在那里；她不敢相信自己的眼睛，她的大脑激烈地抗拒着眼前的信息：

……我和塞瑟莉在一个月前已经结婚，之后不久，我才收到你的上一封信。其实这件事情已经定下好一段时间了。因为我终于明白，这样做，对孩子们有好处，而且，很可能给全家带来和睦。我是一个喜欢和睦的人。

艾丽西亚终于遂了心愿。杰米已经去了寄宿学校，他似乎在那儿很快乐。

亲爱的女孩，我希望你也能快乐。现在你有了更多的自由。你那几个好儿子都已长大，足以接过掌管轮船的担子，你又可以抽出时间画画了。如果需要我在钱款方面资助你（先别急着发火，我的意思是公事公办，如果你愿意，算作我的投资），或者帮助负担一部分阿莱克斯的大学费用，请你一定告诉我。在下一个收羊毛季节，我肯定要为你们安排一些运送业务，到时候希望你能再送一趟货到密朗，顺便来看望我们。

巴瑞特小姐目前仍然住在这儿陪伴杰瑟敏妮，稍后她打算在麦考利岬的部落专属学校接受一份授课工作。她已经抽空为那里的女孩子组织了每周一次的手工班。

噢，亲爱的，为什么你不让我来看看你？你的每一封信都那么残酷而冰冷，我以为你已经放弃我了！我感觉我已经把自己——从肉体到灵魂——都抛在你的脚下，而你用你的小脚无情地把我踢开……

因此你就娶了塞瑟莉！想到这儿，黛丽不由得嫉妒那位漂亮、柔弱、凡事拿不定主意的亨利太太——毫无疑问她一直在策划这件事情——她嫉妒得全身发抖；但是他在这封貌似平静的信中所潜藏的那份情感还是令她获得了少许安慰。

这么说，一切都已经太迟了！她多么希望自己没有写过那样一封信啊。到那个家里看望他们？绝不——她绝不要再一次踏进那个家门！

那是一年以前的事了。此后她再也没去过密朗。但巴瑞特小姐来到船上拜访过，随他们一起做过几次短途航行。她的精力与鉴赏力丝毫不减当年，她似乎每时每刻都过得非常快乐。

她已经在麦考利岬掀起了波澜，她本人也成为专属区督察长眼中不受欢迎的人——这位长官已经在那儿干了好多年，机械地每年呈交他的督察报告：死亡多少，出生多少，混血多少，离校多少……一旦出了专属学校，除了作为统计数据之外，那里的人根本得不到任何有效的关注。刚开始，她甚至找不到一处场所——即使供女孩们做手工的一间小小的屋子；后来当她找到一个房间，却又没有橱柜用来存放她们的作品。小孩子们闯进来，胡乱搅和，闹得一塌糊涂。但是现在，凭着她的决心与坚韧，一切都走上了正轨。

"但是要想真正有所作为，我就必须专职在那儿，"她说，"瑞本先生说，如果我愿意在周末给杰茜上一点音乐课和法语课，他负责提供我的食宿。这样我可以继续住在他家，每天往返。如果我不走，我希望你来与我一起住。"

黛丽流露出为难的样子，道："我想瑞本太太不会愿意看见我。"

"胡说！——即便如你所说，她的意愿在那个家里也没有多大分量。"

"不管怎么说，现在那是她的住宅啊。而且，艾丽西亚小姐也不赞成我们的交往。"

"其中缘由已经排除了。"

她们相互理解地望着对方。黛丽看出，巴瑞特小姐心里正在揣度她受到了多大的伤害。于是她放下了漠不关心的幌子，满心期待地询问婚礼进行得怎么样。但黛丽得到的不是安慰。

巴瑞特小姐认为，他这么做是最明智之举——既避免了杰米可能遭遇到的精神伤害，又使得同一屋檐下的每个人的脾气都好多了，包括阿莱斯太尔自己。

"他是孤独的。因为他的前妻让他失望，而且伤了他的自尊，他对再一次投注情感十分小心。他怀有很强的虚荣心——你能发现小个子男人身上都怀有那种虚荣心，这种虚荣心让他不肯原谅别人的怠慢，更不会坦然处之。他和塞瑟莉互相非常了解，两个人的生活过得很舒服。"

黛丽看出，巴瑞特小姐猜到了她冷落阿莱斯太尔，怠慢他的求爱表示，终于把他逼回自尊的盔甲之中，使得两个人的关系失去了进一步发展的机会。巴瑞特小姐眼不花，心也不昏，她肯定知道，他们之间存在的某层关系才导致了瑞本小姐的敌意。

为了打消巴瑞特小姐进一步的疑虑，黛丽同意在下一个剪羊毛季节往密朗跑一趟。但是她打定主意，到那时她绝不下船，而是邀请巴瑞特小姐上船相见。“但是现在，最终拍板的是布兰尼。”她颇为自豪地补充说。

时间紧接着到了九月。雪水流下来，抬升了大河水位；沿途直到达灵河交汇处，羊毛堆满了一个个剪毛棚屋。在这个严寒的早晨，“费拉黛菲娅”号一路高歌驶往上游，船尾翻起的波浪击碎了岸边薄玻璃一样的冰层。

在仁马克，她接到一封电报，是阿莱斯太尔发来的，请她赶往阿沃卡牧场，装载一船羊毛运到他的密朗货栈。

黛丽听天由命，交给小布兰尼决定；他从未穿越大湖，对那种大片水域心怀疑虑，何况眼下他们正有大量的货物运往更近也更安全的莫干港。黛丽感觉，布兰尼维护了她的尊严，尽管这个决定意味着她将无缘再见阿莱斯太尔。

第四部 此岸彼岸

众生,这就是脱离苦海的崇高真谛:

舍弃一切尘欲;放弃,放任,放下,无求。

——佛陀《鹿苑传道》

100

一九三一年,自一八七〇年以来最大的一场洪水——老人们回忆说这是他们见到的最凶猛的一次洪水——漫过了墨累河谷。它冲破一道道堤岸,仿佛那些堤岸不过是褐色的纸墙;它淹没了自然形成的冲积平原和人工围成的灌溉农场。

有些人暗地嘀咕说,有人故意破坏堤岸,结果损毁了正义的市民们经过日夜奋战用沙袋和草泥筑起的所有工程;因为一些农民坚持认为,洪水是自然生成的,能够净化大河的水质,疏通航道,并且给下游的畜牧区带来新鲜的淤泥沉积。另有一些人对政府工程部颇有微词:他们横空筑起一道道船闸、围堰和分流格栅——现在他们甚至谈论要横跨河口修筑一排拦河坝——直到大河被禁闭起来,以至于它不得不冲开堤岸,然后巨大的水流才能得以从上游一泻而下。所有人一致认为,这是一次人为的错误。有人甚至怪罪罗马天主教徒:是他们在旱季做了一个星期的祈雨仪式结果引来了这场洪水。

每次洪水中受灾最严重的——尽管从钱财的意义上说不是这样——是那些生活在悬崖下面的低矮堤岸上的棚屋住户和营地居民,他们的家产被无情地淹没在水里或者被冲得无影无踪。许多人已经把这里当作了永久的家园——整洁的庭院,雅致的晾衣绳,还有用作从大河中提水的各种精巧设施。

今年的洪水造成的受灾人数比往年更多。席卷西方世界的经济大萧条已经造成每个城市都有成千上万的人失业,他们当中许多人来到水源充足、鱼类丰富的大河沿岸安营扎寨。而且大多住在村落的外围——像遗留的土著一样——每周领取一次救济,凭着食品配给券可以获得面粉、糖及少量茶叶。泛滥的河水好比在他们本已不堪的肩膀上又压下一副重轭,他们对此咬牙切齿。

有一群人被上涨的河水阻断,无法爬上他们营地背后高高的悬崖,幸好"费拉黛菲娅"号经过这里,及时解救了他们。看到他们的悲惨遭遇,黛丽心里很不好受。她把布兰顿所有的旧衣服都送给了他们,但她无法为他们提供他们所渴望的工作,也无法让他们感觉到自己在这个世界上的用途和价值。这个世界好像完全不需要他们了! 多么疯狂的世界,数百万人面临饥饿,大量的食品却被倒进海里或者焚烧,因为卖掉它们在经济上划不来。银行终止了信贷,潜在的消费者无钱购买。工业的车轮越转越慢,根本提供不出就业机会。

黛丽的儿子们是幸运的,因为他们是自己的主人,没有人能够辞退他们;不像那些仍在就业中的人不得不担惊受怕,随时面临着"被炒鱿鱼"的危险。

两个年长的儿子在船上工作。阿莱克斯读完了他的医学本科专业,放假期间为乡村医生做"临时代理出诊",同时积累临床经验。他在一家大医院做过一年的初级实习医生,他在那儿已经展示出了外科手术的能力,他希望以后专门做一个外科医生。他本想到国外进修研究生学业,但是当前的经济大萧条打乱了所有的计划。运费下降,货物稀缺,倘若不是船上生活费用这般低廉的话,黛丽是很难维持收支平衡的。

阿德莱德有一家修女们开办的医院,麦格在那儿做初级护士。她所受到的培训严格而全面。刚去值夜班,院长就指派她单独为一个半夜死掉的病人拔掉鼻孔的进食管和静脉盐水滴注。

值夜班的感觉怪怪的——白天睡觉,晚上别人睡觉的时候她却醒着。昏暗的走廊,除了某个病人痛苦的呻吟和她巡视时脚底发出的轻轻啪嗒声,整个医院静悄悄的。漫长的夜班结束之后,当她疲倦地走进外面熙熙攘攘的世界,她感觉白天的一切那么不真实。

她最喜欢的是产科。半夜时候的产房总有事情可做，要么给婴儿饮水，要么喂他们吃奶。只有当一位产妇去世或者一个婴儿夭折的时候，她才会突然之间憎恨医院。但是那种情况很少发生。

她梦想达到事业的顶峰，梦想有一天被任命为墨累桥那样的大地方——甚至是市里的一家大医院——的护士长。但是眼下，她只想好好做个护士。当她值了十二小时的夜班之后（中间只有两小时的休息），她常常感觉腰酸腿疼，但她是从心里喜欢这份工作的。在观摩室里，当年轻的见习护士们一个个晕得东倒西歪时，她还能一直头脑清醒。她和阿莱克斯见面总有谈不完的话题，他们之间总说一些“行话”。有一天，她忽然想到，她要嫁给一位医生。但是她绝不会像曾经爱盖瑞·麦维尔那样去爱任何人了。

她感觉很遗憾的是，她的母亲没有再嫁。黛丽此时已经年过五十，头发变成了灰白，时光在她脸上刻下深深的细纹；但是根本找不出一条因为心怀怨恨或脾气暴躁而形成的皱纹。她的牙齿依然很漂亮，她的笑容还像过去一样散发着迷人的魅力。

麦格已经习惯于在歇班的时候涂抹唇膏。现在她觉得不搽唇膏既不好看也不合时宜。她曾竭力劝说黛丽用点唇膏，把头发剪短一些，但是黛丽一直不听。她似乎急于忘掉自己的性别，黛丽却坚持留住自己的长发。当惊世骇俗的沙滩服风行时，她也曾改过几条裤子以迎合时尚。她的臀部（虽然腰已经粗了）没有生出赘肉，穿上新的式样显得干净利落，像男人一样飒爽。布兰尼对此相当反感——奇怪的是，他对女性的看法很保守——但高顿和麦格都站在母亲一边，而且高顿引用事例说，已经有女性穿上军装，走上战场，与男人们并肩战斗。

麦格每年的年假都在船上度过。大洪水过后第二年，她在莫干与家人会合，一起赶往米杜拉。维多利亚湖蓄水工程已经在一九二八年竣工并投入使用，但是容量太小，根本无法容纳洪水。此时，墨累河谷委员会正在阿尔伯利附近修建一座大型水库；建成之后，它将比悉尼港更大，容水量将足以保证墨累河两年之内不断流。一旦休姆大坝竣工，严重的干旱事件将不会再次发生。维多利亚边界处的七号船闸，作为维多利亚湖工程的一部分业已完成；因其正好处于卢夫溪出口，所以有利于阻止湖水外溢。大约上半晌的时候，“费拉黛菲娅”号到达此地。

舵舱里，布兰尼像往常一样漂亮地驾驶轮船进入船闸区。围堰上，船闸管理员正在开动起吊机，降下拉杆，要拉起水中的挡板。

黛丽也在舵舱里。她站在布兰尼身旁，准备随时帮一把。当看见起吊机开始摇摇欲坠时，她大声呼喊“小心”——却淹没在轮船的噪声中；同时，船闸管理员也看到了自身的危险，马上要跑。但是狭窄的过道限制了他的方向，使他根本无处躲避！

好似一部电影中的慢动作画面，她看见笨重的起吊机沉稳地下落，而那人恰好在它下落的方向上惊恐而缓慢地躲闪……

“小心！”她徒劳地尖叫道。布兰尼也看到了正在发生的险情，但是他只能眼睁睁地看着，低声怒骂着，却帮不上忙。起吊机砸了下来。随着桨轮停止翻腾，他们听到有人在痛苦中发出野兽一样的呻吟——船闸管理员横卧在狭窄的过道当中，一只脚被砸个正着。

黛丽脸色苍白，全身发抖，只能靠在栏杆上；布兰尼赶紧跳下台阶，喊上麦格。她取过船上的急救箱，他们一起赶到另外两个工人那里——他们摇动绞盘，关闭了船闸区，其中一个从岸上拿来一件肥大的夹克。

急救箱里有一安瓿吗啡和一支皮下注射器，是阿莱克斯为黛丽设法搞来的。她一直担心哪个船员遭遇到严重的创伤性事故而得不到及时就医。她还记得布兰顿描述的老船长汤姆——这艘轮船的前主人——被桨轮绞断一条腿时的情景。正是因为这件惨痛的事故，查理·麦克比才开始变本加厉地酗酒——他试图以此来冲淡对汤姆临终时的记忆以及自己没能及时从桨轮上拔掉楔子的悔恨。

麦格给那人注射了吗啡，然后坐下来扶住他的头；船闸管理处的工人和船上的船员——甚至包括脸色发青、不敢正视的高顿——一起用力把起吊机从那只被压的脚上移开。

他的意识非常清醒，甚至开玩笑说，事故来得恰是时候。

“怎么样——运气好吧？”当麦格轻柔地搬起他的头枕到她的膝上时，他喘着粗气说道，“掐准了——正好——有一位漂亮女孩挺身而出，握住我的手……”

“你不知你有多么幸运啊！”布兰尼截住他的话头说，“她可是一位受过良好培训的正规护士,绝不会见到一点血迹就晕得分不清东南西北。”

听到这儿,高顿的耳朵腾地红了。他掉开头去。麦格想替他解围,说道:

“高顿,抬他的人手足够了,你去给他拿点喝的来好吗?热乎的,加点糖。”船闸管理员脸色十分苍白。因为惊吓,他的皮肤又冷又湿。

花了好长时间才把他的脚解救出来。他一直保持清醒,忽闪的褐色眼睛专注地盯着麦格的脸。他没有大喊大叫,只是越来越用力地攥住她的手。他们把他放到担架上。看到那只血肉模糊的脚已经被碾得粘连到鞋子上,她立即明白,简单包扎根本不行。急需外科医生实施手术,越快把他送到医院越有可能避免截肢。

七号船闸地处新南威尔士荒凉的未开发地区,距离南澳边界不远,四面都是丛林。船闸管理员从南澳领取薪水,从维多利亚收取邮件,他的车则停放在新南威尔士一侧的岸上。维多利亚一侧的岸上根本无路可走,而新南威尔士这边,距离此地最近的医院在文沃斯。他们决定用轮船送他去文沃斯,这是令他最少遭罪的一个办法,因为他可以躺在一张床上而无须遭受穿越崎岖的T形丛林道的颠簸之苦。

麦格很高兴。虽然这意味着她在假期也不得不工作,但是她十分乐意借此施展自己的护理技术。除此之外,还与这位船闸管理员有关。这个并不年轻的男人——嘴角挂着怡然自得的神情,眼睛发出幽默诙谐的光芒——那么强烈地吸引了她;还有,他那么勇敢,而且叫她“漂亮女孩”。当他们到达文沃斯的时候,她与她的护理对象已经难舍难分了。

“我要守在他这里,亲眼看着他在医院安顿下来,”她告诉布兰尼和黛丽,“你们继续赶往米杜拉,回程时到这儿来接我。如果有一位‘特护’来照顾他,他的脚很可能保住。我可不愿意让他一个人躺在担架上。”

黛丽迟疑了。内心深处的某种母性的直觉告诫她,最好不要让麦格留在这里,但是麦格心意已决,十头牛也拉不动她。“费拉黛菲娅”号只好甩下她,继续前往米杜拉。

当他们到达米杜拉时,管理员那只受伤的脚已经经过两次成功的手术,因此无须截肢;当他们掉头重新起程时,那位伤者已经爱上了他的护理员;当他们顺着达灵河下游浑浊的河水再次返回文沃斯汇流处时,他已经正式向她求婚并得到了同意。

黛丽既惊讶又惶恐。她在心里已经接受了“有一天”麦格会出嫁这一事实，但不是现在，也不是嫁给这样一个人——隔绝在没有任何便利条件的丛林中，没有商店，遇到紧急情况时连个医生也找不到！

“亲爱的妈妈，可以说，这就跟您当初选择自己的生活时一样。”高顿笑着说道。显然他支持麦格以这样的方式找到自己的幸福。

“我甚至不知道他叫什么名字！”黛丽无奈地叹道，“叫什么？好像怪怪的，戈什么的，我记得你说过。”

“他叫奥戈登，亲爱的妈妈，奥戈登·索维尔。我感觉他的名字真是与众不同，而且他有一个可靠的工作岗位，每一次你们从这儿经过，不管去往维多利亚湖、文沃斯还是米杜拉，都会见到我。”

“但是你的护士职业呢？”

“随着家庭扩大，我可以在自己家人身上实践啊。来见见奥戈登吧，他正坐得板板正正，可能紧张得直冒汗呢，尽管我告诉过他，你是多么和蔼的一个人。”

“但是我没有像样的帽子啊。”

“帽子！凭什么一定要戴一顶帽子去见你未来的女婿啊？来吧，我给你涂点唇膏，你会感觉自己像变了一个人。”

当他们重新摆入主河道驶往下游时，黛丽请求布兰尼让她掌一会儿舵。她要静心想一想，调整一下心态，以便于让自己接受麦格结婚这件事。在舵舱里，她独自面对河岸边纷纷后退的树和它们变幻的倒影，水面上波光荡漾，成群的野鸟在船的前方时飞时落……她开始反省自己在这件事情上的反应。

为什么她会担心他们可能过不好呢？麦格完全有权利选择结婚。她已经完成了护士培训，如果她想要一份工作，随时可以找得到的。她想要一个丈夫，一个家庭，奥戈登似乎正是她看中的男人，而且他明显已深深爱上了麦格。他欣赏她的女儿，这是他最大的可取之处。

黛丽喜欢他那双诚实的褐色眼睛，他黝黑的脸上挂着的鲜明而善意的笑容，以及他脸上的晒斑、被刻下的一道道笑褶子。他既不会变成瘸子，也不会失去工作；她实在想不出任何反对的理由。她没有任何理由反对他们的婚事！只有一条:对麦格来说,他还不是十全十美。她对自己的这种母性偏见报以客观的微笑:哪个男人都不会是十全十美的,问题就在这儿!她必须接受这样的事实:或早或晚,麦格总要投入某个配不上她的男人怀中;奥戈登——多么古怪的名字!——是再好不过的选择了。

101

巴瑞特小姐写信说,杰瑟敏妮和其他几个女孩子一起参加了一个团队,由墨尔本的一位非常熟悉欧洲大陆的女士组织到国外进行"成人巡游"去了。

"如果我更年轻,精力也更充沛一些的话,我也可能会组织这样的活动,"她写道,"这就好像一个人去重新发现欧洲,并介绍给像杰茜这样善于接受新思想的年轻人。但是我担心,她可能会很容易感到厌倦——对此我是很难理解的。说实话,我这一生从未感到厌倦。

"生活中一直不乏惊喜,比如伊莱娜的妹妹,已经被证明拥有美妙的歌喉,并赢得了政界元老的奖学金。土著从来不善于从事竞争性的社会活动,这样的活动与他们的本性格格不入。他们要想留下自己的生存印迹,在社会中占有正当的一席之地,那将只有通过他们在艺术上的杰出才能。

"我仍然和瑞本一家住在他们十分舒适的房子里,现在这里就像我自己的家一样。其实,眼下我也不想在珍内特小姐忧心忡忡的时候离开这里。她主动找我,对我说,她的姐姐酗酒,酗酒量之大肯定会影响到她的健康;但她只是在晚上偷偷地喝,她的侄子毫不知情。

"我不知道我能怎么办,因为她不让我告诉阿莱斯太尔。我曾建议她,让她跟家庭医生说一说,让他来为她的姐姐诊治一下;但珍内特小姐说,他绝不会相信她的话,他又老又聋还固执。但艾丽西亚小姐不愿意要别的医生来。瑞本太太,当然了——要求她做点什么事情只是妄想,她只会露出无助的表情,说,这不关她的事。顺便说一句,她似乎从来没打算再嫁另一家。也许这是明智的。"

黛丽放下了信。令她惊讶的是,她仍然对塞瑟莉怀有过去的那种憎恨,她甚至感觉到一丝庆幸:塞瑟莉与阿莱斯太尔的结合并没有产生多好的结果。她对信中前半部分提到的事情并不感到惊讶,她怀疑艾丽西亚小姐的酗酒早就成为公开的秘密了。

自从上一次她从那个屋檐下走出来，已经十年过去了。她再未去过密朗。她在市里见过巴瑞特小姐几次，有一次是和小杰茜一起——她已经长成了一个十分任性的小美人，发型漂亮而大方，衣饰华贵而讲究。我是绝不可能适应那种家庭的，黛丽一边心想，一边把散乱的头发向上一绾，在舒适的低跟鞋里伸了伸自己的脚趾。

巴瑞特小姐已经七十岁了，但她的笔迹依然俊秀而清晰；她很有可能会活到九十岁，而且一直到生命终点，她都会保持旺盛的精力。不管到多大年岁，她也不可能哆哆嗦嗦的。

仅仅几个星期之后，阿莱斯太尔发来一封电报——幸运的是，刚好赶上轮船停泊在莫干——要她立即赶到密朗。她曾说过今生绝不再踏入那幢房子，但这一次情况不同：巴瑞特小姐病重，要求见她。黛丽当天搭上火车，第二天下午到达密朗。

事先没有打电报通知她要乘哪一班火车来，于是她自己在火车站搭了一辆出租车。

“瑞本庄园。”她对司机说。从火车站出来到瑞本家只是过条马路，几步之遥，但她带有几个包裹。

司机转过头，茫然地盯着她。“您是说哪里，太太？”

“瑞本庄园。你是新来这里的吗？”

“房子和货栈都烧毁了，这是前天发生的事。我以为人人都知道呢。”

黛丽张大了嘴巴，愣怔了好一会儿之后才合拢嘴巴说道：“直接送我到医院——快！”

当他们掉头驶上湖畔公路时，她呆滞地望着那幢黑乎乎的石头建筑的外壳，阳台和窗框已经烧没了，屋顶塌陷，观测台也同归于尽——很可能阿莱斯太尔的画作也都化为了灰烬。但是他安然无恙！是他发来的电报。

窗户像空洞的眼睛从荒凉的废墟——好像经历了数百年的沧桑——中望过来，好像一位老朋友的木乃伊。她移开目光，催促司机快点开，但他有意停了下来，向她讲述了这场大火的壮观景象。火灾中，屋里有两人——都是女人——被烧死，另有一人严重受伤。这是多年来密朗发生的最有趣的一件事情。黛丽险些晕倒,但还是强打精神询问那两人的名字。

“当然都是叫瑞本了。”司机十分不耐烦地说道。

“是太太还是小姐?”

“家里的两个女士,我就知道这么多。”黛丽把钱甩给司机,跳下出租车,几步踏上医院的台阶。

“请把我的包裹送到旅馆(镇上只有一家旅馆)。瑞本先生在哪儿你知道吗?”

“我敢肯定他在医院里,可能随时需要他。”

为什么他事先不给我一点警示?黛丽几乎恼火地想道。或许他怕如果她事先知道,她会更担心;但她此时一无所知,心惊肉跳。

在医院里,她首先询问巴瑞特小姐。主管护士面色凝重。“是她的亲属吗?”

“她在这儿没有亲属,我是她的老朋友,带我去看她好吗?瑞本先生……”

“哦,你是瑞本先生的朋友。我相信这时候他在睡觉。昨晚他陪巴瑞特小姐熬了整整一夜。我去问问你能不能见她。她的情况很严重,希望你理解,其实可以说,生死悬于一线。”

“她一直要求见我。我赶了两百英里路来见她,如果你不赶快,也许就太迟了!请你马上去问问。”护士匆匆跑开,很快就回来了。

“病人安定了一点,你可以见她,但不要耽搁太久。也许你愿意先见见瑞本先生?”

“如果时间不紧迫——”

“她暂时没有生命危险。”

“那么好吧,有劳你了。”

阿莱斯太尔还是老样子,这是她的第一印象。不知为何,她倒是希望他的婚姻使他有所改变。当然,他变老了,头发灰白了许多,但是他的身形还是那么瘦小,肿胀的眼睛仍然充满休眠的欲火。此时,因为在医院里度过了两个不眠之夜,他的眼皮耷拉下来。

“因为你,我感觉自己更有责任照顾好她。”说着,他握住她的双手,目光在她脸上扫来扫去,捕捉着每一个细节,好像一位鉴赏家仔细地研究一幅心爱的油画,不放过任何一点损坏或蚀毁之处。“十年啊……”他半似自言自语道,“好长的时间啊,黛丽,多么奇特的会面!”

“是啊。阿莱斯太尔,告诉我到底怎么回事。我只知道发生了这场灾难性的大火,你的姑妈——”

“恐怕就是艾丽西亚姑妈引起的大火。起火时,我在阿德莱德。显然多年来她一直严重酗酒。那天晚上,她在自己的房间点着蜡烛,不知怎么就烧着了窗帘。是处于震颤性谵妄状态,想要在自己的房间里熏虫子什么的(因为珍内特说,她一直抱怨墙上有黑色虫子在爬),还是她醉得不省人事?我们永远无从得知了。不管怎么回事,反正大火是半夜燃起的。巴瑞特小姐最先醒来,她本来可以安全脱险,但她跑到艾丽西亚的房间,试图叫醒她,结果醒是醒了,她却固执地不肯挪窝。

“巴瑞特小姐浪费了好一会儿,试图把艾丽西亚姑妈拖出房间,但这时楼梯已经开始着火。她只好把隔壁房间的珍内特姑妈从床上叫起来,给她裹上一条毯子,推她下了楼梯——一到了外面安全地带,她就晕了过去。巴瑞特小姐希望塞瑟莉已经醒来并脱离了危险,但是当她发现外面没有塞瑟莉时,她又一次冲上楼梯……就我所知……正当这时,整个顶楼塌了下来。可怜的塞瑟莉!我祈祷,她最好是被烟熏得不省人事而死在自己的床上。现在一切都无从知晓了。”

“塞瑟莉!噢,天啊,我还以为——!对不起……”在她内心深处,她隐隐地意识到有一件事情需要她想一想;因为整个事情发生了变化。但她现在还无暇多为自己考虑。

阿莱斯太尔忧郁地说道:“是的,得救的是珍内特。我还没有告诉杰米和杰茜,我真怕对他们讲——”

“可怜的孩子!”黛丽双手捶在一起,“噢,我多年前就该对你讲啊!我早就知道艾丽西亚小姐偷偷酗酒。有一天晚上我在走廊碰见她,那时——那时我正从你的房间出来;当时她就擎着蜡烛东倒西歪的。前不久巴瑞特小姐在一封信中也提到这一点。两条人命——漂亮的家园,你的画作,你的塞瑟莉——”

他做出一个制止的手势。“这些都不算什么,你所失去的才是真正的财富啊!巴瑞特小姐,这么大年岁,不可能挺过这一劫了。”

黛丽的眼睛里已经满含泪水,但她竭力不让它们流出眼眶。“带我去看看她好吗?”

“好的。自从她苏醒过来,她就一直要求见你。这就是为什么我给你发了电报。她属于三度烧伤,相当严重,能挺到现在已堪称奇迹。我相信,她是在坚持,直到与你说过话之后才肯撒手而去。”

黛丽一直害怕看到医院病房里的情景。但是病床上这个看不出模样的人——被白色敷棉团团缠绕,只露出一双眼睛——似乎与她的老朋友毫无关系。

这时,巴瑞特小姐说话了。她深沉、激荡、富有个性的嗓音——尽管由于身体虚弱,她不得不一句一顿——一点没变。

“你来了,黛丽。”

“噢,巴瑞特小姐! 一接到阿莱斯太尔的电报,我马上赶了过来。”

“还是叫我朵罗丝吧。我们几乎就是同龄人了——如果我能坚持再活十年左右,我们俩就一起变成老太太了。你现在多大,五十五了吧?”

黛丽点点头,说不出话来。巴瑞特小姐的话语中有一丝过去那种幽默的口气,这比泪水更令黛丽悲恸欲绝。

“黛丽……我想,你来得正好。明天……还是不说这个吧。事情发生得很怪异;阿莱斯太尔刚好不在家;珍内特平生第一次晕倒……我必须当机立断……好像是和上帝赌了一把……黛丽,我本来可以先去她的房间,但是我没那么做。我知道已经太迟了,但……我必须那么做,不然我就不可能活得安生……祝你幸福,亲爱的孩子……你理应得到幸福……”她已经近乎耳语,从密实的敷棉中传出细若游丝的声音,“阿莱斯太尔……他还……啊——!”一声长叹,仿佛她的心愿终于了结;随即,她的眼睛变得模糊,泛白。黛丽赶紧拉铃叫人。朵罗丝·巴瑞特尚存一丝气息,但是她的呼吸是那么虚无缥缈,别人几乎感觉不到。不可逆性昏厥,黛丽想起麦格的一本护理手册中出现过这个词。两个护士进来,把她请出了病房。

102

作为一位乘客,因此不能自由进入舵舱,这令黛丽感觉很不习惯。她在甲板上踱来踱去,时而避开三五成群、头戴发网的中年妇女,时而以会心的微笑观察着那些玩耍的孩子。每次转到前甲板,她都会透过舵舱的窗向里面瞥上一眼。

那个就是船长了,还是个孩子呢——她心想——肯定不到三十岁。但是现在,时间已经到了一九三九年,她的大儿子已经三十五岁了,还在游手好闲,始终未能确定人生的事业;仿佛他是一位天生的艺术家,无须考虑履行任何义务。

她意识到,这位年轻的船长和当年的布兰顿一般年纪——初次相遇时,他那么成熟,那么自信,从埃库卡那么多男孩当中脱颖而出,走向她——一位来自农场的羞涩的女孩。

那个女孩就是我,是我！想到这儿,她低头看看自己手背上的褶皱和斑块,不禁愣住了。发生了多少事情啊——才使得她的生命变得这样丰富、复杂而又开阔!

她的生命已经成为一条宽阔的大河;源源不绝的支流——千丝万缕的联系——使她变得更充实,更深沉,也更复杂。比起雪山之中那个稚气的女学生,现在的她多么复杂啊！她已经距离大海很近了;再过几年……她已经听到来自大河尽头的海岸上隐约的浪涛声。明年她就六十岁了。

一位老人提着一只水桶来到甲板。他皮肉松弛,肤色黯淡;一双蓝眼睛已经褪了色,但目光依然灵动。他的头发很密,但是已经花白了。黛丽看着他,仿佛看到自己几年后也会容颜失色,到了不分性别的年龄。

“你是船员吗?”她微笑着问道。

“是啊。”他停住了,歪起头,瞅瞅她。他干瘪的嘴唇微微张开了。

“我不知道你是否记得‘费拉黛菲娅’号的泰德·艾华兹?你跑河运时间不短了吧?”

“泰德·艾华兹?当然记得他！从来没给他干过,但是知道他是大河上下最快的船长,技术也是最棒的。‘费拉黛菲娅’号,让我想想——”

“它停泊在墨累桥，再没有什么差事让它跑了。”

“唉，所有的老式轮船都要歇了。但是‘墨尔本’号还在埃库卡附近跑，你没看见？还有小型的‘阿德莱德’号和‘艾华兹’号也跑这趟线，它们能看着我走进坟墓。”

“我的儿子一直为南澳政府驾驶‘创业’号。我是艾华兹太太，我的丈夫已经去世。我这是故地重游——来杰米逊家的农场看看，我曾经在那里生活过。”

“杰米逊家！天啊，我们过去总在那儿买鸡蛋，肯定在四十年前了。现在啥也不剩了——房子多年前就烧毁了——但你从河上还能望得见那些残留的羊栏。我们就快到那儿了。”他更凑近了一些瞅着她。“你是说艾华兹太太？不是泰德的情妇？”

“对，没错。”

他热情地与她握手。“艾华兹太太，呃？想当年——我想你还记得当年的埃库卡。啊，多么辉煌！我在‘克莱德’号上干过，还上过‘库绒’号——那时我们甚至一直上行到莫拉姆。唉，想当年……一切都好像飞快地溜走了，不知怎么回事——”

她看到他暗淡的眼睛里泪光闪闪。尽管他不善于言语表达，但是他很自然地传达了他对世事无常的感慨。

随着轮船绕过一道道急转的河曲、一处处峭立的黄色沙角和一排排顽强地生长在黏土泥岸上的桉树，黛丽发现自己真的回来了，回到了过去的风景之中。但是，除了那些长在河岸边的树之外，再也看不到别的大树；曾经生长着“树茬”——布兰顿总爱用这个词——的地方已经被一块杂草丛生的空地所取代，她只看见历经风雨剥蚀的羊栏的木桩仍然竖立在那里。

旁边的一切都不存在了。没有任何迹象显示那里曾经有过房屋和谷仓，曾经有一棵她攀爬过的松树，还有葡萄架和杏树……只有一株孤单的酸橙树，在破败的园子里不可思议地活了下来，并且结了几枚青涩的果实。她以往在这里的生活已经消逝，就像五年前她的一部分生活消逝于密朗的瑞本羊毛货栈的那场大火一样。

为什么她并没有嫁给阿莱斯太尔呢？他曾向她求过不止一次婚——尽管他的自尊心很强——第二次求婚时刚好是在他去往伦敦做那里的公司代理人

之前。

“太迟了。”她说道。她不再需要硬起心肠疏远他；她对他的感觉只剩下平静的友谊。“十年前如果嫁给你，我将会对生活再无所求；但是现在我更愿意拥有自由。当初我愿意嫁给你的时候，你却不是自由之身，而现在的我早已经变了。”

“黛丽！如果能回到过去……如果再给我那样一次机会……但是，正如我跟你讲过，那时我感觉毫无希望。而这些年来你好像对我越来越亲近，不会太迟的，我们——”

但是当他想把她揽入怀中的时候，她坚决地用抗拒的手势拦住了他。唉，随着时光的磨砺，她变得更加理智——或者说更加无情了？

“不可能的，阿莱斯太尔，我已经心如死灰了。”她甚至开始怀疑自己是否爱上的只是那幢房子和他显赫的身世？自从火灾之后，她再也没有了过去那种感觉。或许是因为朵罗丝·巴瑞特的临终话语，那似乎是要逼迫她接受一份牺牲？可怜的朵罗丝！毫无疑问她是为了道义献出了自己的生命。

后来，他再次向她求婚，他一直希望去伦敦开始新的生活，而她则不想返回英格兰。也许永远不会回去。她已经在澳大利亚这片家园生活了将近五十年，这里蔚蓝的天空与辽阔的土地已经融入了她的血液，仿佛她生来就属于这方水土。

当轮船拐过河曲，远离了老房子的旧址，黛丽回头望去：一切都消逝了——以往的家园与生活在那里的人——都随着时光的河流消逝了。除了她自己。此刻，一切都只存在于她的记忆当中；如果有一天她也不再存在了，那时还会留下什么呢？一切都只是消融于大河之中的一滴水，无限复杂的生命结构中微不足道的一个碎片而已。

乌黑的红桉树俯视着大河，这熟悉的情景让她产生了一种时光交错的奇异感觉。一切都不曾改变，还是过去的样子：希斯特的花园，力杰正在锄草，米娜轻巧而美丽，查尔士沿着河堤一边走一边吹着口哨，亚当梦游一样沉迷于某一本书……一阵冷风似乎要吹彻她的脊背。

那位老者的声音唤醒了她。“你记得那些沙洲上高大的红桉树吧？都被砍倒了，用去建码头，做铁路上的枕木，造船，等等。他们还要让那些树长起来。现在由林木管委会监管那片沙洲,小于八英尺粗的树一律不得砍伐。无论如何都要花上漫长的时间啊,五百年吧,我敢说。除了几棵刚好长在河堤上的桉树之外,几乎再也找不出一棵像样的大树了。”

黛丽感到庆幸,她没有从莫玛出发;如果走陆路,她将不得不穿过望不见一棵树的牧场和水土流失、沙尘飞扬的高地——曾经在那片高地上,高大的墨累松下,生长着美丽的野菊花。尤其令她感到欣慰的是,大河依然在平静地流淌,绕过一道又一道熟悉的河曲;这是不变的旋律:恒久不息的河流在热情洋溢中向前,永远向前……

103

当麦格在文沃斯医院生产她的第二个孩子时,黛丽同意来奥戈登这里,帮助照看他们的第一个孩子——一个女孩。黛丽惊诧于自己对小维基那份强烈的感情。多么乖巧的女孩,哄得她的父亲围着她团团转,几乎溺爱得不得了。

麦格认为所有的外祖母都溺爱孩子。在维基哭闹时是否应该把她从婴儿车里抱出来这一问题上,黛丽与麦格第一次互相冷下脸来——正是这件事情促使她下定决心离开这里,让麦格一个人心平气和地照看自己的孩子。令她感到万分惊讶的是,自己的表现真像一个典型的溺爱孩子的外祖母;而她以前一直声称,她这一生养育的孩子够多了,绝对不想再看护隔辈人。

但是维基……当她低头看见那浅黑色头发的小脑袋、紧闭的眼睛、蜷在脸颊上的小拳头时,一种奇异的情感抓住了她。这个孩子不仅仅是每天出生的数百万婴儿中的一员,还是一个生命延续的标志。

她感觉她自己、她的母亲、麦格和麦格的女儿都是永无止境的生命之链中的一个个环节——都是来自遥远的生命之初那个女人痛苦的分娩;一个个女孩,好像是生命这棵大树上的一朵朵蓓蕾,奇迹般地怀有一颗颗未来的种子。维基是她亲自创造的奇迹啊。

维基已经五岁了,却几乎从未见识过雨。他们度过了非常干旱的四年。在她所生活的这个地处内陆的七号船闸驻地,即使正常年份也雨水稀少,冬季更是干燥、寒冷。

因为可以从大河中汲水，所以他们的生活用水是非常充裕的。麦格的园子里长满各种蔬菜和花卉，是由三个船闸工作人员侍弄的——他们似乎都很擅长园艺且热心农事。屋后的园子有安全围挡，维基不至于溜出去而不小心掉进河里。

这是令麦格担心的一件事。当围堰闸门打开，河水从六到八英尺的高度倾泻而下，形成一个沸腾的大漩涡——人若掉进那下面肯定凶多吉少。甚至，那里的鱼也晕头转向；大批捕食的鹈鹕聚拢过来，只要有鱼浮出水面就会被它们猛地叼起。

除此之外，麦格在这个家里过得十分幸福。她喜欢围堰之下的咆哮和围堰之上平滑如镜的河水；她聪明地把握着生孩子的时间间隔；她坚贞不渝、心甘情愿地爱着自己的丈夫，而他则认为她是世上最好的女人。她几乎很少想起盖瑞，即使偶尔想起他的时候，她也不再有过去那种剧烈的痛苦感觉。当船闸工作人员病倒或者维基染上小儿病症的时候，她的护理专业总能派上用场。

九月下旬，天气仍然晴朗、干燥，但时令已经由冬天进入春天。黛丽就在这个时候来到女儿的家中。丛林里野花盛开。鲜亮的粉红色石南花，黄色的双尾花……她穿上长长的亚麻外衣——以防多刺而扎人的荆棘和枯枝——领着维基出门散步。

维基最喜欢蓝色的花，包括深蓝色的蛇花和黄色花蕊的天蓝色兰花，但她害怕毛茸茸的蜘蛛兰。黛丽从这样的郊游中找到了极大的乐趣。当她抚摸到维基柔软的小手，低头看见好像直接从蚕茧中抽出的细丝一样的褐色发卷，她的心境变得如梦幻一般和平。

当她为维基指点着那些五颜六色的鸟——绿色和黄色的学舌鹦，红色的玫瑰鹦，黄冠子的白鹦鹉……她偶尔会想起布兰顿，以及他们在巴马森林中度过的那段最初的日子。布兰顿的生命在她身旁这个鲜活的孩子身上得以延续。维基一路欢跳；虽然还在幼儿时期，黛丽感觉，她的身上已经具有了布兰顿的影子。其实她更像她的布兰尼舅舅而不像她的妈妈。玫瑰红色的脸颊，幽深的暗褐色眼睛，一个多么漂亮的女孩！

五岁的年龄，她正在开始独立思考并问出一些探索性的问题。她从单纯哭要、不假思索的婴儿阶段一路走来；现在，她的意识中已经有了死亡的概念。

一夜寒霜之后，维基拾到一只赤黄色的死蝴蝶——尸体上面一层黑绒，翅膀僵硬如纸。

“外婆，蝴蝶实际上没死，”她一本正经地说道，“因为到了夏天，它还会从卵壳里飞出来。”（去年她在一只鞋盒里藏了一些虫卵，后来孵出了幼虫，她用草叶喂养它们，直到腻烦了，她的母亲不得不接着照管它们。）

黛丽被深深地触动了。她想，孩子道出了一个深刻的真理：一切都不会死，只是永远在更新。当然，除非一个物种完全灭绝；但是生命——像任何物质一样——是永不毁灭的。

但是维基对上帝的认识是简单而拟人化的。“上帝比国王更高、更大吗？”她说，“他每天早餐都能吃到西瓜吗？”

黛丽认为最好还是让孩子自己去找出问题的答案——每个人到头来都必须亲自面对这些问题，除非那人成为教众中的一员而甘愿接受既定的教规。

当黛丽发现她衣服上破了一个大洞时，维基天真地说“肯定是被一只虫子吃掉了”。

“没有那么大的虫子啊。”黛丽说。

“这是一只神虫。”她解释说。黛丽笑了起来，她也笑了，并高兴得直在地板上打滚、踢腾——更多是因为她觉得找到了一个好玩的伴儿，而并非她悟出自己的话中有什么好笑之处。她喜欢和外婆在一起。外婆总是满面笑容，她的笑声在嘴唇上、眼睛里和眉毛之间荡漾，她的牙齿洁白而美观。在维基所认识的人当中，唯有外婆满头银发却仍然拥有一张漂亮的脸庞。维基不喜欢那些满脸毛茸茸、下巴尖尖、牙齿黄黄的老太太。她相信，她们都是巫婆，而巫婆几乎每天晚上都来梦中惊扰她。有一个老巫婆一直在她的梦中世界等着她，因此她常常害怕上床睡觉，而且总是非让点着夜灯——如果她从黑暗中醒来——帮助她迅速逃出那个世界。巫婆不可能穿越意识的重重界线追上她。但是维基怕巫婆知道这个世界发生的事，所以当她惊叫着醒来，不管巫婆对她做过什么可怕的事，她都绝不泄露巫婆的秘密。她怕一旦泄露了秘密，当第二天晚上睡梦又把她送回巫婆的掌控之下时，巫婆可能会惩罚她。

黛丽坚持要维基称呼她“外婆”。成为外祖母这一想法曾一度令她惊慌失措，但是令她感到可笑的是，当前有些人竟然为孩子们创造出像“奶奶”“姥姥”

之类优雅的变异词来称呼他们的祖辈。现在她即将再一次被推上外婆的位置，她几乎毫不惊讶地认识到自己已经衰老、成为名副其实的外婆了。但她感觉，她与上个世纪九十年代初来到澳大利亚的那个黛丽本质上是同一个人，尽管那时尚未发明飞机，维多利亚女王也尚在人世。时光不断流逝带给她的奇异之感，常常使她心神恍然。

生活在船闸与围堰所在的这一隅小小的孤岛似的地方，黛丽感觉迷醉而满足。她丝毫不为麦格担心；当奥戈登怀着难以掩饰的喜悦回到家、宣称他们有了一个儿子时，她感觉好像自己早就知道了这一消息似的。

她始终无法亲近她的女婿。其实他是蛮讨人喜欢的，一个踏实、肯干、随和的澳大利亚人，只是毫无出众之处。他们之间从来都是规规矩矩，客客气气，很少交流；所讨论的话题除了"早餐吃什么"之外没别的了。黛丽实在无法想象自己的女儿和这位可爱的陌生人之间过着怎样一种性生活，麦格也从未提及此事。她只是简单地做出结论：他们过得不错，因为显而易见麦格是那么幸福而满足。

黛丽几乎好几个星期没有读报。忽然有一天，这一汪令她满足的小小水池里，一块巨石砸了进来。希特勒终于在欧洲迈出了侵略的铁蹄！最后通牒已经发出：如果波兰被侵占，将意味着爆发世界大战。

因为在政治方面的天真和对国际形势的无知，黛丽起初根本无法相信这一消息。她更愿意相信，有了上一次可怕的战争作为前车之鉴，不可能再爆发另一场战争。不管哪个国家，哪个地区，都不可能疯狂到想要发动一场战争。

这天晚上，她和奥戈登一起坐在无线电旁，紧张地等待收听 BBC 新闻。忽然，张伯伦疲惫的声音传了出来，宣布了外交努力的失败："我不得不告诉你们，我们没有收到任何答复，这意味着我国现在正式处于对德战争状态。"

又发生了！"绝不要再发生！"当麦维尔太太失去儿子时，她这样说道。所有失去儿子的母亲都曾说过："绝不要再发生！绝不应该再发生战争！"但是战争正在发生。

她向奥戈登咕哝了几句——他说，当年轻人都被征调送上了前线，他这儿的人手就不够了——冲出屋外，仿佛要窒息了的感觉。破天荒的，乌云遮住了天空，黑乎乎的一大团似乎正向她的头顶压过来，到处都没有一颗星星刺破云层。她不停地走来走去,直到有些累了;她想到自己的儿子们,值得庆幸的是,高顿和布兰尼的年龄都不小了,阿莱克斯作为医生要比他作为军人更有价值。他现在是市里的外科医生,被公认为是最有前途的年轻人之一。

清晨,她早早地起床——甚至维基还未睡醒——沿着围堰下的河岸走了很远。翻腾的河水恰如她内心的波澜。天空仍然阴暗。这种天气如此不同寻常,以至于她感觉到一个不可思议、毋庸置疑的想法占据了她的头脑:整个自然界都在哀叹人类的愚蠢。仿佛澳大利亚的这一角落即是整个地球的缩影!

奥戈登原本就不希望参加战争,更何况现在他又有了儿子需要照应。他在女孩子面前一直十分害羞;当他望着麦格——从医院回到家,变得比以前更漂亮了——他仍然不敢相信自己的好运。她的皮肤像牛奶一样细腻,像玫瑰花一样红润,她的眼睛既熠熠生辉,又温柔似水。

“小母亲麦格!”说着,他的身子朝她倾过来。她正在给孩子喂奶,眼睛上面直直地垂下乌黑的刘海。

“噢,你也是伴着爱塞尔·特纳长大的?我最喜欢《七个小澳大利亚人》,我曾为裘蒂的死哭了一个礼拜。”

“我不是。但我的姐姐妹妹总在读那些书,还有玛丽·格兰特·布鲁斯——”

“好像再也没有人愿意为女孩子写出那么好看的书了,我一定要为维基买来全套。”

她移开乳头,擦了擦孩子奶渍渍的小嘴。他的眼睛沉沉地闭着;他困得不行,来不及喘匀气息,结果可能半夜醒来时会感觉很不舒服。但她现在不忍心惊动他。她回家这一个月,他们几乎还没度过一个清净的夜晚。

她放下孩子,就着点亮的夜灯悄悄上了床,躺在奥戈登身边。

“麦格!我多么幸运!”他把她抱在怀里,紧紧地贴着她;转瞬之间,她感觉自己变成了孩子,在他的爱恋与力量的包围之中,那么温暖,那么安全。

远远地,好像鼓声响起,她听见自己的血液中越来越强烈的轰鸣。

104

宁静。不可能有什么比黎明时的大河更加宁静了,黛丽想道。一切都纹丝不动。除了一只蹼足水鼹鼠悄悄地跑下河岸,滑进水里,用它的鼻子在水面上划出一串细小的 V 字形波纹。大河的水似乎像湖水一样安静,不易察觉地流淌着;初升的霞光穿过薄薄的一层缭绕的水汽,照在明镜似的河面上。大河看上去好像沐浴在阳光下的一条古老的青蛇。

金色的光线,不是那种消沉、忧郁的下午的金黄色,而是一种淡淡而丰富的色彩,预示着即将到来的温暖。战争相隔遥远。在世界的另一面,波兰的城市正在被摧毁,波兰的爱国者正在被秘密杀害,波兰的犹太人被惨无人道地"消灭",而这时整个世界还不知道有奥斯维辛和贝尔森这样恐怖的地方。眼前,太阳照常升起,发出静谧的光辉;柳树披着它们绿色的长发,在水面上投下安详的倒影。

现在下去游泳,河水感觉太凉了。来自高山的雪水正流经这里——高山地区的冰雪在两个月前,即九月份,已经开始融化。她时常驾着小艇,划向下游,去购买牛奶和鸡蛋。这份差事让她既锻炼了身体又获得了内心的愉悦。没有什么事情她"不得不做",根本没有。

黛丽终于过上了她渴望已久的生活:没有强迫,没有干扰,没有邻居;一条系泊的船,无论什么时候,只要他们愿意,就可以让它驶往一处新的停靠点——任何时候,任何地方。她读书,绘画,但是过去的火花已经熄灭;或许一直以来她都想错了——单调的生活,或者纯粹思想式的生活,并不会有助于她的创作。

她的内心不再有冲突,不再有压抑之感,但是她最好的油画是在被不安与不满撕扯的情况下完成的。她已经确立了自己的艺术风格,一幅幅黛菲妮·高顿的真迹在市场上颇为畅销,但她清楚,她现在所拿出的作品只是对自己的重复,毫无进步。

六十岁的时候,她有用的生命就将结束了吗?或许她可以为军队编织袜子,在她生命的最后阶段做一些善事。她和目前许多明轮船的处境一样:它们被系泊在岸边,相伴的驳船也空空地闲置在那里。只有几艘客轮仍在运营:"马利昂”号驻扎在墨累桥,“宝石”号在米杜拉,小小的“莫尔”号被改造成了一艘汽船。“费拉黛菲娅”号停在一段隐蔽的河道中,一边是绿色的小岛,另一边是海岸。墨累桥码头下游不远处,“莫拉迪”号已经永久地停航了(它现在成了墨累·兰迪尔船长的家,正是他的父亲兰迪尔船长造出了墨累河上第一艘汽船——“玛丽·安”号)。

这里,大河宽阔而平直,一百英里的河段看不见围堰,只见两岸绿油油的沙洲上有肥壮的牲畜在吃草。两块木板宽的一座小小栈桥从柳树之间伸出来,通向深水区;每天早晨,黛丽把小艇系在这里,然后下水游泳。

“费拉黛菲娅”号上的船员都走了,只剩下高顿负责给轮船上漆、从河里汲水;他几乎包揽了所有的杂务,甚至大部分的烧茶煮饭也是他干的。他决心攻读历史,通过函授取得一个文科学位,不过这恐怕要花许多许多年。

她很自私地感到庆幸,高顿已经过了应征入伍的年龄。他不大可能自愿报名,但是布兰尼……他总是喜欢冒险,而且现时的轮船业务——一度为年轻的布兰尼和他的父亲都带来过兴奋与活力——几乎陷入停顿。许多明轮船卧在它们的锚地一天天朽烂,旁边的驳船也空空荡荡;而原本属于它们的生意则被卡车、火车和小贩们的篷车抢走了。

大河流域只有一个地区还在忙,那就是古瓦,那里规模宏大的河口拦河坝工程正竣工在即。那些仍然活跃在大河“底端”的小型轮船一直在忙着拉载沙石和水泥,从维多利亚湖搬迁建筑营房,从上一个完工的船闸工程处转运水泵和打桩机械等(围堰大坝所需的钢材则由火车运达这里)。“仁马克”号、“罗斯白利”号、“J·G·阿诺德”号、“奥斯卡·W”号等一段时间里又被派上了用场;“创业”号作为政府旗下的轮船,在工程区的任务仍然颇为艰巨。

一天,当“创业”号执行公务上行到墨累桥时,布兰尼来到“费拉黛菲娅”号船上与他们共进晚餐。黛丽发现他满脑子想的都是古瓦的工程,没看出他对战争有任何兴趣,这令她松了一口气。

“这座拦河坝是一项了不起的大工程。”他说道。煤油灯下,他头上的发卷乱蓬蓬的,一双眼睛灼灼放光(他的样子多么像他的父亲啊!望着他日渐粗粝的相貌和脸颊上浮现的红色毛细血管,黛丽禁不住想道)。

“你们知道吗,横贯河口会筑起一道将近五英里长的围堰,不过在古瓦河道的围堰区将设有一处通航关卡和一排原木格栅——这道挡墙的一面将是咸水，另一面是淡水；它会阻挡海水倒流进内陆湖中，（高蒂，你还记得我们过去在密朗总能钓到鲻鱼和带鱼？）也会在干旱年份保持淡水不会白白流失。”

“对大自然的任何干涉，我都不喜欢，”高顿说道，“历史显示，这样的干涉几乎总会带来新的问题；一方面会促使古瓦河道和整个湖区芦苇的疯长，还会使得淡水藻类肆无忌惮地腐蚀船底……”

“总要生长杂草，不管是淡水还是咸水。”

“而且有一天终会暴发一场大洪水。真正的大洪水，会比上一次发生在一九三一年的洪水更严重。”

“但是我没有告诉过你吗，古瓦的围堰是可以移动的？水流强大时，托维切瑞拦河坝将会倒伏下去，这是一种单向阀门，能够保证淡水泄出而海水无法流入。我告诉你，工程师们已经解决了这一问题。”

“即便如此，墨累河也是不甘愿这样子的。”黛丽说。

两个儿子望着母亲，仿佛她的话语中有什么古怪之处，但是或许她说的没错。她向他们解释说，人类想方设法要控制如此巨大的一股水流，这是一种专横霸道的行为，不管大河看上去多么驯服。

“啊，有人正打算试图驯服我哩，”布兰尼以玩笑的语气说道，“妈妈，我准备结婚了，你会喜欢梅薇丝的，她一直生活在古瓦。”

噢，怎么会——！黛丽先是一惊，然后想道：这倒是会让他远离战争。

过了圣诞节，为了让麦格好好休息一下，黛丽决定把维基留在船上一个礼拜，他们一起驾船驶往古瓦水域。“费拉黛菲娅”号在行驶过程中刮除了船底的杂草；高顿一直保持上层船体漆光闪闪；黛丽也给各个船舱和客厅换上了鲜亮的新窗帘。

不知为何，麦格给她新生的孩子取名查尔士——她不知道她曾经有过一个名叫查尔士的姨外公，他只是婚姻关系中的一个亲戚而已。黛丽感觉这个名字不吉利，但是十分滑稽的是，小查雷与他的父亲简直像是从同一个模子里刻出来的。“一个货真价实的小索维尔。”奥戈登一边在怀里悠着他，一边自豪地说。

黛丽仔细地端量过这个总是眯缝着眼睛的孩子，并没看出他有什么漂亮之处。刚从医院回家时，他总是病恹恹的；奶水与他的肠胃不合，一张小脸疙疙瘩瘩瘩的,她感觉这具小小的男性肉身那么可怜巴巴。就是为了来赶下一场战争的吧,她想。忽然,一个念头像预言一样闪过她的脑海:在澳大利亚的这个角落是否也会爆发一场殊死的战斗,为了生存,为了抗击来自北方——日本人的侵略?这里到处是空旷的土地,人口主要集中在南部和东部的沿海地区……

她仍然心满意足,热爱生活,仍然能感觉到自己人生的价值,甚至再活二十年也不嫌长。但是当集中营的种种恐怖事件被揭露出来时,她开始怀疑了。人类的罪恶,根深蒂固的罪恶——为什么每一种野生动物和鸟类都本能地躲避人类?——像肮脏的浮垢,在战争中现出原形。人类一直在堵截河流,用煤灰和烟尘污染着空气,用石油污染着海洋;无节制地燃烧氧气、砍伐森林,让城市像皮肤癌一样蔓延;人类本身在大肆繁衍,好像那些细菌,以它们寄主的性命为代价成长……噢,天啊,何处是尽头?

迄今为止,这场战争还并没像上一场战争那样惨烈;但是毫无疑问,对于捷克人和波兰人来说,他们所经历的堪称一场噩梦。不久传来消息:法国陷落,意大利“突施暗箭”,比利时投降,英军从敦刻尔克逃亡……在黛丽看来,一切都那么遥远,直到有一天,高顿突然宣布,他要离家进城,报名到一所军官培训学校学习。

“妈,也许不等轮到我上战场,一切就都结束了。”他用安慰的语气对脸色苍白的母亲说道,“我非常清楚自己想做什么,这可是平生第一回啊。战争结束之后,他们会送我免费入大学,可以任我选择专业,那时我的年龄也不算太大。”

“我不相信战争会很快结束。上一场战争,他们也是那么说的,而这一次可能会持续更久。噢,高顿,好好想想!你对战争一无所知,你一直憎恨苦难,你根本不是当兵的材料!让更年轻的人去吧,你已经三十六了,到了战争完全结束时,你可能就四十好几了。”

但是他不为所动。黛丽没有哭泣,她早已过了流泪的年纪;但是高顿——从来不忍心踩死一只蚂蚁、那么柔顺的高顿——会被卷入战争这个杀人机器中,这简直太荒唐了!布兰尼也许会成为一个合格的军人,他的身板更硬朗,性格也更外向,不那么多愁善感;但是他完全沉迷于明轮船上的生活,对战争几无兴趣。

“小不列颠一定会痛击德国人的,像以前一样赢得胜利。”布兰尼满怀信心地预测道。他计划在新年那天完婚。

黛丽又到市里恳求阿莱克斯介入此事,劝说高顿改变主意,但他拒绝了。

"如果高顿能活着回来,这将是他人生的成功,"阿莱克斯说,"他这人太过柔顺,胸无志向,我相信在他内心深处有一种压抑的失败感,他从未找到一条真正适合自己的路。或许这正是一个好机会。"

"如果高顿到了前线,他会感到很痛苦的。你,阿莱克斯——不会告诉我你也要去吧?"

"不会的,妈妈。我想,这场战争之后,将会比从前更需要外科医生——来处置受伤的飞行员和炸弹造成的伤员;我已经开始专攻整形外科——皮肤移植和接骨。用大腿组织塑造出新的面孔,实在太神奇了,感觉像是造物主——尽管还做不到用一根肋骨造出一个完整的女人。"

105

从拦河坝工程建设工地向右伸出一条公路,绕过大河的弯头,就到了当地人称为古瓦的地方。黛丽一直走到公路的尽头,然后走上起伏的沙丘——在高过她头顶的草秆之间,一条不甚明显的小道伸向远方。

热乎乎的沙土下面,蟋蟀在昏昏欲睡地吟唱;沙粒灌进她的鞋子里,她的脚感到阵阵灼烫。她每一步都小心翼翼,以防踩到蛇;但是随着海浪的轰鸣声越来越大,她激动得心跳也加快了——深处内陆时,她已经在安静的夜晚听到过这样的声音。自从到了古瓦,她一直在用心聆听这弥漫在天地之间经久不息的音符:有时在风的间歇之中几乎听不见一丝声音,有时刮起西南大风,又会听到令人惊悚的高音——河道里波浪翻涌,这里的水比河口处深两到三英尺,看上去像一座隆起的小山。

即将第一次见到她梦想了半生的海滩!她对自己说,她肯定会失望的。她低着头,眼睛盯着脚前,小心地看着路。翻过一座沙丘,下到一处溪谷,海浪的咆哮变得弱了;又上到高处,那声音听起来比先前更大了。

一阵海风突然扑面而来。她抬起头——一声惊叫后,她一下子坐在了炙热的沙土上。

蓝色。不可思议的蓝色！南大洋一直绵延开去，对岸就是南极大陆！深沉的蓝宝石色，天青石色，临近浅水海滩的绿松石色；波浪不知疲倦地涌向岸边，仿佛给弧形的海岸线戴上了一圈一圈洁白的项链。清新的海风挟着低沉、急促的咆哮吹向她，向东远远望去，库绒地区盐白色的沙丘隐约出现在她的视野中。

黛丽如醉如痴。她半张着嘴，仿佛要把这里独有的一切壮美统统吞下：向南、向东绵延九十英里的海滩，她的眼睛所到之处，除了一群小小的矶鹞——似乎正趴在沙子中产卵，因为看不见它们晃动的腿——再无任何移动的生灵。

一团一团的浮渣像肥皂水上面的泡沫被风掠起，堆积在沙丘上，形成一块一块的污点。她站起身，蹚着柔软的沙子，深一脚浅一脚地向海里跑去。当跑到沙丘的边缘时，她已经气喘吁吁，浑身发热；她迅速地四下望了望，然后脱去衣服，鬼鬼祟祟地穿过宽阔、光滑的斜坡，奔向海水。

看上去多么傻啊——一个胸脯松弛的老太太，赤身裸体地暴露在光天化日之下！过去她常常在远离轮船的地方一丝不挂地溜进水里，现在她更是讨厌穿着衣服入水的那种感觉。她冲进水里，直到海水漫过她的腰部，但是马上整个人就被一轮一轮的波浪掀翻了——耳朵里充满沙石摩擦的声音，皮肉一阵刺痛。当她憋住一口气时，她听到自己的心脏咚咚擂响。

当她挣扎着站起身来，海水刚刚没及她的膝部；立即，又一轮波浪舔上她的双腿，退去的时候试图要把她也拖进深水里。她爬到安全的地方，躲开波浪的舔舐，躺下来大口喘着气。她的膝盖和肘弯都被擦破了皮；以后遇到这种风向，她可要对古瓦海滩的波浪小心点了。

一穿好衣服，她就欢快地朝河口走去。大海在她的右边。风吹着她湿润的头发，有点凉。她很高兴终于把头发剪短了，尽管她的头发看上去灰白而稀疏，让她很不适应，但是梳理起来倒是容易多了。

前方，起伏的沙丘中间出现了一处缺口，那就是墨累河口。清澈激越的水流穿过深深的狭窄河道；如此宏伟的一条大河却有这样一个小小的出口，简直不可思议！

巴克尔土丘已不复存在，它早在过去的某一次暴风雨中被冲刷得无影无踪。据说整个河口在强劲的西南风的影响之下已经发生了相当明显的迁移。这里曾是当年试图证明可以直航到河口的那位约翰·杨哈斯本爵士葬身波涛的地方,后来修建了一座信号站——早期有许多明轮船赶在风浪合适时从这里顺利出入,也有许多船不幸沉没在这里。

黛丽抬眼向远处望去,梯形的沙质堤岸好像很近的样子。要不要尝试游过去?对一位年过六十的老太太来说,或许这样做会有些傻气,但是一阵强烈的冲动冲击着她。她仍然拥有一种拜伦似的浪漫情怀。

如果水流十分强大,以致她被冲进沸腾的波涛中溺亡,难道不是为她漫长的人生之旅画上了一个完美的句号?从大海到高山,最后又回到大海的怀抱……

她不耐烦地摇醒自己,迫使自己转过身来。在她心中,来自某位母性远祖的理智战胜了凯尔特人的浪漫。她自嘲地想道,现在还有什么理由寻死觅活呢?她已经拥有了求之多年而不得的一切:她孑然一身,有充裕的时光用来独立思考、捕捉那些转瞬即逝的灵感——它们常常消弭于琐碎生活的压力之中,如同一个个恍惚记得的梦境,总是淹没于醒来时的种种印象之中。

不,她并不感觉孤独无依。她现在住在大河岸边的一处小小的别墅里。这里远离城镇和繁忙的拦河坝工程区——习惯了河上的安静生活之后,她发现那里实在是过于喧闹了;但是她承认,她离开生活了四十年的家,真正的原因并不在此。是布兰尼的婚姻让她下定决心,必须离开梅薇丝,必须把自由的空间留给这对年轻人。

“他怎么能?他怎么能——?”当布兰尼第一次把梅薇丝领回家里的时候,黛丽这样想道。她住在小镇主街的一家商店对面,她从未到过古瓦以外的任何地方,自从离开学校之后她从未再翻开书本。她小小的脑袋里充斥了当地的闲言碎语、街闻巷议,她的脸又瘦又窄,她的话语背后常常包含着伤人的恶意,明显露出一个悍妇的本色。她根本毫无吸引人之处,黛丽在电话里向阿莱克斯诉苦道(两个儿子一致坚持,如果她要一个人生活,她就应该装上一部电话)。电话那头的阿莱克斯大笑起来,说,两性吸引的生化原理是很复杂的,有可能魅力十足的布兰尼恰好在缺乏魅力的梅薇丝身上发现了某种令他欲火中烧的东西。她的意思并不是指这方面,而是指布兰尼竟然能够接受一个毫无内在气质,也无精神追求的女子;她的感觉就像当年她看见布兰顿在河岸棚屋里与那个没脸没皮的女孩调情时一样。她不得不承认,布兰尼性格中粗俗的一面是与她的本性格格不入的。高顿已经从军去了。她一个人待在自己的别墅里比在船上的时候快活多了。

这栋别墅完全属于她个人。她已经把“费拉黛菲娅”号的所有权依法处置给了三个儿子。麦格在结婚的时候已经预先支取了属于她的一份钱款。阿莱克斯的收入很高，而且多年来对于船的维护也没做出任何贡献，所以他把自己的那份分给了其他人。整条船都归了布兰尼所有。梅薇丝忙着装扮“新家”：蕾丝窗帘，热那亚丝绒沙发，刺绣长桌布，各种陶器……刚开始时，黛丽偶尔提出一些建议，试图对梅薇丝的品位加以引导，但最终还是欣然放手，由她自顾自鼓捣去了。黛丽从未真正热衷于此类事情。

此刻，她又一次来到起伏的沙丘，仰面躺在柔软的沙子上面，眼睛随意地望着远方——咆哮的海浪涌向岸边，掀起了白色的泡沫；薄雾之中，孤独而壮美的弧形海滩时隐时现……

在这无休无止的喧嚣声中，存在着一颗寂静之核；正如在遥远的内陆，寂静的夏夜中浮荡着一丝躁动，仿佛隐约的海浪之声。寂静的呼吸来自身后安静的湖泊，来自库绒地区九十英里的内陆海，来自这片连绵无际、纵横交错的沙丘的统治者：致命的毒蛇、黑蛇，丛生草，海鸟……

她终于找到了这个地方。她终于来到了旅程的终点，像那位老妇人，很久以前查理王的故事中那位传奇女仆——是她的拐杖和一条具有魔力的蛇划出了这条墨累河。这里是她的精神家园。在这片空旷、原始的海岸上，在海浪的轰鸣和海风的嘶吼之中，她似乎听到那位老妇人在睡梦中歌唱的声音：虚无，缥缈，永无止息……

106

怀着强烈的冒险的感觉，黛丽乘坐飞机去看望麦格；飞机在米杜拉降落，她从那儿搭乘汽车到文沃斯，然后由奥戈登驾驶他的篷车接她回家。绕了很远的路，但是仍然比全程都走陆路要快。

临行之前，她把一切都安排妥当；她在自己最近完成的一些油画作品的背面标上名称和价格（因为她的名声已经得到公认，所以现在她的作品卖给画商毫无问题，但她还是更愿意多保留一天是一天）；她给高顿写了一封信。

高顿从训练营写来的几封信都是很快乐的。他似乎从心里喜欢军营生活；如他所言，一切生活细节都有明确安排，免去了头脑中的纷扰，只要身体遵守无须思考的规定动作。他还没有见到任何战斗的场面，但是黛丽毫无缘由地坚信，他肯定能从战场上平安归来。她也毫无缘由地相信，她第一次乘坐的这趟飞机一定会坠毁。

在黎明前灰白的微曦中，飞机开始起飞。黛丽攥住座位扶手，全身爆出冷汗，不由得在心里向美丽的大地做了最后的道别。接着，令人不可思议的是，在急促的滑行和用力的攀升之后，飞机轻飘飘地上了天！她感觉自己放松下来，向外望去，看到前方一大团层积云，闪着柔和的粉红色光芒。不久，灰蒙蒙的螺旋桨穿插过去，飞机好像被关进了移动的蓝色空气洞穴之中；他们飞到云团的中心，仿佛身在亮闪闪、粉红色的棉絮世界。太奇妙了！天空的美令她心旌摇荡，禁不住泪水盈眶！她才六十多岁啊！哦，她多么不愿意死啊。

她的额头紧紧顶在舷窗玻璃上，感觉挤得有些疼了。他们正在穿越曼纳姆附近的大河吧，她心想。她的目光追踪着那条墨绿色的长蛇，它一路向南蜿蜒而去；远处的大湖微光闪烁。在仁马克上游又一次与大河相会时，已经看不到它两岸的柳树林，只见白玉似的一条大河缓缓流过冲积平原，在每个河曲都留下一片洁净的黄色沙嘴。

这就是那些鹰的眼所看到的景象啊——多少个炎热的午后，她总是望着它们在轮船上空高高地盘旋。如果舷窗玻璃不像这样剧烈振动，乘坐飞机将是多么美妙的一件事啊！但是飞机的噪音已经让她感觉到头疼了。她很高兴终于安全降落地面，然后转乘汽车。

黛丽一直特别期待再见到维基，但是她没料到小查雷会出息得这么漂亮——十八个月之后，他已经从一个不讨人喜欢的丑八怪长成一个头发金黄、笑靥如花的小可爱。虽然继承了奥戈登十分平常的褐色眼睛，但是他那电影明星似的睫毛和细如描画的眼眉改变了一切。

黛丽好不容易才收回眼睛，恋恋不舍地转过身要拥抱维基——她正嫉妒而警觉地望着外婆。不难看出两个孩子当中谁是母亲的最爱。转过年，维基就该乘校车去上学了，麦格低声说，那才会让人放心——因为她越长越难以管束，简直像一个“问题女孩”。但是此刻,维基所有的问题都显现在她自然流露的稚气的目光中:外婆也会被这个新生儿的魅力迷住吗?

亲吻了麦格和查雷之后,黛丽终于背对他们,把维基揽在怀里。

“走,你领我到处转转。”她对维基说道。于是她们快活地一起来到外面。在维基的陪伴下,黛丽重新找回了逝去的童年,仿佛她正在用自己六十年前的眼睛观察这里的一切。

麦格说来说去都是阿莱克斯的消息:他已经与一位女医生订了婚;她与阿莱克斯在同一所大学进修过,只是比他晚几年。

“他们准会生出一些医生苗子,我猜,”黛丽十分平淡地说道,“我一直搞不清楚那是怎么一回事——遗传的作用,耳濡目染的影响,或是父母的督促?但是就阿莱克斯而言,他倾心于学医,可能得自他外祖父的遗传吧。他显然并没受到我和你爸的影响。”

阿莱克斯迎娶一位有事业的独立女性,黛丽对此非常满意,但她为什么又会对这位未曾谋面的准儿媳妇生出不愉快的刺痛感觉呢?或许一部分原因是她害怕面对对方父母时的一切繁文缛节——她相信,他们肯定期待一场盛大而时髦的婚礼。

阿莱克斯方面无可挑剔:不仅是大城市里令人尊敬、收入丰厚的一流的外科医生,而且还是一位油画鉴赏的行家里手。他积极张罗、主办各种美术作品展,但是黛丽看不上这种充斥着雪利酒和闲聊的时髦集会。(在他的坚决要求下,他买下了她的好几幅油画,挂在他的候诊室里。)

令麦格和阿莱克斯万分惊讶的是,上一次在阿德莱德举办黛丽的个人画展时,她竟然拒绝为出席展会而购买一顶新帽子。她穿着旧的平跟鞋,蓝色套领,头发灰白而稀疏,双手插在衣兜里;但是她自己感觉,她围的一条来自印度手工编织的丝绸披巾——上面各种不协调的亮色——弥补了她整个人极其单调的穿戴。

而现在,作为新郎的母亲,恐怕人家又会要她戴上一顶插着花、蒙着纱、傻里傻气的帽子。这么多年她一直独来独往,社交生活早已令她厌倦。她打定主意,一旦婚期确定,她就编出一个合适的病由,事后她会寄给安娜一份漂亮的礼物以补偿她在婚礼上的缺席。

在订婚的这一年间，阿莱克斯带安娜医生来看过黛丽几次。大部分时间两个年轻人都在说一些“行话”，而黛丽更希望听到家常话，即便涉及专业性的话题。安娜说话很快，表情丰富，但她不是一个好的听众——她老是喜欢抢话。阿莱克斯被热恋冲昏了头脑，并不在意；黛丽怀疑，婚后多长时间他才会主动表现自己？

安娜肤色白皙，五官端正，牙齿微微龇露，整个人散发出一种不俗的魅力。她身材结实，一双大手保养得很好，指甲有意识地修剪得短而整齐。黛丽疑惑，她会如何与她的妯娌梅薇丝——暗黑的手指上涂着紫色的指甲油，安娜的一双善于观察的、浅色的眼睛一定会立即注意到的——相处呢？

怀孕并没有使梅薇丝变得好看。她正怀着第二个孩子，但黛丽已经开始厌倦祖母的身份了——第四个孙娃子与第一个不可同日而语，她可不打算把自己的家变成布兰尼的孩子们的托儿所。她坚决而策略地拒绝了在梅薇丝“身体不适”时帮忙照看小凯斯。

当珍珠港的消息传到他们这儿时，黛丽并不知道这会对她个人生活有什么影响；她只知道，美国的参与将会有助于缩短战争的进程。这时高顿写信说，他正准备向北进发，到昆士兰做一段时间的丛林野战训练。

圣诞节时，高顿回家道别，告诉母亲，他所在的部队即将北上阻击日军，以防他们越过马来亚迅速向南挺进。他在部队表现良好，已经荣升为中尉。黛丽看着身穿黄卡其布军服的儿子，心中既不情愿又为他自豪——她不喜欢战争，也不喜欢军械、军服和军衔，但是他看上去多么英俊潇洒啊。她踮起脚吻了他，然后轻轻地抚摸着他脖领后褐色的短发。

想起当年在墨尔本生他，她傻傻地为自己的成就而自豪地欢呼“我的儿子”——她笑着叹了一口气。数以百万的母亲也曾为同样的成就而自豪，也像她一样眼睁睁地看着自己的儿子走上战场！

“我有一种感觉，”她说道，“我相信，日本人很长时间一直在阴谋发动这场偷袭。他们丧心病狂又训练有素。你认为他们会不会打到澳洲来？”

“绝对不会。我们决不容许。”

“但是我们那么多军人都远在中东啊！”

“会把他们召回来的。但是日本人绝对不会打到新加坡。”

他要一张母亲的照片——那张她刚过二十岁时在埃库卡拍的照片——带在身上。黛丽被感动了。“小时候我就一直爱看这张照片,”高顿说,“我常常觉得你看起来那么像一位公主。”

他全身散发出坚定的气息,往日那种梦游似的迷茫也从他蓝色的眼睛里消失了;但是他在军营的时间毕竟不是很长,他还没有完全养成军人的气质。眼前只是身着戎装的高顿,而不是告别家人走上战场的艾华兹中尉,黛丽在心里对自己说。

她到火车站为他送行。此前他径直去了公共工程部大院——现在成为布兰尼的居家住宅;在那儿,他第一次见到了梅薇丝和他的两个侄子。“那个凯斯是一只小老虎。”他只说了这么一句。

黛丽站在儿子身边,尽可能地靠近他;她咬住嘴唇,等待火车开行。世界上各个地方——她在心里对自己说——都有母亲在与奔赴战场的儿子道别,她只是其中之一;一定不要哭泣,高顿不喜欢小题大做。火车赶快开走吧!

火车终于开走了。一只穿着黄卡其布军装的胳膊挥舞着,直到完全消失在视野中。两个月之后,新加坡陷落,在日军的一次地面围剿行动中,高顿失踪。

107

一天晚上,黛丽从一个逼真的梦境中醒来。在梦中,她看见一块平地,鲜红色的泥土,椰子棕榈树,茅草小屋,蓝蓝的天空……正当她无所适从的时候,她看见高顿向她走来,身上只穿了一条黄卡其布短裤。

他随意地向她打了招呼。“你带颜料来了吗?”他问道。

“颜料? 什么颜料?”

“你知道的。我曾经要你给我买一些我自己用的颜料。”

“噢,我忘了! 我真高兴再见到你。”

他牵着她的胳膊,领她走向一处四面敞开的长长的低矮建筑;当他们走到那里,发现原来是一个大商店。她为他买了装在一只木盒子里的一套油彩。

“哎呀,谢谢你,妈妈!”说着,他们突然间回到“费拉黛菲娅”号船上,几个儿子又回到小时候。布兰顿烦躁地说:“他要颜料做什么?那种东西只是女孩子玩的。”

醒来时,梦里的一切还是那么真真切切,她又一次不知自己身在何处。这是在哪里?这个陌生的小房间有一扇大大的窗,透过这扇窗,她勉强能够辨认出倾斜的石灰岩大坝,上面顽强地生长着一些杂草。她向远处望去——公路延伸之处,她看见条状的海蓬子沙洲以及灌木带,然后是宽阔的古瓦河道——在星光下那么幽静。南十字星座低低地悬在河水上空,好像一枚受难的十字架,在平滑如镜的水面上清晰地映出它纯洁的锋芒。但是这个夜晚充满了浪涛击岸的微弱的轰鸣,好像隐约传来的遥远的枪炮声。她躺在床上,侧耳倾听,但这声音并没令她不安。她比先前更加坚信,高顿还活着,只是作为俘虏被关在马来亚的某一处监狱。她想起了在他十二岁生日那天,她给他买了一盒油彩,因为她察觉到在他的粉笔和铅笔素描中透出的天赋。但是他并没持之以恒,在布兰顿的责骂和几个兄弟的嘲笑之下,他的兴趣逐渐消退了。

梅薇丝前来探望,带着她的两个儿子。孩子在未铺地毯的木地板上不停地跑来跑去,令黛丽难以容忍;梅薇丝原本好意的慰问也令黛丽感觉很不舒服。

“你需要多么大的勇气来面对啊——”她用纤细的鼻音说道,“要是我的哪个儿子不在人世,我会疯掉的,我真的会。”

“高顿并非不在人世,”黛丽严厉地说道,“他只是暂时失踪。一旦战俘的情况得以查实,我们就会有他的消息。”

“唉,我只希望你说的没错。”梅薇丝在语调中明显地暗示她:你错了。

但是消息终于传来,黛丽说的没错,高顿·艾华兹上尉正在新加坡的樟宜日军战俘营里。这是黛丽第一次得知儿子的晋升。

麦格高兴地写信来告诉了这一消息,还有她自家的喜事。奥戈登得到升迁,他们即将搬到南澳的仁马克,他将替代那里退休的船闸管理员。因为那次事故,他仍然有点轻微的跛足,但他一再声称,那次事故是很划得来的——因为他以此换来了一位好太太。孩子们茁壮成长。维基在学校功课很好,虽然在仁马克将会遇到更多竞争,但也是一件好事。奥戈登代问岳母大人好……

如果高顿获释,黛丽想,她才会完全高兴起来。但是高顿本人没有写来任何信件。传言说,那边禁止一切邮件往来。

战争向南蔓延到新几内亚,太平洋上变成了血腥的战场,达尔文市遭到来自空中的轰炸和扫射。尽管没有敌人踏上澳大利亚的土地,但它还是头一次听到了敌方的炮火声。

古瓦浪涛的轰鸣听起来比以往更像是遥远的枪炮声。在一个大风之夜,河水在芦苇丛中鼓荡不止(芦苇真的像高顿预言的那样疯长起来),黛丽无法入睡,一个人走在河沿上。她看见一轮迟升的月亮穿透仿佛被刻蚀过的云层,看上去像挂在空中的一只日本纸灯笼。灰黄的月光下,芦苇晃动着它们弯弯的叶片,好像上千把日本武士的长刀在舞动。

得胜的第九师从中东回到祖国,几乎马不停蹄地立即投入到水战之中。令人啼笑皆非的是,那些经过了沙漠中的烘烤却只能用一品脱水洗个澡的军人,竟然集体向没完没了的雨、恶臭的烂泥和令人窒息的热带丛林敬礼致意!

在接下来的名为"美军占领"行动中,麦克阿瑟将军率领部队登陆澳大利亚。城市里到处可见 G.I 字样的制服,码头上排满了美国水兵帽,渴望男人的女孩子们欣喜若狂。同样欣喜若狂的还有开旅馆的、开妓院的和出租车司机,他们以前可从来没有机会赚到这么多的美钞。

现在,那股似乎已经不可遏制的南侵的潮水受到阻挡,转头开始流向其他方向;一座又一座岛屿被美国海军重新占领。面对日军疯狂的生化进攻、伏击和陷阱,澳大利亚武装部队顽强抵抗,终于使其退回到新几内亚海岸。

"那些杂种就跟疯狂的野兽一样,你根本不能把他们当人看待。"一个受伤的士兵说道。他是在昆士兰认识高顿的,现在已经被疟疾和痢疾折磨得不成样子了。"后来我们就像对待疯狗那样射杀他们,"他说,"在他们对我们的人做出了那些事情之后,我们就不再接收俘虏了。"

黛丽感觉一阵不安的恐惧掠过全身。高顿落入了那些"野兽"之手,什么日内瓦公约,国际协定……日本人会签字吗?

当欧洲胜利日到来时,对于数百万欧洲人来说,战争真的结束了。黛丽在河岸上植下一株圣诞树,以示纪念。但是对于澳大利亚人和美国人来说,这只是夺取太平洋上最终胜利——虽然胜利已成定局——的一块踏脚石。

在黛丽看来,太平洋上的胜利到来之前,各种庆祝都是空无意义的;绝不仅仅是因为整个世界都在为原子弹事件而内疚——尽管她听到有人故作庄重地引用《圣经》来证明它的合理。正当她压抑、不安时——没有什么能让她的内心经受住噩耗的打击——她接到正式通知:高顿阵亡,“死于疾病”。

后来,当审判日本战犯时,找到了高顿临终时的目击证人;那些人提供了证据——直到这时她才了解到,他是被当众斩首的,理由是“拒绝合作”。他拒绝命令那些生病的俘虏到炎热的太阳下面做工,反而命令他们不要出去,所以他自己承担了责任。

黛丽感到茫然不解的是,她一直认为,通过上天所赋予母亲的意识之外的某种感应力,她本应该早就知道儿子的遭遇。在他临刑——她的亲生骨肉正在遭受毁灭——的一刹那,或许她已经有过某种预感或得到过某种警示?那天晚上,当看到月光下的芦苇像挥舞的长刀,她的心曾经那么躁动、不安……

麦格请母亲过去与他们一起住,但黛丽拒绝了;布兰尼和梅薇丝主动提出过来与她一起生活,而她更为坚决地拒绝了。阿莱克斯回来看望她,被母亲冷漠的神态和减轻的体重吓了一跳——她说,她“不愿费事”为她自己一个人下厨。在他的坚决要求之下,她同意从镇上雇个女孩每天早上过来一趟,为她做早饭和中饭。

黛丽长时间地坐在那扇大窗旁边,望着窗外的大河,陷入沉思。她在脑海里回顾高顿这一生——她还记得当年那个金发小男孩,害怕上游泳课,与布兰尼打架,每天早上在甲板上学习读写……是她没尽到做母亲的职责吗?他怎么就成了一个游手好闲的人?到头来这场战争似乎为他提供了出路,他那么义无反顾地舍弃了生命,仿佛从高楼上一跃而下。他甚至几乎没有亲临任何厮杀,而是直接被关进战俘营,并最终死在那里。

残酷的内幕逐渐公开。先是恐怖的贝尔森和奥斯维辛集中营,后有惨无人道的泰柬铁路线和日本战俘营——红十字包裹根本无法投递进去,战俘们只能吃到限量的煮米饭,饥肠辘辘地被赶去做工,双腿常常被热带蛆虫一直侵到骨头……当她读到这些骇人听闻的控诉,她的内心被恐怖纠结着,她想象着高顿所遭的罪以及别人遭罪时他的痛苦,她一夜一夜地无法入睡。平生第一次,她开始服药强迫自己入睡。

她想过要回到“费拉黛菲娅”号船上，回到那个总能给她抚慰的漂移的世界，但是现在这条船和工程管理与水资源部签有一份合同，布兰尼正驾驶它忙着挖掘、清理泡浦和威灵顿地区的水道闸门——在这些地方有可能实行简单的自然水流灌溉。船上恐怕满眼都是男性船员，她所能申请做的只能是一份厨子的工作。那不行，她还不如就待在这个地方；谢天谢地，有这条河，永不停息地从她门口流过。

在她所住的地方，看不见河曲附近的拦河坝，但是她能望见从古瓦停泊点开出的渡船突突地奔向辛德玛岛。

堤岸下面距离河水不远的地方有一条驳船，船身正在腐烂。下游更远的地方，残破的“卡戴尔”号趴在淤泥上面，危险地歪向深深的河道；舵轮的轮辐赤裸裸地耸向天空——因为舵舱的顶部已经被拆掉了，但是它的名号依然显得那么勇敢，那么抢眼，令人无限缅怀这位曾经驾驶过“奥古斯塔夫人”号的先锋船长。

再往远处靠近小镇的地方，曾经骄傲的“斯图尔特船长”号已经搁浅了——船底填满水泥，使它不能移动。巨大的尾部桨轮不再旋转——它静静地停在那儿，仅供周末旅游者来到船上，享受睡在一艘明轮船上的新奇之乐。它现在已经完全成为一件遗物，是旧的时代遗留下来的一个念想。

一年一年，越长越高的芦苇像一堵堵墙；黛丽走在中间，小心地提防着两边湿地中的蛇——虎蛇喜欢在这类地方出没。一处小小的月牙状的灰色沙地，仍然寸草未生，她常常早上来这里游泳。

她抬头望了望远处的湖，又回头望向身后的小屋——它就坐落在墨累河实际大堤的边沿，距离她现在所站的地方有一百码。一眼看去，她的心跳几欲停止：一个瘦削的男子，黄卡其布短裤，棕色皮肤、疤痕累累的双腿，脑后扣了一顶旧的澳大利亚武装军特制阔边软呢帽——正靠在通向小屋的院门上。她气喘吁吁地急速赶了过去，注意到这位陌生人的胳膊下面夹着一本皮革文件夹。

“您好——您是艾华兹太太吧？”他带着圆润的澳大利亚口音——听起来像是昆士兰人——说道，“我姓彭斯，名叫迈克·彭斯。”

“是啊，我是——请进。”她以颤抖的声音说道，同时，她颤颤巍巍的双手摸到了大门的门扣。

“你认识高顿，是吗？”

“我和他一起被关在樟宜，他是我认识的最好的人之一。”他简捷地说道。他们进到屋里，黛丽慌慌张张地准备烧一壶开水；但是当她试图点着煤油炉时，火柴却掉到地上，茶叶从她哆哆嗦嗦的手里撒了出来。

“我们先说一会儿话，好吗？稍后再喝茶吧。”那人说道。迈克·彭斯身材瘦削而硬朗，非凡的见识刻在他那仍然充满青春活力的脸上。他多少有点让她想起盖瑞·麦维尔，但是眼前这人长了一个鹰钩大鼻子——稍微有点弯曲，使他的长脸显出一丝幽默感。

“我亲眼看见他死的，”他平静地说，“他没有丝毫畏缩，我们都在列队观看。日本刽子手对自己使刀的手法颇为得意，动作干净利落。”

黛丽咬紧嘴唇，凝神望着窗外。

“在他——在他赴刑之前，他要我设法为他偷偷地带点东西出来，我没有办法把它从战俘营里传到外面，但是我藏了起来，今天我带来了。您知道，他常常喜欢描描画画。”

真是难以置信！黛丽接过来的是一些纸的残片，纸盒的背面，扯开的信封，甚至还有薄薄的木片——高顿就在这些东西上面作画！画的只是一些速写，但都栩栩如生、情感洋溢——两个人在互相帮扶，像两具骷髅，腿上满是大窟窿；担架上临死的人；医院的一个角落；指挥军官的一幅肖像，看上去矮小而傲慢——“画这幅肖像让他脸上挨了一皮带。虽然是那个混蛋命令他画的，但他觉得这幅画像比起本人来还不够漂亮。”迈克·彭斯说道。她看到画在自己相片背面的是整个战俘营的彩色风景画。

“画得真好！”黛丽说道，“他是从哪里搞到的这些色彩呢？”

“你会惊叹的。碾碎的绿色杂草，白色黏土，烧过的木炭，泥土中的赭石……什么都能派上用场。这个老高顿，他太有创造力了！他的速写给战俘们带来很大乐趣，甚至有些人在临死之前特意要求他为他们画一幅肖像。我们没有多少机会与那些当官的接触；一般来说——一些军官只会吆来喝去，根本不管战俘们是死是活。但是艾华兹上尉——他从来不以官衔压人——总是与大伙儿同舟共济。我们都喜欢他，但是这个畜生一样的小个子军官对高顿的勇气——他从不卑躬屈膝——怀恨在心，从一开始就图谋伺机报复。”

透过眼中模糊的泪水，黛丽凝视着这札画稿——没有什么比这些画更能让她清楚地认识战争。高顿的确有天赋,如果得到开发利用该有多好！是不是她做母亲的失职呢？她曾那么专注于她自己的绘画而顾不上帮助儿子认识他的所长!

她陷入深深的自责之中,但同时她也看到了现在她能为他做的事情。她要根据这些小小的速写画——基本的色彩与结构都现成地摆在她的面前——绘成一系列帆布油画;这些油画将会替他和他的战友们发出声音——从坟墓下面发出他们反战的呼声。

"我们喝杯茶,好吗?"说着,她露出笑容,"你把这些保存下来令我感激不尽。"

108

黛丽从悲痛中振作起来,以全新的活力又开始了绘画创作。她已经六十七岁了,只剩下三个年头就到她的"古稀之年"了,她想用自己的创作填满这三年时光。她为自己赢得了谦虚的美名;尽管澳大利亚每一家大的美术馆都挂有她的油画,但是她一直力求创作新的作品。不再画那些英雄的人物、宏大的布景和广阔的景象;路边的蛇蜕,烧焦的木桩,石灰岩缝隙中长出的几株毛莨……她久久地观察这些,直到看出它们所承载的象征意义,她的内心因为这幅景象所蕴含的力量而震颤不已。要让更多人也看到这其中的意义！这是一份劳作,也是一份使命——过去的五十年里,她一直在实践她的手法和眼力:

一沙一世界

一花一天堂

就在这时,正当她开始考虑如何才能做好这一切时,她却被一种无形的力量击倒了——一粒微小的浮动病毒入侵了她身体的最虚弱之处——胸腔。"病毒性肺炎。"医生说。她的体温居高不下,双手寒冷如冰。

她在半昏迷状态下被送进医院,但她并没有因此死掉——她认为这是因为她的意志和精神都在对抗死亡,但是几个医生一边在她胳膊上细心地扎针,一边说,是因为发现了盘尼西林,一种疗效神奇的抗病毒霉菌。

为什么一种病毒要摧毁我们最宝贵的生命——那么盲目而并非有意与谁

作对——而另一种毫无意志力的霉菌却能够实施保护？随着身体逐渐康复，她禁不住好奇地想。她又一次对生命存在的绝对偶然性感到惊奇：我们经历着无法理解的生活——在我们这个世界之外包围着无限的未知世界，时间在一切之中流逝：磨蚀的牙齿，永不回头、流淌不息的江河……

黛丽回到大河岸边的小屋。孩子们坚持要她与他们一起生活，或者有人来这里与她共同生活，但她都平静而固执地拒绝了。

"我自己在这里能生活得很好，"她说，"有朵伦帮我就够了。而且我每天都必须要有独处的时间。"（朵伦是来自镇上的一个丰满而快乐的女孩。她笑的时候，上下牙齿之间会露出很大的缝隙。她每天上午过来为黛丽做好午餐。）

她并没有坦白告诉孩子们她感到多么虚弱：精力衰竭，昏昏欲睡，虚弱得甚至走不到河边那么远。她望着残破的"卡戴尔"号——它的甲板正倾斜在深深的河道上面，一副苟延残喘、朝不保夕的样子。

"旧时代的轮船一个个都不行了。"她曾经听见一位老人这样说道。

黛丽看着那幅完成了一半的油画——这是她病倒之前一直在画的一幅画，在半昏迷状态时，她还试图坚持画完它；但是现在它对她已经毫无意义了。她太疲倦了，已经无法再开始新的创作。她的手腕和膝盖疼痛难忍，她的背部也开始弯曲，身上的肌肉再也撑不直她的腰板了。

过了一段时间，她意识到并不只是疲倦，别的地方也感觉不对劲。关节变得又红又肿，疼痛难忍，好像持续的牙疼一样。她让人叫来阿莱克斯为她检查检查。

阿莱克斯仔细地摸着母亲的手腕和手指，疼痛、肿胀的膝盖，又量了她的体温，然后轻声地说出他的诊断结果。

"风湿性关节炎，"他说，"目前正处在易感染阶段。这种症状可能持续一到两年。"

"然后就好了吗？"

他低下头。"我想，你更愿意听到实话实说吧。我的意思是，妈妈，我知道绘画对你意味着什么；但是到感染消退时，你的手指可能会永久性地不听使唤。"黛丽低头看看自己的双手，想象有一天，她的手指变得扭曲、无法正常屈伸，直到再也握不住一支画笔……

一位受过业余培训的护士——一个大块头、板着面孔、凶巴巴的女人——来到家中照顾黛丽。一见面，黛丽就不喜欢这位护士；但是她像天使一样出入厨房，一双大手把疼痛的关节按摩得相当舒服，她及时送来所需的热水瓶和阿司匹林……直到有一天，黛丽发觉自己像小孩子一样离不开她了。

阿莱克斯过来说，他要出国到爱丁堡大学攻读硕士学位。他想专攻整容外科，为那些归国的飞行员和皇家空军伤员——他们有的被烧毁了半边脸，有的落下难看的疤痕或其他残疾——实施手术。他一来，黛丽就容光焕发，她的眼睛——因为疲倦和疼痛而泛出灰色——又变成蓝色，几乎闪烁出往日的光芒。但是他职业性地注意到，她的眼睛深深地凹陷到眼眶里，她的脸颊，向他伸过来的手臂和双手都是多么瘦削啊——而且她的手腕和手指关节都出现了可疑的增厚。

白天的大部分时间她都躺在那扇大窗下面的一把长沙发椅子上；从这里她能望见缓缓流过的大河。除了那位护士之外，女孩朵伦依然每天过来“清理卫生”，梅薇丝带着孩子们偶尔过来探望她——黛丽几乎看不见别的人。布兰尼正忙着改造“费拉黛菲娅”号，他要为它安装上一台新的锅炉——是从他买的另一条轮船上拆卸下来的——把它用作拉载湖上观光的游客。就跟当年他父亲一样，她想……

阿莱克斯没带安娜一起来，她刚生完孩子，从市里驾车过来需要很长时间。

“我现在有多少孙子孙女了？”黛丽兴致勃勃地说道，“布兰尼四个，麦格两个，这是你的第二个——共有八个，对吧？我几乎记不住他们的名字。你的这个小子叫什么？”

“这个你能记住，相当不一般，他叫阿莱斯太尔。”

“阿莱斯太尔！”她沉默了，瞪大眼睛望着儿子。小时候的他观察到或了解到多少关于母亲的事情呢？“什么原因让你给孩子取这个名字？”

阿莱克斯耸耸肩。“是安娜的主意，她从一本书上看来的。”

黛丽躺回到枕头上，沉迷于对往事的追忆之中。“多么漂亮的脸庞！”阿莱斯太尔说，“当你八十二岁的时候，你仍然会这么漂亮，我仍然会痴迷地爱你。”漂亮！噢，阿莱斯太尔，要是你现在看到我会怎么说！在她参加的第一次舞会上,有人说:“高顿小姐,你根本不需要戴上这支‘勿忘我’。你的眼睛比它更蓝,看到它们,没有人会忘掉的。”后来亚当说:“黛丽,你多么美丽,多么温柔,你像一只洁白的飞蛾——”再后来,布兰顿,本……

“这么有意思,他们的名字开头字母不是A就是B。”说着,她朝阿莱克斯笑了,同时在她凹陷的眼睛里出现了两颗硕大的泪珠。他微笑着拍了拍母亲发烫的手,她的体温又升上来了,神思开始恍惚。

阿莱克斯给当地的医生留下指示说,务必尝试每一种可能的治疗方法,包括针灸疗法,所有的费用都由他来承担。他不愿意离开母亲,但是又考虑到,麦格和布兰尼都离得不远,实际上黛丽的体质暂时也无大碍。他怀疑她眼下的状态是病毒性肺炎造成的后果,高顿之死与此也有一定关系;这类感伤,往往以某种离奇的方式,通过医生们还无法理解的一些生理病症表现出来。他留下一则处方,给黛丽开出一些止痛药,并对母亲说,配合医药学方面的新发现,传统的阿司匹林可能会对她有极大的疗效。

她硬挺着坚持了好长一段时间,但是经历了与疼痛为伴的一年——打个盹儿,醒过来,再打个盹儿,每一次都在恼人的疼痛中醒来——之后,她第一次开始希望赶紧死掉算了。并不是因为疼痛无法忍受,她曾经历过更为难忍的疼痛;而是因为疼起来没完没了。只要疼痛停止一天,一个小时,只要她能有一次醒来感觉不再疼痛!但是这疼痛好像一只铁笼子,似乎她的余生都注定难以逃脱!

109

小轿车沿着起皱的石灰石路颠簸着驶了过来,迟疑了一下,停在她的大门口。它开过去了,又开了回来,拐了个弯,驶上大河实际堤岸所在的高岗,然后在一棵糖桉树的荫凉里熄了火。

黛丽几乎停止了呼吸。她很少接待来客。陌生人令她不安,因为她觉得现在的自己只是一具惨不忍睹的女人外壳。她在毯子下面不安地活动着僵硬的膝盖。每天早上和每天下午,她都从沙发椅子上爬起来,拄着拐杖绕房子走一圈——从前门出去,从后门回来;幸运的是,一路都没有台阶。每天她都活动活动双手,笨拙地把一些细碎的棉线或毛线头编织起来,做成杯托。

轿车里出来一位时髦的年轻女子。光滑的棕色短发,修长的腿,没穿长袜,露出棕色皮肤,一双便鞋,轻轻盈盈,好像光着脚一样。

"护士!"黛丽喊道。她的嗓音纤细,含着怨气,听起来像是模仿的声音。那位受过业余培训的护士走进来,为黛丽抚平毯子,拾起地上的毛线球。这时,后门吱嘎一声开了,一个欢快的年轻人的声音叫道:

"外婆!"

黛丽又把毛线球扔到地板上,敞开了双臂。

"维基!"她叫道。她的嗓音突然变得真实有力,充满快乐。"你是怎么找到——?"

"这里的树长得好高啊,我简直认不出这个地方了,很快你就望不见大河了。"

维基坐在地板上,她快乐的脸庞贴近外婆的脸,棕色的眼睛一闪一闪。"我怎么会来这里?你绝对猜不出!我是从墨尔本被派到这里来的,《先驱报》希望我在这儿干一年,第一项任务就是采访我的这位大名鼎鼎的外祖母!"

"不要开我的玩笑,说正经的。"

"不是啊,我是说真的!你不知道下个礼拜你就满七十岁了?这在澳大利亚美术界是一件大事啊。"

"我相信是你让他们注意到这个,你这个小鬼头。"

"呃,我的确提起过墨尔本需要某些东西。一旦把这个电传到墨尔本,他们一定会认为我来这一趟不辱使命。好,开讲!"

"什么?"

"说点什么,比如'我怎么看现代艺术'——"

"根本不存在这种东西。"

"好的,这就开始了,现在——"

半个小时之后,维基已经在活页誊写本上记满了几页潦草而模糊的笔记——黛丽有些不安,不知道自己到底说了些什么。她喜欢维基在她跟前,仿佛她从那年轻的血管中吸收到了新鲜的血液。

“现在让我采访一下你吧，”黛丽说道，“索维尔小姐，在你结束见习之后，你有什么打算？是要结婚吗？”

维基皱起她直挺的鼻子。“天啊，不要！我一时半会儿可不打算结婚——除非有非结婚不可的情况。”黛丽宽容地笑了。“一有机会，我就打算去欧洲大陆，去伦敦。等我付清车款，我就卖了它。我和一个女友认识开往那不勒斯的一艘便宜的船，到那儿之后我们准备拦路搭车游遍欧洲，看看春天的英格兰……”

“春天的英格兰……你知道，我对那里毫不向往，肯定是因为我离开时年龄太小。但是我羡慕你能去意大利，你去吧，维基。”似乎出于一阵冲动，她伸手做了一个手势，但她全身每一块骨头都是那么僵硬。维基温暖、年轻的手半途迎住外婆的手。“你去吧，无论如何，不要结婚。”

“但我跟你讲过——”

“是的，我明白。”黛丽说着，露出智慧长者的笑容，“你知道，我可不想做曾祖母啊。我发现那些小不点的孩子总是让我筋疲力尽。我不知道哪种情况更让人受不了——是他们不高兴时悲伤的哭闹还是他们快乐时肆无忌惮的嘈杂？你听——！”

她竖起一只手，示意别出声，维基转过头去。闪亮的窗上映出一只皮包骨头、扭曲不堪的手；缠结的手指朝手腕的方向拧转过来，每个指关节都像被风吹折的树枝似的弯曲着。

“你听！”费了很大的气力，黛丽转过头——她的脖子已经扭转不灵了——直到能够望出窗外，“你听到了吗？”

在南风吹拂的间歇，若有若无地传来低沉、喧嚣的激浪的轰鸣。“这是这段日子里我最喜欢听到的声音。这么细微的声音都没逃出我的听觉——他们却对我说，我的耳朵不好使。只有当人们说话的时候，我才会耳聋，因为说话声令我厌倦。梅薇丝不停地嘀嘀咕咕，没一会儿我就听不清她说什么了，只剩下噪音。”

“你用不着去听那些你不想听到的话，这是对老年人的一种补偿啊。”

“你母亲好吗？”

“甭提多好了。当然，她一直宠爱查雷，一个十二岁的大块头！你知道，她又开始在仁马克医院做护士工作，所以对她的宝贝儿子多少已经有所放手了。”

“麦格以前总是积极写信来。她要继续写信给我才好——只是我现在没法回信了。”黛丽低头看着自己放在毯子上的双手，“我连画笔也握不住，更别说钢笔了。有一段时间我试着把画笔绑在手腕上——你知道，就像雷诺阿那样——但是我太笨拙了，弄得胳膊、肩膀哪儿都疼。阿莱克斯告诉我要坚持做些事情，所以我就不停地编织。”

“我要到伦敦找他，你认为他愿意回来吗？”

“希望他回来，在我死之前。”

“那不会很长久的吧，外婆。”

她紧紧地盯着维基。“恐怕你说的没错。你知道，我已经活得太久了。我记得曾经对自己说过，如果七十岁时我跳不起来，我最好死掉算了。土著更讲实际：当老人们跟不上行进的队伍时，他们常常会被敲破脑袋而死。这比用药物维持生命更符合人道——延长无用的生命，让人半死不活的；感官迟钝，只是用热水瓶、注射器和维生素药片维持血液的流动。你知道维持一个像我这样的人的生命需要花费多少？足够养活十二个嗷嗷待哺的孟加拉婴儿！”

“外婆，你的感官一点也不迟钝。瞧那些左冲右突打网球的人，脖子往上如同僵尸，你比他们当中的一半还更有活力呢。”

“哈哈，亲爱的，是你让我眼前一亮啊。大部分时间我总是昏昏沉沉，一边回忆往事一边打瞌睡。到了晚上，我躺着睡不着觉，在幻想中倾听大河的流淌，感觉自己仿佛溶解在其中，流向大海的怀抱——”她没有说出口的是，她总是让床边的一盏灯点着——当她在无形的黑暗中，从莫名其妙、毫无来由的恐惧中醒来时，只有借助这盏灯，她才能恢复到正常状态。

“你愿意喝杯茶吧，我想。”护士端着托盘走进来，热情地说道。维基礼貌地说了声“谢谢”，虽然她并不喜欢喝茶。喝完了茶，外婆开始打瞌睡，脑袋慢慢地向前耷拉下来，直到无力地垂向一侧，一小滴口涎从她起皱的唇角流了出来。

失去了活泛的表情，她的脸看上去像一张僵死的面具。脸上的皮肤紧紧地包着骨头：头盖骨，颧骨，细细的鼻梁骨，下颌骨，似乎很容易就要撑破那层皮——薄薄的，干涩的，像起了皱的面纸。闭紧的眼睛陷进眼窝里，但是她的眼眉仍像从前一样漆黑。她那纤巧、秀气的鼻孔仿佛在告诉维基，眼前的人正是她记忆中的外祖母——那个脸庞圆圆、笑容可掬、美丽可爱的外祖母，常常带她到鲜花盛开的树丛中漫步。

她冲动地俯下身来，抚摸着外婆那可怜的、扭曲的、无用的手——冷冰冰的，仿佛这只手已经先于身体的其他部分死掉了。她悄悄离开，告诉护士不要叫醒艾华兹太太，等她醒来后再告诉她，下个周末她还会过来。她让小轿车轻轻地滑下斜坡，出了大门之后才发动马达。

110

一九五六年后来被称为"特大洪水年"。最初在五月份有报道说，昆士兰州的几场骤雨过后，达灵河水位异常偏高。在仁马克，为了让水位下降，奥戈登抽掉了围堰大坝的几处挡板。但是到了月底，码头上水位显示达到了二十英尺。报道说，在墨累河下游地区，渡船有可能停运。

事实证明，报道中的说法是极有保留的。几天之内，莫干渡船的牵引机就被淹没到水下；两周之后，金斯顿和沃克尔渡船平台都被关闭。洪水漫过了仁马克的安格福公路。官方预测，"至多"将会达到二十五英尺的最高洪峰，但是奥戈登焦虑地观察着一些细微的迹象——凭借多年河边生活所积累的经验——并预言说，可能达到灾难性的二十八英尺！

到六月三十日，仁马克水位自一九三一年以来首次达到二十五英尺，超过了官方的预计。洪水已经涌入派灵歌大街。在威克瑞，十多户人家不得不被人从他们在沙洲上的住处解救出来。灌溉农场的周围已经筑起了一道高高的堤岸。五号船闸区已经变成汪洋大海中的一座孤岛。

达灵河——没有悬崖和堤岸的围堵——洪水汹涌而出，宽达七十英里，漫过内陆平原之后，浑浊的浪涛冲进墨累河，与来自上游的另一股洪水汇合了。在大河下游，定居者们只能等待，观望，但是一天一天，大河像一个生命体一样不断成长壮大。人们知道正在发生什么事情，他们对此无可奈何。天鹅河段有一位幸运的店主，他及时从停靠点旁边的店里把尽可能多的货物搬到了高处。在莫干，火车站已经浸在水中。

现在人们开始想念那些已经消失了的明轮船。从文沃斯到仁马克的邮件承运人，因为正常路线被洪水阻断，不得不在大河以南绕一个巨大的弧线，通过仁马克铁路桥穿插过来，总行程达到四百英里。

洪水涌上曼纳姆的主干大街，从贴着大河的棚屋和房舍之间流过。在整个墨累河下游，大河缓缓而坚定地上涨，仿佛河水从某个地下泉眼中一直不停地涌上来，并不像那种打着涡旋、摧毁一切的激流。

布兰切特船闸区已经从人们眼中消失了。威克瑞以上，大河漫过数英里的乡村——不久，来自莫拉比以及稍后来自维多利亚高地的雪水，将更会使得本已饱胀的墨累河席卷而下！

仁马克正处于紧急状态，有军队支援抗击洪水。在铲车、拖拉机和推土机的帮助下，成百上千的志愿工作者用两千袋淤泥筑起堤坝，堵截缺口。疲倦的人们晚上也要巡视堤坝，用防风灯笼照明，观察脆弱堤段，一有情况立即通过手提无线电求助。

洪水中第一例死亡人员是查雷·索维尔的一位校友——骑自行车穿过派灵歌大街的铁路线之后，就再也没有人看见他。麦格吓坏了，告诫查雷一定要小心。但是她又心想，或许大河既然已经索去了一个人的性命，它就会很快平息下来吧。在正常时期，她绝不会抱有这种怪诞的念头，因为她是一个很现实的人。但是，因为长时间值夜班，在医院这个奇特的世界里，在这个完全被洪水包围的孤岛上，她已经变得头晕目眩了。草坪对面筑起的堤坝预计会经受住三十英尺的洪峰。如果大河水位继续涨高，他们将不得不疏散病人。

但是在八月十一日半夜，护堤裂了，病人们赶紧被通过渡船转移到安全地方。工作人员手忙脚乱地修补缺口，但是两天之后护堤终于溃决了。海勒大街的护堤在凌晨时分不得不被放弃，大河赢了。葡萄树，灌溉农场，住房，都被泡在水里，一千五百人不得不紧急逃离，所幸没有造成更多的人员伤亡。

这时，先前露头的所有标志都被淹没了，不得不另外竖起一些标杆。仁马克开始下起绵绵细雨。最后一道护堤在八月二十二日开裂——面对这场特大洪水，人类徒劳的抵抗暂时落下帷幕。

舞台转移到仁马克下游。为了保护肥沃的畜牧平原和集中的河边住户，人类的抵抗仍在继续。在贝里、凯德尔、墨累桥和威灵顿等一些地方，护堤越筑越高。站在堤坝一侧的湿地上，看着一道十英尺高的水墙被沙袋和淤泥挡在外面，人会惊惧不已！

人类在绝望中坚守，但是经过相持的战斗之后，总是大河赢得最终的胜利。它平静而坚决地上涨，上涨，像一只饥饿而不知餍足的巨型爬行动物，吞噬，吞噬，直到住房、商店、奶牛场、橘子园、葡萄园、苹果园……所有的一切都被它吞入腹中！洪水涨到曼纳姆旅店二楼阳台，舔舐着上面的字牌“啤酒葡萄酒”；果树和葡萄藤被活活闷死在水中；干草堆，棚屋顶，连根拔出的树，死羊和死牛，一些无名的幽灵……都顺流而下。

每一棵树，只要末梢仍然露在水面以上，都是成千上万的生灵的家园；它们为了生存正在残酷地争斗，像干旱末期时苟延残喘的沼泽生物一样——不同的是，这里的情形却颠倒过来，一切都在争先恐后地从水中逃离。

蜘蛛、蝎子、蜈蚣和蛇等心怀叵测地聚集在每一处高点上，当它们寻找不到别的食物时就互相吞食；就像战争一样，这场特大洪水把美好惬意的生活表面下所隐藏的邪恶一览无余地荡涤出来。随着洪水达到顶峰，在整个河谷之中，自然界的残酷法则——“吃，要么被吃”——变得愈发赤裸裸了。

一旦护堤破裂，大河似乎立即舒展了腰肢，发出一声巨大的胜利的叹息。它漫过了湖泊周围广阔的沙洲平原。河水变浅了，不再有危险；一连几个月，每日开往墨尔本的火车都要涉过一英尺深的水——直到有一天，铁路职工几乎看不到铁路线了……

随着水位下降，果园主人划船出来，开始为渐渐露出水面的果树剪枝。一低头，一位贝里农夫看见他的桃树——尽管仍然泡在水里——正挣扎着要开花！成千上万株桃树死掉了，数千公顷的葡萄园被盐水毁掉了，但是生活还将继续向前。

“费拉黛菲娅”号和布兰尼都精神抖擞，在仁马克处于危急关头时与“创业”号并肩战斗——当派灵歌桥关闭之后，他们一直在帮助解救、运送被洪水隔绝在镇上的人。

在古瓦，古老的“斯图尔特船长”号风度翩翩地稳坐在水中，洪水旋过底层甲板，杂草和碎物缠在船上的桌子腿上；它的主人退到顶甲板，那里仍然保持着非常干爽的环境。

但是一天早上，当河水开始舔舐她前门内侧的石灰石坡脊时，黛丽向外望去——她突然屏住呼吸，因为她发现那艘残破的“卡戴尔”号轮船不见了。漂走了！晚上不知什么时候，它从河沿上滑入深深的河道中，顺流漂走了！

她躺在那里，思考着“费拉黛菲娅”号的命运——不知道它将会有怎样的结局：是被暗桩划破船底而迅速沉没，还是深水中起火燃烧而逐渐沉没，或者毫无用途地被丢弃在岸上慢慢腐烂？除了布兰尼，没有人愿意开动它，它最终可能还是要变成一艘住家船。

她怀着极大的兴致关注着关于洪水的一切报道。大河沿岸那些熟知的港口一个接一个地被洪水淹没。每天早上，她都把报纸凑近弱视的眼睛，急切地了解上面的消息。或许是因为老年人的自我中心意识，她对洪水造成的灾难和损失并不过分忧虑。“都是那些大堤和拦河坝，”她喃喃道，“我早知道，墨累河不喜欢那样子。”

一天早上，她大声读道：“亨利·莫干，六十岁，为了保护他的家具，在昨天溺水而亡。”她插了一句，“护士，昨晚我的肠胃不大舒服，你最好给我拿一片药来。”

稍后，她又读道：“随着水位回落，房屋开始坍塌，仿佛刚刚经历了某个庞然大物的踩踏……‘刚刚经历了某个庞然大物的踩踏’，写得好，用词很到位，可能是维基的手笔。”

她开始念想远在英格兰的儿子。阿莱克斯曾经回国看望过她一次，但她发现他变了，变得相当自负，变得非常符合一位功成名就的外科医生的身份。（“他在那儿待得太久了，染上了新移民气息，”她对布兰尼说，“甚至，他的嗓音……”）

布兰尼过来对她说，小凯斯要去参加十二月份墨尔本奥运会的游泳比赛。但她只是说道：“是吗，亲爱的？你小的时候游泳相当漂亮，但你父亲是我见过的最棒的游泳高手。”她意识到，布兰尼对自己的儿子充满自豪，但是对她来说，凯斯太像他的母亲，令她提不起兴趣。她相信，他不可能像当年的布兰顿游得一样漂亮。当下的一切都不如往昔那般美好。

111

早餐过后,电话响了,似乎有点不同寻常,铃声吵得黛丽心烦意乱。“是谁啊? 他们想干什么?”她恼火地一个劲地喊护士,直到她挂上听筒。

“好了,亲爱的,别这么兴奋,”护士平和地说道,“是你外孙女——”

“维基! 为什么你不让我跟她通话,你这个傻女人?”

护士已经习惯了这位病人的烦躁心理,对她的话并不着恼。“她要来看你,向你展示一下她的新车,她问问是否我们可以出去兜兜风。”

“兜兜风! 我不知道。进进出出都要花费老长时间。”黛丽嘀咕道,“我不知道,我想我们可以——”

她开始琢磨起来。在维基驾车从六十英里外的市里赶过来这段时间里,黛丽已经拿定了主意。她翘首以待,而且,内心里有些急不可耐哩。

洪水已经退落,围栏和树干沾了一层灰色的泥垢,大河重新在河床中温顺地流淌。黛丽本人已经活到了似乎令她不可思议的七十九岁高龄。她在沙发椅子上简短地打了个盹儿——她坚持每天都从床上爬起来。她又一次回到距此一千英里的大河上游的农场,与巴瑞特小姐一起,在湍急、清澈、溶入了雪水的河流中畅游。年轻的血液在她的血管里汹涌澎湃。她撒了一泡尿,感觉到暖乎乎的体温融入凉丝丝的水流,被裹挟而下……夜里,她蹚进丝一般润滑的凉爽之中,满天繁星映射在大河平静的胸膛之上,从深沉的夜空中某个地方传来飞翔而过的黑天鹅的呼唤,那么遥远,微弱,又那么亲切,悦耳……

她醒来发现自己正躺在热腾腾、臊烘烘的尿窝中。她曾经把床洇湿过,所以现在她的身下一直铺着防水床单。有人搀扶着,她仍然能够行走;夏季里的每一天,她坚持一直走到河沿那么远。她听到一阵有节奏的拍打,声音越来越大……是她自己的心跳声? 不是。一艘白色的船游入她的视野,她听到柔和的蒸汽的嘶嘶声……他们在授课室里,她和亚当,他们所见过的第一艘明轮船正在从窗前驶过……

突然一个激灵,黛丽挣扎着坐了起来,望向窗外的古瓦河道。她看见一艘真正的轮船正在驶过。这是这些天来罕见的景象。她喊贝兹小姐过来瞧瞧。

她被搀扶着站了起来,看到这艘陌生的船一闪而过,它所激起的波纹一直荡漾到河岸。

就在这时,一台气派的红色跑车出现在公路上,然后朝她的大门口拐了过来。维基一边鸣笛,一边招手。

"瞧,外婆!"她探出车窗喊道,"雪佛兰,虽说是二手的,看起来相当气派吧?跑起来也很爽,你坐上来兜兜风好吗?"

"好的,只要贝兹小姐愿意为我准备妥当。我还以为你永远不来了呢。"

黛丽已经打定主意要到哪里兜风:先去维克多港,看看温顺的内陆海;然后去埃里奥特城堡,看看南大洋的巨大浪涛拍击花岗岩的壮观景象。"我想游个泳。"

"游个泳!"两个年轻女人瞪大眼睛望望她,然后互相望了一眼。

"我仍然保留着我的游泳套衫,我想在大海里游个泳。"

"在大海里!"

"别像一对鹦鹉一样,我说什么,你们重复什么!你们听我说——我想在大海里最后一次游个泳,也许我再也不会走出家门了。你们就当这是——这是最后的请求吧。"

"外婆!"维基用自己年轻、温暖的手抚摸着外婆冷冰冰的手,"你当然可以游个泳,行吧,贝兹小姐?"

"呃,我可不愿承担这个责任,但是如果你说行,就行吧。"

"我说行。"她从浴室门后的挂钩上拿来挂在那里的一件旧的、褪了色的海军套衫,"当然,只能进去蘸一下,你会发现海水太凉,不能在里面待很长时间。"她们一起把这件海军衫套在黛丽瘦削的身体上——好像挂在骨头架子上似的。

穿上干爽的外衣,坐在轿车前面的防水坐垫上,两个年轻女人一边一个,黛丽十分开心。

"早该出来兜兜风啊!"黛丽叫道,"走出家门真是令人愉快。"

河道对面低矮的辛德玛岛,因为上面生长的夏草,而呈现出淡淡的金黄色;淡蓝色的天空下面,古老的石灰石建筑,海关大楼和法庭大楼,安睡在温暖的阳光里。宽阔的河道映照出一尘不染的天空和浓密、青翠的芦苇——自从修筑了拦河坝,芦苇就一直疯长不停。布兰尼一度常常过来清理这里的小小河滩和停泊点。

多么奇怪，黛丽冥想道，布兰顿死后，她寡居的这些年几乎和她的前半生一样长久。但是最近几年的时光仿佛是在混沌中流逝的，就像车窗外路旁的柱杆一样，嗖嗖地忽闪而过。曾经年少时，她一年的时间好像能延长到永无尽头的金色迷雾之中。时间完全是相对的。这一天已经超出了它正常的长度，因为她正在做一件不一般的事情。她看见自己的一生那么鲜活地被绘制在一幅打开的画轴上。

轿车停了下来。画轴卷起来，所有的画都消失了……“我们到了！”贝兹小姐说。

维基把车驶向港口内滩旁边的管委会草坪。这无疑是不允许的，但她并不理睬警告标志，把车停得尽可能靠近光滑、坚实、微微倾斜的沙坡——海浪柔和而有节律地拍打过来，一退，一进，一退，一进……

她们好不容易才帮黛丽脱掉衬衫和裙子，然后把她裹进一件毛巾披风里，搀扶着她走向水边。贝兹护士挽起身上的长外衣，维基卷起自己的裙子；两个人轻轻托起黛丽的身体——她凭借自己瘦削、白皙的双腿一步一步走进清澈的海水之中。

水深只有一英尺，但是感觉十分美妙，那么洁净，金光闪闪。“你知道吗，你母亲直到十一二岁的时候才第一次看见大海？”黛丽说道，“我带她去的是戈兰峡谷，我还记得那里美丽的白沙——”

“那里现在有一家污水处理厂，”维基说，“海滩上长满杂草和海莴苣，沙子都被冲走了。”

“我不想听到这些。把我轻轻放下来——跪着，好了，就这样！”

她暗淡的蓝眼睛转向阳光的方向——巨岩一样的防浪堤使她看不见远处的地平线。浅浅的海水，暖暖的，因为海浪是从晒得热乎乎的沙子上面退回来的。一个小小的波浪从不远处涌过来，轻拍着她的大腿；又一个波浪随即涌来。随着波浪退去，她感觉膝下的沙子仿佛在吸吮她的身体。她期待下一个波浪。她面朝大海，好像面对一位老情人——这古老的声音，波浪的起伏、汹涌和吸吮，已经融入了她的血液。

大海，意味着墨累河坎坷旅程的终点，但，这不是死亡，而是新生。肉体，身份，记忆，都将逝去，溶解于无意识的巨大海洋中；从这里，新的河流又将产生。

“时间是一条流淌不息的河，终将带走它所有的孩子……”这是他们在家时时常唱起的一首圣歌。那是很久以前，在教堂里，她跪在母亲身边的一张小小的红色膝垫上；教堂前面，一片鲜亮、无瑕的苔藓从砖缝之间冒了出来，后来像一条绿色的丝绒出现在她的手掌上……

水面上阳光闪闪，如同一幅明亮的雪景。在均匀的光线中，每一颗耀眼的水晶都投下一片微小的蓝色阴影。从近在咫尺的某个地方传来微弱的叮叮当当的声音，像钟声一样清澈、悦耳。她又一次站在高高的澳洲阿尔卑斯山上，一股细流，如新生的婴儿，在白雪下面不露形迹地涌动……所有的河流都奔向大海。

译者后记：时光都去哪儿了

赵金基

一九九四年五月，女儿出生，我的生活从此充满了极大的喜悦；这年十月，我结识了来自澳大利亚的大卫·布莱克。他在大连只待了两天，我负责接待、安排食宿、导游，直到把他送上开往烟台的客船。但是在这两天里，我的喜悦感染了他，或许也可能是他的喜悦感染了我——我们的交流非常愉快，仿佛是两个多年未见的老朋友。他长得比我个高膀实，也更老相，实际上他比我没大几岁；他在六月刚做了父亲，而且他的太太也为他生了一个可爱的女儿！他说自己的太太身体不好，只能生这一个孩子，我说我们的计划生育国策也只允许一对夫妻一个孩子。于是两人不无遗憾地相视而笑。

分别之前，我们各自给对方留了通信地址。回国之后，他马上写来一封热情洋溢的信，感谢我的地主之谊，并把他在中国的一路行程娓娓向我叙述。于是接下来几年我们开始了源源不断的国际通信。我们在信中谈到各自的工作和思考，各自的家庭和爱人，更多的是关于各自女儿成长中的新奇事情（他甚至详细谈到了女儿换牙时的疼痛）。他的每一封信都是打印出来的，而我都是手写的；他在信中夹寄了家人、朋友的许多生活照片和一些澳洲独特的风景照片，我也把自己拍的照片有选择地夹寄过去。有一次，他通过包裹邮寄给我一本书和两盘 CD（因为假期的原因没有及时领取，我不得不付给邮局一笔不小的保管费）。当时我既没有 CD 机也没有电脑，所以两盘 CD 一直被搁置到几年后才有听的机会。但是那本书一下子吸引了我，它就是澳大利亚女作家南茜·加图的《所有的河流都在流淌》（*All The Rivers Run*）。六百多页密密麻麻的英文，几个月时间就被我“攻克”了;我在书的最后一页郑重写下:第一遍阅读完成于一九九七年二月十五日。

读完一本书,放下之后,我常常要想好久;有的书是值得再次阅读的,也许不是马上。但是这次的感觉不同,我根本不愿暂时放下,想立即从头再读一遍,再读一遍……有了,何不把它翻译成中文——慢慢地阅读,慢慢地翻译,慢慢地生活,用我一生的时光创作出独一无二的版本?这想法令我兴奋!我给大卫写信,表示了我准备翻译这本书的意思,并请他帮我联系作者。但是他的回信只说他知道我会喜欢这本书,却没对我的翻译打算提出任何看法,也没提到原作者的任何情况。而我已经开始悄悄动笔了!

但是,要翻译一部长篇小说谈何容易!我的翻译工程进展得并不顺利,就像我的工作和我的生活也不是一帆风顺一样。在阅读和翻译的过程中,我时常翻看那些来自澳洲的真实照片(背面有大卫潦草的手写介绍),想到在那个遥远的国度,生活着与我并不陌生的一家人,我似乎又有了动力和勇气。二〇〇〇年一月十一日,星期二,我翻译完小说的第一部《自由的河》。后来我在网上查到,原书作者南茜·加图正是在这一年去世,享年八十三岁。

尽管我希望时间过得慢一些,但是似乎转眼之间,又一个五年过去了。我换了工作单位,女儿也渐渐长大,与此同时,我的翻译倒真的是进展缓慢。我的身体和灵魂常常游走于城市和乡村之间,也可以说是徘徊在进退之间。对于小说的翻译,我只是三天打鱼两天晒网似的,读几页,译几页,没有明确的计划;其实我从未急着要完成它。有时我想,我的阅读和翻译更多是为了让我自己保持一种安静的状态。

二〇〇五年十月,我以网名“西沟散人”正式开通了我的博客。我的想法很简单:在博客中连载我的译文,既能让更多的朋友与我分享阅读的快乐,又能让我的翻译有个高尚的动机和有效的监督。说来惭愧,到二〇〇八年三月之前,我的翻译只完成了整部小说的四分之一,而我已经过了不惑之年!

转折出现在二〇〇七年十二月。我把小说的第一部译稿寄到刘景荣老师的邮箱——此前,我与刘老师只是互相光顾对方的博客,但是刘老师的文章和留言给我留下了深刻的印象。令我感到兴奋和惊讶的是,几天后刘老师就在博客里贴出了针对我的译文的评论文章:《在从容迂徐中写尽大悲欢》。我兴奋,当然是因为刘老师对我的译文风格给予了肯定;我惊讶,因为刘老师不仅耐心地阅读了全文,而且就作者的写作风格也提出了自己的看法(这是我在最初的翻译过程中没有意识到的)。“面对大苦难,作者避开集中渲染、铺陈的俗套写法,而是采取分解法,把苦难现场略去,重点刻画苦难给人带来的创痛及影响,而且把这样的创痛不着痕迹地分散开来,重复点染。貌似不经意,可谓功力老到,把一个十二岁女孩经历可怕海难投射给她心灵的阴影和创痛刻画得入木三分。”刘老师的这段话让我对整个小说又有了新的认识;她还说希望能够读到关于女主人公后来的故事,这也让我的翻译似乎有了新的动力。二〇〇八年三月初到五月底,我如期完成了小说的第二部译稿——《时光曼流》。

仿佛一眨眼,时光就走到了二〇〇九年的春天。一大早爬起来,匆忙洗把脸,吃点饭,我便一个人坐在乡下小屋的炕上,开始了我的工作。三个小时之后,我从炕上下来,伸一伸酸麻的腰,搓一搓冰凉的手;午饭已经准备好了。午休之后,我又独自度过一个安静的下午;直到晚饭时,我才见到灯下的母亲。我望着母亲,她明显老了——头发灰白,脸上的皮肤黯淡,干燥,僵硬;一双粗糙的手揭开灶间的大锅,先端一份饭菜给卧在东屋炕上的祖父,再把其余的饭菜摆满西屋的桌子;当她把围拢在门口的阿猫阿狗们打点妥当之后,桌子上的饭菜已经有些凉了。母亲坐在桌子旁边,她吃得很慢,一边吃,一边平静地听我和父亲说话。我望着母亲,这个给了我生命的女人,正在被我一年一年“追”得老了。我不敢走进母亲的内心世界,我为自己不能懂得母亲的心思而羞愧。多么巧合!在乡下的老屋,在母亲关爱的目光里,我正在翻译《所有的河流都在流淌》最后的四个章节;像我的母亲一样,小说中的女主人公也走到了她人生的黄昏。突然,我的文字似乎找到了它们合适的语境:母亲喜欢读书,我希望在她眼睛看得见、思维依然活跃的时候能够读到她的儿子翻译的书!

当我翻译到本书的最后一章(第111章)时,我听到窗外噼噼啪啪响起雨滴声。这是乡亲们渴盼的第一场春雨啊!它也是天公派来为我加油的使者吧。

二〇一四年七月,当刘景荣老师再一次问到《所有的河流都在流淌》的时候,它已经在我的书房里默默地等待了又一个五年。恍如隔世啊。我已经开始了新的生活，女儿已经大学三年级，学的也是英语言文学专业，像她的父亲一样独立而自信！

屈指算来，从我最初阅读《所有的河流都在流淌》的英文版至今已过去了近二十年，从我开始动笔翻译它至今已过去了十七年，从我完成它的中文译稿至今已过去了五年。林花几度春秋，太匆匆。

在这样一个微时代，如果说一个八〇后女子细致地读完四十五万字的一部小说是一个奇迹的话，那么，她愿意编辑出版《所有的河流都在流淌》则是更大的奇迹了。在这个以商业利益为最高原则的社会，有一家出版社愿意正式出版我的译作，这是怎样的慷慨之举啊！感谢河南文艺出版社陈杰总编及为本书出版付出辛勤努力的各位工作人员。感谢河南大学文学院的刘景荣教授。我只听到一个声音：让更多的人读到这本书吧。

二〇一五年九月，大连